W0349106

97 Piazza del Borgo (porta
98 Piazza di S. Maria della
99 Piazza dello Gilatore
100 Piazza di S. Tomaso
101 Piazza del Tarzana
102 Piazza delli Greci
103 Piazza della Brigaria
104 Piazza della Giudeica
105 Santo Vincenzo
106 Santo Giouanni
107 S. Leonardo
108 Santa Marina de Greci
109 S. Giouanni di Greci
110 S. Luca
111 S. Pietro
112 S. Iacomo
113 La Nunciata
114 La Catolica
115 S. Nicolao del Vescouato
116 S. Angelo de gli orfanelli
117 S. Giosеppe
118 S. Crispino
119 La Gonia noua
120 S. Giorgio
121 San Marco
122 S. Filippo
123 La gonia vecchia
124 S. Biasio
125 S. Giuliano
127 S. Maria della carita
128 Tutti li Santi
129 S. Antonio
133 Lo Spedal grãde
134 Strada Mastra
135 La Giostra
136 Li Fornari
137 Li Tintori
138 Li Caldarari
139 Li Rocellari
140 Lo incanto
141 Li chiauari
142 La Marsatania
143 La Zicca
144 Li Cumilari
145 Lo scaratore de formẽti
146 Lo Campo
147 La Dogana Noua
148 La Marina del vino
149 Il forte dele cãnizare
150 Il Torrione del Salua:
151 Terra Noua tore
152 L'Alterone
153 Biueratora del ospital
154 Beueratora del spõ stõ
155 Forte del Castellazzo
156 Torrẽte delle Gauitelle
158 Torrente della grati
160 Torre della Lanter
161 Torre Mozza
162 Saline di S. Ranier
163 Il Vescouato
166 Torre di Pendimele
167 La Catona

A E
&I

El latido del mar

Autores Españoles e Iberoamericanos

Jorge Molist

El latido del mar

Planeta

La lectura abre horizontes, iguala oportunidades y construye una sociedad mejor. La propiedad intelectual es clave en la creación de contenidos culturales porque sostiene el ecosistema de quienes escriben y de nuestras librerías.
Al comprar este libro estarás contribuyendo a mantener dicho ecosistema vivo y en crecimiento.
En Grupo Planeta agradecemos que nos ayudes a apoyar así la autonomía creativa de autoras y autores para que puedan seguir desempeñando su labor.
Dirígete a CEDRO (Centro Español de Derechos Reprográficos) si necesitas fotocopiar o escanear algún fragmento de esta obra. Puedes contactar con CEDRO a través de la web www.conlicencia.com o por teléfono en el 91 702 19 70 / 93 272 04 47.

© Jorge Molist, 2023
© Editorial Planeta, S. A., 2023
Av. Diagonal, 662-664, 08034 Barcelona
www.planetadelibros.com

Diseño de la colección: Compañía
Ilustraciones del interior: © Salomart

Primera edición: marzo de 2023
Depósito legal: B. 2.109-2023
ISBN: 978-84-08-26924-3
Composición: Realización Planeta
Impresión y encuadernación: Black Print CPI
Printed in Spain - Impreso en España

PEFC
PEFC/14-38-00305
Certificado PEFC
Este libro procede de bosques gestionados de forma sostenible y fuentes controladas
www.pefc.es

El papel utilizado para la impresión de este libro está calificado como **papel ecológico** y procede de bosques gestionados de manera **sostenible.**

A mis nietos

La vida de la galera dela Dios a quien la quiera. [...] Es loco el navío, pues siempre se mueve, es loco el marinero, pues nunca está de un parecer, es loca el agua, pues nunca está queda, y es loco el aire que siempre corre; y pues esto es así verdad, si huimos de un loco en la tierra, ¿cómo queréis que fie yo mi vida de cuatro locos en la mar?

El arte de marear (1539)

ANTONIO DE GUEVARA, obispo de Mondoñedo

PARTE PRIMERA

—

AÑO 1268

1

Tagliacozzo, 23 de agosto de 1268

Ricardo von Blume no se quitó su bacinete, como hizo la mayoría de los caballeros, a pesar de que el hierro ardía. Solo levantó la visera. Aquella victoria había sido demasiado fácil. Demasiado. Algo iba mal, notaba el peligro.

El ejército se había dispersado a la caza del enemigo, que huía derrotado. Los perseguidores trataban de acabar con los vencidos y apoderarse de lo que llevaran encima, y estos, de salvar la vida. El botín podía superar la soldada de meses, e incluso años.

El potente sol de agosto al mediodía, en el centro de Italia, parecía querer aplastar a los seres vivos contra el suelo. El calor era terrible, y el campo, cubierto de cadáveres, rocas, matorrales y árboles dispersos, olía a polvo, excrementos y sangre. Algunos heridos se lamentaban sin esperanza de auxilio.

Ricardo era el comandante de la guardia personal de Conradino de Hohenstaufen, el joven rey. Y contaba con cincuenta caballeros y una veintena de infantes. Esa era toda su gente. Muy poca. Estaba inquieto.

Conradino se quitó el bacinete y echó hacia atrás la capucha de cota de malla que le protegía la cabeza. Sonreía feliz. Se puso de pie sobre los estribos de su caballo y elevó su estandarte cuanto pudo. Era un apuesto muchacho rubio de ojos azules y solo dieciséis años, duque de Suevia, rey de Jerusalén y ahora también de Sicilia. El águila negra de los Hohenstaufen ondeó en lo alto, como si estuviera viva y aleteara. La tropa y los generales lo aclamaron.

El tirano, el usurpador, el arrogante Carlos de Anjou había sido derrotado y muerto.

—Gracias, Señor, Dios mío —murmuró—. Gracias por hacer justicia.

Su primo Federico, príncipe de Baden y Austria, lo imitó incorporándose sobre los estribos de su montura para elevar la enseña que portaba. La gran cruz griega dorada, sobre fondo blanco, con cuatro cruces menores entre sus brazos, símbolo del reino de Jerusalén, ondeó junto al águila negra.

—¡Viva el rey de Jerusalén! —gritó.

Todos vitorearon al joven monarca.

—¡Viva el duque de Suevia!

Le aclamaron de nuevo. Conradino seducía tanto por sus formas corteses y simpatía como por su aspecto.

—¡Y rey de Sicilia! —terminó Federico.

Más vítores.

El muchacho no pudo evitar las lágrimas, miró a su primo y, sin desmontar, lo abrazó. El príncipe era dos años mayor que él y su mejor amigo. Ambos, huérfanos de padre, se criaron en la corte bávara soñando con grandes batallas y victorias. Como aquella.

Él lo había animado a vengar a su tío asesinado y a recuperar el reino de Sicilia, que comprendía tanto la isla de dicho nombre como todo el sur de la península Itálica.

¡Y había vencido!, a pesar de los timoratos consejos de muchos nobles alemanes, entre los que se encontraban sus propios tíos, que se amedrentaron cuando el papa empezó a excomulgarlos. El joven ganaba con aquella batalla el reino de Sicilia, suyo por derecho de herencia, aunque Carlos de Anjou, hijo del rey de Francia, con el apoyo incondicional del papa, se lo había arrebatado.

El ejército estaba disperso, se repitió Ricardo von Blume mientras oteaba inquieto. El comandante olfateaba el peligro. Estaba en algún lado. Desde la elevación en la que se encontraban, observaba sin perder detalle su entorno. El calor producía una pegajosa neblina a ras de suelo que cubría una triste y accidentada llanura. La caballería perseguía a los franceses derrotados y las tropas de a pie remataban a los vencidos, saqueaban sus cuerpos y el campamento enemigo. Había oro. La mayoría de los caídos eran mercenarios y cargaban todas sus posesiones con ellos.

—Algo no va bien —le dijo a Pascale Coppola, su cuñado, sin que el resto pudiera oírlo.

Pascale se estremeció al tiempo que analizaba preocupado el campo de batalla en busca de la amenaza oculta. Él también empezaba a sentir el peligro.

2

—¡Atención! —alertó Ricardo poniéndose de pie sobre los estribos y señalando la polvareda que formaba lo que debía de ser un numeroso contingente de jinetes surgidos de un distante bosquecillo—. Vienen hacia aquí.

—Es el infante don Enrique, que regresa —observó su cuñado Pascale.

Enrique, infante de Castilla, era el cónsul de Roma y había prometido matar con sus propias manos a su primo Carlos de Anjou, por avariento, miserable y traidor. El castellano fue quien rompió con sus caballeros el flanco del ejército angevino derribando a Carlos, al que remataron en el suelo. Al poco, el enemigo fue desbaratado y Enrique salió en persecución de la caballería francesa, que huía.

—¡No! ¡No es don Enrique! —repuso Ricardo—. ¡Llevan la enseña francesa!

Conradino miró alarmado hacia donde Ricardo señalaba. Y lo vio.

—¡Es caballería pesada! —exclamó uno de los nobles italianos—. ¡Son cientos!

—Vienen hacia aquí y al galope —dijo otro.

—Es Carlos de Anjou —afirmó Ricardo.

Acababa de entenderlo todo.

—No, no puede ser —murmuró Conradino—. El infante Enrique ha acabado con él.

—Sí que lo es —repuso Ricardo—. Nos ha engañado. El francés se ha escondido con lo mejor de sus tropas para sorprendernos.

—¡Nos dijeron que estaba muerto! —insistió el joven rey.

—Otro vestía sus ropajes, llevaba su enseña y montaba su caballo —afirmó Pascale con la misma seguridad que su cuñado—. Es un viejo truco. Los caballeros del infante de Castilla mataron a un impostor.

—Estaba escondido —murmuró Conradino—. ¿Y ha dejado que masacráramos a los suyos sin intervenir?

—Es un miserable —sentenció su primo Federico.

—Lo es, pero viene hacia aquí —afirmó Pascale—. Y los nuestros están dispersos.

—¡Preparaos para el combate! —ordenó Conradino.

—Si les hacemos frente, nos destrozarán —le advirtió Ricardo—. ¡No quiero veros morir como vi a vuestro tío! Sois nuestra última esperanza, sin vos nuestra causa está perdida. Retiraos ahora para que podamos seguir la lucha.

—¡No puedo abandonar el campo sin combatir! —objetó Conradino.

—La batalla está perdida —le dijo Ricardo—. Nos alcanzarán antes de que los nuestros puedan reagruparse. Poneos a salvo. ¡Nosotros los detendremos!

Conradino miró interrogante a su primo y al general Galvano de Lancia.

—El noble Ricardo von Blume está en lo cierto —ratificó este señalando el horizonte—. Si el infante don Enrique no aparece de inmediato con su hueste, estamos perdidos. Y no se le ve.

En la llanura solo se divisaban unas nubes de polvo lejanas y dispersas, producidas por los que huían hacia las montañas y por los castellanos e italianos que los perseguían. No había forma de avisar al infante de Castilla.

—¡Poneos a salvo, señor! —insistió el general—. Yo os

acompañaré. La causa es lo primero. Y si la batalla cambia de signo, regresaremos para combatir. ¡Seguidme!

Galvano se adelantó dando la espalda a los franceses. Su hijo y otros aristócratas lo imitaron. Conradino y su primo los contemplaban dubitativos, sin moverse.

—¡Seguidle, señor! —le gritó Ricardo.

—No puedo abandonaros —musitó el joven rey.

Los cascos de la caballería francesa acercándose retumbaban en el suelo seco levantando una nube de ardiente polvo.

—¡Por el amor de Dios! ¡Los tenemos encima! —insistió Ricardo—. La causa está por encima de los individuos. ¡Salvaos y la salvaréis!

Y palmoteó con fuerza la grupa del caballo de Conradino. Este se dirigió hacia donde estaban los nobles dispuestos a huir.

—¡Que Dios os bendiga! —dijo aquel joven de dieciséis años, rey de Jerusalén y que por un momento lo había sido también de Sicilia—. Me acordaré de esto y, si el Señor lo permite, os lo he de agradecer y compensar.

Se los quedó mirando unos instantes con ojos húmedos de emoción y después se caló el capacete. Odiaba abandonar a los que iban a dar su vida por él. Tragó saliva y puso su caballo al trote siguiendo a los demás.

—Dudo que el Señor lo permita —murmuró entre dientes Ricardo—. ¡Lanzas en ristre! —gritó a los que quedaban. Se caló la visera y suplicó—: Señor, Dios mío, Virgen María. Apiadaos de mi esposa y de mis hijos. ¡Protegedlos!

Y musitando un padrenuestro cargó contra el muro de acero que se acercaba a toda velocidad. Los demás lo siguieron. Ya solo les quedaba la dignidad.

3

Los cincuenta caballeros de la guardia del joven rey se lanzaron contra la muralla de acero que se les venía encima y el choque de hierros fue tan estrepitoso como brutal. Ricardo traspasó el cuello de su primer rival, a pesar de la cota y el escudo que lo protegían. El hombre se derrumbó, pero él perdió su lanza, que había quedado trabada en el cuerpo del francés. Mientras desenvainaba la espada, la lanza de un caballero de la segunda línea perforó su escudo para penetrar en su cuerpo por debajo del hombro derecho. La fuerza del choque lo arrancó de la silla dando una voltereta hacia atrás por encima del lomo de su caballo. De inmediato sintió el impacto contra el suelo y aulló de dolor; había caído sobre su pierna derecha y supo que estaba rota. La lanza, gracias a la cota de malla, no lo había traspasado, pero el brutal impacto posiblemente le había fracturado el omoplato. El dolor era intenso. El combate seguía por encima de su cuerpo y se acurrucó en posición fetal. Al poco, gritó de nuevo cuando un caballo le aplastó la otra pierna.

—¡Todo está perdido! —murmuró—. Señor, apiadaos de Blanca, de nuestros hijos y de mi alma.

Cerró los ojos apretando las mandíbulas y, al abrirlos, se dijo que moriría allí, sobre aquella tierra ardiente, ensangrentado, cubierto de polvo y rodeado de cadáveres de hombres y caballos. Pero conservaba una leve esperanza. Quizá ocurriera un milagro. Ansiaba ver, aunque fuera por última vez, a su esposa, a su hijo Giacomo, de cuatro años, y al pequeño Roger. No andaba aún cuando se despidió de su familia para unirse al ejército de Conradino. ¡Qué tierno recuerdo!

—¡Señor! —musitó—. ¿Qué no daría yo por un último beso? ¡Por una última caricia! ¡Por un último abrazo!

Los ojos se le llenaron de lágrimas.

El padre de Blanca era el gobernador de Brindisi cuando el emperador Federico reinaba en Sicilia y Alemania. El hermano de ella, Pascale Coppola, ocupó el cargo a su muerte, y la amistad con Ricardo, capitán de la tropa de la ciudad, se hizo mucho más estrecha.

Ricardo era hijo del halconero imperial, una posición relevante, dada la pasión del soberano y sus descendientes por la cetrería. Y fue uno de los caballeros alemanes que, bajo el amparo de la dinastía Hohenstaufen, se instaló en tierras italianas.

El de Ricardo y Blanca era un matrimonio de conveniencia. Consolidaba la relación de los Coppola con el imperio y asentaba a Ricardo en Italia, pero de aquel enlace surgió un amor profundo y apasionado. Blanca, con quince años al casarse, era una muchacha hermosa e inteligente. Y Ricardo se consideraba un hombre muy afortunado. Ella no había conocido varón antes, y él no deseó conocer a ninguna otra mujer después.

Blanca temía la noche de bodas, le habían advertido que, si Ricardo era uno de aquellos varones más acostumbrados a violar que a amar, podía ser un infierno. Pero aquel joven rubio, hermoso y fuerte la trató con inmenso cariño y, en lugar del infierno, le hizo conocer, en el tálamo nupcial, el cielo.

Tanto los Coppola como los Blume eran gibelinos. Como tales, reconocían la autoridad espiritual del papa, pero no aceptaban que este impusiera sus deseos a los cristianos en asuntos terrenales. Así que cuando Carlos de Anjou fue coronado rey de Sicilia por el papa y marchó con un gran ejército sobre el reino para desposeer a Manfredo, el rey legítimo, Ricardo y Pascale partieron con sus tropas a defender a su soberano.

Ambos sobrevivieron a la batalla de Benevento, en la que Carlos de Anjou derrotó y asesinó a Manfredo, el tío de Conradino. De ella Pascale conservaba una cicatriz que le cruzaba la mejilla derecha para perderse en su negra barba.

Tendido en el campo de batalla, Ricardo pensó en él. ¿Qué le habría ocurrido a su querido amigo y cuñado? ¿Permitiría el Señor que en esta ocasión también se salvara?

El combate se alejaba y relajó su postura. Se ahogaba. Abrió la visera de su capacete para respirar mejor. Trató de quitárselo, pero el dolor de la herida se lo impedía, y solo lo logró al tercer intento. El sol cocía su armadura y tenía calor, mucho calor. Sentía una sed horrible, su boca era un estropajo y la pérdida de sangre aumentaba su necesidad de agua.

—¿Qué será de Blanca y de los niños si muero? —se preguntó angustiado—. Debo encontrar un caballo y regresar con ellos. Un caballo, Dios mío —murmuró esforzándose para superar el dolor—. Un caballo.

Los caballeros cargaban contra el rival y no contra las monturas. Habría corceles sueltos de los descabalgados y trataría de coger uno. Pero primero tenía que frenar la hemorragia y desenfundó su daga para cortar la tela de la sobreveste que cubría su armadura y taponar en lo posible la herida.

—Señor, Dios mío. Ayudadme —musitó con los ojos cerrados y resoplando.

Se encontraba en una pequeña hondonada y no podía ver. Trató de levantarse, pero el dolor era terrible. Así que se arrastró lentamente. Al poco se topó con el cadáver de un francés. El hombre lo miraba con un único ojo verde y la boca abierta. Había perdido el casco y le habían hundido una espada en la cara. Un par de moscas hurgaban en su horrible herida.

Le fallaban las fuerzas y estaba a punto de desvanecerse. Se quedó un tiempo boca arriba, tomando aire, mientras sujetaba con la mano en el hombro sus improvisadas vendas. El sol le daba en la cara y tenía aún más sed. Se desmayó.

Al recuperar el sentido, estaba mareado. El sol le había quemado los párpados y le costó recuperar la visión. Se cubrió los ojos con la mano. Más sed. Oía gritos lejanos, pero el campo, a su alrededor, parecía silencioso. Unos cuervos graznaron. Ricardo se dijo que tendrían mucha comida. Oyó ayes a su espalda, a la izquierda, distantes. No era el único que aún vivía. No era el único que aún sufría.

—Dios mío —murmuró—. Un caballo.

Tenía que atrapar uno de los muchos que estarían vagando por el campo de batalla. Era su única posibilidad de escapar de aquel infierno, de llegar hasta Brindisi, junto a su familia. Una empresa casi imposible. Se dijo que era difícil que en aquel estado pudiera capturar un corcel. Y más aún, ser capaz de montarlo. Y mucho más, que aguantara las dos semanas que le costaría llegar junto a su familia. Pero lo iba a intentar.

—¡Un milagro, Señor! ¡Concededme el milagro de ver a Blanca y a mis hijos antes de morir! ¡De despedirme de ellos!

Como si su petición hubiera sido escuchada, una sombra cubrió el sol que iba ya bajando. ¡Un caballo! Se incorporó con esfuerzo y emitió los sonidos con los que calmaba a su montura cuando se ponía nerviosa. Le costaba, debido a la sequedad de su boca.

—¡Ven aquí, caballito! ¡Ven aquí!

Repitió el ruido y vio que el animal se aproximaba lentamente. Apestaba. Pero era lo de menos.

—¡Ven aquí, caballito! ¡Ven!

Se acercó y Ricardo pudo ver el desamparo en sus ojos acuosos. Los dos sufrían. Pero tampoco importaba.

—¡Un poco más!

Lo hizo y vio las riendas al alcance de su mano. Un caballo muerto se interponía entre ambos. Solo tenía que incorporarse, dar un salto y sujetar los correajes. Parecía un animal manso. Quizá le dejara montarlo.

—¡Tranquilo! —le dijo—. ¡Tranquilo!

Con un dolor terrible, se incorporó sobre las rodillas. Después apoyó la pierna izquierda, que aún lo sostenía a pesar del pisotón sufrido, y conteniendo un grito se lanzó a por las riendas. El animal no se movió y Ricardo las pudo sujetar.

Entonces vio lo que el cadáver del otro le había impedido divisar. El caballo superviviente tenía la panza abierta, las tripas le habían salido y las llevaba arrastrando. Algunas estaban reventadas y rezumaban sangre y estiércol. De allí provenía aquel horrible olor y el zumbido del enjambre de moscas que revoloteaban alrededor.

—¡Oh, no! —murmuró Ricardo dejándose caer.

Su tenue esperanza le abandonaba. El caballo dobló sus patas delanteras y con un débil relincho se desplomó junto a Ricardo.

—¡Estamos igual de mal, amigo! —le dijo—. No querías morir solo, ¿verdad? —Le acarició las crines—. ¿Amas tú a alguien como yo amo? ¿Tendrás a alguien que te espere? ¿Alguien a quien le prometieras volver?

Notaba las lágrimas en los ojos. Y se sorprendió. ¿Cómo le podían quedar lágrimas con aquella sed horrible?

—Pues lo lamento —sollozó—. Ni tú ni yo regresaremos.

Al poco el caballo murió. Pero Ricardo, para su desdicha, seguía vivo.

—Blanca, querida Blanca —musitó.

4

Brindisi

Blanca regresaba presurosa de la misa de vísperas. Empezaba a oscurecer y quería llegar a casa antes de que la nodriza terminara de dar la cena a los niños. Tenía que amamantar al pequeño y acostarlos. Desde que su esposo y su hermano partieron para unirse al ejército de Conradino, asistía a todas las misas. La de la hora prima, al amanecer, la de la hora sexta, al mediodía, y la de vísperas. Cerraba los ojos, evocaba la imagen de Ricardo y rezaba y rezaba, tanto en la catedral como en la pequeña capilla de su palacio, a la Virgen, a los santos y al propio Jesucristo, para que hicieran que su amado y su hermano regresaran sanos y salvos. La acompañaban su cuñada Margarita y sus amas de llaves. Un par de ballesteros las seguían muy de cerca. Brindisi ya no era una ciudad segura ni para los Coppola ni para los Blume.

Hacía poco más de dos años que Carlos de Anjou venció y mató al rey Manfredo en la batalla de Benevento. Al poco, los franceses tomaron posesión de la ciudad. Y lo hicieron de una forma relativamente benévola. No represaliaron a los que, como Ricardo y Pascale, habían participado en la batalla. Solo los desposeyeron de sus cargos y de muchas de sus propiedades, entre las que se encontraban sus palacios, que fueron ocupados por el gobernador francés, Pierre de Dijon, y sus secuaces.

Los extranjeros probaron su eficiencia y avidez en la recaudación de impuestos. Ahogaban a la gente. Carlos de Anjou necesitaba dinero para sus nuevas conquistas. También mostraron altanería y desprecio hacia los sicilianos. Los nuevos gobernantes no se molestaban en aprender la lengua local, eran sus súbditos quienes debían hablarles en francés o buscar un traductor. Los italianos partidarios del papa, los llamados güelfos, se pusieron de inmediato al servicio de los invasores. Ahora a los güelfos se les pasó a llamar angevinos por su apoyo a Carlos de Anjou, el nuevo rey, el protegido del papa. Pero a la mayoría le disgustaban los nuevos impuestos, se negaban a aprender francés y les indignaba ver cómo aquellos forasteros se pavoneaban orgullosos.

Blanca Coppola era, de soltera, una doncella de intensos ojos verdes, de hermosa sonrisa y oscura melena. Una afortunada combinación de sangres normandas e italianas. Además, su familia estaba, aunque de forma lejana, emparentada con el rey Manfredo.

Muchos la pretendían y, al ser huérfana, la elección de marido recayó en su hermano. Pascale tuvo la delicadeza de escuchar su opinión, y ambos coincidieron en el apuesto y valiente alemán Ricardo von Blume.

Según era preceptivo al casarse, Blanca pasó a cubrir en público su atractiva cabellera con una toca. Sin embargo, su belleza y su gracia, quizá por la felicidad que irradiaba, parecieron aumentar. Atraía la atención de los hombres, Ricardo era consciente de ello y tomaba como un halago las miradas discretas. Pero el lugarteniente del gobernador, que ocupaba la casa que antes había sido su propio hogar, la observaba de forma descarada e insistente.

—Señor —le dijo Ricardo un día en que se cruzaron por la

calle—. Haréis bien en ser más respetuoso cuando miréis a las damas. Y más si están casadas.

El otro puso su mano en el puño de su espada y se encogió de hombros con desdén. Como le había advertido en siciliano, hizo como si no le entendiera y se fue. Aquel tipo se creía el dueño de Brindisi. Ricardo sujetó del brazo al angevino que siempre lo acompañaba y le dijo:

—Tradúcele bien mis palabras.

—Sois vos quien debiera cuidar mejor las vuestras, señor —repuso el hombre—. Ya no sois el capitán de la tropa de la ciudad. Ya no mandáis vos, sino él.

—¡Haz lo que te digo! —insistió Ricardo.

Su propio cuñado, Pascale, le aconsejó prudencia. Aquel hombre era un insolente, se creía guapo y gustaba de pavonearse frente a mujeres ajenas. Pero era muy poderoso.

—Con poder o sin poder, no he de consentir su descaro —repuso Ricardo.

Tan pronto como Blanca se dejó ver en público después del nacimiento de su segundo hijo, el francés reanudó sus miradas altaneras y faltas de decoro. Esta vez Ricardo se plantó frente a él a la salida de la catedral un domingo, en presencia de todo el mundo. Y le advirtió de nuevo. El hombre fingió, otra vez, no entenderlo y siguió su camino como si nada.

El tercer encuentro tuvo lugar cuando llegó a Brindisi la noticia de que Conradino había atravesado los Alpes con su ejército. Ricardo le cruzó la cara al insolente con su guante, desafiándolo. Al día siguiente lo mataba en un duelo público a espada, y las aclamaciones de los testigos provocaron la revuelta. La población, harta de impuestos e insolencias, se echó a la calle y hubo muertos. Pierre, el gobernador francés, abandonó la ciudad junto a los suyos, a toda prisa para salvar la vida. Pascale y Ricardo recuperaron sus palacios y el poder. Y alzaron, entre vítores, la enseña del águila negra de los Hohenstaufen. Al poco partían para unirse, con sus tropas, al ejército de Conradino.

A la salida de misa, Blanca ignoraba que ya se había producido la batalla que cambiaría su vida. Pero aquel atardecer se sentía inquieta y regresaba presurosa a su hogar. Ansiaba ver a sus hijos. Los rezos acostumbraban a tranquilizarla, aunque aquel día no lograban mitigar su angustia. Temía por las vidas de su esposo y de su hermano. Intuía el peligro. Los franceses se habían mostrado moderados cuando ocuparon Brindisi por primera vez, eran pocos y precisaban del apoyo de la población güelfa local. Pero la segunda vez sería muy distinto. Carlos de Anjou tenía fama de cruel. Si vencía de nuevo, no tendría piedad con los que se le habían enfrentado con las armas y consideraba súbditos suyos. Traidores ahora. A Blanca no le preocupaba perder su palacio. Temía por su familia, sabía que los angevinos que quedaban en la ciudad aguardaban la menor ocasión para provocar otra revuelta y recuperar el poder.

—Santísima Virgen —oraba de rodillas en su capilla una vez hubo acostado a los niños—. Proteged a mi marido. Que le pueda besar y abrazar otra vez.

5

Tagliacozzo

Cuando Ricardo despertó del sopor en que se había sumido, se puso a rezar. Suplicaba morir pronto. El dolor de sus heridas se había agravado, pero la sed era aún peor. Sin embargo, había tenido un hermoso sueño. Vio una sonrisa femenina. Al principio creyó que era la Virgen, que atendía sus súplicas y le traía la muerte, pero después le pareció distinguir a su esposa rezando por él. ¡La amaba tanto!

El sol iba en declive y ya no quemaba. Ricardo sabía que había perdido mucha sangre y que, a pesar del calor, si aún vivía, tendría frío en la noche. Al menos, no habría moscas, se consoló, y se dijo que prefería morir tiritando que abrasado. Los cuervos estaban allí mismo, eran enormes, graznaban y se daban un festín con el pobre caballo destripado. Aprovechaban la apertura en su panza para hartarse sin tener que perforar la piel, y unas moscas gordas, glotonas, los acompañaban zumbando. Sintió náuseas.

Entonces oyó algo por encima del graznido de las aves carroñeras. Alguien hablaba a lo lejos y se acercaba poco a poco. Se preguntaba cuál habría sido el resultado de la batalla. Cuando él cayó, las cosas iban muy mal para Conradino. Pero la suerte podía haber cambiado, quizá el infante de Castilla, regresando con su caballería, hubiera vencido a Carlos de Anjou. En ese caso quedaba una esperanza. Quiso gritar, pero la sequedad de su garganta y la falta de fuerzas se lo impidieron.

Más que una conversación, eran frases aisladas. Y se mezclaban con ruidos. Ruidos metálicos. Hablaban en italiano de la Toscana y francés. ¡Aquello solo podía indicar que Conradino había sido derrotado! Y que los que llegaban eran carroñeros, como los cuervos.

Se trataba de varios soldados italianos a los que mandaba un oficial francés. Carlos de Anjou había vencido. Un lamento quiso salir de su garganta, pero se quedó a medio camino. Recogían sistemáticamente todo lo que pudiera ser de valor. Los acompañaba un carro en el que cargaban sillas de montar, armas y piezas de armadura.

—¡Ese parece un caballero! —gritó un soldado barrigón de unos cuarenta años, que se protegía solo con casco y armadura de cuero.

Le apuntaba con el dedo y otro hombre similar, aunque delgado, acudió a verlo.

—¡Agua! —suplicó Ricardo con un hilo de voz.

—¡Está vivo! —dijo el primero.

—Es un rebelde —observó el segundo—. Si no está muerto, pronto lo estará.

—¡A ver qué lleva en la bolsa!

El soldado le arrancó sin ningún miramiento los jirones que quedaban de la sobreveste, le desabrochó el primer cinto y le levantó la cota de malla. Sujeta en la segunda correa, encontró la bolsa.

—¡Agua! —musitó.

El hombre le lanzó la bolsa a su colega, que la abrió y contó las monedas.

—¡Dos besantes de oro! —dijo—. No es mucho para un caballero.

—¡Lo siento, rebelde! —le espetó el tipo rechoncho—. Ese dinero no basta para que te demos agua.

—Deja de hablar a los muertos y vayamos a la faena —dijo el otro riendo.

Ricardo cerró los ojos, decidido a no suplicar. Lo único que podía esperar de aquellos individuos era la muerte. La agradecería.

—La armadura es buena.

Se apropiaron del bacinete que tenía a su lado y procedieron a desnudarlo sin ningún miramiento. Empezaron por la parte superior de la cota de malla sin importarles el terrible dolor que le producían al moverle los brazos. No pudo evitar un gemido.

—¡Matadme! —les pidió.

El hombre panzudo rio.

—El dinero de tu bolsa no llega tampoco para que compres tu muerte —dijo.

—¿No te apetece rajarle la garganta a este rubio de ojos azules? —interrogó dubitativo el otro.

—¡Déjale que sufra! Es un noble rebelde. Míralo, es guapo, joven y fuerte. Seguro que se ha llevado por delante a varios de los nuestros. Es uno de esos que come carne cada día y que se acuesta con mujeres que huelen bien, jóvenes y hermosas. Uno de esos que, vestidos de hierro sobre sus caballos, nos matan como a chinches. Ahora es su turno y no pienso ahorrarle sufrimientos. —Le escupió en la cara.

—Pues démonos prisa —lo apremió el otro.

Continuaron con las espuelas, las calzas de malla, los guantes de hierro, el cinturón y los acolchados que protegían el cuerpo del metal de la armadura. Se los quitaban con brusquedad, sin compasión. El dolor le hizo perder el conocimiento. Recogieron el escudo, la espada y la maza de guerra, y lo lanzaron todo al carro que pasaba. Como despedida, el gordo le propinó una patada en el costado.

Cuando Ricardo recuperó el sentido, estaba boca arriba en calzones y camisa. El sol empezaba a ocultarse. Se dio cuenta de que cubría la herida del hombro con la mano. Pensó que debía de ser algo instintivo, seguramente para mitigar el dolor.

Recordó a su familia. A Blanca, a los niños. No los vería más. Rezó por ellos. Poco podía pedir para sí mismo, fuera del perdón de sus pecados y misericordia para su alma.

En aquellos momentos, Conradino, ingenuo, se dirigía a Roma esperanzado por el apoteósico recibimiento prodigado por los romanos a su llegada, aclamándolo como emperador. Era muy joven y no sabía la rapidez con la que mudaban las fidelidades.

6

—¡Ricardo! ¡Ricardo!

A Ricardo le costaba regresar de aquel sueño donde el dolor y la sed lo seguían acosando. Alguien lo sacudía levemente. Entreabrió los ojos y se sorprendió de ver aún una tenue luz de día. Atardecía. Habría estado muy poco tiempo inconsciente.

—¡Ricardo! ¡Ricardo! —insistió la voz en un susurro—. Soy yo. Pascale.

Tardó en comprender. ¡Pascale! Su querido cuñado. Su mejor amigo.

—¡Agua!

Pascale derramó unas gotas en sus labios resecos. Estaban frescas. Ricardo las lamió y Pascale le fue dando más y más. «¡Qué suerte!», pensó Ricardo. ¡Había podido llenar la cantimplora, una calabaza hueca, en el río! ¡Estaba casi entera!

—¡No tenemos tiempo que perder! —le dijo Pascale—. Te he traído un caballo.

Y señaló unos bultos que Ricardo asumió serían las monturas.

—Llevo toda la tarde buscándote —continuó—. Pensaba que tenías que estar por aquí. Pero primero los franceses y después esos carroñeros no dejaban que me acercara. ¡Regresamos a Brindisi!

—¿Conradino? —musitó Ricardo.

—No sé si está vivo o muerto. ¡Nos han derrotado! Y tenemos que salir de este lugar lo antes posible. Si nos reconocen, nos matarán.

Lo sujetó del hombro derecho para ayudarlo a incorporarse y Ricardo soltó un alarido de dolor. Pascale se detuvo y lo observó con atención. Tenía una herida, obturada con tela por debajo del hombro, de la que aún manaba algo de sangre. Y no se podía sostener de pie; en el mejor de los casos, sus piernas estaban seriamente magulladas; en el peor, rotas.

—Sálvate tú —le dijo trabajosamente cuando Pascale lo depositó, alarmado, en el suelo—. Yo no puedo ir.

—¡Pues claro que puedes! ¡Vinimos juntos y regresaremos juntos!

—Me estoy muriendo, Pascale —hablaba con un hilo de voz, esforzándose—. Lo siento. No puedo montar, y menos andar.

—¡Por el amor de Dios, Ricardo! —le dijo lloroso—. He de regresar contigo. Se lo prometí a mi hermana. ¡Haz un esfuerzo!

Ricardo cerró los ojos y sacudió la cabeza levemente negando.

—¡Pues me quedaré contigo! ¡Moriremos juntos!

—¡No! ¡Escucha! —Lo agarraba del brazo esforzándose por incorporarse y mirarlo a los ojos—. De nada sirve que arrastres un cadáver hasta Brindisi. Yo ya no necesito nada. Pero tu mujer, la mía y nuestros hijos, sí. Regresa por ellos. Cuando se sepa de nuestra derrota, las cosas se pondrán muy feas. —Soltó a su cuñado y volvió a cerrar los ojos—. ¡Ve a Brindisi y sácalos de allí! —musitó—. ¡Por el amor de Dios, vete ya!

Pascale quedó en silencio. Ricardo tenía razón; era un moribundo. Parecía haber perdido mucha sangre, y la herida tenía muy mal aspecto. Deseaba permanecer a su lado hasta su último aliento. Pero era muy peligroso. Debía salir de aquel lugar plagado de enemigos. Regresar a casa le llevaría muchos días. No podría viajar por las rutas principales y, cuando llegara, seguramente los angevinos lo estarían esperando para darle muerte. Todo el mundo en la ciudad lo conocía.

—¡Hazlo! —insistió Ricardo sin abrir los ojos.

Pascale lo abrazó. A Ricardo le produjo dolor, pero se aferró a él. Era su último contacto con la vida. Con su familia. Con Blanca y con los niños. Debía transmitirle todo su amor. Notó que Pascale lloraba. Su pecho se movía convulso. Ricardo también lloró.

—¡Diles cuánto los quiero!

—¡Lo haré! ¡Claro que lo haré!

Lo besó en las mejillas y se dispuso a montar. Tenía que encontrar un camino hacia el sur antes de que se cerrara la noche.

—¡Hazme un último favor antes de irte!

Pascale se detuvo.

—Pídeme lo que quieras y lo tendrás.

—¡Mátame!

Pascale lo miró horrorizado.

—¡Virgen santísima! —exclamó. No podía creer que su cuñado le pidiera aquello—. ¡Dime que te suba a ese caballo! —le dijo—. ¡Pídeme que te lleve a Brindisi! Pero no me pidas que te mate. Eso no puedo hacerlo.

—No puedo soportar el dolor. Hazlo, por favor.

Pascale contuvo un sollozo y, para disimularlo, de un salto se subió al caballo.

—¡Que Dios te ampare, hermano! —le dijo antes de azuzar su montura.

Un grupo de jinetes se acercaba. Y, con toda seguridad, eran enemigos.

—Quizá debiera haberle complacido —sollozaba mientras se alejaba—. Pero bien sabe Dios que no puedo.

Se despertó tiritando. Era noche cerrada y el cielo estaba cuajado de estrellas. Se dijo que en realidad no hacía frío. Era él. El dolor seguía. Se llevó a la boca los dedos de la mano que mantenía sobre la herida y notó un gusto férreo y salado. Continuaba sangrando. Se sorprendió de seguir vivo.

—¡Señor! —murmuró—. ¿Cuánto va a durar esta agonía? ¡Llevadme ya!

Vio luces lejanas. Luego comprendió que eran antorchas, los carroñeros no renunciaban a encontrar algo más de valor entre los cadáveres. Invocó la imagen de su esposa y se aferró a ella con desesperación. A pesar de la tiritera y del dolor, recayó en su duermevela.

—Se lo han llevado todo —dijo un hombre en el dialecto de Apulia.

Amanecía, y Ricardo recuperó la conciencia al reconocer la lengua hablada en Brindisi.

—Algo sacaremos —repuso otro—. Mira ese, aún tiene calzones y camisa.

—Están manchados de sangre y la camisa agujereada.

—Ya la zurciremos, la tela es buena.

Ricardo notó cómo le despojaban a tirones de sus ropas para dejarlo desnudo en el suelo. Sentía su adolorido cuerpo lejano y apenas notaba los golpes y las piedras clavándose en él. Dejó ir un leve gemido. Uno de los hombres, compadecido, le colocó una gran piedra sobre el sexo para cubrir sus vergüenzas.

—¡Válgame Dios! —exclamó el otro individuo.

—¿Qué ocurre?

—Pero ¿es que no lo reconoces? —Y acercó la antorcha al rostro de Ricardo.

Él notó el calor.

—Pues...

—¡Es Ricardo von Blume! ¡Su cuñado era el gobernador gibelino de Brindisi! ¡Y él, el capitán de la tropa!

—¡Pues es verdad! —dijo el otro después de observarlo—. ¡Es él! ¡Qué casualidad!

—¿No te dije que sacaríamos algo?

—¿Qué?

—¡Su cabeza! Nos darán un buen dinero por ella. Los franceses querrán exponerla en público.

—Creo que aún está vivo.

—Mejor. El viaje a Brindisi es largo y, si aún vive, tardará más en pudrirse. —Y tiró del cuerpo.

—¿Qué haces?

—Ayúdame a ponerlo sobre aquella piedra, boca abajo, para decapitarlo.

—¡Espera! No es fácil partir un espinazo y separar la cabeza. Rematémosle antes.

—¡Qué buena persona eres! —dijo el otro riendo.

Ricardo estaba consciente. «¡Gracias, Señor! —pensó—. ¡Al fin!» Evocó la imagen de Blanca y se puso a rezar. Cuando el tipo compasivo lo degolló apenas brotó sangre. Sintió que se iba junto a su esposa.

Después le golpearon el cuello con sus espadas. Y cuando lograron cercenarlo, guardaron la cabeza en un saco.

—¡Nos darán al menos diez florines! —exclamó contento el primero—. ¿Qué te decía?

7

Brindisi

—¡Blanca! ¡Blanca! —Su cuñada lloraba—. ¡La gran batalla tuvo lugar hace cinco días! ¡Y nos han derrotado!

Era de noche. Blanca rezaba de rodillas en su capilla y se incorporó de un salto.

—¡Dios mío! —exclamó angustiada—. ¿Y Pascale y Ricardo?

—No se sabe nada —dijo enjugándose las lágrimas con un pañuelo—. Solo que el combate tuvo lugar cerca de Tagliacozzo y que los nuestros perdieron. El alcaide de la fortaleza no sabe aún qué va a ocurrir. Quizá nos podamos reorganizar y resistir aquí en el sur. O quizá esté todo perdido.

—¿Y si nos refugiamos en el castillo? —planteó Blanca asustada.

Temía por la vida de sus hijos. Tan pronto como los angevinos supieran de su victoria, organizarían una algarada, tomarían el poder y saquearían su hogar. Poco podrían hacer el puñado de ballesteros que las protegían. En una revuelta de ese tipo nadie, ni siquiera los niños, se encontraba a salvo. Si Ricardo estuviera a su lado, todo sería distinto. Pero se sentía desamparada, indefensa. Tenía mucho miedo.

—El alcaide cree que no conviene —repuso Margarita—. Dice que no podemos mostrar temor. Que a la menor señal de debilidad los angevinos se sublevarán. Que no se fía de la guarnición del castillo, sus hombres no están dispuestos a dar la vida por defenderlo y pueden cambiar de bando en cualquier momento.

—¿Y qué debemos hacer?

—Vida normal. Y rezar por nuestros esposos. Si conservamos el castillo, ellos sabrán organizar la resistencia a su regreso. Nosotras debemos mantener la calma y aparentar confianza.

Al día siguiente Blanca acudió a misa de doce. El águila negra de los Hohenstaufen seguía ondeando en la fortaleza y verla la tranquilizó. Llevaba de la mano a Giacomo y había dejado en casa con la dueña al pequeño Roger, que empezaba a andar. La acompañaba su cuñada con sus dos hijos, un niño y una niña algo mayores que Giacomo, un par de criadas y los soldados que las escoltaban. Pero notaba que las miradas de la gente habían cambiado. Algunos sonreían descarados. Otros parecían compadecerlas.

Andaba erguida y trataba de mostrar una expresión serena, pero la angustia le retorcía las tripas. Sentía que aquella extraña paz estaba a punto de estallar en mil pedazos, dejándola a ella y a su familia al borde del precipicio.

Blanca y Margarita mantuvieron la rutina los días sucesivos, aunque la ansiedad y el temor no dejaban de crecer. Blanca se mudó, de forma discreta, a la casa de su cuñada, que ofrecía mejor protección, dejando en la suya solo algún criado que se encargaba de dar apariencia de normalidad. Era lo acordado con sus esposos si sufrían una derrota. Las joyas y el dinero se escondieron en la granja de un pariente lejano de una de las criadas. Era de absoluta confianza. Sería su refugio secreto si tenían que huir de la ciudad.

Cada día la situación parecía deteriorarse. Al quinto de recibir la noticia, cuando salía de casa, Blanca buscó con la mirada el águila negra y respiró aliviada al verla ondeando en la fortaleza. Y junto a su cuñada siguió el camino habitual, pero las calles estaban más concurridas y encontraron abarrotada la plaza que daba acceso a la catedral. Después de abrirles paso, la gente las siguió en silencio. Algo iba mal, muy mal, se alarmó.

—¿Qué ocurre? —murmuró para que solo la pudiera oír Margarita.

—Sigue adelante, como si nada.

Avanzaron unos pasos. El silencio se podía cortar con un cuchillo. Y cuando se encontraban frente a la entrada del templo se oyó un grito agudo. Blanca se estremeció y miró alarmada a Giacomo. ¡Era él! ¡Su hijo había chillado! El niño señaló enfrente y con un sollozo dijo:

—¡Papá!

Blanca se detuvo petrificada. Allí, a la puerta de la catedral, clavada en una pica, estaba la cabeza de su querido Ricardo. Su aspecto era terrible y miraba al infinito con sus ojos azules abiertos. Estuvo a punto de desvanecerse y se sujetó a su cuñada. ¡Ricardo, su amado Ricardo!

—¡Papá! —gritó de nuevo el niño y se puso a llorar.

—¡Sigue adelante! —murmuró Margarita.

Y, cogiéndola del brazo, la empujó al interior del templo. Blanca sentía que su mundo se derrumbaba. Nunca hubiera imaginado algo tan terrible. Temía desplomarse. Se acomodaron en los asientos habituales. Tanto Giacomo como sus primos lloraban desconsoladamente.

—¡Aguantemos hasta el final de la misa! —le ordenó su cuñada conteniendo las lágrimas.

Blanca obedeció. Todo le daba vueltas, pero se esforzó en resistir. Fue incapaz de seguir aquella extraña misa en la que la gente que abarrotaba el templo, en lugar de mirar al altar, la observaba a ella. Apenas podía rezar, repetía estúpidamente, en silencio, trozos del padrenuestro. Sentía todos aquellos ojos clavados en ella mientras, sin poderlo evitar, las lágrimas se deslizaban por sus mejillas, aunque se mantenía erguida y miraba al frente.

Veía el rostro demacrado de su esposo mirándola con sus ojos abiertos y trataba de borrarlo de su mente invocando la hermosa imagen de Ricardo en sus recuerdos. Quería morir. Pero no lo haría, porque tenía hijos. Y lo único que ahora le importaba era salvarles la vida.

Acabada la misa, el cura acudió y les dijo algo, en tono pesaroso, que Blanca ni siquiera entendió. Margarita se lo agradeció con prisas.

Al salir, algunos empezaron a gritar vivas al papa y a Carlos de Anjou. Y mueras a Conradino. Los angevinos aparecían. La situación cambiaba con rapidez.

—¡Démonos prisa! —le dijo su cuñada—. ¡Pero sin correr!

Los soldados desenvainaron las espadas y se colocaron dos delante y otros dos en la retaguardia. Una de las criadas tomó en brazos a Giacomo, que seguía llorando y que se giraba para señalar la cabeza de su padre. Se apresuraron. La multitud aún les abría paso, pero algunos empezaban a increparlos. Una piedra golpeó la espalda de una de las criadas, que soltó un quejido apagado, y cuando divisaron la fortaleza vieron que el águila negra había desaparecido. Blanca sintió pánico. Pero se esforzó en llegar a la casa disimulándolo.

—Esperaremos a que caiga la noche para huir —dijo Margarita una vez a salvo.

Blanca trataba de consolar a Giacomo, pero el chiquillo era incapaz de asimilar lo visto.

—No era papá —le decía Blanca—. Papá es quien tú recuerdas.

—¿No era papá? —preguntaba el pequeño—. Pues ¿cuándo vendrá papá de verdad?

—No lo sé, hijo. —Blanca no pudo evitar un sollozo.

—Sí que era papá —aseveró el chiquillo frunciendo el cejo.

Al mediodía ya se había juntado un grupo frente a la casa. Gritaban a favor de Carlos de Anjou y del papa y en contra de

Pascale y Conradino. Algunos tiraban piedras. Los ballesteros se situaron en la torre de defensa de la vivienda y en los ventanucos, amenazando con sus armas. Solo tenían seis soldados. Pero sabían que, al contrario de la guarnición del castillo, eran fieles a los Coppola.

—Salid antes de que la situación empeore —les dijo Margarita a los criados—. Salvad la vida.

Al caer la tarde aparecieron gentes con arcos, ballestas y un tronco que sin duda iban a usar como ariete. Al poco encendieron las antorchas.

—Están preparando el asalto —informó el jefe de la tropa—. Le tenían miedo a don Ricardo, y verlo muerto los ha envalentonado.

Esperaron a que la calleja trasera quedara completamente a oscuras y, escoltadas por los soldados, Blanca y Margarita, junto con los niños y una criada, huyeron entre tinieblas.

Los gritos les decían que el asalto se había iniciado. La turba saquearía todo lo que quedaba en la casa. Por fortuna, sus habitantes habían logrado escapar. De momento.

8

Blanca y Margarita perdían la esperanza de que Pascale hubiera sobrevivido. La batalla tuvo lugar veinte días antes y llevaban diez escondidas en la granja.

Si Ricardo había muerto, seguramente que Pascale también, se decía Blanca. Eran inseparables. Pero no lo verbalizaba para no angustiar más a su cuñada. No podían hacer otra cosa que rezar y mantener a los niños lo más quietos posible en aquella oscura bodega en cuanto se aproximara alguien a la granja. Miraba a sus hijos, se preguntaba qué sería de ellos, y entonces el temor le retorcía las entrañas, los ojos se le llenaban de lágrimas, los abrazaba y besaba, y después se ponía otra vez a rezar. ¡Eran tan hermosos, tan inocentes! Y si los pillaban, los matarían.

Los soldados del gobernador se acercaron a inspeccionar, aunque por suerte solo echaron un vistazo. El granjero era pariente lejano de la dueña de la casa Coppola. La mujer había criado a Pascale y Blanca. Al hombre no lo relacionaban con ella y tenía reputación de angevino. Por lo tanto, no era sospechoso.

Cuando regresaba de la ciudad les informaba de lo que ocurría. Pierre de Dijon, el gobernador, había regresado sediento de venganza. Y mandaba ejecutar a cualquier antiguo partidario de Conradino. El alcaide del castillo había huido, pero fue capturado y trasladado a la ciudad. Allí lo ahorcaron en público junto a varios de sus hombres. Pierre de Dijon era un tipo siniestro, alto, delgado y de faz huesuda con aspecto de caballo. Su nombre estremecía a Blanca. Recordaba bien cómo la miraba cuando se cruzaban. No lo hacía de la forma descarada de su lugarteniente, aquel al que Ricardo mató provocando la rebelión. Pero había en aquella mirada algo íntimo e inquietante. Le daba miedo, y ese temor se multiplicaba ahora.

La represión era feroz. A ellas las buscaban. Aunque por su condición de nobles y mujeres no las ejecutaran, con toda seguridad se pudrirían lo que les quedara de vida en una prisión junto a sus hijos, si antes no mataban a los pequeños, como generalmente hacían con los hijos varones de la aristocracia enemiga, para evitar futuras venganzas.

Los niños estaban tristes, abatidos y malhumorados. Lo visto frente a la catedral, a pesar de su edad, los había desgarrado. Solo el pequeño Roger parecía libre de la depresión. Ya andaba solo y parloteaba. Era el único capaz de arrancar sonrisas. Y con ello aligeraba la difícil convivencia.

—¿Qué haremos si Pascale no regresa? —Blanca abordó el tema con su cuñada—. No podemos pasar mucho más tiempo aquí. Tarde o temprano nos descubrirán y estamos agotando las provisiones.

—Recemos para que vuelva. Tenía planeado cruzar el mar hasta Albania si éramos derrotados. Pero es él quien conoce a los marinos.

—Si no regresa, nos acabarán entregando a los franceses —murmuró Blanca.

—¡Eso no! —exclamó Margarita—. Ni lo pienses. ¡Pascale volverá!

Pero la angustia no la dejaba dormir. Veía a su querido Ricardo y lloraba en silencio. Daba vueltas y vueltas en el lecho, y se levantaba para acariciar con ternura la mejilla a sus hijos y regresaba a la cama, donde rezaba sin poder conciliar el sueño.

Pascale Coppola observó Brindisi desde una colina. Iba a pie y sujetaba su caballo por las riendas. El animal estaba tan cansado como él, y casi tan hambriento. Poco se parecía al brillante caballero que abandonó Brindisi con su cuñado para unirse, junto a sus hombres, a las tropas de Conradino. Tenía sus ojos oscuros más hundidos, la cicatriz que le cruzaba la cara acentuaba su aspecto siniestro, y los huesos de los pómulos y la mandíbula se adivinaban a pesar de la frondosa barba negra. El trecho recorrido era de unos quinientos kilómetros, pero se había tenido que ocultar, huir de los angevinos, e incluso enfrentarse a un grupo con las armas. Eran infantes y los dispersó cargando contra ellos. Un par resultaron heridos, quizá muertos. Anduvo de noche para evitar aquel tipo de encuentros, perdiéndose a veces. También se vio obligado a vender lo que tenía, incluida la armadura, aunque conservó daga y espada. Con ello consiguió algo de comida, a precios exorbitantes. Incluso había robado, a punta de espada, prometiendo a sus víctimas devolverlo si la fortuna le volvía a sonreír.

Si su estado físico era deplorable, el anímico era aún peor. No se quitaba de la mente la terrible imagen de Ricardo agonizando, suplicándole que lo matara. Durante el día dormitaba, siempre alerta. Y Ricardo se le aparecía en sus breves sueños.

Tampoco sabía qué había sido del resto de sus hombres. Temía lo peor. Y ahora se preguntaba ansioso cómo encontraría a su familia.

Atardecía. Y Pascale contempló aquella ciudad que amaba y que había sido suya. Era bella y única. El mar Adriático se internaba en la tierra con un profundo golfo cuya entrada custodiaban un grupo de islas. El golfo formaba un embudo y seguía en un estrecho que se bifurcaba en dos bahías que abrazaban el promontorio donde se alzaba la ciudad. Era una península unida al continente por el suroeste. Una poderosa muralla protegía ese flanco. El puerto era excepcional. Su ubicación amparaba las naves de cualquier viento. Estaba defendido por un gran castillo en su zona más ancha, y por muros y torres en el resto.

Pudo distinguir, a lo lejos, que en las murallas ondeaban las enseñas de la flor de lis de Carlos de Anjou. Buscó con la mirada una pequeña granja situada a las afueras, al norte, en un lugar apartado, y cercana a unos humedales conectados con el mar. Si todo había ido bien, Margarita, Blanca y los niños estarían allí. Se acercaría de noche; mientras, se mantendría escondido. Todos lo conocían.

Los perros ladraron y el granjero salió con un candil y un largo cuchillo.

—¿Qué queréis? —gritó tratando de sonar firme—. ¿Quién sois?

—Pascale Coppola —respondió a media voz.

El granjero acercó la luz a su rostro.

—¡Válgame Dios! ¡Sí que sois vos! Cuesta reconoceros. ¡Pasad aprisa!

La alegría en el interior fue indescriptible: besos, abrazos, saltos, palmoteos y exclamaciones de felicidad. La esperanza alumbró la oscuridad en la que vivía Blanca y, por primera vez desde que aquella terrible visión la golpeó a las puertas de la catedral, una breve sonrisa se mostró en su rostro al abrazar a su hermano.

Solo Giacomo miraba ceñudo a su tío. Sabía que había partido junto a su padre. Y regresaba solo.

—Papá —murmuraba acusador. Seguía viendo su rostro en aquella cabeza clavada en la pica.

9

Una vez pasada la alegría por la llegada de Pascale, regresó la angustia. Era imposible embarcarse en Brindisi, puesto que, si difícil era entrar en la ciudad sin ser descubiertos, lo era más huir en barco del puerto dada la exhaustiva vigilancia. No solo se encontraba perfectamente guardado por tierra, sino que una galera vigilaba el litoral. Los franceses no querían que escapara ningún gibelino. Temían que los fieles a la casa Hohenstaufen se reagruparan para continuar la lucha. La zona de la granja era poco frecuentada, y Pascale tomaba todo tipo de precauciones cuando exploraba sus alrededores. Quería cruzar el Adriático hasta la isla de Corfú, situada a unas cincuenta millas marinas. Allí pensaba encontrarse con otros refugiados para viajar a Sicilia y seguir la lucha. No iba a dejar las armas. Cuando supo lo de la cabeza de Ricardo expuesta al escarnio público, no pudo evitar unirse a las lágrimas del resto de la familia. Lo recordaba pidiéndole que lo matara, y su tremenda angustia al no poder ayudarlo. Un nuevo pesar y una cólera intensa se apoderaron de él. De una u otra forma tenía que hacerles pagar aquello a los angevinos. Por aquel entonces llegó la noticia de la captura de Conradino, de su primo el príncipe y de los nobles que lo acompañaban.

—Lo siento mucho —dijo Pascale—. El tirano lo matará. Pero la lucha contra el despotismo de Carlos de Anjou no acabará con la ejecución del joven rey.

Le llevó más de dos semanas organizar la huida. No podía comunicarse sin la ayuda de los granjeros, temía a los delatores y era muy cauto contactando con los marinos y los soldados que protegieron a la familia y que se ocultaban en el monte.

Escogió una noche sin luna, a finales de septiembre, para embarcarse. Al atardecer anduvieron cautelosos, con los niños, sus menguadas pertenencias y dos de sus fieles ballesteros hasta los cañaverales de las cercanas marismas.

—Nos ha visto un pastor —avisó Blanca.

—Me he dado cuenta —confirmó su hermano—. Ya es mala suerte. Pero es casi de noche, las puertas de la ciudad están cerradas y no vendrán hoy a por nosotros. Mañana, si Dios quiere, estaremos ya muy lejos.

—Que lo quiera —murmuró Blanca acariciando la cabeza de Giacomo.

Estaba aterrorizada. Era la primera vez que se embarcaba en un viaje tan largo. Y de noche. Antes solo había navegado por la bahía, en aguas apacibles, de recreo con la familia; aunque sabía nadar, aquella travesía la intimidaba.

Aguardaron escondidos en los cañaverales y, ya de noche, Pascale fue a la playa e hizo señales al oscuro mar con un farol. Se había levantado viento y debía atender a que no se apagara la llama. El Adriático estaba agitado y las olas recorrían largas distancias mojándole los pies.

Después de horas en completa oscuridad, sin divisar luz alguna, empezó a dudar de que apareciera la nave. Temía lo que les ocurriría de no poder huir. El pastor los iba a delatar, la recompensa era generosa y al día siguiente tendrían a la caballería encima. No sufría por él, sino por las mujeres y los niños. No le quedaba más esperanza que el oscuro mar que rugía al frente. Y forzaba la vista rezando por ver una luz.

El viento silbaba entre los cañaverales y la oscuridad era absoluta. Los niños temblaban y lloraban. Sus madres trataban de consolarlos cantándoles canciones. Blanca se preguntaba qué iba a ocurrir y lo temía. Cuando no cantaba, rezaba. Y, con los corazones encogidos, niños y adultos sintieron que transcurría un tiempo infinito.

—¡Una luz! —exclamó al fin Pascale alborozado—. ¡Gracias a Dios!

La esperanza renacía. Un destello, dos. Espacio. Otro destello. Espacio. Un cuarto destello. ¡La contraseña! ¡Era la nave!

—¡Están aquí! —gritó.

Los soldados corrieron a avisar a las mujeres.

—¡Nos vamos! —dijo Margarita abrazando a Blanca.

Acercaron a los niños y después los bultos a la playa. Otro punto de luz apareció en el mar y lentamente fue acercándose. Tenía que ser una chalupa.

Al rato llegó una gran lancha guiada por el farol de Pascale. Caló su quilla en la arena y saltó un hombre. El patrón era un griego que contó el adelanto en onzas de oro que Pascale le entregaba mientras su tripulación de seis marinos se ocupaba, con la ayuda de los dos soldados, de darle la vuelta a la embarcación. Resultaba difícil debido al oleaje. A lo lejos, la luz de la nave brillaba como una esperanza.

—Mal día este para jugar en la playa —gritó el patrón en italiano.

Quería que lo entendieran y tuvo que elevar la voz para imponerse al oleaje. Y añadió quedo para que solo lo oyera Pascale:

—No contaba con esta mala mar. Os puedo llevar a vos, a las mujeres y a los niños. Pero no a esos dos. Tantos zozobraríamos al cruzar donde rompen las olas. —El hombre gruñó al notar la daga de Pascale en la garganta.

—Cabemos todos e iremos todos —dijo—. Y vos seréis el último en abordar la lancha.

Sabía que sin sus hombres era muy probable que él terminara alimentando a los peces, que asaltaran a Blanca y Margarita y que tanto ellas como los niños fueran vendidos como esclavos en el norte de África.

—Si alguien se queda en esta playa, ese seréis vos —lo amenazó—. Y antes os degollaré.

El patrón volvió a gruñir y empezó a gritar órdenes. Los marinos mantuvieron la estabilidad de la embarcación sujetándola lo mejor que podían mientras los ballesteros ayudaban a las mujeres y los niños a embarcar y cargaban los bultos. La quilla debía encarar siempre las olas, cada vez más altas y potentes. De lo contrario, volcarían.

Los marinos se pusieron a los remos mientras los soldados, el griego y Pascale empujaban la chalupa al mar. Fueron subiendo cuando ya apenas tocaban tierra. El último fue el patrón, que de inmediato se hizo cargo del timón y empezó a gritar a todo pulmón para marcar el ritmo de boga. Pero el rugido del oleaje era tan intenso que apenas se oía. Pascale, a su lado, lo vigilaba daga en mano.

El mar estaba oscuro como boca de lobo y solo en algunos momentos, dependiendo del vaivén, alcanzaban a distinguir el punto luminoso del barco en el horizonte. Los niños se mantenían acurrucados, temblorosos, y chillaron cuando la primera ola levantó la proa para hacerla caer. A los gritos siguió el llanto. Una gran masa de agua se precipitó sobre la barca y los soldados empezaron a achicarla a toda prisa con unos barreños. Apenas se habían alejado de la playa y ya estaban a punto de hundirse. Pascale se dijo que el patrón tenía razón en cuanto al peso, pero que no se iba a echar atrás. O se salvaban todos o ninguno. Los marinos empujaban con fuerza los remos y otra ola los golpeó. Blanca y Margarita rezaban en voz alta y los demás las acompañaban murmurando entre dientes y jadeando por el esfuerzo. El balanceo era terrible y la joven viuda trataba de sujetar a Giacomo agachado en el fondo de la barca mientras agarraba con todas sus fuerzas a Roger con su brazo derecho.

—Sujétate al banco —le pedía a su hijo mayor—. ¡Fuerte!

El terror que sentía derivaba en pánico. Otra ola cruzó la

lancha y se sujetó como pudo, junto a Giacomo. El niño tosió, había tragado agua, y ella temió que se ahogara incluso dentro de la barca. Aquello parecía el fin del mundo.

—¡Dios mío! —murmuró—. ¡Tened piedad!

La cuarta fue la peor. Blanca notó que el mar le arrancaba al pequeño de los brazos. El niño chilló y ella lanzó un grito desgarrador.

—¡Roger!

A la luz del farol de la chalupa, Giacomo vio cómo, a pesar de la tormenta y de aquellas colosales sacudidas, su madre se incorporaba después de gritar y tendía los brazos hacia aquel mar rugiente y salvaje. Y cómo de inmediato saltaba hacia la oscuridad.

Con los ojos desorbitados, levantándose en cuclillas, el niño se quedó mirando hacia donde su madre había desaparecido. No veía nada. Abría la boca como cuando chilló al ver la cabeza de su padre clavada en la pica. A pesar de su edad, sabía que ni hombre ni animal podían seguir vivos sin cabeza. Y también que la muerte se escondía en aquella estrepitosa negrura. Nunca más volvería a ver a su padre, y supo entonces que tampoco vería ni a su hermano ni a su madre. Esta vez ningún sonido surgió de su garganta. Se agachó. No por miedo a las olas. Sus piernecitas no lo sostenían. No cerró ni los ojos ni la boca hasta que la siguiente ola le golpeó el rostro.

—¡Da la vuelta! —le ordenó Pascale al patrón.

Desde la parte de atrás de la barca lo había visto todo. Cómo el mar arrancaba a Roger de los brazos de su madre y cómo Blanca, apenas sin pensarlo, se lanzaba tras él. Estaban cerca de la costa. ¡Había que rescatarlos!

—¡Da la vuelta, maldito seas! —le gritó de nuevo ante su pasividad.

El patrón se aferraba al timón tratando de cruzar la zona en que rompían las olas más altas.

—¡Que el diablo os lleve! —rugió.

—¡Da la vuelta o te mato! —Pascale empezó a hincarle la daga en el costado.

—¡Matadme si queréis! —aulló el patrón—. Pero si doy la vuelta, moriremos todos.

Pascale comprendió que estaba en lo cierto y dejó ir un sollozo. Impotente y con lágrimas en los ojos, miró hacia la oscuridad buscando a su hermana. Pero solo vio la negrura del mar.

—Además —añadió el griego—, con ese mar se ahogarán sin remedio.

La siguiente ola apagó el farol. Y continuaron, luchando contra la fortísima marejada en la oscuridad, hacia la pequeña esperanza de aquella luz lejana.

Pascale puso la mano sobre el hombro de su sobrino. Él estaba roto y se decía que aquel chiquillo, que se encogía hecho un ovillo y calado hasta los huesos, huérfano ya de padre y madre, lo estaría mucho más. Y murmuró entre dientes:

—Señor, apiadaos de sus almas. —Lloraba—. ¡Qué terrible! Padre del cielo, ¿cuándo terminarán nuestras desdichas?

10

Blanca no se consideraba una mujer valiente. Ni siquiera resuelta. Admiraba a su cuñada Margarita cuando, sin titubear, decidía si se hacía aquello o lo otro. Y también a su marido y a su hermano. A veces le parecían imprudentes, violentos o crueles, pero nunca vacilaban. Eran gente de acción. Al contrario, ella cavilaba demasiado y dudaba.

Pero cuando aquella noche el mar furioso le arrebató a su hijo menor de los brazos, se incorporó a pesar de la terrible furia del mar y se quedó desafiando las olas con los brazos extendidos hacia la oscuridad. Fue solo un instante en el que los pensamientos cruzaron su mente como un relámpago. ¿Para qué quería ella seguir viviendo? Ver la cabeza de su marido clavada en una pica la había matado ya. Y la pérdida de Roger era la puntilla. Las aguas enfurecidas del Adriático serían más misericordiosas que una miserable vida de refugiado sin la mayor parte de los que amaba. Estaba segura de que Pascale y Margarita cuidarían del pequeño Giacomo como de sus propios hijos, y temía ser, dado su carácter temeroso, más que ayuda, un estorbo.

Y saltó a aquellas aguas furiosas sabiendo que era casi imposible alcanzar a Roger y que iba a morir ahogada. Notó el frío y que una ola la arrastraba. Tragó agua y trató de respirar empujándose con las piernas hacia arriba. Otra ola la golpeó, pero de pronto, sin apenas aire, en aquella oscuridad acuosa e inmensa, topó con algo. Y se aferró a ello. ¡Era un niño! ¡Era Roger! Y en el fragor de las olas oyó su quejido que otra ola acalló. ¡Aún vivía! ¡Era un milagro!

Lo sujetó con ambas manos mientras trataba de mantenerle la cabecita fuera del agua pateando con desesperación. La falda de su larga gonela se le enredaba en las piernas. ¡Debía salvarle la vida! Otra ola los cubrió. Tragó agua y lo oyó toser.

—¡Roger! —murmuró.

Quería decirle que estaba allí con él, que se tranquilizara, que su madre lo salvaría. Pero tragó más agua. Las olas los golpeaban sin descanso y, después de mucho luchar, Blanca sintió que las fuerzas la abandonaban. Cuando ya perdía toda esperanza, de pronto sus pies tocaron algo. ¡Era el fondo! Y recordó que apenas se habían alejado cuando cayeron al mar. ¡Y las olas los empujaban a la orilla! Pero no era tan fácil. También los arrastraban de vuelta. Dejó de pisar suelo. Pero ahora, a pesar de la oscuridad, estaba orientada. Y dirigió sus esfuerzos a alcanzar la costa. Había esperanza.

Sujetaba a su hijo con una mano y trataba de ayudar a sus piernas con el otro brazo. Al poco, otra ola los lanzó hacia la playa y volvió a tocar fondo. Para perderlo de nuevo con la resaca. Al menos, se podía permitir respirar y mantener la cabeza de su hijo fuera del agua lo suficiente. Y así fue luchando, ganándole palmo a palmo al mar, hasta que al fin pudo lanzar al pequeño a la arena. Ella seguía peleando contra el oleaje que, a causa de su vestido mojado, la arrastraba para engullirla de nuevo. Vio que otra ola se llevaba a Roger, que lloraba, pero pudo sujetarlo cuando llegó a su altura. Volvió a lanzarlo hacia tierra mientras avanzaba a gatas. Y al fin llegó donde estaba el niño, aún a merced del mar, y lo arrastró lejos. Tenía que apartarse de aquellas aguas asesinas; gateó, se incorporó y volvió a caer una y otra vez hasta llegar donde no podían alcanzarlos las olas por altas que fueran. Y allí respiró hondo, ávida de aire. No sabía cuánta agua había tragado ni cuánto tiempo había estado luchando, se encontraba completamente agotada. El chiquillo tosía, pero estaba bien.

—¡Gracias, Dios mío! —murmuró—. ¡Un milagro! ¡Ha sido un milagro!

No daba crédito a su fortuna. Miró hacia la oscuridad y no pudo divisar la luz de la nave. Roger seguía llorando, ahora de frío y hambre. Le dio el pecho y aquel acto amoroso y maternal le produjo un gran sosiego. El niño calló y ella, abrazándolo, se tumbó para sumirse en un profundo sueño, en el que, de forma extraña, sentía que la tierra firme los acunaba.

—¡Mamá! ¡Mamá!

La manita de Roger le tiraba del pelo. Había perdido la toca y lo tenía al descubierto. Vio el sol ya alto, aunque era otoñal y calentaba poco. Seguía aún mojada y tenía frío. Acarició y besó a su hijo. Él también estaba mojado, pero el hambre le era más urgente y le hacía saber lo que quería. Ella también estaba hambrienta. Y sedienta. Aún así se bajó la parte superior de la gonela para darle el pecho. Pensó que la leche que sus senos guardaban no sería suficiente. Se dijo que debían beber, comer y secarse.

El mar continuaba bravo, y Blanca contempló las olas, ahora blancas y azules, que seguían llegando, incansables, una tras otra. Con la esperanza de otro milagro, miró hacia el horizonte en busca de aquella nave que los iba a rescatar. No vio ninguna embarcación y suplicó en un murmullo:

—Señor Dios mío, que al menos se salven ellos.

Estaba sola, completamente sola con su hijo, y debía valerse por sí misma. Se dijo que tenía que luchar por su pequeño y aquel pensamiento le dio unas fuerzas de las que creía carecer. Observó la larga playa tratando de orientarse. Vio a lo lejos, hacia el este, unos cañaverales. Quizá fuera la marisma en la que se escondieron antes de embarcar. Desde allí sabría llegar a la granja. Allí los socorrerían.

Había perdido los zapatos y anduvo un largo trecho con Roger en brazos hasta llegar al humedal. Sería mediodía y buscó un árbol para descansar y protegerse del sol. El niño quería comer de nuevo. Antes no había quedado satisfecho, lo único que le podía dar era su pecho, y se asombró de tener aún leche a pesar del ayuno. Estaba muy sedienta, pero no iba a beber de aquella agua estancada y salobre. ¡Tenía que llegar a la granja!

No fue fácil cruzar el pantano. Tenía los pies destrozados y volvía a sentirse agotada. Roger lloraba y se enrabietó. Pero nada podía hacer ella más que seguir y rezar.

Al rato divisó la granja, había acertado y dio gracias a Dios. ¡Estaban salvados! Quiso entonces tranquilizar al niño dándole caricias y cariño.

—¡Ya falta poco, mi amor! ¡Aguanta, que ya llegamos! ¡Dentro de poco nos secaremos y comeremos!

Y siguió el camino.

Al llegar a la granja era media tarde. Blanca se extrañó de no oír a los perros. Pero continuó avanzando. No tenía más opción. Al poco los vio. Estaban tendidos a la entrada del patio central. Los habían acuchillado.

—¡Ay, Dios mío!

Dejó al niño en el suelo y corrió al interior. Las puertas estaban abiertas y allí, en el pajar, colgaban ahorcados cinco cuerpos. Blanca los reconoció de inmediato. Eran su fiel criada, el granjero, su mujer, el hijo de ambos y la esposa del joven. Cayó de rodillas al suelo y se cubrió la cara con las manos llorando. El pastor los delató y los franceses habían pasado por allí. Se esforzó en mirar a los cadáveres. Habían sido torturados. Querían que les dijeran dónde estaban ellos.

Trató de serenarse. Al menos, tuvo la suerte de no toparse con ningún soldado y de que en el patio hubiera un pozo. El cubo estaba en su lugar, extrajo agua y, con el cuenco de sus manos, le dio de beber a Roger para después hacerlo ella, hasta saciarse. A continuación, exploró la granja en busca de alimentos. La habían saqueado por completo, incluida la bodega. No quedaba animal alguno, aparte de los cadáveres de los perros. Se habían llevado incluso los pocos muebles que había. A Blanca le sorprendió que no la quemaran. Luego pensó que habría sido una estupidez. Aquella era una buena granja y los angevinos la debían de reservar para alguno de sus fieles.

No se podía quedar allí, sin duda volverían. Lo revisó todo de nuevo. Pero tampoco encontró nada que comer ni ropa que vestir. El niño lloraba, tenía hambre y frío. Al igual que ella. Seguían mojados.

Las brasas del hogar estaban apagadas, pero quedaba leña. Y allí mismo encontró unas piedras de pedernal y unos eslabones de una cadena de hierro. Sabía que con aquello se hacía fuego, pero ella nunca lo había hecho. Sin embargo, precisaba de un cuchillo antes incluso que del fuego. Algo le habían contado sobre el filo del pedernal y empezó a golpear las piedras tratando de romper una. No estaba adiestrada en trabajos manuales y se hizo cortes en las manos, pero siguió. Su perseverancia fue recompensada y, después de partir la piedra, obtuvo una arista en el lugar de la fractura. Con ella corrió hasta el granero, se subió al altillo y allí cortó la cuerda de la que colgaba su querida criada. Se estremeció al oír el impacto del cadáver contra el suelo, pero siguió adelante e hizo lo mismo con el cuerpo de la mujer más joven. Una vez abajo, rezó una oración rápida por los ejecutados, pidió perdón a las mujeres y desnudó sus cadáveres. Usó las ropas que no quería para secarse y se vistió como una campesina. Las alpargatas le calzaban bien. Después envolvió con ropa seca a Roger y dejó su vestido al sol.

A continuación, trató de encender fuego con el pedernal y el hierro. Tenía paja, ramitas y hojas de carrasca secas que prenderían. Pero a ella no le salía y se ponía cada vez más nerviosa. ¡Señor, que no los encontraran allí! Golpeaba piedra y metal. Saltaban chispas y las soplaba sobre la yesca: no pasaba nada. Pero al fin prendió. ¡Fuego! Tenía un hambre atroz y Roger no paraba de llorar. Solo había una cosa que comer. Blanca se santiguó y fue a por los perros. Escogió el cadáver del que parecía más joven y sano, lo metió en la casa y con el pedernal empezó a despellejarlo y a cortar trozos de carne. Lo hacía muy mal: obtuvo un pedazo de aquí y otro de allí. Puso una piedra plana, soportada por otras dos piedras, encima del fuego y allí fue cocinando la carne ayudándose de palos que ella misma afilaba. Era la primera vez en su vida que preparaba una comida. Antes, siempre la habían servido.

La carne estaba dura. Le revolvía el estómago pensar qué era aquello. Pero alimentaba.

Cerró los ojos por un momento y se dijo que se producía un segundo milagro. ¡Nunca se hubiera creído capaz de hacer lo que estaba haciendo! Se miró las manos. Las tenía ensangrentadas. Después se dijo que, de no haber sido por Roger, se habría dejado morir. Primero en el mar. Después en la playa. Su amor la guiaba. La hacía atreverse a cosas que jamás se le hubieran ocurrido. Besó con ternura al pequeño y el cariño que inundó su pecho llenó sus ojos de lágrimas. Estaba agotado, aún hambriento, pero vivo.

—Vivirás, hijo mío —murmuró—. Tu madre lo conseguirá, te lo prometo. Hará lo que sea por ti.

El temor la embargó. Si el futuro era amenazante antes, ahora, sola y rodeada de enemigos, era mucho peor. ¿Sería capaz de cumplir la promesa de vida que le acababa de hacer al niño? La duda la corroía.

Sabía que, si se quedaba allí, tarde o temprano los prenderían. ¿Qué podía hacer? ¿Adónde ir? Tenía que buscar un refugio. Pero no sabía dónde encontrarlo.

11

Al fin tomó una decisión. Había que darse prisa. Descolgó también el cadáver de la granjera y le quitó la ropa. Cocinó toda la carne de perro que pudo y la guardó en un fardo que hizo con el vestido de la mujer. Después, con una de las sogas de los ahorcados, compuso un haz con la leña que había junto a la chimenea y lo transportó todo a un grupo de árboles distantes de la granja, donde había unos matorrales que permitían ocultarse. Hizo otro viaje para llevar a su refugio toda el agua que pudo en un cántaro roto que halló junto al pozo. El viento persistía, pero no amenazaba lluvia. Sus ropas estaban secas; antes de partir rezó de nuevo frente a los cadáveres de las mujeres tendidos en el suelo del pajar y los de los hombres aún colgando.

—Gracias por este último favor —le dijo a su criada.

Se tiznó con cenizas el rostro para disimular su blancura y aparentar ojeras, y cargó con el niño hasta su nuevo refugio. Tarde o temprano alguien se acercaría a la granja y descubriría las huellas de su paso. Confiaba en que la distancia impidiera que los descubrieran si Roger lloraba. Pasó la noche dormitando los ratos que el chiquillo también lo hacía. Tampoco podían quedarse allí, y a la mañana siguiente, después de comer la carne que quedaba, emprendió el camino a la ciudad. Cargaba con Roger en una mochila confeccionada con los vestidos de las mujeres y con el hato de leña. Dejaba escondidas sus ropas entre los matorrales y vestía como una campesina.

—¿Quién eres y a qué vienes a la ciudad, mujer? —la interrogó un soldado a las puertas de Brindisi.

—Me llamo Margarita di Fiore y traigo este hato de leña que me ha encargado don Antonio di Murano. —Trataba de imitar la forma de hablar de sus criadas.

No podía usar ni su apellido familiar ni el de su esposo, Blume. En alemán significaba «flor», y Blanca lo había traducido al italiano para pasar desapercibida. Antonio di Murano era un importante mercader veneciano que llevaba años instalado en Brindisi. Blanca estaba segura de que el cambio de régimen no le habría afectado. Supo sobrevivir con éxito a todos los anteriores. Antonio les debía favores, tanto a Ricardo como a Pascale, hizo grandes negocios gracias a ellos y frecuentaba su casa. Era un tipo afable y obsequioso que le caía bien y que había mostrado su afecto a los Coppola. Era el único de sus amigos que quedaría en la ciudad y del que se podía fiar. Él sabría qué hacer y la iba a ayudar a reunirse con su familia.

—No creo que te lo encargara don Antonio. ¿No sería su mayordomo? —inquirió desconfiado el soldado.

—Don Antonio —afirmó ella tajante—. En persona.

El soldado la observó de la cabeza a los pies. Blanca se esforzó en aparentar tranquilidad. Rezaba para que no la reconociera, ella había sido la primera dama de Brindisi después de que muriera su madre. A pesar del tizne, no podía disimular sus intensos ojos verdes ni sus facciones regulares. Cubría su hermosa melena azabache con la toca y, aunque la ropa le iba un poco ancha, pudo ver que al soldado le gustaba su figura.

—¡Déjala pasar! —intervino un oficial—. No quiero disgustar a don Antonio.

El hombre sonrió y le guiñó un ojo al soldado. Ambos pensaron lo mismo.

—¡Pasa, mujer! —le dijo el soldado acompañando la orden con una palmada en el trasero de Blanca para después demorar su mano allí.

Ella no protestó y se apresuró a entrar en la ciudad con Roger y su carga.

—¿Quién sois y qué queréis? —quiso saber Antonio cuando la llevaron a su presencia—. Yo no os he encargado nada.

Blanca había soltado la leña, pero no a Roger. Se encontraban en el comercio del veneciano; los mozos entraban y salían con sacos y baúles. Varios hombres lujosamente vestidos discutían en francés, aquí y allí, con documentos en las manos. Y otros anotaban las transacciones con plumas de ganso.

—Os suplico hablar en privado —dijo ella bajando la voz y mirándolo con intensidad.

Era un hombre rollizo que había superado los treinta años, iba envuelto en sedas y cubría su calvicie con un gorro bordado a juego con un vestido que no disimulaba su panza. Él la miró extrañado. Después arqueó las cejas.

—¡Válgame Dios! —exclamó—. ¡Ya recuerdo! ¡Claro que encargué esa leña! ¡Qué memoria! Me preocupa. Cada vez la pierdo más.

Y le dedicó una cálida sonrisa que mostró una hermosa dentadura. Blanca se sintió aliviada.

—Pasad por aquí, por favor.

La condujo a una habitación iluminada por una ventana que daba al patio interior.

—¿Sois vos? —inquirió—. ¿Sois *ma donna* Blanca von Blume?

Hincó una rodilla al suelo solicitando sus manos para besarlas. Blanca dejó a Roger en el pavimento para concedérselas.

—Soy yo. Incorporaos, por favor.

—Y este será el pequeño Roger, ¿verdad?

—Así es. Y he venido a suplicar vuestra ayuda.

—La tendréis —afirmó Antonio—. Les debo mucho a vuestro hermano y a vuestro esposo. Pero contadme, ¿qué ha ocurrido?

Blanca le relató su odisea.

—Está bien lo del cambio de nombre, pero sois muy conocida y os tendréis que ocultar. Hasta que el ansia de venganza de los vencedores se calme.

—Estamos en vuestras manos... Pero mi deseo es reunirme con mi familia en Corfú.

—Os ayudaré en todo lo que pueda, todo irá bien, no os preocupéis.

Antonio di Murano acomodó a madre e hijo en una humilde casa de solo una habitación. Era grande y tenía cocina, comedor y dormitorio. En la parte trasera había un patio con una caseta y la letrina. Era uno de tantos hogares abandonados por los gibelinos huidos. Una mujer les llevaba comida y el comerciante la visitaba casi a diario para darle noticias. Blanca se felicitaba. No era la cobarde y apocada que creía. Frente a una situación crítica, donde se jugaba la vida de su hijo, había sabido reaccionar con valor y audacia.

—Vuestro hermano y familia han desembarcado sanos y salvos en Corfú —le dijo Antonio diez días después de su llegada con una de sus cálidas sonrisas—. Planean incorporarse a los rebeldes que resisten en la isla de Sicilia.

—¡Gracias, Dios mío! —exclamó aliviada—. Hacedle saber que estamos bien.

—Lo haré. No lo dudéis.

Blanca se había recuperado y, a pesar de su encierro y de la tristeza, volvía, de forma natural, a lucir el esplendor de sus diecinueve años. Antonio la contemplaba embelesado. Ella juntó las manos para pedirle:

—¿Podríais embarcarnos en una de vuestras naves y llevarnos a Corfú? ¡Os lo ruego!

El comerciante se mantuvo silencioso unos instantes.

—Es peligroso, señora.

—Si los engañé al entrar, los engañaré al salir. Y más en una nave vuestra. Nadie sospecha de vos.

—Porque soy fiel.

—Pues sedlo con los Coppola por última vez. Cuando mi hermano recupere Brindisi os lo devolverá con creces.

—No lo haré por vuestro hermano, señora. Ni por todo lo que él me pueda dar. Sino por vos.

—¿Por mí?

—Por vos, señora. —Antonio hincó la rodilla y buscó las manos de Blanca.

Esta, después de dudarlo, se las entregó para que las besara.

—Cada vez que vuestro marido me invitaba a vuestra casa o cada vez que os veía por la calle, mi corazón daba un vuelco —continuó—. No ha habido, no hay ni habrá en Brindisi una dama más hermosa que vos. Ni con mayor encanto. Os veía pasar, altiva, lejana, con un estilo y una elegancia fuera de este mundo. ¡Tanta clase ha de venir del cielo! Estaba, y estoy, hechizado por vuestra mirada, por vuestro andar, por vuestra sonrisa... Concededme el honor de ser vuestro caballero. Y arriesgaré mi vida, si hace falta, para haceros llegar a vos y a vuestro hijo sanos y salvos, a Corfú o a Epiro.

Blanca le sonrió aliviada y feliz. Aquella devoción por parte del veneciano la incomodaba, pero de ninguna forma podía desairar a su protector. Dependía de él y de su benevolencia.

—Concedido. Pero hacedlo lo antes posible.

—Os lo prometo.

12

Aquel día Antonio di Murano la visitó cuando Betta, la mujer que los atendía, había sacado a pasear a Roger. Blanca no podía dejarse ver en la calle y no quería condenar al pequeño a aquel encierro.

—Está todo listo para que partáis mañana por la mañana, señora —le dijo el mercader con una pequeña reverencia.

Blanca lo esperaba con ansia, no entendía que su partida se demorara tanto. Antonio decía que en octubre las tormentas eran frecuentes en el Adriático y quería, por seguridad, esperar a que una de sus mejores naves hiciera la travesía a Corfú. La noticia le llenó el corazón de gozo. Blanca temía que aquel hombre la quisiera retener a causa de la fascinación que parecía sentir por ella. Nunca le había parecido la sonrisa del mercader tan hermosa. Se puso a dar saltos de alegría y a palmotear.

—¿Lo sabe mi hermano?

—Lo sabe y os espera. Preparad el equipaje.

—¡Ya está preparado! ¡Si apenas tenemos nada!

El hombre se quedó mirándola sonriente.

—Quisiera pediros algo —dijo.

—¡Pedid y lo tendréis si está en mi mano!

—Os pido vuestro amor.

—¿Mi amor? —Ella, sorprendida, dejó de sonreír.

—Sí, vuestro amor, señora. —Hincó una rodilla al suelo, tomándola de las manos como acostumbraba.

Ella vaciló.

—Lo tenéis, de la forma que una dama galante ama a su caballero...

—Lo necesito entero.

—Pero ¡qué decís, Antonio! —se escandalizó.

—Os amo con desesperación y necesito teneros antes de que partáis. —Parecía desconsolado—. De lo contrario moriré.

—¡No! —cortó ella tajante. Y apartó sus manos de las de él—. ¡No, Antonio! Pero ¿es que habéis perdido la cabeza? ¡Acabo de enviudar, y amaba a mi esposo con locura! No soporto el pensamiento del contacto físico con otro hombre.

La expresión del mercader cambió. Ahora se mostraba airado.

—Pues tendréis que pagar por el viaje, señora.

—¿Qué? Bien sabéis que no tengo dinero. —Y miró el anillo que Ricardo le había regalado. Era la única joya que conservaba. El resto las depositó en la caja que su hermano custodiaba, destinada a la supervivencia de la familia en el exilio. Nunca se desprendía de aquel anillo. Era el recuerdo de un amor inmenso y apasionado. Después lo miró a él. Su aspecto era ahora despiadado—. Tomad mi anillo —dijo sacándoselo.

—No es suficiente, señora.

—¡Es todo cuanto tengo! ¡Os lo suplico!

—Si no me amáis, no habrá viaje.

—Pero ¿qué decís? Mi hermano pagará lo que haga falta, y cuando recupere el poder...

—Nunca un Coppola volverá a tener poder en Brindisi, señora. Conradino ha sido decapitado en Nápoles junto a sus fieles, y su cuerpo arrastrado por las calles y abandonado en la playa para que perros y gaviotas lo devoren. Carlos de Anjou tiene el amor del papa y es más poderoso que nunca. Si antes dudaba, ahora ya estoy seguro. Los Coppola estáis acabados, al igual que los Blume. Tan muertos como Conradino. Vuestro hermano está vendiendo joyas para sobrevivir en Corfú. Sois vos la que tenéis que pagar vuestro viaje y el de vuestro hijo. ¿Sabéis qué ocurriría si los franceses dan con vos? ¿Y con el niño?

Blanca sacudió la cabeza negando. Se creía salvada y de repente estaba al borde del abismo.

—No me podéis hacer esto..., os lo suplico. —Las lágrimas acudían a sus ojos.

—No os pido más que lo que tantas mujeres hacen cada día..., no es nada raro, es natural...

—Pero...

Él volvió a tomarle las manos, esta vez sin arrodillarse.

—Nadie lo sabrá, vuestra honra quedará intacta. Y mañana partiréis hacia Corfú.

Ella sollozó.

—¡No! Por favor...

—Será solo un momento... —Y le quitó la toca que cubría sus cabellos azabaches—. En un rato habrá terminado y vos estaréis de camino. Arriesgo mi vida por vos, señora.

La melena se desparramó sobre su vestido blanco. Él le acarició el cabello y ella le dejó hacer. Se preguntaba qué otra opción tenía. ¡Mañana partiría!, se decía. Y Pascale le haría pagar por aquello a aquel miserable.

La fue desnudando lentamente, y ella se quedó de pie, con los ojos cerrados, confusa, sintiendo que enrojecía de vergüenza. No podía creer que le pasara aquello. Era una pesadilla.

—¡Santa Madonna! —exclamó él antes de desvestirse—. ¡Qué hermosura!

La condujo a la cama y empezó a acariciarla mientras la besaba y le murmuraba dulces palabras. Ella se mantenía rígida y, para ausentar su mente de lo que estaba ocurriendo, se repetía: «Pronto terminará. Y en un par de días veré a Giacomo, a mi hermano y al resto de la familia. ¡Roger estará a salvo!».

Pero de pronto la suavidad cambió a violencia y aquel tipo la penetró sin miramientos. Lo hizo varias veces, gruñendo. Y al rato, cuando ella esperaba que se hubiera saciado, le dijo:

—¡Ahora me daréis lo que no disteis a vuestro marido!

—¿Qué? —se sorprendió ella.

Tardó en entenderlo y solo lo hizo, horrorizada, cuando la obligó a girarse. Nunca imaginó que un hombre le hiciera aquello a una mujer. Y aquel individuo fue brutal. Le habían advertido sobre el infierno anticipándole su noche de bodas; sin embargo, con Ricardo tocó el cielo. Lo que ahora experimentaba era el verdadero averno.

—¿Habéis terminado?

Le dolía el cuerpo. Mucho. Tenía los ojos húmedos, pero se contenía para no llorar.

—Sí, *ma donna* Blanca —dijo él iluminando la cara con su sonrisa.

Buscó su ropa y se apresuró a vestirse. Se sentía manchada, sucia. «Indecente, miserable, asqueroso, Pascale os ha de matar», iba pensando.

—Ya os he pagado el viaje —le dijo—. Ahora dejadme sola. Voy a preparar el equipaje.

—No hace falta, *ma donna* Blanca.

—¿Qué?

—¿Es que creéis que voy a dejaros escapar? —Y sonrió.

—Pero... —Lo miraba amargamente sorprendida. Aquel hombre era todo lo contrario de lo que ella había creído.

—¡Debéis cumplir lo prometido! —le gritó indignada.

—No puedo —musitó él. Ahora parecía contrito.

—¿Qué es eso de que no podéis?

—Lo siento, perdonadme, *ma donna* Blanca. He cometido un pecado de amor.

—Pero ¿qué decís? ¿Qué historia es esa? ¡Cumplid lo prometido!

—No puedo.

—Pero ¿por qué?

—Porque nunca encontré a vuestra familia ni en Corfú ni en ningún otro lugar.

—¡Tienen que estar en Corfú! Mi hermano dijo que íbamos allí.

—Pues no está. Y comprenderéis que, mientras no lo encuentre, no os puedo abandonar a vuestra suerte en aquella isla. Además... —Se arrodilló y le cogió las manos.

Ella las apartó con violencia.

—¡Pero me dijisteis que estaban allí! Y que vendían las joyas...

—Mentí. Mentí solo para ver la felicidad en vuestro rostro.

Trató de cogerle de nuevo las manos, pero ella las ocultó en la espalda.

—¡Os amo tanto, *ma donna* Blanca! —Abría los brazos en un gesto desconsolado—. Perdonad mi mentira, os lo suplico. Era una mentira de amor. Un pecado de amor. Pero no temáis, que yo os protegeré a vos y a vuestro hijo.

—He recibido noticias de Brindisi —dijo Pascale.

Se encontraban en unos almacenes del puerto donde se alojaban junto a otros exiliados.

—¿Qué se sabe de Blanca y de Roger? —preguntó Margarita ansiosa.

—Nadie sabe nada —murmuró él cabizbajo.

—¿Y Antonio di Murano? —insistió ella—. ¿Le habéis preguntado a él? Lo que no sepa él no lo sabe nadie.

—Le escribí y ha respondido. Tampoco sabe nada.

—Debemos afrontarlo, Pascale. Han pasado muchos días. Murieron ahogados.

Él cerró los ojos y apretó los labios. Y después murmuró:

—Mañana mismo abandonaremos Corfú con destino a la isla de Sicilia.

PARTE SEGUNDA

—

1268-1275

13

Brindisi, 1268

—Fue una ilusión, un puro engaño —murmuraba Blanca—. ¡Qué frágil es la felicidad!

Ella había sido la dama más alta de Brindisi, cuya nobleza y belleza eran celebradas por los trovadores. Y cuando Antonio di Murano se estableció en la ciudad, ella estaba tan por encima que el mercader ni podía soñar con alcanzarla. Por eso cuando, perseguida e indefensa, acudió a él, quiso quedársela como uno más de los lujos de los que gozaba gracias a su lucrativo comercio con Oriente. La veía como a un animal de calidad del que disfrutar, al igual que el alazán que montaba o los lebreles con los que salía a cazar. Ella jamás podría olvidar que, desesperada, no le ofreció mayor resistencia. Creía que era la única forma de pagar su pasaje y el de su hijo a la seguridad. Todo era un engaño. Se odiaba por haberle dejado, por haber consentido, por haberse prostituido.

No le quedaba familia ni amigos, no tenía adónde ir ni a quién recurrir, nadie querría saber nada de ella, era una apestada, una gibelina rebelde y traidora. La supuesta justicia de Carlos de Anjou perseguía con saña a los vencidos para aterrorizar a las gentes y que nadie más se atreviera a alzarse en su contra. Blanca sabía que su sola presencia contaminaba y que hubiera manchado con la sospecha de traición a cualquiera.

Nadie arriesgaría vida y hacienda por ella. Al tratarse de una dama de alcurnia, los angevinos respetarían su vida para darle un destino peor. Una oscura mazmorra que compartiría con su hijo y una escasa bazofia por alimento. ¡Qué destino tan cruel para un niño! Si no lo mataban, claro. Se estremecía al pensarlo. Imaginaba al pequeño en las tinieblas asfixiantes y claustrofóbicas de una diminuta celda. ¡Era tan terrible! Cuando aquello le venía a la mente, se decía que enloquecería y que mataría a su bebé con sus propias manos. Así le ahorraría el sufrimiento de una muerte lenta de miseria y tristeza en la oscuridad. No podía dejarse capturar. La única opción era permanecer escondidos en aquella casa a merced de aquel mal hombre.

La noche después de que el mercader abusara por primera vez de ella, Blanca no pudo dormir. Deseaba la muerte. Era incapaz de asumir su situación, no entendía cómo había podido caer tan bajo y dejó de comer, para después forzarse a hacerlo cuando su hijo empezó a llorar reclamando la leche de sus pechos. Debía vivir por él.

Betta, la matrona, una mujer enorme de unos cuarenta años, rubia de ojos azules y sonrisa agradable, iba a por agua a la fuente, los proveía de comida que ella misma preparaba, lavaba su ropa y trataba de consolarla diciéndole que debía cuidarse por el niño. Insistía en peinarla y arreglarla, y le llevó un espejo, un objeto de lujo. Al principio Blanca no quería verse. Betta le suplicaba. Era la única persona con la que podía hablar, y terminó por confiarse a ella y desahogarse contándole, llorosa, su angustia.

Antonio di Murano apareció a la semana. Aunque Blanca seguía deprimida, presentaba mejor aspecto y lo recibió de pie, con toda la dignidad de la que pudo hacer acopio y la barbilla alta. Él, cortés, puso rodilla en tierra y buscó su mano para besarla, como hacía en los viejos tiempos cuando ella y su familia estaban en la cúspide. Ella se la retiró.

—¿Qué deseáis? —preguntó ella con voz firme.

—Vengo a visitaros. Para saber cómo os encontráis.

—Ahorraos la molestia, Antonio —repuso ella cortante—. No quiero veros.

Él sonrió y se demoró contemplándola de la cabeza a los pies. Parecía gozar con aquello. Blanca se sentía muy incómoda.

—No se trata de lo que vos queráis, señora —dijo él al fin—, sino de lo que yo quiero.

—¡No me tocaréis! —dijo ella dando dos pasos atrás.

—Sois una hermosura, señora, y quiero contemplaros de nuevo desnuda.

—¡No!

Betta, que se había quedado detrás del veneciano, avanzó inesperadamente hacia una sorprendida Blanca y, sin pronunciar palabra, la tumbó de un bofetón. La joven no podía creer el súbito cambio experimentado por aquella mujer, antes tan dulce y comprensiva. Después, ante su estupor, siempre en silencio, Betta recogió a Roger, que gateaba por la estancia, y salió llevándoselo.

—¡Qué mala mujer esa! —exclamó Antonio sonriendo cínico—. Haré que la castiguen por eso. Y su peor acción no ha sido abofetearos. Lo peor es que no os devolverá al bebé a no ser que me complazcáis en todo aquello que os pida.

Blanca, aún en el suelo, no pudo más y se puso a llorar. Él le ofreció la mano para ayudarla a incorporarse.

—¡Quiero a mi hijo! —sollozó ella.

—Pues arrodillaos.

Blanca se apresuró a hacerlo y juntó las manos como para orar mirándolo suplicante.

—Por favor, dadme a mi bebé.

—No quiero que me recéis —dijo él riendo—. ¡Que aún no soy santo!

Se levantó la túnica, le mostró un pene casi erecto y se lo acercó a la boca. Ella lo observó alarmada. Luego lo miró a los ojos.

—No sé qué queréis que haga —murmuró.

Él volvió a reír.

—¿No le hicisteis eso nunca al noble caballero de vuestro esposo? —se burló—. Pues si la semana pasada aprendisteis una cosa, hoy toca otra.

Ella se mantuvo en silencio. Las piernas le temblaban.

—No os preocupéis, es muy fácil —siguió él—. Acariciadlo con los labios.

Blanca trató de hacerlo y de pronto notó que le introducía aquello hasta el fondo de la garganta. A punto estuvo de vomitar.

A partir de aquel día las visitas de Antonio di Murano pasaron a ser casi diarias.

Sin embargo, Betta era una buena mujer y le confesó que le había pegado por orden del mercader, que se arrepentía y que nunca más lo volvería a hacer. Estaba casada con un campesino que obtenía lo justo para subsistir y realizaba trabajos en las fincas de Antonio di Murano. El suyo, como casi todos, era un matrimonio concertado por los padres, y no estaban bien avenidos. Betta era una mujer fuerte, hasta el punto de que las pocas veces que llegaron a las manos él salió peor parado. Era muy trabajadora. Ayudaba en el campo, llevaba las tareas domésticas de las dos casas y lo que le pagaba el mercader le permitía vivir con un desacostumbrado desahogo.

Betta se encargaba de que siempre estuviera arreglada como una gran dama a la espera del encuentro con el veneciano. Y cuando él llegaba, la criada sacaba a pasear al niño. Aquel hombre sabía cómo dominarla. Blanca trataba de disimular el pánico que sentía, sin lograrlo, cuando la amenazaba, siempre de forma pretendidamente cortés y velada, con su hijo. Él sonreía y gozaba viendo el terror reflejado en sus ojos verdes.

Blanca tuvo que adaptarse a la forma de vida que le imponía aquel hombre, que se había convertido en su dueño y señor. La desconcertaba. Un día aparecía con flores, reverencias y halagos cual caballero honrando a su dama, y al siguiente exigía y la golpeaba. Al principio Blanca se resistía. Trataba de hacerle razonar y se negaba a ceder a sus caprichos. Quería recuperar la osadía mostrada en aquel par de días en que había sido capaz de burlar un mar cruel y a unos no menos crueles angevinos.

Una tarde, antes de que Betta sacara a pasear a Roger, Blanca se negó en rotundo.

—Salid de aquí, Antonio —le dijo—. No os he invitado y no tendréis lo que habéis venido a buscar.

Quería que la mujerona rubia fuera testigo de su resistencia. Él sonrió divertido y, sin decir palabra, desabrochó la gruesa correa de cuero con la que ceñía su túnica. Dio dos pasos hacia Roger y, para asombro y alarma de Blanca, le palpó los genitales.

—Betta, desnuda al niño —ordenó entonces. Y golpeó con el cinto el suelo, que, al ser de tierra apisonada, soltó una nube de polvo—. Le voy a dar los azotes que se ha ganado su madre.

—¡No! —exclamó ella horrorizada—. ¡El niño no!

—¡Sí, claro!

Blanca se estremeció. ¿Qué iba a hacer? ¿Pegar con aquella correa a un niño de poco más de un año? ¿Algo peor? Y se desmoronó.

—¡Dejadlo, os lo suplico!

—Ah, ¿sí? ¿Vais a pagar vos en su lugar?

—¡Sí!

—Betta, llévate al chiquillo —dijo él—. Eso lo vamos a resolver *donna* Blanca y yo a solas.

Y en cuanto salieron, le ordenó:

—Levantaos la falda, apoyaos en la cama y mostradme el trasero.

Ella obedeció. Esperaba recibir los azotes cuando, en lugar de eso, él empezó a acariciarle las nalgas.

—¡Dios mío! —murmuraba—. ¡Qué belleza, qué perfección! Apuesto a que no solo sois la más agraciada, sino que tenéis el culo más hermoso de Brindisi.

Y siguió sobándola con fruición. Parecía entrar en éxtasis.

—¡Esta, y no otra, es la verdadera manzana con la que Eva tentó a Adán!

Y continuó con lo suyo extendiendo las caricias más allá de las nalgas.

—¡Manzanita! ¡Manzanita! Pero qué pena, está un poco verde. ¡Vamos a darle color!

Y empezó a propinarle correazos. Blanca trataba de no quejarse, no quería darle aquel placer, aunque temía que de no hacerlo le diera más fuerte. Y soltó un gemido.

—¡Qué color tan hermoso! Ahora la manzanita está madura.

Y sin más preámbulos, la penetró. Ella comprendió que aquel juego sádico lo encendía en extremo. Se imaginaba su faz redonda babeando y se alegró de no poderla ver. Por fortuna, duró poco, estaba demasiado excitado.

Cuando Betta regresó, él se había ido ya.

—No volváis a provocarlo —la regañó—. Daos cuenta de que ya no sois quien erais y de que en todo dependéis de él. —Y bajó la voz en tono confidencial—: Además, tiene mala fama.

—¿Con los niños? —se alarmó Blanca.

—Sí, también. —Y prosiguió—: Fijaos en vuestra situación. No podéis salir de casa ni para ir a por agua a la fuente. Alguien os reconocería. Y no quiero pensar en las consecuencias para el pequeño Roger. ¿Es que no sabéis lo que está ocurriendo? A los sospechosos de haber apoyado a Conradino los ahorcan, y ya han caído muchos. La mayoría son pobres hombres a los que forzaron a combatir en Tagliacozzo y tuvieron la buena suerte de salvarse y la mala de regresar. ¿Qué creéis que harían con vos, señora? ¿Y con vuestro hijo? Ese hombre es raro y cruel, pero es también vuestra tabla de salvación. —La miró fijamente, severa—. ¿Me habéis entendido?

Blanca afirmó levemente con la cabeza. Por desgracia, la entendía demasiado bien.

—¡Pues no volváis a provocarlo! —Y se fue dando un portazo.

14

Brindisi, 1271

La situación de Blanca fue evolucionando con el transcurso del tiempo. No quería quedarse embarazada, y Betta, a escondidas, le proporcionaba pócimas de curandero con poleo, jengibre, zanahoria salvaje y otras plantas acompañadas de invocaciones y hechizos. Pero a pesar de todas esas precauciones, ocurrió a los tres años. Al principio se disgustó mucho. Sentía que tener un hijo de aquel hombre era una ofensa al recuerdo de su esposo. Betta la consolaba:

—Dios Nuestro Señor lo ha querido así —le decía—. ¿Quién sois vos para contrariarlo? Un bebé es un regalo del cielo. Ya veréis como os confortará, llenará vuestros días de sonrisas, llantos y amor.

Blanca terminó ilusionándose. Se palpaba el vientre y hablaba al inocente ser que crecía en su interior.

—Serás una bendición para esta casa —le decía.

Y preparaba al pequeño Roger, que ya había cumplido los cuatro años:

—Cariño, tendrás un hermanito y jugaremos los tres.

Antonio perdió interés con el embarazo y sus visitas se espaciaron, lo que representó un alivio para Blanca. Un bebé era ilusión, esperanza. Le gustaba notar cómo se movía en su interior e iluminaba su triste día a día.

En sus anteriores partos estuvo atendida por médicos, comadronas y criadas. Pero ahora tendría que dar a luz sola en la casa, sin más ayuda que la mujerona rubia. El veneciano ya le advirtió que estaría ausente. Sentía tanto temor como esperanza. Muchas mujeres morían al alumbrar o de posteriores complicaciones. Decían que para una mujer parir era más peligroso que para un hombre ir a la guerra.

—Antonio —le suplicó al veneciano—. Prometedme que cuidaréis de Roger si yo muero.

El hombre frunció los labios en un breve mohín de desagrado para de inmediato sonreír.

—No veo por qué tengo que prometer nada —le dijo—. Os bastará con mi palabra.

A Blanca no le bastaba, pero no obtuvo nada más de aquel hombre. Así que le pidió lo mismo a Betta.

—Os lo prometo por la salvación de mi alma inmortal —respondió ella—. Y si es de menester, dejaré de comer para que el pequeño Roger coma.

La viuda no pudo más que abrazarla entre lágrimas. ¡Le estaba tan agradecida!

Betta fue su consuelo. La ayudó a resistir aquellos dolores que la desgarraban, y después de horas de lucha, sudores y sufrimiento, oyó al fin el llanto de un recién nacido. Era una hermosa niña que la hizo inmensamente feliz. Había creído morir, pero aquel bebé sano le compensaba de todas las penas pasadas y gozó dándole el pecho por primera vez.

—¡Gracias, Dios mío! —repetía—. Gracias por la vida de ambas.

Unos días después apareció Antonio di Murano.

—Os felicito —dijo—. Es una niña preciosa. Como la madre.

Y le acarició la cara a Blanca y la besó cariñoso. Ella le sonrió y se quiso convencer de que él, que tanto repetía que la quería, tenía algún buen sentimiento hacía ella.

Llamó Ana a aquella niña que, con sus llantos, sonrisas y pañales sucios, la liberó del tedio de su encierro. Pero a los tres meses Antonio se presentó una tarde acompañado de su guardaespaldas.

—¿Qué hace él aquí? —preguntó sorprendida—. Pablo siempre aguarda en la calle.

—Hay que bautizar a la niña —le dijo el veneciano—. La voy a reconocer como mía, y le pondremos Ana, como vos deseáis. Pablo y Betta serán los testigos. Lamento que vos no podáis salir de casa.

No podía negarse. Que Antonio le quisiera dar su apellido a una niña, bastarda para todos, era una buena noticia. La beneficiaba en mucho. En general, los hijos fuera del matrimonio nunca eran reconocidos. No pudo evitar cubrir a su bebé de besos antes de entregarla al padre, que se la llevó.

La espera se hizo interminable y Blanca se empezó a inquietar. Al fin apareció la mujerona rubia. Sus ojos azules estaban enrojecidos por el llanto.

—¿Qué pasa? —preguntó la viuda—. ¿Dónde están los demás? ¿Dónde está Ana?

—Lo siento —murmuró Betta—. No reunía el suficiente coraje para deciros eso.

—¿Eso? ¿Qué es eso? —Rozaba el pánico.

—Antonio di Murano se ha llevado a la niña y dice que no os la va a devolver.

Blanca sintió como si la pobre casa en la que habitaba se hundiera sobre ella. Miró a Betta con ojos desorbitados y extendió los brazos como para que le devolviera aquella niña que ya no estaba. Después se derrumbó cayendo sentada en la cama.

—¿Quééé?

—He tratado de evitarlo, señora. ¡Os lo prometo! Pero ese Pablo me ha golpeado y no he podido. —Abrazó a Blanca y ambas se acompañaron en el llanto—. Lo siento —repetía la rubia—. No he logrado evitarlo.

—Gracias, Betta —le decía Blanca cuando los sollozos se lo permitían—. Gracias por estar conmigo en estos momentos.

Antonio di Murano tardó un angustioso mes en presentarse en la casa. Blanca lo increpó pidiéndole explicaciones, le rogó que le devolviera a la niña, pero lo único que obtuvo fueron varios bofetones y que la amenazara con el cinto.

—Es mi hija —le dijo el veneciano—. Y no quiero que crezca en este ambiente mísero. Recibirá la educación de una señora. Le he cambiado el nombre y dado en adopción a unos amigos. Se criará en el seno de una buena familia angevina y vos no la veréis más. Ni siquiera sabrá quién sois.

La respuesta era tajante, sin opción a réplica, pero ella llorando, con el corazón roto, insistía en que se la devolviera.

—Dad gracias a Dios de que conserváis a Roger —repuso él, y salió dando un portazo.

Blanca comprendió que no tenía solución y trató de superar su dolor gracias a su pequeño. Un niño que, ignorante de lo que le ocurría a ella, correteaba como los de su edad, era gracioso y le gustaba reír. Su alegría le iluminaba el alma.

Al cabo de un tiempo Antonio volvió a frecuentarla con asiduidad, con sonrisas y flores. Pero un día el veneciano, después de satisfacerse, le dijo con el mismo tono con el que podría informar que llovía:

—¡Ah! Una mala noticia, Ana ha muerto. —Y se quedó tan fresco.

No así Blanca, que tuvo que sentarse en la cama para no desplomarse.

—¡Dios mío! —musitó—. ¿Qué?... ¿Qué le ha pasado?

—No sé. No he preguntado. Ya sabéis que los niños mueren con facilidad.

Una profusión de sentimientos la golpearon como las olas de aquella lejana tormenta. Sentía una pena inenarrable, hasta que la rabia la hizo lanzarse con las uñas, que tanto le cuidaba Betta, por delante. Le quería sacar los ojos. Pero él la esperaba y la tumbó de un puñetazo. Ya en el suelo, Blanca no pudo evitar estallar en un llanto desconsolado.

—¡Quiero verla! —decía—. ¡Quiero verla!

Solo entonces Antonio di Murano pareció compadecerse.

—Sea —dijo y salió dando un portazo.

Betta le trajo el cadáver al día siguiente en una cesta y Blanca se despidió cubriéndola de besos. La mujerona rubia, al igual que ella, no dejaba de llorar.

El veneciano continuaba jugando a poseer una gran dama. Seguía con sus inexplicables cambios de humor y de actitud, y tan pronto le declaraba un amor profundo y apasionado y la colmaba de pequeños regalos como la insultaba y golpeaba. La muerte de la pequeña la afectó profundamente e hizo que pensara, aún más, en su hijo mayor y en su familia perdida. No dejaba de rezar por ellos.

Transcurrieron dos años más, y un día que Betta la había acicalado con especial cuidado, su carcelero se presentó con otro hombre.

—*Ma donna* Blanca von Blume —dijo ceremonioso Antonio—. Os presento a don Pierre de Dijon. —Y prosiguió con el mismo boato dirigiéndose al hombre—: Señor, *ma donna* Blanca era la hermana del gobernador de los Hohenstaufen y esposa del comandante de la ciudad y de la guardia personal de Conradino.

Blanca trató de no expresar emoción alguna, pero su faz mostró una palidez extrema. Estaba a punto de desmayarse. Sabía quién era aquel hombre. Había identificado de inmediato su rostro afeitado de jamelgo y recordaba sus inquietantes miradas en el pasado. Lo conocía bien y él la conocía a ella. ¡Era el gobernador francés! Y Ricardo mató al hombre que era su mano derecha por insolentarse con él. Con toda seguridad, buscaría venganza en ella y en su hijo. ¿Por qué la había denunciado Antonio? Cedía a todos sus caprichos, no había hecho nada malo, no merecía aquella traición. ¡Era un loco! Y la imagen de una oscura mazmorra y de su pobre hijo correteando en ella la golpeó. ¡Dios mío, ayuda!, se dijo sin mover siquiera los labios ni alterar su expresión.

Era un hombre delgado y alto que no alcanzaba la cuarentena y de ojos tan oscuros como su cabello. Su mirada era dura.

—Lo sé —dijo el gobernador—. Sé quién es.

Le hizo una leve reverencia. Ella correspondió.

—Un hombre debe ser generoso con sus amigos —siguió Antonio obsequioso—. Y tiene que compartir la fortuna que la vida le concede. —Y, sonriente, hizo un gesto con la mano hacia ella—. Es una gran dama —añadió.

Blanca comprendió. Quería ganarse el favor del gobernador para sus negocios usándola a ella de moneda.

—¡No! —dijo dando un paso atrás.

—¡Sí! —dijo el veneciano.

—¡Desnudaos! —ordenó el gobernador con frialdad.

Blanca se quedó inmóvil. Tenía la pared a sus espaldas a poca distancia. No podía retroceder más.

—No pienso hacerlo —murmuró.

—Será mejor que lo hagáis de grado, o llamaré a Betta y lo haréis por la fuerza —le dijo el veneciano.

—¡Pues forzadme, porque no pienso ceder!

Antonio se acercó, depositó un beso en sus labios y le acarició la mejilla. Las lágrimas inundaron los ojos de Blanca. ¡Otra traición! Ella no era más que un objeto para su uso y disfrute, que ahora cedía alegremente a otro.

El mercader, con suavidad, empezó a desnudarla, y ella no se resistió. Lloraba en silencio. Mientras, el gobernador la contemplaba como evaluando un caballo en la feria. Quedó desnuda y de pie. Cerró los ojos. Y Antonio se fue dejándola con aquel hombre.

—Daos la vuelta —ordenó el gobernador.

Ella lo hizo. Le notaba escrutando, sin tocarla, cada rincón de su cuerpo. Pero al poco oyó un portazo. Pierre de Dijon se había ido.

Los días siguientes, en los que ninguno de los dos se presentó, fueron de una angustia indescriptible. Blanca no podía dormir y, cuando daba una cabezada, se despertaba con un sobresalto. Se veía encerrada, junto a Roger, en una de las diminutas mazmorras subterráneas del castillo, sin luz y sin apenas aire que respirar. Pierre de Dijon, acusándola de rebelde gibelina, podía hacer con ellos lo que quisiera. Sería fiscal, testigo y juez. Estaban en sus manos. Sujetos a su capricho.

El décimo día oyó por la tarde cascos de caballos, lo que era inusual en aquella calle, y más aún que se detuvieran en la puerta. El corazón le dio un vuelco. Tenía que ser el gobernador y en unos instantes conocería su sentencia, su destino y el de Roger.

Al poco golpearon en la puerta y ella acudió a abrir. Era él. Y sin decir palabra, la empujó hacia dentro y cerró.

—Desnudaos —dijo.

Blanca suspiró aliviada y se apresuró a hacerlo. Aquel era el menor de los males que podía sufrir.

Su vida cambió a partir de aquel momento. Ahora recibía visitas de dos hombres a los que debía complacer, en lugar de solo uno. El antiguo se mostraba suave y adulador, y el nuevo, brusco y violento. Ya no era una amante secreta. La estaban prostituyendo.

Después de algunas visitas, empezó a acostumbrarse al gobernador. Y le pareció notar una moderación en su dureza inicial. La desconcertaba. La mayoría de las veces seguía insensible, aunque algunas, para su sorpresa, la acariciaba y la trataba como si quisiera seducirla.

Blanca seguía preguntándose, angustiada, qué sería de su familia en el exilio. Sobre todo, de su hijo Giacomo, pero también de su hermano, cuñada y sobrinos. Lloraba al recordarlos y al pensar cuánto le gustaría estar con ellos. Y maldecía aquel golpe de mar que había cambiado su destino de forma tan cruel. No sabía dónde estaban. Y, de saberlo, tampoco dispondría de los medios para llegar hasta ellos. No podía escapar. No tenía adónde ir. Y por encima de todo, se debía a este otro hijo que en todo dependía de ella. Dándole vueltas a su situación, se dijo que era cierto: no podía huir, pero sí podía abandonar aquella prisión sin llaves de la que no había salido en cinco años. Sentía que recuperaba su valor. Estaba decidida. Lo haría.

15

Brindisi, 1273

Durante cinco años, el mundo de Blanca se había reducido a las cuatro paredes de la única estancia de la pequeña casa en la que habitaba, al patio desde donde podía ver el cielo y al estrecho callejón que divisaba desde la ventana. Pero desde que Antonio di Murano la había ofrecido, de una forma tan miserable, artera y humillante al gobernador, y este había aceptado, se dijo que aquello había terminado. Iba a desafiar al maldito mercachifle veneciano.

Después de la visita de Pierre de Dijon, se tomó un par de días para hacerse a la idea y, finalizados estos, se vistió con cuidado, buscando la ropa menos llamativa, y salió a la calle. Sin pedir permiso a nadie. ¿Qué tenía que temer? Sabía por Betta que la persecución a los fieles a la antigua dinastía se había mitigado. No solo porque el tiempo había reducido el encono de los vencedores, sino porque los vencidos desaparecieron o los hicieron desaparecer. Además, el gobernador no solo conocía ya de su existencia, también gozaba de ella. Sabía que, a pesar de su brusquedad, le gustaba a aquel hombre y esperaba que la protegiera. Ya no temía terminar en la cárcel y que su hijo se pudriera en una mazmorra oscura y sucia. Ni que lo mataran. Y puesto que le costaba tan cara aquella nueva relación impuesta por el desgraciado de Antonio, iba a usar la relativa libertad que le proporcionaba.

Respiró hondo y, con Roger de la mano, se dispuso a descubrir el mundo. El niño, con seis años ya, sorprendido y feliz, triscaba alegre a su lado. Y aquella alegría infantil le impregnó el corazón. Después de su largo confinamiento, quería ver el mar y recorrer con la vista un amplio espacio abierto. Deseaba redescubrir su ciudad natal.

Desde la colina observó extasiada el paisaje. Allí estaban los dos brazos de mar que rodeaban Brindisi por el norte y el este, denominados seno de Poniente y seno de Levante, que formaban una bahía unida al Adriático por un estrecho canal, en el que Carlos de Anjou estaba construyendo dos grandes torres de defensa destinadas a cerrarlo con una gran cadena e impedir la entrada de naves enemigas.

Madre e hijo bajaron la cuesta que llevaba hasta el seno de Levante, era un día luminoso de junio y Blanca respiró hondo al ver el azul del agua y la franja de tierra arbolada al otro lado de la bahía. ¡Se había olvidado de lo hermoso que era el mundo! La vista del castillo a su izquierda le trajo recuerdos de los tiempos felices en los que Ricardo comandaba aquella fortaleza y el águila negra ondeaba en sus almenas.

De inmediato desechó aquellos pensamientos. Había salido a gozar del mar y del aire libre y se concentró en ello de camino a la playa. Observó que la gente la miraba con cierta extrañeza hasta que, de regreso, una muchacha rubia, de ojos azules, una versión hermosa, adolescente y de un tamaño reducido de Betta, se le plantó delante impidiéndole el paso.

—¡Hola, Roger! —le dijo sonriendo al niño. —Perdió la sonrisa para dirigirse a ella, adusta—: ¿Y tú quién eres? ¿Qué haces con este niño? ¿Dónde está Betta?

La sorpresa enmudeció a Blanca. La chica era demasiado joven para reconocerla, nadie la había tuteado hasta entonces y su tono bravucón la incomodaba. La observó antes de responder. La muchacha la miraba con los brazos en jarras y la barbilla desafiante. Era toda una belleza, pero su escote descocado y su aspecto provocativo le hicieron pensar que se trataba de una puta. Y decidió castigar su agresividad respondiéndole con desdén. Pero de inmediato cambió de opinión. ¿Iba a hablarle mal solo porque era una niña prostituta? ¿Se creía ella aún una gran dama? ¡Si la habían convertido en lo mismo! Y, por otra parte, debía agradecer que la muchacha se preocupara por su hijo.

—Soy su madre —contestó tranquila.

—¿Su madre? —preguntó incrédula—. ¿Y cómo es que nunca te habíamos visto por aquí?

Blanca le sonrió.

—Digamos que he regresado a la ciudad y lo saco a pasear por primera vez.

La muchacha arrugó el ceño. La forma de hablar de aquella mujer le parecía extraña. Y se puso en cuclillas, le acarició la mejilla a Roger y le interrogó con cariño:

—Dime, diablillo, ¿quién es esta señora que va contigo?

—¡Es mi mamá! —respondió seguro—. ¿A que es guapa?

La rubia miró hacia arriba y murmuró:

—¡Sí, claro que sí! —Se incorporó con una sonrisa y volvió a preguntar—: Entonces, ¿quién es Betta, señora?

Blanca percibió el cambio en el trato que le daba la chica.

—Betta ha sido muy amable cuidando a Roger y sacándolo a pasear.

—Y carga también con el agua y la comida... —añadió la muchacha.

—Así es.

—Pues me alegro de que Roger esté con su mamá —siguió, sin querer averiguar más—. Es un pequeño muy alegre, travieso y simpático, lo queremos mucho. Y esos niños corren peligro en esta zona.

—Así es —afirmó una vecina que observaba desde una ventana—. Es una delicia, siempre está de buen humor, siempre sonríe.

—¡Gracias, muchas gracias! —le dijo Blanca emocionada.

Y regresó a casa con el pecho henchido de contento. No solo había visto los colores del mar, del cielo y los árboles, sino que respiró la libertad. Y la gente quería a su hijo. Que era simpático, que siempre sonreía, dijeron. ¡Se alegraba tanto de que la tristeza que enlodaba su alma con tanta frecuencia no hubiera manchado al pequeño!

16

Sicilia y Túnez, 1268 a 1273

La familia Coppola abandonó Corfú una semana después de las noticias de Antonio di Murano, con el convencimiento de que Blanca y Roger habían perecido en la tormenta. El ánimo era sombrío, no podían asumir la tragedia.

—¿Y mamá? —preguntaba el pequeño Giacomo aun conociendo la respuesta—. ¿Y Roger?

—No sabemos nada, cariño —respondía Margarita.

—No los veré más, ¿verdad? —Y se ponía a llorar.

—No lo sé...

Giacomo nunca más volvió a reír, ni siquiera a sonreír. Lo llamaban el niño sin sonrisa.

En la isla de Sicilia se mantenían pequeños focos de resistencia en el sur. Allí fue la familia Coppola junto con los demás refugiados de Corfú. Pero al poco la mayoría se embarcó hacia Túnez, donde el sultán ofrecía refugio a los partidarios de los Hohenstaufen que se incorporaran a sus tropas. Solo los Coppola y unos pocos más se quedaron en la isla. Pascale quería combatir al tirano, al asesino, al causante de la desgracia de la familia. Necesitaba vengarlos y vengarse.

Sin embargo, ante el poder del de Anjou, la nobleza isleña se doblegó y los Coppola pasaron a vivir bajo constante acoso en un ruinoso y polvoriento castillo de las montañas. Pasaban hambre, y al poco de llegar Pascale fue herido en un brazo en una desafortunada escaramuza. Y cuando se restableció, Mario, el único hijo varón de Pascale, cayó enfermo de una peste que le produjo vómitos y diarrea. Murió enseguida. Era la mala calidad del agua, aunque Giacomo, Margarita y su hija, que también se vieron afectados, lograron sobrevivir.

—Hemos de salir de aquí —le dijo Margarita, desgarrada y deshecha en llanto, a Pascale—. El precio que pagamos es demasiado alto. Aquí moriremos todos.

Una nube de negra tristeza parecía flotar sobre sus cabezas. Y Pascale se vio obligado a asumir su derrota y la de los suyos. Pero un intenso rencor seguía habitando su corazón.

Así que en febrero de 1270 embarcaron hacia Túnez, donde el sultán contrató a Pascale como mercenario.

—Al menos podemos comer —decía Margarita cuando su esposo se quejaba de su miserable suerte—. Y no es nada deshonroso. Recordad a Enrique, el infante de Castilla, que también fue mercenario aquí, a pesar de ser hijo y hermano de rey, hizo así su fortuna.

—No comparéis —repuso disgustado Pascale—. Yo gano para comer y poco más.

Los contratiempos no cesaban. En el verano de aquel mismo año el emirato se vio atacado. Era la llamada Octava Cruzada promovida por el rey Luis IX de Francia, al que su hermano Carlos de Anjou le había persuadido de ir contra Túnez. La peste castigó a ambos bandos y se llevó la vida, entre otros, de los reyes de Francia y de Navarra. Carlos llegaba con sus tropas al día siguiente del fallecimiento de su hermano y, ante la incapacidad de Felipe, el heredero, tomó el mando de la cruzada. Confiado, el emir presentó batalla fuera de los muros de la ciudad, y en ella participó Pascale. Pero los tunecinos terminaron derrotados y tuvieron que negociar la retirada de los cruzados con el de Anjou, que impuso sus condiciones. Obtuvo una gran suma de dinero, que los partidarios de los Hohenstaufen refugiados en el emirato fueran expulsados y que Túnez le pagara a él el tributo anual que antes pagaba a Aragón.

Pascale salió indemne de la batalla, pero los Coppola perdieron su hogar en la ciudad de Túnez. El cabeza de familia se ofreció de nuevo como mercenario, aunque en condiciones mucho peores. Era en el sur, cerca del desierto y para luchar contra las fieras tribus bereberes que el emir quería mantener a raya. Y pasaron de vivir en una casa de ladrillo en la ciudad a hacerlo en una tienda en un campamento de mercenarios que se desplazaba de un lugar a otro según las necesidades bélicas. Con demasiada frecuencia, Pascale recordaba los tiempos felices y gloriosos de Brindisi, cuando él era el gobernador. Y se lamentaba de la asquerosa vida que le daba a su familia.

—Antes lo era todo y ahora no soy nada —musitaba.

—Lo importante es sobrevivir —decía animosa Margarita.

—Sobrevivir —murmuraba el niño sin sonrisa—. Solo sobrevive quien gana.

17

Brindisi, 1273

La vida de Blanca cambió a raíz de la salida de aquel día en que vio el mar, el cielo, los árboles, y conoció a María. Su corazón saltaba de alegría, sentía una felicidad intensa.

—No debierais haber abandonado la casa sin el permiso de don Antonio —le reprochó Betta al día siguiente.

Blanca no pensaba decírselo y comprendió que las vecinas hablaban.

—No tengo por qué. Don Antonio se cree que es mi amo y se equivoca.

La rubia la miró de forma extraña y replicó:

—No, la equivocada sois vos. No lo provoquéis.

No quería discutir y no respondió. Pero algo había cambiado en su interior, y aún más después de gozar de aquellas horas de libertad. No iba a renunciar a aquello, costara lo que costara. Estaba decidida.

Así que en la siguiente visita del mercader se negó a someterse, y él recurrió a los golpes y a las amenazas contra el pequeño Roger. Hacía años que no las usaba, pero el peligro siempre había estado allí.

—Ya os lo advertí —le dijo Betta al encontrarla llorando. Regresaba del acostumbrado paseo con el niño—. ¿Qué techo os acogería? —continuó ante el silencio de Blanca—. ¿De qué comeríais el pequeño y vos si él os desamparara?

—¡Quiero ser libre! —exclamó suplicante al tiempo que la miraba con sus ojos verdes anegados en lágrimas.

—Nadie es libre, señora. Y menos nosotras. Ambas tenemos el mismo amo.

—¡Ayúdame, por favor!

—Ahora ya podéis salir a la calle. Conformaos con eso. Es mucho.

Antonio di Murano percibió que la resistencia de Blanca no obedecía a un enfado o capricho puntual, sino a algo más profundo. Era muy distinto que ella cediera a que tuviera que tomarla por la fuerza y con amenazas. Y sacó sus propias conclusiones. A Blanca le gustaba el francés, se dijo. Los celos lo empezaron a corroer, y cuando ella lo percibió, pensó que era un castigo que se merecía con creces. Lo despreciaba y comenzó a provocarlo. Y él se tornó adusto y respondía a sus pullas con violencia.

—Se lo tendré que decir al gobernador —lo amenazaba ella.

Como desconocía cuán íntima era la relación entre ambos, Antonio se moderaba. No quería perder el favor del francés. Y Blanca experimentaba una enorme satisfacción al percibir su temor. Sin embargo, un día el veneciano le dijo:

—Me salís muy cara y voy a reducir gastos. Decidle a vuestro otro amante que os pague.

—Decídselo vos. ¿No era yo el regalo que le hacíais?

Antonio gruñó. Ella sonrió. Sabía que no tenía los redaños para hacerlo.

—Pues ya que salís a la calle, buscaos otros amantes que paguen —replicó él como un latigazo.

Blanca palideció.

—¡Miserable!

—El puerto está lleno de cruzados y peregrinos que van a Tierra Santa. No sois ya tan atractiva como cuando os conocí, pero no os faltarán clientes.

Y salió dando un portazo.

En realidad, el mercader tenía pocos motivos para sentir celos. El gobernador le hablaba solo en francés y sus arrebatos de ternura eran exclusivamente físicos, sin mediar palabra alguna de cariño. Sentía que, a pesar de gozarla, la despreciaba. Él pertenecía a la raza de los vencedores y ella a la de los vencidos. Y ese era el trato que le dispensaba: hacía con ella lo que el vencedor acostumbraba a hacer con la mujer del vencido. La violaba. Y peor aún, se creía con el derecho a hacerlo. Lo único que obtenía Blanca de aquel individuo era lo que todos los demás tenían gratis: poder salir a la calle con tranquilidad.

Unos días después Betta llegó llorando.

—¿Qué le habéis dicho a don Antonio? —le preguntó—. ¿Qué le habéis hecho?

Blanca la contempló sorprendida antes de responder. Siempre la había visto como a una mujer fuerte.

—Que me pareció despreciable que me ofreciera a otro hombre —le explicó cogiéndola de las manos, conmovida por su desconsuelo—. Y que era un completo mezquino. ¿Por qué? ¿Qué pasa?

—Ya os advertí que no lo provocarais. Ese hombre es un lunático. Me ha dicho que os enseñe las labores de la casa porque en un par de semanas me va a despedir.

—Lo siento —murmuró Blanca.

Su primer pensamiento fue el daño económico que eso le causaría a la pobre mujer. El segundo fue lo que aquella medida de ahorro representaba para ella. Antonio di Murano la había mantenido en la ficción de que seguía siendo una dama de calidad. Y su trabajo consistía en presentar el aspecto que se esperaba de una señora. Era su única obligación. Pelo bien peinado, maquillaje, manos finas..., el resto era tarea de Betta. Y ahora tendría que hacer lo que nunca había hecho en su vida: cocinar, limpiar, ir al lavadero público, cargar los cántaros de agua desde la fuente... Respiró hondo y se dijo que lo asumiría.

—Pedidle perdón —le suplicó Betta.

—¡No! Es un miserable.

—Sí, lo es, y no sabéis cuánto. Pero pedidle perdón. No comprendéis aún lo que vais a tener que hacer, vos, que nunca habéis hecho nada.

—Pues tendré que hacerme cargo de mi situación, Betta. No soy ya quien era.

—¿Y cómo daréis de comer a vuestro hijo si os quita también el dinero? —Seguía llorando—. ¿Cómo vais a comer vos?

Blanca comprendió que la mujer no se preocupaba por la pérdida de su empleo, sino por ellos. Les había cogido un gran cariño. Y la abrazó, también entre lágrimas.

—Dios Nuestro Señor proveerá, Betta.

La rubia se deshizo del abrazo airada.

—¿Que Dios proveerá, decís? —La sujetaba de los brazos y la miraba a los ojos desde su mayor altura—. ¡Cómo se nota que nunca habéis pasado hambre! ¡Que no habéis rezado y rezado solo para seguir pasando hambre! ¡Dios proveerá, decís! ¡Pedidle perdón a don Antonio!

—No. No lo haré.

—Acabáis de decir que ya no sois quien erais. Es verdad, no lo sois. Pero aún no comprendéis quién sois realmente ahora. Apearos de vuestro orgullo, señora.

—No es orgullo, Betta —repuso notando las lágrimas en los ojos—. Es dignidad.

—¿Dignidad? ¿Qué dignidad, señora? Los pobres no podemos darnos ese lujo. ¿Es que no comprendéis que tanto don Antonio como el gobernador os seguirán haciendo lo que os hacen, aunque no os den nada? Se creen en su derecho.

—¡Pues no lo tienen!

—Sí que lo tienen. Porque poseen la fuerza para imponerlo. ¿Cómo vais a proteger al niño? ¿Adónde vais a ir?

—¡No lo sé! —respondió desconsolada—. ¡No lo sé! ¡Dios me ha de amparar!

—¿Por qué debiera hacerlo? —Sus labios se abrieron en una amarga sonrisa—. ¿Porque rezáis mucho? ¡Sois una boba!

—¡Enséname a cocinar!

—¡Pedidle perdón a don Antonio!

18

Blanca constató que no sabía hacer nada, que su vida había sido una inutilidad. No servía ni para cargar agua de la fuente. Las muchachas lo hacían airosas, sosteniendo la tinaja encima de la cabeza y andando con donaire para admiración de los varones. Ella era incapaz y tenía que transportar el cántaro apoyado en la cadera. Y no digamos lo de arrodillarse para restregar la ropa, lavarla y tenderla al sol. Era muy torpe y terminaba molida. Sus manos perdían la blancura y suavidad que se esperaban en las de una dama.

Tenía razón Betta, era una boba. Trataba de hacer el trabajo que antes hacía ella, lo hacía mal y encima no podía librarse de lo otro. Porque aquellos dos hombres seguían sirviéndose de su cuerpo para su placer. Y Antonio empezó a cumplir su amenaza. Betta ya solo acudía un día a la semana, y la comida escaseaba. ¿Qué podía hacer ella? ¿Qué sabía hacer? Y llegó a una horrible conclusión. Solo podía ofrecer una cosa. Era su única habilidad demostrada. Soportar a los hombres gozando de su cuerpo. Y como ya salía libremente a la calle, observó cómo se vendía aquello. Veía a las mujeres del puerto aguardando en las esquinas e intentando animar a los clientes. Era lo que el miserable de Antonio le había dicho que hiciera. Pero no lo haría. Antes muerta.

Sin embargo, volvía a preguntarse: ¿cómo daría de comer a su hijo cuando Antonio consumara su amenaza?

Observaba el mundo. Era muy distinto al que durante años estuvo contemplando desde su torre de marfil. Se trataba de un lugar duro y despiadado, y lo escrutaba en busca de cualquier oportunidad que la permitiera sobrevivir.

María le llamaba particularmente la atención. Le caía muy bien. Era aquella chica muy joven y guapa que en su primera salida la interceptó para proteger a Roger.

—Hay mala gente que se lleva a los niños —le confesó la rubita bajando la voz cuando tomaron confianza—. Para abusar de ellos o para cosas peores. Porque aquí en Brindisi hay brujos y brujas que usan su sangre o sus huesos en sus conjuros. Por eso las vecinas vigilamos a los pequeños.

—Muchas gracias, María —le dijo Blanca—. ¡Me asustas! Pero no sabes cuánto me alivia que el vecindario vigile a los niños. Roger no para quieto y, cuando me descuido, se escapa.

La muchacha rio.

—¡Menudo elemento, nuestro Roger! ¡Es tan gracioso!

Era evidente lo mucho que la muchacha quería al pequeño. Y eso hacía que Blanca la quisiera a ella.

María se dedicaba a la prostitución. Solo que no bajaba al puerto, ni necesitaba un proxeneta que la protegiera. Acostumbraba a merodear alrededor de una iglesia situada en uno de los extremos del barrio: la de San Juan del Santo Sepulcro. Era una iglesia muy particular. Pertenecía a la Orden de San Juan de Jerusalén, los llamados sepulcristas. Era circular en su parte central, que estaba sostenida por ocho esbeltas columnas de capiteles corintios y sus correspondientes arcos, y rodeada por un deambulatorio en forma de herradura. Aquello ya la hacía misteriosa. Su entrada estaba flanqueada por dos columnas, apoyadas sobre leones de piedra, cubiertas de esculturas de vegetales, animales, temas bíblicos y guerreros, y sus paredes aparecían tapizadas de pinturas de santos, entre los que destacaban los guerreros. Decían que la había construido un cruzado al regreso de Jerusalén y que por ese motivo imitaba en su forma al Santo Sepulcro. En consecuencia, era lugar de paso obligado para peregrinos y cruzados que se dirigían a Tierra Santa. Y como Brindisi era el final de la Via Apia romana que seguían los viajeros camino a Oriente, el templo estaba abarrotado de gentes llegadas no solo de Italia, sino de toda la Europa central.

A María le encantaba y era una fiel parroquiana. Oía misa al mediodía y entraba a orar con frecuencia. En su interior se cubría para vestir con el mayor recato, y los hombres no exis-tían para ella. Fuera era distinto. Escogía el que más le agradaba, lo miraba con intensidad y después sonreía. Raro era el que no caía en sus redes.

La mayoría de los peregrinos y cruzados viajaban sin esposa, y hacía semanas o meses que habían abandonado sus hogares. Muchos no renunciaban al suculento pecadillo que María insinuaba, porque acarreaban culpas mayores y porque su alma, gracias al peregrinaje, quedaría limpia en pocas semanas.

María era muy generosa con las limosnas, y eso, junto a su simpatía habitual, la convertía en la feligresa preferida del prior de la Orden sepulcrista en Brindisi. Fray Simón era uno de los personajes más poderosos de la ciudad, se sentía responsable de ella y la protegía, sin necesidad de que María se lo llevara a la cama, cosa que habría hecho de precisarlo, puesto que el fraile, a pesar de su edad, lucía una barba bien cuidada que le hacía muy interesante. El religioso estaba dispuesto a mentir certificando la honestidad de la muchacha en todos los aspectos. María tenía un no sé qué que inducía a los hombres al pecado. De una u otra forma.

Blanca no iba nunca a la catedral para no toparse con el recuerdo de la cabeza de su amado clavada en una pica. Tampoco quería coincidir con los pocos que lograron cambiar de bando conservando propiedades y dignidad. Acudía a la iglesia del Santo Sepulcro, la más cercana a su casa, y era testigo, admirada, de las evoluciones de su amiga. Veía que María dejaba una gran demanda sin cubrir y, dada su acuciante necesidad, no podía evitar pensar en que aquello la sacaría de apuros. Se debatía entre «Yo nunca haría tal cosa» y «Es lo que me obligan a hacer». Pero siempre ganaba el no. Además, no podría competir con María. Se había iniciado en el oficio dos años antes, a los catorce, y lo dominaba a la perfección. Blanca estaba segura de que ella, a la edad de María, habría atraído a los hombres igual y que habría seguido haciéndolo incluso después de tener a sus dos hijos. Pero ahora, que contaba con veinticuatro años y mucho sufrimiento en su haber, no se sentía rival para su amiga. La joven lozanía de la rubia la hacía estar cada día más bella y apetecible para los varones, y ella en cambio creía descender peldaño tras peldaño.

A pesar de la disparidad de orígenes y caracteres, se hicieron muy amigas. Blanca supo que la muchacha procedía de una familia campesina de Mesagne, a tres horas de Brindisi caminando, y no terminaba de entender por qué se dedicaba a aquel oficio.

—¿Qué te ocurrió? —le preguntó un día—. ¿Por qué no te casaste en tu pueblo? ¿Por qué te ves obligada a hacer eso?

María la observó, con una tristeza insólita en ella, antes de responder:

—Vos no sabéis aún lo dura que puede ser la vida para algunos.

Blanca se dijo que empezaba a saberlo, pero aguardó en silencio a que continuara.

—Mis padres tenían unos campos que, trabajados de sol a sol, solo daban para malvivir. —Hizo una pausa en la que mantuvo su expresión grave—. Hasta que la coz de una mula dejó tullido a mi padre. Entonces perdimos las propiedades y tuvimos que trabajar por apenas la comida. Mi hermano mayor dijo que se emplearía como marino prometiendo enviar dinero, pero nunca más se supo de él.

—¿Y tú?

—Yo tenía trece años y buen aspecto, así que mis padres buscaron a alguien para casarme. Era un viudo de casi cuarenta que ya antes de la boda empezó a abusar de mí. Era asqueroso. Mis padres callaban porque les ponía un plato en la mesa. El futuro se presentaba muy negro. Me iba a deslomar en el campo y en la casa, satisfacer a ese individuo y quedar preñada, una y otra vez, para tener que trabajar más y más. Estaba desesperada y me fugué de casa.

—¿Te fugaste? ¿Una niña de trece años y con lo peligrosos que son los caminos?

—Sí.

—¿Y qué te pasó?

—Tuve mucha suerte. Los sepulcristas tienen encomiendas en Mesagne y fray Simón, de regreso de uno de sus viajes, me encontró. Estaba arrodillada en una cruz de término llorando y rezando. Quiso saber, le conté mi historia y se apiadó de mí.

—¿Cómo?

—Primero me ofreció hacerme monja. —Una sonrisa divertida iluminó su rostro—. Le dije que no, que tenía que enviar dinero a mis padres. Y después me propuso trabajar de criada, acepté y me empleó con una familia conocida.

—¡Qué suerte!

—No tanta. Recibía solo comida, un mal alojamiento y unas pocas monedas que mandaba a mi familia a través de los sepulcristas.

—¿Y cuál era el problema?

—La mujer me pegaba y la tenía siempre encima haciéndome trabajar. Y también al hombre, pero él buscaba lo otro y ella no se lo impedía. Así que un día le pegué una cuchillada para advertirle. Me echaron, pero ya por entonces me había enterado de cómo funciona este negocio. —Volvió a sonreír—. Trabajo poco, gano mucho y mis padres viven bien gracias al buen dinero que les envío.

A Blanca le costaba asimilar que María hiciera aquello por propia voluntad.

—Pero lo que haces no es decente.

—¿Decente? ¡Ja! De casada o de criada habría tenido que hacer lo mismo. Solo que gratis, apaleada y con un tipo desagradable. Al menos, ahora escojo.

—No dilapides lo que ganas —le aconsejó Blanca al ver que no la haría cambiar de idea—. Ahorra para reunir una dote y poderte casar con un buen hombre, un menestral de posibles.

Entonces María rio.

—¿Y por qué he de casarme con un solo hombre cuando tengo cada día los que me apetezcan? Además, seguro que querría mangonear mi dinero.

—El tiempo pasa muy rápido —insistió Blanca—. No te das cuenta y ya estás marchita.

—Eso no os ocurre a vos —repuso ella—. Si no, ¿de qué os acosarían esos dos de los que no os libráis ni con agua hirviendo?

—Esos no buscan a una mujer —gruñó Blanca—, sino otra cosa. Hazme caso. No querrás terminar en el puerto, ¿verdad?

—¡Para eso aún me falta mucho! Y nunca iré al puerto; cuando no pueda trabajar, me haré monja.

Y se echó a reír. Su risa era contagiosa y Blanca no podía evitar acompañarla. ¡Qué alegría! Era joven y creía tenerlo todo.

María le contaba a su amiga, sin ningún pudor, las interioridades de su trabajo. Su único temor era un embarazo que trataba de evitar tomando todas las precauciones a su alcance. Fuera de eso, decía que hacía feliz a los hombres y que sus rezos en la iglesia del Santo Sepulcro la limpiaban de cualquier pecado. A Blanca le sorprendió saber que algunos de los hombres que iban con ella no querían sexo. Querían una mujer que los escuchara con cariño. Y a María le gustaba escuchar.

—Casi todos quieren hablar —le explicó—. Con o sin sexo. Están solos, añoran a su familia, sienten remordimientos por atrocidades cometidas, temen lo que les pueda ocurrir en Tierra Santa; hay mil historias. Hasta sé algunas palabras en alemán. Algunos hablan y hablan sin importarles que no les entienda.

—Yo sé alemán. Lo hablaba con Ricardo, mi esposo.

—¿Sabéis alemán? —Se asombró la muchacha.

—Sí, claro, y también latín.

—¿No me diréis que también sabéis leer y escribir?

—Pues sí.

María se levantó de un salto.

—¡No me lo puedo creer!

—Así es. —Blanca no pudo evitar una sonrisa ante el asombro de su amiga.

—Decidme, ¿qué más sabéis hacer?

—Nada que me pueda servir en esta nueva vida.

—¿Qué más sabéis?

—Lo que una dama. Sé tañer el laúd y bordar con hilos de seda, oro y plata.

La rubia meneó la cabeza.

—Lo de bordar con oro y plata no sirve para nada en nuestro barrio.

Blanca hizo un gesto con la mano como diciendo: «¿Ves?, te lo dije».

—¡Pero lo de leer, escribir, hablar latín y alemán, sí! —exclamó jubilosa.

La miró extrañada y quedó en silencio a la espera de que se explicara.

—¡Hay muchos peregrinos a los que les gustaría mandar una carta a su familia diciendo que han llegado a Brindisi con bien! Y no saben ni leer ni escribir. Los únicos que saben algo son los monjes y los curas. Y solo unos pocos.

—¿Quieres decir...?

—¡Que podéis ganar algún dinero! Yo os buscaré los clientes.

19

Túnez, agosto de 1274

Giacomo tenía ya diez años y la familia habitaba en el itinerante campamento de mercenarios cristianos que luchaban a sueldo del rey de Túnez cerca del desierto. A pesar del agobiante calor, los hombres habían salido a batallar lejos de allí, amanecía y los despertaron los cascos de caballos y unos gritos. Giacomo asomó la cabeza fuera de la tienda y su prima Ana, de doce años, se abrazó asustada a Margarita.

Eran jinetes berberiscos contrarios al emir. Los pocos hombres que quedaban, viejos o convalecientes, intentaron contenerlos. Vio cómo dos caían bajo las lanzas y otros trataban de huir. El chico supo que tenían que escapar.

—¡No podemos salir por delante! —les dijo a su tía y su prima—. Levantemos la parte de atrás de la tienda. Conozco un lugar en la empalizada por donde salir.

Los mercenarios tenían mucho tiempo libre y su tío dedicaba gran parte del suyo a enseñar a su familia a defenderse. Y a Giacomo en particular, porque, a pesar de tener solo diez años, era el único varón. Eso hacía que el chico se sintiera responsable de ellas. Su tía montó la ballesta que guardaba junto a la bolsa con monedas y apuntó hacia la entrada.

—Desatad la parte de atrás de la tienda —les susurró a los niños.

Giacomo y Ana se apresuraron a obedecer. Habían abierto ya el hueco para pasar cuando un hombre con turbante y barba, espada en mano, levantó la tela que hacía de puerta. Sonó el resorte de la ballesta y el virote se le clavó en el pecho. El soldado gruñó al tiempo que se desplomaba. Margarita le había acertado en pleno corazón.

—¡Escapad! —les gritó.

Otros dos entraron corriendo. Giacomo se abalanzó contra el primero con su lanza y se la clavó en las tripas. El otro se fue hacia su tía, que, sin tiempo para cargar la ballesta, lo amenazaba con su puñal, y de un espadazo le rebanó el brazo. La pobre mujer aulló de dolor. El chico no podía creer lo que veía, pero reaccionó de inmediato.

—¡Sal corriendo! —le gritó a su prima.

Ella se había quedado inmóvil. Miraba a su madre horrorizada, con ojos desorbitados. El soldado herido cayó de rodillas tratando de arrancarse la lanza del vientre mientras que el otro descargaba un segundo golpe sobre Margarita, esta vez en la garganta. Ella se desplomó sangrando, sin emitir ni siquiera un gemido. Ahora el soldado venía hacia ellos, y Ana, que seguía sin moverse, se puso a llorar. Giacomo tiró de ella, pero era inútil. Estaba como petrificada. El chico se lanzó de un salto al lugar donde habían soltado la tienda, gateando pasó por debajo de las pieles que hacían de pared y echó a correr. Olía a quemado y los gritos no cesaban. Llegó a la empalizada que protegía el campamento y movió un tablón. Allí, entre los troncos, había una grieta suficiente para que pudiera escurrirse su cuerpo escuálido. Después siguió corriendo hasta alcanzar unos matojos alejados donde pudo esconderse. Había abandonado a su prima Ana a su suerte, pero intentó convencerse de que no había tenido más remedio.

Cuando regresaron los hombres tres días después, encontraron el campamento arrasado, solo quedaban con vida algunas mujeres demasiado viejas para interesar a los bereberes y un puñado de pequeños sin madres. Se habían llevado a las jóvenes y a los mayores de seis años para venderlos como esclavos. Giacomo era el único de su edad que había logrado escapar. Los supervivientes estaban muertos de hambre, se protegían del sol como buenamente podían y seguían allí porque había agua y no sabían adónde ir.

Vio a su tío abrazar el cuerpo de su esposa, ya en descomposición. Nunca lo había visto llorar; lo hacía, arrodillado en el suelo, inclinándose sobre ella, con una pena terrible.

—No os he sabido defender —gemía—. No he sabido defender a mi familia.

Giacomo quiso consolarlo y no se le ocurrió otra cosa que apoyar una mano en el hombro de su tío. Nunca supo si aquel gesto lo llegó a confortar, pero ignoraba qué más podía hacer, qué podía decir. Él también sentía una pena terrible. Margarita había sido su madre desde que perdió a la suya en el mar. Y su prima era como una hermana. Contemplar a su tío, al que siempre había creído fuerte, derrumbarse de aquella forma lo entristecía aún más. Nunca creyó que se pudiera sentir tanto dolor.

Enterraron los cadáveres de inmediato, en una tristísima ceremonia que no pudo oficiar el capellán porque estaba entre los asesinados. Los hombres salieron en busca de los atacantes para rescatar a sus familias. Pero al cabo de una semana regresaron agotados y abatidos. Con las manos vacías y el corazón roto.

Pascale miró a su sobrino y con lágrimas en los ojos le dijo:

—Giacomo, estamos tú y yo solos. Todo es inútil, ya nunca los encontraremos.

El niño le tendió los brazos y se estrecharon llorando. Nunca más vio sonreír a su tío. Él ya llevaba años sin hacerlo.

—Si ganas, vives; si pierdes, mueres —murmuró el pequeño.

20

Brindisi, 1275

Transcurrieron dos años más y, aunque la escritura y lectura de cartas a peregrinos le aportaban a Blanca algunos ingresos, estos no eran suficientes, a pesar de que su caligrafía era elogiada incluso por los caballeros sepulcristas. Los vecinos del barrio no precisaban de sus conocimientos, era muy raro que alguno quisiera enviar un escrito a un pariente o amigo lejano. Por su parte, los peregrinos ansiaban comunicarse con sus seres queridos, pero los gastos de los correos eran cuantiosos y se precisaba de alguien que supiera leer al otro extremo. Y eso no era frecuente.

Aun así, Blanca cargaba con una bolsa en la que llevaba una tabla, papel, tinteros, plumas de ganso, arenilla de secar y otros artilugios para la escritura, y acudía a los albergues de peregrinos. Había competencia y tenía la desventaja de ser mujer, pero su conocimiento de alemán la ayudaba. Muchos días llegaba a casa agotada y desmoralizada sin haber logrado nada. María era quien más clientes le proporcionaba.

Trataba de complementar sus ingresos cosiendo y bordando, pero no tenía habilidad para hacer vestidos de buena hechura. El resultado eran privaciones y hambre muchos días. No para su hijo, porque ella dejaba de comer antes de que le faltara a él. Pero a veces el niño, que ya contaba con ocho años, la sorprendía aportando algo de comida para ambos. Era listo y procuraba ser útil en el puerto y en el mercado.

Blanca quería saber lo que ocurría más allá del mar, y en especial en la isla de Sicilia, donde probablemente estuvieran su querido hijo Giacomo y el resto de su familia. Mantenía la esperanza de reunirse algún día con ellos y soñaba con que su hermano apareciera y los rescatara a ella y a Roger de aquella miseria. No sabía cómo, pero tenía que encontrar la forma de averiguar su paradero y hacerle saber que estaba viva.

Se sintió muy descorazonada al saber, a través de los frailes sepulcristas, que Carlos de Anjou había convencido a su hermano el rey Luis IX de Francia para que se dirigiera al norte de África en lugar de a Tierra Santa en su segunda cruzada. A su regreso, los ejércitos cruzados se asentaron en Sicilia y Carlos de Anjou aprovechó su estancia para barrer cualquier resto de oposición en la isla. ¿Habría sobrevivido su familia? Rezaba y rezaba por ellos, pero la duda la angustiaba. Quizá no los viera nunca más.

A pesar de que Antonio di Murano ya no le aportaba nada, fuera de aquella destartalada y humilde casa, continuaba visitándola, y lo mismo hacía el gobernador. Había tratado de librarse de ellos muchas veces sin éxito. En una ocasión en que ella ofrecía gran resistencia, Roger no apareció a la hora de la cena. El chiquillo correteaba por su cuenta, pero siempre era puntual en las comidas. Después de una angustiosa espera, Blanca fue a buscarlo a casa de algunos de sus amigos.

—¿Habéis visto a Roger? ¿Sabéis con quién está?

Ningún resultado, ninguna pista. María y Betta se unieron a la búsqueda, y al rato habían recorrido todo el barrio sin encontrarlo. El agobio era horrible. Temía no volverlo a ver vivo.

—¿Qué vamos a hacer? —preguntó llorosa María.

—Solo tengo un último recurso —murmuró Blanca.

Y fue a suplicar a la casa del gobernador y después a la de

Antonio. Los criados la echaron de ambas sin dejar que viera a sus amos. Pero le dieron un mensaje:

—Lo tendrás mañana.

Blanca pasó una noche insomne y con la más terrible de las angustias.

Roger apareció al día siguiente sano y salvo diciendo que un hombre se lo había llevado y que lo retuvo en su casa. No le había ocurrido nada, pero la amenaza para Blanca era espantosa. Ellos eran los vencedores y tenían el derecho de hacer con ella y con su hijo lo que quisieran. Sentía verdadero terror.

—Tenéis que ser más cariñosa —le dijo el veneciano con una sonrisa en su siguiente visita.

PARTE TERCERA

—

AÑO 1277

21

Pasaron otros dos años, Roger cumplió los diez y era capaz de comprender algunas cosas. La más evidente: lo mucho que le costaba a su madre poner un plato en la mesa, y que ella a veces decía que no tenía hambre para darle a él lo poco que había. Trataba de colaborar en lo posible. Ayudaba a limpiar el mercado pidiendo algún sobrante. No era fácil recibir algo porque los restos eran muy codiciados. Tanto por otros muchachos con su misma necesidad como por los propios vendedores, que los reservaban para alimentar a los cerdos. No se desaprovechaba nada. Así pues, necesitaba algo más para ayudar a su madre. Era un chiquillo vivaz, que caía bien, y se ofrecía para hacer recados a la espera de que su cliente se dignara a compensarlo con algo. María, que lo adoraba, era la más generosa. Pero aun así Roger no lograba lo suficiente.

Se juntaba con algunos chiquillos del barrio que también sufrían necesidad y se convirtió en el cabecilla. El hambre agudiza el ingenio, y fue Roger junto a Paolo, su mejor amigo, quienes idearon el plan.

—Lo haremos mañana por la mañana —les dijo Roger—. Hay que ser finos y que no se den cuenta de que les estamos robando.

Había explicado cada paso con detalle y todos asintieron. El asunto les daba miedo, pero tenían más hambre que temor.

—¡Santa Madonna! —chilló una mujer.

Un gato negro se sostenía sobre sus uñas y bufaba arqueando un lomo de pelos tiesos como escarpias.

Eran las once de la mañana y el bullicioso mercado de Brindisi estaba poblado de tenderetes de coloridas frutas, verduras y pescado. La carne escaseaba y la había de segunda boca. Resultaba más económica, aunque de procedencia dudosa, pues no había sido sacrificada por el hombre. Venía de animales muertos por otros animales o por causas naturales. No olía bien, pero se vendía, no eran aquellos tiempos para desaprovechar alimentos.

Los puestos estaban concurridos y desde ellos unos proclamaban su mercancía a gritos mientras otros regateaban con los clientes. Aquí un ciego cantaba tañendo un laúd, allí un muchacho vendía olorosas rosquillas de anís, que cargaba ensartadas en una cuerda, y más allá unos monjes franciscanos pedían limosna por el amor de Dios. Las gentes se afanaban en llenar sus cestas con lo que pudieran costearse. A lo lejos se oía el martilleo de los herreros sobre el metal.

La mujer que había gritado miró hacia donde lo hacía el gato y vio una jauría de perros que ladraban corriendo hacia el felino. Alguien los habría azuzado. El minino decidió que eran demasiados para él y salió disparado en sentido contrario. Entonces se produjo el caos. Los perros iban sujetos en parejas por cuerdas que derribaban las patas de las frágiles mesas que exponían las mercancías. También se liaban en los tobillos de los clientes, y un par de hombres y varias mujeres se derrumbaron chillando sobre los tenderetes.

Aullidos, lamentos y maldiciones acompañaron la confusión resultante.

—¡Ya vamos! —gritaron unos chiquillos—. ¡Vamos a ayudar!

Una docena de niños de diez u once años aparecieron a la carrera detrás de los perros. Solícitos, se lanzaron sobre las mesas con la pretensión de ponerlas en pie.

—¡Mis manzanas! —clamó un hombre enseguida—. ¡Que esos críos se las llevan!

—Ved, señor —se le encaró un niño de ojos color miel y pelo castaño ensortijado, desafiante, mostrándole sus manos desnudas—. Solo ayudamos, no cogemos nada.

—¡Te crees que soy tonto! —renegó el hombre haciéndose con una tranca para golpearlo—. Os las pasáis de uno a otro. Además, a ti te conozco.

—¡Mentira! —le chilló Roger antes de salir corriendo.

Los chiquillos se reunieron en su escondrijo secreto, una antigua construcción subterránea abandonada a la que se accedía por un hueco de las murallas. Eran ocho niños y cuatro niñas, todos huérfanos de padre o con progenitores mutilados de guerra, que vestían con ropas rezurcidas de restos reutilizados de los adultos. Pertenecían a la estirpe de los vencidos, eran los hijos de la derrota. Tenían aspecto famélico y, en cuanto se sintieron seguros, se lanzaron a comer el pan y la fruta que habían robado.

—¡Esperad! —dijo Roger—. Hay que repartir bien el botín.

—Repartamos mientras comemos —repuso Paolo con la boca llena.

El plan les había salido fenomenal y estaban muy contentos. Llenar el estómago, con un hambre como la suya, no era frecuente, y menos aún poder llevar cena a la familia.

—Hay que guardar algo para Pipo y Francina —les advirtió Roger.

Pipo era un antiguo cruzado que perdió una pierna en Jerusalén, y Francina, una prostituta retirada con apenas dientes. Dormían en la calle o, cuando hacía mucho frío, en unas ruinas a punto de desplomarse, pero siempre juntos. Decían estar enamorados, y sus gestos y miradas tiernas conmovían a los chiquillos, que se convirtieron en sus protectores. Mucho cariño pero poco alimento les aportaba aquella protección, y los ancianos sobrevivían gracias a la sopa boba, aguada y hecha de sobras, que al mediodía y por la noche, por el amor a Dios, repartían los conventos entre los menesterosos.

Roger llegó a casa feliz, con un saquito que contenía pescado, pan, frutas y verduras, y se apresuró a besarle la mano a su madre.

—¿De dónde has sacado todo esto, hijo? —Era una sonrisa temerosa—. No te he visto en todo el día.

—Me lo han dado por ayudar en el mercado. —El niño también sonreía, quería verla feliz—. Para vos, mamá.

Blanca lo abrazó tierna y lo besó. Quería creerlo. Adoraba al chiquillo, era toda su vida, su esperanza, su ilusión. De no ser por él, estaría muerta. Tenía ya veintiocho años, conservaba su hermosa cabellera azabache y unos intensos ojos verdes, pero sentía que su juventud estaba ya marchita. Sobrevivir había sido demasiado duro. Mil veces quiso quitarse la vida y mil se dijo que no podía morir, que debía sacar adelante a su hijo. Era todo lo que le quedaba de Ricardo, su gran amor.

Tanta abundancia se le hacía rara, aunque, después de una agotadora e infructuosa jornada, no se sentía con ánimos para cuestionar a su querido hijo y decidió disfrutar de la comida y del amor del pequeño.

Mañana sería otro día, y Blanca afrontaría lo que viniera, como siempre.

22

—¡Ese es! —oyó Roger.

Y de inmediato, antes de que pudiera reaccionar, aulló de dolor. Sentía que le arrancaban la oreja. Miró hacia arriba y vio la enorme masa de Bonifacio, el capitán de ballesteros a cargo del orden de la ciudad y de la fortaleza de Brindisi. Era un hombre de unos cuarenta años, grueso, de barba castaña y calvo. El niño siempre le había envidiado su barriga, signo de opulencia y salud. Pocos había en la ciudad como él, y lo imaginaba frente a una mesa zampándose un capón de una sentada. Y ahora el hombretón lo tenía bien sujeto y lo miraba con cara de pocos amigos.

Junto a él estaba el frutero que el día anterior lo acusó de robarle las manzanas y el sargento, un hombre alto y moreno, de rostro afeitado y una gran nariz. El pánico estuvo a punto de dominarlo, pero supo controlarlo para fingir lo mejor posible.

—¡Soltadme! —gritó—. ¡No he hecho nada!

—¿Que no has hecho nada, bergante? —gruñó Bonifacio.

Y el chico chilló con un nuevo tirón de oreja.

—Tú y tus amigos provocasteis el caos ayer en el mercado —lo acusó.

—No es verdad, solo quisimos ayudar cuando vimos aquel desastre.

—¡Y aprovechasteis para robar! —sentenció el frutero.

—Me lo contarás todo en las mazamorras del castillo —lo amenazó el capitán.

—No tengo nada que contar, señor —se quejó el niño—. ¡Soltadme!

—Ya lo creo que hablarás. —Y emprendió la marcha sujetándolo de la oreja.

—Agarradlo bien —le advirtió el sargento a su jefe—, que si se escapa no lo pillaremos. Estos golfillos corren como liebres.

—Dime quiénes son tus compinches y dónde viven —rugió Bonifacio.

Lo tenía de cara a una pared, atado de las muñecas a una argolla, que lo obligaba a mantenerse de puntillas, y con la camisola levantada cubriéndole la cabeza. Roger tenía las nalgas al aire y rojas después de los azotes que el sargento le había propinado con una vara de fresno.

—¡No tengo compinches, señor! —se lamentó el niño—. Soltadme, que no he hecho nada.

Capitán y sargento intercambiaron una mirada. No esperaban encontrar semejante resistencia en un niño de diez años. Bonifacio hizo un gesto con la cabeza y el sargento le atizó un par de zurriagazos más, aunque no demasiado fuertes. No quería que sangrara. El chico gimió de dolor.

—Habla, o no te vas a poder sentar en un mes —lo conminó el sargento.

—¡No me podéis hacer esto! —les gritó Roger.

—Esto y más —gruñó el capitán.

—No tenéis derecho y lo vais a pagar caro. ¡No sabéis quién soy yo!

Eso hizo que los hombres se miraran de nuevo para echarse a reír después.

—¿Oyes lo que dice el mocoso? —le dijo el capitán al sargento—. ¡Que no sabemos quién es! —Y se dirigió al chico—: Eres un ladronzuelo al que le voy a quitar las ganas de robar.

—¡No! ¡Soy un templario!

—¡Qué ocurrencia! —exclamó el sargento—. ¡Nada menos que un templario! —Y siguió en tono de burla—: ¡Oh! ¡Lo lamento, frailecito Roger!

—Te dije que le dieras en el culo, no en la cabeza —le regañó jocoso Bonifacio a su colega—. El mocoso ha enloquecido.

—Soy un templario —insistió el mozalbete—. Y los templarios tenemos nuestra propia justicia. No tenéis ningún derecho a hacerme esto y lo pagaréis.

—Empieza a hartarme —gruñó el capitán.

Repitió su gesto con la cabeza y el sargento le propinó dos azotes más. Sin ningún resultado. Le empezaba a enternecer aquella heroica resistencia. No iba a delatar a sus amigos.

—Creo que hay una mejor forma de hacerle hablar —dijo.

—¿Cuál? —preguntó el capitán.

—El frutero me dijo que el chaval es hijo de la hermana del anterior gobernador.

—¿Esa mujer guapa y altiva?

—Esa.

—La recuerdo, de antes y de ahora —murmuró el capitán—. La visita el gobernador. ¡Vamos a verla!

Acababan de entrar en la casa con el niño sujeto de la oreja y Blanca los miraba consternada.

—El bastardo de vuestro hijo es carne de horca, señora —dijo Bonifacio arrastrando las palabras. Y se apresuró a contarle lo ocurrido la mañana anterior en el mercado y la acusación que pendía sobre Roger.

Blanca tragó saliva y sintió que las lágrimas acudían a sus ojos. ¡Ahora sabía de dónde había sacado su hijo la cena con la que la obsequió! Algo había sospechado, pero no quiso creer que Roger hubiera cometido una fechoría. Debía haberlo intuido. Pero pensaba defenderlo cuanto pudiera.

—Mi hijo no es un bastardo —repuso Blanca haciendo acopio de toda su dignidad—. Soltadlo.

—Es un bastardo y un ladrón —siguió el hombre—. Si tuviera un par de años más, le cortaba una mano.

—Mi hijo es legítimo y de noble estirpe —insistió ella levantando la barbilla.

—Sí, y también templario —rio el sargento.

Pero la respuesta de Blanca no le hizo la misma gracia al capitán.

—¡Qué noble ni puñetas! —rugió furioso—. ¡Mira lo que nos dice ahora la gran señora! No queda nobleza alguna en esta casa. ¿Creéis que no sé quiénes os visitan? Él es un bastardo y vos una puta.

Blanca lo miró con los ojos desorbitados, sin saber qué responder. Un mazazo en la cabeza no la hubiera aturdido tanto como aquel insulto. El mundo que había querido construir y su lucha por conservar alguna dignidad se derrumbaban. ¡Su querido hijo, acusado de ladrón, y ella, de puta! Era horrible. Hubiera deseado morir en aquel instante.

A pesar de los azotes y de no notar ya la oreja, Roger estaba más que espabilado. El capitán, confiado al saberse dentro de una casa y acometido por su ataque de furia, soltó al niño, que se giró como un relámpago y le acertó con una patada, tan fuerte como pudo, en los testículos.

—¡Mi madre no es una puta! —chilló.

Bonifacio cayó aullando, retorcido y cubriéndose los genitales mientras el sargento, sorprendido, abrió los brazos tratando de impedir la huida del pequeño, que se lanzó de cabeza a su estómago. El hombre soltó un bufido mientras el golfillo se precipitaba a la calle, no sin antes enviarle un beso con la mano a su madre, que lo miraba horrorizada.

—¿Dónde voy a ir? —se preguntó Roger corriendo tanto como podía.

23

Roger corrió hacia el puerto. ¿Qué hacer? Aquello era muy grave. Sabía que se había metido en un lío del que era incapaz de prever las dimensiones. Pero nadie insultaba a su madre llamándola puta. Y menos aquel gordo asqueroso.

—Cuando insultan a tu madre, peleas a muerte —murmuró.

Era la ley en las pandillas, una religión. Había que defender a la madre hasta las últimas consecuencias. Y él amaba a la suya con desesperación. Era lo único que tenía en el mundo y sabía lo mucho que se sacrificaba por él. Los insultos a las madres eran motivo frecuente de peleas. A palos. Los chiquillos guardaban en casa un palo tan largo como altos eran ellos, era su arma favorita. El palo tenía su propio lenguaje. Cuando salían a la calle con él, significaba que estaban dispuestos a pelear. Faltaba encontrar a otro con la misma arma y las mismas ganas. Cuando dos de clanes distintos se topaban armados, si uno arrastraba el palo, significaba que menospreciaba al otro. Si lo sujetaba por el centro con las dos manos, al contrario, era señal de respeto. Y si lo agarraba de un extremo haciéndolo balancear por el otro, estaba desafiando al de enfrente. La semana anterior había mantenido uno de esos duelos con uno que lo desafió. Se le daba muy bien el arma, venció e hizo que su enemigo se retractara y suplicara perdón.

No se arrepentía de haberle pateado los testículos al capitán, lo volvería a hacer si insultaba de nuevo a su madre, pero temía lo que vendría a continuación. Le dolía mucho el trasero y la oreja, pero no paraba de correr. Aquello no era nada en comparación con lo que le harían cuando lo agarraran. Pero lo que de verdad lamentaba era perjudicar a su madre y que ella pagara las consecuencias de sus actos. ¿Qué hacer? ¿Cómo librarse de lo que les venía encima? Estaba muy angustiado y se esforzaba en pensar. Tenía que aclarar su mente. ¿Y si se escondía entre las mercancías del puerto para colarse después en el primer barco que zarpara? Los polizones arriesgaban la vida. Los patrones no querían mantener una boca más y acostumbraban a tirarlos por la borda en alta mar. Era bien sabido en el puerto, los marinos alardeaban de ello y se encargaban de proclamarlo para disuadir a los candidatos.

Pero eso no era lo que más le preocupaba. Le angustiaba no poder ni siquiera despedirse de su madre. Quizá no la volviera a ver más. Solo pensarlo le partía el corazón. No, no huiría. Tenía que buscar la forma de quedarse en Brindisi.

«Mamá, cuando sea mayor cuidaré de ti», ¡se lo había prometido tantas veces!

Ella lo acariciaba sonriendo feliz, y él se acurrucaba contra ella buscando su calor. No, no podía abandonarla. Pero después de lo ocurrido, en lugar de ayudarla, la había metido en un lío, lo contrario de lo prometido, y se sentía muy mal. No sabía cómo salir de esa.

Al llegar al puerto, se dirigió a una galera allí atracada. Arriba, en el mástil principal, por encima de las velas recogidas, lucía el gallardete blanco y negro con una cruz negra del Temple.

—Dile por favor a fray Vasall que estoy aquí —le pidió a uno de los marinos sentado en la borda—. Es urgente.

El marino, un joven larguirucho que lo conocía, reaccionó perezoso:

—¿Otra vez importunando?

El tipo no era demasiado simpático, pero tampoco de los peores, y Roger insistió.

—Por favor, por favor —dijo juntando las manos—. Necesito verlo.

—No está.

—¿Y dónde está? —preguntó el niño angustiado. El fraile era su única esperanza.

—¿Y a ti qué te importa, mocoso?

El chiquillo se arrodilló.

—¡Por favor! ¡Por favor!

Y el otro se echó a reír.

—Ha recibido una buena noticia y se ha ido a celebrarlo —dijo al fin meneando la cabeza con incredulidad.

Roger sabía dónde estaría y salió disparado hacia una de las tabernas del puerto. Conocía mucho de aquel hombre. El puerto era el lugar favorito del chico y las naves le fascinaban. Por sí mismas y por su madre. Sabía la angustia que la buena mujer sufría y su ansia por conocer el paradero de su hermano Giacomo, su tío Pascale y el resto de la familia. La única forma de lograrlo era buscarlos cruzando el mar. Y él se había propuesto hacerlo y sacar a su madre de aquella ciudad que tan mal la trataba. La reuniría con ellos. Por eso pasaba la mayor parte del día en el puerto. Sería marino.

La mejor nave era la de fray Vasall, a la que llamaban Halcón por lo marinera, rápida y elegante que era. Y la presencia de Roger en sus proximidades era constante. Aunque la mayor parte de las veces lo ahuyentaban con malos modos, él insistía en acercarse. Pensaba que le caía bien al capitán, que, compadecido, a veces le encargaba pequeños recados y ordenaba que se le diera algo de comida.

No lo dejaban subir al Halcón, pero cuando se encontraba con el fraile en tierra lo importunaba con todo tipo de preguntas sobre navegación.

—Fray Vasall, ¿por qué los bancos de la galera tienen solo

dos galeotes y dos remos y no tres? —le planteó un día—. Hay espacio. Le daría más velocidad.

Sus preguntas obligaban al marino a pensar y a veces hasta le respondía. Aquel niño era listo, veía el mundo con ojos nuevos y lo cuestionaba todo antes de aceptarlo.

—Porque aumenta mucho el coste y poco la velocidad. En caso de apuro, puedo poner un tercero haciendo remar a marinos o gentes de armas. Cosa que no les gusta. Pero eso es muy raro. No hacemos carreras.

Y otras veces, por toda respuesta, el fraile lo apartaba de un empujón. Entonces el niño sabía que no había que insistir porque estaba a punto de caerle un sopapo.

Al llegar a la taberna, Roger rezaba por encontrarlo solo, eso le convenía. En tierra, fray Vasall no bebía nunca con gente de su nave. Era una cuestión de imagen. El Temple tenía normas muy estrictas, y cada uno ocupaba su lugar dentro de la Orden. Unos no se mezclaban con otros. Reflejaba la sociedad fuera de la religión. Un caballero era un caballero y pertenecía a un mundo distinto al del sargento. Y un cura del Temple venía a estar entre ambos. Y esas tres clases eran una minoría en la Orden. Luego estaban los que no vestían hábito, entre otras cosas porque nunca hubieran sido aceptados. Esos cobraban soldada. Una vez embarcado, fray Vasall hacía en el Halcón lo que mejor le parecía, y una de esas cosas era tomar vinos con el piloto, el contramaestre y demás oficiales, a no ser que transportaran a un caballero. Entonces había que aplicar las reglas estrictas. Porque Vasall era solo un sargento y, por lo tanto, no podía vestir las elegantes sobrevestes y capas blancas con cruces rojas. Su color era el gris y su capa, negra.

Roger lo vio sentado en una mesa con un vaso de vino delante. Tenía una sonrisa feliz y los ojos acuosos. Enseguida comprendió que estaba achispado.

—¡Hombre, Roger! —exclamó al verlo—. ¡Ven a brindar conmigo, tenemos mucho que celebrar! —Y le gritó al tabernero—: ¡Tráele un vaso de vino, pero águalo a la mitad! No quiero que se me duerma.

Aquello animó al chiquillo, lo había cogido de buenas.

—¡Siéntate! —le dijo el fraile.

A pesar del cansancio de la carrera, Roger era incapaz. Las nalgas le dolían horrores. Se arrodilló y juntó las manos.

—¡Fray Vasall, ayudadme, os lo suplico! Estoy en un lío terrible.

—¡Cuéntame! —le dijo perdiendo la sonrisa y arrugando la frente.

El tabernero le trajo el vaso de vino aguado, que Roger se bebió en dos tragos. Tenía sed y hambre, y el vino se consideraba un buen alimento. Cuando terminó, se sentía más animado, le explicó al fraile por qué no se sentaba y empezó a contarle la desdichada aventura del mercado. El hombre lo escuchó con atención y ni siquiera lo interrumpió para preguntar.

—¿Y fuiste tú quien ideó todo ese lío? —quiso saber al final.

—Paolo me ayudó.

—¡Muy mal, hijo! —Lo miraba severo—. ¡Has hecho muy mal! Jamás vuelvas a hacer algo semejante.

—¡Lo siento mucho, padre! —se lamentó el chico—. Pero yo tenía hambre, la tenía mi madre y también mis amigos. Sé que robar es un crimen, un pecado.

—¿Robar? —se extrañó el fraile—. No hablaba de robar.

—¿De qué, pues?

—De emprender una acción semejante y ejecutarla con éxito para después pifiarla.

—¿Pifiarla?

—¡Cuando se hace algo así, se debe tener bien pensado cómo salir airoso! —gruñó—. ¡Que no te puedan pillar! ¡Bobo! Mira en qué lío te has metido.

El chico lo miró sorprendido. El fraile parecía muy enfadado, pero no por lo que él temía.

—¿Y lo de robar?

—Sí. Robar está muy mal, es un pecado...

—Lo siento mucho, fray Vasall.

—Sí, debes confesarte.

—¡Lo haré, padre!

—¡No me llames padre, aunque yo te llame a ti hijo! —Vasall seguía irritado—. Soy un fraile y no un cura, y no puedo, ni quiero, confesarte. —Y de repente sonrió—. ¡Menuda has liado!

Roger volvió a mirarlo sorprendido.

—Aunque lo tuyo se podría considerar un botín —siguió Vasall.

—¿Botín?

—Sí, ¡botín! ¿Sabes lo que es?

—Lo que se le arrebata al enemigo...

—¡Exacto! Cuando ganan, los nobles se apoderan de todo lo que tiene el vencido y lo llaman botín. Los reyes también lo hacen, e incluso los templarios tomamos botín..., y la Iglesia lo consiente. Muchos les roban la libertad a los vencidos para venderlos como esclavos, y la honra a sus mujeres. Y eso es botín.

—Pero son enemigos.

—¡Exacto! —Se quedó pensativo, para añadir después—: Pues cuando un niño pasa hambre, es que hay enemigos en algún sitio.

24

El fraile y el niño se quedaron mirando en silencio. Y Vasall llenó su vaso de la jarra.

—¡Tráele más al chico! —le gritó al tabernero.

—¡Ayudadme, fray Vasall! —suplicó de nuevo Roger—. Soy vuestro grumete. ¡Soy un templario!

—¡Qué tontería! ¿De qué vas a ser un templario? —gruñó el hombre—. Para ser un templario, la Orden tiene que admitirte después de una evaluación rigurosa, debes pasar las pruebas, ser lo suficientemente mayor para manejar bien la espada y profesar los votos. Y tú no cumples nada de eso.

—¡Pero vos me dijisteis que era vuestro grumete!

Vasall tragó saliva. Siempre que atracaba en Brindisi, su fondeadero habitual, tenía a aquel niño revoloteando a su alrededor como un moscardón. Admitía que era vivaz, simpático y listo. Le caía muy bien. Y realmente le veía futuro como marino y se decía que incluso podía llegar a sargento del Temple como él. Le insistía tanto que al final, bromeando, un día que lo asediaba en la calle y que estaba de buen humor, le dijo que sí, que era su grumete. Eso ocurrió dos años antes, cuando el niño tenía ocho. Pero era solo de palabra, una concesión nominal ante su pesada insistencia, sin propósito de hacerlo real. Sí, era cierto que en ocasiones lo mandaba a algún pequeño recado a cambio de comida. Pero nunca lo embarcó para una travesía, por corta que fuera. Ni tenía intención inmediata de hacerlo.

—¡Soy un grumete del Temple! —le insistió el chico al verlo vacilar.

Vasall refunfuñó y de un trago vació su vaso.

—¡No! —le dijo—. No lo eres.

—¡Sí que lo soy! —Los ojos se le llenaban de lágrimas—. Vos dijisteis que lo era.

—No iba en serio —murmuró.

—¡Lo soy, fray Vasall! ¡Me lo dijisteis!

El hombre resopló. Un refrán de Provenza, su tierra natal, decía: «A los santos y a los críos, no prometas si no das».

En aquel momento, un par de siluetas se recortaron en la puerta bloqueando la luz exterior.

—¡Está aquí! —gritó Bonifacio—. ¡Ah, ese tunante de mierda!

Y de un par de zancadas llegaron hasta Roger, que volvía a estar de rodillas suplicando. Se puso de pie mirándolos temeroso. No quería pensar en lo que le esperaba. Y antes de que pudiera reaccionar, el sargento lo agarró de la oreja.

—Esta vez no te escapas —rugió.

Y empezó a tirar de él, que se le resistía, hacia la puerta. Y de repente el fraile se puso de pie de un salto. Con su brusco movimiento, golpeó la mesa y la jarra de vino cayó al suelo haciéndose añicos. Era un hombre de pelo y barba oscuros, de corpulencia considerable, que andaría por los treinta y tres años. Superaba en altura al capitán, aun sin alcanzar al sargento, pero lo compensaba con su mayor envergadura. Su aspecto denotaba su buena alimentación, aunque no aparentaba sobrepeso como Bonifacio. Se cubría con un bonete de paño gris semejante al de su hábito, que ceñía con un cinturón de cuero del que pendían daga y espada. Y en la parte superior del pecho mostraba una pequeña cruz patada bordada en rojo.

—¡Soltad al niño! —bramó.

El sargento de la gran nariz, que sujetaba a Roger, se quedó inmóvil del pasmo ante aquella inesperada reacción.

—Pero ¿qué decís, fray Vasall? —preguntó sorprendido Bonifacio.

—¡Que dejéis al niño, digo!

Y tirando a Roger del brazo, hizo que lo soltara. El sargento aún lo agarraba de la oreja y el niño creyó que se la arrancaba. No pudo evitar chillar de dolor.

—¡Es un delincuente! —anunció Bonifacio—. Recibirá el castigo que se merece.

—No os lo llevaréis —dijo Vasall.

—Pero ¿sabéis lo que ha hecho?

—¡Sí, lo sé!

Los dos hombres se miraron. No les caía demasiado bien el arrogante fraile, pero nunca antes habían tenido un choque con él.

—No me diréis que es un fraile templario, como afirma ese bergante —dijo el capitán de la guardia riendo.

—No, claro que no lo es —confirmó Vasall.

—¡Pues si no es un fraile, está sometido a nuestra justicia!

—No. No lo está, es un grumete del Halcón.

—No me consta que haya embarcado en vuestra nave —repuso Bonifacio indignado—. Y si lo hubiera hecho, me daría igual. Está en tierra de Brindisi y nos lo vamos a llevar.

—¡No lo haréis! —Vasall dio un paso adelante protegiendo a Roger con su cuerpo—. Yo soy el capitán del Halcón, estoy sujeto a la ley de Temple y mi tripulación a la mía. No oséis tocarle, ni a él ni a ninguno de los míos, un solo pelo.

—¡En Brindisi están bajo la autoridad del gobernador y la mía!

—¡Discrepo! —El fraile enrojeció.

—Fray Vasall —dijo Bonifacio tratando de calmarse—, nos llevaremos al chico os guste o no.

—¡Por mis pelotas que no! —Echó mano de su espada y la dejó a medio desenfundar.

—Pero ¿os habéis vuelto loco?

—¿Cuántos hombres tenéis en la guardia, capitán? —preguntó Vasall—. ¿Veinte? ¿Treinta? ¿Cien? Pues yo tengo cincuenta hombres de armas en la galera y doscientos cincuenta más, entre marinos y galeotes, que saben pelear y me son fieles.

—¡Os denunciaré al gobernador! ¡Él se encargará de que vuestros superiores os castiguen!

—En Brindisi no tengo superior. Ni siquiera, en este momento, hay un caballero templario en la ciudad. Y ni esos me mandan. Tendréis que ir a Bari, donde está el maestre provincial de Apulia. Hay dos días de ida y dos de vuelta. ¡Y os habré cortado los huevos antes de que vuestro mensajero llegue allí!

Bonifacio lo miró con temor. Le intimidaba. Aquel hombre corpulento, de repente, le parecía mucho más poderoso y peligroso de lo que nunca hubiera podido imaginar. No le convenía un conflicto con los templarios. La Orden, con naves propias y alquiladas, le proporcionaba al puerto y a la ciudad un tráfico y un negocio muy importantes.

—¡Calmaos! —dijo conciliador—. El niño debe ser castigado por lo que hizo.

—De acuerdo —dijo el fraile, que parecía haberse serenado de forma milagrosa—. Yo lo castigaré de manera que los perjudicados queden satisfechos.

—¿Eso haréis, fray Vasall? —preguntó Bonifacio sorprendido.

—Eso digo y eso haré —repuso sereno—. Se hará justicia. Mi justicia. Y el primero en saberlo seréis vos.

—¡Juradlo!

Vasall sonrió.

—Os doy mi palabra, capitán. Eso os debe bastar.

Roger contemplaba asombrado y aliviado el resultado de la discusión. Resultaba evidente para él que fray Vasall era más poderoso, que ganaba, y que Bonifacio y el sargento se irían con el rabo entre las patas. Se envalentonó creyendo que había llegado el momento de castigarlos.

—¡Fray Vasall! —gritó para que los guardias, que ya se iban, lo oyeran—. Soy grumete de vuestra nave y esos hombres me azotaron.

Esperaba que su protector remachara a los vencidos y les apuntaba acusador con el dedo. Los hombres se detuvieron en el umbral de la puerta sorprendidos por semejante descaro. El templario los observó, con aspecto de malas pulgas, cruzándose de brazos.

—¿Te dieron fuerte?

—¡Sí!

—¿Te duele mucho?

—¡Sí!

Vasall gruñó antes de responder:

—Mejor. Trabajo que me ahorran. ¡Te los descontaré de los azotes que te voy a dar yo!

Cuando los guardias se fueron, el fraile le dijo a Roger:

—Quiero verte mañana en la galera al amanecer.

El chiquillo sonrió. La aventura había terminado de la forma más insospechada y positiva. ¡Aquello era una bendición! Había conseguido que Vasall lo admitiera, de una vez, como grumete del Halcón. Y se libraba, de momento, del castigo.

25

Blanca contempló horrorizada cómo su pequeño se abría paso de una forma tan contundente para huir de la guardia. ¡Las consecuencias serían terribles! Cuando Bonifacio y su sargento fueron capaces de reaccionar, salieron corriendo tras él, y ella los siguió temiendo lo que le podrían hacer al chico. Quizá se lo llevaran para siempre.

Roger ya se había perdido por las callejas, los guardias tuvieron que adivinar su trayecto, decidieron que iría al puerto y acertaron. Sus pesquisas los llevaron a la taberna, para asombro y mayor preocupación de la madre. ¿Qué hacía su hijo en una taberna? Estaba muy asustada. Una mujer decente no podía entrar en un lugar como aquel, así que Blanca corrió a pedirle ayuda a María, que la acompañó de inmediato temiendo por el chiquillo. Pero tampoco quiso entrar y ambas esperaron fuera angustiadas. Les sorprendió ver que Bonifacio y su subordinado se marchaban sin Roger. ¿Qué le habrían hecho? Pero enseguida lo vieron salir. Blanca sintió un alivio infinito y lo abrazó con todas sus fuerzas. Él correspondió con el mismo sentimiento.

—¿Cómo estás? —le preguntó sorprendida—. ¿Qué ha pasado?

—Bien. Estoy bien —contestó escueto. E hinchó el pecho para proclamar—: ¡Ya soy un marino del Temple!

—Pero ¿qué dices? —María sonreía incrédula.

—Fray Vasall me ha dicho que quiere verme mañana en el Halcón al amanecer.

—¡Alabado sea el Señor! —exclamó Blanca llevándose las manos a la boca sin terminar de creerlo.

De inmediato le sobrevino la preocupación. Brindisi era un gran puerto y muchos de los chicos embarcaban como grumetes, pero con más edad. El trabajo era azaroso, sobrevivir no resultaba fácil y los más pequeños morían o desaparecían con facilidad. La alimentación solía ser mala, los castigos, al igual que las enfermedades, frecuentes, y se producían todo tipo de abusos. Los chicos se convertían en víctimas de la rudeza del mar y de la de sus propios compañeros.

Roger sonrió con suficiencia irguiéndose orgulloso.

—Le he puesto al fraile en un brete y me ha tenido que aceptar.

Las mujeres se quedaron mirándolo en silencio.

—Pero es peligroso —murmuró la madre sin que apenas se la oyera.

—¿Seguro que estás bien? —insistió María.

—¡Estupendo! —exclamó alegre.

Pero no estaba tan bien. Aquella noche su madre le aplicó friegas de aceite de oliva en el trasero para aliviarlo. Y tuvo que dormir con el culo al aire. Blanca tardó mucho en conciliar el sueño, inquieta por el futuro. Estuvo rezando, daba gracias al cielo por el inesperado salvador de la taberna y pedía para que su hijo sobreviviera a la galera.

Roger salió corriendo de su casa con las primeras luces del alba. Quería llegar a tiempo y estaba ilusionado e impaciente. Fue colina arriba hacia la catedral para después bajar por el otro lado. Era más fatigoso que dirigirse directamente al mar y seguir por la orilla, pero quería cruzar entre aquel par de gigantescas columnas que desde la altura dominaban el puerto. Creía que le traerían suerte.

Aquellas moles de mármol cuyo origen se perdía en el

tiempo representaban lo más viejo de la ciudad y su enormidad le fascinaba. Su estructura era la más alta de Brindisi, aunque la torre de la catedral, situada en la parte superior de la colina, quedaba más elevada, solo porque fue construida más arriba. Cada una de aquellas columnas tenía un pedestal de forma rectangular, casi tan alto como tres hombres puestos uno encima de otro, y le seguía la parte redonda que se elevaba siete más, para culminar en un enorme capitel con unos gigantes esculpidos que parecían sostener algo por encima de sus cabezas. Así que habría que poner más de diez hombres, uno con los pies en la cabeza del otro, para alcanzar aquella asombrosa altura. Le había oído decir a Vasall que eran romanas y que tenían más de mil años. Y mientras la mitad de las casas de la ciudad se hundían de viejas y tenían que ser reparadas, allí estaban aquellas columnas, impávidas y tan frescas como mil años antes, marcando el fin de la antigua Via Apia romana y advirtiendo a los viajeros del inicio de la aventura en el mar.

Los romanos las plantaron allí y no más arriba porque desde aquella posición dominaban el puerto y las veían las naves que llegaban del Adriático. Roger se detuvo un momento. La creciente claridad del alba lo iba iluminando todo y desde allí divisaba los dos brazos de la bahía, uno a su derecha y otro a la izquierda. Desde el pie de las columnas podía ver el Adriático por encima de las dos penínsulas que delimitaban el canal que unía la bahía con el mar. Notaba su latido, el latido de aquella gran masa de agua que se acompasaba con el de su propio corazón. Sentía que le llamaba.

Después observó el puerto a sus pies. El Halcón, que estaba atracado con la popa amarrada al muelle, era la única galera en aquellos momentos y sin duda la nave más majestuosa. Esbelta y alargada, no tenía nada que ver con naos, carracas y otras embarcaciones sin remos, panzudas y con forma de cáscara de nuez, allí atracadas. Eran más anchas, pero ni las mayores superaban la mitad de la longitud del Halcón. Podían cargar más, pero ninguna tenía su estilo. Suspiró ilusionado.

En aquel momento las campanas de la catedral, a sus espaldas, empezaron a sonar, seguidas de las de otras iglesias. Llamaban a la oración de laudes. Estaba a punto de amanecer y en unos momentos la puerta Mesagne, la principal de la ciudad, se abriría para dejar entrar a los campesinos que acudían al mercado. Salió disparado cuesta abajo. Se detuvo respetuoso cerca del Halcón, en un lugar desde donde veía a fray Vasall, en el castillo de popa, mirando en dirección a Jerusalén y al sol naciente. Rezaba con la capucha calada y la cabeza inclinada. Aun de espaldas, lo reconocía por su corpulencia y su hábito gris. El chico inclinó también la cabeza, juntó las manos y oró. Tenía mucho que agradecer.

Terminado el rezo, Roger subió a la nave, se encaramó ágil al castillo de popa y se presentó de inmediato al fraile.

—Buenos días, capitán —le dijo alegre—, que el Señor os bendiga.

Puso rodilla en tierra y le besó la mano. Vasall le sonrió y Roger suspiró aliviado. El capitán estaba de buen humor.

—Buenos días —saludó el fraile—. Tenemos trabajo.

De repente la expresión de su rostro cambió, como si un día soleado se cubriera de nubes plomizas y un viento de tormenta lo barriera todo. Sus cejas se arrugaron casi juntándose y su negra barba se hinchó como si debajo estuviera cerrando las mandíbulas con rabia. Agarró al chico de la camisola y lo atrajo hacia él. Roger se puso de puntillas temiendo que le rompiera la ropa. Solo tenía otra camisa. Vasall se inclinó para acercarle la cara. Seguía con la capucha calada y su aspecto era terrorífico.

—Te crees muy listo, ¿verdad, rapaz? —gruñó—. Cometes un delito, piensas que te vas de rositas y encima que yo te premiaré subiéndote a mi nave para pasearte por el Mediterráneo. —Y se calló.

—No, padre, no —murmuró el chico para llenar el incómodo silencio que se produjo.

—¡Te tengo dicho que no me llames padre! —le gritó—. ¡Que ni soy cura ni me he acostado con tu madre!

Y le soltó la camisola con un gesto de desprecio. Al chico le temblaban las piernas. El capitán pasó a apuntarle con el dedo.

—Vas a pagar por lo que hiciste, ¿sabes?

Roger afirmó con la cabeza. No tenía duda alguna.

—¡Te vas a pasar la vida limpiando mierda! —siguió—. ¡Y aquí hay mucha!

Tampoco dudaba de ello. Las naves del puerto no olían demasiado bien, pero las galeras eran las que peor. Aparte de la corrosión natural del mar, el tufo provenía de la cantidad de hombres que transportaban. Tenían sus necesidades y no siempre les era oportuno, por mala mar o pereza, hacerlas por la borda.

El olfato de Roger estaba habituado al hedor. Su casa poseía un patio con un chamizo donde había un pozo muerto que cubrían con un madero. Pero no todos los vecinos disponían de semejante lujo. Además, su barrio estaba cercano al campo y muchos de sus habitantes eran hortelanos. Solo la parte de la ciudad cercana al mar estaba edificada. Brindisi poseía una amplia zona de campos y huertos dentro del recinto amurallado destinados al futuro crecimiento de la población y a la subsistencia en caso de sitio. Y sus vecinos agricultores tenían su estercolero para abono en su casa y a veces apilaban en la calle lo que iban a llevarse aquel día. Lo más común era que dispusieran de un pequeño establo para el mulo, lugar donde se desahogaban. Los más elegantes lo hacían desde un agujero en el piso de arriba, cuyo contenido caía al establo. Aquello se iba macerando hasta que el campesino decidía que estaba en su punto. Y con una pala lo cargaba en carro o carretilla para el huerto. Muchos de los que no tenían ni pozo muerto ni establo se deshacían del producto de su digestión por la ventana, lo que era censurado por la ciudad y causaba altercados si acertaban a un transeúnte. También era común que en el sótano de las casas se criaran cerdos, que digerían cualquier cosa y añadían su aroma al de la calle.

Así que a Roger no lo intimidaba tanto la mierda como la furia del capitán al que, a pesar de ser fraile, no podía llamar padre.

—¡Sí, capitán!

El fraile parecía tan enfadado que Roger se decía que, si se irritaba más, sería capaz de propinarle un guantazo que lo lanzara por encima de la borda.

—¡Ah! —siguió Vasall—. Pero primero tendré que ocuparme de reparar el estropicio que causaste.

El chico bajó la cabeza para mostrar arrepentimiento y guardó un prudente silencio.

—Te irás de inmediato al castillo y le dirás a Bonifacio que lo quiero ver a la hora sexta, después del rezo, en el mercado para resolver tu asunto.

—Pero, pero... —balbució el chico aterrorizado—. Señor..., fraile, capitán..., como me pille, Bonifacio me despelleja.

—Dile que no se tome el trabajo de pegarte, que ya lo haré yo por los dos, y que soy el único, aparte de tu madre, con derecho a hacerlo. Y díselo antes de que empiece a atizarte, porque luego le costará parar.

—No creo que me dé la oportunidad de decírselo.

—¿No fuiste tan valiente para armar la que armaste? —gruñó mirándolo con aquellos ojos tan oscuros como encendidos—. Pues ten ahora los redaños de dar la cara. De lo contrario, no quiero verte más.

Acababa de empezar y Roger se preguntaba si sobreviviría a su primer día de grumete en el Halcón.

26

Ni por un instante le pasó por la mente a Roger desobedecer la orden del enérgico fraile. Sin embargo, no iba a darse demasiada prisa. Mejor sería que empleara el camino para pensar una estrategia que le permitiera salir con bien del encuentro con Bonifacio. Si camino de la galera, ilusionado, había ido corriendo y brincando, ahora arrastraba los pies. De repente le volvía a doler el trasero un horror.

Al llegar al castillo, que se alzaba imponente, a la orilla de la bahía y al inicio de la muralla de tierra, cruzó cauteloso el puente levadizo y le dijo al guardia que lo detuvo:

—Fray Vasall del Temple, el capitán del Halcón, me manda con un mensaje para don Bonifacio. —Suspiró—. Y quiere que se lo dé personalmente.

El hombre, un tipo más bien corto de estatura, barba rala y piel morena, rio para después gritarle a su colega, que se apoyaba aburrido en su lanza en el otro lado de la puerta:

—Pues sí que está mal el Temple, que envía a este mierdecilla de mensajero.

Debía ser el que mandaba, porque con un gesto de cabeza envió al otro a avisar. Al poco apareció Bonifacio presuroso y ceñudo, balanceando su masa a cada paso, seguido del sargento y un par de guardias más. Cuando lo vio venir, Roger se echó al suelo de rodillas, puso las manos en gesto de oración y empezó a gritar:

—¡Perdón, señor, perdón! ¡Piedad, señor don Bonifacio, piedad!

Pegaba tales chillidos que parecía que lo despellejaran, y el capitán y los que lo acompañaban se detuvieron estupefactos. Viéndolo y oyéndolo de tal guisa, el guardia de la puerta se echó a reír a carcajadas y los demás lo acompañaron. Y el chiquillo no cesaba de lamentarse e implorar piedad a gritos. Bonifacio levantó la mano amenazante, pero le contagiaron la risa y tuvo que bajarla. Y entonces fue cuando Roger soltó la parte del mensaje más importante para él:

—¡Fray Vasall dice que no me peguéis, porque ese es su derecho y jura que lo hará por los dos!

Aquello aumentó la hilaridad. Y el chico aprovechó para comunicar el resto del mensaje.

—Y os ruega que os reunáis con él en el mercado a la hora sexta después del ángelus. —Seguía de rodillas y en actitud suplicante—. Para que lo ayudéis a decidir qué hacer conmigo.

Lo último lo había añadido de su cosecha pensando que lo facilitaría todo. Acertó. Los guardias volvieron a reírse. Bonifacio se hinchó satisfecho. Aquello de ayudar a decidir al fiero capitán templario le satisfacía. Era respetuoso. Sentía que lo situaba al mismo nivel que el arrogante fraile que la tarde anterior no tuvo reparos en pisotearlo.

Cuando el niño vio que se le acercaba, temió lo peor y se puso a chillar de nuevo. Pero Bonifacio se contentó con ponerle la palma de su manaza en el rostro y decirle, al tiempo que lo empujaba con ella:

—¡Deja de chillar! Dile a fray Vasall que allí estaré. ¡Y vete de inmediato!

Roger sabía lo que venía después y no esperó a oírlo dos veces, se levantó como un rayo y salió a todo correr. El puntapié que Bonifacio le dirigía al trasero dio al aire. Por fortuna, el sargento lo sujetó, evitando así que diera con sus huesos en el suelo.

Aliviado, fue a cumplir el siguiente recado de Vasall. Debía citar también al almotacén de la ciudad. Almotacén o mostassaf era el cargo oficial del responsable del buen funcionamiento de los mercados. Era un puesto común en las ciudades mediterráneas que trataba de asegurar que no se engañara con los pesos, resolvía disputas y peleas entre vendedores y quejas de clientes. El chico tenía casi tanto reparo en volver al mercado como al visitar a Bonifacio. Vasall estaba en lo cierto. Nunca debiera haber planeado su pequeño asalto sin evaluar las consecuencias. Así que ubicó a distancia al almotacén y, cuando lo vio en un extremo del mercado, donde se exponía menos a sus víctimas, corrió a darle el recado. Unos insultos acogieron su presencia y no pudo salir del lugar antes de que una manzana podrida le diera en el hombro. Regresó a la galera satisfecho. Había cumplido.

A su vuelta, Vasall lo puso a cargo de Luigi, un grumete de quince años al que Roger ya conocía. No le caía bien. El joven lo había echado de mala manera, sin ahorrar los golpes, las veces que había intentado colarse en el Halcón. Era alto para su edad, nervudo, delgaducho y fuerte. Roger se decía que debía de ser bobo. ¡Cómo podía estar flaco con lo bien que se comía en el barco! Tenía granos en la cara, el inicio de un bigote sobre el labio y un pelo castaño ensortijado.

—Antes era grumete como tú —le dijo hinchando el pecho cuando Vasall los dejó solos—. Ahora soy marino y tú me obedecerás. —Y levantó la barbilla al preguntarle—: ¿Me has entendido?

Esa actitud no le gustó a Roger, pero eran órdenes de Vasall y decidió no oponerse.

—Sí, Luigi.

El chico sonrió ante la muestra de sumisión y relajó el gesto.

—Y vigila —siguió—. Te conozco. Eres un entrometido y un rebelde. Tratabas de subir a la galera sin que nadie te invitara y costaba echarte. A partir de ahora obedecerás a la primera; de lo contrario, sabrás lo que es bueno.

El joven marino lo miraba con enfado y apretaba los puños. Roger se dijo que suficientes líos tenía para buscarse otro.

—Sí, Luigi.

—Además, mi tío me ha hablado de ti. Eres un delincuente.

—¿Quién es tu tío? —preguntó Roger sorprendido.

—Bonifacio, el capitán de la guardia. —Se rio—. Ese que te ha puesto bueno el culo de azotes.

Roger tragó saliva. Las cosas se ponían feas.

—Pues que sepas que no te irá mejor conmigo —prosiguió—. Tienes una deuda pendiente con mi tío, y a la primera de cambio la pagarás con creces. ¡Entérate!

El chico afirmó con la cabeza. ¿Quién se atrevería a llevarle la contraria a semejante jefe?

—Ahora te voy a mostrar un sitio de la galera que no conoces.

Recorrieron la crujía hasta llegar al castillo de popa. En lugar de encaramarse a él, Luigi abrió una portezuela que daba acceso a una estancia. Allí dentro había almacenados distintos bultos, cajas con virotes de ballesta, dardos y otras armas. Y en el centro Roger vio una silla con un agujero y una bacina incrustada en él.

—Aquí es donde el capitán y los caballeros que viajan con nosotros hacen sus necesidades.

Roger observó con cuidado el artilugio, impresionado por tanto lujo.

—¿Y los demás?

—Depende. Lo líquido va directo al mar y lo sólido en bacinas. Si hace buen tiempo, la gente se alivia en cubierta, y si no, en la bodega. Tú serás el encargado de que tanto el trono del capitán como las bacinas estén siempre limpias.

El niño arrugó la nariz. Era cierto lo que le había dicho Vasall. Limpiaría mierda.

—¡Ah! Y cuando los galeotes están remando, no pueden abandonar su sitio. Algunos se lo hacen encima. Tú también lo limpias.

Guardó silencio. De nada valdría lamentarse o quejarse.

—Y te mostraré cómo se hace.

Lo condujo a la bodega, le dio una pequeña pala, unos estropajos de esparto y un cubo que llenó de un barril. El fuerte olor le indicó a Roger que era vinagre. Y lo llevó a los bancos de remo, desocupados en aquel momento. Los galeotes, hombres libres que cobraban un sueldo, se encontraban gastándolo en la ciudad.

Luigi lo dejó allí, fregando de rodillas y desinfectando los maderos con el vinagre, después de darle una palmadita de ánimo y reírse.

—¡Que quede todo bien limpio!

—Si no fuera porque quiero sacar a mi madre de esta maldita ciudad y no veo otra forma, enviaba a la mierda a Vasall, a Luigi y a la galera —murmuró el niño frotando y frotando.

No pensaba en otra cosa que en viajar a tierras lejanas y en encontrar a su familia para que su tío Pascale rescatara a su madre. Aunque le ocultara los detalles, él bien sabía que allí era desdichada.

27

—Señores, los he reunido para resolver lo ocurrido con mi grumete.

Se encontraban en la zona del mercado más cercana a la bahía. Allí estaban Bonifacio y su sargento, acompañados de dos de sus ballesteros representando a la ciudad, y el almotacén junto al frutero, en nombre de los comerciantes perjudicados.

—Ese chico es un delincuente que terminará ahorcado —afirmó Bonifacio.

—Lo único que tengo por cierto es que unos niños hambrientos se aprovecharon de un incidente en el mercado para llevarse comida. —Vasall quiso establecer su posición desde el principio.

—Eso es un crimen —afirmó enfático el frutero.

—Quizá sea un crimen para algunos hombres —concedió el fraile—. Pero que en una ciudad próspera como esta unos niños pasen hambre es un crimen ante Dios. —Y buscó acusador y parsimonioso con su mirada la de cada uno de los reunidos.

—Somos libres de ejercer la caridad que deseemos con quien deseemos, fray Vasall —argumentó el almotacén, un hombre cubierto con un gorro rojo, cercano a los sesenta años y de barba gris.

—Para eso estáis los frailes, para hacer la caridad que nosotros no hacemos, ¿no es verdad? —atacó Bonifacio—. Y no creo que seáis tan caritativo como para proteger a ese delincuente de la forma que lo hacéis. Anteayer no era tripulante del Halcón. Y hoy lo es.

—Hace tiempo le dije bromeando que era mi grumete —reconoció Vasall encogiéndose de hombros—. Y ayer me lo reclamó como palabra dada. He tenido que cumplir.

El sargento rio.

—Ese chico es el diablo —dijo.

—Y no vengáis diciendo que aquel fue un incidente casual —cargó el frutero—. Ese niño y sus amigos lo orquestaron todo.

—Lo único que me consta y acepto es que un puñado de niños hambrientos aprovecharon las circunstancias para llenar sus estómagos —insistió Vasall—. Los había amigos de Roger y también de bandas rivales.

Varias voces de protesta replicaron al fraile.

—Ese Roger es el líder de la panda que nos robó. Lo conocemos —insistió el frutero acalorado—. Todo estaba preparado y vos queréis contar otra historia.

Vasall se puso en jarras y lo miró levantando la barbilla.

—Un fraile del Temple no va a mantener un regateo de mercadillo. No discutiré detalles. Pero os haré una oferta generosa para compensar vuestros perjuicios. Una oferta que no acepta negociación.

—Decid, fray Vasall —lo animó el almotacén.

—Vos, señor, sois responsable frente al consejo ciudadano de que las transacciones del mercado sean justas y honradas. ¿Cierto?

—Cierto.

—Apelo a vuestra honestidad para que me digáis qué mercaderes fueron perjudicados y por cuánto. El Halcón espera a viajeros importantes y ha de suministrarse para un largo viaje. Compensaré a los perjudicados comprándoles a ellos, y vos os encargaréis de que mantengan su margen habitual. Sus mayores ventas, con el mismo beneficio, cubrirán sus pérdidas.

—Tendré que hablarlo con los afectados —repuso el anciano—. Pero no todo es dinero. Esos chicos causaron grandes molestias.

—Haré que cada noche, hasta que parta el Halcón, Roger y sus amigos acudan al mercado a limpiarlo.

—Eso me complace —dijo el almotacén—. Siempre quedan charcos malolientes y restos podridos. Y eso causa discusiones.

—Bien, habladlo —sentenció Vasall—. Creo que es lo justo. Si alguien pretende aprovecharse de la situación y del Temple, retiraré la oferta. Y me llevaré al chico en el Halcón sin que nadie lo toque. Y pobre del que lo intente.

—¡Queda algo! —intervino Bonifacio.

—¿Qué?

—Podéis contentar a los tenderos —dijo el capitán—. Pero no a mí. Ese chico debe ser castigado.

—Tengo entendido que ya le disteis una buena ración de azotes —repuso el fraile, ceñudo.

—No basta. Su descaro merece mayor castigo.

—De acuerdo —aceptó Vasall arrastrando sus palabras—. Pero ahora es miembro de mi tripulación y está bajo mi ley. Y el castigo lo decidiré yo.

Bonifacio se lo quedó mirando mientras evaluaba la situación. El fraile parecía dispuesto a darle otro revolcón. Y esta vez el público era más amplio. No quiso correr el riesgo.

—Acepto —dijo.

Ya de camino de vuelta al castillo, el sargento consoló a su superior:

—Es lo mejor que podía ocurrir.

—No estoy seguro —repuso Bonifacio—. Le saldrán muy baratas a ese chico sus fechorías.

—Ese niño no tiene futuro aquí —siguió el sargento—. Todos saben quién es su madre, y que su familia era enemiga de los Anjou. Ningún gremio lo iba a aceptar de aprendiz, ni siquiera los marinos o pescadores. Sería un desocupado con las armas como única opción. Y para empeorarlo, lo siguen esos otros pilluelos. Nos habría dado mucha guerra antes de que el ejército lo aceptara o lo pudiéramos ahorcar. Y si tenemos en cuenta quién visita a su madre...

—¡El gobernador! —murmuró el capitán—. Pero eso hay que mantenerlo en secreto.

—Lo mejor es que ese Vasall se ocupe de él y que lo lleve lejos.

Bonifacio gruñó.

—Pero debe recibir un castigo.

—Que se lo dé el fraile. —El sargento sonreía—. Así la madre no se podrá quejar a su amigo.

El capitán de la guardia volvió a gruñir. Esta vez no añadió nada.

28

—¡Qué suerte tienes, Roger! —le dijo Paolo mirándolo con sus grandes ojos oscuros—. Ya no pasarás hambre. ¿Qué te dieron de comer en la galera? —Lo observaba ansioso—. ¿Carne o pescado?

—De eso nada. Un cocido de habas, garbanzos, arroz y acelgas, con pan y vino aguado. Y después una manzana.

Buscó bajo su camisola y le dio un mendrugo a su amigo. Paolo no dijo nada, solo lo miró agradecido y empezó a comer como si temiera que se lo quitaran.

—El asalto al mercado fue muy emocionante, pero nos equivocamos —le dijo Roger—. Nos pusimos en contra a los tenderos, y si antes nos daban poco, ahora no nos darán nada.

Paolo gruñó a modo de asentimiento, pero siguió comiendo.

—No previmos las consecuencias. Bonifacio me estuvo azotando para que acusara al resto, y suerte tuve de que fray Vasall es mi amigo. Me salvó la piel.

—¿Amigo?

—Bueno, no exactamente. Ahora es mi capitán y me hace limpiar mierda.

—Pero te ha librado de Bonifacio y te da de comer. ¡Que me den a mí de esa mierda! ¡Qué suerte tienes!

—El fraile ha llegado a un acuerdo con Bonifacio y el almotacén. —Y le contó el trato.

—Bien, yo te ayudo —se ofreció Paolo—. Pero habrá que convencer a los demás.

Al rato toda la pandilla se encontraba reunida en su escondite del hueco de la muralla.

—Nos equivocamos con el asunto de los perros y el mercado —les explicó Roger—. Bonifacio me pilló y me quería sacar vuestros nombres a varazos. No le dije nada.

Hubo un gruñido de satisfacción.

—Pero los vendedores nos conocen de vista —siguió Roger.

—Verdad —lo apoyó Paolo—. Y si antes nos daban poco o nada, ahora nos darán nada y una patada en el culo.

Varios afirmaron con la cabeza. Ya lo habían experimentado.

—Si cumplimos con lo que acordó fray Vasall, quizá nos vuelvan a dar algo.

—Lo que dejan es inservible —dijo Julia, una niña rubia de pelo alborotado—. Lo bueno se lo llevan para los cerdos.

—Serán más generosos si ven que ayudamos —repuso Paolo.

—Quizá alguno lo sea —objetó un niño pecoso—. Pero casi todos son unos ratas.

—Amigos —intervino Roger para cortar el debate—, si no me ayudáis, fray Vasall me entregará a Bonifacio y me sacará vuestros nombres a palos. ¿Queréis que ese gordo asqueroso os caiga encima?

Hubo murmullos y negaciones con la cabeza.

—Pues mañana, a la hora nona, cuando empiezan a recoger los tenderetes, todos al mercado —concluyó Roger—. Habrá que limpiar las basuras que no quieran llevarse, barrer y baldear la plaza con agua del mar.

—Nos echarán a patadas —dijo la niña rubia.

—No cuando sepan que vamos de parte del almotacén —explicó Roger—. Ya habrá hablado con ellos. Y nos dejará barreños, escobas y lo que haga falta.

—Si trabajamos bien y no robamos, serán más generosos —los animó Paolo.

—Ojalá —murmuraron varios, esperanzados.

Su madre y María lo esperaban ansiosas por conocer cómo le había ido el día.

—Fray Vasall me dijo que durmiera en mi casa mientras estuviéramos anclados —les explicó Roger.

—Mucho mejor —afirmó María con una mueca de preocupación—. Aquí estarás más seguro. Una galera es un mal lugar para un niño.

—¡El fraile te encarga los trabajos más bajos! —se escandalizó Blanca.

—Soy el grumete, madre —repuso Roger sonriente—. Pedí el puesto de capitán, pero está ocupado.

—Ese trabajo no es para ti —gruñó Blanca.

—¡Ni se os ocurra intervenir, madre!

—¡Humm! —Blanca levantó la barbilla.

Y el chico se acostó, estaba agotado.

Roger no perdía oportunidad para conocer más sobre el Halcón. Y comprobó que, si se mostraba respetuoso y obediente con Luigi, le podía sonsacar. El joven se sentía orgulloso de su nuevo puesto y de tener a alguien a quien mandar.

—La Orden no posee muchas naves —le explicó—. Las alquila a otros.

—¿Y cómo es eso? —se asombró Roger—. Con lo rica que todos dicen que es.

—Los caballeros no tienen vocación de mar —siguió Luigi—. Lo marinero es algo de plebeyos, y su ideal es la caballería. Pero Vasall convenció al maestre para que mantuviera unas cuantas naves como fuerza militar, y de que poseer una gran galera como el Halcón era cuestión de prestigio para la Orden, aunque solo fuera para los viajes de sus máximas autoridades.

—¿Es el fraile un buen marino? —preguntó Roger bajando la voz.

—De lo mejor —respondió el chico en el mismo tono confidencial—. Es un provenzal de Marsella, y dicen que antes de templario era pirata.

—¡Anda! —exclamó Roger admirado.

El Halcón era una gran galera con veintiocho bancos por costado separados por un pasillo central, elevado sobre los bancos de los remeros, al que llamaban crujía, y que cruzaba toda la nave desde popa a proa. Según calculaba Roger, era más larga que las dos gigantescas columnas romanas del puerto una puesta encima de la otra. Y usando su particular forma de medir, se dijo que, si tumbaba a veinticinco hombres en el suelo, uno tras otro, seguramente no alcanzaran su longitud (40 metros).

Desde el castillo de popa se veía toda la cubierta y era donde acostumbraba a encontrarse el capitán junto a los pilotos y timoneles. En el otro extremo estaba la proa, que era la parte que cortaba el mar, con un espolón alto, que se usaba de rampa de abordaje, un pequeño castillete y una catapulta. Aquella era una nave de guerra. Tenía dos velas latinas: la primera, en el sentido de la marcha, un poco menor que la segunda. Pero gracias a los remos se podía desplazar sin viento a una velocidad considerable. Y como los remos tenían que tocar el agua, la cubierta se alzaba a poco más de la altura de un hombre sobre el mar, lo que la hacía muy vulnerable a las tempestades en las que las olas podían superar en cuatro o cinco veces la altura de la cubierta. Por ese motivo, solo acostumbraba a operar de abril a octubre, cuando el mar estaba más tranquilo. Cada banco acomodaba a dos galeotes y cada uno tenía su propio remo. En total, ciento doce hombres remaban a la vez, aunque en caso de emergencia se acomodaba un tercer galeote por banco. Lo que hacía ciento sesenta y ocho remos. Los galeotes portaban armas, pero en caso de choque armado los protagonistas eran los ballesteros y la tropa de abordaje. Sumando unos y otros, la tripulación superaba los trescientos hombres.

Cuando el Halcón se encontraba en el puerto, galeotes, marinos y soldados podían pernoctar y comer con sus familias, aunque la mayoría lo hacía en la embarcación. Esta tenía en cubierta un espacio donde se acomodaba la chalupa y otro donde iba el fogón, que era la cocina de la nave.

A media mañana a Roger le tocó ayudar al cocinero cargando agua potable y unos sacos con los que apenas podía y cortando zanahorias, repollos y nabos para el cocido. Estaba en ello cuando Luigi acudió con la noticia:

—Se ha presentado tu madre y ha pedido que el capitán baje a tierra para hablar.

—¡Oh, no! —exclamó el niño abochornado.

—¡Y él ha aceptado! —Lo miraba con expresión de alarma—. Y ¿sabes? —añadió en un susurro—: Un templario no puede hablar con una mujer.

Roger salió corriendo al castillo de popa, desde donde se divisaba todo el embarcadero. Vasall y su madre se encontraban justo debajo y se tumbó en una zona de la cubierta desde donde podía verlos y oírlos sin ser visto.

—No sé cómo expresaros mi agradecimiento, capitán —le estaba diciendo Blanca—, por proteger a mi hijo Roger y admitirlo en vuestra galera.

—Lo conozco de hace un par de años —repuso Vasall—. Siempre me ha parecido un chico vivo y pienso que si se endereza puede tener un buen futuro en el Temple. Quizá sea una buena inversión para la Orden.

—¡Enderezadlo, os lo suplico! ¡Su padre murió en batalla cuando él tenía un año y ha crecido sin un varón que lo guiara!

Ambos sonreían, y Roger se dijo sorprendido que al fraile le gustaba su madre y a ella también él. Vestía como una dama de calidad, aunque sin lujo, y sus gestos y forma de hablar potenciaban su imagen. El niño sabía que ella destacaba en el vecindario no solo por su belleza, sino por su clase. Pero el despliegue que hacía frente a Vasall superaba lo que él conocía. El fraile la atendía embobado y afirmaba con la cabeza sin que la sonrisa abandonara sus labios. El recelo que había sentido Roger al saber del encuentro había desaparecido. Le agradaba que se gustaran. ¡Qué hermoso sería que su madre tuviera un hombre fuerte como Vasall que la amara y protegiera!

—Haré lo que esté en mi mano, señora.

—Ricardo, su padre, era un caballero y capitaneaba las tropas de Brindisi, y mi hermano, al igual que mi padre, fue el gobernador de la ciudad —continuó Blanca—. Somos nobles, señor. Y si en el futuro se diera el caso, Roger debería tomar los votos como caballero.

Vasall la observó en silencio antes de responder:

—Lo lamento, señora. No creo que la Orden reconozca esa nobleza. Tengo entendido que vuestra familia se enfrentó a Carlos de Anjou y, por lo tanto, al papa. Y el Temple obedece al papa.

—¡Ayudadlo, os lo suplico! Su destino es ser un gran guerrero y, si se le priva injustamente de su derecho de nacimiento, estoy segura de que por sus acciones ganará la nobleza.

—El Temple no funciona así, señora. —Vasall había dejado de sonreír y negaba con la cabeza. Parecía apesadumbrado—. Un caballero es un caballero, y un sargento, que en franco quiere decir sirviente, es eso, alguien de rango muy inferior. No importa lo bravo y buen guerrero que sea. Un sargento nunca será un caballero.

—¡Me parece injusto!

—Pero así es.

—En todo caso, os suplico que al menos vos reconozcáis

su nobleza, lo ayudéis en el aprendizaje de las armas y lo liberéis de los trabajos más inmundos. Y me consta que se los habéis encargado. No es justo, dada la estirpe de la que procede.

—Veré qué está en mi mano, señora, y lo que más le conviene al Temple.

—Os lo agradezco por anticipado, capitán. —Una sonrisa encantadora iluminaba de nuevo su rostro.

Y otra apareció en el de Vasall. Roger nunca lo había visto tan respetuoso y complacido.

—Sabed que mi hijo os puede ayudar, a vos y al Temple, en tareas más elevadas.

—¿Cuáles, señora?

—Él y yo pasamos mucho tiempo solos encerrados —dijo ella—. Y le enseñé a leer, escribir, sumar, restar y latín.

—¿Tan joven? —se sorprendió Vasall.

El fraile sabía leer la posición de estrellas, del sol y la luna para orientarse en el mar. También entendía de mapas y sabía de cuentas. Podía leer algo, pero no sabía ni escribir ni latín. Que lo hiciera aquel mozalbete le admiraba.

—Sí, capitán. Aprovechad su saber y empleadlo en esas tareas.

—Lo tendré en cuenta, señora.

—Os lo agradezco de todo corazón —repuso ella con la dicha reflejada en su semblante.

—Ha sido un placer conoceros, señora —dijo él con una inclinación de cabeza.

—El placer ha sido mutuo, fray Vasall. —Blanca respondió a la inclinación de cabeza con otra y, airosa, dio media vuelta para alejarse.

El templario se quedó en el mismo lugar, como fascinado, contemplando el garbo con el que se movía hasta que, antes de internarse en una de las callejuelas, ella se giró. Al verlo a él mirándola se sintió halagada y le dedicó una dulce sonrisa.

Roger regresó corriendo a trocear zanahorias antes de que el capitán embarcara de nuevo. No quería que supiera que lo había escuchado todo.

La visita sorprendió a Vasall. Recordaba a aquella dama de cuando él llegó a Brindisi y la familia Coppola dominaba la ciudad, y de los últimos, en los que reapareció y frecuentaba la iglesia de los sepulcristas. La encontraba esplendorosa. El capitán del Halcón tenía vocación de marino, pero ninguna de fraile. Años atrás había sido sentenciado a profesar en el Temple y morir en Tierra Santa a cambio de no morir en la horca de inmediato. Así que tuvo que tomar el hábito, pero era demasiado rebelde para las estrictas reglas templarias, y la que peor llevaba era la de castidad. Así que cuando apareció aquella dama, sonriente y sinuosa, se sintió doblemente sorprendido: por la atención que le prestaba y por que fuera la madre del golfillo del puerto al que había amparado. Pero enseguida concluyó que, si semejante hembra se lucía ante él sonriente, no era por sus méritos, sino para beneficiar a su hijo. Y odiaba aquello.

Vasall se encontró a Luigi al subir a la nave. El joven marino había escuchado, oculto, la conversación.

—Que hoy el grumete limpie doble ración de mierda —le ordenó.

Luigi sonrió complacido.

—Lo hará, capitán. Seguro que lo hará.

29

Cuando Roger se quejó a Luigi de tanto trabajo asqueroso, el joven marino se sonrió.

—No es idea mía, sino del capitán —le dijo—. Hay que conocerlo. No admite favoritos. —Y añadió ampliando la sonrisa—: Parece que tu madre ha querido seducirlo y le ha salido mal la jugada.

—¿Qué quieres decir con eso? —Roger se tensó. Comprendió que Luigi también había estado espiando el encuentro.

—Nada. —Se rio—. Mi tío me ha contado quién eres tú y también quién es tu madre. Aunque no puedo decirlo. ¡Pero que sepas que os tengo calados!

—¡Di lo que tengas que decir! —Roger se erguía desafiante, mirándolo.

Luigi volvió a reír.

—No tengo nada que decir, merluzo. —Y desde su mayor altura le puso la mano en la cara y lo empujó con desprecio—. ¡Ve a limpiar la mierda de una vez!

Roger obedeció, pero la alegría que sentía aquella mañana había desaparecido. Sabía que tenía un enemigo. Un enemigo del que guardarse.

Aquella noche Blanca le preguntó a su hijo si el capitán lo había aliviado de sus tareas y él mintió diciéndole que sí. Ella sonrió complacida. Roger estaba convencido de que Vasall era un hombre de verdad, digno de ella. No quería que su madre se desanimara y se proponía alentarla sin que ella lo percibiera. No le importaba Luigi ni lo que soltara por la boca. Se estaba convirtiendo en un experto en limpiar todo tipo de mierdas.

—Antes de una semana llegarán nuestros pasajeros —les dijo Vasall a los oficiales del Halcón reunidos en el castillo de popa. Luigi y Roger se habían colado entre ellos—. Son gente importante y quiero la galera en perfecto estado de revista.

—¿Quiénes son? —quiso saber el cómitre.

—Nuestro gran maestre, Guillaume de Beaujeu, y el nuevo gobernador de Jerusalén, Roger de San Severino —informó Vasall—. Y esa es una gran noticia.

Roger se dijo que eso debía de ser lo que el fraile celebraba cuando lo encontró algo achispado en la taberna.

—¿Por qué es tan buena noticia? —preguntó Pietro, el piloto.

Era un hombre de veinte años de barba pelirroja, ojos azules y nariz afilada. A Roger le caía bien. Era el responsable de la marinería, en especial de los timoneles, aunque no de los galeotes, de quienes se ocupaba el cómitre. El piloto se encontraba entre los pocos que, cuando él merodeaba por el puerto, le tenía alguna consideración. A veces se molestaba en responder con paciencia a sus preguntas, y Roger esperaba aprender mucho de él.

Vasall lo observó antes de responder, era de los que cuestionaba lo que no entendía.

—Porque, a instancias del papa, Carlos de Anjou ha comprado los derechos al trono de Jerusalén a María de Antioquía —explicó—. Y Roger de San Severino va a tomar posesión en su nombre.

—¿Y es esa una buena noticia? —volvió a preguntar el pelirrojo—. Tengo entendido que el consejo del reino de Jerusalén no acepta los derechos de esa solterona y que la mayoría considera como verdadero soberano de Jerusalén a Hugo III, el rey de Chipre. ¿No traerá eso una nueva guerra entre cristianos en Tierra Santa?

Vasall carraspeó.

—Sí que es una buena noticia —respondió por fin—. Carlos tiene cuatro riquísimos condados en Francia. Entre ellos, el de Provenza, mi tierra. Es además rey de Sicilia y de Albania, al otro lado del Adriático. Domina Roma porque es su senador, y gran parte del resto de Italia. Es príncipe de Acaya, en Grecia, y señor de Túnez. Es el rey más poderoso de la cristiandad y pondrá orden en esa olla de grillos en que se ha convertido Outremer.

Outremer era la denominación en franco de los Estados cristianos en Tierra Santa.

—Buena falta le hace —confirmó el cómitre.

—¡Exacto! —siguió Vasall—. Además, Carlos es el brazo armado de la Iglesia. Está en completa sintonía con el papa, que es el jefe supremo del Temple.

—Y hay que añadir que el rey Carlos es primo de nuestro gran maestre —intervino fray Adriano.

Este fraile era un sargento, al igual que Vasall, aunque estaba a sus órdenes. No era un hombre de acción, pero sí letrado y culto, y llevaba los libros de la galera y su contabilidad. Adriano pasaba de la cincuentena, por lo que se le consideraba un anciano. Regordete, bajo y calvo, poseía una nariz redondeada que casi se perdía en su hermosa barba rubia.

—Mejor —concluyó Vasall—. Así el Temple está con Carlos y él con nosotros.

—Pero los barones cruzados quieren al rey de Chipre —insistió el piloto pelirrojo—. Y parece que la Orden del Hospital también.

—Por eso el gran maestre acompaña al regente de Carlos —repuso el capitán—. El mensaje no puede ser más claro. Los señores cruzados deberán aceptar al nuevo rey y a su representante. Si no, la fuerza del Temple, la de Carlos de Anjou y la de sus aliados venecianos caerán sobre ellos.

—Pero ¿no era Conradino el rey de Jerusalén? —intervino Roger.

Vasall lo miró sorprendido. El chiquillo era un atrevido metiéndose en conversaciones de mayores. Decidió responderle, aunque dudaba que entendiera de lo que hablaban.

—Conradino está muerto y enterrado desde hace ya casi diez años —repuso incómodo—. Y los derechos sucesorios han corrido. ¿A qué viene esa pregunta?

El niño pensó que sería prudente callarse. Para su madre, el recuerdo de su esposo y del joven rey seguían vivos y los mencionaba constantemente, al igual que a su familia desaparecida. Pero resultaba peligroso manifestarse a favor de los vencidos.

—Nada —murmuró—. Mi madre me dijo que Conradino era el rey de Jerusalén.

—Lo fue, pero ahora es Carlos de Anjou —sentenció el capitán.

Ese Carlos no solo le arrebató la vida a Conradino, pensó Roger, sino también sus dos reinos, Sicilia y Jerusalén. Se lo quitó todo.

—Nos vamos a meter en otra guerra entre cristianos —murmuró Pietro cuando bajaron a la cubierta principal.

—¿Guerra de cristianos en Tierra Santa? —quiso saber Roger.

—Como la de San Sabas, que duró catorce años y terminó hace siete.

—¿Quiénes luchaban? —inquirió Luigi, el joven marino.

—Venecia y Génova, en disputa por el rico comercio de Oriente —explicó el piloto pelirrojo—. Pero todos los cristianos de Outremer se involucraron. Nosotros, junto a los caballeros teutónicos y la república de Pisa, apoyábamos a los venecianos. Y el Imperio bizantino, los caballeros hospitalarios y varios señores locales, a los genoveses. El conflicto causó destrucción y matanzas inútiles.

—¡Qué vergüenza! —exclamó Roger.

—Sí, porque los musulmanes aprovecharon para conquistar más tierras cristianas —concluyó el piloto.

—¿Y creéis que se repetirá? —insistió Luigi.

—Así es —sentenció Pietro—. No vamos a Outremer a luchar contra musulmanes, sino contra cristianos.

Roger empezaba a preguntarse si había sido buena idea buscar la protección de fray Vasall. No solo la vida en la galera, incluso antes de hacerse a la mar, era durísima, sino que había una guerra en el horizonte. Y por primera vez sintió temor.

A la espera de la llegada de los magnates que marcaría la partida hacia Outremer, Roger prosiguió con su nueva rutina. Se presentaba en el Halcón al amanecer para el rezo de la hora prima y empezaba con las tareas que le encargaba Luigi. A última hora de la tarde salía corriendo con una bolsa que contenía una jarra con cocido y pan para su cena y la de su madre. En la galera se preparaba comida en abundancia, la que sobraba era para los pobres, y de esa se aprovisionaba Roger. Iba a toda prisa a su casa para luego acudir al mercado a limpiar con sus amigos. Siempre guardaba algo de pan y se lo daba a escondidas a Paolo. Cuando regresaba al hogar tenía un hambre atroz, cenaba y caía agotado en su camastro sin que apenas pudiera darle las buenas noches a su madre. Y eso la frustraba. Ella quería que le contara lo ocurrido en el día y saber del capitán.

Un día a media mañana Vasall lo llamó. Se encontraba en el castillo de popa y le dijo:

—A ver si es verdad que sabes escribir.

Tenía una mesilla con artilugios de escritura, y el chico

transcribió el dictado, pero no se esmeró en la caligrafía a propósito. Cuando el fraile lo vio, mostró su disgusto.

—Quizá hayas puesto aquí lo que te dicté y tal como te lo dicté —le dijo—. Pero la letra es irregular y fea. No me dejas bien frente al destinatario.

—¡No os preocupéis, señor! Me la llevo esta noche y la traigo mañana escrita por mi madre. ¡Veréis qué diferencia!

El capitán hizo un gesto de extrañeza.

—De acuerdo —dijo.

Al día siguiente le llevó una carta de primorosa caligrafía, letras completamente regulares y con unas mayúsculas armoniosas.

—De tener más tiempo, mi madre os habría podido decorar con dibujos las capitales, al igual que hacen los frailes.

—¡Qué hermoso trabajo! —dijo Vasall admirado—. Felicítala de mi parte.

—Capitán —prosiguió el chico—, mi madre vive de esto y muchos días no tiene qué comer. Justo sería que le pagarais por su trabajo.

Lo miró sorprendido. No había pensado en eso.

—Justo sería —dijo al rato—. Pero la Orden nos prohíbe el trato con mujeres. Ni siquiera les podemos hablar a nuestras madres.

Roger sabía que Vasall no cumplía las reglas. Calló y agachó la cabeza esperando a que siguiera.

—Mira, te puedo dar algunas monedas a ti, poca cosa, porque se supone que trabajas para el Temple a cambio de tu manutención y con la esperanza de poder ingresar en la Orden —le dijo el fraile con expresión de disgusto—. Luego tú haces con ellas lo que quieras. No le puedo pagar a una mujer.

Roger contuvo una sonrisa. Otra norma que Vasall no cumplía. Comprobó que estuvieran solos en el castillo de popa para abordar el asunto que le rondaba por la cabeza desde hacía días.

—Señor capitán —le dijo—, mi madre es una mujer honesta, pero sin recursos, que trata de subsistir con su escritura y bordando. Pero su condición de mujer hace que, a pesar de la calidad de su trabajo, apenas tenga clientes y que esos abusen pagándole unas miserias. Yo la ayudaba recogiendo lo que podía por ahí y ahora le llevo el cocido de la galera. Dentro de unos días partiremos, y mi madre se verá privada de mi ayuda. Yo estaré trabajando para vos y para el Temple en lugar de hacerlo para ella. Justo es que vos, a través de la casa de la Orden aquí en Brindisi, la ayudéis.

—La Orden no me permite tratar con mujeres, y menos beneficiarlas —gruñó Vasall—. Ya te lo he dicho.

Roger se irritó. Había esperado que el capitán mostrara un mayor interés por su madre.

—Pero yo trabajo para vos —insistió acalorándose—. A cambio de nada. Justo es que la compenséis cuando salgamos para Outremer.

—Mira, mocoso —repuso el fraile, molesto con el tono del chico—, tu madre no es mi problema. No la voy a embarcar a ella. Te he cogido a ti de grumete por caridad, para darte de comer y un futuro que no tienes. Y mira que eres atrevido. Aún no me sirves para nada y ya estás pidiendo.

—No la embarcaréis a ella, pero la priváis de mi ayuda —prosiguió el niño sin intimidarse—. Sois responsable. ¿De qué comerá?

—Que se ponga en la cola de los pobres vergonzantes para la sopa boba que dan los conventos.

Roger lo miró con desprecio.

—¿Mi madre? —replicó altivo—. Antes se moriría de hambre.

—Pues que coma de su orgullo —repuso Vasall airado—. No es mi problema.

—¡Ah! Mi madre no lo es, ¿verdad? —replicó desafiante—. Pero en cambio la guapa María sí que lo es. ¿A que sí?

Roger sabía que el fraile frecuentaba a su amiga. Fue un día, dos años antes, cuando la rubia, sabiendo cuánto le gustaban a Roger los barcos, los presentó. Conocer al capitán de la mayor galera del puerto impresionó profundamente al niño. Desde entonces Vasall no se pudo librar de él cuando atracaba en Brindisi, pero con el tiempo se había olvidado de cómo se conocieron.

El fraile se quedó mirando al grumete sin poder dar crédito a su descaro. Y cuando reaccionó, le soltó tal bofetón que salieron disparados tanto el chiquillo como el taburete en el que se sentaba. Poco le faltó a Roger para caer por la borda. El hombre se fue hacia él, lo levantó agarrándolo de la camisola y le acercó la nariz a la cara. Tenía tal expresión que el chico estuvo a punto de mearse encima.

—María, ¿qué María? —preguntó con voz ronca—. Yo no conozco a ninguna María. Recuérdame: ¿conozco yo a alguna María?

Roger lo miraba con ojos desorbitados y tragó saliva antes de poder contestar:

—¡No, capitán! No conocéis a María.

—A ver si hago memoria —prosiguió Vasall—. ¿Cómo es esa mujer?

—Es rubia, muy guapa y simpática —le informó Roger siguiéndole la farsa.

—Y dime, ¿por dónde anda?

—Por la iglesia del Santo Sepulcro.

—¡Ah! Yo voy por allí. Déjame recordar... ¡Ah! Creo que hemos coincidido en misa. Es muy guapa, pero nunca he hablado con ella.

Roger afirmó con la cabeza.

—¿He hablado alguna vez con ella? —preguntó Vasall elevando la voz.

—No, capitán, nunca habéis hablado con ella.

Vasall se irguió en jarras y contempló al chico. Roger respiró aliviado, había llegado a creer que lo echaría por la borda. Comprendió que se había excedido y se prometió no hacerlo nunca más. Desde luego, no con el capitán.

—Voy abajo a cagar —le comunicó este a continuación—. Espera en la puerta para limpiar mi mierda.

El chiquillo se dijo que cuando el fraile quería dejar algo claro lo hacía. Y que su situación en la galera empeoraba día a día. Tentado estaba de desertar antes de que el Halcón partiera.

30

Fray Vasall cumplía rigurosamente con los rezos en las horas que la regla del Temple prescribía, a pesar de que él se veía como un hombre de acción. Era muy distinto de fray Adriano, el tenedor de libros del Halcón, y de Cirilo, el otro sargento templario de Brindisi, que nunca embarcaba. Cirilo era el responsable de la casa de la Orden en la ciudad y del equipo de empleados civiles que trabajaban, bajo su supervisión, en el control de mercaderías, naves contratadas y servicios financieros. Esas actividades aportaban más recursos al Temple que las mayores encomiendas rurales o ganaderas de la Orden. A los peregrinos les gustaba viajar bajo la protección templaría, aunque fuera en naves de terceros contratadas por fray Cirilo. Así evitaban sorpresas desagradables, como cuando marinos sin escrúpulos, después de robarles, los desembarcaban en el norte de África para venderlos como esclavos. También los caudales estaban a salvo con el Temple. Fray Cirilo firmaba un documento personalizado a los peregrinos, a cambio de su oro, que redimían total o parcialmente al llegar a Tierra Santa. Y así podían dormir tranquilos durante el viaje. O, al contrario, Cirilo les daba oro o moneda, sin importar de dónde vinieran, después de comprobar documentos, identidades y contraseña. La Orden cobraba por estos servicios y los cristianos pagaban a gusto porque lo hacían por la causa de Dios.

Vasall reconocía la importancia de las actividades bancarias y comerciales de sus colegas, pero tenía un temperamento muy distinto al de los contables. Y mientras convivía con armonía con Adriano, su subordinado, Cirilo pretendía controlarle el dinero, lo que motivaba choques frecuentes.

Fray Vasall era habitual de la iglesia del Santo Sepulcro y, siempre que se encontraba en Brindisi, acudía puntualmente a la misa de la hora sexta, al mediodía. Le gustaba la estructura circular del templo y su aire cruzado. El capitán era un hombre alto y de buena planta que cumplía escrupulosamente la norma del Temple de ofrecer una presencia cuidada. Nada que ver con el desaliño de los frailes de las órdenes mendicantes, en especial la de los franciscanos, que hacían gala de descuidada pobreza. Sobre una camisa de lana cruda ceñida con un cordón del mismo material, que recordaba el voto de castidad, vestía un hábito gris hecho a medida, ajustado a su cuerpo, y que lo cubría hasta los tobillos. Un cinturón de cuero soportaba su espada y una daga. Semejante armamento les parecía a muchos innecesario para un fraile en un lugar como Brindisi, y cuando se lo recordaban respondía con una sonrisa:

—Bien que dejo en la galera armadura, lanza, dagas de repuesto, escudo y maza...

Se envolvía con la capa negra, con una cruz roja bordada sobre el lado izquierdo, característica de los sargentos del Temple. La ausencia de joyas era absoluta, y Vasall solo se permitía una pequeña y humilde cruz de madera que portaba colgada del cuello con un cordel por debajo del hábito. Como todos sus colegas, lucía una barba bien cuidada y melena muy corta para la época. Completaba su atuendo con el gorro blando y redondo, habitual en la Orden, de la misma tela gris del hábito y que se ajustaba a la cabeza sin cubrir las orejas.

Blanca acudía también a misa de mediodía a la iglesia del Santo Sepulcro, e incluso antes de saber quién era, había reparado ya en el apuesto guerrero de Dios, a pesar de que su capa negra denotaba su condición de sargento, y, por lo tanto, su origen plebeyo. Blanca, que se consideraba aún joven y bella, lucía a veces su hermosa melena azabache en la calle, pero en la iglesia se cubría respetuosamente con una toca de viuda. Y en ocasiones se tapaba también la boca con un extremo de la prenda para resguardarse, en aquel lugar santo, de miradas concupiscentes de los varones.

Pero después de la conversación habida con Vasall, deseó que este la reconociera, y cuando por primera vez se reencontraron al cruzarse a la entrada del templo, descubrió su boca para manifestarle con una sonrisa cuánto le alegraba verlo.

—Fray Vasall —lo saludó ella con una leve inclinación de cabeza.

—Señora —correspondió él con el mismo gesto.

Y ella se dijo, satisfecha, que por la expresión alterada del fraile no solo la había reconocido, sino que le agradaba verla. Aquello la hizo feliz.

Se situaron distantes, pero a la misma altura del altar, y solo con girar levemente la cabeza se veían. Era evidente que Vasall se contenía, pero coincidieron en varias miradas tan disimuladas como furtivas. A Blanca le aceleraban el corazón.

La aglomeración de feligreses impidió que coincidieran a la salida, pero ella lo siguió con la vista.

Su amiga María acudía a la misma misa, aunque lo hacían separadas, puesto que el oficio de la bella rubia era conocido por muchos. Blanca lograba mantener en secreto el abuso que sufría y era vista como una mujer honesta. Por esa razón, a pesar de su amistad, no se dejaban ver juntas en público y se encontraban después en la casa de la viuda, donde tenían la libertad de charlar a solas.

Blanca había estado aquel día pendiente de Vasall y sabía que no había intercambiado ni siquiera una mirada con María en el templo. Pero a la salida la rubia le sonrió a distancia, y él disimuladamente afirmó con la cabeza. A la viuda se le hizo un nudo en el estómago. Había visto operar a su amiga incontables veces y sabía lo que aquello significaba. Tragó saliva, agachó la cabeza y se apresuró camino de su casa. Quería ocultar su disgusto y sufrirlo en privado.

Los tres acudieron, puntuales, a la misa del mediodía del día siguiente, del otro y de los consecutivos. Blanca y Vasall ocupaban los mismos lugares, al igual que la rubia, que se situaba atrás, fuera del alcance de la mirada del fraile. Blanca hacía por coincidir a la entrada con él, que la saludaba con afecto contenido para después intercambiar, durante el oficio, miradas y medias sonrisas que ambos trataban de disimular. Parecía que los ojos de uno eran imán para los del otro.

Durante los días siguientes Blanca estuvo vigilante y, para su alivio, Vasall ignoró a María a la salida de la iglesia. Aunque la viuda sabía que tarde o temprano volvería a ocurrir. Aquello la disgustaba. Mucho. Pero ¿qué podía hacer ella?

31

10 de junio de 1277

La puerta Mesagne, la principal de Brindisi, se abrió de par en par acogiendo a la brillante comitiva. Roger, Luigi y Pietro, el piloto, presenciaban su paso junto a un puñado de tripulantes del Halcón.

—Este despliegue está destinado a intimidar a los nobles cruzados de Outremer —comentó Pietro—. Para que acaten al nuevo rey y a su gobernador.

Seis heraldos a caballo, haciendo sonar sus trompetas, abrían el desfile, seguidos de cuatro tambores también montados. A continuación marchaba fray Guillaume de Beaujeu, el gran maestre de la santa Orden del Temple, a lomos de un brioso corcel negro que resaltaba la inmaculada capa blanca con una cruz roja bordada sobre el corazón que cubría la espalda del jinete y la grupa de su caballo. El gran maestre, un hombre alto, de cuarenta y siete años, rubio, de ojos azules y porte poderoso, era primo de Carlos de Anjou y lideraba la mayor organización militar de la cristiandad. Ceñía espada y daga, y su indumentaria, incluido el gorro circular, era idéntica a la que usaba fray Vasall, a excepción de la capa blanca de pureza. Avanzaba majestuoso con la barbilla alta y gesto solemne, sin inmutarse ni corresponder a las aclamaciones del público. Detrás desfilaban una docena de caballeros ondeando cada uno la enseña del Temple en el extremo de una lanza.

Todo aquel esplendor, trompeteo y retumbar de tambores impresionaron a los jóvenes, que nunca habían presenciado algo semejante.

—¡Es un santo! —exclamó Luigi emocionado.

—¡Un santo guerrero! —lo apoyó Roger admirado—. Como san Jorge.

Pietro, menos sugestionable, se sonrió.

—En lugar de luciéndose de paseo, me gustaría verlos montando sus caballos de combate y cargando en formación cerrada, lanza en ristre —dijo—. Eso sí sería digno de ver.

Detrás iba Roger de San Severino, el nuevo gobernador de Jerusalén. Era un hombre de unos cuarenta años que montaba un hermoso corcel pinto. Vestía una túnica azul y se cubría con una capa púrpura, el color de la realeza, y un gorro a juego, rematado con dos plumas de faisán. A diferencia de los templarios, iba afeitado y lucía una cadena de oro al cuello y un par de anillos. Lo seguían una docena de caballeros de su séquito, también abanderados, que alternaban dos tipos de estandartes: uno con las flores de lis doradas sobre un fondo azul de la monarquía francesa, y el otro, el del reino de Jerusalén, una cruz griega potenzada de oro que dividía la banderola en cuatro cuartos con una cruz igual y menor en cada uno de ellos; simbolizaba las cinco llagas de Cristo. Y después iba una enorme comitiva, con más caballeros, escuderos, soldados, criados, esclavos y mulas que cargaban armaduras y demás impedimenta.

Frente a la puerta Mesagne esperaba una muchedumbre presidida por Pierre de Dijon, el gobernador de Brindisi, que puso la rodilla en tierra y se incorporó para besar el anillo de Guillaume de Beaujeu.

—Bienvenido a Brindisi, gran maestre —le dijo.

Este agradeció la muestra de sumisión con una ligera inclinación de cabeza y un escueto gracias. Pierre de Dijon saludó de igual forma a San Severino, que se mostró más cálido premiándolo con una sonrisa.

El gobernador de Brindisi tomó las riendas del caballo del gran maestre y lo condujo hacia el interior de la ciudad. Cuatro nobles sostenían el palio púrpura con el que honraban al líder de la Orden. La comitiva se encaminó a la catedral precedida por las trompetas y timbales mientras las aclamaciones de la multitud, que llenaba las calles, competían con la estridente música. Un desfile de tan altos señores era todo un acontecimiento y las autoridades ciudadanas habían pregonado la obligación de que los vecinos limpiaran las calles frente a sus casas y adornaran sus ventanas con coloridos paños y sus puertas con enramadas. Tras este espectáculo tuvo lugar el recibimiento del obispo de Oria en la catedral, una misa y la comida con la que el gobernador de Brindisi agasajó a los recién llegados.

No por anticipada, la noticia de la próxima partida del Halcón dejaba de turbar a Blanca. Su primera preocupación era la suerte de su hijo; por primera vez en la vida iban a separarse y el viaje que emprendía Roger resultaba peligroso, y más para un chiquillo de su edad. Aunque también sufriría la ausencia del capitán; el mejor momento del día era cuando coincidía con aquel hombre en la iglesia.

—En un rato veo al fraile —le dijo María aquella misma tarde.

Y se quedó observándola con una sonrisa. La viuda trató de disimular sus sentimientos; lo que su amiga le contaba sobre Vasall la tenía alterada. No dejaba de pensar en aquel hombre, ansiaba el momento de verlo y decidió arriesgarse y provocar un encuentro.

El trayecto de Vasall hacia el lugar de la cita con María transcurría por un callejón estrecho habitualmente desierto. Y el fraile no quiso desviar su camino cuando vio una figura que trataba de refugiarse en un portal sin que cupiera en él, pero puso la mano en la empuñadura de su daga. Conforme avanzaba, vio que se trataba de una mujer embozada que se descubrió la cara a los pocos pasos.

—¡Fray Vasall! —le dijo—. ¡Capitán!

—¡Ah, sois vos! —exclamó sorprendido. Y una amplia sonrisa se abrió paso en la frondosa barba del marino, que apartó la mano de la empuñadura del arma.

—Perdonad que os aborde así.

—No hay nada que perdonar, señora —repuso él—. Hoy tengo el placer de veros dos veces, en la iglesia y aquí.

Ante tales palabras, Blanca serenó algo del nerviosismo que la embargaba. Pero no dejó de percibir lo zalamero de la respuesta. Para ser un fraile, Vasall sabía tratar a las mujeres. Ser objeto de aquella galantería, que contrastaba con la reputación de hombre duro que el capitán tenía, la complacía.

—Sé que pronto zarparéis rumbo a Outremer.

—Así es, señora.

—Quiero agradeceros de nuevo, señor, la oportunidad que le dais a mi hijo y la protección que le habéis concedido.

—Ya os dije, señora, que lo hago por la Orden —repuso él moderando su sonrisa—. Necesitamos gente de valía, sean frailes o no. Y le veo futuro al chico.

—Lo librasteis de un buen lío y le ofrecéis un futuro —siguió ella con la mano en el corazón y acercándose un poco más al capitán—. Estoy en deuda con vos, señor.

Vasall se quedó mirándola con una mezcla de sorpresa e interés y Blanca temió haberse excedido. No quería que pensara que se estaba insinuando, pero acababa de hacerlo. Y comprendió que al fraile le estaba pasando por la mente lo mismo que a ella en sus sueños.

—Señor —dijo para cortar aquel silencio que se le hacía incómodo—, os ruego que ayudéis y protejáis a mi hijo en este viaje. Y que toméis vos el papel del padre que apenas conoció. Es la primera vez que nos separamos.

El fraile la miró como si acabara de despertar de un agradable sueño. Ya no sonreía.

—Lo siento, señora —respondió seco—. Pero en mi galera no hay favoritos. Y pocos de los que en ella navegan tienen padre. No me responsabilizo de semejantes hijos. Decidle al vuestro que se esfuerce, porque lo que obtenga de mí y del Temple deberá ganarlo a pulso.

—No lo dudo, señor, y se lo diré. —Una sonrisa tímida apareció en su rostro, quería evitar el giro que tomaba la conversación y aplacar al capitán—. Tened por seguro que cumplirá. Yo solo os quería agradecer vuestra ayuda y suplicaros que sigáis en ello. —Y quiso apostar fuerte para ablandarlo—: Si así lo hacéis y en algo os puedo complacer, estaré ansiosa de devolveros el favor a vuestro regreso.

El fraile se quedó contemplándola y preguntándose el verdadero significado de sus palabras. Era una mujer muy atractiva, sentía que estaba interesada por él, pero no sabía determinar cuál era la naturaleza de ese interés. Por descontado, su hijo era lo primero para ella. Pero ¿había algo más? Estaba mucho más cerca de él de lo que una mujer acostumbraba a acercarse a un hombre que no fuera su marido o amante. Y el juego de miradas y sonrisas en la iglesia llevaba días despertando su imaginación. Por un momento pensó en aprovechar la soledad del callejón para besarla. Pero se contuvo. Sería injusto. Porque ella no podría reaccionar según sus verdaderos sentimientos, dado el poder que él tenía sobre su hijo. Se mordió los labios. Lo deseaba, pero no podía hacerlo. No ya por las normas del Temple, sino porque el beso le sabría amargo. ¿Iba a ofender a aquella mujer que le parecía tan hermosa como digna? Pero de pronto le pasó por la mente besarla, empujarla contra la pared en aquel callejón desierto, levantarle las faldas del vestido y levantarse él las de su hábito. Imponer su cuerpo al suyo. Sentía que quedaría impune, ella no se atrevería a denunciarlo. Tenía a su hijo en su poder. Sacudió la cabeza y se dijo: «Eres un miserable solo por pensarlo».

La mente de Blanca era también un torbellino. Había entre ambos una extraña corriente, y ella veía en la mirada de él un deseo que encendía el suyo propio. Se había quedado casi pegada a aquel hombre, podía sentir su aliento, quería notar su cuerpo. Pero estaba pisando el límite y se dijo que él no tardaría en preguntarse si ella era una buscona. No podía dejar que lo pensara. Dio un paso atrás para evitar darlo adelante.

—Gracias, señor —dijo tratando de romper el lazo invisible que los unía y alejarse del peligro—. Os deseo un buen viaje. Mis oraciones irán con vos y con mi hijo.

—Gracias, señora. —Y él se esforzó en sonreírle, sentía que su rostro se había quedado rígido—. Que Dios Nuestro Señor os proteja.

Ella se apartó para dejarle pasar y saludó inclinando levemente la cabeza. Él correspondió y avanzó con paso decidido. Desconocía que ella sabía adónde se dirigía.

Al caer la tarde, María llamó a casa de Blanca.

—Prefiero no verte hoy —dijo la viuda entreabriendo la puerta.

Había pasado una tarde horrible imaginando lo que ocurriría entre la rubia y el fraile. Sentía celos, dolor, rabia. María empujó la puerta riendo y forzó la entrada.

—No tengo un buen día —musitó Blanca.

—Porque vos queréis —le dijo.

—¡No quiero saber nada!

—Se excusó de llegar tarde diciéndome que os había encontrado.

Blanca se quedó sin aliento y la miró expectante esperando a que continuara. Pero la rubia también la miraba a ella, sonriente, sin decir nada. Le divertía su ansia.

—¿Qué más te dijo? ¿Algo de mí?

—Le gustáis mucho —sentenció María.

Blanca no pudo aguantar más y estalló en lágrimas. Su amiga comprendió que se había excedido en su juego y acudió a consolarla con abrazos y besos.

PARTE CUARTA

—

AÑO 1277

32

Brindisi, 12 de junio de 1277

Blanca y Betta despidieron a Roger con besos, lágrimas, últimos consejos y amor.

—Cuídate, hijo, sé prudente, no te arriesgues y regresa, por favor —le suplicó su madre—. Mantente a salvo y estate alerta por si encuentras noticias de nuestra familia. Tiene que estar en alguna de las orillas de este ancho mar, hijo. Si tu hermano ha cambiado el apellido al italiano, será Giacomo di Fiore. Pronto cumplirá catorce años, es ya casi un hombre. Pregunta por ellos dondequiera que vayas. Sé que los encontrarás. No dejaré de rezar por ti.

La preocupación por los peligros a los que se vería expuesto Roger no privaba a Blanca de soñar con huir del infierno que para ella era Brindisi y reunirse con su otro hijo. Sueños desesperados de tristes despertares.

—Contigo va mi corazón, mi vida —le dijo al niño con un último abrazo.

Él la besó amoroso, primero en las mejillas y después en la mano, y salió corriendo para embarcar. Para Roger empezaba la aventura; para ella, la añoranza y el temor por él. Blanca sentía un peso en el pecho que apenas la dejaba respirar y estalló en llanto.

Los últimos en abordar la galera capitana fueron el gran

maestre y Vasall. La capa blanca de uno contrastaba con la negra del otro, pero la deferencia con la que Guillaume trataba a Vasall evidenciaba que no lo consideraba un simple sirviente. Los siguieron una multitud de capas blancas. La tripulación los recibió con una charanga de cornetas y pitidos en su honor.

La viuda observó con cariño y admiración al capitán. A sus ojos superaba en gallardía al gran maestre a pesar de su menor condición.

—¡Qué apuesto! —murmuró aun sabiendo que aquel hombre le estaba prohibido.

Lo echaría de menos, pero no tanto como a su hijo. Suspiró nostálgica.

Un poco más allá se encontraba María con unas amigas. También se había despedido de Roger, pero con discreción y aparte. Toda la ciudad se había congregado en el puerto, y el obispo de Oria esperó a que todos estuvieran embarcados para oficiar la santa misa al aire libre y bendecir los buques esparciendo agua bendita con su hisopo.

—No por nosotros, Señor —declamó solemne el gran maestre elevando la mirada al cielo—. No por nosotros, sino por vuestra mayor gloria.

Se encontraba de pie en el castillo de popa del Halcón, de espaldas a la multitud congregada en puerto y de cara al resto de la nave. Todos lo miraban, desde los galeotes sentados en sus bancos, sujetando los remos, hasta los marinos, soldados y caballeros templarios que se encontraban junto a él con sus capas blancas.

—¡Amén! —respondieron todos.

Roger, en la proa, contemplaba fascinado la escena. Entonces, a una orden del capitán, sonó una aguda corneta y los ciento doce remos de la nave se elevaron.

—*Pour...* —gritó Vasall

—... *Dieu!* —corearon todos.

Y al primer golpetazo del bombo que marcaba el ritmo de boga, los remos se hundieron en el mar y la galera se separó majestuosa del muelle. Los remos se elevaron para descargar la segunda palada y entonces sonaron alegres las cornetas. Los gritos de la multitud del puerto y de las tripulaciones se fundieron en un gran clamor. La galera capitana se dirigía, poderosa, hacia la bocana que cerraba la bahía.

Brindisi era una población marinera y todo el mundo tenía a alguien en la flota. Pero Blanca se dijo que nadie sentía el mismo desgarro que ella. Allí iba su querido hijo Roger.

—Con él va todo mi ser —le dijo entre lágrimas a Betta.

—Le irá bien, señora —respondió la mujerona—. Rezaremos por él.

—Por su causa he soportado los abusos de esos mal nacidos —musitó—. Si creyera que al fin Roger se halla fuera del alcance de esos miserables...

Aquel fue el motivo de su encuentro con Vasall en el callejón. Pensaba que si su hijo quedaba bajo la custodia del poderoso fraile ya nada le podrían hacer aquellos hombres. Pero no lo había logrado. El capitán del Halcón se libró del compromiso.

—¿Qué haríais si nada le pudieran hacer, señora? —le preguntó Betta.

—Esperaría a que se durmieran y los degollaría con un cuchillo —respondió fiera.

—¡Señora!

—Si supiera que Roger estaba a salvo, no me importaría lo que luego me ocurriera a mí. Quizá yo misma me matara para evitar las torturas...

—Quitaos eso de la cabeza, *donna* Blanca. Y no lo digáis. Suerte de lo mucho que os aprecio y lo mucho que desprecio a Antonio di Murano. De lo contrario, le debería advertir. Además, le causaríais a vuestro hijo un terrible dolor...

Blanca cerró los ojos. La sola idea de que su amiga la delatara la hacía estremecer. Después se dijo que no, que Betta nunca la traicionaría.

—Roger, Roger —musitó—. ¡Que Dios Nuestro Señor te proteja!

Roger llevaba días fascinado por todo lo que veía. El puerto de Brindisi se había llenado de naves. Varias contratadas por el Temple y otras pertenecientes a la flota de Carlos de Anjou. Las que más le sorprendían eran las grandes galeras llamadas «taridas». Tenían dos velas como el Halcón y, aunque no llegaban a su eslora, eran algo más anchas y profundas. Abatían su popa sobre el muelle, de forma que su maderamen formaba un puente que permitía el paso de las caballerías a su interior. Estas accedían directamente a la bodega, donde disponían a los animales en establos preparados tanto para su comodidad como para su sujeción, incluso con mala mar. Eran imprescindibles para el transporte de los caballos de guerra. Una vez cargada la tarida, se colocaba la popa en su lugar, se aseguraba y se calafeteaba con cuidado para impermeabilizar el buque. La operación se repetiría a la inversa al llegar a Outremer.

Aquella era la primera vez que Roger se hacía a la mar y estaba emocionado, a pesar de los peligros y trabajos que sabía que lo esperaban. Le sorprendía la sincronía con la que bogaban los galeotes y cómo se transmitían las instrucciones.

Vasall tomó el mando del Halcón para la delicada maniobra de la salida del puerto.

—Babor —ordenó.

A un lado tenía a Pietro, el piloto, que junto a un ayudante manejaba los dos timones, y al otro lado, al primer cómitre, que transmitía sus órdenes con un silbato. Obedeciendo los pitidos, los galeotes de estribor no dieron la siguiente palada y la nave viró a la izquierda. Y así, entre remeros y timoneles, la galera enfiló, segura, el estrecho canal que la llevaba al mar Adriático.

Al Halcón lo seguía la galera de Roger de San Severino luciendo los gallardetes angevinos y después una tarida ondeando la enseña blanca y negra del Temple. Así hasta una treintena más.

Para Roger aquel era un despliegue impresionante. Observó las torres que el de Anjou construía para poder cerrar el canal con una cadena y después buscó con la mirada las gigantescas columnas romanas, símbolo de su ciudad.

Entonces una gran tristeza y una terrible añoranza se adueñaron del él; era la primera vez que se separaba de su madre. Y a ello se sumaba que ella no dispondría ya de la comida que él le llevaba de la galera. Veía su amado rostro y sentía una dulce y amarga ternura. No le sería fácil sobrevivir con las propinas que recibía escribiendo y leyendo cartas. Las lágrimas inundaron sus ojos y empezaron a correr por sus mejillas.

—Yo también rezaré por vos, mamá.

33

A bordo del Halcón

Una vez superado el canal, el Halcón se internó en mar abierto. Era un día soleado, con viento suave y unas blancas nubecillas que se desplazaban por un cielo muy azul.

—Izad velas —ordenó Vasall.

Y la marinería, bajo las órdenes de Pietro, desplegó las velas y después tiró cabos hasta izarlas por completo. Aquello impresionó a Roger, pues las maniobras de una galera en la bahía de Brindisi se hacían a remo. Después Vasall ordenó descanso para los galeotes, y la nave se movió suave y majestuosa con el viento.

El mar, aunque tranquilo para los marinos, balanceaba la galera de forma constante.

—Mira al horizonte —le advirtió Luigi, su predecesor en el puesto de grumete.

Pero Roger estaba tan excitado que pronto olvidó la recomendación. Le fascinaba la precisión de los marinos con las velas y también cómo las desplegaban las naves que los seguían. Al poco vio cómo algunos de aquellos solemnes caballeros buscaban un espacio en la borda para vomitar. No estaban acostumbrados al mar y se marearon de inmediato. A Roger le parecía gracioso. Todo el orgullo, pompa y solemnidad de aquellos altos personajes desaparecía junto al contenido de sus estómagos. Pero dejó de divertirle cuando se le apareció Luigi con semblante de pocos amigos y le gritó:

—¿A qué esperas? Coge el cubo y llénalo.

Y le hizo lanzar el cubo al mar y llenarlo, para ir después donde alguno de aquellos dignos caballeros, sin tiempo para llegar a la borda, había vomitado.

—¡Límpialo!

Roger llenó sus pulmones de aire antes de arrodillarse, tomar un estropajo de esparto y empezar con la ingrata tarea. Pero pronto el olor agrio le pudo, le vinieron arcadas y él también vomitaba en el mismo lugar que tenía que limpiar. Luigi, que estaba supervisando su trabajo, exclamó furioso.

—¡Oh, no!, lo que faltaba.

Roger seguía de rodillas, apoyado ahora sobre las manos mientras vaciaba el estómago.

—¡Borrico! —lo increpó Luigi—. ¡Marearte con una mar tan llana! —Y, colérico, le tumbó de una patada en el costado—. Te dije que miraras al horizonte. ¡Acémila! ¡Cerdo! ¡Ahora me tocará limpiar a mí!

Estaba en lo cierto, porque Roger no pudo hacer nada más que estar tumbado hasta la tarde del día siguiente, después de un completo ayuno. Deseaba morirse y añoraba a su madre. Ella le habría dado algo que lo aliviara.

La galera se desplazó paralela a la costa hasta llegar a Otranto, casi en el extremo del tacón de la bota que forma la península Itálica. Avistaron la ciudad en la tarde del día siguiente, justo cuando Roger empezaba a sentirse un poco mejor, después de pasar horas y horas de agonía en la bodega, ignorante de todo lo que ocurría. Aún afectado, subió a cubierta para contemplar curioso una población blanca encaramada en una colina, sobre la que se elevaban unos campanarios que supuso debían corresponder a la catedral y un par de iglesias. Más abajo un poderoso castillo dominaba una amplia rada con un buen puerto.

La flota no se detuvo, pero el Halcón saludó haciendo sonar sus cornetas, que fueron respondidas desde el puerto, del que salieron dos naves para incorporarse a la flota.

—No podemos ir rápido, en la flota hay naos, carracas y otras naves pesadas y de casco profundo que solo se mueven a vela —le informó Pietro, al que parecía divertirle su mareo—. A estos grandes caballeros no les gusta perder la tierra de vista, pero ahora toca cruzar el Adriático, mocoso.

No le gustaba que el piloto lo llamara mocoso, pero notaba cierto cariño en el mote y no se lo tomó como insulto. En cambio, Luigi seguía desagradable y solo se moderó al ver que se iba recuperando.

El Halcón se internó en el mar tomando rumbo sudoeste, y Roger contempló cómo Italia se empequeñecía con el sol ocultándose tras la costa de Apulia. El corazón se le aceleró pensando que las próximas tierras que vería serían desconocidas. Se sentía un poco mejor y observó que la rutina de la nave poco tenía que ver con la que seguía en el puerto. Sonó la campana, todo el mundo dejó sus quehaceres para arrodillarse, y uno de los caballeros, que era además el cura del grupo, dirigió la oración desde el castillo de popa. Era hora de cenar y Roger olía el cocido, pero él se sentía incapaz tanto de ayudar a servir como de comer y buscó un lugar donde acurrucarse a dormir. A poder ser, lejos de Luigi. Se refugió en la maloliente bodega, donde encontró un jergón de paja y allí se acomodó. Pensaba en su madre, rezaba por ella y deseaba recuperarse para cumplir con su encargo. Su siguiente parada, en la isla de Corfú, frente a la península balcánica, era hacia donde se dirigía su familia en su huida. Tenía la esperanza de preguntar allí y encontrar alguna pista sobre su paradero. ¡Haría tan feliz a su madre! Se durmió soñando que interrogaba a los locales y que hallaba a los suyos. Debía hacerlo. Debía encontrarlos.

La campanada de la hora prima despertó a la tripulación.

Pero Roger seguía durmiendo y fue Luigi quien lo espabiló de una patada en el costado.

—Levanta, holgazán, que empieza el día —le gritó—. Te vi anoche y ya estabas bien. ¡Date prisa y sube! Pero antes te tengo que contar algo.

—¿Qué? —preguntó levantándose.

Luigi le soltó un bofetón y, mientras Roger lo miraba sorprendido cubriéndose la mejilla adolorida con la mano, le propinó un puñetazo en la cara que lo tumbó sobre el jergón. El grumete comprobó que le sangraba la nariz. Pero el marino adolescente siguió golpeándolo, ahora a patadas.

—¡Para, por favor! —le suplicó.

Luigi se detuvo.

—¿Por qué me haces eso? —inquirió el niño desde el suelo.

—Para que sepas quién manda.

—¡Ya sé que mandas tú!

—Pues ahora lo sabes dos veces. ¡Date prisa y sube!

Roger se apresuró y, cuando alcanzó la cubierta, vio que el horizonte empezaba a iluminarse. Pero la claridad era aún muy tenue. Le dolía todo el cuerpo y estaba tan sorprendido como resentido por la injustificada paliza. Sin embargo, por un momento la olvidó a pesar del dolor. Toda la tripulación estaba callada, de pie, mirando hacia el castillo de popa. Era impresionante. Desde allí, el caballero cura rompió el profundo silencio para recitar, con voz potente, un padrenuestro que todos corearon. Y después ofició la santa misa asistido por un par de caballeros. Una vez terminada, Luigi lo volvió a empujar.

—¡Date prisa, merluzo!

«Otra vez a correr», pensó el chico, que se apresuró a seguirlo. Había que subirles a los caballeros unos cántaros de agua y una cesta con galletas marineras. Las galletas eran panecillos duros, recocidos, planos y redondos, sin apenas levadura para que se conservaran mejor durante largas travesías.

Las repartía Roger de una cesta y cada caballero tomaba solo una. El chico se metió otra en los calzones, por debajo de la camisola. Se moría de hambre y, a pesar del tufo de la bodega, pensaba esconderse allí para celebrar un doble desayuno.

Sonaron los tres toques de campana de la hora tercia y ya el sol se elevaba sobre el mar.

—¿Y qué van a hacer ahora? —le preguntó a Luigi aprovechando que en aquel momento lo veía de buen humor.

Había llegado a la conclusión de que por alguna razón su jefe le tenía celos. Quizá por el encuentro de su madre con Vasall. Y decidió mostrarse lo más sumiso posible.

—Practicar con las armas —contestó Luigi.

En efecto. Los caballeros empezaron a luchar entre ellos con espadas de madera y a lanzar venablos contra una diana. En ello empleaban toda su energía y dedicación.

—Es todo lo que hacen —siguió el muchacho—. Comer, rezar y luchar.

Pero por desgracia hacían algo más. Visitaban el cuarto de debajo del castillo de popa, y limpiar el resultado era la tarea más desagradable del grumete. Parecía que siempre había alguien en aquel apestoso aposento ocupado en defecar, y Roger se decía que suerte tenía de que al menos se dignaran a evacuar las aguas por encima de la borda. Después de que el gran maestre visitara aquel aposento, Pietro, al verlo esperando para limpiar, le preguntó:

—Dime, Roger, ¿cómo huele la mierda del santo? —Una ancha sonrisa se abría en su barba pelirroja iluminándole la cara—. ¿A jazmín o como la nuestra?

El chico miró al piloto con cara de pocos amigos. Recordaba que, en la gloriosa entrada a Brindisi del maestre montado en un brioso caballo, rodeado de estandartes y con charanga triunfal, Luigi y él, impresionados, exclamaron que era un santo. Y ahora el piloto se burlaba. Y Roger abrió la puerta para cumplir con su asquerosa tarea.

—¿Por qué no guardas un poco de su caquita como reliquia? —siguió Pietro riéndose.

El grumete le respondió con un portazo. Prefería respirar aquello, que no olía precisamente a jazmín, antes que seguir oyendo al piloto. Le caía bien, pero no apreciaba sus guasas.

34

El sol cruzó el cielo elevándose hasta lo más alto y el Halcón seguía navegando con sus velas desplegadas al frente del resto de la flota. El mar era de un azul intenso, no se divisaba tierra alguna y unos delfines juguetones acompañaban a la nave.

Roger llevaba tiempo oliendo la marmita del cocido y el estómago le pedía recuperar las comidas perdidas. Sonaron las seis campanadas que anunciaban el mediodía y, al igual que en la hora prima, toda la tripulación atendió de pie y en profundo silencio las oraciones del cura. A esa hora eran en honor de la Virgen María. Las tripas del chico rugían de hambre, pero no podía probar nada antes de servir a los caballeros. Montaron un par de mesas con unos tablones en el castillo de popa. Y Roger, Luigi y un tercer marino llenaron una gran marmita, de la gigantesca olla que ardía en el fogón de cubierta, y la transportaron entre dos, sujetas las asas con un palo. De ella sirvieron a los caballeros, en sus escudillas, un cocido de habas, garbanzos, nabos, coles, otras verduras, arroz y algo de porcino, que se acompañaba con galletas marineras y vino.

Los templarios comían en silencio mientras uno de los asistentes del maestre leía pasajes de los testamentos. Podían repetir cuanto quisieran y el almuerzo se completaba con una manzana. Una vez terminada la lectura, al igual que al inicio, el maestre bendijo la mesa, con lo que se daba por terminada la comida. Roger observó que el capitán no parecía en nada cohibido con la presencia del maestre ni de los altos caballeros que lo acompañaban. Contrastaba con el trato que recibía el otro fraile sargento del Halcón, el viejo Adriano, que no los acompañaba porque el maestre, que lo ignoraba, no lo había invitado. Roger veía a Vasall respetuoso, pero lo justo. Sentía que no le perdía de vista y trataba de mostrarse lo más eficiente posible.

—¿Se te pasó ya el mareo, grumete? —le preguntó cuando recogía la mesa.

Se encontraba junto al gran maestre. Sus semblantes eran serios y el chico tragó saliva antes de hacer una corta reverencia y responder:

—Sí, mi capitán. Siento haberme mareado.

—Eso les pasa a los novatos —respondió y añadió severo—: Pero no se te ocurra volver a hacerlo.

—¡No, mi capitán! No se me ocurrirá. No quiero sentirme morir de nuevo.

La sombra de una sonrisa asomó entre las barbas del fraile. Y el maestre se limitó a apretar los labios, quizá fuera lo máximo que le permitía la Orden. El chico se sintió aliviado. Mientras que en tierra el capitán se mostraba a veces accesible, en la nave lo veía muy lejano. Era la primera vez que le hablaba.

Roger observaba a los caballeros con admirada curiosidad y no se perdía detalle, tanto de su forma de hablar como de comportarse, y del estricto cuidado de su indumentaria. Aquel grupo pertenecía a la más alta nobleza y la lengua usada era el franco, aunque no todos eran franceses. Ellos lo ignoraban, con la excepción de un par que le parecía que lo miraban con simpatía. Soñaba con hablar con alguno de ellos. Le gustaría que le contaran sus extraordinarias aventuras y quería saber cómo era su vida. El que mejor le caía era fray Tomás, un hombre de unos treinta años, de poblada barba castaña y de sonrisa fácil, que apenas controlaba. Roger no sabía cómo aproximarse a él, Vasall lo observaba severo y sabía que le haría pagar cualquier desviación del protocolo.

Así que en una ocasión en que su mirada se cruzó con la del caballero y el capitán estaba distraído, le sonrió con la esperanza de que en algún momento se dirigiera a él. No estaba autorizado a hablarle, pero si fray Tomás lo hacía, podría responderle. ¡Tenía tanto que preguntarle! Pero el fraile esbozó media sonrisa como respuesta y su atención se fue a otra cosa. Entonces vio al capitán vigilándolo con el cejo fruncido y se asustó.

A los que servían la mesa les tocó comer los últimos, y antes tuvieron que lavar la loza de los caballeros con agua de mar. Al fin pudieron acercarse a la marmita para llenar su escudilla y recoger un par de galletas. Después cada uno buscó un lugar al aire libre para comer, lejos del castillo de popa, donde permanecían los caballeros.

Roger encontró un sitio tranquilo en la proa y empezó a comer viendo cómo la nave cortaba el mar. Pietro se sentó a su lado y empezó a morder una manzana.

—¿Le habéis servido a fray Vasall la misma ración que a los demás? —le preguntó con una sonrisa divertida.

—Sí —respondió sorprendido el grumete—. ¡Claro!

—Está visto que el maestre le concede privilegios especiales.

—¿Por qué?

—Porque las ordenanzas dicen que los sargentos deben comer después de los caballeros. Y que un caballero debe recibir doble comida que un sargento. Y un turcopolo, dos tercios de la comida de un caballero.

—¿Y qué es un turcopolo?

—Son mercenarios del Temple, a caballo o a pie, mocoso.

—¿Y por qué esas diferencias?

Pietro se encogió de hombros.

—Porque lo dice la regla. Y se supone que los sargentos son eso, sirvientes.

—No lo entiendo —murmuró Roger.

La voz del pelirrojo se tiñó de indignación al tiempo que apretaba los labios y fruncía el cejo:

—¿No te parece ridículo?

—¿El qué? —preguntó Roger sorprendido.

—Que esos caballeros estén muy por encima de nuestro capitán. Y aunque fuera un héroe, nunca en la vida sería ordenado caballero. ¿Y por qué? Porque ellos son hijos de nobles y Vasall no. Ellos aprenden a montar y luchar a caballo desde los ocho años. Pero nada más. La mayoría no sabe leer y los más listos quizá puedan tañer un laúd, que de nada les sirve porque el Temple prohíbe la música para el solaz. —Se detuvo para mirar con intensidad a Roger.

—¿Y qué? —volvió a preguntar este.

—Pues que la mayoría el único mando que ostenta es sobre su escudero. Y lo único que saben hacer es pelear a caballo.

—¿Y qué? —insistió Roger.

—Pues que Vasall comanda una galera con más de trescientos hombres que es una precisa máquina de guerra. Tiene que conocer de navegación, de ballestas, catapultas, de fuego griego, de cal viva y de otros proyectiles. Tiene que saber de vientos, de puertos y de mares. De liderar a su gente, de contratar a los nuevos, de asegurarse de que la nave esté bien provista y de repararla. Y en la batalla lucha como el que más. Y eso se considera un trabajo de villano, indigno de un caballero. —Hizo un gesto de desprecio y añadió—: Aunque tampoco los veo capaces. ¿Tú crees que es justo que lo consideren un sirviente?

El chico negó con la cabeza tratando de asimilar la indignación de Pietro. Sin duda, el piloto admiraba al capitán.

—No, no es justo —admitió.

—Pues es lo que hay —remató el piloto.

Roger meneó la cabeza con disgusto. El mundo templario era extraño.

35

Al rato sonaron nueve campanadas. Las oraciones de esa hora se dedicaban a los hermanos del Temple fallecidos y, una vez concluidas, los caballeros reemprendieron los ejercicios de armas. Roger terminaba de limpiar su escudilla cuando vio llegar a Luigi.

—Pero ¿qué haces ahí parado, merluzo? —le dijo con sus malos modos habituales—. ¡A baldear la crujía!, y antes asegúrate de que las bacinas del cuarto ese estén limpias.

El chico suspiró y se puso a la tarea. En Brindisi había esclavos, tanto musulmanes como tártaros o griegos ortodoxos. Incluso el Temple los tenía. Pero no trabajaban lo que a él se le exigía. Fue a la bodega a por vinagre y jabón, después subió un cubo de agua de mar y se puso a fregar el pasillo central de la nave. Al rato se dio un respiro para contemplar a los caballeros ejercitando sus armas en el castillo de popa. Le admiraba la energía con la que luchaban.

—Son la mejor caballería de la cristiandad —le dijo Pietro, que apareció de pronto a sus espaldas.

Roger se sobresaltó. Se sentía culpable por su momentánea inactividad. Pero por fortuna no era el tirano de Luigi, sino el jefe de este, y se tranquilizó.

—Verlos cargar en masa a caballo debe de ser un espectáculo aterrador —prosiguió el piloto—. ¿Y sabes qué les hace superiores a todos los demás?

—No.

—La disciplina. Son la columna vertebral de los ejércitos cruzados. Cuando las cosas van mal y el resto desfallece y huye, ellos mantienen la posición. Y lo mismo los hospitalarios y los teutónicos. Ocurra lo que ocurra, jamás abandonan su grupo.

—¿Y qué pasa si alguno desobedece?

—Se les juzga y se les castiga con severidad. Romper la formación en combate les hace perder la capa de caballero por un año y comer en el suelo, como los perros. Huir se castiga con la pérdida del hábito de por vida, lo que significa la expulsión. Los nobles tienen que aportar dinero o propiedades al ser admitidos, y dentro no tienen posesión alguna. Así que, si los echan, lo pierden todo y se quedan en la calle solo con lo puesto. Descuidar el equipo, extraviar una espada o la muerte de un caballo por negligencia puede hacerle perder al caballero su hábito de forma temporal o incluso definitiva. Otras faltas se castigan con azotes o con prisión.

—¿Y cuándo se les ejecuta? —quiso saber Roger impresionado.

—Nunca castigan a un hermano con la horca o la decapitación. Tampoco con la mutilación de miembros. Va contra las ordenanzas. Si la cosa es tan grave, lo encarcelan a pan y agua hasta la muerte.

—Es peor —murmuró el chico espantado.

Pietro rio.

—Pues si eso les hacen a los nobles, imagínate lo que te haremos a ti, mocoso, como no obedezcas.

El sol se acercaba al ocaso cuando de nuevo sonó la campana, los caballeros se detuvieron y el cura lideró el rezo de vísperas.

—Ahora la regla manda que los caballeros supervisen sus monturas, aparejos y armamento —le dijo Luigi al terminar—, como antes del desayuno y del almuerzo. Andas embobado y no te has enterado.

Parecía algo más amable. Roger observó su rostro huesudo y lleno de acné, y preguntó:

—¿Y cómo lo hacen si no tienen caballos?

Luigi sonrió mostrando sus dientes desiguales.

—Sus escuderos viajan en las taridas junto a sus monturas, y ese es trabajo suyo. Aunque la responsabilidad sigue siendo del caballero —le explicó. De repente, como si acabara de acordarse, le gritó—: ¡Date prisa, que hay que servir la cena!

Y siguieron la misma rutina que para el almuerzo.

Apenas tuvo tiempo de cenar cuando allí estaba Luigi azuzándolo:

—¡Apresúrate, merluzo! Que toca prepararles los camastros. Y todos quieren dormir al aire libre en el castillo de popa.

Anochecía cuando terminaban de preparar los catres para los caballeros y sonaron doce campanadas.

—¡El vino! —advirtió Paolo.

Y corrieron a entregarles unos cuencos de loza que el joven marino llenó de vino.

—¡Por Nuestro Señor Jesucristo y su Santísima Madre! —brindó el maestre.

—¡Amén! —respondieron los demás y bebieron.

A continuación se acostaron. Y Roger, una vez recogidos los vasos, salió corriendo en busca de un jergón y un espacio en cubierta para acomodarse. Hacía buen tiempo, el castillo de popa era para los nobles; los galeotes dormían sobre sus bancos, y los demás se acomodaban donde podían. Roger sabía que era el último mono, cosa que se confirmó cuando lo echaron, de malos modos, de todos lados y tuvo que dormir de nuevo en la maloliente bodega.

Estaba agotado y una profunda tristeza le embargaba. Se sentía terriblemente solo.

—Mamá —musitó con los ojos llenos de lágrimas.

Rememoró la mirada dulce de su madre y se puso a rezar

por ella. No había ni empezado el padrenuestro cuando cayó en un profundo sueño.

Durante la noche sonaron los toques de maitines, y los caballeros, obedientes a la regla, abandonaron sus lechos para rezar. Roger ni se enteró.

36

No había amanecido aún, cuando Luigi le dio con el pie.

—Ha sonado el toque de laudes, ¿qué haces aún aquí, borrego?

Al abrir los ojos, Roger contempló aquella cara huesuda a la tenue luz de los candiles que colgaban del techo de la bodega y se dijo que era horrible. Lo arrancaba de un hermoso sueño para sumergirlo en una pesadilla. ¿Qué hacía él en aquel infierno?

Una segunda patada le advirtió de que no tenía tiempo para rumiar su desgracia. Se puso de pie de un salto y amontonó su jergón de paja junto a los otros. Vio que algo saltaba y fue consciente de que las pulgas se habían cebado en él por la noche. Pilló una, la apretó entre las uñas de sus pulgares y experimentó un gran placer al oír un leve chasquido y ver la sangre, que era la suya propia. Un pescozón de Luigi lo terminó de espabilar.

—¡Apresúrate, merluzo!

¿Cómo podía tener el caragranos tan mala leche tan pronto en la mañana? Y subió corriendo la escalerilla que conducía a la cubierta de la nave. No le daría la oportunidad de golpearlo de nuevo. Llenó sus pulmones con el aire fresco, tan distinto del viciado de la bodega, y contempló el mar aún oscuro, pero llano y tranquilo. Aquel era uno de los pocos placeres que el tirano de su jefe no le podía arrebatar. En el horizonte a proa empezaba a clarear, pero en el de popa la noche era aún cerrada. De pie en el castillo se encontraba, como en la madrugada anterior, el cura.

Una vez juntos y en silencio, el cura inició el padrenuestro en latín, que todos siguieron no porque lo entendieran, sino porque lo sabían de memoria. Después ofició la santa misa y dio un corto sermón en franco del que Roger apenas pilló alguna palabra.

Más tarde le preguntó a Pietro y le explicó que el cura daba gracias por el nuevo día y por haber sobrevivido a la noche. El chico se dijo que ese no era motivo para dar gracias. Al menos, para él.

Terminada la misa, se volvió a lo mismo. Correr, servir, limpiar y soportar a Luigi.

Roger no había reparado antes en muchas de las actividades que transcurrían simultáneamente en el Halcón. El capitán no dejaba a la tripulación ociosa. Hacía remar a los galeotes sin necesidad, puesto que la galera era muy marinera y, sin remos, solo con sus velas y su estilizado casco, se distanciaba del resto de naves. Vasall les hacía ensayar maniobras, giros repentinos, acelerones, frenazos. Echó un barril al mar y la nave se puso, literalmente, a danzar a su alrededor. Después de un breve descanso, los galeotes practicaron también con las armas. Eran hombres libres, y determinantes en caso de un abordaje. También se obligaba a los marinos a ejercitarse con las armas, y con mucho más motivo a la tropa de asalto y a los ballesteros. Estos tenían tres ballestas y una caja de herramientas cada uno para repararlas y fabricar los virotes que lanzaban.

Le aliviaba saber que no era el único al que sus jefes azuzaban, pero sí al que le caían las tareas más asquerosas. Aquella mañana, mientras arrastraba trabajosamente un cubo de agua y su estropajo por la crujía desde los bancos de los remos, situados debajo, le sujetaron una pierna. Cayó sobre el maderamen y el agua que tanto le había costado subir y acarrear se esparció por el pasillo. Una gran risotada se elevó desde los bancos. Estaba agotado y aquello le produjo una mezcla de temor e irritación. No logró soltarse pateando y empezaron a tirar de él. El individuo que lo sujetaba tenía un aspecto, como muchos de los galeotes, patibulario. Era un tipo enorme de unos veinte años, de barba y pelo oscuro, largo y enmarañado. Una sonrisa siniestra, a la que faltaba un incisivo, enseñoreaba su rostro.

—Ven con papá, corderito —dijo con una voz ronca y susurrante.

Más risotadas de sus compañeros.

—¡Suéltame! —le gritó.

Más y más risas. El chico estuvo a punto de chillar para pedir socorro, pero su instinto y corta experiencia le dijeron que había asuntos que era mejor solucionar por uno mismo, aunque se saliera mal parado. Aquel individuo tiró de él hasta el borde del pasillo y, a punto de hacerle caer al foso de los remeros, empezó a manosearlo.

—¡Pero qué piel tan fina! —siguió el hombre para mayor alborozo de sus compañeros—. ¡Pero si parece una virgencita!

—¡Que me dejes, cabrón! —vociferó el chico.

—¡Qué vocecita, como la de un monaguillo cantando! ¿Cuántos añitos tienes? ¿Once?

Y le estrujaba las nalgas. Roger no había soltado el asa del cubo durante el forcejeo. Era un recipiente de madera reforzado por bandas de hierro e impermeabilizado con brea, muy pesado. Pero estaba vacío y, haciendo un gran esfuerzo, lo levantó por encima de su cabeza para estrellarlo en la de su captor. Sonó un trompazo como si algo se rompiera. Aquel individuo lo soltó y cayó sentado en el banco. Esta vez las risotadas de los galeotes se prolongaron más tiempo y le sonaron al chico a victoria. Hubo quien incluso aplaudió. El hombre se había quedado sentado, como pensativo, con la mirada perdida en el horizonte.

María, que conocía la vida bastante mejor que su madre, le había instruido sobre lo que algunos hombres les hacían no solo a las mujeres, sino también a los chicos jóvenes. Sabía de qué iba aquello y no se podía dejar intimidar.

—Si me vuelves a tocar, te mato. ¡Bujarrón! —le chilló.

Esta vez nadie rio. Una amenaza de muerte en una galera acostumbraba a llevar, a corto o largo plazo, precisamente a eso, a la muerte de uno de los implicados. Pero aquel individuo no hizo nada y continuó mirando al infinito. Roger, que seguía sin soltar el cubo, recogió el estropajo del suelo y fue a por más agua.

Más tarde, cuando comía, Pietro se le acercó y le dijo:

—Lo he visto y has hecho bien —hablaba bajo, casi en un susurro—. No sé si ese oso querrá vengarse de ti. Vete con cuidado. Pero si te dejas comer la moral, terminan dándote por culo.

—¿Lo has visto y no me has ayudado? —se enfadó Roger.

—Créeme, es mucho mejor así.

Y el día prosiguió con la vuelta a su miserable trabajo y el acoso de Luigi. Ahora Roger se fijaba en galeotes y soldados. Algunos lo miraban con media sonrisa y otros le sacaban la lengua o guiñaban un ojo. Y se dijo que quizá, de entre los acosos, el de Luigi fuera el más inocuo. Cuando nadie lo veía, se hizo con un cuchillo de la cocina para guardarlo en los calzones.

Se sentía muy solo y se preguntaba qué harían los amigos de su panda. En especial, Paolo. Recordaba la mirada de sus ojos oscuros y su pelo lacio cayéndole sobre la frente cuando supo que embarcaba. Paolo lo envidiaba. ¡Qué equivocación! Él mismo había deseado embarcar. ¡Maldito deseo!

37

La agobiante rutina prosiguió mientras cruzaban un mar tranquilo, luminoso durante el día y cuajado de estrellas en la noche. Y al final de la mañana del día siguiente divisaron tierra. Roger terminaba su almuerzo cuando el Halcón penetró en un estrecho. Las orillas eran de roca blanquecina y en los montes crecían pinos, altos cipreses y olivos.

—De un lado está Albania y del otro la isla de Corfú —repuso Luigi cuando le preguntó—. Las dos son de nuestro rey Carlos.

El estrecho se fue ampliando hasta que divisaron una pequeña isla muy arbolada y, tras ella, una península con fortificaciones. El Halcón arrió las velas para acercarse a remo e hizo sonar las cornetas, saludo que le fue devuelto desde la población. Roger observó curioso la ciudad, dominada por dos colinas. La más baja estaba fortificada y la otra tenía un castillo en su cima. Y entre ambas crecía la población. Roger estaba emocionado. Allí podían encontrarse aún su hermano Giacomo y el resto de la familia.

No había muelle, El Halcón ancló en la rada, y Roger observó curioso el juego de cuerdas y poleas con que bajaron la chalupa. En ella embarcaron Pietro, fray Adriano y seis galeotes. Una comisión local los esperaba en la playa para negociar las compras y, al poco, varias chalupas empezaron a transportar barriles de agua, vino y demás provisiones, que alzaban con el mismo sistema con el que habían arriado el bote.

—Quiero bajar a tierra —le dijo Roger a Luigi.

—Pero ¿qué dices? —se sorprendió este—. Vasall no ha autorizado a desembarcar, solo cargamos provisiones y nos vamos.

—¡Lo necesito!

—¿Por qué?

—Mi familia pasó por aquí. Tengo que averiguar sobre ellos.

—¿Cuánto hace que llegaron?

—Nueve años.

—¡Serás borrico! ¿Te crees que alguien se acordaría?

—Igual se quedaron.

—No puedes bajar. Aunque estén aquí.

—¡Déjame, por favor!

Roger sentía una enorme ansiedad. ¡Tenía que encontrarlos!

—¡No! Además, ¿qué hacía aquí tu familia?

—Huía.

Luigi lo miró disgustado.

—Eran de los de Conradino, unos gibelinos enemigos del papa, ¿verdad?

Roger calló.

—Sí que lo eran, me lo dijo mi tío —concluyó Luigi, severo, pero conteniendo una sonrisa de satisfacción—. Pues mejor te lo callas. El Temple depende del papa, y los enemigos del rey Carlos, su aliado, no sois bienvenidos aquí.

—Yo no soy enemigo del papa.

—¡Sí que lo eres! —gruñó el muchacho—. Y ponte a trabajar, pedazo de asno.

Luigi dio por terminada la charla y se fue. Pero Roger no se conformó. Le hubiera gustado que los estibadores subieran a cubierta para hablar con ellos. Pero se quedaban en sus chalupas y las mercancías se cargaban con la pequeña grúa.

¿Qué hacer? Recordaba a su madre y las esperanzas que tenía depositadas en él. No pensaba quedarse allí, de brazos cruzados, contemplando la ciudad de lejos. Vio un barril vacío, de los usados para el agua, sujeto para cargar, y en un despiste de los galeotes se introdujo en él ayudándose de las cuerdas con que lo iban a elevar.

Roger notó el movimiento de subida y de descenso y después el balanceo de la barca y cómo esta hundía la quilla en la arena de la playa. Estaba tenso, sabía que asumía un gran riesgo y no quería pensar en las consecuencias. Temió que los estibadores lo descubrieran por el exceso de peso, pero, habituados a moverlos llenos de agua, no parecía que la carga adicional los molestara.

Cuando aquello se detuvo, empezó a preocuparse. Debía cumplir con su misión antes de que partiera la galera. Quedarse en tierra sería desastroso. Pero antes tocaba salir de allí; sin cuerdas, no parecía sencillo. Puso las manos en los bordes del barril, que se encontraban bastante por encima de su cabeza, y trató de alzarse a pulso, pero apenas alcanzó a ver el exterior. Intentó impulsarse saltando, pero solo pudo superar el borde del barril con la barbilla. Oía conversaciones y pensó en gritar pidiendo ayuda, pero en uno de los saltos vio a los oficiales de la galera. Se encontraban a solo unos pasos. No podía delatarse. Entonces comprendió la magnitud del lío en que se había metido. Se sentía como un ratón atrapado en una ratonera. Cansado de saltar, se dijo que debía hallar otra solución. Y se le ocurrió desequilibrar el barril y tumbarlo. Estaba desesperado y no lo pensó dos veces. Apoyó todo su peso en uno de los lados y solo logró un ligero balanceo. Se pasó al lado contrario, se dio impulso, saltó golpeando la parte superior y de repente el barril cayó. Y golpeó en otros barriles, que se desplomaron con gran estruendo. Logró lo que quería, pero justo después ocurrió lo que no quería. Los que conversaban estaban allí mismo y tuvieron que apartarse corriendo para que no los pillara el derrumbe.

—¡Roger! —oyó que le gritaban.

Trató de escabullirse escondiéndose tras los barriles, pero se sabía descubierto.

—¡Roger! ¡Bribón! —Reconoció la voz de Pietro—. ¿Qué demonios haces aquí?

No dijo nada, el corazón le batía acelerado y sudaba de angustia.

—Te he visto. —La voz sonaba más calmada—. Sal de ahí o haré que te traigan a la fuerza.

—Tengo algo que hacer aquí —dijo sin asomar la cabeza.

—No tienes nada que hacer aquí. Ven de inmediato, antes de que me enfade.

Roger tragó saliva. Pietro era el único que parecía tenerle alguna simpatía, y lo último que quería era perderlo como aliado. Si supiera con seguridad que su hermano o su tío aún se hallaban en aquel lugar no vacilaría. Pero ¡había tantos sitios a las orillas del Mediterráneo donde podrían estar! ¿Qué hacer?

—¡Ven de una vez!

Se había metido en un buen lío. Y se dijo que, de perdidos, al río. Lamentaba desairar a Pietro, pero no podía imaginar una vida más miserable que la suya en la galera.

—¡Lo siento! —le gritó—. ¡Tengo que hacer algo!

—Cometes una locura —repuso Pietro—. Un niño extranjero y solo como tú terminará como esclavo o algo peor. Y no creas que vamos a ir a rescatarte.

Ya había echado a correr en sentido contrario para internarse en la ciudad. Sentía una gran angustia, pero le había prometido a su madre encontrar a su familia, y lo haría. Corfú era un laberinto de calles edificadas en un terreno relativamente llano entre colinas, y las construcciones no eran tan distintas de las de Brindisi. Pero el chico no estaba para admirar el paisaje, tenía una misión que cumplir. Cuando recuperó el aliento, se dirigió a unas mujeres que reparaban unas redes sentadas a la puerta de una casa.

—Buenos días, señoras —saludó con educación—. ¿Conocen ustedes a don Pascale Coppola?

Lo observaron extrañadas, después se miraron entre ellas y una le preguntó algo que no entendió. Hablaban otro idioma. ¡Qué fallo! No se le había ocurrido. Pero insistió:

—Pascale Coppola, Pascale Coppola.

Las mujeres se encogieron de hombros y empezaron a parlotear entre ellas. Roger se dijo que no iba a cejar en su propósito. Después se topó con unos alfareros que trabajaban en un torno y tenían expuestos a la puerta de su casa todo un muestrario de cántaros y vasijas. Pero la conversación fue muy parecida a la anterior. Su angustia aumentaba. La galera partiría sin él y su porvenir en aquel lugar no parecía nada halagüeño. Preguntó a otros en la calle y lo mismo. Hasta que en una esquina vio una herrería. Un tipo enorme golpeaba un hierro que aún estaba al rojo.

—Perdone, señor —le dijo—. ¿Ha oído usted hablar de don Pascale Coppola?

El hombre detuvo su trabajo, se enjugó el sudor con un paño y le hizo un gesto como para que repitiera la pregunta. En cuanto Roger lo hizo, una sonrisa apareció en el rostro del herrero, que afirmó con la cabeza, dijo algo que debía de ser un sí e hizo un gesto indicándole la vivienda. ¡Lo había entendido! La esperanza iluminó el oscuro futuro que vislumbraba. ¿Estaría su tío allí dentro? Dio unos pasos para seguir al herrero y, justo en el umbral, este lo agarró con fuerza del brazo y tiró de él hacia el interior diciéndole algo incomprensible.

Quizá por el aviso de Pietro, o por su propio instinto, Roger estaba alerta y tuvo la fortuna de ver un martillo a su alcance. No vaciló. Pesaba más de lo esperado, pero le dio al herrero en plena cara. Al chico le sonó a nuez cascada, pero no se entretuvo en averiguar. Aquel individuo lo había soltado y él salió a todo correr.

¿Qué iba a hacer ahora? Pietro tenía toda la razón. Y quizá la lancha hubiera partido ya. Una terrible angustia le encogía el corazón. ¡Tenía que regresar! Pero no sabía cómo volver al puerto y nadie lo iba a entender si preguntaba. Se puso a correr para encontrarse con que la calle no tenía salida. La zozobra le enturbiaba la mente. Volvió hacia atrás para reemprender su carrera desesperado, sudando y casi sin aliento. Lamentaba su estupidez, pero ya no tenía remedio. Y de repente vio el mar al fondo de una callejuela. Rezó para que no estuviera al otro lado de la pequeña península en la que se asentaba la ciudad y se dirigió hacia allí a toda prisa.

—¡Que estén aún, Dios mío! ¡Que estén allí! —suplicaba jadeando.

Por fortuna, vio la chalupa al fondo. Estaba a punto de zarpar.

—¡Esperad! —gritó casi sin aliento.

Pietro hizo un gesto a los remeros para que se detuvieran, pero no dijo nada.

—Regreso si me prometes que no me castigaréis —anunció Roger.

El pelirrojo se echó a reír.

—Este mocoso se cree que está en situación de negociar —dijo a sus acompañantes con una voz lo suficientemente alta como para que él lo oyera.

Estos también rieron y Roger se convenció de lo mal que lo tenía.

—Ven si quieres, y si no, quédate aquí.

—Ya voy.

Pietro le hizo un gesto con la mano para que embarcara y, cuando lo hacía, lo agarró de la oreja. Dolía, pero el chico contuvo la queja.

—¿Sabes que por desertar de una galera te pueden cortar una mano o ahorcarte, mequetrefe?

—Yo no quería desertar —repuso Roger casi lloroso—. Solo enterarme de algo.

—¿Sabes qué futuro tendrías aquí? —insistió Pietro.

A punto estuvo de responder que ya era esclavo en la galera, pero calló. Después de lo visto, sospechaba que el pelirrojo estaba en lo cierto y que podía ser peor.

38

Al llegar a la galera, Roger vio a Luigi observándolo desde la borda. Miedo daba la expresión de su rostro y supo que no le esperaba nada agradable. Preocupado, le preguntó a Pietro si le afearían su conducta frente al gran maestre.

—No eres tan importante, mocoso —le dijo después de reírse—. Y al capitán le gusta lavar los trapos sucios en casa.

Vasall lo convocó en la bodega, con Luigi y Pietro de testigos.

—Te saco de la mierda, te doy la oportunidad de formarte como marino y haces que me arrepienta —gruñó Vasall.

—Lo siento, capitán, pero tenía algo importante que hacer.

—¡Sí! —gritó el fraile—. Desertar. Me decepcionas. Creía que tenías lo que hace falta para ser un marino, pero no has aguantado ni cuatro días.

—No quería desertar, fray Vasall. Solo quería preguntar a los locales y volver a la nave. —Y miró acusador a Luigi—. Le pedí permiso a mi jefe, pero se negó.

Luigi le devolvió una mirada asesina.

—Él no podía darte permiso —repuso Vasall—. El único que podía era yo. E hiciste bien en ahorrarte la petición, porque conmigo no puedes hablar si no te pregunto, y te habría dicho que no.

—¡Es que era muy importante para mí, capitán! —exclamó Roger lloroso.

—No hay nada más importante para ti que seguir las normas y obedecer —tronó el fraile.

—¡Tengo que encontrar a mi familia!

—¿Estás buscando a un familiar? —se asombró Vasall—. ¿Aquí?

Y a pesar de la advertencia de Luigi, le contó sus circunstancias y anhelos. Pero no pareció impresionar al capitán.

—No he oído nada de lo que has dicho —concluyó—. Ni te conviene ni te justifica. —Y se dirigió a Luigi—: ¿Es verdad que pidió permiso?

—Eso es cierto —confirmó el larguirucho.

—El hombre es el único borrico que tropieza dos veces en la misma piedra, y tú, Roger, llevas camino de tropezar muchas más —gruñó el fraile—. Te dije una vez que evaluaras las consecuencias antes de actuar. ¿Hablas griego?

—No, capitán.

—¿Alguna lengua balcánica? ¿O quizá el franco?

—Solo siciliano y algo de alemán.

—¡Ja! —exclamó el fraile sin ánimo de reír—. ¿Y así qué diablos ibas a hacer en tierra?

—Pero...

—Ningún pero... —cortó Vasall—. Por ser la primera vez y en consideración a tu edad, solo diez varazos en el trasero por desobedecer. Y dos más por borrico y no prever las consecuencias de tus actos. ¡A ver si aprendes la lección! Y será Luigi, a quien ofendiste, el que te atice.

Roger miró temeroso a su jefe y vio en su rostro una sonrisa de triunfo.

Lo desnudaron para colgarlo con las muñecas atadas con una soga a un garfio del techo, de forma que quedara de puntillas.

—¿Por qué llevas un cuchillo? —quiso saber Vasall.

—Por los galeotes y otros, capitán.

El fraile no dijo nada y le entregó una vara de fresno a Luigi, que a un gesto afirmativo suyo empezó a contar los azotes.

—Uno, dos...

El delgaducho había tomado su desobediencia como una afrenta personal y Roger sentía que se los daba con toda la rabia. Le dolían mucho y trataba de tragarse los quejidos sin lograrlo. Y al recibir el duodécimo varazo, creyó que se desmayaba.

—Si fueras un adulto, te habría atado al palo mayor para que todo el mundo lo viera y sirvieras de ejemplo —dijo Vasall—. Anda, toma tu ropa y ve al barbero a que te cure la sangre con vinagre y manteca.

—¡Ha robado un cuchillo! —recordó Luigi mostrándole a Vasall el arma.

—¡Devuélveselo! —gruñó el capitán.

Y se dio la vuelta dando por terminado el asunto.

39

A pesar de confiarse a las manos del barbero, Roger no pudo sentarse aquella noche y tuvo que dormir boca abajo. Su mal estado le era indiferente a su jefe, que no creía que los varazos fueran suficientes, y su tiránica exigencia se hizo mayor. Y también los insultos.

—¡Más aprisa, asno! —repetía.

Sin embargo, Roger encontró a Pietro más agradable.

—¿Cómo tienes el trasero, mocoso? —le preguntaba, aunque cada vez lo llamaba más por su nombre.

La flota navegaba por un mar de junio, tranquilo y azul. Un vientecillo suave impulsaba al Halcón, y Vasall ordenó extender los toldos que cubrían los bancos de remo y el castillo de popa para proteger a los tripulantes del sol. A media mañana del cuarto día desde la partida de Corfú, la nave penetró en otro estrecho. A ambos lados la costa era rocosa, y a tramos muy escarpada, con rocas blancuzcas, escasas playas y vegetación de pinos, matas de lentisco, cipreses y algunos olivos. El agua transparente dejaba ver unos fondos blanquecinos de arena con masas verdes de posidonia y peces nadando. El grumete tomó un respiro en su tarea de limpieza para observar el hermoso paisaje.

—A babor, la isla de Ítaca; a estribor, Cefalonia.

Roger se sobresaltó. Lo habían pillado mano sobre mano, pero le tranquilizó reconocer a Pietro.

—¡Ah! —dijo al girarse agradeciendo la información—. Poros, en Cefalonia, es nuestra próxima parada, ¿verdad?

—¡Ítaca! —le repitió el piloto—. ¿No te suena Ítaca?

—Ítaca, ¿y qué? —repitió extrañado.

—¿No sabías tú leer, escribir y algo de latín?

—Sí.

—¿Y no has oído hablar de Ítaca y de Ulises?

—No.

Pietro meneó la cabeza decepcionado.

—Bueno, a mí me lo contó Adriano —le explicó—. Somos amigos y a veces me cuenta historias que ha leído o ha oído. Y creía que, como tú lees, conocerías esa.

—Sé leer, pero nunca he tenido un libro en mis manos —confesó Roger—. Son caros y mi madre es pobre.

—Pues que sepas que Ulises era un héroe antiguo y rey de Ítaca.

El chico contempló la isla, era muy montañosa y sus costas escarpadas.

—¿Un rey en esta isla? —se extrañó Roger—. Lo que llevamos visto no da ni para tener cabras. ¿Cómo esa isla iba a tener un rey?

Pietro rio.

—Bueno, los reyes antiguos no debían de ser como los nuestros —aventuró—. O quizá poseía más islas.

—¡Ah!

—Lo importante es que alguien escribió su historia en un libro muy antiguo. Ulises fue a la guerra a un lugar lejano y, cuando quiso regresar, se perdió en el mar. Tenía a su familia y todo aquello que quería en Ítaca. El libro cuenta su ansia y su lucha por regresar.

—¿Y lo logró?

—Sí. Y Adriano dice que su historia tiene moraleja.

—¿Cuál?

—Ítaca representa, para los sabios, lo que ansiamos, aquello por lo que luchamos, el motivo por el cual recorremos nuestro camino en la vida.

Roger observó la isla de nuevo. Era hermosa, como tantas otras vistas aquellos días, solo que esta tenía una belleza más áspera, más escarpada, más inhóspita.

—Pues yo no me daría prisa por regresar aquí —murmuró pensativo—. Por lo que llevo visto, es un lugar de hambre.

—No tiene por qué gustarte a ti —repuso el pelirrojo—. Ítaca era el deseo de otro hombre, de Ulises. Tú tienes el tuyo propio.

—¿Yo?

—Sí, tú tienes tu Ítaca.

El chico contempló de nuevo la isla. No terminaba de entender. ¿De qué le hablaba Pietro? ¿De otra isla?

—No sé a qué te refieres.

—Tú tienes un ansia, un deseo —siguió el piloto—. El que te hizo meterte en ese barril. El causante de los vergazos en el trasero. ¿Por qué desembarcaste en Corfú?

—Para encontrar a mi familia.

—Porque quieres hacer feliz a tu madre, ¿cierto?

—Sí.

—Pues esa es tu ansia, esa es tu Ítaca.

Roger se encogió de hombros y esperó a que continuara.

—Aunque a veces es penoso, es bueno tener una Ítaca. Luigi, por ejemplo, no la tiene. Se conforma con vivir y sentirse importante dándote órdenes.

—No lo termino de entender.

—No te preocupes, yo tampoco lo comprendía al principio.

Se hizo el silencio hasta que Roger preguntó con sorna:

—¿Y tú tienes también una isla en las nubes?

—Sí. Mi mujer me espera en Brindisi. Y mis dos hijos —repuso con una sonrisa—. Tengo la fortuna de trabajar en una galera y puedo pasar con mi familia la mitad del año que no navegamos. Y quiero llegar a ser el patrón de un barco para darles una vida mejor. Ella y mis hijos son mi Ítaca.

—¡Ah!

—El capitán no tiene Ítaca.

—¿Qué? —se sorprendió Roger—. Fray Vasall es un hombre muy importante.

—Sí, pero está aquí porque la vida lo ha traído, no por quererlo.

—Pues a mí me parece que es de los que van a donde quieren.

—¡No! —Y bajó la voz en un susurro—: La Orden no siempre nos hace navegar a Outremer, sino también a poniente. El capitán es un provenzal de Marsella, varias veces paramos en su ciudad y en las tabernas supe de su vida de antes.

—¿Sí? —Las pupilas de Roger se agrandaron por el interés. Le costaba imaginar al capitán fuera del Temple.

—Su padre fue ahorcado en una de las revueltas en Marsella contra Carlos de Anjou y a favor de la Corona de Aragón. Quedó huérfano y para sobrevivir embarcó de grumete en una nave corsaria con más o menos tu edad. Unos años después su galera fue apresada acusada de piratería. Con apenas dieciocho años, Vasall era ya el capitán y fue condenado a la horca.

—¿De verdad que fue pirata? Y...

—Y hacía lo de todos los de su oficio, lo mismo que los soldados victoriosos, solo que estos lo hacen de forma legal. Robaba, mataba, violaba... Por eso lo condenaron a muerte.

—¿Y cómo se libró?

—No se libró.

Roger movió la cabeza manifestando confusión e incredulidad.

—Pero...

—Pensaron que, dada su juventud y su porte gallardo, aprovecharía más si moría en Outremer luchando contra los infieles. Le dieron a escoger entre hacerse templario o el patíbulo. Escogió lo que imaginas. Pero debía prometer solemnemente sus votos y ser fiel a ellos, de lo contrario sería ahorcado.

—Ya, pero no está allí...

—El gran maestre, al enterarse de que era un experto marino y sabiendo que esa es una debilidad de la Orden, decidió darle un barco en lugar de un caballo.

—¿A los dieciocho años?

—Sí. Al principio era solo una nave de vela, pero fue ganándose la confianza y progresando hasta llegar a donde lo ves.

Aquello hizo soñar al chico. Él también quería un barco cuando tuviera dieciocho años. Se afanaría en aprender todo lo que hiciera falta. Nadie le impediría entonces buscar a su familia. No había entendido bien aquella historia sobre Ítaca. La veía una isla como cualquier otra. Pero sabía que su deber era encontrar a los suyos.

40

Brindisi

—Señor, Dios mío —murmuraba Blanca—. Proteged a mi hijo. Libradle de todos los males. ¡Es tan dura y azarosa la vida en una galera!

Estaba arrodillada, con las manos juntas en súplica mirando un pequeño crucifijo que colgaba de la pared. Era una pobre cruz sobre la que un colorido cristo pintado, rígido y ensangrentado entornaba los ojos en agonía. Perdía la cuenta de las veces al día que se arrodillaba allí para rezar. La ausencia de Roger le producía un vacío terrible, imposible de llenar. Se decía que era un milagro que hubiera crecido ausente del dolor que la embargaba a ella. Era un rayo de sol que lo iluminaba todo. Alegre a pesar de la miseria. Claro que, a diferencia de Giacomo, él no había conocido los dulces tiempos de criados, juglares y banquetes. Él ni siquiera vio la cabeza de su padre clavada en una pica a la puerta de la catedral de Brindisi. Ella jamás lo podría olvidar y aquella visión regresaba para torturarla tanto en sueños como despierta. Pedía a Dios que su hijo mayor no tuviera las mismas pesadillas, allá donde estuviera.

Soledad. Sin él, sentía una soledad abrumadora. Acostumbraban a hablar mucho y trataba de enseñarle todo lo que sabía: leer, escribir, sumar, tocar el laúd, algo de latín y alemán...

Y se sentía feliz por lograr ocultarle las visitas de aquellos hombres y su sufrimiento. Nunca se lamentaba para evitarle a él la angustia.

Su vida social se limitaba a Betta y a María. Daba gracias a Dios por tenerlas. Claro que no podía comentar con ellas las poesías de su compatriota Giacomo da Lentini, o la traducción de los poemas de María de Francia. Ni de apenas nada de su vida anterior.

Era con Betta con quien compartía más su angustia. Sabía que la mujerona rubia la amaba y que se preocupaba por ella.

—No es bueno que estéis sola —le decía—. Debierais casaros de nuevo, con un hombre que os pueda sustentar con su trabajo. Y así no tendríais que ir a las posadas de peregrinos a ofreceros para escribir cartas.

A Blanca le producía una risa triste la ingenuidad de su amiga.

—Pero, Betta —le decía—, ¿quién me iba a querer a mí?

—Muchos —respondía ella—. Sin ir más lejos, aquí en el barrio hay un par de viudos que estarían encantados. Sois muy hermosa y aún podéis tener hijos.

—Campesinos...

—Sí, ¿por qué no? O incluso un artesano.

—¡Por el amor de Dios, Betta! Pero ¿no ves que soy incapaz de llevar la casa de un hombre del barrio? Nadie me enseñó. De pequeña todo me lo daban hecho. No sé hilar y soy un desastre cosiendo. Ni siquiera sé limpiar. Ni la cocina se me da bien, a pesar de lo mucho que me esfuerzo.

—Pero tenéis otras cosas.

—¿Qué otras cosas? Problemas, angustias, recuerdos que me amargan. Haría infeliz a un pobre hombre.

—Pues yo no lo creo.

—Porque tú me quieres y aprecias mucho más de lo que yo valgo, querida Betta.

A la rubia se le saltaban las lágrimas, la acogía en sus brazos y la acurrucaba contra su pecho.

—Y vos os estimáis en muy poco.

—No siempre fue así. La vida me ha forzado a ello.

—Pues debéis cambiar.

—¿Cómo voy a hacerlo con la losa que tengo encima? ¿Qué hombre me querría sabiendo que esos dos abusan de mí cuando les viene en gana?

Betta la observó con sus ojos azules en silencio. Blanca intuía que quería decirle algo y que ponderaba cómo hacerlo.

—Hay hombres que se casarían con vos sabiendo eso —dijo al fin.

—No lo entiendo. —Blanca frunció el cejo—. ¿Qué hombre aceptaría eso de su mujer?

Betta le mantuvo la mirada sin responder.

—¿Un marido consentidor? —insistió Blanca—. ¿Me estás diciendo eso? Pero ¿a cambio de qué? Dices que soy hermosa. No es suficiente. ¿Qué obtendría de mí que lo compensara?

—Dinero.

—Sabes bien que no lo tengo.

—Vos no, pero...

—¡Antonio di Murano! —Ahora lo veía claro.

—Dice que él pondría el dinero con tal de veros feliz. Vuelve a decir que os ama y lamenta veros así.

—¿Y te necesita a ti de alcahueta? —se enfureció Blanca—. ¡Me estás traicionando!

—Escuchadme, os lo ruego. —Las lágrimas volvieron a sus ojos—. Sí, me ha pedido que os convenza. Pero no lo hago por él, sino por vos. Dice que sigue amándoos y que, si vos fuerais amable con él, os colmaría de atenciones. Y no viviríais la vida miserable que vivís. Incluso yo podría volver a vuestro servicio. A él no le importaría que os casarais con otro mientras volvierais a ser amable.

—¡Nunca fui amable! —gruñó Blanca—. Solo trataba de sobrevivir con mi hijo. Es un demente que abusa de mí.

—Sí, pero no le complace. Si volvéis a aceptarlo, os dará una buena vida.

—¡No quiero nada de él! Me engañó, me violó, mató a mi hija y me prostituyó con otro. Es un miserable. Y ahora que Roger se ha ido, haré lo posible por librarme de ese maldito. ¡Es un lunático! Solo así se explican sus cambios de actitud.

Betta la miró escéptica.

—Recordad que Roger volverá de ese viaje —murmuró.

—Antonio —le dijo en su siguiente visita, haciendo acopio de valor—. No solo no seré amable, sino que no quiero veros más. No volváis por aquí.

El veneciano se quitó el gorro como saludo mostrando su calva y compuso una expresión de sorpresa que se tornó en dolor.

—No me podéis pedir eso, señora. —Puso rodilla en tierra y las manos sobre el corazón—. Os amo. Siempre os he querido. Si dejo de veros, moriré.

—¡Basta de teatro! —chilló indignada—. ¡Se acabó, aunque me cueste la vida!

—¡Perdonadme, Blanca! Pasaba un mal momento en mis negocios y necesitaba los contratos del gobernador. Os lo he de compensar como sea.

—¡Maldito seáis! —Las lágrimas le inundaban los ojos—. Mentís. Nunca me amasteis, lo único que amáis es el oro.

—¡Os adoro! —Trataba de tomar las manos de ella con las suyas—. ¡Perdonadme! Si lo hacéis, os daré una vida de reina. Os sacaré de la miseria en que vivís.

—¡No quiero nada que venga de vos! Prefiero pasar hambre. ¡No quiero veros! ¡Ni volver a oler ese perfume! Lo odio. Lo mismo que a vos. ¡Fuera de aquí!

Él se puso de pie y esta vez le agarró las manos con fuerza.

—Os quiero. Sois mía y seguiréis siéndolo. Haceos a la idea.

—¡Vuestra y del bastardo del gobernador! ¡Soltadme!

—Sois mía, aprovechad lo que os ofrezco —la amenazó—. Porque os tomaré siempre que quiera.

—¡No, no lo haréis!

Y sin soltarle las manos, tiró de ella hacia el camastro. Blanca forcejeaba, pero él la tumbó de un bofetón y se abalanzó sobre ella para subirle la falda.

—¡Os amo! —decía Antonio mientras luchaban.

—¡Soltadme, maldito!

Sin dejar que se incorporara, se quitó el cinturón de cuero, se lo puso a ella en el cuello y empezó a ahogarla. Blanca boqueaba y dejó de pelear al sentirse desvanecer. Antonio aflojó y, mientras ella llenaba los pulmones de aire, desesperada, él aprovechó para subirse la túnica. La lucha lo había excitado, estaba a punto y la penetró.

—¡Os amo! —repetía.

Cuando terminó, Blanca le dijo:

—No sabéis cuánto os desprecio.

—Me volveréis a querer.

—No, no lo haré. Y si me forzáis de nuevo, juro que os mataré. Al menor descuido moriréis. No me importa lo que después me ocurra. Os he de matar.

—No os atreveréis. —Él sonreía—. Mi guardaespaldas me espera fuera. Y tiene orden de hacer matar a vuestro hijo si algo me ocurre a mí. Ya sé que el chico está ahora con el Temple. Pero volverá. Y entonces lo matará.

Blanca sabía que lo haría y estalló en un llanto de impotencia.

—¡Dejadme, Antonio! ¡Si de verdad me amáis como decís, dejadme, os lo suplico!

—¡Os amo, Blanca! —repuso él poniendo las manos sobre

su corazón—. Y vuestro llanto me enternece. No quiero que sufráis, y os probaré mi amor. Yéndome.

—¿Lo haréis? —preguntó ella sorprendida.

—No os volveré a molestar. Pero antes os tenéis que librar del gobernador. No voy a irme mientras él siga gozando de vos.

Ella se quedó mirando los ojos pardos del veneciano, incrédula pero esperanzada. ¿La engañaba de nuevo?

41

A bordo del Halcón

El Halcón siguió su viaje entre islas y Roger contempló, con nostalgia, cómo se alejaba la mítica Ítaca. Para fray Adriano representaba un sueño, una esperanza, un ansia vital. Pero él solo veía un miserable islote.

Caía la tarde cuando alcanzaron Poros, donde repusieron suministros, y el siguiente trayecto llevó cinco días hasta Methoni, en el extremo sur de la península del Peloponeso. En su castillo ondeaba el león alado de san Marcos.

—Es la enseña veneciana —le explicó Pietro—. Esta posesión es suya, y la República de Venecia es aliada de Carlos de Anjou y del Temple.

Alcanzaron la isla de Citera cuatro días después, y tomó casi una semana llegar a Candía, en la isla de Creta, posesión también veneciana. Era una gran ciudad fortificada con buen puerto y astilleros, pero enseguida pasó a ser otro lugar que se alejaba. Los días eran ya tan iguales como los paisajes. Mares y cielos azules, costas rocosas y arboladas con alguna playa y aguas transparentes. Ningún galeote lo volvió a atacar, pero seguía soportando sus bromas y burlas. No le gustaría encontrarse a solas con uno de ellos, los temía. Todo iba relativamente bien, excepto su relación con Luigi, cuyo acoso empeoraba, si eso era posible. Parecía que la cercanía de Roger con Pietro irritaba aún más al marino adolescente.

Al día siguiente de Candía, llenaban en la bodega un cubo de vinagre de un gran barril cuando se le escapó a Roger de las manos. Y fue a caer a los pies de Luigi derramando su contenido.

—¡Maldito bastardo! —aulló el joven golpeándolo con el puño en el hombro. Y se le encaró agresivo.

A la tenue luz de los candiles, su rostro se veía encendido, rojo de cólera. Era casi palmo y medio más alto y parecía dispuesto a pegarle. Pero Roger se había hartado del maltrato, veía venir aquello y no iba a permitir el insulto.

—No soy un bastardo —repuso firme, pero tranquilo, mirándolo desafiante—. Todo lo contario. Mis padres estaban casados por la Iglesia y eran gente importante. Como lo sería yo, a no ser por el infortunio de la guerra.

—¿Importante? —gruñó Luigi colérico. Que aquel mequetrefe quisiera presumir de noble era ya el colmo—. Lo que tú eres, mamarracho, es un hijo de puta.

El chico tragó saliva, rememoró el querido rostro materno, sintió que el corazón se le encogía y las lágrimas le vinieron a los ojos.

—No te consiento que insultes a mi madre —dijo lloroso, irguiéndose cuanto pudo y elevando la voz—. ¡Retíralo!

Su jefe rio al verlo tan afectado. Y se dispuso a meter el dedo en la llaga.

—¡Ni lo sueñes! A partir de ahora te llamaré bastardo hijo puta.

Roger se conocía de memoria el contenido de la bodega. Hacía tiempo había reparado en un palo que se usaba para remover el cocido, casi de su altura. Aunque un poco más grueso, se parecía mucho a los que usaban los chicos de Brindisi para pelear.

—Retíralo, o lo has de lamentar —repitió arrastrando las palabras.

—¿Y quién me lo hará lamentar? ¿Tú, bastardo?

Roger se movió veloz para coger el palo. Era más pesado que el suyo, pero no importaba. Lo pasó de una mano a otra acercándose amenazante a Luigi.

—Retíralo, antes de que lo lamentes.

El joven marino observó a su pequeño oponente. No creía que se atreviera a atacarlo. Pero por si acaso tomó un palo corto para usarlo como porra.

—Soy tu superior —le dijo blandiendo el garrote—. Si me atacas, te despellejarán a latigazos y quizá te ahorquen. Aparte de la paliza que te daré ahora mismo.

—Retíralo. —Y se acercó un paso más.

—Ni lo sueñes, bastardo. —Sonreía mostrando sus dientes irregulares y alzó su garrota esperando a que Roger se le acercara. Deseaba darle una lección a aquel insolente.

Lo siguiente ocurrió muy rápido. Roger proyectó su palo en horizontal hacia el estómago de su jefe. Dio en el blanco y su oponente se encogió soltando un bufido. El grumete recuperó su arma, la sujetó por el centro con las dos manos y, sin detenerse, golpeó a Luigi en el rostro con un extremo. Sin darle tregua, le dio en la cabeza con el otro. El joven marino cayó con un gemido soltando su arma y, ya en el suelo, Roger le pegó en los riñones. Luigi aulló de dolor.

—¡Retíralo! —le ordenó Roger.

—¡No!

Vigilando que no pudiera revolverse y agarrarlo de los pies, le apaleó las costillas y los muslos. Luigi trataba de incorporarse, pero los golpes lo volvían a derribar.

—¡Retíralo, o juro por Dios y la Virgen que te mato! —gruñó el chico—. Y no me importa lo que a mí me pase. ¡Nadie insulta a mi madre!

Retorciéndose de dolor, Luigi evaluó sus alternativas. Había perdido la porra y era incapaz de levantarse y apoderarse del palo de Roger, que parecía decidido a cumplir su amenaza. Estaba tan asombrado como atemorizado. El mequetrefe manejaba su arma con una habilidad increíble. Parecía saber exactamente dónde darle.

Ante su silencio, el grumete le propinó dos dolorosos porrazos más.

—¡Para! —le pidió—. ¡Lo retiro!

—¡Di que mi madre es una mujer honesta!

Y acompañó la orden golpeando con fuerza el suelo de madera al lado de Luigi, que se estremeció. Lo miraba atemorizado con la boca ensangrentada.

—¡Lo es! ¡Tu madre es una mujer honesta! ¡Retiro lo dicho!

—¡Otra vez tú! —refunfuñó Vasall.

Tenía de nuevo en la bodega a Roger, Luigi y Pietro, y la expresión del capitán era de fastidio. Pietro pasó a exponerle con detalle lo ocurrido.

—¿Es cierto que llamaste puta a su madre? —preguntó dirigiéndose a Luigi.

—Sí, capitán. Lo admito, me acababa de echar un cubo de vinagre encima y estaba furioso. —Se mantenía cabizbajo y mostraba una magulladura en la boca y un ojo amoratado.

—Y tú, grumete —se dirigió a Roger—, ¿es cierto que apaleaste a tu superior?

—Sí, capitán. No lo quería retirar por las buenas. Lo lamento, pero no tuve más remedio.

Vasall los observó a los dos. La diferencia de edades saltaba a la vista. El joven marino era mucho más alto que su pequeño oponente, pero Roger parecía no haber sufrido daño alguno en la pelea.

—¿Es cierto que no querías retirar el insulto a su madre?

—Es cierto, capitán. Al principio no quería, pero al final lo hice.

—¡Porque no tuvo más remedio! —chilló el chico.

—¡Calla! —lo increpó Pietro—. ¡Hablarás solo cuando se te pregunte!

—La agresión a un superior, no importa por qué, se castiga duramente en una galera —dijo Vasall—. Incluso con la horca, dependiendo de su gravedad. Pero en atención a tu poca edad, recibirás solo diez latigazos y dos más por, como de costumbre, no prever y anticipar las consecuencias.

—¡No es justo, capitán! —clamó Roger—. Sí que las valoré. Pero no podía dejar que insultara a mi madre. —Los ojos se le llenaron de lágrimas—. ¡Lo habría hecho aunque me ahorcaran!

—¡Ah! —exclamó el capitán. Y una sonrisa apareció, por un breve momento, entre su barba—. Así que lo tenías estudiado, ¿eh?

—Sí, mi capitán.

—¡Bien hecho! Pues entonces en lugar de dos latigazos más, recibirás dos menos. Total, solo ocho.

El chico se irguió y le lanzó una mirada de triunfo a su oponente, que agachó más la cabeza.

—En cuanto a ti, Luigi —siguió Vasall—, no debes mentar a la madre de nadie. Y menos, la de un subordinado. Esta vez te libras con una reprimenda. La próxima recibirás los mismos latigazos que él. Y no se te ocurra tomar ninguna represalia, porque los castigos los impongo yo. Lo pagarías caro. Estáis en paz.

—Debiéramos separarlos, capitán —intervino Pietro—. No se van a llevar bien. Pondré a Roger bajo otro mando.

—No —repuso Vasall firme—. Seguirán juntos. Si son listos y saben lo que les conviene, se llevarán bien. Aprenderán a convivir, o terminarán desollados a latigazos. En la galera hay muchos que no se soportan y no voy a cambiarlos de lugar.

Guardó silencio y después preguntó mirando a los jóvenes:

—¿Lo habéis entendido?

—Sí, capitán —respondieron a coro.

—Bien, puedes volver a tu trabajo, Luigi —dijo Pietro dando por terminada la conversación—. Esta vez seré yo quien le dispense los azotes a Roger.

—Un momento —los detuvo Vasall—. Queda algo pendiente.

Todos lo miraron atentos.

—Me alegro, Roger, de que aprendas a anticipar las consecuencias de tus actos. —Hizo una pausa—. Te ha ahorrado cuatro latigazos. Pero eso quiere decir que rompiste las reglas a sabiendas. Ocho latigazos por lo que le hiciste a Luigi. Y tres días de encierro en el cuatro apestoso a pan y agua por saltarte las normas a posta. Solo saldrás para limpiar el contenido de las bacinas.

Aquello era terrible. Roger miró a Luigi y vio que sonreía. El chico habría preferido diez, veinte azotes más antes que ese castigo. Calló porque de nada le valdría protestar. No había ya remedio.

—Con Vasall nunca se puede ganar —murmuró sin que lo oyeran.

En una de las salidas de su encierro para vaciar la bacina se topó con el piloto, que lo observaba sonriente. Estaba con fray Adriano y Roger se dijo, resentido, que su desgracia parecía divertirlo.

—La mierda es parte de la vida, grumete —sentenció Pietro.

El chico lo miró con cara de pocos amigos.

—Y alguien la tiene que limpiar —añadió el fraile compartiendo la chanza.

—Y ese no va a ser ni el capitán —murmuró Roger disgustado—, ¿verdad? Ni vosotros.

—El capitán limpia otro tipo de mierdas —afirmó el piloto.

—¿Qué quieres decir? —gruñó el chico cada vez más molesto—. Ni lo entiendo ni lo creo.

—Lo aprenderás con el tiempo —afirmó Pietro dando por terminada la charla.

42

Como Roger anticipaba, su prisión en aquel cuartucho fue mucho peor que los latigazos.

No solo el lugar era desagradable, sino que coincidió con que al segundo día de aquella asquerosa reclusión estalló una tormenta. El único candil que iluminaba el antro empezó a oscilar locamente con las brutales sacudidas mientras el maderamen de la nave producía unos crujidos estremecedores. Parecía que a cada golpetazo se fuera a partir y, para no estrellarse contra las paredes, Roger se agarraba desesperado a una columnilla que sostenía una de las vigas del techo. Aquel movimiento, sumado al aire viciado del antro, hizo que se mareara de nuevo. No iba a olvidar aquella experiencia. Era terrible.

La tormenta cesó, pero él seguía en aquella mazmorra y trataba de animarse diciéndose que lo peor había pasado. Aquel cuartucho, situado debajo del castillo dc popa, tenía al lado de la puerta un ventanuco que miraba a la proa y que era su único respiradero. A él se asomaba Roger, aunque para ver algo debía colgarse de los barrotes. Allí buscaba consuelo cuando alguno de aquellos altos caballeros iba a hacer sus necesidades sin ni siquiera saludar ni importarle que aquel fuera su encierro. Actuaban como si no existiera. El niño se giraba para no verlos, aunque no podía evitar oírlos y se repetía lo de «Caga el rey y caga el papa, y de cagar nadie escapa», como rebeldía contra un injusto orden social. Al menos, podía salir a limpiar las bacinas y llenar los pulmones con aire del exterior. En las ocasiones que fray Tomás visitaba sus malolientes dominios, siempre lo saludaba con un «Dios te guarde, grumete» y una sonrisa. Y él correspondía con un «Dios os guarde, fray Tomás, señor». No se atrevía a entablar una conversación, no era el sitio apropiado y le avergonzaba su prisión.

Un día oyó que lo llamaba:

—Grumete.

Al girarse, se sorprendió al verlo, en lugar de con el hábito levantado por atrás y en cuclillas listo para defecar, de pie y con el vestido levantado por delante. Se sujetaba el pene con la mano. Aquella no era una postura extraña. Los hombres en Brindisi orinaban contra cualquier pared o árbol, algunos con discreción y otros alardeando de miembro. Incluso había quienes competían apostando para ver quién alcanzaba mayor distancia. Pero en la galera, cuando el mar lo permitía, lo establecido era hacerlo desde la borda.

—Ven aquí, angelito —le dijo mostrando en su rostro su famosa sonrisa.

Roger se quedó helado. De repente se derrumbaba la imagen de amable aristócrata de fray Tomás. Al ver que no se movía, el caballero se acercó, empuñando su hiniesta arma, y buscó su mano para obligarlo a que le sujetara el pene mientras con la otra le palpaba sus partes. Cuando pudo reaccionar, trató de rechazarlo con todas sus fuerzas, al tiempo que le gritaba:

—¡No!

Eso no disuadió al fraile; al contrario, pareció aumentar su excitación. Era un hombre fuerte, acostumbrado a la lucha, y empezó a forcejear para imponerse.

—¡No! ¡Dejadme! —le volvió a gritar.

De un bofetón, el fraile lo dejó medio atontado. Y lo que parecía obvio empezó a suceder. La corpulencia de aquel hombre era de tres a cuatro veces mayor que la suya, y la sonrisa en su rostro, ahora sádica, mostraba que no iba a desistir.

El chiquillo se resistía desesperado. Pero él lo agarró del cuello y de la mano para llevarla a donde la quería.

—Obedece, maldito, o te mato —gruñó.

Y empezó a ahogarlo. Sentía que perdía sus fuerzas y la consciencia. Le había hecho poner la mano en su pene y notaba en ella el inmundo calor del miembro. El fraile iba a lograr sus deseos.

Pero de repente, casi en sueños, vio que se abría la puerta. Fray Tomás se giró para ver al intruso y, por todo saludo, el recién llegado le propinó un puñetazo que le hizo dar con su corpachón contra la pared de madera. Era fray Vasall, que debía de haber oído algo por el ventanuco. Otro puñetazo en el estómago y uno en la barbilla tumbaron al ilustre guerrero. Roger respiraba desesperado, recuperando el aliento, pero no se perdía detalle. El capitán se sentó a horcajadas sobre el caído y, sin dejar que reaccionara, empezó a propinarle un puñetazo en la cara por cada sílaba:

—A-los-ni-ños-no-se-les-to-ca.

El chiquillo se preguntaba si fray Tomás era incapaz de resistirse o simplemente aceptaba el castigo como merecido.

—A-los-ni-ños-no-se-les-to-ca —repitió Vasall acompañándose de golpes que sonaban como crujidos de la madera.

El capitán se levantó, observó al postrado con una mueca de desprecio y, sin ni siquiera mirar a Roger ni decir palabra, salió del cuarto maloliente.

El grumete, pegado a la pared, se quedó mirando el corpachón de fray Tomás, cuyo rostro sangraba. Al poco el hombre se incorporó, se limpió la sangre con el reverso de su hábito y, también sin mirarlo ni pronunciar palabra, salió.

A Roger le hubiera gustado darle una patada en los testículos, pero suficiente tenía con recuperarse física y mentalmente de lo ocurrido.

—Id con Dios, fray Tomás, que vais bien servido —murmuró.

El relato oficial fue que, a causa de un golpe de mar, fray Tomás se había caído con el rostro por delante. Era el argumento típico en la galera para cuando algo no se quería contar. Y el capitán no lo contradijo. Pero a partir de aquel momento el caballero rehuía la mirada al chico.

Roger comprendió entonces el significado de los vistazos severos de fray Vasall cuando él servía la mesa y aquel individuo le lanzaba miradas y sonrisas veladas. Estaba alerta. Parecía distante, pero acudió en el momento oportuno. El capitán era la ley en su galera, sin importarle ni los rangos ni la presencia del gran maestre.

43

Antes de llegar a la isla de Rodas y cumplida su penitencia, Roger pudo salir de una vez de aquel cuchitril maloliente y regresar a su rutina. ¡Al fin!

Pero algo había cambiado. Y lo percibió en las chanzas de los galeotes.

—¿Por qué te han encerrado en el cuarto de la mierda? —le preguntó con una sonrisa maliciosa Garfio.

Roger andaba con su cubo por la crujía cuando el galeote le lanzó la pregunta desde su asiento en el foso de remo. Era el mismo que lo había atacado. Conservaba aún en la cabeza la herida del cubazo que el chico le propinó. Era un tipo enorme, y Roger se decía que el mote de Oso le sentaría mejor que el de Garfio, que le venía del reconocimiento de sus colegas como proel. Manejaba con destreza los bicheros y era preciso al lanzar lazos de cuerda y garfios desde la proa. Aquel era un don muy apreciado al atracar o en caso de abordaje.

El chico siguió su camino fingiendo no haberlo oído a pesar del coro de risas de los galeotes.

—Ya empezamos —se dijo.

Era muy difícil guardar secretos en la galera y todo se terminaba sabiendo. Y cuando Roger volvió a pasar por allí, Garfio hizo como que lo fuera a agarrar de una pierna, sin llegar a hacerlo.

—¿Y por qué tu jefe lleva un ojo morado? —preguntó esta vez.

—¡Como también te lo puso a ti del cubazo que te atizó! —le gritó uno de sus colegas provocando las risas del resto.

Roger cuidó de que no lo pudiera atrapar y sin hacerle caso siguió con lo suyo.

—Ha habido mondongo, ¿verdad? —insistió Garfio riendo cuando Roger pasó de nuevo—. ¿Qué le hiciste? —Unos dientes blancos destacaban en su frondosa barba negra—. ¡El niño del cubo es un valentón! —gritó el galeote a sus compañeros prosiguiendo el jolgorio.

—¡Bien que lo puedes decir tú! —certificó uno de sus amigos.

Más risotadas. El propio Garfio reía con la burla de su colega. Y el grumete siguió con sus tareas sin atender a los galeotes.

—Anda, cuéntanos qué le hiciste al larguirucho —insistió Garfio—. Y qué le ocurrió al fraile, que salió del cuarto con la cara hecha un mapa.

—¿No crees que ya vale? —se le encaró al fin, ya harto de la chufla—. Cumplí mi penitencia, se acabó y me he olvidado.

Se encontraba a mayor altura, agarraba su cubo con fuerza con la mano derecha y se puso la izquierda en la cadera. La diferencia de tamaños entre el grumete y Garfio era enorme, y la actitud arrogante del chico le produjo un ataque de risa al hombretón.

—Así que les diste bien, ¿verdad? —insistió.

Más risas. Roger apretó los labios. Y de repente Garfio le tendió la mano.

—¿Amigos? —le dijo.

El chico lo observó estupefacto. Por un momento se preguntó si aquel hombre pretendía tirar de él para que cayera al foso y darle una paliza como venganza, hacerle lo que quería hacerle fray Tomás o seguir tomándole el pelo. Pero algo le decía que no era de él de quien se burlaban. Garfio se reía de sí mismo, de Luigi y del fraile. No se había perdido nada de lo ocurrido.

Roger decidió aceptar el riesgo y le dio la mano. Y Garfio se la estrechó dentro de su enorme manaza con fuerza mientras mantenía una sonrisa de oreja a oreja.

—Eres un tío con huevos y te vamos a hacer uno de los nuestros —le dijo.

Sorprendido, comprendió que hacía tiempo que no se burlaban, que solo bromeaban, y que a pesar de su edad y de su tamaño se había ganado el respeto de los galeotes.

44

Brindisi

María era, en muchos aspectos, lo opuesto a Betta, a quien, aunque también rubia y con ojos azules, la naturaleza le había dado un cuerpo grandón y poco agraciado. Al contrario, María era hermosa en todos los aspectos, gozaba de un cuerpo proporcionado y sugerente y de un rostro de provocativa belleza. Y mientras que Betta tenía un temperamento melancólico, el de la joven era alegre y festivo.

Blanca no sabía por qué aquella chica le había cogido tanto afecto, pero era una bendición. No tenía pelos en la lengua y sus relatos resultaban de lo más sabrosos. Blanca se escandalizaba mostrando sorpresa y susto, y María se reía a carcajadas con el pudor de la viuda, que no podía evitar unirse a las risas de la joven. Una exageraba su recato y la otra sus historias, y así el jolgorio era mayor.

—No seáis boba. El fraile os gusta y vos le gustáis —le decía con frecuencia—. La vida es muy corta y una tiene que regalarse cuando puede. Y os conviene libraros de las telarañas que se os han formado ahí.

Blanca compuso una expresión de desagrado.

—No tengo telarañas ahí, para mi desgracia. ¡Ya me gustaría tenerlas!

—¡No digo en el coño, sino en los sesos!

La viuda se quedó mirando a su amiga de la forma en que acostumbraba cuando la rubia se descaraba con alguna palabra soez. La muchacha se echó a reír al ver su expresión.

—Os gusta. Y de una forma u otra debéis gozar de esa bendición que os da Dios. Mirad, yo escojo a los hombres con los que me acuesto. Con la mayoría no lo paso mal, pero, si me equivoco, no repito ni por todo el oro del mundo.

Blanca suspiró, ya quisiera ella poder decir lo mismo. Su amiga era una privilegiada.

—Y quizá no lo creáis —siguió—. El fraile es de lo mejor en la cama. ¡No sabéis lo que os estáis perdiendo! Necesitáis un buen hombre con el que gozar. Una buena verga, como la de Vasall, os alegraría esa vida tristona y aburrida que lleváis.

—¡Deja! ¡Deja! —exclamó Blanca levantando las manos como para detenerla—. ¡Calla ya! Eres muy pesada con eso. Un diablo tentador.

—¡Pues caed en la tentación de una puñetera vez! ¡Que Dios manda al infierno a los que desaprovechan sus vidas!

Pierre de Dijon no se dignaba a dirigirle ni siquiera una palabra en siciliano, le hablaba en franco, la lengua de los vencedores. Pero tampoco le apetecía a ella conversar con aquel individuo. Blanca sospechaba que la visitaba, en especial, cuando algo le enfadaba y deseaba desahogar su rabia. Tal era el trato que le daba. El gobernador de Brindisi era autoritario y violento, y ella había aprendido a someterse y a sobrevivir. Siempre la misma rutina; no solicitaba, como el veneciano, posturas ni prácticas fuera de lo común. Buscaba su placer físico y, una vez aliviado, se quedaba contemplándola un rato con mirada soñadora antes de irse. Aunque en ocasiones la sorprendía con una extraña ternura que parecía salirle de muy adentro y que él se esforzaba en reprimir.

Y ella se dijo que, ahora que Roger estaba lejos y protegido por el Temple, era el momento de hacerle frente e intentar librarse de él. Aunque la matara. Si lo conseguía y el veneciano cumplía, sería una mujer libre. Tuvo que armarse de mucho valor, era muy difícil romper la relación de sumisión establecida.

—Señor —le dijo—. Sabéis que estos encuentros se producen muy a mi pesar. No os amo. Dejad de visitarme. Os lo ruego.

La dura mirada que él le dirigió desde su altura pretendió suavizarse detrás de una sonrisa en su rostro huesudo. A Blanca le dio la impresión de que le mostraba sus dientes desiguales como haría un perro al amenazarla. Enseguida comprendió que su resistencia lo excitaba. Y sin decir palabra, él pasó a imponer su fuerza física. Conforme la iba penetrando a empujones brutales, empezó a hablarle:

—Sois mía. Un botín de guerra. El derecho del vencedor sobre la mujer del vencido. Por eso y por nada más os follo. Porque puedo. Y porque quiero. Suerte tenéis de que la Iglesia prohíbe esclavos católicos. Pero no importa cuánto vayáis a misa ni cuánto recéis. Para mí es lo mismo. Sois mi esclava. Y hago con vos lo que me place.

Su charla se interrumpió al gemir de placer. Y se quedó encima de ella descansando mientras Blanca daba gracias de que hubiera terminado de una vez. Le dolía el sexo y le hacía daño el peso y el cuerpo huesudo de aquel hombre. Era asqueroso.

«Tengo que matarlo —pensó—, aunque después me maten a mí torturándome como hacen a quienes asesinan a algún noble.»

Pero dudaba de encontrar el valor. Entonces él se levantó para limpiarse el pene en el vestido de ella. Y se la quedó mirando. No se había movido. Estaba tumbada boca arriba con la falda levantada y los ojos cerrados.

—Sois hermosa —le concedió—. Muy hermosa. Ya me gustaría que mi mujer lo fuera tanto. Pero sois una despreciable rebelde. Aprended de una vez. ¿No queréis que os visite? Pues lo haré aún más. Y mejor será que en la próxima ocasión os abráis de piernas en cuanto me veáis.

Y se fue.

Blanca comprendió que el miserable de Antonio, anticipando la reacción de Pierre de Dijon, le había tendido una trampa. Nunca tuvo intención de liberarla. Otra traición.

45

A bordo del Halcón

La flota se aprovisionó en las islas de Rodas y Chipre, y al fin llegó a Trípoli, ya en el continente, catorce días después de salir de Creta.

—No queda casi nada de lo que fueron los Estados cruzados —le explicó fray Adriano a Roger—. Lo que resta del condado de Trípoli es poco más que la ciudad y una franja costera, y se mantiene gracias a la superioridad cristiana en el mar. Lo gobierna el conde Bohemundo, de dieciséis años, que es partidario del rey de Chipre, no le gusta Carlos de Anjou y menos ser su vasallo. Por eso nuestra primera parada es aquí, para hacer una demostración de fuerza y obligarlo a que rinda homenaje al gobernador angevino.

El gran maestre fue el primero en desembarcar junto a sus caballeros, y esperaron a que lo hiciera San Severino con los suyos. El joven conde acudió a recibirlos, les dispensó la bienvenida de rigor y, una vez todos en tierra, organizaron una cabalgata con trompetas, tambores y estandartes similar a la de su entrada en Brindisi. El pueblo de Trípoli, esperanzado con la llegada de nuevos contingentes cristianos, aplaudía.

—Conforme nuestros territorios menguaban, los campesinos cristianos se fueron yendo a Italia —explicó fray Adriano—. Ahora la mayoría son musulmanes.

—¿Puedo bajar a tierra? —preguntó Roger. La política no le interesaba.

—Pídeselo a tu jefe —le dijo Pietro, que también atendía a fray Adriano.

—No creo que me lo conceda —dijo el chico angustiado—. Me tiene manía. ¡Y tengo que buscar a mi familia! Pueden haber terminado en cualquier puerto.

—Ya lo sé —repuso Pietro—, pero es a él a quien se lo tienes que pedir.

Roger se acercó, humilde, a Luigi, que estaba en la crujía y lo observaba con cara de pocos amigos. Desde la pelea, lo trataba con agresividad contenida, aunque sus insultos eran ahora livianos y él los soportaba para evitar problemas.

—Luigi, por favor, déjame bajar a tierra como hacen todos —suplicó.

El joven marino lo miró desdeñoso y negó con la cabeza.

—¡Pues claro que te deja! —Era Garfio, acompañado de cuatro de sus compañeros, todos enormes—. ¿A que sí, Luigi? —Y se plantó frente al joven, que, aunque alto, no lo era tanto como el galeote, que lo superaba ampliamente en corpulencia—. El chico es colega y lo llevaremos a ver la ciudad —añadió con voz gruesa.

El grupo tenía un aspecto intimidante. Luigi tragó saliva antes de murmurar:

—Si va con vosotros y garantizáis su comportamiento, puede bajar sin problemas.

Roger no las tenía todas consigo. Quería pisar tierra, pero no en aquella compañía. Era gente peligrosa y los temía. Pero no podía volverse atrás. Sería confesar que le daban miedo y, si a algo había aprendido en las calles, era a no dar muestras de debilidad. Así que se irguió todo cuanto pudo, alzó la barbilla y, después de sonreírle desafiante a Luigi, se fue con ellos. Presentía que algo malo le iba a ocurrir.

Al tiempo que desembarcaban, la comitiva con sus estandartes y su música llegaba a la ciudadela, el gran castillo situado en el centro de las murallas, donde el conde Bohemundo debía rendir su homenaje al gobernador de Jerusalén.

—He de preguntar por mi familia —les dijo Roger—. Pueden estar aquí.

—No te preocupes —informó Garfio. Sonreía mostrando el hueco entre sus dientes—. Nosotros hablamos franco y conocemos la ciudad. No podrías estar en mejor compañía.

—Pero primero tienes que recibir tu bautismo como galeote —añadió otro.

—Los galeotes somos los mejores —intervino un tercero—. No sabes el honor que te otorgamos.

Roger afirmaba con la cabeza. ¿Cómo iba a contradecir a aquellos tipos? Estaba a su merced.

—Me siento muy honrado —dijo—. Pero quiero encontrar a mi familia.

—Los galeotes no solo remamos, sino que luchamos como lobos —proclamó otro sin escucharlo.

—¡Vamos a celebrarlo! —dijo Garfio—. Y tranquilízate, que nos quedaremos aquí unos días y tiempo habrá para buscar a los tuyos.

Se dirigieron a un barrio cercano a la ciudadela y entraron en una taberna en la que el patrón los recibió como viejos amigos.

—¡Vino para todos! —clamó Garfio—. ¡Vamos a bautizar a un galeote!

Se apresuraron a servirles. Roger trató de mostrarse al nivel requerido y, cuando ya llevaban tres tugurios visitados, tenía una sonrisa estúpida y veía dobles las antorchas que iluminaban la zona.

—¡Vamos a que lo estrene Fátima! —dijo entonces uno de sus nuevos colegas.

Grandes risotadas acompañaron la propuesta y casi en volandas lo llevaron por las calles hasta llegar a una cuyo acceso estaba custodiado por dos soldados.

—Ese es muy joven para entrar —dijo uno de ellos señalando a Roger.

—No es joven —repuso Garfio con una sonrisa—. Es un hombre hecho y derecho, más que tú. Pero se nos ha quedado enano. —Los demás rieron.

Garfio le puso una moneda en la mano y el guarda franqueó la entrada.

—No arméis bulla —advirtió el soldado—, que os conozco.

La calle era cuesta abajo, no tenía empedrado ni salida, y por el centro discurría un riachuelo de barro y materias malolientes. En las puertas de las casas, iluminadas por antorchas, aguardaban mujeres sentadas o de pie. Varias se dirigieron a los galeotes, pero Garfio las apartó diciéndoles que buscaban a Fátima.

Fátima era una mujer en torno a la treintena, de ojos oscuros, pelo azabache, guapa de cara y entrada en carnes. Los recibió con una sonrisa guasona. Vestía una especie de bata que sujetaba con un cinto.

—¿Otra vez por aquí? —dijo con voz melosa.

—¡Sí! —le respondió Garfio—. Y venimos a que nos estrenes a este. Hazlo un hombre.

Los demás rieron y Roger la miró con ojos vidriosos y sonrisa boba.

—Pero ¡cómo voy a hacer un hombre de un niño! —exclamó ella—. ¿Estás gilipollas, Garfio? ¿Es qué aún crees en milagros? Además, él debe de soñar con estrenarse con alguna niña de su edad, una virgencita, y no una mujer como yo.

—En Trípoli las únicas vírgenes que quedan están en las iglesias, y son demasiado tiesas —repuso Garfio.

—¡Porque son estatuas! —dijo otro.

Más risas, se lo pasaban en grande.

—Es más hombre que muchos de los que le triplican la edad —dijo otro de los galeotes—. Seguro que se le levanta.

—No te digo que no se le levante, ni lo que pueda o no pueda hacer —repuso la mujer—. Yo tengo un hijo mayor que él. Olvidaos de mí, id a emborracharos a otra parte. ¡Pedorros!

—Te doy el doble —ofreció Garfio.

Fátima negó con la cabeza.

—El triple.

Ahora la mujer dudó. Estaba en aquello porque necesitaba el dinero.

—¡Cuatro veces! —clamó otro de los galeotes.

—¡Cuatro veces! —repitió ella asombrada—. ¿Cuatro veces de verdad?

—¡Sí! —confirmó Garfio.

Se hizo el silencio. Roger contemplaba la escena entre brumas, como si no fuera con él. Se esforzaba en no desplomarse.

—Quiero el dinero por adelantado —exigió la mujer.

—Pero nosotros lo vemos —condicionó Garfio.

Ella afirmó con la cabeza y los galeotes se juntaron, riendo, para poner partes iguales mientras el chico se apoyaba en la pared.

—Ven aquí, hijo —le dijo Fátima a Roger cuando hubo guardado el dinero. Y le tendió la mano.

Los galeotes lo empujaron riendo. Ella se quitó la bata y apareció un cuerpo muy blanco con generosos senos. Y después de tumbarse en la cama atrajo a Roger sobre ella. Medio inconsciente, el chico hundió la cara entre sus pechos y empezó a toser, sentía que se ahogaba. Ella puso la mano del chico en su entrepierna y comprobó su absoluta pasividad. Estaba medio desmayado.

—¡Lo habéis emborrachado del todo, cabrones! —les espetó—. ¿Qué esperáis que haga el pobre crío? Vosotros tampoco haríais nada con la curda que lleva.

—¡Sigue, sigue! Que para eso te hemos pagado.

La mujer cambió de táctica. Le levantó la camisa, lo tumbó

en la cama, se arrodilló a un lado y se llevó el pene a la boca para acariciarlo con los labios.

—¿Ves cómo se le pone? —rio Garfio—. ¡Y bien grande! Si nuestro amigo es un mil hombres, un matasiete.

Aquello duró poco. Roger, que estaba tendido y veía el mundo girar a su alrededor, se incorporó y soltó todo el contenido de su estómago sobre la mujer, provocando unas carcajadas incontrolables en los hombres y una furia colosal en ella. Fátima se levantó de un salto, los miró echando fuego por los ojos y se inclinó para sacar una especie de látigo corto de debajo de la cama. Y empezó a repartir zurriagazos a diestro y siniestro a los galeotes, que no podían parar de reír a pesar de los golpes.

—¡Cabrones, hijos de puta! —les chillaba.

Los hizo salir a latigazos y cerró la puerta. Y ahí tenía a Roger, en su cama, en medio de los vómitos, tendido boca arriba con los brazos en cruz y los ojos entornados y en blanco. Cogió un trapo y agua de una jofaina y empezó a limpiarle la cara.

—No vayas con esos malnacidos, hijo —le decía.

Lo terminó de limpiar, después se limpió ella, le compuso la camisa al chico y se vistió con la bata. Lo cogió en brazos y abrió la puerta. Allí aguardaban los galeotes, que la miraron sonrientes.

—¡Llevaos al chaval, tarados! —les espetó.

—Creo que será mejor que le dejemos en la galera y sigamos solos —les dijo Garfio a sus colegas.

Ellos estuvieron de acuerdo y al rato se encontraron con Luigi en la nave.

—Se ha comportado —le dijeron.

Y lo depositaron sobre un jergón en la bodega.

46

Al día siguiente Roger se encontraba fatal y le costó horrores cumplir con las tareas que Luigi le encomendaba con especial saña. Pero después de la comida le recordó a Garfio su promesa de ayudarlo en la búsqueda de su familia.

—De acuerdo, vamos —le respondió.

—Pero hoy sin vino —murmuró el chico.

El galeote rio. Y fueron a preguntar por la ciudad junto a otro colega. Roger recordaba la experiencia del día anterior de forma confusa. No había sido agradable, pero intuía que sufrir semejante iniciación serviría de algo. La búsqueda por Trípoli fue infructuosa. Nadie había oído hablar de una familia Coppola o Fiore. Pero al menos Garfio cumplía su palabra y el chico se dijo que quizá pudiera confiar en él.

Por su parte, el gran maestre y el gobernador angevino de Jerusalén, lograda la sumisión del joven conde Bohemundo, se tomaron tres días de descanso en Trípoli antes de reemprender su travesía. La flota bordeó la costa y en poco menos de cinco días alcanzaron San Juan de Acre. Roger pasaba todo el tiempo posible con Adriano y Pietro. No solo se protegía del resentimiento de Luigi, sino que ellos satisfacían complacidos su curiosidad sobre aquellas tierras. Pensaba que cuanto más supiera, más fácil sería encontrar a su familia si se había refugiado allí.

—San Juan de Acre es la capital del reino de Jerusalén,

aunque la ciudad santa la perdimos a manos de Saladino hace ya noventa años —explicaba el fraile.

—¿Y qué ocurre con los peregrinos? —quiso saber Roger.

—Los peregrinos son un gran negocio, incluso para los musulmanes —repuso Pietro—. Hay una ruta desde San Juan de Acre, siguiendo pueblos de gestión compartida entre sarracenos y cristianos, para que los penitentes disfruten de un camino seguro a todos los santos lugares.

—Los mamelucos no quieren quitarnos lo que nos queda de Outremer —dijo el fraile.

—¿Y eso por qué?

—Por el gran negocio que representan no solo los peregrinos, sino también el comercio con Europa a través de los enclaves costeros cruzados. Se dice que solo la ciudad de Acre genera al año más riqueza que la que obtiene el rey de Inglaterra de sus Estados. Negocios de sedas, especias, artículos de lujo, esclavos.

San Juan de Acre se encontraba sobre otra península, y las construcciones la habían superado ampliamente para extenderse por la costa y hacia el interior. A primera vista, desde la galera, al chico le pareció una ciudad mucho mayor que cualquier otra que hubiera conocido antes. Quizá fuera cuatro o cinco veces mayor que Brindisi.

Era una mañana calurosa de finales de julio y, conforme la flota se acercaba, Roger pudo apreciar las poderosas murallas. Eran de piedra caliza, brillaban al sol y se prolongaban por un largo tramo. Y se dijo que si su familia sobrevivía en aquel lugar sería gracias al saber militar de su tío Pascale, que nunca trabajaría ni en la tierra ni en el comercio. No solo ignoraba esos oficios, sino que los consideraba deshonrosos. Antes morirían de hambre. Su tío era un noble, un hombre de armas. Roger observaba esperanzado aquellos muros. Una ciudad rica y amenazada. Buen lugar para un mercenario.

—Ese es nuestro castillo —dijo orgulloso Pietro señalando

una enorme construcción que se alzaba justo al final de aquel tramo de murallas, en el vértice de la península—. El castillo del Temple. Es cuatro veces mayor que el de la Orden del Hospital o el de la Orden Teutónica.

Los muros de la fortaleza parecían desde el mar más imponentes que los de la ciudad; los superaban en altura y en el tamaño de los bloques de piedra. En sus torres ondeaba la enseña blanca y negra del Temple, y de pronto sonaron sus cornetas dando la bienvenida a su gran maestre. El saludo fue devuelto desde la nave. Era impresionante, y Roger se admiró del poder de la Orden.

Llegando al extremo sur de la fortaleza, la flota viró para buscar la entrada al puerto, que se encontraba tras un largo muelle, flanqueada por dos torres.

La recepción en el puerto fue escasa: una abundante representación templaria y el embajador de la República de Venecia, junto a varios caballeros y mercaderes bajo sus estandartes del león alado. Y nadie más. De nuevo se organizó la misma comitiva que en Brindisi y Trípoli, reforzada con quienes les esperaban.

—Van a que el nuevo gobernador tome posesión de la ciudadela —murmuró Pietro.

—Y a pedirle al otro que se vaya —añadió fray Adriano.

—¿Otro gobernador? —preguntó el chico.

—Sí, el que ejerce en nombre del rey Hugo III de Chipre.

—¿Y si el otro no se quiere ir?

—Depende —respondió escueto el fraile.

—¿Depende de qué?

—De si los hospitalarios, genoveses y barones cruzados deciden apoyar con las armas al rey chipriota.

—¿Y si lo hacen?

—Habrá guerra.

—¿Guerra entre cristianos?

—Sí.

—¿Entre templarios y hospitalarios?

—Quizás...

Roger vio que Vasall lo observaba todo desde la altura del castillo de popa. Iba armado.

Nadie más desembarcó ni del Halcón ni del resto de naves en las que aguardaban las tropas de a pie. Los toldos de las embarcaciones protegían de un sol deslumbrante, pero apenas del calor húmedo y pegajoso. La península que resguardaba el puerto no dejaba correr el aire y la atmósfera era densa y agobiante. Se inició una tensa espera.

El chico observó que la tropa y los galeotes aguardaban armados.

—¡Roger! —le gritó Garfio al verlo.

Estaba abajo, en su banco, y portaba espada, escudo y casco. Su aspecto intimidaba.

—Dime, Garfio.

—¿Te vienes con nosotros cuando nos dejen salir a celebrar que nos dejan salir? —lo invitó con una sonrisa.

—Si me hacéis beber, ¡no!

La respuesta provocó la risa en el hombretón y en sus amigos.

—¡Déjalo, que el vino le sienta mal y nos vomita a las putas! —gritó uno.

Aquello desató la hilaridad en los bancos de remo. El chico comprendió que su hazaña en Trípoli había corrido de boca en boca para el regocijo de todos los galeotes.

Se dijo que no se podía arrugar ante las chanzas y se puso en jarras, contemplando desafiante a Garfio desde la mayor altura del pasillo de la crujía. Sabía que le gustaba que se mostrara descarado. Y a él, que el galeote se lo permitiera. Intuía que, de haber sido un adulto y de haberlo visto como una amenaza, Garfio habría acabado con él. Pero, dada la diferencia de edades y tamaños, su insolencia le provocaba risa.

—Ayudadme a buscar a mi familia.

—¡A ver si aprendes a hablar franco! —le gritó—. Y podrás ir solo.

—Lo haré. Pero antes tienes que cumplir con tu palabra de ayudarme.

Garfio entornó los ojos, apretó los labios y afirmó con la cabeza, resignado.

Al rato llegó la noticia. El gobernador chipriota se negaba a dejar al angevino tomar posesión de la ciudadela. Y Vasall quedó a la espera de órdenes para entrar en combate. Roger cerró los ojos y respiró hondo. No entendía nada. ¿A qué iban los cruzados a Tierra Santa? ¿A reconquistar los lugares sagrados o a matarse entre ellos?

La espera se hizo eterna. No pasaba el aire, la tensión era máxima y el calor no dejaba ni siquiera dormir por la noche. Los hombres estaban armados e irritables, y se produjeron conatos de peleas que se frustraban con una simple mirada de Vasall. La firme presencia del capitán tranquilizaba a Roger, con él todo parecía ir bien.

El grumete tuvo que hacer un esfuerzo de contención para no mandar a la mierda a Luigi. Cumplía sus órdenes con lentitud. Pero en aquella nave solo las moscas, una verdadera plaga, se mostraban activas; una tortura que aumentaba la irritación de los hombres, que se movían somnolientos a pesar de tener los nervios a flor de piel.

Roger se sentía angustiado. Si estallaba la guerra, muchos de sus amigos morirían y él no podría encontrar a su familia en el caso de que hubiera terminado allí. Rezaba pidiendo la paz entre los cristianos.

47

El estado de alarma en San Juan de Acre se mantuvo tres días con sus noches, y a la mañana del cuarto llegó la noticia de que ni los hospitalarios y ni el patriarca de Jerusalén iban a intervenir. Sin embargo, el gobernador chipriota contaba con los apoyos de la mayoría de los nobles cruzados y ponía unas condiciones que amenazaban demorar semanas el conflicto, pero la posibilidad de un choque armado se alejaba.

Entonces Vasall permitió una cierta relajación en la galera. Y dado que no se esperaba más violencia que la habitual en las calles de Acre, concedió permisos para desembarcar. Roger tenía la corazonada de que allí encontraría a su familia.

Cuando fray Adriano y Pietro se ofrecieron a ayudarlo en su búsqueda y mostrarle la ciudad, el chico aceptó encantado; los prefería a los galeotes.

Por el lado de tierra, la ciudad se protegía por dos murallas paralelas con un amplio foso entre ellas. Estaban construidas con grandes bloques de piedra y jalonadas por potentes torres. Además, frente a la muralla exterior se extendía otro foso, más profundo aún que el intermedio.

—¡Es inexpugnable! —exclamó Roger. Nunca había visto algo semejante y ni siquiera hubiera podido imaginarlo.

—¡Dios lo quiera! —murmuró el fraile—. Créeme que rezo por ello.

A Roger le sorprendía aquella multitud tan variopinta: había allí gentes de toda Europa. Y también los distintos uniformes de los soldados: de las órdenes militares, de varios Estados italianos, del rey de Chipre y de distintos nobles cruzados.

Y por primera vez se fijó en los musulmanes. Estaban en todos los sitios: calles, bazares y mercados. En general, tenían aspecto de mercaderes y se distinguían de los cristianos por su barba y por cubrirse la cabeza con unas telas enrolladas llamadas «turbantes». Vestían prendas talares, que ceñían con un cinto de cuero, donde guardaban sus bolsas, sin mostrar armas. Y le sorprendió saber que en la antigua mezquita, que ahora era una iglesia, había una sección reservada al culto musulmán.

En los mercados se ofrecían todo tipo de artículos: especias, sedas, delicados trabajos de artesanía, como cajas y baúles decorados, cerámica, orfebrería y mucho más. Y también los alimentos más variados: productos de la huerta, frutas, cereales, quesos, carne e incluso animales vivos. Roger comparó el gran mercado de Acre con el que conocía de Brindisi. Este era mucho más extenso y colorido, uno se perdía en él. Y aunque el ruido y los gritos se asemejaban, la música era oriental y los olores más intensos; sobre todo, los de las especias, que extasiaban sus sentidos.

—Este mercado es para compras pequeñas, para gente de la ciudad y marinos —le explicó fray Adriano.

—¿Marinos?

—Sí —confirmó Pietro—. Gran parte de los ingresos de las tripulaciones provienen de comprar en Outremer y vender en Europa. Y viceversa. Los capitanes permiten un cierto peso y volumen como carga gratuita.

Pietro lo demostró adquiriendo especias y sedas para comerciar a su regreso a Brindisi. El fraile no adquirió nada; como templario que era, no poseía ninguna pertenencia personal. Tampoco lo hizo Roger, simplemente porque no tenía con qué pagar.

Todo aquello le parecía muy interesante, pero la prioridad era su familia. Y con sus amigos como traductores, fue preguntando y su corazón se aceleró cuando le dijeron que había un teutónico llamado Blume. Acompañado de sus amigos, cruzó la ciudad pasando frente a la ciudadela, donde seguía atrincherado el gobernador chipriota. En el convento teutónico se encontró con un caballero de edad que nada tenía que ver con su familia y que se mostró desagradable. Fue decepcionante, pero se animó diciéndose que, mientras proseguía la búsqueda, bien podía aprovechar para saber más sobre el lugar.

—Fray Adriano —comentó mientras paseaban—, todos los musulmanes que he visto parecen pacíficos. Algunos tienen la piel más oscura, pero la mayoría son como nosotros. ¿De verdad está Acre amenazada?

—Tú no has visto a los mamelucos. Son terribles.

—¿Quiénes son los mamelucos?

—Mameluco significa «poseído», o «esclavo», en su lengua.

—¿Son esclavos?

—Sí, lo son en su origen. Para los musulmanes, el botín más valioso en sus guerras son los esclavos; muchos son rubios de ojos azules. A las chicas las destinan al servicio doméstico, pero los muchachos son los preferidos. Lejos de sus familias, a las que no volverán a ver, los instruyen en saberes militares, en el islam e incluso en las letras, y se convierten en los soldados de élite de los sultanes. A esos chicos los llama mamelucos.

—¿Y no resulta peligroso tener esclavos armados?

—No, porque los educan y les ofrecen un buen futuro.

—No lo entiendo —se extrañó—. ¿Cómo puede tener un esclavo un buen futuro?

—Los adoctrinan desde pequeños —siguió Adriano—. Y si son hábiles con las armas, les dan la libertad al convertirse al islam, además de un buen sueldo y una buena mujer.

—¿Qué te parece lo de hacer de los hijos de tus enemigos tus propios soldados? —le planteó Pietro.

—Parece una idea genial —repuso admirado Roger.

—Pero hay más —siguió Adriano—. Sin lazos familiares, solo tienen apego a su clan, el de los mamelucos, que posee una consideración social mayor que los nacidos libres. Y si destacan, su progreso no tiene límites. Pueden llegar a ser sultanes.

—¿Qué es un sultán?

—Es como un rey o un emperador —contestó Pietro—. La gran amenaza para Outremer es el sultanato de Egipto, que no solo posee Egipto, sino también parte de Arabia y toda la costa de Asia hasta Turquía.

Roger no sabía dónde estaban aquellos lugares, pero se dijo que el peligro debía de ser enorme.

—No me puedo creer que un esclavo pueda llegar a ser rey —murmuró.

—Pues créelo —dijo fray Adriano—. El actual sultán es rubio, se llama Baibars, lo capturaron de niño en Crimea, y fíjate cómo ha progresado. Tiene mucho más poder que el rey de Francia, el más poderoso de los reyes cristianos.

—¡Asombroso!

—Nuestros reyes y nobles los desprecian por su origen esclavo. Se creen superiores. Y están muy equivocados. Precisamente por su origen, los mamelucos nos echarán de Outremer.

—No lo entiendo, fray Adriano. ¿Por qué nos echarán?

—Porque son mejores.

Aquello le sonaba como un sacrilegio. ¿Cómo iba a ser mejor un musulmán? Pero calló para saber más.

—Sus dirigentes son los más capaces entre los suyos —prosiguió el fraile—. Los más inteligentes, los más listos y los más valientes. En cambio, ¿quién nos dirige a nosotros? Los reyes, que lo son por ser hijos de rey, aunque salgan tarados. Y los nobles lo son porque son hijos de noble, aunque sean bobos. Incluso los caballeros tienen que ser hijos de caballero. Nuestro gran maestre, por ejemplo. No es el mejor entre nosotros, pero es primo de reyes. Incluso los papas, obispos y cardenales son en su mayoría nobles de origen.

—Fíjate en Vasall —terció Pietro—. Todos reconocemos su capacidad. Pero jamás podrá ser un caballero templario.

—Esa es la razón por la que los cristianos de Outremer seremos derrotados y expulsados —concluyó el fraile—. Porque nuestros enemigos son mejores. Y porque somos tan estúpidos que nos matamos entre nosotros. Y si cae Outremer, que es nuestra razón para existir, el Temple caerá también.

Aquellas sombrías perspectivas le dieron mucho que pensar a Roger en los siguientes días, mientras seguía arrodillado limpiando la cubierta y soportando a Luigi. Lamentaba que aquel mundo colorido, bullicioso, vital, incluso alegre, que acababa de descubrir fuera a desaparecer. Se sentía triste. Pero recordó lo que le contó Pietro sobre Ítaca.

A él no debía importarle el futuro de Outremer o del Temple. Él tenía un objetivo, una misión: encontrar a su familia y proteger a su madre. Y lo haría a toda costa. Si los suyos no estaban en aquellas tierras, tendría que buscarlos en otros lugares. Vasall fue capitán muy joven. Era su modelo, quería ser como él. Deseaba que el tiempo pasara rápido, llegar a sus dieciocho años, y entonces conseguiría un barco, costara lo que costara. Si tenía que jurar los votos y hacerse fraile del Temple, lo haría. Tenía solo diez años, sabía que era muy niño, que todo aquello estaba aún muy lejos. Pero dedicaría toda su vida, de ser preciso, a lograrlo.

PARTE QUINTA

—

1277-1283

48

1274-1281

—No podemos quedarnos aquí —murmuró Pascale Coppola.

Sabía que era imposible encontrar a su hija Ana, la venderían en Oriente, en un lejano mercado de esclavos, inaccesible para él. Y decidió que estaba ya tan muerta como el resto de su familia, con excepción de Giacomo.

—Vámonos de este lugar —añadió con los ojos anegados en lágrimas—. No puedo soportar su recuerdo. Ni el de Margarita.

A Giacomo no se le ocurría qué decirle para consolarlo. Él también necesitaba consuelo. Un consuelo imposible.

—Fue mi culpa —se reprochó Pascale—. Jamás debí traeros a este desierto.

—No fue vuestra culpa —le dijo su sobrino—. Fue culpa de ese maldito Carlos de Anjou. Sin él, aún viviríamos felices en Brindisi.

Era lo que repetía su tía Margarita. No podía olvidar el desgarro y la impotencia que sintió cuando la asesinaron. Convertir el dolor en rabia lo mitigaba.

—Cierto. Maldito sea —convino Pascale arrastrando las palabras—. Proseguiré la lucha contra él hasta que muera. Necesito tomar venganza y aún no sé cómo hacerlo.

Giacomo afirmó con la cabeza.

—Iremos a la ciudad de Túnez —continuó su tío—. Ha

transcurrido un año desde que el emir firmara ese acuerdo con el de Anjou por el que nos expulsaba. Al moro le desagradó esa imposición y más aún el tener que pagarle vasallaje. No creo que nos molesten, y si nos quedamos en este campamento del desierto moriremos. De pena o degollados por los bereberes.

Y en la ciudad de Túnez tuvieron al fin un golpe de suerte.

—Acompañadme a Aragón, allí nos acogerán.

Quien hablaba era Juan de Prócida, al que llegaron por noticias de otros refugiados sicilianos. Aquel personaje superaba ampliamente los sesenta años, una edad muy avanzada para la época, pero mostraba una sorprendente energía. Sus cabellos y barba casi blancos le daban un aspecto respetable, aunque más admiración despertaba su trayectoria. De médico personal del emperador Federico había pasado a ser su consejero y canciller, cargos que mantuvo con su hijo Manfredo. Su fidelidad para los Hohenstaufen era tan absoluta e intensa como el rencor que sentía por Carlos de Anjou. Cuando este invadió el reino, quienes ocuparon la isla de Prócida, feudo de Juan, mataron a uno de sus hijos, humillaron a su esposa y deshonraron a una de sus hijas. Como era de esperar, su apoyo a la causa de Conradino fue total.

—¿Y por qué harían tal cosa los reyes de Aragón, Juan? —preguntó Pascale—. ¿Por qué nos iban a acoger?

—Mirad. —Y con un extraordinario respeto abrió una caja y le mostró su contenido.

—¿Un guante?

—No es cualquier guante. Era de Conradino.

—¡Conradino!

—Exacto. La madre de Conradino presenció su ejecución después de haber tratado de salvarle la vida por todos los medios. Y viendo a su hijo muerto, le lanzó a Carlos de Anjou este guante clamando al cielo un paladín divino o humano que vengara semejante injusticia.

—He oído esa historia, pero no le daba crédito.

—Pues dádselo, yo estaba presente, disfrazado, y le pagué a un golfillo para que recogiera el guante y me lo diera. Llevo los últimos años recorriendo Europa y parte de África para encontrar a un heredero del rey Manfredo dispuesto a enfrentarse a Carlos de Anjou. Y resulta que todos los derechos son de una mujer.

—Constanza de Hohenstaufen, la hija del rey Manfredo —afirmó Pascale—. Pero no creo que una mujer pueda levantar un ejército capaz de derrotar al de Anjou.

—Ella no, pero su marido Pedro es el heredero de la Corona de Aragón. Es un tipo audaz y espero convencerlo.

—La Corona de Aragón no es rival para Carlos de Anjou, cuyo poder es muy superior —objetó Pascale—. Y aún lo es más si añadimos a su sobrino, el rey de Francia, que lo apoya en todo. Y sumadle el poder del papa, otro francés.

—El tiempo dirá —repuso el anciano—. Le pienso ofrecer el guante a doña Constanza, y espero que nos acojan en Aragón. Ya hay varios nobles sicilianos instalados allí que luchan al lado del infante Pedro. Vos fuisteis el gobernador de Brindisi y seréis bien recibido. ¿Queréis uniros a nosotros?

—Por descontado. Os lo agradezco, Juan.

Juan de Prócida pasó en Barcelona las tristes Navidades de 1274, acompañado por un grupo de caballeros sicilianos. Pero estaban llenos de esperanza.

Y en enero de 1275 llegaron a Lérida, donde se encontraba la infanta Constanza. Allí, enternecida por la historia de Giacomo, su aspecto ojeroso y desnutrido y la fidelidad de su familia, lo acogió bajo su protección. Al contrario de lo que ocurría en Brindisi, la condición de nobles de tío y sobrino fue reconocida, y Pascale se incorporó como caballero a la hueste del infante Pedro.

La actitud salvaje y la forma desesperada con que Giacomo

luchaba en los ejercicios de adiestramiento de armas llamaron la atención de Alfonso, el hijo primogénito de Constanza y del futuro rey Pedro, y se quiso hacer amigo de él. Y así fue como, en un giro inesperado del destino, tío y sobrino se vieron integrados en la corte del heredero de la Corona de Aragón.

Por su parte, el infante Pedro aceptó en nombre de su esposa el guante de Conradino y aquel reto que parecía imposible. Y empezó a urdir, en secreto, la venganza contra Carlos de Anjou, el asesino del padre de su esposa.

Pero esta tardaría en materializarse. Mientras, Pascale y Giacomo se convirtieron en fervientes vasallos de Pedro, que fue coronado rey a la muerte de su padre, el rey Jaime I, en 1276. El tío peleaba en las batallas contra sarracenos y nobles rebeldes mientras el sobrino se formaba militarmente en la corte. El joven sin sonrisa nunca olvidó el lema que había acuñado durante sus traumáticas experiencias de Sicilia y África:

«Si ganas, vives; si pierdes, mueres».

Estaba ansioso por volver a pisar Sicilia. Pero los planes del rey Pedro, a pesar del caldo de cultivo creado por los refugiados sicilianos, eran herméticos y nada en la corte dejaba traslucir sus intenciones. Hasta que en 1281, con diecisiete años, a Giacomo le fue asignada una misión del más alto secreto. Bajo las órdenes de otro siciliano llamado Roger de Lauria, ambos disfrazados de frailes franciscanos, fueron a la isla de Sicilia en misión de espionaje y diplomática. Se gestaba un sorprendente giro en la historia del Mediterráneo.

Roger de Lauria, hermano de leche de la reina Constanza, estaba destinado a grandes hechos. Y Giacomo, a secundarlo. La intervención aragonesa en Sicilia empezaba a tomar forma. Una acción que, dadas las menguadas fuerzas de Pedro III de Aragón y el enorme poder de Carlos de Anjou, nadie hubiera jamás imaginado.

49

Brindisi, 1282

Regresando para la parada invernal, Roger observaba desde el canal de entrada las imponentes columnas romanas y la catedral en la cima de la colina. No solo se encontraba allí su madre, a la que adoraba, sino también mucha otra gente querida. Como la bella y provocativa María, la maternal Betta y, en especial, sus amigos. Los de sus correrías infantiles en busca de algo que comer.

Tenía ya quince años, llevaba cinco embarcado y, en cada temporada, el Halcón hacía varios viajes de ida y vuelta a Outremer. Pero también recaló en Constantinopla y otros lugares del Imperio bizantino, e, incluso, en la isla de Sicilia, Nápoles y Provenza. Durante esos años había aprendido lo que era la guerra, pero no contra los musulmanes, sino contra Bohemundo, el joven conde de Trípoli, que reconoció a Carlos de Anjou como rey de Jerusalén intimidado por el Temple y las tropas angevinas. Fue una guerra larga y de baja intensidad, en la que el conde se apoderó de las propiedades de la Orden en sus dominios. Durante el conflicto, el Halcón lideró una flotilla del Temple en un ataque naval a Trípoli que una fuerte tormenta malogró.

Roger se sentía ya un hombre. Hablaba el franco y el griego con fluidez y se defendía bastante bien en alemán y en italiano del norte. Se esforzaba con las lenguas para averiguar el paradero de su familia, de la que no había encontrado rastro en todo aquel tiempo. No sospechaba que lo que quedaba de ella estaba en el extremo opuesto del Mediterráneo. Su deseo de capitanear una gran nave seguía firme y trataba de aprenderlo todo acerca del arte de la navegación. Y para ello se valía de los muchos amigos que había hecho en la galera. Uno de ellos era Garfio, que había progresado de galeote a segundo cómitre, aunque mantenía sus funciones de proel gracias a sus reconocidas habilidades.

—Ven con nosotros, que lo pasarás bien —le decía.

Y su sonrisa, que mostraba la ausencia de un diente perdido en alguna pelea tabernaria, se abría paso en su poblada barba oscura. Con el fin de mantener la amistad, Roger lo acompañaba en algunas de las excesivas juergas que él y sus amigos se corrían en los puertos que visitaban, pero nunca lo hacía en Brindisi.

Su relación con Pietro y fray Adriano se hizo más estrecha. El fraile le enseñaba la administración de la galera y, siempre que cruzaban frente a Ítaca, le hablaba de Ulises:

—La vida es un viaje e Ítaca representa el fin del camino.

—¿No significaba Ítaca aquello a lo que aspiramos y por lo que luchamos? —le preguntaba Roger.

—Ambas cosas —respondía. Y se quedaba tan fresco.

El joven callaba, pero sentía que no terminaba de entender la filosofía del bueno de Adriano. Pietro le instruía sobre el arte de la navegación, y a Roger le encantaba trepar por el palo mayor y las jarcias para otear el horizonte.

—Ve con cuidado, que no eres un mono, aunque tengas cara —se mofaba el piloto.

Quien seguía inaccesible en su papel de capitán era fray Vasall. A veces se quedaba en silencio y parecía no estar, pero su presencia se sentía en la nave y el muchacho se decía que no se le escapaba nada de lo que ocurría en ella.

Roger dejó de ser grumete a los dos años de incorporarse al Halcón y llevaba ya tres de marino. Aquello le sentó mal a Luigi, que por entonces contaba con diecisiete y pensaba que el joven no se lo merecía. Los choques entre ellos seguían siendo frecuentes, pero nunca más llegaron a las manos, aunque el larguirucho acumulaba su rencor. Él no tenía la facilidad de Roger para hacer amistades y le sabía protegido por los galeotes y por Pietro, el jefe de ambos. Y sospechaba también de Vasall. Se sentía impotente, no podía hacer nada contra él. Además, dado el progreso del antiguo grumete, intuía que pronto lo superaría. Era humillante.

—Me voy —le dijo a Roger.

—¿Te vas? ¿Adónde vas?

—Dejo la galera y a Vasall, merluzo. —Una sonrisa siniestra flotaba en su rostro.

—¿Y qué vas a hacer?

—Mi tío Bonifacio me ofrece un puesto en la guardia de la ciudad. Él reconocerá lo que valgo.

—Lo mismo que aquí.

—No, lo mismo no —repuso con enfado—. ¿Te crees que no veo lo que ocurre?

—¿Qué ocurre?

—Las sonrisitas de tu mamá a Vasall cuando se ven en la iglesia. He estado allí.

—¿Qué insinúas? —Roger se tensó.

—Lo que tú ya sabes. Que tu mamaíta ha logrado al fin su propósito. Progresas gracias a ella.

—¡Eso es mentira!

Luigi rio.

—No, es verdad. Todos saben cómo es ella.

Roger lo agarró de la camisa.

—¿Qué insinúas, miserable?

Desde la mayor altura que le proporcionaban cinco años más, Luigi lo contempló impasible.

—Lo que tú también sabes. —Y le dio un empujón a Roger para que lo soltara—. Ni he insultado a tu madre ni me voy a pelear. Lo que es, es. Y si quieres algo más de mí, te espero en el cuerpo de guardia del castillo. Allí ajustaremos cuentas.

Roger contempló cómo abandonaba la galera con sus cosas en un hatillo. Sentía una gran desazón y tristeza. Aquel malnacido había logrado su propósito. Y se dijo que debía estar alerta. Había perdido un enemigo en la nave, pero lo había ganado en tierra firme. A partir de ahora, Luigi, con la protección de su tío Bonifacio, iba a ser mucho más peligroso.

50

Poco había cambiado la vida de Blanca en aquellos cinco años y seguía tratando de ocultarle, a toda costa, a su hijo Roger los abusos que sufría. El negocio de María continuaba boyante, así que mantenía holgadamente a sus padres en Mesagne y ahorraba para retirarse joven, tal como le aconsejaba Blanca. También le permitió mudarse a una casa mayor, cercana a la de su amiga, que pasó a ser atendida por Betta.

Los pensamientos de la viuda estaban siempre con su hijo Giacomo y el resto de la familia, con los que soñaba reunirse algún día. Pero en especial con Roger, lo amaba con desesperación, y la idea de perderlo la aterraba. ¡Era tan frágil la vida de un marino! Cualquier cosa podía terminar con ella; una tormenta, una cuchillada, un accidente, un mal encuentro con musulmanes...

Se llenaba de inquietud si la nave se retrasaba, pero cuando al fin llegaba su alivio era indescriptible. Corría hacia el puerto para abrazarlo y se sentía feliz.

—Estás más alto —le decía admirándolo. Y lo besaba.

Él reía y la correspondía amoroso, tratando de frenarla un poco. Sus colegas los observaban divertidos e iban a bromear sobre su mamá. Algunos eran muy directos.

—Está muy buena —decía Garfio, aunque con respeto. Y no añadía más.

El enamoramiento inicial de Blanca por Vasall se había

consolidado. Y con la parada invernal llegaba el doloroso placer de verlo día tras día en la iglesia. El juego de miradas y medias sonrisas seguía, y la viuda experimentaba un goce agridulce en él. Se decía que lo que ambos sentían iba mucho más allá de la atracción física, pero que, por desgracia, su relación estaba prohibida.

Necesitaba hablar con él y un día se hizo la encontradiza en el trayecto que él seguía para ir a la iglesia. Vasall pareció encantado; no obstante, cuando ella mencionó a Roger frunció el cejo. La misa se desarrolló como de costumbre, pero a la salida la mirada del marino buscó a María. Y se entendieron de inmediato. Blanca también lo entendió. Nunca le había dolido tanto. Y su dolor se llenó de rabia. ¿Por qué no cumplía el templario con su voto de castidad? ¿Qué clase de fraile hacía eso? Uno indigno, sin duda. Después se dijo que no era ella quién para juzgar la moralidad de otros. Pero lo suyo le venía impuesto, era una cautiva y peligraba la vida de su hijo. Estaba muy abatida y la invadió una profunda tristeza. Aquella tarde se encerró en casa.

—¿Qué ocurre, que no salís? —inquirió María cuando fue a verla.

—No me siento bien.

—¿Qué os pasa?

Blanca se encogió de hombros y observó los ojos azules de su amiga, sus labios carnosos, su belleza y su juventud. Suspiró.

—No lo sé, María. Me siento desanimada.

—Es por el capitán, ¿verdad?

—Sí, es por él. —Apoyó los codos en la mesa y se cubrió el rostro con las manos.

—Tenéis que hacer algo —dijo al rato la rubia.

—¿Algo? —preguntó Blanca mirándola con enfado—. ¡Ya lo he hecho hoy! —Y le contó su encuentro.

—Sí, pero siempre le habláis de vuestro hijo. Cree que ese vuestro único interés. No le dais pistas. Y me consta que le gustáis.

—Pero se va contigo.

—Lo mío es un negocio, una transacción. Vos buscáis algo distinto.

—¡Claro que sí!

—Pero algo tenéis que hacer. Lleváis ya cinco años amando y sufriendo en secreto. Es una bobada.

—Pero ¿qué puedo hacer? Él quiere aparentar que es un fraile cumplidor, y yo, que soy una dama. Es un amor prohibido.

—¿Se lo digo? ¿Le digo que lo amáis?

—¡Por Dios, María! —se sofocó Blanca—. Eso sería impropio de una dama. Además, no quiero que sepa que somos amigas y que me lo cuentas todo.

—¿Por qué? ¿Porque soy una puta?

Blanca calló. Esa era una de las razones.

—Entonces, ¿qué? —prosiguió la rubia—. Lo ponéis muy difícil, *donna* Blanca. Imposible.

Un día María se presentó en casa de Blanca con ánimo guerrero. Estaba harta de verla deprimida.

—¡Ya basta de lágrimas y puñetas! —le dijo—. He decidido que os cedo al fraile. —Y una sonrisa feliz apareció en su rostro—. Yo tengo muchos donde escoger y vos podéis sacar un dinerillo, que buena falta os hace.

—Pero ¡qué dices! —se escandalizó—. ¡No! ¿Qué es lo que no entiendes?

Y se imaginó a sí misma sonriendo y provocando como lo hacía su amiga. Un toque de rubor apareció en su rostro.

—Sería con la mayor discreción. Nadie lo sabría.

—Soy incapaz. —Estaba alterada—. Y no quiero. Soy una mujer... —Y se cortó mirando a su amiga.

—Una mujer honesta —terminó la rubia.

Las lágrimas le inundaron los ojos a Blanca.

—¡Perdóname, María! —sollozó—. Eso es lo que quisiera, pero solo lo finjo. Estas cuatro paredes y tú sabéis bien mi historia.

—Y entonces, ¿qué tiene que hacer el fraile? ¿Tomaros por la fuerza como esos dos?

—¡Oh, no, María! Se lo daría todo a cambio de su amor. Pero no sé si él es uno de esos hombres que quieren amar. Además, hizo voto de castidad.

La rubia rio.

—¡Cómo os complicáis! Acostaos con ese hombre si tanto os gusta. ¿O es que teméis perder la virginidad? Mañana vendrá una peste, moriremos todos e iremos al purgatorio por el pecado de desaprovechar la vida.

—Pero ¿qué religión te enseñaron a ti, María?

—La de la vida, señora.

—¡No quiero acostarme con él! Solo quiero que me ame.

Se hizo el silencio y Blanca quedó cabizbaja mientras su amiga la observaba irritada.

—¡Vos sois tonta! —le dijo—. Os acostáis con quien no os gusta y no queréis con quien os gusta. —Y movió la cabeza en gesto de incredulidad.

—¡Me obligan, María! —estalló—. Y tú lo sabes.

—Acostaos con el templario. ¡Que nos podemos morir esta noche!

—Pero ¡qué dices! ¡Es un fraile!

—Con un voto de castidad que no cumple. Estaría encantado de hacerlo con vos.

—Es un pecado horrible.

—¡Pues confesaos! A mí me perdonan esos pecados. Os puedo recomendar un buen cura que cree que es bueno hacer feliz a la gente. Vos amáis, y amar no puede ser pecado. Sois viuda, ¡no debéis fidelidad a nadie!

—No tenemos la misma religión...

—Pues vamos a la misma iglesia. ¡Amad al fraile! ¡Acostaos con él!

—Aun si quisiera, no sabría cómo hacerlo.

—Yo os lo explico. Será fácil.

—¿¡Qué!?

—Sí, mirad. La próxima vez le digo a Vasall que le propongo algo nuevo.

—¿Algo nuevo?

—¡Sí! —La sonrisa de María iba de oreja a oreja. Disfrutaba con aquello—. Le gustan las novedades, llamadlos juegos en la cama.

La curiosidad de Blanca no tenía límites. Eso de los juegos entre un hombre y una mujer la tenían en vilo. Sus violadores no jugaban.

—Le digo que lo esperaré donde siempre, pero que esta vez será sin luz —prosiguió—. Y que no podrá verme en ningún momento. Que lo haremos todo distinto y en silencio para gozar intensamente del tacto. Y que fingiremos no conocernos y que nos iremos descubriendo poco a poco.

Blanca la escuchaba asombrada.

—Vos y yo tenemos una altura semejante, caderas parecidas, y, aunque vuestro busto es un poco mayor, no pasa nada —prosiguió—. En la oscuridad no verá el color del cabello y, como lo tenemos del mismo largo, ni lo notará. Os prestaré mi perfume y ya está. ¡Vos seréis yo!

Imaginarlo le producía a Blanca ansiedad. Y se quedó mirando a su amiga sin saber qué decir. La rubia esperó tranquilamente a que reaccionara.

—Pero ¿aceptaría todas esas condiciones? —murmuró al fin.

María volvió a reír.

—¡Claro que sí! ¡No sabéis lo travieso que es!

Los pensamientos la hicieron enrojecer. Sentía que el deseo la invadía y que su cuerpo reaccionaba por su cuenta.

—¡Pero lo que yo quiero es que me quiera! —se lamentó—. No quiero acostarme.

—Pues lo uno acostumbra a venir con lo otro.

—¡Esa no es mi experiencia de los últimos años! ¡Detesto a esos hombres!

María se encogió de hombros.

—Este es un hombre distinto.

—¡No quiero que me vea como una puta!

La sonrisa desapareció del rostro de la rubia.

—¿Y no es lo que sois? —repuso fríamente. Se levantó y se fue hacia la puerta.

Blanca se puso de pie de un salto y la cogió del brazo.

—¡Perdóname, María!

Ella se libró con un gesto, se detuvo un momento en el umbral y le dijo con frialdad:

—Mi oferta queda en pie. Pensadlo.

Blanca no pudo dormir aquella noche.

51

A Roger le encantaba reunirse con sus amigos. Lo seguían haciendo con el mismo espíritu furtivo de cinco años antes en el subterráneo de la muralla. La vida de todos ellos era muy dura. Lo envidiaron cuando Vasall lo admitió de grumete, a pesar de los peligros, de la fatiga y de las tareas desagradables que le asignaban. Porque comería caliente y vería mundo. Aquello habría colmado las aspiraciones de cualquiera de los varones de su tribu. La vida que los esperaba era miserable. Después de que él los abandonara, de los siete chicos murieron tres antes de los quince años. De hambre y mala vida. Pero el destino del pobre Ángelo fue el peor.

Era un muchachito rubio de ojos azules y rasgos delicados que seguía sin rechistar las propuestas de quienes llevaban la voz cantante en el grupo. Roger lo apreciaba casi tanto como a Paolo.

Después del infausto asalto al mercado y de la partida de Roger, cada uno se buscó la vida como pudo. Y Ángelo, cuyo aspecto era realmente el de un ángel niño, la encontró en la prostitución. Recién cumplidos los trece, empezó a frecuentar los lugares oscuros cerca del puerto donde acudían hombres que no buscaban mujeres.

—No hagas eso —le aconsejaba Roger—. Búscate otra cosa.

—No soy fuerte como tú —se lamentó Ángelo—. No puedo cargar grandes pesos. Mi madre es viuda y no tiene para dar de comer a mis hermanos. Y antes de admitirme cualquier gremio, se investigaría a mi familia. Mi padre era enemigo de los Anjou, como el tuyo. No me aceptarían. Ya sabes el temor que infunde ese gobernador angevino. Y si fuera aceptado y un maestro me empleara como aprendiz, solo pagaría con comida y alojamiento. No iba a recibir nada más hasta superar, dentro de varios años, los exámenes de oficial. Mi familia estaría, para entonces, ya muerta de hambre.

—Seguro que hay otra cosa en la que puedes trabajar, Ángelo —insistía Roger.

A su regreso de Outremer aquel año María le advirtió:

—Tu amigo Ángelo va con un mal hombre. Las putas lo temen y no se le acercan por mucho dinero que les ofrezca. Le da igual hombres que mujeres. Le gusta hacer daño, es cruel y poderoso. Y todas sus maldades quedan impunes.

Roger buscó a Ángelo para advertirle, pero no lo pudo encontrar y, cuando fue a casa de su madre, esta le dijo llorando que no había regresado. El joven marino alertó al resto de amigos sin que nadie pudiera hallar el menor rastro de él.

Entonces Roger quiso saber quién era el hombre al que María se refería. Se trataba de uno de los grandes mercaderes de Brindisi. Un tipo gordo, cercano a la cincuentena, que lucía joyas y vestía sedas. Durante unos días aquel individuo estuvo ausente de la zona oscura del puerto donde conseguía a sus víctimas. Y poco después apareció el cadáver de Ángelo flotando en la bahía. Unos pescadores lo recogieron. Estaba desnudo y su cuerpo presentaba diversas heridas, quemaduras y mutilaciones. Cuando Roger lo vio, se le erizó el vello y se estremeció de horror. Le faltaban los genitales. Se los habían arrancado, parecía que a mordiscos.

Los supervivientes de la pandilla acudieron al entierro para apoyar a una madre desconsolada que se presentó con tres hijos pequeños. Era muy triste, todos lloraron y a Roger se le partió el corazón. Otros amigos habían muerto antes, pero por causas naturales, si es que el hambre podía considerarse natural. Esto era muy distinto. Roger sentía, además de pena, mucha rabia y algo de culpabilidad. Quizá si él no se hubiera embarcado, sus amigos seguirían juntos y Ángelo estaría vivo.

Después de la ceremonia los supervivientes se reunieron en su escondrijo.

—Tenemos que hacer algo —dijo Paolo—. Hay que vengarlo.

—Estoy de acuerdo —convino Roger.

—Pero ¿qué? —preguntó Antonella, la más decidida de las chicas—. ¿Qué podemos hacer nosotros?

Obtuvo el silencio por respuesta. Roger sí tenía algo que decir, pero había decidido que aquellos amigos no eran la tripulación adecuada para aquel viaje.

—Seguro que ha sido ese hombre —le dijo María.

—¿Qué se puede hacer? —preguntó Roger—. Ese individuo merece ser ahorcado.

—No se puede hacer nada. No es la primera vez que pasa. Se irá de rositas. Es un hombre malvado y poderoso.

Roger no quiso compartir su angustia con Vasall. El capitán estaba demasiado alto para semejante confianza. Y a pesar de su cercanía con Adriano y Pietro, tampoco quiso contárselo a ellos. Recurrió a Garfio, que se alojaba en la galera durante el parón invernal y era un buen conocedor del ambiente de prostitución de la ciudad.

—Lamento lo de tu amigo —dijo—. He visto a ese tipo varias veces, pero he oído hablar más de él. Es un cabronazo hijo de perra que paga bien pero que machaca a las putas. Tengo una buena amiga a la que casi mata. Más de una ha desaparecido y todo apunta a que ha sido obra suya, pero nadie investiga porque a ese miserable lo protege el gobernador. Y es seguro que tiene cómplices.

—¡Pero habrá alguna forma de justicia!

—¿De qué justicia me hablas, divina o humana? En Brindisi, humana no la hay, y si quieres recurrir a la divina, tendrás que esperar a morirte. No te des prisa.

—¡Pues hay que hacer algo!

Una sonrisa apareció entre la barba negra de Garfio.

—¿De verdad quieres hacer justicia, niñato?

—Quiero.

—Pues yo te contaré lo que hay que hacer. A ver si tienes huevos, mocoso.

—¿Cuánto? —quiso saber el hombre.

—Tres dineros de plata —le pidió Roger.

—Dos.

—Son tres o nada.

—Hecho.

—Dámelos ahora.

—Esto no funciona así. Se paga después.

—Soy nuevo y estas son mis condiciones.

El hombre gruñó y, después de sacar la bolsa del cinto y buscar en ella, le entregó tres monedas. Roger se fijó en que aquel tipo alto y grueso de cara afeitada y redonda llevaba una lujosa daga en la cintura. Y también un collar de oro. Y anillos. El trato se hizo frente a una de las casas que daban a la bahía, en una penumbra apenas iluminada por una lejana antorcha. Allí se mercadeaba con carne humana.

—Vamos a las barcas —le ordenó el hombre a Roger señalándolas.

Se encontraban en la orilla de la bahía, cerca de donde los pescadores atracaban. Allí había varias chalupas viejas varadas y se practicaba sexo rápido en la semioscuridad, sobre la misma tierra, de pie o incluso en las barcas. Roger lo siguió, palpando el cuchillo que llevaba en el cinto bajo la camisa.

—Lo haremos en una barca —le dijo el hombre al llegar a la orilla de la bahía.

Y señaló a un bote atracado y a un marino que los esperaba unos pasos más allá.

—No pienso embarcarme.

—¡Te he pagado de más! Tendrás que hacerlo.

—¡No!

Entonces alguien por atrás le cubrió la cabeza con un saco y empezó a arrastrarlo hacia el bote. A él se le unió el marino. Roger se resistía pataleando mientras oía la risa de aquel cerdo gordo. Había empezado la fiesta para el miserable. El chico sacó su cuchillo sin que lo advirtieran y rajó a uno de los hombres, que soltó un alarido. Y después alcanzó al otro, que lo maldijo. Aprovechó el momento para librarse del saco, pero de inmediato recibió un puñetazo que lo tumbó.

—Esa rata me ha herido en el brazo —oyó que se quejaba uno.

Roger trataba de recuperar sus sentidos tendido en el suelo, sujetando aún el cuchillo y apuntándolo hacia arriba. «Si no me levanto, estoy perdido», se dijo.

—A mí me ha alcanzado la pierna —dijo el otro—. Es solo un corte y lo va a pagar.

Y en las sombras el chico vio que blandían sendas garrotas. Lo iban a machacar.

—Lo quiero vivo —gruñó el hombre gordo.

Las porras se elevaron sin darle tiempo a levantarse y comprendió que no podría alcanzar a ninguno de ellos con su cuchillo y que su única opción era tratar de esquivar los golpes tendido en el suelo. Aunque sabía que terminarían alcanzándole.

—Dios mío, piedad —murmuró. Y de inmediato gritó—: ¡Socorro!

—Hacedlo callar —ordenó el gordo.

En aquel barrio nadie se metía en los asuntos de otros ni

acudían en ayuda de quien gritaba. La gente huía cuando se asesinaba a alguien. No querían ni ser testigos ni víctimas.

Los garrotes iban a caer sobre él cuando Roger vio que uno de los hombres se echaba atrás mientras el otro lo miraba sorprendido. Y el primero se desplomó con un siniestro gorgoteo. Le habían rebanado la garganta. El segundo quiso golpear a la fornida sombra que acababa de surgir a espaldas de su compinche, pero falló y el aparecido le atravesó el corazón de una certera puñalada.

—¡Garfio! —exclamó Roger—. ¡Ya era hora!

—Trata de huir, ¡hay que pillarlo! —advirtió el recién llegado.

Roger se incorporó de un salto. El gordo intentaba llegar a la luz, pero era lento y pesado, y en una corta carrera Garfio lo atrapó agarrándolo del cuello.

—¡Socorro! —gritó él entonces. Y de inmediato aulló de dolor.

Roger le acababa de clavar su cuchillo en los riñones.

—¡Me matan! —bramó.

Pero, al igual que con sus víctimas, nadie iba a acudir en su ayuda. Lo arrastraron a la barca oyendo sus quejas, súplicas y propuestas de hacerlos ricos si lo perdonaban.

—¡Sube! —le ordenó Garfio al llegar.

Aún podía andar a pesar de la cuchillada. Obedeció a empujones y se sentó en un banco de la chalupa.

—¡Piedad! ¡Tened piedad!

—Mataste tú a Ángelo, ¿verdad? —preguntó Roger.

—¡No! Yo no lo hice. Y no sé de quién me hablas.

Roger le soltó una puñalada que él trató de evitar con la mano. Se la atravesó. El tipo volvió a gritar y a aquella la siguieron otra cuchillada de Garfio y después otra más de Roger. Lo herían en lugares que no eran vitales. Querían que sufriera mientras le recordaban los nombres de quienes sospechaban había matado.

—Confiesa tus pecados y arrepiéntete —le dijo Roger—. Si lo haces ahora, antes de morir, se los contaré a un cura para que te dé la absolución *post mortem.* Arrepiéntete y su perdón postrero quizá te salve el alma del infierno eterno.

—¡Ya me confesé! —chilló—. Y me dieron la absolución.

—¿A cambio de cuánto dinero? —gruñó Garfio—. ¡Qué asco!

—¿Estáis seguro de que os confesasteis de todos vuestros crímenes? —insistió Roger—. Porque iréis al infierno si os olvidasteis de alguno.

—Sííííí —afirmó el hombre—. Me confesé.

—¿Y de lo que ibais a hacerme hoy a mí? —le preguntó Roger—. ¿Os confesasteis por anticipado? ¿De torturarme y matarme?

El comerciante guardó silencio.

—Yo no hago eso —dijo después de una evidente vacilación—. ¡Dejadme! ¿Queréis dinero? ¡Os daré mucho dinero!

Garfio lo interrumpió propinándole una cuchillada en la tripa y el hombre aulló.

—Da igual lo que digáis ahora —le dijo Roger—. La herida es mortal. Habéis reconocido vuestros crímenes. Confesad el último pecado. Salvad vuestra alma. Ibais a matarme a mí también, ¿verdad?

—Sí —murmuró aquel individuo soltando un lamento.

Roger pensaba en su amigo y sentía un especial placer en la agonía de aquel miserable. Quería que sufriera.

—Por Ángelo. —Y le asestó otra cuchillada.

El hombre chilló como un cerdo en el matadero. Y el joven marino, con toda la rabia del mundo, se ensañó con él.

—¡Qué pena! —murmuró el galeote al rato.

El gordo ya ni se movía ni lamentaba. Se había desangrado.

—¿Te apena? —se sorprendió Roger.

—¡La ropa que lleva! Es carísima y la hemos destrozado.

Roger se encogió de hombros. Y vio a Garfio sonreír de nuevo.

—Pero no la hubiéramos podido vender sin delatarnos.

Cargaron a los otros en la barca, se adentraron en la oscura bahía y los echaron al mar.

—No podemos vender ni sus joyas ni su daga aquí —advirtió el galeote—. Enseguida lo sabría el gobernador. Las voy a guardar y nos libraremos de ellas en nuestro próximo viaje a Outremer. —Y le dio a Roger la bolsa del comerciante—. ¿De verdad piensas ir con sus pecados a un confesor para que se los perdone *post mortem*? —le preguntó al chico.

—¡No! —repuso Roger tajante—. Solo quería que confesara. ¡Que se ase en el infierno! —Y miró a Garfio con enfado—. ¿Por qué tardaste tanto, desgraciado? ¡Casi me matan!

El galeote rio.

—Quería ver si podías solo con ellos.

—¿Con tres? —No sabía si bromeaba o iba en serio—. Te habrás tomado unos cuantos vinos antes de venir, ¿verdad?

—Sí —dijo, y volvió a reír.

Al día siguiente el chico le entregó el dinero de la bolsa a la madre de Ángelo junto al adelanto que Garfio le dio por la futura venta de las joyas en Outremer. La mujer no lo quería aceptar y Roger le susurró al oído:

—Tomadlo, señora. Os lo suplico. Es una pobre justicia por vuestro hijo Ángelo. Él está en el cielo y su asesino en el infierno.

La mujer lo miró llorosa y después lo abrazó. Aquella era una fortuna para la viuda.

52

Los amigos de Roger celebraron la aparición del cadáver del que creían era el asesino de Ángelo cosido a cuchilladas. Él mostró la misma sorpresa y el mismo contento. No iba a alardear de un asesinato, no era un asunto baladí. Se sorprendía de su propia frialdad y saña; no solo no sentía remordimientos, sino que, al contrario, experimentaba una enorme satisfacción. Aquel miserable se llevó lo que por justicia merecía. Paolo no dejaba de observarlo y, cuando nadie los oía, le preguntó:

—¿Tienes tú algo que ver en eso?

Roger afirmó con la cabeza.

—¿Me lo cuentas?

Y se lo explicó.

—¿Y por qué no me invitaste?

—Era cosa de pocos y pudo salir mal. Te quiero demasiado para meterte en ese lío.

Paolo movió la cabeza disgustado, pero había admiración en su mirada.

Los días eran cortos durante la parada invernal, Roger empleaba el tiempo de luz diurna en la galera, practicando con las armas o con sus amigos. Los de la nave y los de la ciudad. Por la noche regresaba a casa, mantenía largas conversaciones con su madre, se entretenían tocando el laúd, tal como ella le había enseñado, y cantando.

Una tarde llegó excitado con algo que la iba a alegrar. Eran noticias de tiempo atrás y severamente censuradas, pero los angevinos no pudieron evitar que se repitieran en voz baja y de boca a oreja en el puerto.

Los palermitanos, hartos de la tiranía francesa, de su prepotencia y de sus asfixiantes impuestos, se sublevaron degollando a los más de dos mil franceses que residían en su ciudad. Y la revuelta se extendió rápidamente por el resto de la isla de Sicilia. Carlos de Anjou reaccionó sitiando personalmente con su enorme ejército Mesina. Pero tuvo que retirarse al llegar en ayuda de los sicilianos, como salido de la nada, el rey Pedro III de Aragón con su ejército. Y los isleños, ante el abandono de un papa francés, que les ordenaba que se sometieran a Carlos y sufrieran su castigo, aclamaron como rey al aragonés, y pueblo y nobleza le juraron fidelidad. Al poco, él mismo coronaba a su esposa Constanza reina también de Sicilia.

—¡No me lo puedo creer! —exclamó Blanca feliz—. Doña Constanza es prima de Conradino e hija de nuestro rey Manfredo, al que mataron los franceses. —Y suplicó—: ¡Señor, haz que don Pedro triunfe y nos libere de este yugo!

Las cosas cambiarían mucho para ellos si los aragoneses y sicilianos rebeldes entraran en Brindisi. Esperaba que su hermano Pascale estuviera entre ellos y, aunque su familia no iba a recuperar la gloria pasada, se les reconocería la nobleza. Pierre de Dijon, en el mejor de los casos para él, huiría, y Antonio di Murano recibiría su castigo.

—Debemos averiguar dónde se encuentra la familia —le dijo ilusionada a Roger.

—Haré lo que pueda, madre —respondió él—. Pero no será fácil. Las guerras cortan las comunicaciones.

—Sigue esforzándote, hijo —insistió—. Si tu tío vive, estará con el rey Pedro.

Roger no quería frustrar las esperanzas de su madre, pero

creía que la sublevación no iba a triunfar. En el puerto se comentaba que Pedro era un rey débil.

—A Carlos de Anjou lo apoya incondicionalmente su sobrino Felipe, el rey de Francia, que posee dieciséis veces más súbditos que toda la Corona de Aragón —le explicó fray Adriano—. Y son más ricos porque sus tierras son más fértiles. El propio Carlos tiene cinco veces más gente y poder que el aragonés. Y Martín IV, un papa francés impuesto por las armas de Carlos, está dispuesto a emplear los inmensos recursos de la Iglesia en su ayuda.

—En todo caso, el rey Pedro III de Aragón es un tipo increíblemente audaz.

—Algunos lo tachaban lisa y llanamente de loco —repuso el fraile.

Pero poco antes de embarcar ya en la primavera de 1283, llegó una noticia sorprendente, casi increíble, también comentada en secreto. Una gran flota angevina había sido derrotada por la siciliano-aragonesa en Nicotera, que se encontraba a nueve días de camino al sur, del lado del mar Tirreno.

—Eso cambia las cosas, ¿no es cierto, Adriano? —preguntó Roger.

—Pues sí, tenemos guerra para rato —convino el fraile.

Al igual que su madre, deseaba de todo corazón que el tirano fuera derrotado y compartía su alegría con sus amigos huérfanos. Y se preguntaba si estaría su familia en Sicilia. De momento, no tenía forma de saberlo.

La rutina de Vasall en tierra consistía en asegurar las reparaciones y mantenimiento de la nave, que la tripulación se mantuviera lista para una posible emergencia y que tanto las tropas como los galeotes practicaran con las armas.

Otra parte de su rutina era enfrentarse con Cirilo, el fraile sargento a cargo de la casa del Temple en Brindisi. Cirilo llevaba la administración de peregrinos y de las naves, tanto propias como contratadas. Quería auditar a Vasall, cosa que desagradaba al marino, que enviaba a fray Adriano a pasar cuentas con él. Cuando Cirilo se mostraba en desacuerdo con ellas, Adriano simplemente lo ignoraba, lo que enervaba al otro, que iba a buscarlo a la galera para pedirle explicaciones.

—¿Cómo es que os gastasteis todo eso en una docena de remos?

—Es lo que costaban en Creta, los necesitaba y los compré.

—¡Es totalmente excesivo!

—Iros al cuerno, Cirilo. —Y le sonreía, sin cordialidad, mostrándole los dientes.

Ese era uno de los motivos por los que el marino acudía a la iglesia de San Juan del Santo Sepulcro para los oficios religiosos en lugar de a la casa del Temple, donde Cirilo se aseguraba de que se realizaran puntualmente. Le desagradaba verle la cara.

PARTE SEXTA

—

1284-1285

53

Cuando a primeros de abril de 1284 el Halcón partió hacia Outremer, Roger tenía diecisiete años. Llevaba siete navegando y la galera era más su hogar que la casa de su madre. Vasall seguía capitaneándola y, a pesar de su mano dura y apariencia distante, había propiciado un rápido progreso del chico, que era ya segundo piloto a las órdenes de su amigo Pietro. Fue entonces cuando le pidió a Vasall que recomendara su admisión en la Orden. Pero el capitán se mostró reticente.

—¿Te crees que no sé por qué quieres vestir el hábito? —repuso con el cejo fruncido—. No te veo con una verdadera vocación.

—La tengo, capitán —insistió él—. Y cumpliré fielmente, mejor que la mayoría.

Y se mordía la lengua para no decirle que lo iba a superar, al menos, en el voto de castidad. Aún recordaba el tortazo que le propinó cuando de pequeño le echó en cara su relación con María, y no quería repetir la experiencia.

—Los votos son para toda la vida, Roger —le explicó el capitán—. No hay marcha atrás. Y a veces cumplirlos se hace durísimo.

—Lo sé y estoy dispuesto.

—Sé que quieres capitanear una nave. Y si crees que con ella podrás encontrar a tu familia, te equivocas. En el Temple se entra para servirlo, no para servirse de él. Quieres ir al norte y te envían al sur. Quieres montar a caballo y te mandan a criar cerdos.

—Vos hacéis lo que queréis.

—Dentro de unos límites.

—Me sirven esos límites, y si no juro esos votos, no seré capitán. Además, al Temple le hacen falta marinos y no me enviarán a criar cerdos. Tendré una nave.

El capitán seguía con cara de pocos amigos.

—Te he dado la oportunidad de que lo aprendieras todo sobre el arte de navegar. También conseguirías una embarcación en la vida civil.

—No lo creo. Y, de lograrlo, estaría obligado a la ruta que ordenara el armador. Tendría menos libertad de la que disponéis vos.

Vasall meneó la cabeza en un gesto escéptico.

—Cabezota —murmuró—. No sabes lo que pides.

Aquel año, al regresar de parada invernal, se lo hizo saber a su madre, que se entristeció porque nunca podría disfrutar de nietos. Al menos, no legales. Pero aquella decisión también la consolaba. A su hijo ya nunca le faltaría de nada. Entrar en el Temple era un seguro de vida y no todos lo lograban. Algunos donaban fortunas por vestir el hábito.

Al contrario que Vasall, su amigo fray Adriano lo animaba.

—El Temple ha cambiado mucho desde sus orígenes —le contaba—. Es duro, pero no tanto. También es dura la vida del campesino o en las ciudades. Quizá los caballeros del Temple se sigan considerando «los pobres caballeros de Dios», pero la Orden es riquísima. Si te aceptan y cumples, esta es una buena vida.

—¿Tanto ha cambiado el Temple? —quiso saber Roger.

—Sí. ¿Qué crees que dirían los padres fundadores de nuestro aspecto pulcro y elegante? San Bernardo de Claraval, el inspirador de nuestra regla, habla de no peinarse nunca, de apenas lavarse, de barbas hirsutas y vestidos manchados de sudor y del orín de las armas. Y de sufrir privaciones y martirio. ¿Qué pensaría viendo nuestro poder y riqueza? ¿O de que peleemos contra cristianos en lugar de contra infieles?

Aquella conversación desanimaba al joven, que a pesar de todo lo visto u oído creía en la pureza de los ideales de la Orden, aunque tuviera sus ovejas negras.

—¿Os gustaría haber vivido en aquel tiempo, fray Adriano? —preguntó Roger.

—¡No! Se vive mucho mejor ahora. Tienes la vida asegurada. Te lo aseguro.

Pero Roger estaba muy lejos de quererse asegurar la vida. Pietro, al contrario, le repetía que lo pensara bien.

—Una familia es muy importante, Roger —le dijo—. Y tú no la tendrás.

—Tendré a todos los hermanos del Temple.

—No son tus hermanos, aunque digan eso. Y no es lo mismo que tener mujer e hijos.

Garfio lo tenía claro:

—No te metas en el Temple. Es un aburrimiento. Disfruta de la vida.

Aquellos consejos no le hacían renunciar. Él insistía, una y otra vez, y al fin el capitán cedió:

—Te pondré a prueba por dos años. Para que lo pienses mejor. Durante ese tiempo deberás demostrar la firmeza de tu vocación y de tu fe. Si superas la prueba y persistes, te recomendaré al gran maestre.

—Pero, capitán, estoy listo ya —se quejó el joven—. Vos erais ya fraile a los dieciocho años.

—Pero a la fuerza, hijo —gruñó Vasall—. No por libre albedrío; la otra alternativa era bastante peor.

A pesar de las reticencias de su superior, Roger sintió un gran alivio. ¡Al fin! No tenía la menor duda de que superaría cualquier prueba. Él quería ser un buen templario, no solo por la nave, sino por la alta misión de la Orden, que Dios Nuestro Señor bendecía, aunque algunos templarios cometieran errores y fueran poco dignos, como el propio Vasall. Pero él lo sería. Y dedicaría los dos siguientes años de su vida a demostrarlo.

En Outremer, Roger supo que el Temple había firmado otra tregua de diez años con los musulmanes, e hizo que el resto del reino de Jerusalén la acatara.

—El gran maestre sabe lo que se hace —repuso Vasall cuando el joven le expresó su decepción—. Tenemos un excelente espionaje, y conoce bien lo que ocurre en la cristiandad y en las tierras de la Media Luna. Los musulmanes son demasiado potentes. Confiaba en su primo Carlos de Anjou, pero este ahora, en lugar de ayudar, necesita ayuda.

—¡Pues claro que la necesita! —murmuró Roger.

El rey Pedro de Aragón, por el que nadie daba ni una moneda de cobre hacía dos años, estaba demostrando tener dientes afilados. Su joven almirante Roger de Lauria acababa de derrotar en una batalla naval frente a Nápoles, la capital angevina, a los franceses apresando al mismísimo heredero, Carlos el Cojo. Y esa se sumaba a otra gran derrota sufrida el año anterior a manos del mismo almirante en Malta. Además, los aragoneses habían ocupado ya Calabria, la punta de la bota de Italia. La guerra estaba en pleno apogeo.

El joven no podía darle a su madre buenas noticias sobre la familia, pero al menos esas la alegraban. Él le pedía que no las compartiera con nadie. Esa información se movía libremente por Outremer, pero no en los territorios angevinos de Italia, donde estaba prohibida y condenada. Como escarmiento, Luigi les había hecho cortar la lengua a un par de marinos que lo contaban y las orejas a quienes los escuchaban.

54

Al regreso de aquel otoño, Roger quiso comportarse como un fraile modélico. No tanto por la prueba a la que Vasall lo sometía, sino para demostrarse a sí mismo su valía como templario. Quería conservar a toda costa su pureza de cuerpo y alma.

Mantenía su fuerte vínculo con sus amigos de infancia. Ninguno de los cuatro chicos supervivientes pudo acceder a un oficio. Uno acarreaba fardos en el puerto, otro era galeote en una nave comercial, el tercero se había mudado con su familia a algún lugar lejano y no se sabía nada de él. El más afortunado era Paolo. Cuando le dijo a Roger que aspiraba a incorporarse a la guardia del gobernador, de la que Luigi era comandante después de la muerte de su tío, le aconsejó que mantuviera en secreto su amistad. Porque, de conocerla, Luigi jamás lo admitiría. Le guardaba mucho rencor.

—Pude ocultar que mi padre murió, como el tuyo, en Tagliacozzo luchando contra los angevinos —le explicó cuando obtuvo el puesto—. Le tuve que decir que nunca lo conocí, lo cual es cercano a la verdad porque, al igual que tú, yo tenía un año cuando lo mataron. Y que mi madre, también fallecida, no sabía quién era.

—¿Les dijiste que eras un hijo ilegítimo? —se escandalizó Roger.

—Sí, los hijos de puta tienen una buena acogida en la tropa del gobernador —respondió con gesto apesadumbrado—. Fíjate en Luigi.

—Sí que lo es.

—Un cabronazo. Te jode por el placer de joderte. Es un buen trabajo, porque da para comer y mantener a una familia, pero el ambiente es repugnante. Y no solo por Luigi, sino también por el gobernador, que es un tipo agrio y rencoroso.

—Tendrás que ir con cuidado.

—He aprendido a ser muy cauto, y Luigi nunca sabrá que somos amigos.

En cuanto a las tres chicas supervivientes, eran espléndidas mujeres que contaban ahora entre dieciséis y diecisiete años. Una había tomado los hábitos en un convento de damas ricas en el que trabajaba lavando y limpiando como criada para una de las acaudaladas. Al menos, tenía el sustento garantizado.

Antonella, la más decidida, se había casado con un rufián y ejercía de prostituta en el puerto. Y la tercera, Julia, una verdadera hermosura por la que Roger sentía un especial cariño, aceptó la propuesta de matrimonio de un campesino, vecino del barrio. Y lo hizo tan pronto como supo que Roger tenía intención de tomar los hábitos como templario. Era un hombre mayor que la hacía trabajar como una acémila.

Las tres lo miraban con buenos ojos. Él había sido su líder y mantenían su admiración por el apuesto futuro fraile. Lo imaginaban con el elegante hábito del Temple.

Roger, desde el momento en que Vasall le exigió los dos años de prueba, había dejado de acompañar a Garfio y a sus colegas en sus aventuras por las zonas de mala reputación de los puertos donde atracaban. Se esforzaba en mantener la castidad. Pero no podía evitar fijarse en las peregrinas con buen aspecto que transportaban en el Halcón de ida y vuelta a Outremer, ya fueran solteras viajando con sus padres o casadas acompañando a sus maridos. Y aunque intentaba evitarlo, los ojos se le iban, en tierra firme, tras las muchachas en la calle.

En especial, tras las que realzaban sus curvas con una gonela ajustada y un armonioso contoneo al andar. Y sus tres amigas, incluida la monja, entraban en esa categoría.

El subterráneo abandonado en uno de los tramos menos frecuentados de la muralla seguía siendo el refugio secreto de la panda. Y fue aquel otoño cuando en una ocasión, yendo en busca de Paolo, se encontró con su amiga prostituta. La muchacha tomó de inmediato una actitud provocativa. Aquello puso en alerta al joven.

—¡Por favor, Antonella! —le dijo—. ¡Que voy a ser fraile!

Ella rio descarada.

—¡Vamos, Roger! Aún no lo eres. ¡Y la de curas y frailes que me trajino!

Él tragó saliva. Con diecisiete años, la muchacha se encontraba en su plenitud.

—Te aprecio mucho, Antonella, pero no tengo dinero con que pagarte —se excusó.

—¡Contigo es gratis! —Y le guiñó un ojo con una sonrisa pícara—. Hace mucho que nos conocemos. ¿A que me has tenido ganas? Yo a ti sí.

—He jurado castidad.

—¡No me digas! —repuso irónica—. ¡Vaya sorpresa! No serás virgen, ¿verdad, frailecito? No me extrañaría. ¡Desde los diez años que el Temple te está sorbiendo el seso! ¡Se te nota!

—Un juramento ante Dios es un juramento que no se puede romper, Antonella. Lo siento, me apeteces mucho, pero no puedo.

Ella frunció sus bien dibujadas cejas azabache y, poniéndose en jarras, le clavó una dura mirada de sus hermosos ojos oscuros.

—Ya sabes que muchos de tus colegas rompen sus votos y se acuestan con mujeres, ¿verdad? —Y le sonrió desafiante—. Anda, que ya eres mayor para hacértelo solo. ¿No te das cuenta de que eso de la castidad es una tontería que va contra lo que pide el cuerpo?

—Eres una hermosura, Antonella. Es cierto que te deseé, y si me lo hubieras propuesto unos meses antes, lo habría hecho encantado —se defendió él—. Pero ahora es tarde, estoy a punto de tomar el hábito del Temple y tengo que cumplir con los votos, aunque otros no lo hagan. Por la salvación de mi alma inmortal.

—Déjate de puñetas —insistió ella. Su voz sonaba ahora tensa y algo chillona—. No seas bobo y aprovecha la oportunidad. —Y le puso los brazos alrededor del cuello—. Que si mi marido se entera de que te lo hago gratis, me dará una paliza.

—Por eso no te podrá pegar, querida Antonella, al menos no por mi culpa. —Y concluyó enérgico y tajante—: ¡Adiós!

Ella lo miró sin dar crédito a su actitud. Y después le empezó a chillar:

—¡Eres un borrico! ¡Un bobo! ¡Un estúpido de mierda al que le han sorbido el seso! —Calló para respirar hondo mirándolo con rencor.

Roger le sostuvo la mirada mientras se preguntaba por qué le embargaba aquel sentimiento de culpabilidad. Un sentimiento que le hacía verse reducido de tamaño, pequeño.

—¡Adiós! —le dijo ella de repente. Y le soltó un bofetón que le giró la cara. Después se dio la vuelta para salir digna y contoneándose del refugio.

Roger se consoló diciéndose que había vencido a la tentación. Como hicieron san Antonio Abad o el mismísimo Jesucristo.

«Ellos se sintieron alegres y felices al vencer al maligno», se dijo.

Y se preguntaba por qué, en lugar de eso, él notaba un sabor amargo en su boca.

—Lo hago para poder capitanear una nave del Temple y encontrar a mi familia —murmuró para darse ánimos.

Pero la voz de Antonella llamándole estúpido le repiqueteaba en los oídos.

No lo entendía. Después de asesinar al asqueroso que mató a su amigo Ángelo se sentía feliz, a pesar de que matar era pecado y de que condenó a aquel miserable al infierno. En cambio, se sentía fatal rechazando a Antonella cuando era lo correcto. Algo no iba bien. Una voz interior le decía que algo suyo no terminaba de encajar dentro de su futuro hábito del Temple. Y le preocupaba.

55

María era un diablillo tentador que le lanzaba continuamente el anzuelo a Blanca.

—Deseáis al fraile y desaprovecháis vuestra vida con todas esas bobadas.

—No lo deseo. Lo amo. Es muy distinto.

La joven rubia movía la cabeza desaprobando e insistía:

—Sin lo uno no hay lo otro. Lo vuestro no va a ningún sitio. Y es una pena, porque sé que os quiere, pero tiene prohibido hasta hablaros en la calle. No esperéis que él tome la iniciativa. No veo otra solución que lo que os vengo proponiendo. Ya sois muy mayores para seguir tonteando con sonrisitas.

Y al fin Blanca se dio por vencida, deseaba estar en brazos de aquel hombre.

—María —le dijo—. Explícame de nuevo cómo sería nuestro encuentro.

La rubia vio algo en su mirada que la hizo levantarse de la silla de un salto con una sonrisa de oreja a oreja y palmotear de contento.

—¡Al fin! —exclamó—. Ya era hora.

—Prométeme que no sabrá que soy yo. Y repíteme por qué no lo sabrá.

La joven le recordó su plan punto por punto.

—Lo haré. Me acostaré con el fraile —anunció Blanca al final de la explicación. Y enrojeció levemente.

—¡Así me gusta! ¡Dadles a los humanos lo que han de comer los gusanos!

Blanca movió la cabeza en divertida negación.

—Es que no tienes remedio, María —murmuró.

Pero Blanca demoraba el momento. Y solo gracias a la insistencia de María se cargó de valor. La noche anterior no pudo dormir y el día señalado, como de costumbre, coincidió en misa de doce con Vasall. Temía por su aspecto a causa del insomnio, pero se tranquilizó al pensar que el fraile nunca sabría que era ella. Sin embargo, le pareció que el juego de miradas era más intenso, como si él lo intuyera.

—¡Prométeme que no le has dicho que soy yo! —le exigió a su amiga.

—¡Pues claro que no! Pero quizá hubiera sido una buena idea. Estoy segura de que el fraile se habría sentido muy feliz.

Blanca resopló.

Por la tarde se encaminó al lugar de la cita con su corazón batiendo acelerado y encontró la puerta de la calle entornada. En el interior la esperaba María.

—Llegará pronto. Pasad a esa habitación, desnudaos y vestid solo esta bata —le dijo—. Que os palpe a través de la seda y que sea él quien os desnude.

—¿Y yo a él? —Estaba muy nerviosa.

—Dejad que él haga. Y no creo que necesitéis que os lo explique todo hasta el último detalle. Ha aceptado que el encuentro termine cuando vos decidáis. Entonces saldréis de la habitación a oscuras y él no lo hará hasta que yo, vestida, aparezca con una luz.

—Se dará cuenta de que soy otra.

—Es posible.

El fraile no se hizo esperar. Blanca, vestida con su bata de seda, aguardaba ansiosa pegada a la pared de la habitación contigua y oyó su voz viril al saludar a María y cómo esta le daba las últimas instrucciones. Pero entonces se quedó helada.

Paralizada de miedo. Creyó que el corazón se le iba a salir del pecho.

—No puedo —le susurró a su amiga cuando fue a buscarla.

María llevaba un candil en la mano y lo dejó sobre una mesilla.

—No seáis ridícula —repuso con un murmullo apenas audible pero enérgico—. ¿Siete años tonteando para echaros atrás? ¡No podéis huir ahora! Vasall espera.

Le puso su perfume, la tomó de la mano y tiró de ella hacia la oscuridad.

—¡No quiero!

—Obedeced, o me pongo a gritar que sois vos la que está aquí. Y Vasall os verá.

Que el fraile la descubriera, se dijo Blanca, era mucho peor que arriesgarse a que la pudiera descubrir. La posibilidad la aterrorizaba.

—De acuerdo. Obedezco —musitó después de vacilar.

—Respirad hondo y disponeos a gozar del amor en sus brazos.

Aquel pensamiento le infundió un súbito valor. Quería hacerlo.

María la condujo a tientas por un oscuro pasillo hasta llegar a la puerta de una habitación. No se veía nada. La abrió, la empujó dentro y cerró. Blanca se sentía incapaz de pensar otra cosa fuera de que Vasall estaba allí. Dio dos pasos al frente, con el corazón encogido y un nudo en la garganta, extendiendo las manos. Notaba que le temblaban las piernas. Se quedó quieta. Nada.

Dio otro paso, sus manos chocaron con algo, sus dedos palparon la tosca lana de un hábito y sintieron el calor de un cuerpo. Se estremeció y se detuvo. Notó que él la tomaba de las manos, el cosquilleo de una barba y la humedad de un beso en ellas. Aquello era nuevo. Sus impuestos amantes se afeitaban, al igual que hacía su marido. Entonces Vasall tiró de ella, inspiró su perfume y sus grandes y poderosas manos buscaron con suavidad sus caderas. Después se deslizaron por la seda hasta sus pechos, los acariciaron y, lentamente, una de ellas fue a su entrepierna. Blanca se dijo que parecía comprobar que estaba con una mujer.

Sin dejar de acariciarle el sexo, deslizó la otra mano hasta la nuca y la atrajo hacia él para besarla. El contacto de sus labios y el sabor de su boca le supieron a gloria y sintió que una llamarada se encendía en ella. El fraile sabía de aquello, pero ella no y se preguntaba qué tocarle, qué acariciarle. Y recordó que María le dijo que le dejara hacer a él. Así que apoyó las manos en sus anchos hombros y le atrajo suavemente invitándolo a su cuerpo.

Blanca no sabía cuánto tiempo había transcurrido. Fue mucho y muy intenso. Y aprovechó un momento en el que su respiración indicaba que, cansado, él había caído en un sopor para huir. A pesar de la pasión, Blanca se había esforzado en mantenerse orientada y sabía en qué lugar se hallaba la puerta. Ni se preocupó de buscar la bata para cubrirse, se levantó y salió en silencio. Cruzó el oscuro pasillo y llegó agitada a la habitación contigua donde la esperaba María con una sonrisa y un candil de luz tenue.

—¿Cómo ha ido? —susurró la rubia.

—Bien —musitó—. ¡Mi ropa!

Se vistió presurosa, se cubrió la cabeza y la boca con su toca para no ser reconocida, y abandonó la casa como alma que lleva el diablo. Temía que Vasall la pudiera descubrir. María rio quedo. Le resultaba muy gracioso el pudor de su amiga.

La joven alumbró un candil de mecha larga para que diera más luz y, divertida, fue a por el fraile.

—¡Buenos días! —le dijo risueña.

Él se la quedó mirando, después observó la habitación. Cerca del lecho estaba su hábito y más allá la bata de seda.

—¿Quién era? —preguntó mirándola acusador.

—Era yo.

—¡No! No eras tú.

—Sí que lo era.

—No, me engañas. Tú nunca te has comportado así.

—Es que en la oscuridad soy distinta.

Se levantó de un salto sin importarle su desnudez y, amenazante, agarró a la rubia por la parte superior del vestido.

—¡No me tomes el pelo! —gruñó—. ¿Te crees que soy tonto? Si me sigues mintiendo, acabaremos mal, aquí y ahora.

María nunca lo había visto tan enfadado y se alarmó. El fraile no bromeaba.

—Si os ha disgustado, no me paguéis. Lo siento, creía que apreciaríais la sorpresa.

—¡Claro que me ha gustado! Pero no eras tú. Y no te atrevas a insistir en ello.

—De acuerdo —admitió—. No era yo.

—¿Quién era? ¿Una colega tuya? ¿Y por qué? ¿Qué te pasa? ¿Te encuentras mal? ¿Tienes alguna enfermedad?

—Nunca he estado tan sana ni tan en forma —sonrió María.

—Entonces ¿por qué me traes a otra puta?

—Decís que os ha gustado, ¿verdad? Pues pagadme y dejemos la cosa así.

—Quiero saber quién es. ¿Por qué lo ocultas? ¿Temes perderme como cliente?

—¿Tanto os ha gustado?

—¡Responde de una vez, María!

—No os puedo decir quién es. Lo he jurado por Dios y por la Virgen. Lo siento.

Vasall se quedó pensativo.

—Entonces no será de tu gremio —dedujo—. No se ha comportado como tal.

—¿Cómo lo podéis saber?

—Lo sé y basta. ¿Es una mujer casada que traiciona a su marido?

—¡No! No traiciona a ningún marido.

—¿Tan fea es que precisa recurrir a esto?

—No es fea. Todo lo contrario.

—¿Te ha pedido por mí o le habría valido cualquier hombre?

María se mordió los labios. Dudaba si responder.

—¡No! No le habría valido cualquier otro —admitió al fin.

—¡Por favor! ¡Dime quién es! —suplicó—. Necesito conocerla.

—Es una mujer honesta que no quiere ser reconocida. Ni tampoco quiere el dinero.

—¡Entonces la conozco!

—¡Ya basta, Vasall! No os puedo decir más. Me podéis matar si queréis, pero no diré más.

—¡Necesito estar de nuevo con ella!

—Pero quizá ella no quiera volver a estar con vos.

—La he tratado con delicadeza y cariño.

—Eso es nuevo, Vasall, no sois de lo más dulce que conozco.

—Es que ella me ha dado algo que vosotras no dais.

—¿Qué?

—No lo sé. Pero, por Dios te lo pido, convéncela para que vuelva.

María gruñó.

«¡Vaya con la mosquita muerta! —pensó—. He perdido a uno de mis mejores clientes.»

Pero no sentía la menor preocupación. Le sobraban los hombres y todo aquel asunto la tenía tan expectante como divertida.

56

Blanca esperó impaciente a que María la visitara al caer la tarde.

—¿Qué te ha dicho? —quiso saber ansiosa.

—Primero decidme cómo os ha ido a vos.

—Bien.

—¿Solo bien? Os he estado oyendo y el fraile os ha dedicado varias sesiones. Parece que se ha animado más que de costumbre.

—Entonces, ¿le he gustado?

—¿Os ha ido solo bien? —repitió la rubia sin responder.

—Muy bien.

—Os habéis entregado a él por completo, ¿verdad?

La viuda la miró un momento como preguntándose qué quería decir y después afirmó con la cabeza.

—Me he dejado llevar por lo que sentía. Y ya no recuerdo los años que han transcurrido desde que experimenté algo semejante.

—Amor —murmuró la joven—. Esa es la diferencia.

—Pero ¿le he gustado?

María rio cantarina.

—¡Pues claro que sí! ¡Mucho! Tanto que me habéis dejado mal a mí.

Blanca sonrió feliz.

—¿De verdad? No lo pretendía.

—Quiere veros de nuevo.

—¡No!

—Pero ¿por qué no?

—Porque lo que he hecho es indecente —hablaba sofocada—. Y si vuelvo me descubrirá. No iré mañana a misa. Sería incapaz de mirarlo a los ojos. Me descubriría y me despreciaría.

—No me desprecia a mí.

—Tú eres distinta.

—¿Y qué tal si os toma por una mujer que obedece a su corazón?

—O a la lujuria.

—Dejaos de tonterías. Como mañana no vayáis a misa, sabrá seguro que fuisteis vos. Y debéis volver a acostaros con él si es lo que os pide el corazón.

—Tienes razón, María, iré mañana a misa. Pero debo reponerme de lo de hoy. No repetiré. Al menos, no de momento. Me descubriría. Después Dios dirá.

—No os entiendo.

El encuentro al día siguiente en la iglesia del Santo Sepulcro le resultó particularmente difícil. Él la esperaba a la puerta mirándola intensamente e inclinó la cabeza a modo de saludo. Ella se lo devolvió sin sonreír mientras se ruborizaba. «¡Dios mío, que no se me note!», suplicó.

Entró para sentarse en su sitio sintiendo que él la seguía. «No se atreverá a hablarme dentro de la iglesia», se dijo. Y se tranquilizó al ver que él iba a su lugar habitual.

«Sabe que soy yo», pensó estremeciéndose.

Blanca evitó cruzar miradas con él, como habitualmente hacía durante el oficio, hasta comprender que se delataría. Lo miró y vio que la observaba. Inició una sonrisa cortés y de inmediato volvió su atención hacia el altar. Pero era incapaz de seguir la misa; los recuerdos de la tarde anterior la abrumaban y, al evocarla, la pasión renacía en ella.

La siguiente prueba era la salida. Él ya estaba fuera y ella se mezcló con los fieles que se agrupaban en la puerta como buscando protección en el rebaño. Pero no pudo librarse. Lo vio esperándola a cierta distancia. Alto, fuerte, recio, con su bien cuidada barba y vistiendo su elegante hábito. Era un hombre atractivo. La observaba atento, sin disimulos y sin importarle lo que la gente pudiera pensar o decir. Se había situado en su camino y ella tomó otra dirección evitando su mirada. La alcanzó para saludarla.

—Señora —dijo serio.

—Fray Vasall —correspondió ella. Le sonrió como de costumbre, pero tenía el corazón en un puño. ¿Qué le diría? ¿Se atrevería a preguntarle si era la mujer de la tarde anterior?

Él no dijo nada y ella prosiguió su camino. Era invierno, pero sudaba. Respiró hondo. El fraile sospechaba, mientras que Blanca trataba de tranquilizarse diciéndose que no tenía la certeza.

Pero tuvo que soportar la insistencia de su amiga.

—No para de preguntarme por vos —le dijo—. Me lo habéis atontado. ¿A qué esperáis, si lo estáis deseando? Y él también.

—Lo nuestro no puede ser, María. Él no es un hombre libre. Y yo tampoco. Ya sabes la maldición que pesa sobre mí.

—Pero ¿no soñabais con Vasall rescatándoos, cual san Jorge salvando a la princesa del dragón?

—Tú lo acabas de decir. Era solo un sueño. La realidad es otra.

—¡No me lo puedo creer! ¡Qué ganas de sentirse desgraciada! ¿Es qué creéis que sufriendo os ganaréis el cielo?

Pero Blanca se mantuvo firme el resto del invierno y durante el comienzo de la primavera de 1285, cuando pudo contemplar, melancólica, al Halcón partir de nuevo hacia Outremer con el hombre y el muchacho a quienes tanto amaba.

57

Transcurrió lo que quedaba de la primavera, también el verano de 1285, y a mediados de otoño el Halcón regresó para su parada invernal. Blanca se sintió feliz viéndolos desembarcar sanos y salvos. ¡Qué alegría! Pero solo podía abrazar a uno. Roger tenía ya dieciocho años, se esforzaba en superar su periodo de prueba, y Vasall lo había nombrado segundo de a bordo, por delante de hombres con mucha más experiencia. Blanca se preguntaba si la sospecha de que ella podía ser la protagonista de aquella tarde de pasión tenía que ver con ello. No debiera, se decía, Roger era listo y siempre le había caído bien al fraile.

Y se reiniciaron los encuentros a mediodía en la iglesia del Santo Sepulcro. Volvieron las miradas disimuladas y aquella corriente invisible que parecía unirlos. Blanca deseaba con desesperación encontrarse de nuevo en sus fuertes brazos y experimentar su pasión. Y cuando empezó a arreciar el frío, no pudo resistir más.

—Quiero estar con él otra vez —le dijo a su amiga.

Ella palmoteó de alegría, como siempre que recibía una buena noticia.

—¡Le va a dar algo! —Rio.

—Con las mismas condiciones estrictas de la vez anterior —precisó la viuda.

Cuando María se lo dijo al fraile, este tuvo una reacción inesperada.

—No puedo —dijo.

—Pero ¿por qué? —se sorprendió la rubia—. Creía que os alegraríais.

—No hay nada que desee más —repuso afligido—, pero necesito hablar con ella. No me puedes pedir que esté callado. Tengo que decirle lo que siento.

—No querrá. La conozco bien. Es una cabezota.

—Pues dile que no. No puedo prometer ante Dios lo que sé que no voy a cumplir. Tenemos que hablar.

Blanca se quedó pensativa cuando su amiga le comunicó la respuesta del fraile.

—No quiero hablarle —dijo—. Él reconocería mi voz de inmediato.

—Ya lo sospecha.

—Pero no tiene la certeza. En realidad, la mujer que ve en la iglesia y la que se encontró en la oscuridad son personas distintas. Dile que no. Tiene que ser como la vez anterior.

María meneó la cabeza disgustada. Temía algo semejante.

—Tengo que hablar con ella —insistió él—. Si no es así, lo lamento, pero no puedo.

—¡Los dos sois cabezotas! —exclamó María—. ¿Quién me mandaría a mí meterme en camisa de once varas!

Lo veía imposible. Si el fraile era firme, su amiga lo era más. Pero de repente se le encendió la luz.

—¿Aceptaríais hablarle vos pero que ella no responda?

Se quedó pensativo.

—Sí, si no hay más remedio —repuso al fin—. Ojalá ella me hablara. Pero lo que realmente necesito es decirle lo que yo siento.

—De acuerdo. Trataré de convencerla.

El encuentro tardó dos largas semanas en materializarse. Esta vez Blanca se sentía inquieta y expectante, pero lejos del nerviosismo de la primera vez. Estaba ansiosa por saber qué es lo que el fraile le quería decir.

María siguió el mismo ritual y Blanca se enfrentó a la oscuridad con solo la bata de seda encima. Él la esperaba en el mismo lugar y la recibió de nuevo besándole las manos. Y a continuación empezó a palparla como hizo la primera vez, y ella se dijo que quizá deseaba asegurarse de que era la misma mujer que recordaba. En esta ocasión le acarició incluso el rostro. Aquello la inquietó. ¿La podría reconocer por su frente, mejillas y nariz? Sin embargo, él no se detuvo ahí. Ella esperaba que hablara, pero Vasall no daba muestras de tener intención de hacerlo. La besó en la boca un tiempo acariciándola a través de la bata y después, cuando se la quitó, hizo lo que no había hecho antes; empezó a lamerla y besarla por todo el cuerpo. Al principio Blanca se sentía incómoda. Nunca le habían hecho eso antes. Pero al poco encontró un especial placer en ello. El fraile se detenía en lugares que a ella le producían rubor y vergüenza, pero no se lo impidió. Recordaba el consejo de María de dejarle hacer a él. Y en un momento y en un punto determinado, su cuerpo se curvó retorciéndose. Jamás había experimentado semejante delicia y aquello la enloqueció tanto que, muy a su pesar, no pudo reprimir los gemidos. Nunca hubiera sospechado que se pudiera gozar de aquella forma. Ya no le preocupaba que el fraile no le hablara. El diálogo de sus cuerpos superaba cualquier conversación.

Vasall no buscó su propia satisfacción hasta asegurarse de que su pareja había llegado y superado sus propios límites. Y fue también muy intenso en esa segunda parte. Blanca estaba agotada, pero una sensación de paz y felicidad la embargaba. Entonces el fraile la abrazó cogiéndola por la espalda. Parecía asegurarse de que ella no pudiera huir como la primera vez. Pero Blanca no pensaba escapar. Le era muy placentero y deseaba saber lo que aquel hombre le quería decir. Ambos se quedaron adormilados.

La despertó la voz potente y viril del fraile, que le susurraba con una sorprendente dulzura:

—Señora, espero que seáis quien creo que sois. Y si es así, sabed que os amo. Que desde que os conocí, ya hace ocho años, no he pensado en otra mujer.

Blanca estuvo tentada de responder: «Sin embargo, durante esos años os habéis acostado con muchas». Pero comprendió que eran celos injustos.

—Sé que vos sois una mujer viuda, libre. Y que podéis escoger a cualquier hombre. Y que yo, como fraile, solo os puedo ofrecer una relación ilícita e impropia de una mujer honesta.

«No soy una mujer honesta —pensó ella—. Lo sería si no me deshonraran esos dos miserables. Estamos en lo mismo. Solo que lo mío es peor.»

—Quizá sea por eso que os queréis mantener oculta, para no manchar vuestro buen nombre.

Blanca se rio para sus adentros. Su buen nombre era una simple apariencia.

—Quiero conoceros, quiero poder hablar con vos. Y ese deseo me mata. Decid qué os puedo dar que esté en mi mano y lo tendréis, señora. Pero concededme la gracia de escuchar vuestra voz. ¿Por qué me priváis de ella si me habéis ofrecido vuestro cuerpo? ¿Es que no sois quien creo? ¡Tened compasión, señora! Os amo.

Blanca se giró y se fundió en un abrazo con aquel hombre. Sus palabras le habían llegado al corazón y tenía los ojos llenos de lágrimas. Él la estrechaba con ternura, pero entonces ella lo apartó. No podía soportarlo. Se levantó y, como la primera vez, sin preocuparse por la bata, se dirigió a la puerta abandonando a su amante.

—No hace falta que me digáis cómo os ha ido —le dijo María con una sonrisa sardónica—. Os he oído gimiendo de placer.

Blanca no respondió, se vistió a toda prisa y salió a la carrera. Estaba muy alterada y temía que él la viera.

Al caer la tarde, Blanca esperaba ansiosa la visita de María.

—¡Lo tenéis desesperado! —le reprochó la rubia—. No se le puede hacer eso a un hombre. ¿Por qué no os dais a conocer de una vez? Todo esto es absurdo.

—No estoy preparada, María.

—¡Lo que estáis es atontada! Y sé lo mucho que habéis gozado.

—Como nunca en mi vida.

—Razón de más para que iniciéis una relación decente con él.

—¿Decente? Lo que tú llamas decente no lo es para el resto del mundo. ¡Él es un fraile y yo una puta a la fuerza! Jamás sería una relación decente.

—Pues que sea indecente. ¿Qué más da?

—No estoy preparada —gruñó la viuda.

Se hizo el silencio y al rato la joven volvió a hablar:

—Me he quedado intrigada. ¿Qué es lo que os ha hecho el fraile para que os pusierais así?

Blanca comprendió que no podía evitar hablar de ello. María se lo contaba todo. Y se lo explicó, detalle a detalle, mientras sentía que se excitaba recordándolo.

—¡Ahora sí que estoy celosa! —se enfadó—. Nunca me ha hecho eso a mí. Ni parecido. Se lo diré la próxima vez. Es injusto.

Blanca rio feliz.

—Pues si te lo hace, quizá le tengas que pagar tú a él —le dijo a su amiga.

La rubia le puso mala cara, pero al poco suavizó la expresión y se unió a las risas de su amiga.

—Se lo voy a pedir gratis —dijo determinada—. Es él quien tiene que pagar. Por cierto, me ha ofrecido darme cuatro veces lo habitual si os convenzo para que lo veáis la semana próxima.

—Ni lo sueñes. Ya te he dicho que no estoy preparada.

PARTE SÉPTIMA

—

1286-1287

58

A bordo del Halcón

La coca, con su única gran vela desplegada, trataba de huir de las fustas que la perseguían. Parecía un cerdo gordo cazado por tres lobos. El mar de finales de julio frente a las costas de Trípoli estaba en calma, el viento no le bastaba a la pesada nave, sin remos, para escapar y las pequeñas galeras acortaban distancias rápidamente. Las fustas con veinte remeros cada una eran las naves más rápidas del Mediterráneo. Iban cargadas de piratas musulmanes que gritaban anticipando el asalto, la sangre y el botín.

—¿Por qué trata de huir si sabe que no alcanzará ningún puerto? —preguntó el capitán pirata a su segundo de a bordo.

—Ni siquiera llegará a las islas frente a la costa —le respondió el otro—. ¿Y esa columna de humo?

—Pide socorro.

—¿A quién? Es inútil. Espero que no se les ocurra quemar la mercancía.

—No lo harán —sentenció el capitán—. Saben que los degollaríamos a todos.

Muy cerca de la mayor de las islas, la primera fusta alcanzó a la coca, que se defendía con tres ballesteros disparando desde el castillo de popa.

—¿Se creen que con eso nos van a detener? —rio el capitán—. Lo único que hacen es cavar su propia tumba.

Desde la fusta, varios arqueros respondían cargando y disparando sus armas a mucha mayor velocidad que los ballesteros y, aunque un par de sarracenos cayeron heridos, la pesada nave no pudo evitar que la primera galera le lanzara un garfio que se clavó en su borda de estribor, después otro y otro más. La asaltarían por los costados, donde la altura a superar era menor que la de sus elevados castillos de popa y de proa.

Era como si uno de los lobos hubiera hincado sus dientes en la pata del rollizo puerco y lo retuviera para que los demás se lanzaran sobre él. Y así ocurrió. Casi de inmediato la segunda y tercera fustas repetían la operación por babor.

Pero de repente, cuando los asaltantes empezaban a encaramarse a la nave, una verdadera lluvia de virotes de ballesta cayó sobre ellos. ¿De dónde salían tantos ballesteros? Y desde la mayor altura de la coca, un hombretón de barba negra lanzó su propio garfio a la primera galera. Este iba sujeto con una fuerte cadena de hierro. De inmediato el mismo hombre corrió a babor e hizo lo mismo con las otras dos fustas.

—¿Qué diablos ocurre? —se alarmó el capitán sarraceno.

La cantidad de saetas, impropia de un simple mercante, era sorprendente. Y más aquel garfio que, anclado en la borda de su nave, tiraba de ella hacia la coca. Parecía incluso que la iba a elevar del mar.

—¡Tienen algún tipo de grúa! —exclamó el segundo.

—No podrán hundirnos, pesamos demasiado —lo tranquilizó el capitán. Y gritó—: ¡Al abordaje!

Y los sarracenos que empezaban a encaramarse se encontraron con otra lluvia de virotes.

—Pagarán por esto —gruñó el capitán—. Morirán todos.

—¡Una galera viene hacia nosotros! —gritó entonces el segundo de a bordo.

En efecto, el Halcón había aparecido por detrás de la mayor de las islas y navegaba, a todo remo, hacia ellos.

—¡Maldición! ¡Es una trampa! No querían hundirnos, sino retenernos. ¡Hay que librarse de los garfios!

Y otra lluvia de saetas cayó sobre ellos. Solo media docena de los piratas alcanzaron la borda de la coca y allí fueron exterminados. Las hachas no podían con las cadenas de hierro, y ninguna de las fustas pudo librarse de ellas ni de sus garfios. El combate se resolvió con rapidez. Desde las elevadas bordas, los ballesteros siguieron diezmando sin piedad a los piratas de la primera embarcación y, justo cuando el Halcón la abordaba, corrieron al lado opuesto para repetir allí la matanza en las otras dos fustas. Los sarracenos no tenían apenas dónde esconderse en sus pequeñas galeras, no vestían pesadas armaduras y sus escudos eran fácilmente traspasados por los virotes de ballesta. Su única defensa consistía en disparar flechas hacia arriba. Cuando los supervivientes vieron que todo era inútil, se rindieron.

Al poco se reunían en el castillo de popa los oficiales de la galera y de la coca. Allí estaba fray Vasall, el capitán del Halcón y comandante de la flotilla. El fraile tenía ya los cuarenta, seguía practicando con las armas a diario y mantenía su aspecto recio y elegante, aunque alguna cana asomaba en su oscura y poblada barba.

—Una gran victoria —dijo—. Con la ayuda de Dios. Al fin hemos pillado a esos malditos piratas que tantos estragos causaron en los mercantes cristianos. Se ha cumplido la primera misión del Temple: proteger a los peregrinos. ¿Algún herido en la coca, fray Roger?

El capitán del Halcón se dirigía al más joven de sus oficiales. Era un muchacho de diecinueve años, alto, corpulento y de ojos color miel clara. Al quitarse el casco dejó al descubierto su pelo castaño que se ondulaba ligeramente. Sobre el hábito gris de sargento del Temple llevaba una cota de malla.

—Dos heridos leves, capitán —contestó—. Garfio amarró bien las fustas.

—Buen trabajo, cómitre —le dijo Vasall a Garfio.

El antiguo galeote se atusó la oscura barba y sonrió. Su aspecto había mejorado con sus nuevas responsabilidades. El resto de los oficiales, entre los que se encontraban fray Adriano y Pietro, se mantuvieron en silencio.

—¿Qué hacemos con los prisioneros, capitán? —quiso saber Roger.

—Los menores de catorce se venderán como esclavos. Degollad al resto. Son gente peligrosa. Hacedlo en sus naves para no ensuciar las nuestras.

Roger contempló la masacre desde el castillo de popa de la coca. Él no se alegraba como algunos, entre los que se encontraba Garfio, que participó entusiasta en la matanza. Al comprender su destino, un par de piratas se lanzaron al mar, lo que no haría más que aplazar por unas angustiosas horas su muerte. Al joven fraile le desagradaba, pero Vasall lo consideraba necesario. Debía de saberlo, pues él mismo había sido pirata.

Les costó todo el verano tenderles la trampa. Eran astutos, sanguinarios y causaban mucho daño. Los piratas solo perdonaban a los prisioneros cuando podían pedir un rescate y, cuando no, los ejecutaban. Pero nadie pagaría una simple moneda por aquellos ladrones del mar.

59

Vasall, aunque a regañadientes, había cumplido lo prometido y aquella primavera de 1286, en el primer viaje a Outremer, Roger recibió el hábito del Temple.

La ceremonia tuvo lugar en San Juan de Acre, solo se ordenaron sargentos y fue presidida por el gran maestre. El ritual era más sencillo que el de los caballeros, con lo que se resaltaba la diferencia entre unos y otros, pero no carecía de solemnidad.

Roger pasó la noche anterior velando armas y rezando en la iglesia del convento fortaleza del Temple junto al resto de aspirantes, y en la madrugada fue interrogado tres veces por distintos frailes sobre la firmeza de su propósito. También fue advertido tres veces de la seriedad de los votos de obediencia, castidad, pobreza y lucha con las armas por la cristiandad, y se le ofreció la oportunidad de echarse atrás y desistir. Fray Vasall y fray Adriano fueron sus testigos y, después de una solemne misa al amanecer, los aspirantes recibieron la bendición del gran maestre y fueron enviados al fraile pañero para que les proporcionara un hábito a medida. Roger ya era un templario.

El joven había superado la prueba, se sentía feliz y tenía el propósito de cumplir sus votos y ser fiel a la Orden. Nada de ello impedía su deseo de alcanzar su Ítaca. Y aquella pesada coca había sido la primera nave que Vasall le permitió comandar.

Una vez que lanzaron los cadáveres de los piratas por la borda y la tripulación del Halcón se hizo cargo de las tres fustas, las naves desplegaron los toldos para proteger a la tripulación del hiriente sol y del calor, y pusieron rumbo a San Juan de Acre. Los piratas poco llevaban encima, solo había cuatro adolescentes para vender como esclavos, pero las tres naves capturadas, en bastante buen estado, representaban una pequeña fortuna. Fray Vasall decidió recompensar a las tripulaciones del Halcón y de la coca, a pesar de que cobraban una buena soldada. La noticia fue acogida con vítores. Los frailes, en cambio, no obtenían nada. Todo engrosaba las arcas de la Orden.

Roger capitaneaba la pesada coca con el pelirrojo Pietro de segundo. El piloto era experto en vientos, velas, y en navegar peligrosos mares con escollos y bajíos, y el joven fraile le confiaba el timón cuando se encontraban ya cerca de un puerto.

No pudieron desembarcar en Trípoli, dada la hostilidad del conde Bohemundo hacia el Temple, y tuvieron que seguir hacia San Juan de Acre al sur.

60

San Juan de Acre

Al quinto día de navegación divisaron los poderosos muros de San Juan de Acre. Era una calurosa tarde de agosto y apenas soplaba el aire.

—¿Has visto los estandartes en las torres? —preguntó sorprendido Pietro.

Roger los observó un momento. Las flores de lis de los Anjou habían desaparecido. En su lugar, vio un león rojo rampante sobre un fondo de bandas plata y azur.

—¿Qué habrá ocurrido? —murmuró Roger preocupado—. Son las armas de Enrique II, el rey de Chipre. Y no creo que el gobernador angevino le haya cedido la capital del reino de Jerusalén sin luchar.

—Y si ha habido combate, el gran maestre habrá peleado por los Anjou, sus parientes —dijo el piloto—. Con toda seguridad.

—Y si esas enseñas dominan los muros de San Juan de Acre, es que el Temple ha sido derrotado —gruñó Roger—. ¡Dios mío, habrá habido una carnicería! —Y pensó en sus amigos que se encontraban en la ciudad.

—Recemos, Pietro —murmuró.

Les tranquilizó ver las enseñas del Temple ondeando aún en su fortaleza. Pero a pesar de haber enviado una fusta para alertar de la victoria sobre los piratas, apenas acudieron un caballero y un par de sargentos templarios a recibirlos. No hubo ni vítores ni celebraciones. El Halcón atracó primero y Vasall desembarcó de inmediato para dirigirse al castillo templario, acompañado por quienes los acababan de recibir en el puerto. En cuanto Roger pisó tierra, le preguntó a un sargento hospitalario que supervisaba la carga de una nave en el puerto:

—¿Qué ha ocurrido, hermano? ¿Por qué las armas de Chipre ondean en las murallas en lugar de las de los Anjou?

No ignoraba que los hospitalarios apoyaban a los chipriotas frente a los angevinos. El fraile le sonrió. Sin duda, le gustaba contarle aquello.

—El día 4 de junio desembarcó por sorpresa una flota chipriota. Pero antes un enviado del rey de Chipre había negociado con la comuna de nobles cruzados, con los caballeros teutónicos y con nosotros la coronación de su señor. El gobernador angevino, apoyado por las tropas francesas, se negaba a abandonar la fortaleza y el poder. Pero cuando vuestro gran maestre vio la superioridad de nuestro bando, decidió no intervenir. Lo que ahorró un baño de sangre. A pesar de ello, el gobernador angevino se resistió durante varias semanas, y ya estábamos a punto de asaltar el castillo cuando se llegó a un acuerdo. Así que el día 29 de junio Enrique II de Chipre tomó posesión de la fortaleza y dentro de diez será coronado rey de Jerusalén.

—¿Y por qué creéis que ha ocurrido esto? —preguntó Roger, aunque se lo imaginaba.

—Los angevinos están acabados. La Corona de Aragón los ha derrotado muchas veces. Carlos de Anjou, que se creía el emperador del Mediterráneo, murió el año pasado huyendo de los almogávares de Roger de Lauria. Y Carlos II de Anjou, su hijo y sucesor, está prisionero del rey de Aragón en Cataluña. Aquí se necesita un rey fuerte, y no el regente de un rey no coronado y prisionero en la orilla opuesta del Mediterráneo.

—Gracias, hermano —intervino Pietro—. Algo de eso sospechábamos.

El fraile rio contento para añadir:

—Cuidaros cuando visitéis la fortaleza. Dicen que vuestro gran maestre está rabioso, de un humor de perros. Lo pillaron por sorpresa y echaron a los Anjou, su familia, del gobierno.

Roger hizo un gesto de disgusto que hizo sonreír al locuaz hospitalario.

—¿Sabéis que os aconsejo, amigos? —dijo este guasón.

—¿Qué?

—En el castillo del Temple no reina el buen humor. Quedaos en vuestra nave y disfrutad de las fiestas de coronación.

—Hace mucho calor en la galera —objetó Roger.

—También lo hará en el castillo, solo que será más desagradable. Yo, de vosotros, ni lo pisaría. Gozad de las fiestas del nuevo rey; hay torneos, concursos poéticos, teatro, juglares y bufones. La gente está contenta. Os invito a nuestra casa, la del Hospital. Estará abierta al público y se representarán escenas de la Tabla Redonda, con Tristán, Lanzarote y Merlín, también del romance de Troya y del cuento de la reina Famine.

—¡Muy contento debe de estar vuestro gran maestre para celebrar teatro profano en el convento del Hospital! —se asombró Pietro.

—Tan contento como furioso está vuestro gran maestre.

Le agradecieron la información al hospitalario y, cuando se alejaron, Roger le dijo a su amigo:

—Me parece un buen consejo, Pietro.

61

El inesperado cambio de rey en Jerusalén alteró la rutina. El gran maestre no dio orden para que se hicieran a la mar, y el trabajo en las naves era escaso, apenas de mantenimiento y de supervisión. Y siguiendo el consejo del hospitalario, los amigos anduvieron por la ciudad disfrutando de los festejos; el joven y apuesto rey de Chipre traía la esperanza.

Las ordenanzas decían que un fraile no debía mezclarse con los seglares, lo que le era imposible de cumplir a Roger dada su convivencia diaria con Pietro y su amistad con Garfio. Esa amistad también incluía a fray Adriano, del que le gustaba su carácter amable y lo mucho que sabía y le contaba. Caso distinto era Vasall, distante en su posición. El capitán no sabía nada de libros, pero sí sobre navegación y cuestiones prácticas, y el joven admiraba su carácter resuelto y trataba de imitarlo liderando su tripulación. Así que cuando los invitó a él y a Adriano a cenar en una taberna, en lugar de en la galera o en el convento, al joven le pareció un honor. No le importó que se saltara las reglas de la Orden. Se dijo que el capitán debía de querer hablarles en privado y que en ese encuentro tendría la oportunidad de conocer mejor en qué situación se hallaba el Temple.

—No resultó una buena decisión la del maestre al apoyar a Carlos de Anjou —dijo Adriano.

—Era buena en su momento —repuso Vasall—. El de Anjou era el soberano más poderoso de la cristiandad. Y el maestre quería un rey fuerte aquí, en Outremer.

—Tendría que ver que fuera su primo —intervino Roger—, ¿verdad?

—Nuestro maestre no actuó por su cuenta —lo defendió Vasall—. Era la voluntad del papa, que es la cabeza de la Orden y su superior.

—El papa es también la cabeza de los Hospitalarios y de los Teutónicos, y esos no apoyan a los angevinos —insistió Adriano.

Vasall lanzó un bufido y llenó de nuevo su vaso de la jarra de vino.

—No lo entiendo —murmuró Roger después de darle también un trago al suyo—. Llevo nueve años en la galera y esta ha sido la primera vez que hemos luchado contra musulmanes. ¡Y eran piratas! Solo peleamos contra cristianos.

—Nuestro gran maestre ha firmado una tregua con Qalawun —recordó Vasall.

—Sí, el maestre firma tregua tras tregua y los musulmanes se apoderan de territorios cristianos —repuso Adriano—. Ellos son el verdadero peligro. ¿Por qué no se alió el maestre con los mongoles? Son los enemigos de los mamelucos. Su emir es cristiano y envió embajadores al papa en busca de esa alianza.

—Son nestorianos, no católicos —dijo Vasall—. Además, los hospitalarios apoyaron a los mongoles, y los mamelucos les dieron un duro castigo.

—¿Y por qué no nos unimos a los mongoles y a los hospitalarios? —planteó Roger enfadado.

Vasall se quedó mirándolo para después dar otro trago de vino.

—Porque Carlos de Anjou pretendía conquistar Constantinopla —dijo resentido Adriano—. Y los mongoles son aliados de los bizantinos.

—¡Qué lío! —exclamó Roger—. Así que todo lo que hacemos aquí es apoyar a los angevinos. ¿Para qué queremos conquistar Constantinopla si son cristianos?

—Pero ortodoxos —puntualizó Vasall.

—¿Qué más da? —siguió Roger—. No son musulmanes, creen en Cristo.

—El maestre culpa a los reyes de Aragón por apoyar a los sicilianos sublevados contra los Anjou —explicó Vasall—. Por eso no pudieron invadir Bizancio y han perdido hasta Jerusalén. Está indignado contra los aragoneses.

Se hizo un silencio apesadumbrado. Era evidente que las cosas no iban bien para el Temple. Y de repente Vasall miró a Roger fijamente y le dijo:

—El gran maestre quiere verte.

—¿A mí? —se sorprendió.

El joven observó a Adriano para constatar que tenía su misma cara de asombro.

—Sí —repuso Vasall.

—Pero ¿por qué el gran maestre quiere verme? Lo más cerca que estuve de él fue cuando recogía su mierda.

—Él te dirá. No estoy autorizado a adelantarlo.

Roger miró de nuevo a Adriano, que enarcó las cejas y acarició su rubia barba sin decir nada.

—Te voy a dar un consejo —siguió Vasall.

—Sí, capitán.

—Manifiesta tu absoluta fidelidad al Temple. Dile que siempre has amado a la Orden, que lo es todo para ti, que harás lo que sea por ella y que la quieres tanto como a tu madre.

Roger compuso una expresión de desagrado.

—No es verdad —dijo enérgico—. No la quiero como a mi madre. Ni por asomo.

—Hazme caso y dilo.

El joven respetaba a Vasall, pero aquella era una gran mentira y el capitán lo sabía. Se quedó mirándolo disgustado.

—¡Tú hazlo! —insistió autoritario—. Y jura si tienes que jurar.

—¿Y por qué tendría que jurar?

—Porque vas a tener un conflicto.

—¿Conflicto?

—Sí. Y pídele al maestre ser capitán de una galera del Temple a cambio de tu servicio. Y que este no dure más de dos años.

El joven fraile se quedó observando perplejo a su superior. Pero a pesar de su insistencia, Vasall no dijo nada más.

62

Roger se esmeró para presentarse frente al gran maestre de la forma más digna y marcial posible. Vistió un hábito limpio y se aseguró de que su bonete cumpliera estrictamente con las reglas. Tenía ya una barba suficiente y estaba recortada, al igual que el pelo, según lo exigido. En la cintura lucía espada y daga y, a pesar del calor, se cubrió con su capa negra de sargento. Pietro lo contemplaba sonriente.

—Cuando el gran maestre te vea tan apuesto, seguro que te nombra caballero —le dijo con sorna.

—Tú sabes bien que eso no ocurrirá, así se acabe el mundo —repuso molesto.

—Recuerda los consejos de Vasall. No me seas rebelde.

—Pienso obedecer, aunque estoy muy intrigado. ¿Qué querrá decirle el gran maestre a un sargento recién ordenado como yo?

—¿Que tiene bacinas que limpiar? —Y el pelirrojo se echó a reír.

A media mañana, Roger, acompañado de Vasall, se dirigió al convento fortaleza del Temple. Caminaron silenciosos. Al joven le habría gustado interrogarlo, pero sabía que no iba a soltar prenda. Esperaba poder hablar con él después del encuentro.

Los centinelas saludaron a Vasall, lo conocían bien. Y una vez atravesada la puerta, siguieron un pasillo con un par de recodos donde los posibles atacantes se quedarían retenidos para ser asaetados desde arriba. A continuación accedieron a una plaza enorme. Parecía una pequeña ciudad dentro de otra ciudad. En una esquina caballeros y soldados practicaban con las armas, y el resto estaba repleto de mesas cubiertas con toldos para proteger del sol a los sargentos que se ocupaban en distintas actividades. En unas canjeaban por dinero los documentos que los peregrinos traían de Europa, concedían préstamos o cambiaban moneda. En otras organizaban alojamientos y viajes seguros por los lugares santos con la protección de las tropas de la Orden. Otros frailes se ocupaban de consignar los suministros que llegaban a aquel enorme convento y también los de las numerosas naves que el Temple poseía o contrataba. El lugar estaba muy concurrido, peregrinos y proveedores hacían colas y la gente se veía obligada a alzar la voz para entenderse.

Sin la más mínima vacilación, Vasall se introdujo por la puerta de uno de los edificios que rodeaban la plaza y se encontraron en una gran sala cubierta con armoniosos arcos apuntados y bóvedas de piedra. Aquel espacio vacío contrastaba con el bullicio exterior. Era la sala capitular, donde el maestre se reunía con sus mariscales, demás cargos y caballeros. Siguiendo por los pasillos, llegaron a una estancia semejante a la anterior, pero de tamaño mucho menor.

—Esta es la sala privada del gran maestre —informó Vasall—. Comunica con su celda.

Un sargento les dio la bienvenida y les dijo que aguardaran allí. Después de una corta espera, entró el gran maestre y los saludó solemne. Lo acompañaba un caballero al que Roger no conocía.

—La paz de Dios sea con vosotros, hermanos.

—Y con vos, padre —respondieron.

Se sentó en un sillón situado en una tarima elevada mediante un escalón del suelo e hizo un gesto para que el sargento proporcionara a sus invitados dos sillas. Su acompañante se acomodó en un asiento a su derecha. El maestre vestía el mismo hábito que ellos y había prescindido de su capa blanca, seguramente a causa del calor. A sus cincuenta y seis años, conservaba su porte poderoso, aunque su barba y pelo rubios estaban cuajados de canas. Desde su altura, estuvo observando un rato a Roger sin pronunciar palabra. Parecía evaluarlo. Él le mantuvo la mirada también en silencio, bastante incómodo. Al fin fray Guillaume de Beaujeu se dignó a hablar:

—Ya nos conocíamos, ¿verdad, fray Roger?

—Cierto, padre. En vuestra travesía de Brindisi a Acre, hace nueve años, yo era grumete y ayudaba a serviros la comida.

No creyó oportuno recordarle que también le limpiaba el orinal. El maestre volvió a observarlo en silencio.

—Bien, quiero presentaros a fray Raimon de Montclaire. Es el responsable de la información.

Roger no lo conocía, pero había oído hablar de él. Junto al mariscal y al jefe de turcopolos, que mandaba las tropas locales a sueldo del Temple, formaba la segunda línea de mando por debajo del gran maestre. Eso daba idea de la importancia que la Orden otorgaba al espionaje. Se preguntó por qué aquel hombre estaba allí.

—Fray Vasall me ha hablado muy bien de vos, fray Roger —dijo el maestre.

El joven se limitó a afirmar con la cabeza y esperar a que siguiera.

—Me ha garantizado vuestra dedicación y compromiso con la Orden.

—Así es, padre —respondió el joven—. Pero eso no es mérito mío, sino que viene obligado al jurar los votos del Temple.

—Verdad —dijo el maestre complacido—. Entiendo que habéis tomado el hábito recientemente.

—Cierto, padre —repuso enfático—. Llevo deseándolo

desde los ocho años, a pesar de que el capitán no me aceptó como grumete hasta los diez. Desde entonces el Temple me lo ha dado todo, todo se lo debo y lo agradezco en el alma.

—Bien —murmuró el maestre antes de preguntar—: ¿Tenéis familia?

—Sí, padre, mi madre vive en Brindisi.

—¿Solo?

—Mi madre dice que tengo unos tíos, un hermano y primos. Pero no sé si viven todavía —repuso cauteloso. Su familia era contraria a Carlos de Anjou y eso no agradaría al maestre—. Se perdieron en el Mediterráneo cuando yo tenía solo un año y no hemos vuelto a saber de ellos.

—Bien —repitió el maestre—. Decidme, ¿qué afecto sentís por ellos?

—¿Afecto, padre? —se sorprendió el joven—. ¡Si no los recuerdo! Tenía solo un año y es como si nunca los hubiera conocido. Mis únicos amores son mi madre y el Temple, que me acogió de pequeño salvándome del hambre y de la mala vida. Quizá sintiera afecto por ellos si hubieran regresado a rescatarnos de la miseria. Pero no lo hicieron. Lo hizo el Temple.

El maestre evidenció su satisfacción y siguió mirándolo fijo, en silencio, como queriendo, a través de sus ojos azules, penetrar en el interior de Roger para sacarle toda la verdad. El joven sargento le mantuvo la mirada. Al fin, el maestre pareció convencerse.

—Queremos encomendaros una misión muy secreta y delicada —dijo bajando la voz. Y Roger se echó hacia adelante para oírlo mejor—. No lo haría de no haber recibido las garantías más absolutas sobre vos de fray Vasall, en quien confío. Y no lo haré si vos no me juráis ahora mismo por Dios y la Virgen que este asunto quedará en secreto y que obedeceréis en todo mis instrucciones.

Roger enarcó las cejas. No le gustaban los juramentos y

menos jurar por algo desconocido. Sentía que no le quedaba más remedio, pero aun así trató de evitarlo.

—Padre, eso es innecesario —dijo solemne—. Al tomar los votos juré pobreza, castidad, luchar con las armas por Cristo y obediencia. Estoy obligado a seguir vuestras órdenes y a mantener el secreto que me exigís.

—Jurad de nuevo y ahora mismo —le ordenó perentorio el maestre—. Arrodillaos y decid: «Juro por Dios y su Santísima Trinidad, por la Virgen, por todos los santos y por lo más sagrado, que guardaré secreto y obedeceré en todo al maestre del Temple y a fray de Montclaire en la misión que me han de encomendar».

No le gustaba. Recordó que Vasall le había dicho que jurara si tenía que jurar, aunque eso no lo tranquilizaba. La máxima autoridad del Temple lo obligaba a jurar por algo desconocido. No era justo, pero no le quedaba otra. Se arrodilló y repitió el juramento.

—Bien —murmuró satisfecho el maestre cuando terminó, mostrando apenas el inicio de una sonrisa—. Podéis sentaros.

El joven fraile obedeció y se quedó mirando expectante al maestre.

—Os llamabais Roger von Blume, pero vuestra madre tradujo el apellido —afirmó fray de Montclaire—. Ahora os llamáis Roger di Fiore, ¿cierto?

—Cierto, padre.

Le sorprendía que supieran tanto de uno de los miles de sargentos que tenía la Orden. Pero recordó que le estaba hablando el jefe del espionaje.

—Vuestro padre era Ricardo von Blume, que fue comandante militar de Brindisi y que murió luchando por Conradino en la batalla de Tagliacozzo —prosiguió el jefe de los espías—. ¿Cierto?

—Así es, padre— respondió el joven sin salir de su sorpresa.

—Y vuestro hermano se llamaba Giacomo von Blume.

—También es cierto —repuso con un hilo de voz.

El maestre se le quedó mirando en silencio, parecía disfrutar de su expectación.

—Pues ahora se llama Giacomo de Flor —dijo al fin.

—¡¿Quééé?! —exclamó Roger conteniéndose para no saltar de su asiento.

—Así es —prosiguió fray de Montclaire—. Y se ha unido a nuestros enemigos.

El joven se quedó mirando a sus interlocutores yendo de una faz a la otra. Le costaba reaccionar. ¿Bromeaban? Pero no tenían aspecto de que les gustaran las bromas.

—¿Nuestros enemigos? —repitió al fin.

—Sí, los sicilianos rebeldes y la Corona de Aragón —recalcó el maestre.

—Perdonadme, padre —dijo el joven fraile tratando de recuperarse de la sorpresa—. Pero no sabía que la isla de Sicilia y la Corona de Aragón fueran enemigos del Temple.

—No lo son de forma abierta. Pero el papa concedió Sicilia a Carlos de Anjou, y tanto la rebelión de los sicilianos como el apoyo a esta de Pedro III de Aragón son un insulto a la Iglesia y al papa. Y nosotros obedecemos al papa. Las consecuencias del desafío de Aragón son terribles. Roger de San Severino, el gobernador de Carlos, tuvo que abandonar Acre con sus tropas para luchar contra los aragoneses. Y por eso sufrimos ahora la humillación de que el rey de Chipre eche de San Juan de Acre al representante angevino, al que apoyamos.

Se hizo el silencio mientras el joven trataba de asimilar todo aquello.

—No entiendo, padre, cómo habéis podido encontrar a mi hermano —dijo al fin—. Ni qué tiene que ver él con todo eso, ni qué esperáis de mí.

—Lo primero es fácil. Por un lado, fray Vasall me ha venido insistiendo en vuestras cualidades. Quiere que os dé mayor responsabilidad, y naturalmente quise conocer más de vos. Teníamos vuestro apellido y procedencia. Y fray de Montclaire sabe, por nuestros informadores en la Corona de Aragón y en la isla de Sicilia, que allí hay un caballero llamado Giacomo de Flor que procede de Brindisi. Fue fácil relacionaros.

—¿Tanto sabéis de los caballeros de Aragón y Sicilia?

—Esa es responsabilidad de fray de Montclaire. Pero vuestro hermano es especial.

—¿Por qué lo es?

—Porque es amigo personal de Alfonso III, el nuevo rey de Aragón y mano derecha del maldito almirante Roger de Lauria, que tanto daño nos hace —repuso con acritud fray de Montclaire.

El asombro de Roger creció hasta casi la incredulidad. Acababa de enterarse de que su hermano estaba vivo, de que era alguien importante, y de dónde encontrarlo.

—Entonces, mi hermano es enemigo nuestro —murmuró preocupado.

—Muchos hermanos son enemigos entre ellos —intervino fray Vasall—. No te debe inquietar eso. Ni impedir que cumplas con tu obligación y tu juramento.

—¿Y qué tengo que hacer?

—Las victorias de la Corona de Aragón y de Roger de Lauria hacen pensar a los ignorantes que Dios está con ellos y no con el santo pontífice, su representante en la tierra y poseedor de las llaves del cielo —explicó el maestre—. Por lo tanto, Aragón y la isla de Sicilia deben ser derrotados, y la guerra no terminará hasta que eso ocurra. Deben humillarse ante el papa y volver a su obediencia.

—¿Y qué papel se supone debo jugar yo?

—Viajaréis a Aragón, Sicilia o dondequiera que esté vuestro hermano, os daréis a conocer, trabaréis amistad y nos pasaréis información sobre cuáles son los planes del almirante y cualquier otra cosa que nos pueda ser útil —sentenció fray de Montclaire.

Roger lo miró perplejo. Aún no conocía a su hermano y el Temple le pedía que lo traicionara.

—Mi familia cree que mi madre y yo nos ahogamos en una tormenta huyendo de Brindisi. Nos salvamos de milagro. Yo tenía solo un año y él cuatro cuando nos separamos. No me reconocerá.

—Usad vuestros conocimientos familiares —repuso el maestre—. Recordadle cosas que solo vosotros podéis saber. Y si no, que os las cuente vuestra madre. Pero tenéis que ganaros su confianza y quedaros con él. Para informarnos.

—Pero el Temple tiene cientos de caballeros en la Corona de Aragón —objetó el joven—. Y algunos estarán muy cercanos a su rey. Estoy seguro de que pueden hacer un trabajo mucho mejor que el mío.

—¡No! —le cortó tajante el maestre—. Eso nos causaría graves problemas. Para empezar, esos caballeros, a pesar de ser templarios, pertenecen a la nobleza catalana, valenciana, mallorquina y aragonesa. Sus familias han sido fieles a sus reyes durante generaciones. Alguno nos delataría. Y eso sería desastroso.

—El Temple no quiso participar en la cruzada que el pontífice lanzó sobre la Corona de Aragón como castigo a sus reyes —intervino Vasall—. Nos mantuvimos neutrales, en una sabia decisión. El resultado fue un desastre absoluto para los cruzados, que dejaron atrás miles de muertos, el rey de Francia entre ellos. Si nos hubiéramos declarado enemigos de Aragón y obligado a los nuestros a luchar contra sus propios hermanos, ¿qué habría ocurrido?

—La represalia —respondió el gran maestre—. El rey Pedro se habría apoderado de nuestras encomiendas y castillos para echarnos de sus reinos.

—Como ha ocurrido en Chipre y en Trípoli —recordó Roger.

—Sí, pero lo de Chipre y Trípoli es poco —repuso fray Guillaume—. Y nuestras posesiones en la Corona de Aragón son muy importantes.

Se hizo el silencio. Roger comprendía que no tenía escapatoria.

—Tenéis que llevar a cabo esta misión en absoluto secreto —sentenció el maestre.

El joven fraile recordó el consejo de su capitán.

—Quiero el mando de una galera, gran maestre —dijo—. Una tan grande como el Halcón.

El maestre le clavó una de sus miradas azules, una breve sonrisa apareció en sus labios y solo dijo:

—Bien.

—Y también regresar de esa misión cumplidos los dos años para tomar el mando de esa gran nave.

Fray Guillaume de Beaujeu oscureció su semblante y lo observó pensativo. No le gustaba que le pusieran condiciones, y menos un sargento. Sin embargo, aquel asunto era vital para él.

—Bien —gruñó al rato—. Siempre que hayáis cumplido a satisfacción.

El aspecto y la expresión disgustada de la máxima autoridad de la Orden intimidaban al joven fraile, que sin embargo no se arredró:

—¿Aceptáis, pues, padre?

Se produjo un incómodo silencio.

—Sí, acepto —repuso el maestre malhumorado.

63

Roger tenía pensado interrogar a Vasall de regreso a la nave, pero no lo hizo. Le costaba asimilar lo ocurrido en aquellos instantes en los que se había resuelto una búsqueda de años. Estaba perplejo. Y fue el capitán quien habló:

—¿Qué te ocurre? ¿No querías encontrar a tu familia? Pues ya lo has hecho.

—¡No me lo termino de creer!

—Pues créelo, el servicio de información del Temple es excelente, cubre toda Europa y países musulmanes. Además, colabora con los espías angevinos y del papado. Da por cierto lo dicho por el maestre.

—¡No puedo esperar a hacérselo saber a mi madre! —Una amplia sonrisa apareció en el rostro del joven.

El capitán también sonrió. Estaba casi seguro de que la misteriosa mujer con la que había gozado de aquellos encuentros furtivos era la madre del muchacho.

El único cabo suelto era la conexión que semejante dama pudiera tener con María. Pero no le importaba; él deseaba con toda su alma que fuera ella. Y para él ya lo era. Su amor nació de miradas y sonrisas. Algo espiritual, algo del corazón. Y tuvo una gloriosa llamarada que envolvió sus cuerpos y cuya luz, aun en la oscuridad, jamás se apagaría para el fraile por mucho que viviera. Amaba a aquella mujer y no sabía qué hacer para que ella le revelara su identidad y así poder gozar plenamente de su amor. Claro que era un amor clandestino y por eso ella se ocultaba. Pero él quería poderla mirar a los ojos y decirle cuánto la amaba, que lo dejaría todo por ella, que lo daría todo, incluso la vida.

Roger le caía bien desde que le conoció a los ocho años. No tenía padre, precisaba guía y corrección, y él se las dio manteniendo las distancias. Pero ante el amor por su madre, aquel lazo se había vuelto más estrecho. Conocía el desesperado deseo de su amada por encontrar a su familia. Y usando sus contactos de un alcance muchísimo mayor que los del chico consiguió localizar al hermano de este. El gran maestre se sentía orgulloso de la idea de introducir una cuña en el corazón de la maquinaria militar de la Corona de Aragón. Pero ese era el plan secreto de Vasall para que el chico encontrara a su familia. Plantó la idea y la fue cultivando en la mente de los nobilísimos fray Guillaume de Beaujeu y de fray Raimon de Montclaire haciéndoles creer que era suya. Y ahora estaba satisfecho del resultado de la entrevista y de cómo se había comportado su pupilo. Le habían ganado la partida al orgulloso maestre sin que él lo supiera.

—Tu madre se sentirá feliz —murmuró el capitán.

Observaba con cuidado la reacción del joven. No todo habían sido buenas noticias. Siguieron andando en silencio. Roger iba rumiando y al fin lo dijo:

—Pero ¿qué le voy a decir a mi madre? ¿Que he encontrado a Giacomo y que ahora lo he de traicionar? —Y se detuvo para mirar a Vasall.

El capitán esperaba aquello, pero se limitó a encogerse de hombros y preguntarle:

—¿Tú qué crees?

El muchacho movió la cabeza en un gesto entre la duda y la negación.

—¡No me gusta! —dijo al fin—. No me gusta nada, ni hacerlo ni ocultárselo.

—Pero lo has jurado.

—¡Sí, lo he jurado! ¿Qué otra opción tenía?

—Nunca debes jurar por algo que aún no conoces. —Una sonrisa guasona se asomaba entre la barba del capitán.

—¡Pero si fuisteis vos, ayer, quien me dijo que lo hiciera! —repuso el muchacho irritado.

—Sí, fui yo. Porque si no hubieras jurado, jamás habrías sabido del paradero de tu hermano. Ahora tendrás todas las facilidades para llegar hasta él.

—¡Y traicionarlo!

—Lo uno a cambio de lo otro.

—¡No quiero!

—No hay vuelta atrás.

Los pensamientos se agolpaban en la mente del joven. Sí que había una vuelta atrás: dejar el Temple y llegar hasta su hermano, dondequiera que estuviera. Porque ni siquiera eso sabía. Pero ¿cómo llegar hasta él? No tenía nada. No podía pagar un pasaje. Además, su hermano estaba en territorio enemigo. Dejar el Temple no le parecía viable.

—¡Ayudadme, capitán! Os lo suplico. No puedo hacer eso.

—Puedes y debes —murmuró Vasall encogiéndose de hombros—. Hay que cumplir los juramentos.

—¡No quiero traicionar a mi hermano!

—Bueno, no sabes aún cómo es ese hermano. Quizá se lo merezca. Hay hermanos que se odian.

—¡Eso no ocurrirá!

El capitán se detuvo, sujetó al muchacho del brazo y lo miró fijo a los ojos.

—Pues ya verás lo que haces —gruñó.

Roger percibió un tono extraño y se dijo que le ocultaba algo.

—Te recuerdo que es confidencial —le dijo con severidad cuando ya llegaban a la nave—. Ni se te ocurra comentar nada, ni a fray Adriano ni a otro. Por mucho que te inquiete. Diles que hablamos sobre la posibilidad de tu futura capitanía de una galera.

Y no añadió más, como si esperara que el joven asimilara todo aquello por sí solo.

64

El joven fraile necesitaba digerir la conversación con el gran maestre. Se unió al Temple no solo para huir de la miseria, sino también por la admiración que sentía hacia la gran orden militar. Y sabía que tomar el hábito representaba un enorme compromiso que lo obligaría a grandes sacrificios. Los asumió con la esperanza de encontrar a su familia y hacer feliz a su madre. Y ahora, de repente, la búsqueda terminaba, casi antes de empezar, para dar paso a un escenario muy distinto e inquietante. Debía llegar hasta su hermano Giacomo, darse a conocer, ganarse su confianza y traicionarlo. Lo último no solo le desagradaba, sino que le causaba gran ansiedad. Tampoco sabía cómo encontrarlo y entablar relación con él de una forma convincente. Después de reflexionar, acudió con esta última duda a su capitán, que le respondió despreocupado:

—El gran maestre me ha pedido que le presentes un plan para hacerlo esta misma semana.

—Pero ¿cómo, si no sé nada? —se desesperó el joven—. No sé ni dónde está ni cómo llegar a él. Primero tengo que ir a Brindisi y averiguar todo sobre mi familia. ¡Debo convencer a Giacomo de que soy yo! No creo que acepte de inmediato a un hermano al que creía muerto y que aparece caído del cielo. Y menos, llegado de territorio enemigo en plena guerra.

—No puedes.

—No puedo ¿qué?

—Ir a Brindisi ahora.

—¿Por qué no? No tengo por qué esperar a que vaya el Halcón. Con una de las fustas que arrebatamos a los sarracenos me plantaré allí en menos de un mes.

—No puedes porque una flota aragonesa-siciliana bloquea Brindisi y devasta los territorios angevinos de la costa albanesa. Corfú ya ha sido saqueada e incendiada.

—El maestre estará furioso, ¿verdad? —murmuró Roger.

—No sabes cuánto. Porque, además, otra flotilla aragonesa ha ocupado las islas del golfo de Nápoles y bloquea el tráfico marítimo de la capital. Y para terminarlo de arreglar, el famoso almirante Roger de Lauria, después de destrozar la flota francesa durante la cruzada papal que invadió Cataluña, se quedó en España para la coronación del nuevo rey de Aragón, Alfonso III. Y después, ante la debilidad francesa y angevina en el mar, está arrasando las costas del sur de Francia, que incluyen Provenza, el condado más rico de los Anjou.

—Parece el fin de la dinastía angevina —murmuró Roger.

—¡No, no lo creas! Para cualquier otro lo sería, pero no para ellos. Aparte de los extensos dominios que aún les quedan, los Anjou poseen el apoyo de Francia y del papa —se explicó.

—Y del Temple.

—Lo del Temple es secreto. Pero sopesa las cifras. Francia posee dieciséis millones de habitantes y es muy rica. La Corona de Aragón apenas llega al millón. Y es pobre. La isla de Sicilia quizá alcance setecientos u ochocientos mil, y las posesiones angevinas triplican la población de la Corona de Aragón y Sicilia juntos. Y, además, cuentan con el apoyo incondicional del papado, que recibe cantidades ingentes de dinero de las iglesias de los distintos reinos de Europa y que posee los poderes espirituales.

—El poder de perdonar los pecados... —recordó Roger.

—Sí. Por eso la enseña papal muestra dos llaves cruzadas,

las llaves de san Pedro, las que abren el cielo. También el poder de excomulgar, algo terrible para cualquier cristiano. Y el de aprobar o no las bodas reales, y como estas representan alianzas entre reinos, es el papado quien decide la alta política europea.

Y calló a la espera de que Roger asimilara todo aquello.

—Por mucho daño que las flotas de Sicilia y Aragón les inflijan a los Anjou y a Francia, su capacidad de recuperación es enorme —concluyó el capitán ante el silencio del joven.

—Entonces, mi papel en todo esto....

—El año que viene los Anjou dispondrán de otra gran flota —le cortó Vasall—. Sin duda, muy superior a la que suman todas las naves de Sicilia y Aragón juntas, y tratarán de acabar con ellas. Tu misión es dar a conocer los movimientos de los aragoneses por anticipado.

Roger hizo una mueca de desagrado.

—A eso te comprometiste —insistió Vasall—. Y el gran maestre espera que le presentes tu plan.

El joven fraile se quedó pensativo.

—Vos decís que el almirante aragonés está saqueando la costa francesa y el maestre dijo que mi hermano era su mano derecha.

—Cierto.

—Entonces, habrá que esperar al otoño —siguió el joven—, a que las galeras regresen a sus puertos base en Sicilia. Mi hermano estará donde su almirante y junto a él lo encontraré.

—Mesina es la base de Roger de Lauria, aunque en invierno reside a veces en la capital de Sicilia, Palermo, a donde la corte se desplaza.

—Entonces, este otoño iré a Mesina. Y si hace falta, a Palermo.

—¿Y qué le dirás a tu hermano? ¿Cómo te presentarás?

—No lo sé.

—Pues espabila y piensa en algo.

65

El 15 de agosto de 1286 se celebró la coronación de Enrique II, rey de Chipre, como rey también de Jerusalén. El maestre del Temple acudió a la ceremonia muy a su pesar. Dada su posición, debía asistir, aunque su presencia certificaba una derrota para los Anjou, para el papa y para él mismo. Allí se encontraban también los maestres del resto de órdenes militares, el del Hospital, el de la Teutónica y los de otras menores. El maestre hospitalario era su mayor rival y siempre se situaban en bandos opuestos. No solo competían en Oriente, sino también en Europa por las donaciones que hacían reyes, nobles y grandes burgueses a cambio de la salvación de sus almas. Aquella coronación acrecentaba el prestigio del Hospital, que se sentía vencedor, en detrimento del Temple.

Esa rivalidad venía de lejos. El Hospital era unos años más antigua, pero tardó en convertirse en orden militar, y el Temple le tomó la delantera obteniendo mayores donaciones y poder. Pero ahora su competidor lo seguía de cerca. Se hablaba en Europa de hacer de hospitalarios y templarios una sola orden. Y eso a fray Guillaume de Beaujeu le preocupaba.

—¡Dios mío, ayudadme! —murmuró cuando al fin, de regreso, se encerró en su celda.

A veces le abrumaba la responsabilidad. La Orden poseía más de nueve mil encomiendas repartidas por toda Europa y Outremer, entre explotaciones agrícolas y ganaderas, castillos, conventos y casas que realizaban transacciones financieras. Imposible de manejar, a no ser por un ejército de administradores y funcionarios, en su mayoría frailes sargentos. Los caballeros se ocupaban de lo militar. Y los más altos cargos, todos de origen noble, también de la política.

Le preocupaba en especial la disciplina y el cumplimiento de las reglas de la Orden. No era fácil. Se dictaron unos ciento cincuenta años antes, y la gente y las cosas habían cambiado. No era lo mismo un puñado de caballeros imbuidos de una fe ciega que una organización de cientos de miles, entre frailes y seglares, que trabajaban para el Temple. A la mayoría no los guiaba la fe, sino otros motivos, de entre los que la supervivencia era el principal. Y el gran maestre lo sabía.

En la regla las diversiones estaban prohibidas; incluso la caza, a no ser que fuera la del león para la protección de los peregrinos. También el ajedrez era mal visto, a pesar de que fomentaba el pensamiento y la estrategia, aunque él mismo lo practicaba con discreción. Pasar el día trabajando y rezando exclusivamente se hacía insoportable para la mayoría.

Y más con las celebraciones en las calles. No podía impedir que los marinos, mercenarios y otros empleados de la Orden disfrutaran plenamente de las fiestas. Incluso el control de sus propios sargentos se hacía difícil. Era duro estar encerrado oyendo el jolgorio de las calles y dio permiso a los frailes para que asistieran solo a los torneos, dado su carácter militar. Aunque no permitió la participación a pesar de que algunos lo solicitaron.

Había un hecho, inaudito para él, que lo perturbaba y enojaba. Los hospitalarios, al igual que los templarios, basaban su regla en la de los monjes agustinos; sin embargo, su maestre albergaba en su convento obras de teatro para el disfrute del populacho. Para fray Guillaume, no era solo una ruptura de las normas, sino una afrenta personal. Aquel miserable, más que celebrar la coronación, celebraba su victoria sobre el Temple, de la forma más estridente, para que todos lo supieran, sin importarle pisotear el recato monástico. A fray Guillaume de Beaujeu le costaba creer semejante atrevimiento.

Durante la celebración en la catedral no dejaba de pensar en cómo vengarse de aquella afrenta. Y su venganza tenía que pasar por que los Anjou recuperaran el poder, y para ello Sicilia y la Corona de Aragón debían ser derrotados sin paliativos. El maestre confiaba en fray Vasall y en su recomendación. Le había garantizado la absoluta fidelidad del muchacho y su preparación para asumir la capitanía de un gran buque. Esperaba que el joven jugara un papel importante en el conflicto y, si cumplía con su misión, él se sentiría más que feliz al confiarle la capitanía de la mayor de las galeras.

Aunque la ciudad estaba de fiestas y los amigos de Roger las disfrutaran, él no lo hacía. No solo por el recato debido, sino porque tampoco hubiera gozado del teatro y de los juegos populares como el tiro de cuerda, el cerdo engrasado o la cucaña. Un sentimiento anticipado de culpabilidad lo agobiaba. Debía traicionar a su hermano, se sentía como un judas, pero no le quedaba otra que enfrentarse de nuevo al gran maestre aquella tarde.

—Está de un humor de perros —le advirtió Vasall mientras se dirigían al castillo del Temple—. La coronación y la actitud de los hospitalarios lo tienen alterado.

—Le diré que no estoy preparado para lo que me pide —murmuró el joven entre dientes.

—Pero ¿qué dices, insensato? —exclamó Vasall deteniéndose.

Lo agarró de los hombros y, acercando su rostro al de Roger, lo miró fijo a los ojos y le advirtió arrastrando las palabras:

—Si haces eso, te destruirá. ¿Me oyes bien? Te quitará el hábito, te echará de la Orden y con su inmenso poder se encargará de que no hagas nada de provecho el resto de tu vida. Les ha pasado antes a otros.

El joven se quedó en silencio manteniéndole la mirada. Vasall esperó un momento con sus manos en los hombros del muchacho para después sacudirlo como para despertarlo.

—¿Me has entendido? El trabajo de estos años y todo tu esfuerzo no te valdrán para nada.

Roger siguió callado. Y Vasall volvió a sacudirle.

—¿Me entiendes, cabezota? —insistió.

—Sí —murmuró al fin el joven apartando la mirada de la de su jefe.

—Le dirás lo que acordamos —sentenció el fraile dando por terminada la conversación.

—Sí, capitán —gruñó el muchacho.

Y reemprendieron el camino.

—Pienso, padre, que la única forma de que mi hermano me crea es confesándole la verdad —dijo Roger.

Se encontraban de nuevo en la sala capitular privada, la que fray Guillaume de Beaujeu usaba para sus conciliábulos. Era una estancia cubierta por una techumbre de madera decorada, sostenida por elegantes arcos apuntados que se elevaban sobre finas columnillas a juego con las ventanas que se abrían en una de las paredes laterales iluminando la sala. A Roger le impresionaba su elegante sencillez. El maestre arrugó la frente ponderando la propuesta:

—¿Le diréis que sois fraile del Temple?

—Sí.

—No creo que como templario os acoja bien —murmuró el maestre.

—No tiene tampoco motivos para acogerlo mal solo por eso —terció Vasall.

—Pero va a desconfiar.

—Más desconfiaría de inventarse Roger una historia y que lo pillara en mentira o contradicción —repuso el capitán del Halcón.

—Queremos que se gane su confianza y que lo mantenga a su lado —recordó el maestre.

—Le diré a mi hermano que mi madre me pidió que lo buscara y que por eso profesé en el Temple. Que quería comandar una nave y viajar para encontrarlo.

—¿Y esa es la verdad? —se enojó el maestre—. ¿Por eso tomasteis el hábito?

—Por eso, por su fe en Cristo, por la salvación de su alma y por su devoción al Temple —puntualizó Vasall.

—¡Que lo diga él! —exclamó el maestre elevando la voz.

—Lo que dice fray Vasall es cierto —afirmó Roger con tranquilidad—. Pero también lo es mi deseo de encontrar a mi familia desaparecida.

—Bien —gruñó el maestre—. Pero no creo que vuestro hermano mantenga a su lado a un templario.

—Tampoco lo creo yo —ratificó Vasall.

—Os puede acoger con afecto si se convence de que sois quien decís ser, pero al cabo de unos días esperará que regreséis a vuestras tareas en la Orden —siguió fray Guillaume.

—Seguramente —murmuró el joven.

—Pues si quiere quedarse junto a su hermano, debe fingir abandonar el Temple —dijo Vasall—. Y unirse a la lucha de los aragoneses contra los angevinos.

El maestre frunció el cejo y le lanzó una mirada que parecía querer fulminarlo. El capitán del Halcón se la mantuvo sereno, alzando la barbilla desafiante y confiado para ratificar:

—No hay otro modo.

—No me gusta —dijo Roger—. Temo que si hago eso jamás pueda regresar a la Orden. El acuerdo era de dos años en esa misión y después la capitanía de una nave.

La mirada azul del maestre se clavó ahora en el joven fraile.

—No importa si os gusta o no, fray Roger. Porque fray Vasall puede estar en lo cierto. —Y añadió con dureza—: Y vos haréis lo que se os ordene.

El joven se mantuvo en silencio un tiempo sosteniéndole la mirada mientras dudaba entre obedecer o rebelarse. Y recordó la advertencia de su capitán. Aquel hombre podía destruirlo, y parecía muy capaz de hacerlo.

—Cumpliré, padre —musitó al fin.

El maestre afirmó con la cabeza suavizando su expresión.

—Bien —dijo.

—Pero quiero vuestra palabra, padre, de que seré acogido de nuevo en el Temple, se me devolverá el hábito y recibiré la capitanía de una gran galera.

Fray Guillaume volvió a fruncir el cejo y repuso alterado:

—¿Cuántas veces tenemos que volver sobre lo mismo, fray Roger?

—Quiero estar seguro de poder regresar y de que mi sacrificio será recompensado.

—¡Lo será! —gruñó el maestre—. Tenéis mi palabra. ¡Y ahora id con Dios, que me estáis cansando!

Roger inclinó la cabeza y musitó:

—Quedad con Dios Nuestro Señor, padre.

Y dio media vuelta para dirigirse a la salida. Vasall saludó también y lo siguió. En el rostro del veterano capitán se abrió una sonrisa que el maestre no pudo ver.

66

No fue hasta finales de septiembre que el Halcón partió hacia su base de Brindisi. Vasall quiso esperar a que la flotilla siciliano-aragonesa que operaba en el mar Adriático regresara a Mesina. No temía ataques de los aragoneses a las naves del Temple, pero el gran maestre no quería que un accidente provocara el menor conflicto. El Adriático se había convertido en un nuevo escenario de la guerra que enfrentaba a Sicilia y Aragón con los Anjou.

Roger pasó el mes y medio desde su última entrevista con el maestre estudiando latín día y noche. Tenía una buena base, pero fray Raimon de Montclaire le exigía un nivel alto. Y durante la travesía su amigo fray Adriano se convirtió en el encargado de seguir con su educación en la que era la lengua franca de la época.

Y también aprendió, recluido en el convento fortaleza del Temple, uno de los códigos secretos de los que se valía la Orden para enviar misivas indescifrables para cualquier no iniciado. Estaba basado en el latín y por esa razón el jefe del espionaje le ordenaba perfeccionar la lengua. El Temple se valdría de individuos especializados que bajo el disfraz de mercaderes se acercarían a Roger para recoger sus mensajes y hacerlos llegar a la encomienda templaria más cercana. Y desde allí irían, con la mayor rapidez posible, a fray de Montclaire, que a su vez informaría al gran maestre. Roger sospechaba que la misión de esos agentes incluiría espiarlo también a él.

Sin embargo, tan intensa ocupación no le libró de su angustia. ¿Qué le diría a su madre? Anticipaba su alegría cuando supiera que su hermano estaba vivo, que sabía dónde encontrarlo y que dispondría de los medios para ir en su búsqueda. Pero no podría decirle que su misión era traicionarlo. ¿Sospecharía ella? Su madre era capaz de leer sus sentimientos en su rostro. Y la angustia que sufría hacía que su habitual buen humor tuviera ahora escasas apariciones. El pensamiento era recurrente. Tenía que traicionarlo. ¿Podía su traición llevar a su desconocido hermano a la muerte? Jamás se lo perdonaría. Ni su madre tampoco.

Con el único que podía compartir sus temores era con Vasall, que ahora se mostraba sorprendentemente cercano.

—¡Deja de preocuparte por el futuro! —le dijo antes de su partida—. Cierto es que debes planificar la acción y pensar en lo que vas a hacer y en cómo lo harás. Pero olvídate de esas historias sobre que si eres un judas, sobre traiciones y todo eso. Lo que hoy temes quizá jamás ocurra.

—¿A qué viene esa ansia de latín? —le preguntó fray Adriano ya embarcados.

Tanto a él como a Pietro les intrigaba el súbito interés del joven fraile por mejorar una lengua que no era de uso común, sino propia de intelectuales y religiosos.

—Vasall quiere darme vuestro puesto de escribano y tenedor de libros en la galera —le respondió guasón—. Que estáis muy viejo.

—No lo creo.

—Sí, y vos os quedaréis en Brindisi trabajando con fray Cirilo consignando mercancías, naves y todo eso —siguió Roger.

—Ese individuo es odioso —intervino Pietro—. Es meticuloso hasta decir basta, un pesado. Y siempre anda a la gresca con Vasall por los gastos.

—Sí, y Vasall termina mandándolo a la mierda —añadió Roger.

—Antes que trabajar con Cirilo, cuelgo el hábito y me doy a la mala vida —respondió Adriano siguiendo la guasa.

—No corres peligro de quedarte sin trabajo, Adriano —replicó Pietro—. Roger es un hombre de acción, no de libros.

—¡Qué pena! —se lamentó el fraile—. Me apetecía lo de la mala vida.

A pesar de la curiosidad de sus amigos, el joven no les dio indicio alguno sobre la misión que fray de Montclaire le había encomendado. Y usaba el humor para esquivar cualquier respuesta que pudiera proporcionarles pistas.

Aparte de una tormenta que anunciaba el otoño, la travesía de regreso fue tranquila. Sin embargo, al final hubo escasez a causa de la destrucción y pillaje en los territorios angevinos por parte de la flota siciliano-aragonesa. Por fortuna, el agua continuaba fluyendo de las fuentes y pudieron aprovisionarse de ella. Y Vasall, anticipando aquello, había cargado cantidades extra de víveres de fácil conservación.

Y al cabo de un mes de travesía, Roger vio al fin las torres de la entrada de la bahía de Brindisi y la colina con la catedral por encima de las dos gigantescas columnas romanas. ¡Volvía a casa!

67

Brindisi

—¡Llega la flota! —se gritaba en las calles—. ¡Llega la flota de Outremer!

Las embarcaciones fueron avistadas desde la colina de la catedral mucho antes de que alcanzaran la bocana del canal. La noticia corrió de boca en boca y a gritos por toda la ciudad. Todos tenían algún familiar o amigo en aquellas embarcaciones. Había sido un año atípico. A causa de los ataques de la flotilla aragonesa de Berenguer de Vilaragut, el tráfico de naves que transportaban peregrinos a Tierra Santa se interrumpió durante la mayor parte del verano. Aquello produjo un gran daño económico a la ciudad e hizo que los marinos llevaran meses sin ver a sus familias y que las naves regresaran agrupadas para gozar de mayor protección. María fue a avisar a Blanca:

—¡El Halcón está llegando!

A la viuda le dio un vuelco el corazón, le plantó dos besos de alegría y corrió al espejo para peinarse. Llegaban su hijo y su apuesto capitán. Al salir a la calle, vio que su otra amiga rubia, Betta, aparecía para acompañarla. Blanca y María seguían guardando las distancias en público.

Las dos amigas se apresuraron colina abajo. En el puerto les costó abrirse paso entre la multitud y tuvieron que quedarse distantes de los lugares de amarre. Un gentío excitado y alegre lo llenaba todo. Las naves iniciaban ya las maniobras de atraque cuando, al reconocer a sus hombres en las embarcaciones, algunas mujeres empezaron a llamarlos a gritos y el resto se sumó a la bienvenida aplaudiendo. Blanca y Betta se unieron al aplauso cuando de pronto la viuda oyó que le decían, casi al oído:

—¡Mira, si aquí está la puta del gobernador! —Y siguió una risotada.

Casi se le detuvo el corazón y miró alarmada a su alrededor. Todos estaban pendientes de las naves y gracias al jolgorio nadie les prestaba atención ni a ella ni al que la insultó. Se giró y allí estaba. Lo escoltaban un par de ballesteros y se estremeció al identificarlo.

Se trataba de un tipo de unos veinticinco años, alto, con la cara afeitada y huesuda de pómulos marcados, ojillos oscuros y crueles, que se cubría con un casco del que sobresalían unos mechones castaños. Sonrió mostrando sus dientes desiguales.

Era Luigi, el marino que abandonó la galera despechado al ver que, a pesar de su corta edad, Roger era capaz de darle una paliza y que avanzaba tan rápido que iba a superarlo. Acostumbraba a escoltar al gobernador a casa de Blanca y montaba guardia mientras aquel satisfacía sus instintos. Conocía, pues, la relación entre ambos. Y gozaría haciéndola pública para humillar a la madre de su enemigo, pero no podía. Su señor cuidaba su imagen y semejante indiscreción le hubiera enfurecido.

Luigi también guardaba rencor a su antiguo capitán por preferir a Roger antes que a él. Y les decía a sus cercanos que el progreso del chico se debía al interés de Vasall por la madre. Aunque ignoraba la relación secreta que los unía, usaba el argumento para excusar su propio fracaso y mancillar, al tiempo, a la madre de su enemigo.

Blanca le lanzó una mirada despectiva, no dijo nada y le

dio la espalda. No era la primera vez que Luigi pretendía humillarla y siempre lo hacía de forma furtiva. Le cogió la mano a Betta y le dijo:

—Vayámonos de este lugar. Desde aquí no se ve bien.

Haría lo posible para que aquel miserable no le estropeara un momento tan feliz. Luigi no la siguió y se limitó a observarla, sonriente, mientras ella trataba de abrirse paso entre el gentío. Su propósito era alterarla y lo había logrado.

Roger esperó a que desembarcaran todos aquellos que no se quedaban de guardia en la nave. El joven fraile deseaba como el que más pisar tierra, pero, dado su rango, debía ser de los últimos. Cuando lo hizo, se puso a buscar a su madre, pero con quien topó fue con fray Cirilo, que parecía estar vigilándolo todo. El jefe de la casa del Temple vestía su capa negra de sargento y, en lugar del bonete habitual de la Orden, cubría su calva con una capucha también negra. Tenía la expresión agria de sufrir un permanente dolor de estómago y de provocárselo a los demás. A Roger le recordaba a un buitre.

—Fray Cirilo —lo saludó con una inclinación de cabeza.

—Bienvenido, fray Roger.

El joven se dijo que Cirilo no le estaba sonriendo, porque eso iría contra las normas, sino que le mostraba, amenazador, los dientes.

—Bien hallado —contestó formal—. Quedad con Dios Nuestro Señor.

Entonces distinguió a su madre unos pasos más allá.

—¡Roger! —gritó ella corriendo hacia él, que sonrió feliz y abrió sus brazos para acogerla. Blanca lo besó llorando.

El joven fraile sabía que aquello iba contra las ordenanzas. Pero en aquellos momentos no le importaba. Aunque se alegraba de haber dejado atrás a fray Cirilo y esperaba que no le viera. Después saludó formal a Betta y quiso ir a casa.

—Espera un momento —le dijo Blanca—. Me alegra mucho ver a tanta gente feliz. —No podía confesarle que ansiaba ver al capitán del Halcón.

Vasall desembarcó cuando el resto estaba ya en tierra y vio a fray Cirilo esperándolo. «Bonito recibimiento», pensó disgustado.

—Bienvenido, fray Vasall —le dijo el otro.

El capitán lo saludó con una inclinación de cabeza y murmuró:

—Fray Cirilo....

—Espero que hayáis tenido un venturoso viaje.

—Hasta ahora sí.

—Tenemos que revisar las cuentas con urgencia —dijo Cirilo—. Hoy mismo.

—Tengo otros planes.

—¡Llevamos meses sin inventariar el Halcón! ¡No puede haber demora!

—Os he dicho que ahora no estoy en eso —le cortó el capitán.

El otro enrojeció. Estaba acostumbrado a que lo obedecieran, pero eso no iba con Vasall. Había pasado numerosos informes sobre la actitud, los gastos injustificados y las costumbres poco ejemplares del capitán del Halcón. Para su sorpresa, nada había ocurrido. Parecía como si tuviera un protector en lo más alto de la Orden. Aquella impunidad le alteraba.

—¿En qué estáis, que no queréis rendir cuentas? —repuso Cirilo excitado—. ¿En qué pensáis? ¿En iros de putas?

Vasall lo fulminó con la mirada. Sin duda, aquella rata lo espiaba. Lo agarró de la pechera del hábito y lo acercó tirando hacia arriba, de forma que el jefe de la casa del Temple quedó de puntillas. Y le aproximó la cara para gruñirle:

—No me toquéis los huevos, Cirilo. O, de lo contrario, os arrancaré los vuestros y se los echaré a los perros.

Dicho lo cual le soltó. Pero Cirilo se le volvió a encarar:

—¿Osáis amenazarme?

—¿Estáis tonto o qué? —respondió—. ¡Es justo lo que acabo de hacer!

Y lo apartó de un empujón que casi lo derriba. Y un poco más allá se encontró con Blanca, junto a Roger y una amiga. Ella le sonrió y él le correspondió feliz.

—Señora —la saludó inclinando la cabeza.

—Bienvenido, fray Vasall —le dijo ella.

—Ahora sí que me siento bienvenido —repuso él—. Gracias, señora.

No era prudente infringir las reglas frente a tanta gente, así que después de otra inclinación de cabeza y una sonrisa, muy a su pesar, siguió su camino hacia la iglesia del Santo Sepulcro para agradecer el feliz viaje.

A fray Cirilo le enfurecía la actitud del capitán. ¿Cómo se atrevía? Sin embargo, no insistió en sus demandas porque lo temía. Quizá no lo capara como le acababa de amenazar, pero lo veía capaz de agredirlo. Le costaba creer que alguien se atreviera a faltarle al respeto a él. En Brindisi muchos lo reverenciaban. No en vano él firmaba las compras del Temple. Y aquello era un gran negocio para muchos.

—Vete, vete —murmuró—. Algún día caerás de tu pedestal y sabrás quién es Cirilo.

Entonces su mirada escrutadora alcanzó a fray Adriano, que saludaba a unos conocidos. Se irritó aún más viéndolo sonreír. ¿Es que solo él cumplía con la regla? Se fue hacia él y lo separó del grupo tirando del hábito. El fraile regordete lo miró molesto.

—Fray Adriano —le dijo—, mañana os quiero en la casa del Temple con los libros de la galera. ¡Quiero las cuentas claras! Y decidle al capitán que os acompañe.

—¡Fray Cirilo! —repuso risueño el tenedor de libros del Halcón—. ¡Cuánto tiempo sin veros! Me alegro. Gracias por preguntar por la travesía. Fue buena. Bendito sea Dios Nuestro Señor y la Santísima Virgen, que nos protegieron.

Cirilo se cruzó de brazos furioso. ¡Otro insolente! Solo que este no tenía el poder del anterior.

—Me alegro de vuestra travesía y bendito sea Nuestro Señor, que os la concedió —repuso esforzándose por suavizar su tono. Sabía que se había excedido.

—Gracias.

—Bien sabéis, amigo Adriano, de mi responsabilidad sobre gastos, ingresos y cuentas en general. Es una pesada carga.

—Sé que lo es.

—Pues os suplico que mañana acudáis con los libros. Hace mucho que no he podido auditar al Halcón y ese es mi deber.

—Lo entiendo perfectamente, fray Cirilo. Y haré por ayudaros.

—¡Bien!

—Solo que yo respondo ante mi capitán, y no creo que ni él quiera ir a la casa del Temple a veros ni que me deje ir a mí. Tendréis que acudir vos a la galera cuando él decida.

Cirilo lanzó un bufido.

68

La presencia de su querido hijo colmaba a Blanca de felicidad. Con diecinueve años, era todo un hombre cuya altura la obligaba a mirar hacia arriba y al que veía cada día más seguro de sí mismo y más atractivo. Lamentaba que vistiera hábito, el muchacho podría seducir a cualquier mujer y los nietos la hubieran colmado de felicidad. Pero entendía que lo tomó por lo mucho que la quería a ella y por su ansia de encontrar a los suyos.

El regreso de Roger le trajo una vieja inquietud. No quería que supiera los abusos que sufría por parte de Pierre y Antonio. Hasta el momento había podido evitar que al menos se diera por enterado y le preguntara abiertamente. Por fortuna, siendo fraile, su presencia ahora en la casa materna sería mal vista y, por lo tanto, comería y dormiría en su nave. Si se llegara a enterar, ella fingiría que era una viuda alegre o una prostituta furtiva. Porque si el muchacho conociera su verdadera situación, se enfrentaría a ellos y lo matarían. Su inquietud aumentó con la actitud de Luigi. Soportaba su abuso verbal como mejor podía, sabía que odiaba a su hijo y temía que le contara su secreto. El larguirucho lo estaba deseando. Si eso ocurría, alguien terminaría muerto. Por eso, en uno de sus encuentros le suplicó a Pierre de Dijon:

—Señor, os ruego que le pidáis a Luigi discreción sobre lo que aquí ocurre.

Había esperado a que el gobernador se desahogara pensando que estaría más receptivo. Él la observó con su dura mirada de ojos oscuros.

—¿Y eso por qué?

—Si lo supiera mi hijo, ocurriría una desgracia.

—¡Ah! Vuestro hijo. El fraile templario...

—Sí, ese.

—Pues sabed que, aunque vista hábito, sigue bajo mi poder.

Ella calló. Otra vez la amenaza, de nuevo el miedo. Y él prosiguió al rato:

—No os preocupéis por Luigi. No le dirá nada a nadie sobre las visitas con las que os honro.

—Y eso, ¿por qué?

—¡Porque no quiero que se sepa que voy de putas! —Y soltó una risotada.

Blanca sintió que sus mejillas enrojecían de vergüenza y coraje. Otro insulto, otro abuso.

Aquel verano había sido terrible. Pierre de Dijon se sentía impotente ante el bloqueo del puerto de Brindisi y los ataques de la flota aragonesa por todo el mar Adriático. Y descargaba su frustración en ella. Para eso la tenía. No era aragonesa, pero sí la viuda de un partidario de Conradino y, por lo tanto, enemigo de los Anjou. Y la corte de Aragón, cuya reina Constanza era siciliana, acogía a muchos de ellos. Como los Lauria, los Lancia y tantos otros que protagonizaban muchos de aquellos ataques. Eran de los de Blanca y ella merecía pagar por ello. Eso no quitaba que de repente la acariciara, la besara y abrazara con una extraña ternura que de inmediato se esforzaba en reprimir. Aquello la desconcertaba.

En cuanto a Antonio di Murano, seguía igual: impredecible y caprichoso, la usaba como un objeto de lujo y sus formas untuosas eran un burdo escondite para su crueldad. Le producía asco.

Pero ahora que Roger había vuelto, Blanca quería olvidarse de ambos, aunque fuera solo por un rato. Madre e hijo llegaron a casa y, en cuanto ella cerró la puerta, se le echó a los brazos para cubrirlo de besos. Habían sido muchos meses de separación. Fue a por una botella de vino y unos vasos y se sentaron a charlar.

—¡Cuéntame cosas de tu viaje! ¿Qué has visto nuevo? ¿Qué ha ocurrido?

Roger la miró sonriente anticipando su reacción a la noticia.

—¿Qué? —inquirió ella expectante.

Blanca percibía algo raro en su actitud, aunque intuía que era bueno. Y a él le divertía la expresión de su madre, pero no quiso prolongar la intriga y decidió soltarlo de golpe:

—Madre, creo que sé dónde está Giacomo.

—¿¡Qué!? —exclamó ella y se levantó abriendo los brazos, atónita—. Pero ¿qué me dices?

Roger se puso de pie por respeto.

—Se encuentra en Sicilia, seguramente en la ciudad de Mesina.

—¿Y cómo lo has sabido?

—Se ha unido a los aragoneses y es la mano derecha del almirante De Lauria.

—¡Roger de Lauria! —Ella también había oído hablar del él—. Tiene sentido. Tu tío quería seguir la lucha contra los Anjou. ¿Y qué sabes del resto de la familia?

—No he oído nada del resto. Unos frailes llegados de Francia hablaban de Roger de Lauria, el almirante que tanto daño ha hecho a franceses y angevinos, y salió un tal Giacomo de Flor —mintió el joven fraile para no tener que contar más—. Su nombre va de boca en boca.

—De Flor es di Fiore —dijo ella—. ¡Y por lo tanto Von Blume!

—¡Exacto!

—Pero podría ser otro.

—Quise saber más.

—¿Y?

—¡Pues que no ha cumplido aún los veinticinco y es de aquí, de Brindisi!

Blanca lo miraba con las pupilas dilatadas, boquiabierta. Sin dar crédito a lo que oía.

—¡Es él! —reaccionó al fin—. ¡Seguro que es él!

Después se abrazó a Roger y se puso a llorar diciéndole:

—¡Dime que es él! Por favor, ¡dime que seguro que lo es!

—Lo es, madre.

Recuperada de la primera emoción, Blanca quiso conocer más:

—¿Seguro que no sabes nada de mi hermano, mi cuñada y sus hijos?

—Nada, madre. Solo lo mencionaron a él. No quise preguntar porque hablaban de oídas y no creo que supieran nada más.

—¿Y qué haremos para que sepa que estamos vivos?

—Para empezar, os ruego que no lo comentéis con nadie. Ni con vuestras amigas.

Blanca pensó que compartir la noticia con María y Betta le produciría una enorme satisfacción.

—¿Y por qué no?

—Porque resulta que Giacomo es un destacado enemigo de los Anjou, y no nos conviene que se sepa en Brindisi que es vuestro hijo.

La madre se estremeció. Si el gobernador lo llegara a saber, la mataba.

—¿Y qué piensas hacer?

—Iré a verlo.

—¿Y cómo?

—En primavera, Giacomo estará en Mesina.

—¿Cómo irás? Sicilia es territorio enemigo y no hay tráfico marítimo con ella.

—Iré en una nave del Temple.

—No lo entiendo. ¿Así sin más?

—No, sin más no. Al sur de Mesina hay unas encomiendas templarias y en la ciudad, una casa del Temple. Vasall me encomendará unos recados para ellos. Y esa será mi excusa.

—¿Es que fray Vasall lo sabe?

—Sí, y me dejará capitanear una de las pequeñas galeras que arrebatamos a los sarracenos.

—¡Vasall! ¡Bendito Vasall! —murmuró.

Buscaba la imagen del fraile en su recuerdo más reciente. Su corazón se abría de gozo y agradecimiento hacia aquel hombre que era a la vez su amor y su amante. Y sintió un deseo imperioso de abrazarlo y cubrirlo de besos.

—¿Y por qué hace eso? —preguntó poco después—. ¿Por qué se muestra tan generoso contigo? ¿No le puede traer problemas?

Roger rio.

—Parece que al capitán le gustan los problemas.

—Esa no es una razón —repuso ella—. ¿Por qué lo hace?

El joven se encogió de hombros. No podía decirle que iba en misión secreta y en qué consistía. Cada vez que pensaba en su obligado juramento, notaba un sabor amargo en la boca.

—Supongo que lo hace porque me aprecia —murmuró.

—Mucho ha de apreciarte —repuso la madre.

Y se dijo que quizá lo hiciera porque la amaba a ella. Aquel pensamiento la llenaba de felicidad.

69

—Fray Vasall me ha suplicado que le concedáis un encuentro —le dijo María al día siguiente.

Blanca sintió su corazón acelerarse feliz. ¡El fraile no la había olvidado! Aquella misma mañana, en la iglesia del Santo Sepulcro, habían intercambiado miradas tan disimuladas como llenas de cariño. Estaba ansiosa por acurrucarse de nuevo en sus brazos y amarlo. Pero otra vez sus temores la asaltaron.

—No sé, María —repuso—. Quizá es demasiado pronto. Va a pensar mal de mí. Dile que persista, que aceptaré encontrarme con él, pero que aún no.

—¿Sabéis que es eso, Blanca? —replicó la joven rubia—. Es una bobada. Los dos os deseáis. Es estúpido que demoréis vuestro encuentro.

—¡Haz lo que te digo! —cortó la viuda—. ¡Siempre me estás tentando! Y yo quiero conservar cierta decencia.

—¿Decencia? ¡Ja! Será cierta tontería.

—Díselo, por favor —suplicó.

—Vale, de acuerdo —concedió María. Hizo una pausa y suspiró antes de continuar—: ¡Ay de mí! Pues seré yo la que tenga que aplacar su viril ardor. ¡Oh, Dios mío! —En un gesto teatral, se puso la mano en la frente—. ¡Ese amplio pecho velludo y esos fuertes brazos! Y la caricia de su barba recorriendo mi cuerpo. Y el sabor de su boca en la mía... —Compuso una expresión de sufrida resignación—. ¡Oh, qué duro es! Pero alguien lo tiene que hacer.

Blanca no pudo evitar poner imágenes a las palabras de su amiga. Evocó su último encuentro. Jamás había sentido ni tanta pasión ni tanto placer. Y vio a la rubia amándose con él. Se sorprendió sintiendo por primera vez unos celos terribles. Y a continuación un enorme desconsuelo, junto con un deseo urgente de aquel hombre.

—¡No! —exclamó—. ¡Para, María, no sigas! Me estás torturando.

—¡Ah! Pues es lo que hay —siguió ella implacable—. ¡Oh, Dios mío, lo tendré que hacer!

—¡No, María! ¡No! Dile que iré.

La rubia se puso a reír a carcajadas. Se le saltaban las lágrimas.

—Pero con las mismas condiciones —siguió Blanca—. No me verá. Y dile que no hablaré y que él no trate de provocarme para que yo hable.

María se secó las lágrimas con un pañuelo. Dejó de reír para empezar de nuevo. La viuda se mostraba severa.

—Y si pretende haceros hablar, ¿qué? —la retó—. Entonces, ¿qué? ¿Tendrá que volver la buena de María a su trabajo?

—¡Vete a tu casa y déjame en paz!

Dos días después, Blanca acudía presurosa y embozada a aquella casa cuya puerta se encontraba entornada. Sentía la misma expectación y ansia que la primera vez, pero también la seguridad de una rutina conocida. Aguardó a que llegara el fraile vestida solo con su bata de seda en la habitación contigua y, tras la indicación de María, se adentró en la cálida y misteriosa oscuridad en la que la esperaban el fraile y el tálamo.

Se amaron apasionadamente. Ella en silencio y él repitiéndole cuánto la quería.

—Señora —le susurró—. Vos sois quien yo creo que sois. Sois la hermosa dama a la que veo en la misa de doce en el Santo Sepulcro. Aquella cuyas dulces miradas me privan de la respiración. No podéis ser otra. Mi alma lo sabe y también lo sabe mi cuerpo. Con otra jamás sentiría ni el amor, ni la dulzura, ni el ardor que siento por vos.

Y ella se acurrucaba en sus brazos en silencio y dejaba que su cuerpo y su pasión hablaran por ella. Él llevaba la iniciativa y, cuando Blanca intentaba corresponder, ella misma comprendía su torpeza y terminaba simplemente ofreciéndose a él. Que hiciera con ella lo que deseara. Y de nuevo alcanzó las cotas de placer y plenitud de la última vez. Aquellas que antes de conocer a Vasall jamás hubiera sospechado. La dulce contienda se prolongó suave y placentera. Abrazado a ella y antes de caer en un cálido sopor, el fraile le susurró:

—No me abandonéis si me duermo. Os lo suplico. Dejad que me despida de vos.

Y ella también se entregó al sueño. Se sentía protegida y plena en los brazos de aquel hombre. Después regresaron las caricias y los besos. Él quería volver a amarla y ella lo apartó con suavidad dándole a entender que era el momento de irse. Pero él la sujetó de la muñeca y le dijo:

—Ya sabréis, señora, que Roger partirá hacia Sicilia en busca de Giacomo, ¿verdad?

Blanca aguardó en silencio a que continuara. Todo lo que tuviera que ver con sus hijos era de su mayor interés.

—Pues bien, antes de que se vaya hacedle jurar, por Dios Nuestro Señor, por la Virgen María y por todo lo más sagrado, que nunca traicionará a su hermano.

La viuda se quedó helada. ¿A qué venía aquello? ¿Qué era lo que ella ignoraba?

—Veréis que se resiste —siguió el capitán—. Pero vos insistid. No dejéis que parta sin antes haberlo jurado.

—¿Y por qué debiera resistirse? —preguntó ella sin poderlo evitar.

Y comprendió que Vasall le había tendido una trampa para hacerla hablar y ella se había delatado. Pero en aquellos momentos era lo último que la preocupaba.

El fraile esperó en silencio, se sentía feliz. Hasta el momento, ella había impuesto sus normas, pero ahora era él quien dominaba la situación. Dejó que ella volviera a hablar.

—¿Por qué, fray Vasall? —preguntó incómoda ante el silencio del capitán.

—Sois vos —susurró él—. ¡Bendito sea el Señor! Me habíais hecho dudar. Doy gracias al cielo de que seáis vos, Blanca. —Y la abrazó.

Ella le dejó hacer para después apartarlo con suavidad.

—Os estáis vengando de mí —le dijo—, ¿verdad? ¿Por qué no respondéis?

—¡Cuánto me habéis hecho sufrir! Os responderé, pero dejad que primero lo celebre. Decidme vos, antes, por qué os habéis acostado conmigo.

Blanca tragó saliva, notó que enrojecía y se alegró de que él no le pudiera ver el rostro. Aquello era lo que ella había temido: que él creyera que lo hacía por simple lujuria. Y guardó silencio.

—Yo os amo, Blanca. —Él quiso ponerle la respuesta fácil—. Y por eso es por lo que yo estoy aquí.

—Sí, pero vos lo habríais hecho también con otra —repuso alterada—. No sabíais que os acostabais conmigo. Yo sí sabía quién erais vos. Y no lo habría hecho con ningún otro.

—Intuía que erais vos.

—No os asegurasteis. Podría haber sido otra y a vos no os habría importado.

Vasall rio entre dientes.

—¡Pues claro que me habría importado! Y si tanto os preocupa eso, ¿por qué me propusisteis estos encuentros? Esperabais que aceptara, ¿verdad? ¿Qué habría ocurrido si me hubiera negado?

—No habría ocurrido nada —repuso ella agitada—. No fue idea mía, sino de María. Fue ella la que me provocó hasta hacerme ceder.

—¡Ah! La culpa la tiene María. Pero la que está aquí sois vos.

—¿Me lo reprocháis?

—¡En absoluto! Lo agradezco infinitamente. Solo quiero saber por qué estáis aquí conmigo.

Blanca guardó silencio. Después suspiró y dijo en un murmullo:

—Porque también os amo. Os amo con locura.

—¡Lo sabía! —exclamó deleitándose con lo que acababa de oír. —Y la volvió a abrazar.

—Pero vos sí que lo hacéis por lujuria —murmuró ella—. Con María y con otras.

—Porque me faltabais vos. María es muy atractiva, una hermosa mujer, divertida y simpática, pero un pobre apaño. Algo físico. Nada puede al amor. Si decís que me amáis y que nos seguiremos viendo, os juro por Dios, por la Virgen y por todos los santos que nunca más me acostaré con otra. Ni aquí ni en ningún puerto, por lejano que esté.

Blanca sentía su corazón lleno de gozo. ¡La amaba! Y le prometía fidelidad. Se acurrucó contra él haciendo aún más estrecho el abrazo. Sabía que no estaba el asunto resuelto. No eran libres. Él era un fraile y ella soportaba la carga de aquellos dos hombres. ¿La dejaría cuando lo supiera? Quiso borrar el pensamiento y, a pesar de la oscuridad, cerró los ojos apretando los párpados como para expulsarlos de su mente. Debía gozar de ese glorioso momento.

—¿Cuándo nos volveremos a ver? —murmuró él—. Estamos aún juntos y ya sufro vuestra ausencia—. ¿Mañana?

—Nos veremos mañana en la misa de doce del Santo Sepulcro —repuso ella divertida y halagada por el ansia de su galán.

—Sabéis que no me refiero a eso.

—No seáis lujurioso —le riñó.

—El verdadero amor entre hombre y mujer se compone de amor espiritual y físico. Deben ir juntos. Y no parece que os siente mal este último.

A la viuda le hubiera gustado responder que no solo no le sentaba mal, sino que en su vida había gozado como con él. Pero calló por prudencia. A fin de cuentas, otorgaba con su silencio.

—¿Cuándo nos veremos? —insistió él—. Que sea pronto, os lo suplico.

—Mañana en el Santo Sepulcro —repitió ella—. Y pasado en el Santo Sepulcro y aquí.

—¡Gracias, señora!

—Y ahora responded a lo de mi hijo.

—No os puedo responder. Hacedle jurar. Es algo suyo. Y no os puedo decir más sin traicionarlo. Demasiado os he dicho ya.

Blanca intuyó que, por mucho que insistiera, no obtendría nada.

—Bien, gracias. Me tengo que ir.

—¡Dejadme veros antes!

Ella se dijo que también le gustaría mirarle a la cara para iniciar su nueva relación.

—Nos veremos. Pero vestidos. Poneos el hábito y esperadme.

Después de un cuchicheo excitado con María, Blanca apareció en la habitación, digna y majestuosa, portando un candil en la mano. Se miraron a los ojos sumergiéndose en las pupilas del otro un largo tiempo, viendo el reflejo de la llama brillar en ellas. Hablaban sin decir palabra. Y al rato él se acercó suavemente para besarla en la boca. Un nuevo abrazo unió sus cuerpos mientras ella sostenía el candil a mayor distancia para que su fuego no prendiera en sus ropas y los abrasara tal como hacía la pasión.

70

Una vez tomado el hábito, se suponía que el fraile debía «despedirse del siglo», como llamaban en el convento al mundo externo, lleno de tentaciones, pero la vida marinera de Roger lo obligaba a tratar continuamente con seglares. Poco le importaba el hábito a su amigo Garfio, que gozaba tentándole. No cesaba de invitarlo a que lo acompañara en secreto a los lugares que conocía en cada uno de los puertos en los que atracaban. Y le describía la belleza y la destreza en las artes amatorias de mujeres que conocía. Roger se mantenía firme, quería ser un templario ejemplar, le exigía que callara y el otro se reía. Pero le era imposible controlar sus pensamientos. Y en ellos aparecía Antonella, su amiga prostituta, una y otra vez. Y aquella tentación que consiguió vencer a costa de quedar con un amargo sabor de boca.

Los amigos eran muy importantes para el joven y no creía que frecuentarlos fuera pecado, pero estaba mal visto. Por ese motivo y porque era la costumbre del grupo, se juntaba con ellos en el hueco de la muralla que les servía de guarida de niños.

Estrenaban el invierno de 1286 cuando tuvo allí un encuentro fortuito. Fue con su amiga Julia, la esposa del viejo campesino, un día en el que solo apareció ella. Julia había sido su primer amor, un sentimiento de infancia nunca confesado. Era la niña con quien él soñaba en su jergón extendido sobre las duras tablas de la galera cuando era grumete. Y al verla con dieciocho años, convertida ya en mujer, no dejaba de preguntarse cómo podía estar tan hermosa a pesar de la dura vida que llevaba.

Se saludaron con una sonrisa tímida y él sintió la misma corriente recorriéndole el cuerpo que cuando de niños sus miradas se cruzaban. Mantuvieron una charla insustancial a la espera de que llegaran los demás, durante la cual, sin apenas percibirlo, se fueron acercando. Y de repente ella lo miró con sus grandes ojos castaños como suplicando, para después cogerle la mano y besársela como a un cura. Roger no interpretó que aquel fuera un beso de respeto a su hábito, sino algo muy distinto. Y sin poderlo evitar y ni siquiera pensarlo, la atrajo hacia sí y la besó en los labios. Ella correspondió estrechándolo en un abrazo y en unos instantes ardían de pasión. En la poca lucidez que le quedaba, Roger tiró de ella hacia el rincón oscuro más apartado de la entrada. No necesitaron desvestirse, ella se levantó las faldas de la gonela y él las del hábito, e hicieron el amor con desesperación. Y la fortuna quiso que nadie los interrumpiera durante el largo tiempo en que persistieron hasta agotar su ardor.

—Me tengo que ir —musitó ella al fin—. Si me retraso, mi marido me dará una paliza. Y de saber esto, fijo que me mataba.

—Lo siento —murmuró él.

—Yo no —dijo ella mientras corría hacia la salida—. Ojalá me hayas preñado.

Dos días después Roger coincidió con Julia en la calle. Su hermosa faz estaba deformada. Tenía un ojo amoratado y un labio partido.

—Valió la pena —le susurró ella al cruzarse fingiendo que no se conocían.

Pero Roger no lo creía. Estaba seguro de que el viejo acabaría matándola si se encontraban de nuevo. Era un buen argumento para mantener la castidad. Había pecado y no quería volver a hacerlo. Pero por algún motivo que le costaba entender, sentía que el recuerdo de aquellos instantes de pasión con Julia sería imborrable. Y volvía a preguntarse si estaba preparado para ser un buen templario.

71

Blanca abandonó el lugar de su encuentro con Vasall en la más absoluta confusión. Los sentimientos y pensamientos la abrumaban. Y la felicidad predominaba sobre todos ellos. Sabía que lo que acababa de ocurrir cambiaría su vida para siempre. Y se preguntaba qué iba a pasar a partir de aquel encuentro. Se sentía como un malabarista con muchas bolas en el aire. Amaba a aquel hombre con desesperación y estaba dispuesta a entregarle todo: su cuerpo, su alma y sus pobres posesiones. Pero él ignoraba las visitas de aquellos individuos que usaban su cuerpo para su solaz. ¿Cómo reaccionaría el fraile ante aquello? Podía tratar de ocultárselo. Pero ¿por cuánto tiempo lo lograría? No, ocultarlo sería una mentira imperdonable, contaminar su amor. Antes prefería que la acusara de puta. Pero no estaba aún preparada para confesárselo. Todo se había precipitado. No contaba con que se delatara aquella tarde. Y le asaltaba el temor. ¿La dejaría cuando lo supiera?

Y estaba lo de Roger. ¿A qué venía aquel extraño consejo? ¿Por qué debiera pedirle al menor de sus hijos que no traicionara al mayor? Los hermanos deben amarse, y eso harían sus hijos cuando se reunieran. Tampoco estaba preparada para abordar a Roger y exigirle el juramento. Era una petición absurda. ¿La había usado el fraile para que ella se delatara? Le tenía por un hombre honrado y directo. No le cuadraba semejante artimaña en él. Algo debía de haber. Algo que a ella se le escapaba por completo y que empañaba la felicidad que la embargaba tras conocer que su hijo mayor aún vivía. Vasall debía de saber mucho que a ella se le ocultaba y se dijo que en su próximo encuentro lo presionaría para que se lo contara. Solo pensar en volver a sus brazos le aceleraba el corazón, y se recordó que debía gozar de aquellos momentos de felicidad todo cuanto pudiera. ¡Era tan escaso aquel bendito sentimiento!

Roger, por su parte, se afanaba en preparar el viaje que lo llevaría a conocer a su hermano. Era una gran responsabilidad. El Temple ponía a su disposición una pequeña galera y, aunque aspiraba a mucho más, sería la primera vez que capitaneara de forma independiente una nave sin estar supeditado a Vasall. Otro paso para llegar a comandar un gran bajel semejante al Halcón. Pero no estar ya bajo el mando del que había sido su mentor tenía un inconveniente: ahora debía lidiar para todo lo concerniente a las reparaciones y suministros con el rácano de fray Cirilo. Soportar a Cirilo era para Roger un grano en el culo. Y acudió a su antiguo jefe en busca de consejo y ayuda. Vasall le sonrió comprensivo a la vez que divertido.

—Quiere tener un control absoluto —se lamentó el joven—. Y no hace más que retrasar todo lo que toca. No me deja comprar. Quiere hacer él las más mínimas transacciones. ¡Así no se puede trabajar! Vos adquirís directamente lo necesario, ¿no es así?

El veterano marino disimulaba su cariño por el muchacho. Veía en él al hijo que le hubiera gustado tener. Se alegraba de que desconociera, por el momento, la relación que lo unía a su madre. Y, por extensión, también a él.

—Sí, es así. Pero no esperes actuar como yo desde el primer día —repuso con sorna—. Muéstrate firme, pero obedece. Primero debes conocer cómo funciona todo: proveedores, precios, calidades y demás. Y solo cuando sepas igual o más que Cirilo, podrás enfrentarte a él. Así que, de momento, tendrás que apechugar.

Roger estaba disgustado. Aquello parecía divertir a Vasall, y creía que lo que le decía era obvio e innecesario. No lo ayudaba.

—¿Y no podríais hablar con él, capitán? —preguntó con timidez anticipando una negativa—. Para que me dé tregua y me deje trabajar en paz.

La sonrisa de Vasall se amplió.

—No creo que te convenga, grumete —repuso—. No soy santo de su devoción. Y tampoco él de la mía. Y aunque fuéramos uña y carne, tampoco se lo pediría. Eres un capitán responsable de una nave y de casi cien hombres. Debes aprender a sacarte tú mismo las castañas del fuego. —Y Vasall dio por terminada la conversación.

A pesar de las dificultades, Roger avanzaba en la puesta a punto de la galera y la contratación de una buena tripulación. Había conseguido que Garfio decidiera ir con él aceptando el puesto de cómitre principal, aunque su nave era bastante más pequeña que el Halcón. Y también que Pietro se contratara con él como piloto para aquella travesía. En cuanto a su amigo fray Adriano, seguiría navegando en el Halcón. La galera de Roger era demasiado pequeña para embarcar un tenedor de libros de la categoría del fraile, por mucho que Cirilo exigiera una estricta contabilidad. Ese trabajo le correspondería a Roger, del que Cirilo conocía que sabía escribir y de cuentas. Aunque ahí era donde el joven capitán pensaba tomar cumplida venganza con una estudiada imprecisión en los números.

Roger anticipaba cada encuentro con aquel tipo malcarado tal como lo haría con un enemigo antes de una batalla. Ponderaba sus puntos fuertes y débiles y solo iba a verlo cuando se sentía preparado. Porque Cirilo no se molestaba en acudir a la pequeña galera del joven capitán, sino que esperaba a que este fuera a la casa del Temple, su reino, a rendirle pleitesía.

Pronto el joven identificó algo que incomodaba al buitre. Se presentaba ante él junto a Garfio. El antiguo galeote no decía nada en esas entrevistas. Se limitaba a contemplar a Cirilo con una mirada asesina no carente de desprecio. La catadura y envergadura del cómitre intimidaban al fraile, que lo observaba con resquemor. Y cuando Cirilo le dijo que debían verse a solas, Roger se negó alegando que precisaba de la experiencia de Garfio. No pensaba ceder aquella estratégica posición ganada a su enemigo. Ahora Cirilo tenía su propio grano en el culo.

72

Blanca creía vivir un sueño y se sentía envuelta en una nube rosa de felicidad. Se decía que si con anterioridad había experimentado aquella plenitud, debió ser en un tiempo tan remoto que era incapaz de recordarlo. Y olvidaba sus temores.

Sus encuentros con Vasall en la iglesia para misa de doce eran incluso más intensos. Fingían no conocerse y dosificaban sus miradas para evitar sospechas, pero en los breves instantes en que coincidían se producía un estallido de dicha. Blanca se estremecía pensando que, en unas horas, o a lo sumo en un día o dos, estaría en sus brazos. Cerraba los ojos y trataba de rezar, pero le venían imágenes del cuerpo de su amante y anticipaba el placer físico y espiritual de cuando ella se le ofrecía y él la hacía suya. Se censuraba por no poder orar y por experimentar aquello en la mismísima casa de Dios.

«¡Es lujuria! —se reprendía en silencio. Para redimirse a continuación—: Es amor.»

Y volvía a verlo y se estremecía de nuevo.

Se encontraban en el mismo lugar, y la clandestinidad hacía los sentimientos más intensos. La conciencia de la brevedad del placer y del amor les hacía apreciar cada segundo que pasaban juntos. Sin embargo, Blanca siempre encontraba tiempo para preguntarle a su amante sobre aquella extraña recomendación que le había hecho. Gran parte de su felicidad se debía a que su hijo Giacomo seguía vivo. Y a la esperanza de tener pronto noticias suyas.

—Nada os puedo decir, señora —respondía siempre el fraile—. El único es Roger, si quiere. Son secretos que no me pertenecen. Hacedle jurar.

Pero no se decidía a hablar con su hijo sobre sus planes, ni a arrancarle aquel juramento cuyo sentido no comprendía. Hasta que al final del invierno, ya en 1287, la galera estuvo lista.

—Cuando el tiempo mejore, embarcaremos —le dijo Roger a su madre.

Había ido a visitarla a su casa. Ella le ofreció un vaso de vino y se sentaron a charlar.

—No es aún época de galeras —comentó ella—. Os encontraréis con temporales.

—Mi hermano Giacomo es también marino, madre —repuso él—. Tengo que llegar a Mesina antes de que embarque al reinicio de la guerra. De lo contrario, ya no sabría cuándo ni dónde lo podría encontrar.

—Es un tiempo muy peligroso para una galera. Se dice que el año pasado el mar se tragó a cinco aragonesas en una sola tormenta.

—Iré con cuidado, madre. Navegaré de cabotaje, sin perder de vista la costa. Esa ruta la hice antes con el Halcón y estaré muy atento al tiempo y a la siguiente ensenada o playa donde refugiar la nave.

Blanca suspiró y se quedó mirando con cariño a su hijo. En unas semanas cumpliría los veinte y lo veía seguro de sí mismo, apuesto y elegante con su hábito de sargento templario. La miraba franco con sus ojos miel y, como en la casa se quitaba el bonete, mostraba un pelo castaño claro que conservaba algo del ondulado de su niñez. Blanca temía y deseaba aquel viaje. Tenía muchas incógnitas, y la mayor, la que la tuvo inquieta todo el invierno, era la del extraño juramento. Llegaba el momento de afrontar el asunto. Le sonrió, alzó el vaso de vino para brindar y dijo:

—Por tu feliz viaje. Para que Dios Nuestro Señor te proteja y ampare.

—Que así sea, madre.

Entrechocaron los vasos y bebieron.

—Quiero pedirte algo que quizá te parezca extraño —siguió ella—. Pero te ruego que me complazcas. —Blanca intuía un problema y tenía el corazón en un puño.

—¿Qué es, madre? —preguntó tranquilo.

—Que jures algo, por Dios, la Virgen y todos los santos.

—¿Y qué queréis que jure?

Hubo una pausa. Blanca lo miraba a los ojos intensamente, como tratando de averiguar qué se escondía en su interior.

—Que nunca traicionarás a tu hermano.

Roger se quedó helado. Era lo último que esperaba. Sus pupilas se agrandaron por la sorpresa y se le entreabrió la boca. Le pedía lo contrario del juramento al que el gran maestre lo había obligado. El que le había quitado el sueño todo el invierno. El que le hacía sentir mal. No sabía qué decir. Se supone que un hermano no va a traicionar a otro, y menos sin que haya ocurrido algo previo entre ambos. Entonces, ¿por qué su madre le exigía aquel juramento? ¿Es que era bruja y, de alguna misteriosa forma, lo sabía?

La inmovilidad de su hijo, su pasmo, alertó a la viuda. Sentía que le faltaba el aire. Se puso de pie de un salto y le ordenó señalándole la pared de donde colgaba el crucifijo:

—Apoya tu mano en Nuestro Señor Jesucristo en la cruz y júrame ahora mismo, por Dios, la Virgen y todos los santos, que nunca traicionarás a tu hermano.

Roger seguía sentado a la mesa y miró a aquel Cristo de intensos colores, grandes ojos oscuros y ensangrentado. Y después a su madre, que lo contemplaba severa a la vez que alarmada. Sí, lo sabía y no podía imaginar cómo. ¿Qué haría ahora? Jurar eso representaba una clara violación a su juramento previo. No podía. Pero ¿cómo negárselo a su madre?

—¡Júralo! —le chilló ella.

No era fácil asustar a Roger, pero en aquel momento se sentía intimidado y confuso. En su interior se libraba una terrible batalla moral. Y ver la expresión de su madre, que rozaba el pánico, le descomponía.

—No puedo —musitó sin querer.

—¿Que no puedes? —preguntó ella angustiada—. ¿Qué quieres decir con que no puedes? ¿A qué vas a Mesina? ¿Cuál es el verdadero propósito de ese viaje? ¡Responde!

Él la miró en silencio y ella estalló en llanto.

—¡Oh, Dios mío! —sollozó—. No me lo puedo creer. ¡Vas a hacerle daño!

Él seguía callado. Ella se sentó y, tendiendo el brazo sobre la mesa, apoyó su mano temblorosa en el brazo de él.

—Dime, hijo. Cuéntame qué sucede —imploró entre lágrimas—. ¿Qué te han hecho? Ese que no quiere jurar no puedes ser tú.

No podía responderle. También había jurado no revelar el secreto. Veía a su madre y se le partía el corazón. Desde su más tierna infancia había tratado de protegerla, de hacerla feliz, y ahora la estaba destrozando. No podía soportarlo. Se levantó de un salto y se quedó mirándola. Llorosa, suplicante, sufriente.

—A la mierda el gran maestre —murmuró entre dientes sin que ella le pudiera oír—. A la mierda el juramento que le hice, aunque mi alma se condene para toda la eternidad. Y a la mierda el Temple.

De dos zancadas alcanzó la pared, apoyó la mano sobre el Cristo y, mirando a su madre, pronunció solemne:

—Juro sobre el crucifijo de mi familia, por Dios, la Virgen y todos los santos que jamás traicionaré a mi hermano.

La madre se levantó de la silla, aún con lágrimas, pero con

una sonrisa, y fue a abrazar a su hijo, que la estrechó contra su pecho.

—Cuéntame qué ocurre —le susurró al oído.

—No puedo, madre. Pero sabed que no traicionaré a mi hermano. Y lo protegeré con mi vida si es necesario.

Cuando su hijo se fue, Blanca se arrodilló frente al crucifijo dándole gracias a Dios. ¡Menos mal que le había hecho caso a Vasall! Había algo oscuro, que la espantaba, en aquel viaje, algo que ni uno ni otro le habían querido revelar. Sentía que acababa de ahuyentar un terrible mal, al demonio mismo.

73

Marzo de 1287

Roger abandonó la casa de su madre agobiado. Tenía una sólida y estricta formación religiosa que no solo provenía de su hogar, sino de los curas y predicadores del Temple. Tomar los hábitos no era nada baladí y sentía un profundo temor a Dios. Romper un juramento era mentir al ser supremo, un pecado horrible que llevaba a la condenación eterna del alma. Por eso el gran maestre, que compartía su sentir y devoción, estaba tan seguro de que iba a cumplir fielmente su promesa.

Roger fue al encuentro de Vasall. Solo con él, que conocía sus circunstancias, podía sincerarse y compartir su angustia.

Encontró a su antiguo capitán en el Halcón.

—No he podido evitarlo —confesó Roger—. Le he tenido que jurar a mi madre que no traicionaría a mi hermano.

—¿Y qué tiene eso de malo? —preguntó Vasall secretamente divertido—. ¿Es que pensabas cumplir el estúpido juramento que le hiciste al maestre?

El joven lo miró disgustado. La primera pregunta le parecía absurda. ¡Lo tenía todo de malo! Y la segunda también era una obviedad. ¡Estaba obligado a cumplir!

—Tiene de malo que representa lo contrario a mi anterior juramento —le aclaró—. Si cumplo uno, no cumplo el otro. E incumplir un juramento es pecado mortal.

Vasall lo miró ponderando su respuesta.

—Estoy seguro de que encontrarás algún cura que te dé la absolución —repuso al rato—. Pero mejor lo buscas cuando llegues a Mesina. Aquí en Brindisi te podrían delatar a pesar del secreto de confesión.

—¿Así de fácil? —preguntó el joven, ceñudo.

—Sí —repuso firme el capitán.

—No lo entiendo. Es como si mi madre intuyera el juramento que le hice al maestre —murmuró reflexivo.

El veterano capitán no quería que la conversación siguiera en esa dirección.

—Míralo del lado positivo —le dijo—. El juramento que tu madre te ha exigido te da la libertad.

—¿Por qué?

—El maestre te obligaba a hacer algo que no querías.

—¡Vos me obligasteis a jurar!

—Con ello te facilité que pudieras llegar hasta tu hermano.

—Pero el precio era excesivo.

—Cierto. Pero ¿cuál es la situación ahora? Para empezar, aún no has roto ninguno de los juramentos, ¿verdad?

Roger afirmó con la cabeza.

—Y como tus dos juramentos son incompatibles, llegado el momento tendrás que elegir cuál de ellos cumples. Tú decides. Por lo tanto, ahora eres libre.

Y se quedó a la espera de que el joven lo asimilara. Pero tardaba y decidió dar por terminada la charla.

—Y ahora vete, que tengo trabajo.

Era primeros de marzo, aún hacía frío, pero amaneció un día despejado y soplaba una agradable tramontana. Hacía una semana que todo estaba listo y había que aprovechar el buen tiempo. Había llegado el momento de partir.

—Quiero que sepas algo, Roger —le dijo su madre después de abrazarlo y desearle toda suerte de venturas.

—¿Qué es, madre?

—Amo al capitán Vasall.

El joven quedó boquiabierto. No había anticipado nada y la sorpresa lo dejó helado.

—¿Es eso verdad? —preguntó cuando pudo reaccionar.

—Sí.

—¿Y él...?

—Él también me ama.

No tenía tiempo de más, había que embarcar antes de que cambiara la marea, y el joven estaba abrumado y lleno de interrogantes. Y se dijo que precisamente por eso, para evitar sus preguntas, su madre había aguardado hasta aquel momento para confesarle su amor por el marino.

—¡Él también la quiere! —murmuraba Roger mientras se encaminaba hacia la nave.

Y justo antes de subir se encontró a Vasall al pie de la pequeña galera. Roger se quedó paralizado, mirándolo sin decir nada. Después de unos tensos instantes fue Vasall quien rompió el silencio:

—Te deseo un buen viaje y que todos tus anhelos se vean cumplidos —dijo—. Ve con Dios.

—Lo sé.

Hubo una pausa.

—¿Y qué?

Roger alzó las manos en un gesto de desconcierto.

—Pues..., pues —balbuceó—. Creo que...

Y quedó en silencio. Para concluir poco después en un murmullo:

—Pues que os deseo lo mejor.

Vasall lo abrazó. Fuerte. Era la primera vez, en los doce años que se conocían, que el viejo marino se permitía semejante efusión. De hecho, Roger jamás lo había visto abrazar a nadie. Aquello le emocionó hasta humedecerle los ojos. A nadie quería en el mundo como a su madre. Y acababa de descubrir el enorme afecto que sentía por aquel fraile tan peculiar.

PARTE OCTAVA

—

AÑO 1287

74

El ancla estaba recogida, también las amarras, y Roger dio la orden. Garfio sopló su silbato, los remos se hundieron en el mar y la galerilla musulmana rebautizada como la San Teodoro, en honor al patrón de Brindisi, se separó pausadamente del puerto para dirigirse, a ritmo de boga lento, hacia el canal que separaba el mar Adriático de la bahía.

No era un gran acontecimiento como lo sería la partida del Halcón, puesto que la tripulación era menos de un tercio de la de Vasall, pero se habían congregado varios cientos entre familiares, amigos y curiosos. Desde el castillo de popa el joven capitán los contemplaba. Allí estaba su madre, junto a Betta. Más allá, la guapa María con un par de amigas, y cerca del Halcón, que seguía amarrado al puerto, se encontraban fray Vasall y fray Adriano. Más alejado, distinguió a fray Cirilo con su mirada inquisitiva, y aún más lejos a Luigi, también vigilante, con cara de pocos amigos y altivo, en su papel de capitán de la guardia. Lo acompañaban, uniformados, cuatro de sus hombres, entre los que reconoció a su amigo Paolo, que seguía fingiendo no conocerlo.

Roger observó pensativo el gran número de naves concentradas en el puerto, no paraban de llegar. Muchas eran galeras semejantes al Halcón, naves de combate. Se juntaba una enorme flota para invadir la isla de Sicilia y se preguntó en qué les iba a afectar a él y a su hermano.

Tenían el sol de cara y tanto Roger como Pietro, al timón, se mantuvieron atentos al enfilar el canal. Después el joven contempló su ciudad con la misma nostalgia que siempre que la abandonaba. El sol, que acababa de surgir del mar, iluminaba las naves del puerto y los edificios de la colina, las gigantescas columnas romanas y la catedral en la cima.

Pero esta partida no era como las anteriores. Roger era ya un capitán independiente y se dirigía hacia una aventura cuyo desenlace no sabía prever. ¿Cómo sería su hermano? ¿Cómo lo recibiría? A Giacomo, con una posición importante en la flota siciliano-aragonesa, se le presentaría de pronto un hermano al que creía muerto y que procedía de territorio enemigo. ¿Lo iba a creer? ¿Se fiaría de él? No esperaba que lo recibiera con los brazos abiertos, sino con recelo. Suspiró. Debía ganarse su confianza. Y cuando lo lograra, si realmente lo conseguía, ¿qué? ¿Iba a traicionarlo rompiendo el juramento hecho a su madre? ¿O traicionaría al maestre del Temple? No lo tenía del todo claro. Y aunque su madre, para él, estaba muy por encima de fray Guillaume de Beaujeu, quizá las circunstancias lo obligaran a hacer algo desagradable. Lo decidiría en su momento. Como le dijo Vasall, ahora era libre.

—Buen día para navegar —dijo Pietro, que en cuanto estuvieron en mar abierto puso rumbo sur—. ¡Y mejor tramontana!

Su comentario distrajo a Roger de sus pensamientos. Observó el plácido mar azul, las pequeñas nubecillas blancas que flotaban en el cielo y las gaviotas que graznaban en rápido vuelo.

—Yo tomo el timón, Pietro —le dijo—. Iza la vela y que descansen los galeotes.

Vio cómo los marinos se apresuraron a elevar la única y gran vela latina de la nave y dejó de escuchar el bombo con el que Garfio marcaba el ritmo de boga. Navegarían en paralelo a la costa hasta Santa María de Leuca, justo en el extremo del tacón de la bota de Italia. Pero antes se detendrían para aprovisionarse en Otranto.

Y de nuevo se sumió en sus pensamientos. No había tenido tiempo de asimilar el amor de su madre por Vasall. Había sido una completa sorpresa, máxime por la condición de fraile del galán. Sabía que su antiguo capitán no se distinguía por respetar su voto de castidad. Pero ¿y su madre? Le costaba creer que con su acentuada religiosidad se embarcara en una relación sacrílega. Bien decían que el amor es ciego. Se debían de ver a escondidas. Y de pronto cayó en el porqué de la exigencia de aquel juramento. ¡Vasall estaba detrás de todo! Ya estuvo detrás de la propuesta del gran maestre para que él fuera a buscar a su hermano. Y de aquel desagradable juramento. Y ahora estaba detrás del otro juramento, que según él le concedía la libertad.

—¡No me lo puedo creer! —se dijo en un murmullo casi inaudible—. Primero me protegió de niño, después me hizo progresar hasta llegar a capitán. Y ahora lo ha orquestado todo para que encuentre a mi familia perdida. ¡Dios mío, cuánto le debo!

Y se dijo que su madre no hubiera podido escoger a un hombre mejor. Fuera o no fraile.

75

—Me siento vacía, María —murmuró Blanca—. Hace apenas unas horas que mi hijo se ha ido y estoy desolada. Lo añoro.

La joven rubia la había visto llorosa a la partida de la San Teodoro y había ido a visitarla a su casa.

—¡Vamos, mujer! Como si fuera la primera vez que el chico se embarca.

—Pero esta es distinta. Antes iba con Vasall, ahora va solo y no tengo buenas sensaciones con este viaje.

—Pero si va a encontrarse con su hermano —repuso María animosa—. Pronto podréis abrazar a ese hijo que perdisteis hace tantos años.

—Que Dios Nuestro Señor te escuche, María. Pero hay algo oculto, algo siniestro, en ese viaje que ni él ni Vasall me han querido revelar. Estoy preocupada.

—No veo por qué. No hay nada que indique que vaya a enfrentarse a mayores peligros que en viajes anteriores. La vida de un marino es la que es.

—No lo sé, pero me siento mal. Y muy sola. Necesito ver al fraile.

La rubia rio.

—¡Ah, es eso! Lo que tenéis es un ataque de amor. El fraile tiene una cosa entre las piernas con la que os curará todas esas tontas angustias.

—¡No me seas cochina, María! —se escandalizó Blanca.

Pero una sonrisa pugnaba por asomarse a sus labios. Y María, contemplándola, volvió a reír sonora y alegre.

En su siguiente encuentro se amaron con pasión. Después de las sesiones sin luz, ahora se detenían con frecuencia y se deleitaban contemplándose. Y en un descanso después de agotar sus ansias, él le dijo a Blanca:

—No puedo seguir así, señora. Os amo, os necesito. Quiero amaros cada día, no solo de vez en cuando. Quiero dormir con vos cada día, quiero que comamos juntos cada día. Y quiero que compartamos la vida sin encuentros clandestinos.

Blanca guardó silencio. Aquello era muy bonito, pero imposible.

—¡Qué más quisiera yo, Vasall!

—Pues hagámoslo.

—No puede ser.

—Sí que puede ser.

—Vos sois fraile. Y tenéis una posición muy importante en el Temple.

—Me es igual. Colgaré los hábitos. Soy un buen marino, encontraré un empleo, aunque sea de capitán de un navío pequeño. Ganaré para que vivamos los dos.

—¿Eso haríais? —preguntó asombrada.

—Eso haré si me dais el sí. Y si nadie nos quiere casar aquí, iremos a otro lugar.

La viuda calló. Y por un momento se puso a soñar. Pero después pensó que tarde o temprano él tendría que saberlo y que aquel era el momento, a pesar del temor y vergüenza que sentía.

—No sabéis cuánto me gustaría —murmuró—. Pero no puedo. No soy libre.

Él la miró sorprendido. ¿Era una excusa?

—No me digáis que vuestro marido vive, os abandonó, y aparentáis viudedad.

—No, soy viuda de verdad.

—Entonces, ¿qué es eso de que no sois libre?

Y llorando desconsolada se lo contó. Las amenazas de muerte a su hijo, el engaño, la traición y toda la miseria de Antonio di Murano. Y la arrogancia, el desprecio, la violencia y las amenazas del gobernador angevino.

—Ahora vuestro hijo está lejos de su alcance —gruñó Vasall con voz ronca. Una furia fría, una rabia apenas controlable le roía el pecho.

—Pero regresará —repuso sollozando—. ¡Me habéis hecho soñar! ¡Qué hermoso hubiera sido! ¡Cuánto me hubiera gustado! ¡Os amo tanto! Pero es imposible. Primero, porque son demasiado poderosos. Y después, y mucho peor, porque no soy la mujer honesta que vos creíais. Soy como María. Solo que lo hago a la fuerza y sin que paguen. Entenderé que me despreciéis. Os he engañado. Y a lo único que puedo aspirar con vos es a vernos a escondidas para no manchar vuestro honor. A ofreceros mi cuerpo y mi alma a cambio de nada.

—Ya no puedo dejar el Temple —murmuró él.

—Lo comprendo, Vasall. —El llanto apenas la permitía hablar—. Comprendo que queráis seguir con vuestra vida de fraile sin mí. Solo os ruego que no me abandonéis del todo. Me moriría. Visitadme como hacíais con María. Solo que yo os saldré gratis.

El capitán se encerró de nuevo en su mutismo mientras Blanca ya no controlaba su llanto, que se hizo más sonoro. Y al rato apoyó con suavidad su mano en el brazo velludo de él.

—No me abandonéis, os lo suplico.

De una violenta sacudida, él apartó la mano de su brazo y estalló colérico:

—¡Basta de bobadas, *donna* Blanca!

Ella se encogió intimidada. Veía venir lo peor.

—¡Dejaos de dignidades e indignidades! —rugió—. Pero ¿es que os parezco yo un buen fraile? Pues no, no lo soy. Y me honra que me améis, y que me améis tanto, a pesar de todo lo que me habéis contado.

Los ojos de ella se agrandaron de sorpresa.

—Nunca he amado a nadie como a vos, señora —siguió—. ¡Nunca! Y os creo. ¿Pensáis que voy a dejar que esos miserables sigan abusando de vos? ¡Pues no! No renuncio a mis sueños, señora. Ni a que vos seáis solo mía.

—¡Son muy poderosos! —se alarmó ella—. ¡Os matarán!

—Veremos quién mata a quién —murmuró él arrastrando las palabras—. Se puede morir de muchas formas. Y no sería mala muerte si muero por vos.

—¡No digáis eso!

—Yo también tengo mi poder, señora. Y me lo da el Temple. Por eso no puedo colgar aún los hábitos. Pero lo haré en cuanto os libere de ellos.

—No sé cómo podréis lograrlo.

—Dejádmelo a mí.

Blanca calló. Sentía una felicidad que le llenaba el pecho. Y seguía llorando, solo que de alegría. Pero un oscuro temor empañaba el momento. Veía a Vasall dispuesto a todo por ella. Quería enfrentarse a los hombres más poderosos de Brindisi. Y aquello muy difícilmente podía terminar bien.

76

A bordo de la San Teodoro

Le llevó a la San Teodoro casi un día llegar al cabo de Santa María de Leuca, el extremo sur del tacón de la bota de la península italiana, desde Otranto. Allí dejaba atrás el mar Adriático para penetrar en el Jónico y en el gran golfo de Tarento. Y el tiempo, apacible hasta entonces, cambió de repente, el cielo se cubrió de nubes oscuras, empezó a soplar un viento racheado y la lluvia hizo su aparición. Roger solo había recorrido aquella ruta un par de veces, pero sabía qué hacer. Aun así, consultó con Garfio y Pietro.

—Esto pinta mal —les dijo—. Debemos refugiarnos en Galípoli.

—Cierto —repuso Garfio—. Y mejor nos damos prisa.

—Galípoli tiene una buena rada, al pie de su castillo —confirmó Pietro—. Y hay que llegar cuanto antes.

Garfio puso a los galeotes en boga rápida y Pietro hizo orientar la vela para aprovechar el viento, vigilando la tormenta que se aproximaba y que lo obligaría a arriarla.

Cerca ya de Galípoli, el cielo se ennegreció, el viento racheado se hizo mucho más potente y se puso a granizar. Los marinos recogieron las velas con presteza, pero los galeotes tuvieron que seguir remando sin la protección de las lonas. El viento no las permitía, ni tampoco había tiempo que perder.

Llegaron al amparo del puerto cuando ya rugía la tormenta y, aliviados, pudieron anclar en una zona relativamente segura.

Galípoli no tenía casa del Temple, pero fueron bien recibidos, a pesar de que después de la muerte de Carlos de Anjou la ciudad se entregó a la Corona de Aragón para evitar el asalto y saqueo por parte del almirante Roger de Lauria y sus almogávares.

Allí permanecieron dos días hasta que amainó. Y después de evaluar cielos y vientos, la San Teodoro se aventuró a cruzar en línea recta el golfo, hasta Crotona, yendo desde el tacón hasta la parte posterior de la punta de la bota en un trayecto que les llevaría casi dos días. Después siguieron hasta Castelvetere, para llegar al extremo de la península, desde donde se internaron en el estrecho hasta alcanzar Mesina, ya en la isla de Sicilia.

La San Teodoro arribó a su destino, once días después de su partida, una mañana brillante que anunciaba el fin del invierno y la llegada de la primavera. En las fortificaciones de Mesina ondeaban las enseñas sangre y oro de Aragón y el águila negra de la reina Constanza. Los estandartes del Temple les sirvieron de pasaporte, y los guardianes de la entrada bajaron las cadenas que cerraban la gran rada. Las enseñas de la Orden les habían facilitado el atraque en todas las ciudades del trayecto, estuvieran en uno u otro bando de la contienda que sacudía aquella parte del Mediterráneo. En ninguna pagaba el Temple impuestos o aduanas, privilegio concedido por los monarcas angevinos y que respetaron los aragoneses.

—¿Creéis que esta bahía es mayor que la de Brindisi? —les preguntó Roger a sus amigos.

Y contemplaron aquella extensión de mar encerrada y protegida que tenía forma de G.

—El tamaño será semejante, solo que esta es casi circular, mientras que la nuestra está repartida en dos brazos —repuso Pietro.

—La entrada de Brindisi es más angosta —añadió Garfio—. En todo caso, ambas son excelentes.

Roger vio que la suya no era la única nave templaria en el puerto, sino que había varias galeras y cocas. Cuando atracaron, aparecieron los oficiales del puerto a revisar la carga, aunque en un principio la Orden estaba exenta de impuestos. Roger les preguntó por la casa del Temple y le señalaron un gran edificio casi al borde del mar. El joven capitán dejó la San Teodoro al cuidado de sus amigos y allí se fue.

77

Brindisi

Cuando vio entrar a fray Vasall, Antonio di Murano se encontraba frente a sus libros de cuentas detrás del mostrador, en un pupitre elevado desde donde controlaba la mayor parte del amplio local de su comercio.

El recinto bullía de actividad, acababa de atracar una nave del veneciano y las mercancías empezaban a ser desembarcadas. Los estibadores cargaban a sus espaldas los fardos de los productos más valiosos, que Antonio guardaba en aquel bien vigilado almacén. Su vivienda se encontraba en el piso superior. Varios empleados atendían a distintos clientes que distribuirían las mercancías por toda Apulia.

—Bienvenido seáis, fray Vasall —le gritó a modo de saludo.

El fraile le hizo un gesto de reconocimiento con la cabeza, no dijo nada ni le devolvió la sonrisa. Como de costumbre, vestía su elegante hábito gris, con daga al cinto, y, además, su capa negra.

—Muy propio de esos estirados del Temple —murmuró el comerciante entre dientes—. Y los que, como este o fray Cirilo, tienen dinero que gastar lo son mucho más.

Vasall se abrió paso hasta el mostrador donde Antonio, que había bajado desde su pupitre, lo esperaba ya.

—¿A qué debo el honor de vuestra visita, fray Vasall? —preguntó obsequioso.

El capitán del Halcón examinó unos instantes a aquel individuo, al que conocía de mucho tiempo atrás, como si lo viera por primera vez. Tendría unos cincuenta años, tiraba a bajo, mostraba una abultada panza, vestía de sedas, lo miraba atento con sus ojos grises y mostraba al sonreír un par de huecos en su dentadura. Lo imaginó encima de Blanca y las tripas se le revolvieron de asco.

—¿Podemos hablar en privado?

—¡Por supuesto, fray Vasall!

Y pensó: «Otro que va a querer engrase». Le extrañaba, llevaban mucho tiempo mercadeando con el capitán sin que ni el fraile le hubiera pedido comisión alguna ni él hubiera apreciado oportunidad para ofrecérsela. Tenía aspecto de insobornable.

Lo acompañó a una habitación de reducidas dimensiones donde por encima de una mesa se elevaban estantes llenos de libros de cuentas, y el mercader observó que Vasall se aseguraba de que la puerta quedara cerrada. «Sí, me va a pedir algo», se dijo.

Entonces se topó con aquella mirada asesina. Sin mediar palabra, el fraile le puso las manos en el cuello, lo empujó contra la pared y empezó a estrangularlo. El comerciante no tuvo ni tiempo de pedir socorro. Ni siquiera para soltar un gemido. El bonete con el que se cubría se le cayó mostrando su reluciente calva. Pero ninguno de los dos reparó en ello. Antonio tenía los ojos en blanco y boqueaba en busca de aire mientras trataba desesperadamente de arrancar con sus manos aquellas garras de hierro de su garganta. Vasall desahogaba la rabia acumulada, mientras el otro creía que moría. ¡Lo estaba matando! Se meó encima. Y el ataque se prolongó hasta que el mercader dejó de luchar y sus brazos cayeron a sus costados. Entonces el fraile lo soltó y él se desplomó sobre sus orines tosiendo, al tiempo que trataba de tomar aire. El capitán no estaba aún contento y le pateó la panza mientras el otro se enroscaba para protegerse y gemía. Cuando se dio por satisfecho, le gruñó:

—¡Como vuelvas a molestar a *donna* Blanca di Fiore, te arranco el alma del cuerpo, miserable!

El comerciante, que se maravillaba de seguir vivo, al tiempo que temía nuevos golpes, ni se atrevió a abrir la boca. Vasall le pisó la cara apretándola con saña contra el suelo.

—¿Te has enterado?

—¡Sí, fray Vasall! ¡Sí! —musitó—. Nunca más, nunca más. ¡Lo juro!

—No me basta —gruñó el marino.

Aterrorizado, el mercader, aún tendido en el suelo, abrió la boca para pedir auxilio, pero Vasall, que estaba atento, se la cerró de un puñetazo. Empezó a sangrar.

—Como grites, te mato aquí mismo, cerdo —le advirtió.

Y cogiéndolo de su ropaje, tiró de él lejos del charco de orina. No quería mancharse. Después sacó la daga del cinto y le preguntó:

—¿Qué prefieres: que te corte los huevos o que te saque los ojos?

Antonio se puso a temblar como una hoja. El terror le hizo soltar la vejiga de nuevo. Pero la tenía ya vacía.

—Tened piedad. Os lo suplico —murmuró—. Por Dios, por la Virgen y por todos los santos. Que tengo familia...

—Pues ya no tendrás más hijos. —Le pinchó en los testículos.

—Os juro que nunca más volveré a molestar a *donna* Blanca. Por Dios Nuestro Señor y por la Virgen. Y si no cumplo, que se mueran mis hijos.

—Mejor os saco los ojos —prosiguió Vasall implacable.

Y se puso encima sujetándole los brazos con las rodillas y, empuñando la daga, la acercó a uno de los ojos del mercader, que los cerró mientras iba murmurando:

—Piedad, piedad..., haré lo que sea, lo que queráis.

—¡Mírame!

Abrió los ojos para ver la punta de la daga a punto de pincharle la córnea. Otro temblor lo sacudió.

—¡Piedad! ¡Piedad!

—Me das asco. —Vasall se incorporó y lo contempló con desdén—. Cumple tu promesa si no quieres que vuelva.

Y sin esperar respuesta, el fraile abandonó el comercio con el mismo paso tranquilo con el que había entrado.

78

Mesina

Cuando el joven capitán llegó a la casa del Temple de Mesina, pudo apreciar un tamaño y una actividad que superaban en mucho a los de Brindisi. Dos soldados montaban guardia en las puertas sin que detuvieran a ninguno de los que las cruzaban cargando mercancías y equipajes. Ambos inclinaron la cabeza con respeto al identificar en Roger el hábito, el bonete y la capa negra propia de un sargento. En el interior el joven buscó con la mirada alguien que vistiera como él y, al encontrarlo, lo saludó.

—Dios os guarde, hermano. ¿Podríais hacerme la gracia de avisar a fray Guglielmo di Canelli?

El otro, un sargento joven sin apenas barba, inició una sonrisa que truncó de inmediato para mantenerse dentro del decoro que exigía la regla.

—Y que el Señor os guarde a vos también, hermano —repuso—. ¿No seréis, por ventura, fray Roger di Fiore?

—Cierto.

—Os esperábamos. Aguardad aquí un momento.

Al poco el frailecillo regresó para acompañar a Roger a través de un gran patio repleto de actividad que le recordó una versión reducida del castillo de San Juan de Acre. Al otro extremo, junto a una pequeña iglesia, entraron en una sala capitular.

—Maestre —le dijo su guía al personaje que estaba dentro—. El fraile sargento Roger di Fiore.

—Dios os guarde, padre —saludó Roger con una inclinación de la cabeza.

—Y que Él os acompañe también, hermano —respondió el maestre con voz profunda.

Era un hombre en su cincuentena, de barba canosa y ojos azules. Se cubría con su capa blanca y estaba sentado en un banco de piedra al fondo de aquella estancia iluminada por una única ventana que daba al patio. Unos arcos apuntados sostenían una techumbre de madera sin adornos. Le indicó con un gesto un taburete y Roger se acomodó, alegrándose de no tener que sentarse en la piedra. Hacía frío.

—¿Fray Guglielmo? —preguntó.

El maestre le confirmó su identidad, le dio la bienvenida y pasó a interrogarle sobre su viaje. Cuando se sintió satisfecho y seguro de que Roger era quien decía ser, empezó a contarle:

—Mi provincia comprende Sicilia y Calabria, aunque poco nos queda en Calabria. Allí hay guerra y sufrimos continuos saqueos sin que se respete nuestra sagrada misión. Y esos almogávares venidos de España son los peores. Unos verdaderos diablos.

Roger había oído hablar de aquella tropa irregular que causaba el pánico y sentía curiosidad por ella. Esperaba conocerla pronto.

—Aquí la Orden no dispone de las ricas propiedades agrícolas y ganaderas que tiene en Apulia, de donde vos venís. Las donaciones al Temple fueron generosas al principio, pero a raíz del conflicto entre el papa y el emperador Federico fuimos expropiados de muchas de ellas. Y como el emperador era alemán, favoreció a los caballeros teutónicos. Su hijo Manfredo fue más considerado, pero quien verdaderamente nos benefició fue el difunto Carlos de Anjou.

—¿Y qué ocurre con los aragoneses?

—De momento la situación no ha cambiado mucho. Aunque, de continuar la guerra, terminarán gravándonos con impuestos. La reina y el nuevo rey, su hijo Jaime, tienen las arcas vacías y benefician a los franciscanos.

—Que predican la pobreza de la Iglesia. —Roger no pudo evitar el comentario.

El maestre compuso una expresión de disgusto y el joven decidió vigilar su lengua.

—Nuestra principal fuente de ingresos aquí en Sicilia son los peregrinos —prosiguió fray Gluglielmo.

—Que, como en Brindisi, quieren que les facilitemos el viaje completo —añadió Roger.

—En efecto. Con nosotros se libran de los peligros del viaje. Ni se les mata, ni se les roba, ni se les vende como esclavos en África. Pero no se puede comparar nuestra actividad aquí con la de Brindisi.

—¿Y por qué es eso, maestre?

—Porque por aquí pasan la gran mayoría de los peregrinos. Vienen de Inglaterra, España, Francia, Borgoña, Países Bajos y parte de Alemania. Por lo general llegan a Sicilia por Trapani para embarcarse hacia Outremer aquí en Mesina.

—Vuestra provincia debe de proveer generosamente a la Orden.

—¡Cierto! Pero esta guerra nos ha puesto bajo sospecha y podemos perder el favor de los monarcas aragoneses en cualquier momento.

—¿Y eso por qué? —preguntó de nuevo Roger a pesar de que adivinaba la respuesta.

—Sabréis que nuestro gran maestre era primo del fallecido Carlos de Anjou, ¿verdad?

Roger afirmó con la cabeza.

—Y que la Orden depende directamente del santo padre, que era enemigo declarado de Pedro III de Aragón, ¿cierto?

—Así es, padre.

—Pues a la muerte del rey Pedro, la reina Constanza hizo

coronar a su hijo Jaime como rey de Sicilia. Y el joven se apresuró a ofrecer su vasallaje al papa, brindándose a capitanear un ejército con el que iría al reino de Jerusalén para combatir a los musulmanes. ¿Y sabéis qué le contestó el papa?

Roger se encogió de hombros. Algo había oído, pero quería conocer más detalles. La relación de los monarcas de Sicilia con el Temple interesaba mucho a su misión.

—Pues lo excomulgó y reiteró la excomunión a su madre diciéndoles que debían devolverles a los Anjou Sicilia, Calabria y los demás territorios conquistados en la península —siguió el maestre—. ¿Y sabéis cuál fue la respuesta del joven?

—No.

—Envió una flota que saqueó y arrasó Astura. Y Astura no es una ciudad angevina, sino que es del santo padre; pertenece a los Estados Pontificios.

—¡El rey Jaime le devolvió la bofetada al papa! —se sorprendió Roger—. Lo desafió, no le intimida.

Había un tono admirado en Roger y el maestre compuso otra expresión de disgusto.

—Os cuento todo eso para que comprendáis la situación delicada en la que nos encontramos. Los reyes actuales de Sicilia no se fían de nosotros, nos miran con recelo y nuestros privilegios peligran. Y más después del incidente de Trapani.

—¿Qué ocurrió en Trapani?

—Fue hace cuatro años. El rey Pedro supo que un gran bajel templario llegaba de Outremer cargado con ricos mercaderes provenzales, súbditos de Carlos de Anjou, y sus pertenencias. Y ordenó a sus autoridades que lo retuvieran, seguramente para confiscar las propiedades. La nave tocó tierra en Trapani y el capitán envió a un fraile a comprar suministros. Le dijeron que no podían zarpar, el fraile les dio largas y la embarcación partió antes de poder ser abordada. Nadie sabe cómo se suministraron, pero el monarca se enfureció y nos culpó a nosotros.

—Entiendo.

—A los únicos templarios que los monarcas actuales tienen cierta simpatía son a los aragoneses y catalanes.

—Porque sospechan del resto.

—Así es, y, usurpadores o no, tienen el apoyo del pueblo gracias a las victorias del almirante Roger de Lauria. Además, el populacho aquí en Sicilia nos acusa de arrogantes y de llevarnos dinero, trigo y otros recursos a Outremer. No comprenden nuestra sagrada misión.

El joven fraile hizo un movimiento con la cabeza como solidarizándose con los problemas del maestre.

—El rey Jaime está envalentonado —prosiguió fray Guglielmo—. Domina el mar y puede golpear donde quiera.

—Pero esto está a punto de cambiar, ¿verdad?

—Así es. Y por eso y para eso estáis vos aquí, fray Roger.

—Asumo que conocéis mi misión, ¿verdad, padre?

—Así es, y que Dios os bendiga.

—¿Qué sabéis de mi hermano?

—Le une una fuerte amistad al almirante De Lauria. Fueron a Cataluña a luchar contra los cruzados y después participaron en la toma de las Baleares junto al infante Alfonso, hoy rey de Aragón, del que también es amigo. Se hizo famoso al ganar un torneo en las celebraciones de la victoria sobre los cruzados franceses. Pasó un tiempo en España, donde recibió algún feudo y se casó con la hija de Ramón de Montcada, el senescal de Cataluña. Después se incorporó a la flota para saquear y devastar toda la costa provenzal. A finales del año pasado regresó junto al almirante, y ahora se preparan para repeler la invasión angevina.

—Parece que los aragoneses lo tienen difícil —murmuró Roger.

—Y más si vos coronáis con éxito vuestra misión. —Y un asomo de sonrisa apareció en la barba del maestre—. Dios está con nosotros y venceremos, hijo.

79

Brindisi

—No veréis a Antonio di Murano nunca más por vuestra casa —le dijo Vasall a Blanca en su siguiente encuentro—. Ahora toca arreglar lo del gobernador.

—¿Qué ha ocurrido?

El fraile le relató lo sucedido y el rostro de Blanca reflejó preocupación y temor.

—Todo esto es muy peligroso, fray Vasall —musitó—. Y el gobernador es un animal de otro pelaje. Es un hombre violento, rencoroso..., y no me extrañaría que el veneciano le advirtiera.

—No me importa el peligro.

—¿Cómo que no os importa? Pues a mí sí. No creo que Antonio trate de vengarse, no tiene los redaños. Pero el gobernador os hará matar. Os amo y no quiero perderos.

—Me contendré —concedió el fraile—. Le hablaré tranquilo y de hombre a hombre.

—No creo que logréis nada. Si lo vais a ver al castillo, igual nunca salís de allí.

—No iré al castillo. ¿A qué hora acostumbra a visitaros?

—Siempre sobre la media tarde. Pero, por fortuna, no con demasiada frecuencia.

—Lo esperaré en vuestra casa.

—Os jugaréis la vida.

—¿Y qué? ¿Creéis que podría vivir sabiendo lo que ese hombre os hace? Os amo, *donna* Blanca. Y os quiero solo para mí. Y antes prefiero morir a que vos tengáis que soportar esa humillación.

Vasall tuvo que esperar cinco tardes hasta la aparición del gobernador. No fueron desaprovechadas. Así que cuando sonaron aquellos golpes en la puerta ambos tuvieron que vestirse apresuradamente.

—No quiero que me vea de inmediato —le susurró Vasall a Blanca—. Cuando haya entrado y cierre la puerta, saldré yo.

Ella, pálida, afirmó con la cabeza mientras él se escondía en el pequeño patio posterior. Después ella abrió y allí estaba el gobernador, con la cara agria y enfadado por la demora. Detrás esperaban Luigi y uno de sus hombres.

—Buenas tardes, gobernador —musitó Blanca temblorosa.

Él entró y ella se apresuró a cerrar la puerta y echar el pestillo para que nadie pudiera interrumpirlos.

—Desnudaos —ordenó él sin más preámbulos.

Vasall apareció de repente por la puerta del patio, para sorpresa y sobresalto de Pierre de Dijon, que se llevó la mano a la empuñadura de su daga.

—Buenas tardes, gobernador —dijo con voz recia.

Blanca los contemplaba sobrecogida. Ambos eran altos, pero el fraile era corpulento mientras que su oponente era delgado y unos cinco o seis años mayor. Se produjo un largo silencio en el que ambos se miraron, uno sorprendido y el otro firme.

—¿Qué hacéis vos aquí? —preguntó el gobernador.

—No —repuso Vasall—. La pregunta es: ¿qué hacéis vos aquí cuando no habéis sido invitado y sabéis que no se os quiere?

—Estoy aquí porque me place —repuso Pierre desafiante—. Y vos, fray Vasall, no sois quién para pedirme explicaciones.

—Sí lo soy, gobernador —replicó tranquilo—. Porque a partir de hoy protejo a esta dama y os pido amablemente que no vengáis más.

—Vendré cuando quiera —gruñó mostrando los dientes—. ¡Largaos de aquí y no os busquéis problemas! ¿Qué hace un fraile en casa de esta mujer?

Se giró hacia Blanca y, apuntando a Vasall con el dedo, preguntó colérico:

—¿Así que ahora os habéis liado con ese frailuco?

Vasall dio dos pasos hacia el gobernador y le ordenó elevando la voz:

—Salid ahora mismo por esa puerta y no volváis nunca más.

Pierre de Dijon creyó sentir el aliento del capitán del Temple. Se le había acercado demasiado y lo amenazaba. Aquello lo enfureció y lo apartó de un empujón al tiempo que le decía con voz destemplada:

—¿Qué os habéis creído, fraile de mierda?

Vasall le soltó un sonoro bofetón que hizo que el gobernador se golpeara la cabeza contra la pared. Medio aturdido, el francés desenfundó su daga, pero era ya tarde. Notaba el pinchazo de la de su oponente en la garganta.

—Guardad el arma —le ordenó Vasall.

Pierre de Dijon obedeció.

—Ahora andad hasta la puerta.

El otro lo hizo acompañado por el fraile, que no le apartaba la daga de la garganta.

—Y ahora salid de aquí y no regreséis nunca más si no queréis que os corte los huevos.

El gobernador quitó el pestillo y, abriendo la puerta, murmuró:

—Os habréis de arrepentir, Vasall.

Un empujón lo animó a salir de una vez.

80

Mesina

—Señor, un sargento del Temple pide veros.

Giacomo de Flor acababa de desayunar y se preparaba para reunirse con el almirante en el astillero. Quedaba mucho para terminar de reparar y armar las galeras que habían regresado deterioradas de España después de batallas, razias contra las costas francesas y temporales. No estaban mucho mejor las que quedaron en Sicilia al mando del vicealmirante Bernat de Sarrià, que estuvo saqueando los territorios de Nápoles y alrededores. Ni las de su cuñado Berenguer de Vilaragut, que hizo lo mismo al este, en el mar Adriático, en la zona de Brindisi. En pocos días, con el buen tiempo, la guerra en el mar retomaría toda su intensidad y necesitaban las embarcaciones a punto.

—¿Un sargento templario? —se extrañó—. ¿Qué puede querer un templario de mí?

Giacomo había cumplido ya los veintitrés años, era de estatura mediana, poseía unos ojos oscuros de mirada penetrante, algo hundidos, pómulos marcados, pelo negro ensortijado, y llevaba el rostro afeitado. Nunca sonreía. Y así se le conocía. Primero fue el niño sin sonrisa, después el muchacho sin sonrisa y ahora el caballero sin sonrisa. Las tragedias vividas lo habían marcado.

—Dice llamarse Roger di Fiore y que viene de Brindisi.

Giacomo se quedó inmóvil.

—Fiore... —murmuró— es Flor. ¡No puede ser!

Y Roger era el nombre del hermano que pereció tragado por el mar junto a su madre. Se frotó el mentón tratando de asimilar aquello y adivinar sus connotaciones. ¿Por qué un fraile templario querría hacerse pasar por su hermano muerto? No podía ser otra cosa. La coincidencia era imposible.

Giacomo no poseía una gran mansión, pero era lo suficientemente amplia. Consistía en una planta baja con estancias para el servicio, cocina y almacenes, que daba a un patio donde estaba la caballeriza. Arriba se encontraba el comedor y los dormitorios.

No quiso invitar al interior a aquel extraño que pretendía hacerse pasar por su hermano, sino que acudió a la entrada para verlo.

—Buenos días, fray Roger —lo saludó. Y añadió cortante—: ¿Qué se os ofrece?

Y se quedó observándolo. El fraile tendría unos veinte años, era algo más alto que él, a pesar de su juventud lucía una buena y cuidada barba castaña, y sus ojos eran de color miel clara. Vestía el hábito del Temple, capa negra con la cruz roja de la Orden, y se cubría con el bonete reglamentario. Tardó en responder, y Giacomo comprendió que también lo observaba. Le mantuvo la mirada y al fin el fraile habló:

—Buenos días, señor. ¿Sois vos Giacomo von Blume, de Brindisi?

—¡No! Soy Giacomo de Flor.

—Yo soy Roger von Blume, de Brindisi —afirmó el desconocido—. Y ahora me llaman fray Roger di Fiore.

Trataba de no inmutarse ante la hostilidad que apreciaba en su supuesto hermano. Y se preguntaba cómo aquel hombre de aspecto trágico y mal talante había obtenido la amistad del rey de Aragón y la del almirante. Y ante su silencio continuó:

—Mi padre era don Ricardo von Blume, halconero del emperador Federico y después comandante militar de Brindisi. Y mi madre es *donna* Blanca Coppola von Blume, hermana de Pascale Coppola, que fue gobernador de Brindisi con el rey Manfredo.

Giacomo estaba confuso. Los datos que le aportaba aquel fraile coincidían con los suyos propios. Pero tenía que ser un farsante. Él vio cómo su madre y su hermano morían. Su tío, su tía y sus primos los vieron también morir. ¿Qué propósito guiaba a aquel hombre para hacerse pasar por un muerto? Llegaba de territorio enemigo. Debía de ser un espía. Pero ¿cómo se atrevía a una estrategia tan audaz como miserable? Aquello le dolía en el alma. Habían transcurrido casi veinte años, él tenía solo cuatro cuando ocurrió, pero lo recordaba perfectamente. Por eso era incapaz de sonreír. Recordaba el rostro de su padre con su cabeza clavada en una pica a la puerta de la catedral de Brindisi para que todo el mundo la viera. Y aquel chillido que le hirió los oídos y que era el suyo propio. Y el pavor y el dolor de su madre. Y después el grito horrorizado de ella cuando en aquella barca en plena tormenta, tratando de escapar, las olas le arrancaron de sus brazos a su hermanito Roger. Y cómo ella se perdió en el oscuro y tenebroso mar tras él. Lo recordaba todo. No conseguía cerrar su herida y ahora aquel miserable venía a meter sus dedos en la llaga, a saber con qué asquerosos propósitos. Le iba a sonsacar, a averiguar el porqué de algo tan desalmado. Y después lo mataría.

—Los que habéis nombrado eran mi padre y mi madre —repuso forzando una calma que no sentía—. Pero vos no sois mi hermano. Mi padre, mi madre y mi hermano murieron. Y después mi tía, mis primos y mi tío. ¡Todos han muerto! —Sentía rabia y dolor. Y se esforzaba para que las lágrimas no acudieran a sus ojos.

—Mi padre murió en la batalla de Tagliacozzo, defendiendo al joven rey Conradino —repuso el fraile, tranquilo a pesar de percibir la alteración del que, estaba ya convencido, era su hermano—. Algún desalmado reconoció su cuerpo en el campo de batalla y por unas miserables monedas le cortó la cabeza para vendérsela al que ahora es el gobernador angevino, que la clavó en una pica a las puertas de la catedral para que todo el mundo la viera y todos supieran de la derrota de nuestra familia. Pero vuestra madre y vuestro hermano viven.

Giacomo parpadeó. ¡No podía ser! Pero la seguridad que mostraba aquel fraile le desconcertaba. Sabía demasiadas cosas. Cosas que le dolían.

—¡Vi con mis propios ojos cómo mi madre y mi hermano morían tragados por las olas! —La emoción vencía sus intentos por contenerse—. ¡Lo recuerdo! ¡Lo recuerdo bien! A pesar de tener solo cuatro años. No puedo olvidarlo. Y también lo vieron mis tíos y mis primos. ¡Murieron! ¡Están muertos!

—Visteis cómo las olas arrancaban a vuestro hermano de los brazos de vuestra madre en plena tempestad. Y cómo ella se lanzó tras él. Pero no los visteis morir, señor. Nunca visteis sus cadáveres.

—Es imposible que sobrevivieran. Mi madre apenas sabía nadar.

—Y creéis que tampoco le hubiera servido de nada con aquella tormenta, ¿verdad? —insistió Roger—. Pero a veces los milagros ocurren. *Donna* Blanca tuvo la increíble fortuna de asir en aquellas turbulentas aguas a vuestro hermano, estaban muy cerca de la playa y las olas los arrastraron hasta ella.

El joven sin sonrisa estaba desconcertado. El recuerdo volvía a él, cual pesado martillo, para machacarlo una vez más.

—No puede ser —repitió.

Pero un rayo de esperanza empezaba a iluminar la noche oscura de su viejo y pertinaz dolor. ¿Sería cierto? Y de nuevo se dijo que si aquel fraile mentía, lo mataría con sus propias manos. Necesitaba pillarlo en una falsedad. Y cuando eso ocurriera, no le importaría ni el Temple ni la justicia del rey. Vería el color de su sangre.

—Sí que puede ser —certificó su oponente—. Y es.

Volvió a observarlo. Lo miraba tranquilo. ¿Sería de verdad su hermano? No quería creerlo. La decepción, si lo engañaba, sería terrible.

—Dejadme ahora, fray Roger —le dijo brusco—. Tengo asuntos de los que ocuparme.

Necesitaba un descanso, recapacitar, las emociones le superaban provocándole un extraño cansancio. Los ojos color miel del fraile lo observaron un momento.

—Quedad con Dios, hermano —le dijo al fin. Dio media vuelta y salió a la calle.

Aquel «hermano» le golpeó a Giacomo como un bofetón. El dolor le surgió de su interior como un vómito y a punto estuvo de abalanzarse sobre él y acuchillarlo. ¿Cómo se atrevía aquel fraile a llamarlo hermano? Violaba su más recóndita intimidad. Un terreno prohibido. Era un sacrilegio.

81

Brindisi

Las siguientes semanas transcurrieron en aparente calma. Ninguno de los abusadores apareció por la casa, aunque no por ello Blanca se sentía a salvo, a pesar de la presencia de Vasall, que la visitaba cada día de la forma más discreta posible. El mercader no le preocupaba, pero sí el francés. No temía por ella, sino por su amante.

—No se atreverá —respondía él para calmarla—. Mi hábito me protege.

Sin embargo, notaba que era vigilado, pero no se lo decía para no inquietarla.

Mientras, la actividad en la ciudad crecía a niveles desconocidos. Se preparaba la invasión de Sicilia y la venganza angevina contra los aragoneses y sicilianos rebeldes. Brindisi semejaba una laboriosa colmena zumbando. Durante el invierno la construcción de galeras no había cesado, ni tampoco el reclutamiento de hombres en las tablas de contratación. Vasall perdió a varios de los suyos a causa de los generosos salarios que ofrecían la flota y los ejércitos angevinos. Parecía que el dinero del papa nunca se iba a acabar. Los suministros escaseaban a causa de lo requerido para las naves y para alimentar y alojar al enorme ejército que esperaba para embarcar. A pesar de los carros y carros que cruzaban las puertas de la ciudad, cargando de todo, los precios se encarecieron para el descontento de los ciudadanos y del propio capitán del Halcón. Pierre de Dijon prohibió a los comerciantes, so pena de amputación de manos, que abastecieran a otras naves que no fueran las pertenecientes a la gran flota angevina que se acumulaba en el puerto. Los amarres estaban copados y las embarcaciones tenían que anclar en el centro de la bahía de Brindisi. Vasall aplazó las contrataciones del Halcón a la espera de que la gran flota angevina se hiciera a la mar.

Esa efervescencia no impedía que los amantes disfrutaran plenamente de su amor. Un amor lleno de inquietudes y temores. Y esa inseguridad, el sentimiento de que cada encuentro podía ser el último, hacía que su intensidad alcanzara el límite y que cada día se agotaran el uno en brazos del otro. Aquel dulce cansancio los relajaba a ambos y hacía que Blanca se olvidara de sus miedos por unas horas. Porque no solo le inquietaba el gobernador, sino también la suerte de sus hijos. Aquella inmensidad de naves que se agolpaban en la bahía irían contra Sicilia, donde ambos se encontraban.

—¿Qué creéis que ocurrirá con esa flota? —le preguntó a su amante.

—Los aragoneses no podrán pararla —murmuró el fraile—. Los angevinos están sedientos de venganza. Han reunido aquí en Brindisi cuarenta galeras, más fustas y naves de carga auxiliares. Nunca había visto tantas embarcaciones juntas. Invadirán la isla. Y se dice que en Nápoles están juntando una fuerza incluso mayor.

—¡Ay, Dios mío! Mis hijos...

—No tiene por qué ocurrirles nada —trató de tranquilizarla él.

Pero aquella tarde la visita de María confirmó las sospechas del fraile.

—¿Sabéis que están vigilando vuestra casa? —les advirtió.

—¿Qué me dices, María? —se sobresaltó Blanca.

—Se esconden para que no los veáis, creo que es gente del gobernador. Aunque no pueden evitar que los del barrio hablen de ello.

—¡Ay, María! —exclamó—. No te he contado lo ocurrido.

Y pasó a relatarle el encuentro habido en aquella casa unos días antes.

—¿Eso le hizo al gobernador? —preguntó asombrada la rubia.

—¡Tal como te lo cuento!

—¡Ese es mi Vasall! —exclamó orgullosa María.

—Sí, será ese nuestro Vasall, pero estamos en un gran aprieto —se lamentó la viuda con lágrimas en sus ojos—. Y creo que él no es consciente del peligro que se cierne sobre nosotros.

—¡Pues huid! Abandonad esta maldita ciudad.

En el siguiente encuentro Blanca le contó a Vasall la vigilancia a la que eran sometidos y el consejo de María.

—Creo que nuestra amiga tiene razón —aceptó él—. No temo por mí, mi hábito me protege y solo me puede juzgar o encarcelar un tribunal eclesiástico del Temple. Pero temo por vos, Blanca. Hay que salir de aquí.

—Si os quiere hacer daño, no le importarán los tribunales eclesiásticos.

—Yo creo que sí. Ni el gobernador de Brindisi se atrevería a desafiar al Temple.

—¿Y adónde iremos?

—A algún lugar fuera del alcance del gobernador. A Galípoli, por ejemplo, que está en poder de los aragoneses. Si nos vigilan, no podremos salir por las puertas de la ciudad, nos detendrían. Me haré con una chalupa, cruzaremos la bahía y al otro lado del brazo de tierra que la separa del mar nos esperará una nave.

El día señalado, después de despedirse de sus amigas, Blanca extendió un gran pañuelo sobre la cama y puso en él la mayoría de sus pobres pertenencias. Dos vestidos, varias prendas y el crucifijo de la pared al que rezaba. Hizo un hatillo anudando los extremos del pañuelo y salió a la calle. Empezaba a atardecer, era hora de cenar y no había gente. Aquello le recordaba demasiado a Blanca su frustrada huida por mar diecinueve años antes.

—¡Dios mío, ayudadnos! —murmuró.

No había salido nunca de la ciudad y de su entorno, y aquella aventura la llenaba de zozobra. Iba a lo desconocido. Su consuelo era que estaría con Vasall, el hombre al que amaba. Pero justo llegaba a las últimas casas y podía ver ya las barcas varadas en la bahía cuando dos hombres le cortaron el paso. Reconoció al que mandaba. Era Luigi.

—¿Adónde vais, señora, con ese hatillo? —preguntó.

La viuda no supo qué decir y guardó silencio. El jefe de la guardia rio y le dijo al otro:

—Fíjate, la puta del gobernador y del fraile quiere escapar.

A Blanca se le tensaron los músculos. Sintió una profunda vergüenza y lanzó una breve mirada a su alrededor. Se alegró de que no hubiera nadie oyendo el insulto. Entonces Luigi le propinó un empujón.

—Volved a casa, bien sabéis que no podéis salir de la ciudad. Si lo intentáis de nuevo, os haré azotar y os meteré en una mazmorra.

Y ella regresó a su casa anegada en llanto. Y llorando, sentada en la cama, con el hatillo de sus esperanzas tirado a sus pies, la encontró horas después Vasall cuando fue a ver qué había ocurrido. Hizo lo posible por consolarla.

Entonces, como en un relámpago, al fraile le deslumbró la evidencia. Comprendió que Blanca era una rehén. La tenían prisionera para asegurar que Roger cumpliera con su misión. El gran maestre y los angevinos estaban juntos detrás de aquello. Y vislumbró algo que quizá fuera incluso peor. ¿Qué haría un hijo al saber que su madre, a la que creía muerta, estaba viva y ansiaba verlo? Seguro que, si ella no podía desplazarse, la iría a ver. Era la trampa perfecta para Giacomo de Flor, que ejercía de mano derecha del almirante más temido y odiado por los angevinos.

Así que la misión de Roger no era solo espiar a su hermano y a los aragoneses. Era hacerle saber a Giacomo que su madre estaba viva y que quería verlo. Por eso no la encerraban, porque debía estar visible. Ahora comprendía que, sin saberlo, él jugó un papel clave para tender la trampa. Aquello era terrible, se sentía fatal. Blanca era una rehén y un cebo. Pero Vasall no pensaba decírselo. ¿Para qué aumentar su angustia si nada podían hacer?

Sentía que vivía la calma previa a la tempestad.

82

Mesina

No por anticipada, la reacción de su hermano dejó de decepcionar a Roger. Esperaba encontrar reticencias, pero no aquella violenta oposición. Y regresó a la casa del Temple para informar al maestre. Aquella empresa amenazaba con convertirse en un fiasco.

—No quiere aceptarme —le confesó—. Y me ha despedido de malos modos.

—¿Y qué esperabais? —repuso Guglielmo—. No cada día le cae a uno del cielo un hermano. O mejor, debiera decir: no cada día resucita un hermano muerto.

—Este asunto no tiene buen aspecto.

—Debéis insistir. No os deis por vencido. Tenéis una misión que cumplir, un compromiso con el gran maestre y la Orden. Nadie admitirá un fracaso.

Roger resopló. No había ido a ver a fray Guglielmo para que lo presionara. No era quién para hacerlo.

—¡Pues claro que insistiré! —Y añadió airado—: ¡Por el amor de Dios! Se trata de mi hermano, al que mi madre ansía ver. E insistiré por ella antes que por el Temple.

El maestre lo observó en silencio, con gesto severo. No le gustaba la reacción del joven fraile.

—Por el momento, pienso esperar —continuó Roger—. Él

sabe dónde estoy y a él le corresponde dar el siguiente paso. De otra forma le haría sospechar.

Fray Guglielmo gruñó asintiendo. Aquello tenía sentido.

—¿Y si no da ese paso? —le planteó.

—¡Dios dirá! —concluyó Roger—. Y quedaos con Él, maestre.

Dio media vuelta y salió sin esperar permisos. Aquel hombre le quería controlar sin ser su jefe. Al único al que reconocía como tal era el capitán Vasall, y por encima de él, solo al gran maestre del Temple.

Giacomo se encaminó alterado y pensativo hacia los astilleros. Mientras se acercaba, pudo oler la leña de pino que quemaba en los hornos y oír los martillazos de los herreros. Fundían metal y después lo templaban para clavos, bisagras, virotes de ballesta y distintas armas dándoles forma con moldes y martillos. Los carros con leña iban y venían, junto a otros que transportaban maderas, lonas, brea y distintos materiales. La actividad era frenética. Al igual que la de las tablas de contratación de hombres para las naves. Flotaba en el aire, junto al humo y el olor a resina, una terrible amenaza y la voluntad de vencerla. Todos sabían que a finales de aquella primavera llegarían los invasores.

Esperaba encontrar allí a sus amigos y con el primero que topó fue con Berenguer de Vilaragut, el capitán que el año anterior tuvo la audacia de bloquear el puerto de Brindisi y devastar las costas angevinas del Adriático. A raíz de esos sucesos, Giacomo se interesó por sus aventuras y se hicieron buenos amigos. Compartían vino y diversión algunas noches. Berenguer era un tipo alto que no alcanzaba la treintena y gustaba de la juerga y de las risas. Por ello sorprendía su amistad con alguien que ni siquiera esbozaba una sonrisa.

—¡Buenos días, mi serio compinche! —lo saludó. Y se acercó a darle una amistosa palmada al hombro.

—Tengo que hablar con vos —le advirtió Giacomo sin responder al saludo—. Y con el almirante. Es urgente.

Ambos se fueron a buscarlo y encontraron al gran Roger de Lauria, en mangas de camisa y con un sombrero de paja que lo protegía del sol, supervisando los trabajos en el casco de una galera. La habían limpiado de crustáceos, algas y otras adherencias, y la estaban calafateando para asegurar la estanqueidad. El olor a brea colmaba el olfato. Su aspecto era más el de un estibador o el de un carpintero que el de un almirante. Siempre decía que las batallas en el mar empezaban ganándose en el astillero, procurando las mejores naves. Allí cualquier innovación en el arte de navegar era acogida con entusiasmo.

—Tenemos que hablar, señor —le dijo Giacomo—. Es importante.

Roger de Lauria enarcó las cejas en muda interrogación. Era un hombre de treinta y siete años con ojos castaños de mirada inteligente. Tenía un rostro anguloso y afeitado que mostraba un hoyuelo en su cuadrada mandíbula.

Y con toda confianza, el joven, sin que mediara más que una afirmación de su superior con la cabeza, pasó a relatarles a ambos el extraordinario suceso de la mañana.

—Es mejor que resucite un hermano muerto a que se muera uno vivo —dijo jocoso Vilaragut—. ¿Qué os preocupa?

—Pienso que muy posiblemente sea un impostor que pretende espiar para los angevinos —repuso Giacomo—. ¿Cómo si no me ha podido localizar? Alguien debe de haberle hablado de mí. Y ese alguien sabía dónde encontrarme.

—¿Qué más os ha contado? —quiso saber el almirante de Sicilia y Aragón.

—Nada más. No me lo podía creer, no me fiaba, y lo he despedido.

Berenguer de Vilaragut rio.

—¡Vaya sieso! —dijo—. Menuda bienvenida a un hermano resucitado.

—¿Así que creéis que el Temple le hizo saber a ese hombre, que dice ser vuestro hermano, quién erais y cómo encontraros? —preguntó el almirante haciendo caso omiso de la humorada de su capitán—. ¿Y que quiere espiarnos?

—La noticia es demasiado buena para ser cierta, almirante —repuso Giacomo—. No quiero ilusionarme y pienso que lo sensato es, cuando menos, sospecharlo. El Temple no se encuentra entre nuestros amigos en esta guerra.

—¿Y quién es amigo nuestro en esta guerra? —intervino de nuevo Vilaragut—. Estamos solos Aragón y Sicilia contra media Europa.

—Bien —prosiguió Roger de Lauria—, pues si el Temple nos espía, yo también puedo saber sobre ellos. ¿Cómo dice llamarse vuestro supuesto hermano?

Giacomo conocía la enorme importancia que le concedía el almirante a la información.

—Fray Roger di Fiore, de Brindisi.

El almirante repitió el nombre para grabarlo en su memoria.

—Hablemos mañana, Giacomo —le dijo—. Y, por el momento, no os pongáis en contacto con ese Roger. Aprecio vuestra precaución.

Mantenían una estrecha relación desde que el rey Pedro los mandó, vestidos de frailes franciscanos, a recorrer la isla de Sicilia para informarse sobre la situación. Y también para entrevistarse con los principales nobles susceptibles de apoyar la intervención aragonesa. Aquel complot propició la revuelta que acabó con las vidas de todos los franceses de la isla.

Al día siguiente se encontraron de nuevo en los astilleros, que el almirante prefería antes que la corte del joven rey Jaime. El de Lauria no sentía necesidad alguna de hacerse un hueco entre los cortesanos aduladores, estaba seguro gracias a sus victorias. Y también gracias a su relación con la reina madre, que seguía influyendo de forma determinante en las decisiones de su hijo. El almirante se había criado junto a la reina Constanza. Su madre, Bella d'Amichi, fue la nodriza de la infanta, huérfana de madre. Después se convirtió en su educadora y, ya en la Corona de Aragón, una vez que la princesa se casó con el futuro rey Pedro, en su primera dama. Por eso Constanza llamaba al de Lauria hermano, por serlo de leche. Y el propio rey lo trataba en muchas ocasiones como tío y le tenía en la más alta consideración.

—Buenos días, Giacomo, tengo noticias.

—No puedo esperar, almirante.

Roger de Lauria sonrió.

—No puedo asegurar que quien ayer os visitó sea vuestro hermano. O si vuestro hermano existe realmente y ese individuo se hace pasar por él. Eso deberéis decidirlo vos. Pero lo que dijo es cierto. Le llaman fray Roger di Fiore, nació en Brindisi y su madre es viuda de un caballero que murió luchando en la batalla de Tagliacozzo a favor del rey Conradino.

—¡Todo coincide!

—Cierto. Ha llegado de Brindisi capitaneando una pequeña galera llamada San Teodoro.

—Teodoro es el santo patrón de mi ciudad.

—Parece que se unió a la Orden a los diez años como grumete y ha progresado hasta tomar, hace poco, los hábitos.

—No ha surgido de la nada —murmuró Giacomo pensativo.

—No, es un personaje real. Quizá sea un espía, pero no ha sido inventado con ese propósito.

La faz del joven se iluminó sin que llegara a sonreír.

—¡No me lo puedo creer! Es como un cuento de hadas.

—Pues no lo creáis aún. Interrogadle, casad sus datos con lo que sepáis de vuestra familia y después decidid. Hay que tener presente que con su larga trayectoria debe de tenerle un gran afecto al Temple, y, como vos bien decís, la Orden no se cuenta entre nuestros amigos.

83

El escudero de Giacomo llegó a la San Teodoro para entregarle a Roger una invitación para cenar al día siguiente. Lo había tratado de localizar en la casa del Temple, pero, al igual que Vasall, el joven capitán prefería pasar la noche en la incomodidad de la galera, donde él era la mayor autoridad, antes que en los dominios del maestre regional.

Roger aceptó complacido a la vez que receloso. No esperaba que después de su primer encuentro su hermano fuera a mostrarse muy amable, pero aquella invitación le daba pie a la esperanza. Informó a sus amigos, que se alegraron por él, y después hizo lo mismo con el maestre.

—¡Debéis aprovechar la ocasión! —le advirtió con superioridad.

Aquello le fastidió, no necesitaba presiones. Pero quiso seguirle la corriente, no era momento de enfrentarse a él y se recordó el voto de obediencia, que no le suponía ningún problema con Vasall, pero sí con el cretino que tenía enfrente. Suspiró resignado.

—Lo haré, padre —repuso sumiso.

—Id preparado —insistió fray Guglielmo—. Ensayad las respuestas a sus posibles preguntas. ¡No debe sospechar nada!

—Así lo haré, padre.

No quiso decirle que, con toda seguridad, su hermano sospechaba ya. Y abandonó la casa del Temple felicitándose por su manejo de la situación a pesar del desagrado que le producía aquel fraile que le decía cómo tratar a su propio hermano.

Giacomo lo recibió en el primer piso de la casa que habitaba.

—Bienvenido, fray Roger.

Su tono era más amable, pero distante; su rostro no mostraba emoción alguna y mucho menos una impensable sonrisa. Parecía como si aquel fuera para él un trámite de obligado cumplimiento.

Lo invitó a sentarse en el extremo más distante de una mesa rectangular y él hizo lo propio en el otro; dos candelabros sobre el mueble iluminaban la sala y por la ventana que daba a la calle aún entraba una menguante luz diurna. Giacomo mantuvo un incómodo silencio hasta después de que el criado escanciara vino en sus copas. Tomó un trago, partió un poco del pan y lo masticó para tragarlo con parsimonia.

—Contadme, fray Roger, sobre vuestra familia —dijo al fin.

El joven fraile reparó en el uso del posesivo, señal de que su hermano quería mantener las distancias y de que empezaba el interrogatorio. Dependiendo de qué le contara y cómo lo hiciera podría llegar a ganarse su confianza o provocar que lo echara de allí con cajas destempladas. Aquella era su gran prueba. Anticipando las reticencias de su hermano, había requerido a su madre toda la información guardada en su memoria sobre su familia: aspecto físico, personalidades y anécdotas. Tomó un sorbo de vino y sin más demora empezó su relato:

—El emperador Federico II, rey de Sicilia, Jerusalén y del Imperio romano germánico, llamado Stupor Mundi por su brillante mente, era un gran amante de la poesía. Pero amaba más aún la cetrería, a la que consideraba el arte más noble del mundo. Y nuestro padre, Ricardo von Blume, era un caballero de la pequeña nobleza germana y un destacado halconero, al que el emperador trajo a Sicilia y colmó de honores...

Y prosiguió con la historia de la familia mientras una criada les servía un potaje, no muy distinto del que se comía en las galeras, compuesto de garbanzos, lentejas, coles y otras verduras. Solo que aquel era algo más generoso al contener arroz y algo de carne.

Le contó cómo Ricardo conoció a la madre de ambos en Brindisi y cómo aquel matrimonio de conveniencia política para los Coppola pasó a convertirse en uno de amor apasionado cuando los jóvenes, ya casados, llegaron a intimar.

El joven fraile hablaba apasionado, evitando rayar en la exageración, mientras observaba atento las reacciones de su hermano. Y de pronto vio cómo, a pesar de sus esfuerzos, a Giacomo se le llenaban los ojos de lágrimas. Entonces llegó el episodio desgarrador del grito de un niño de cuatro años viendo el rostro muerto de su padre en una cabeza clavada en una pica. Giacomo respiró hondo en un tremendo esfuerzo por contenerse y se puso en la boca la última cucharada de potaje. Estaba escuchando exactamente el mismo relato de su tío Pascale y se dijo que el fraile aportaba incluso datos que él ignoraba y que su conocimiento de la familia era imposible para un impostor. Y empezó a creer en el milagro.

Les sirvieron carne de cabra vieja braseada, que, aunque dura y de sabor fuerte, constituía todo un lujo. Y Roger, ayudándose con el vino que el escudero se encargaba de que no le faltara, le relató la difícil supervivencia que lo llevó a alistarse como grumete a los diez años en el Halcón. Y pasó a la descripción que su madre le hizo de su hermano Pascale, el caballero de la cicatriz en el rostro, de su cuñada Margarita y de sus sobrinos, tal como eran cuando los vio por última vez.

La criada trajo un postre que el fraile contempló sorprendido. Nunca lo había visto y se dijo que tal lujo, con toda seguridad, sería algo prohibido para un templario. Arroz con leche. Probó complacido la primera cucharada cuando oyó que su hermano, con los ojos cuajados de lágrimas, le pedía:

—Habladme de nuestra madre, Roger.

Giacomo llevaba dieciocho años tratando de recordar el rostro de su madre, que se le había ido difuminando hasta convertirse en algo ficticio, construido con detalles de las imágenes de la Virgen con el niño en su regazo que veía en las iglesias. El fraile lo miró consciente de haber alcanzado su objetivo; el relato había tocado el corazón del caballero sin sonrisa.

—Nuestra madre es una agraciada dama cercana a los cuarenta años —le explicó—. Posee unos bellos ojos verdes, melena oscura y una hermosa sonrisa...

Y siguió mientras veía a su hermano mayor secándose las lágrimas con la servilleta. Al despedirse, Giacomo le dijo:

—Volved a cenar conmigo mañana, Roger, os lo suplico. Os contaré mi historia.

Y le dio un fuerte y largo abrazo. El prolongado contacto le fue a Roger agradable en extremo y notó que las lágrimas inundaban también sus ojos.

—Id con Dios, hermano —lo despidió mientras deshacía el abrazo.

Y de repente en el rostro de Giacomo se dejó ver, muy breve, la sombra de una sonrisa, que desapareció de inmediato.

84

La emoción embargaba a Roger al salir de casa de su hermano. ¡Tenía que contarlo! Pero no al maestre del Temple, sino a Pietro y Garfio en la San Teodoro. Se alegraron muchísimo y celebraron la noticia palmeándole la espalda y con unos vasos de vino.

Y al día siguiente el joven fraile se presentó donde Giacomo sin haber pasado por la casa de la Orden. No quería aún responder a las preguntas de fray Guglielmo.

La recepción fue más cálida, pero ninguna sonrisa asomó en el rostro de su anfitrión. Y ya en la mesa, esperando la cena con sendas copas de vino, Giacomo empezó su relato:

—Ya conocéis, hermano, lo ocurrido antes y durante la trágica travesía desde la playa de Brindisi a la nave que nos rescataba para conducirnos al exilio.

Roger afirmó con la cabeza y Giacomo prosiguió.

—Nuestro tío Pascale tenía la intención de venir aquí, a la isla de Sicilia, para continuar la lucha contra Carlos de Anjou. Pero antes nos demoramos en la isla de Corfú a la espera de vuestras noticias. Rezábamos por un milagro. Nuestro tío preguntó por vosotros al mercader más importante de Brindisi, confiaba en él porque eran amigos, y el mensaje de vuelta fue desolador: no se sabía nada.

La expresión de Roger mudó del asombro a la rabia.

—¡Antonio di Murano! —exclamó levantándose de la silla—. ¡Claro que sabía! ¡Miserable! Fue a él a quien acudió nuestra madre en busca de ayuda. Confiaba en esa amistad. Y ese hombre nos mantuvo escondidos mucho tiempo.

—¿Por qué lo hizo?

—Madre decía que por gratitud y amistad. Pero que el mercader mintiera me abre los ojos. —Se sentía confundido—. No era eso, ni gratitud ni amistad. ¡Claro que no era eso!

—¿Qué, pues?

—Aún no sé, aunque lo he de averiguar. —Se dijo que debía tranquilizarse y se sentó. Tiempo tendría para pensarlo—. Pero ahora seguid con vuestra historia, os lo ruego.

—Recuerdo en Sicilia un castillo medio derruido, polvoriento y seco donde pasábamos mucha hambre...

Y Giacomo le fue relatando a Roger las tragedias vividas en Sicilia y África, y la pérdida, uno tras otro, de los miembros de la familia. Roger apenas comía y se quedaba a veces con la cuchara en suspensión sin terminar de metérsela en la boca. Aquello le llegaba al alma. E imaginaba el desconsuelo que debía de haber experimentado su hermano. Pero el pensamiento de la traición del veneciano volvía una y otra vez.

Ya en el segundo plato, Giacomo contó el afortunado encuentro con Juan de Prócida y cómo fueron acogidos en la corte de Aragón.

—Mi lema era, y sigue siendo: «Si vences, vives; si pierdes, mueres» —prosiguió el hermano mayor—. He aprendido esa verdad en lo sufrido en la vida. Mi forma desesperada de luchar impresionó al infante Alfonso, ahora rey de Aragón, que quiso ser mi amigo...

Y relató el episodio de espionaje y conjura, junto al de Lauria, para sublevar Sicilia.

—Y cuando el rey lo nombró almirante le pedí unirme a él, accedió y desde entonces sigo a su lado. Pero la desgracia no me olvidó, para golpearme de nuevo con la muerte de nuestro tío, hace un par de años, en la batalla de Malta.

—Lo siento mucho, hermano —le dijo Roger—. Me hubiera gustado conocer a nuestro tío Pascale. —Y de inmediato añadió—: Y también a nuestra tía y nuestros primos.

—Por desgracia llegáis tarde.

—He sabido que os casasteis —dijo para alejar la pena.

—¿Y cómo lo habéis sabido?

Roger lamentó sus palabras. Su hermano podía intuir algo raro en ese conocimiento.

—No es un secreto —repuso—. Se dice por ahí.

—¿Y quién lo dice? —El hermano mayor fruncía ligeramente el cejo.

—Debí de enterarme cuando en el Temple pregunté por vos.

—¿En el Temple?

—¿Dónde si no? Acabo de llegar.

—Es cierto —confirmó Giacomo cortante—. Resulté vencedor en un torneo que celebraba nuestra victoria sobre los cruzados del papa. Eso, unido a mi amistad con el futuro rey y con el almirante, hizo que la aristocracia aragonesa reconociera mi origen noble. Una vez coronado, el rey Alfonso me concedió un par de feudos y de ahí siguió mi boda con una de las Montcada, la hija del senescal de Cataluña. Ella se ha quedado allí, en nuestras tierras. Pero todo esto es apenas conocido aquí en Sicilia.

—Me alegro por vos, hermano.

Giacomo se levantó de la mesa dando por terminada la velada.

—Es tarde y mañana debo estar pronto en el astillero.

—Gracias por la cena y por vuestro relato, hermano —dijo el fraile.

—Id con Dios.

Después de aquella seca despedida, Roger se fue con un regusto amargo. La historia de su hermano lo había impresionado mucho, pero Giacomo volvía a sospechar de él. Aunque esa no era ahora su única preocupación.

85

Roger le estuvo dando vueltas a la conversación de la cena. No recordaba a ninguno de sus familiares, pero los veía y experimentaba su sufrimiento. ¡Cuánta desgracia! Su madre se lamentaba de haber perdido la nave en la que su familia huyó. Pero él se decía que, de haberla alcanzado, estarían ahora muertos. Se sentía orgulloso de la tenacidad y valor mostrados por los suyos y por cómo su hermano logró destacar elevándose desde la más triste miseria. Sin embargo, le preocupaba su brusquedad final y que no hubiera dicho cuándo se volverían a ver.

Y tampoco podía dejar de pensar en las razones de la sucia mentira de Antonio di Murano. Se le había ocultado algo oscuro que empezaba a vislumbrar.

Sin mucho más que hacer, visitó al maestre y le dijo que el asunto de su hermano no iba lo bien que debiera.

—Debéis intimar con Giacomo de Flor —le instó, severo, fray Guglielmo—. Y llegar hasta el almirante. Ganar su confianza. Eso es lo que espera de vos nuestro gran maestre Guillaume de Beaujeu. ¡No lo defraudéis!

Roger disimuló la irritación que le causaban las palabras del maestre.

—Lo haré lo mejor que pueda, padre —repuso humilde.

—Más os vale.

—Mi hermano no termina de fiarse. En realidad, es del

Temple de quien sospecha. Recela de mi hábito. Con él puesto no llegaré al almirante.

—Pues os lo quitáis —dijo con autoridad y determinación—. Fingid que lo colgáis, que estáis de su parte. Es parte del plan.

—Me produce un gran reparo, padre —repuso Roger quejoso—. A los ocho años ya quería incorporarme a la Orden. El Temple me ha amparado y me lo ha dado todo. Pensar en colgar los hábitos me desgarra.

—¡Pues debéis hacerlo si es lo que precisa vuestra misión!

—¡Me ha costado tanto ser digno de ellos! —dramatizó—. Es lo más valioso que tengo.

—¡Por el amor de Dios, fray Roger! —Ahora el maestre se mostró paternal—. A estas alturas no podéis flaquear. Tenéis la palabra del gran maestre de que, una vez cumplida vuestra misión, los recuperaréis. Y añado la mía propia. Además, se os premiará con la capitanía de la mayor de las galeras del Temple. ¿No era eso lo que queríais?

—¡Con toda mi alma!

—¡Pues adelante! Haced lo que tengáis que hacer.

Roger se dirigió a los astilleros donde Giacomo dijo que estaría. Al llegar, unos ballesteros de guardia lo detuvieron.

—¿Dónde creéis que vais? —preguntó el que parecía mandar. Su acento era extranjero.

—A los astilleros.

—Solo se puede entrar con autorización del almirante.

—Soy el hermano de don Giacomo de Flor y deseo hablar con él.

El soldado hizo un gesto de extrañeza, pareció dudar y al final le dijo:

—Aguardad aquí. —Y envió a uno de sus hombres con el recado.

Al rato apareció Giacomo.

—Buenos días, hermano. ¿Qué deseáis?

—Hablar con vos.

—Ya hablamos ayer. ¿Hay algo nuevo?

—Quizá.

—Pues vos diréis.

—Quiero hablar en privado.

Se alejaron unos pasos de los ballesteros y Giacomo le hizo un gesto de interrogación.

—Noté, hermano —le dijo Roger—, que ayer vuestra actitud hacia mí cambió de repente. Se volvió suspicaz. Y quiero saber a qué se debe.

—Anteayer disipasteis mis dudas —dijo—. Sabéis tanto de nuestra familia que tenéis que ser mi hermano. Pero ayer regresaron al ver que sabéis demasiado de mi presente. Alguien os ha instruido. Y me dijisteis que fue el Temple. Cierto, el Temple tiene que ser. Pero el Temple no es amigo de Aragón y Sicilia. Entonces me pregunto por qué razón os dijeron tanto.

—¿Qué sospecháis?

—Que os han mandado a espiar.

—¿Eso creéis?

—Eso dije.

—Pues estáis en lo cierto, hermano. El gran maestre me mandó a espiaros a vos y al almirante.

El hermano mayor observó al pequeño boquiabierto. La confesión le sorprendió por su inmediatez y rotundidad. No la esperaba así, sin más.

Roger había hecho dos juramentos contrapuestos y Vasall le advirtió que, llegado el momento, debería escoger. Acababa de hacerlo. Escogía a su familia. Y, con ella, a la causa por la que los suyos llevaban generaciones luchando.

—Mirad, hermano. Me uní al Temple para escapar de la miseria. Pero si quise llegar a capitán y comandar una nave fue para cumplir el deseo de nuestra madre de encontrar a la familia. Y fue precisamente el Temple quien, al saber de vos y comparando apellidos, adivinó nuestro parentesco y me alertó de vuestra existencia. Sus planes eran los que ya sabéis. Pero nuestra madre, con un admirable instinto, me hizo jurar que nunca os traicionaría. Y pienso cumplir ese juramento, aunque sea lo último que haga en la vida.

Giacomo siguió mirándolo un tiempo antes de reaccionar. Después su rostro se iluminó y le dijo:

—No sabéis cuánto me alegro, hermano. —Y le dio un fuerte abrazo. Para añadir después—: Venid conmigo.

Giacomo lo introdujo en el astillero y lo condujo directamente a donde se encontraba Roger de Lauria.

—Almirante —le dijo—, os presento a mi hermano Roger.

—Señor —saludó el fraile inclinando ligeramente la cabeza.

—Así que vos sois fray Roger, el templario —dijo el de Lauria—. Vuestro hermano me ha hablado de vos.

—Almirante, ¿podemos charlar a solas? —preguntó Giacomo.

Se apartaron unos pasos del resto y, sin más demora, el joven sin sonrisa le contó a su superior la conversación con su hermano.

—Así que os han enviado a espiarnos... —concluyó Roger de Lauria.

—Cierto. Así es, señor.

El almirante se le quedó mirando pensativo, afirmando levemente con la cabeza.

—¿Y lo haríais para nosotros? No nos interesa el Temple. Queremos saber sobre los angevinos.

—Sí, lo haría —dijo Roger.

—Pero para ello es preciso que crean que cumplís con vuestra misión, que sois un buen espía a su servicio. Nosotros os diremos lo que tenéis que decirles; casi siempre será lo que seguramente sepan ya, y no demasiado relevante, pero de cuando en cuando les daremos algo valioso.

—Y alguna vez algo falso... —concluyó el joven.

—Así será —admitió el almirante—. Bienvenido a nuestra familia.

—Gracias, señor.

El fraile no las tenía todas consigo. Iba a jugar un juego muy peligroso, traicionar a la Orden. Pero traicionando a su hermano hubiera traicionado a su familia entera. Todos habían luchado contra Carlos de Anjou y sus secuaces, ya fueran franceses o italianos. Y se dijo que no les debía nada, no fue el Temple quien lo acogió, sino fray Vasall. A él se lo debía todo.

—En Brindisi, antes de partir, vi lo que se os viene encima —dijo de pronto.

Aquello captó la atención inmediata de sus interlocutores, que lo contemplaron en silencio.

—Se rumorea que serán no menos de cuarenta galeras, y gran cantidad de naves auxiliares, al mando de Reinaldo, conde de Abella —siguió—. El obispo de Maturana lo acompañará como legado papal y embarcarán un ejército enorme.

Giacomo miró al almirante.

—Es la invasión —murmuró con el semblante más serio que de costumbre. Y le preguntó a su hermano—: ¿Cuándo zarpan?

—No lo sé, pero será en dos o tres semanas.

Roger de Lauria no dijo nada y, sin apartar la vista del fraile, se mantuvo atento.

—Y parece que no es solo eso —prosiguió el joven—. Esa es la escuadra del Adriático. En Nápoles se concentran otras tantas naves.

—Nosotros solo tenemos cuarenta galeras para hacerles frente —recordó Giacomo—. Y algunas no están preparadas.

—Así es —constató el almirante—. Nos doblan en número. Es la gran invasión. —Y dirigiéndose al fraile le dijo—: Gracias, Roger, confirmáis mucho de lo que ya sabíamos.

La inquietud y preocupación parecía flotar sobre el grupo como un nubarrón. Se acercaban días trágicos.

—Giacomo —dijo de pronto el de Lauria sonriente, interrumpiendo los funestos pensamientos de sus interlocutores—, debéis presentar a vuestro hermano a la reina. Os conoce desde muy niño, os tiene cariño y la tragedia de vuestra familia la impresionó. Le alegrará saber que vuestra madre y hermano están vivos.

El fraile, sorprendido, admiró no solo la capacidad del almirante para sobreponerse, sino su faceta humana.

86

Roger cuidaba de mantener informado a fray Guglielmo del progreso de su misión. Y le explicó que se vio obligado a contar lo visto en Brindisi para ganar la confianza de los aragoneses. El maestre pareció en un principio molesto para después murmurar:

—¡Bien hecho!

Y le contó la intensa actividad vista en los astilleros y que, por mucho que se esforzaran, no tendrían listas más de cuarenta galeras.

—¡Bien! —gruñó el maestre iluminando su semblante.

La información empezaba a fluir.

La actividad en los astilleros se hizo aún más frenética. Allí estaba el almirante animando y presionando a los operarios.

—¡Quiero todas las galeras listas antes de quince días! —clamaba—. Vienen a por nosotros y haremos que se arrepientan.

Junto a él tenía a los hermanos De Flor y a sus capitanes, a los que exigía que se encargaran personalmente de revisar hasta el último detalle de sus naves. Tanto las que estaban amarradas en el puerto como las que se encontraban allí mismo en el arsenal.

A Roger le encantaba aquella actividad que en nada le era ajena, pero se admiraba de cómo el almirante De Lauria insuflaba entusiasmo a los suyos, a pesar de que sabían que, otra vez, tendrían que enfrentarse a enemigos muy superiores. En un descanso el almirante se puso a charlar con Bernat de Sarrià y Berenguer de Vilaragut, los capitanes que el año anterior arrasaron las costas enemigas en Italia.

—No me gusta la corte —se quejó Berenguer—. Prefiero el mar y el combate. En la galera los enemigos vienen de frente y sabes quiénes son.

—Hay muchas envidias —confirmó Bernat—. Nobles que no arriesgan la vida combatiendo y no ganan nada por sus propios méritos quieren tenerlo todo intrigando y adulando.

—Y a quien más envidian es a vos, almirante —siguió Berenguer, encendido—. Por vuestros éxitos, tanto en Italia como en África o España. Os acusan a escondidas y hacen llegar todo tipo de historias a oídos del rey, sin que vos os podáis defender.

—Contadme más —pidió el de Lauria con un gruñido.

Parecía muy enfadado. Y ellos obedecieron relatándole lo oído. Al final le gritó a su escudero:

—¡Mi caballo!

—¿Qué vais a hacer? —quiso saber Berenguer.

—¡Voy a ponerlos en su sitio!

—¡Os acompaño! —gritó Giacomo.

Y partió sin más escolta que el joven sin sonrisa y su escudero.

Roger de Lauria llegó a su destino en ropa de trabajo, lleno de polvo y con un sombrero de paja cubriéndole la cabeza. El castillo de Mategrifon formaba parte de la muralla en el punto más distante del puerto y era el más alto del sistema defensivo de Mesina.

Ningún guardia se atrevió a cortarle el paso. Eran españoles en su mayoría y sentían un enorme respeto por el almirante. Y entró como una tromba en la sala de audiencias donde el rey Jaime departía con un buen número de sus cortesanos.

El joven monarca se encontraba sentado en un trono sobre

un estrado con un gran tapiz a sus espaldas que mostraba su blasón: los palos de sangre y oro de Aragón y el águila negra de la familia de su madre Constanza. Al verlo, elevó las cejas sorprendido. No esperaba al de Lauria, y menos con aquel aspecto desastrado, contrario al de los alambicados atuendos de los aristócratas enjoyados que lo rodeaban. La impetuosa irrupción provocó un silencio absoluto.

Jaime I de Sicilia tenía veinte años, bajo su corona lucía una melena castaña y en su rostro afeitado mostraba una fuerte mandíbula que decían había heredado de su padre.

El almirante se dirigió a los cortesanos con la potente voz que usaba en las batallas. Giacomo y el escudero, que lo esperaban en la sala continua, lo oían a la perfección:

—¿Quién de vosotros es el ignorante que desprecia mi fatiga y mi trabajo y se queja de lo que he hecho por la Corona y por Sicilia? —Observó a los cortesanos, que parecían encogerse en el más absoluto de los silencios—. Que me critique ahora, a la cara, y no a mis espaldas. Que yo sabré responderle.

Más silencio.

—¡Recordadme vuestras victorias, que no se me ocurre ninguna! ¡Decidme qué diantre habéis hecho por los reyes y por Sicilia! Yo sufría hambre, frío y calor, miseria, obligada castidad, y arriesgaba mi vida en cada momento, mientras vosotros gozabais de vuestros palacios, familias, buenas comidas y amantes.

Todos callados.

—¡Giacomo de Flor! —aulló.

Y el aludido apareció seguido del escudero.

—¡Id y traedme mis trofeos! —clamó—. El estandarte del joven Carlos de Anjou, al que apresé junto a sus mejores nobles. La cadena que cerraba el puerto de la isla de Yerba, que conquisté para la Corona, las enseñas de los almirantes franceses que derroté en Malta y en la costa catalana... Y los cuantiosos botines que obtuve en Nicotera, Castrovillari, Tarento, Malta y tantos otros...

Giacomo no se movió. Sabía que todo aquello era retórico.

—Y si aquí entre vosotros, o fuera, hay alguien que se cree más capaz y valeroso que yo, que alce la mano —prosiguió—. Y le pediré al rey que le dé el mando de la flota.

Se quedó mirando uno a uno a los cortesanos. Nadie se movió y el silencio se hizo largo y profundo. Y al final, el joven rey, viendo que el almirante se había desahogado, se decidió a intervenir:

—No os enojéis, querido tío. Sé que vuestra fidelidad a nuestra familia es absoluta. Y confío el futuro de Sicilia y de mi corona a vuestro valor y a vuestra sobrada habilidad. Agradezco infinitamente vuestras penas y esfuerzos por nuestra causa, Roger.

El de Lauria inclinó levemente la cabeza. Sentía que había dejado las cosas claras y observó de nuevo, desafiante, a los cortesanos, que parecían haber reducido su tamaño.

—Aprecio vuestras palabras, señor —le dijo al rey—. Lamento mi aspecto descuidado y mi tono excesivo. Pero estamos esforzándonos en el arsenal para tener cuarenta galeras listas para contrarrestar la invasión. Y son muy pocas. No me es agradable saber que gente ociosa murmura a mis espaldas. Y con vuestro permiso, mi señor, regreso a la tarea.

—Lo tenéis, tío mío, gracias por vuestro esfuerzo y que Dios os bendiga.

Roger se admiró de la actitud desafiante y la seguridad del almirante cuando Giacomo le relató lo sucedido. Y se dijo que, como no tenía una relevancia estratégica, el cotilleo haría las delicias del maestre. Estaba seguro de que fray Guglielmo alardearía del éxito de la misión cuando se lo hiciera saber a sus superiores. En solo unos días su espía se había situado en el mismo corazón del esfuerzo bélico siciliano-aragonés.

87

—Debéis averiguar en qué lugar esperan el desembarco de la flota de Brindisi —ordenó fray Guglielmo.

—Así que se confirma la invasión —repuso Roger—. Pues tendré que ser cuidadoso al preguntar. Es fácil que sospechen.

—Daos prisa, no os entretengáis. Queremos saber qué lugares están más desprotegidos. En un par de días enviaré a la San Teodoro de vuelta a Brindisi y preciso de esa información.

—¿No era para nuestro gran maestre Guillaume de Beaujeu?

—¡No, por Dios! —exclamó el maestre sonriendo ante la ingenuidad del joven—. Fray Guillaume está en San Juan de Acre, en Outremer, y el camino es cuatro veces más largo que a Brindisi. ¿Qué urgencia tiene él en saber esto? Quien lo precisa es el almirante de la armada angevina. Y también el maestre provincial de Apulia, que se encuentra en Bari y que informará a Nápoles y a Roma.

—Así que no trabajo para el Temple, sino directamente para los Anjou.

—¿Y qué más da? —bufó el maestre—. Seguimos la voluntad del papa.

Roger se quedó rumiando. No era tan ingenuo como creía el maestre de Sicilia. Y si había provocado aquel diálogo y su conclusión, era para reafirmarse en su decisión de seguir los pasos de su familia y unirse a su hermano contra los Anjou.

—El hábito me hace sospechoso —recordó.

—Ya hablamos de eso —gruñó el maestre—. Lo vais a colgar ahora mismo.

Aquel hábito, al igual que el título de fray, habían llegado a formar parte de su personalidad. Era como desgarrar algo de sí, perder un miembro.

Al poco salía de la casa del Temple vestido de seglar, con daga y espada al cinto, pero la bolsa vacía. El maestre dijo que debería devolver armas y ropajes lo antes posible, porque un fraile que perdía el hábito se iba sin nada. Pero había forzado al maestre a firmar un documento que ratificaba la promesa de restituirle su condición de fraile y darle la capitanía de una gran galera. Se guardaría en los archivos secretos de la Orden. El joven no quería que la muerte de alguno de los frailes le privara de sus derechos.

Lo primero que hizo fue acercarse a la San Teodoro y hablar con Pietro y Garfio. Se mostraron consternados cuando supieron que ya no era fraile y que, por lo tanto, había perdido el mando en la nave.

—Tú serás el capitán, Pietro. Felicidades.

—¡Me alegro mucho! —dijo Garfio estrechando la mano a su nuevo jefe.

—No soy fraile ni quiero serlo —repuso Pietro—, y por lo tanto no conservaré mucho tiempo la capitanía.

—Yo sí lo creo. Eres un experto marino, llevas años trabajando para la Orden y pocos son los frailes con conocimientos navales. En todo caso, dentro de poco partiréis para Brindisi y os quería pedir que cuidéis de mi madre.

—Lo haremos.

—Contadle sobre mi hermano. Es una persona importante y nos llevamos bien. Decidle que estaré una temporada con él y que después regresaré a buscarla. ¡La hará feliz! Al fin su anhelo se ha cumplido. ¡Hemos encontrado a Giacomo!

De repente se le ocurrió que quizá su madre no quisiera

abandonar Brindisi ahora que estaba con Vasall. Pero se dijo que eso sería algo con lo que lidiar más adelante.

—Lo haremos, no pases cuidado, fray... —Garfio hizo una mueca de asco para sonreír de inmediato—. Feliz regreso al mundo de los pecadores, Roger. Te echaba de menos.

Y los tres se despidieron con sentidos abrazos.

Después se dirigió a los astilleros en busca de su hermano. Cuando lo vio, abrió los brazos para que contemplara su indumentaria y le dijo:

—Ya no soy fraile, hermano. Me han echado del Temple.

—¿Y eso? —preguntó suspicaz Giacomo.

Y le contó sin tapujos los motivos por los cuales dejaba de vestir el hábito. Era parte de su supuesta misión de espionaje.

—¡Bienvenido, entonces!

El mayor se quedó satisfecho con la explicación. Continuaba vigilante, pero todo lo que su hermano le iba contando le convencía de su honradez.

—Os tendré que pedir que me socorráis hasta que obtenga algún ingreso. Tengo la bolsa vacía y he de devolver armas y ropajes a la Orden.

—Os alojaré en mi casa y os daré lo que preciséis. Porque no obtendréis ingresos a no ser que os juntéis conmigo, ganemos una batalla y obtengamos un botín.

—Os seguiré a la batalla, hermano, no lo dudéis.

—Me alegro. Ahora que sois uno de los nuestros, os presentaré a mis amigos.

Al día siguiente un individuo se le acercó a Roger en la calle fingiéndose marino de su galera y le preguntó:

—¿Habéis averiguado en qué lugares esperan la invasión?

—No la esperan en Mesina, sino más al sur.

—¿Solo eso?

—Solo.

La San Teodoro iba a partir a la mañana siguiente. Y Roger se dijo que cuando llegara a Brindisi, a principios de abril, la armada angevina estaría aún en su puerto. Y si esperaban a que les aportara información relevante, se verían defraudados.

A partir de entonces Roger acompañaba a su hermano al arsenal y practicaba armas con él y otros caballeros. Y una mañana Giacomo le dijo:

—¿Habéis oído hablar de los almogávares?

—Algo sé, pero no me he encontrado con ninguno.

—No frecuentan ni el arsenal ni donde nos ejercitamos nosotros, pero alguno habréis visto por la calle.

—No lo creo. Tengo entendido que son unos rústicos que visten con pieles.

—Así vestían hace cinco años, cuando llegaron a Sicilia. Pero ahora algunos solo las visten para el combate. El cuero endurecido es una buena protección a falta de cota de malla. Y más ligero. Se han enriquecido durante estos años y ahora muchos visten, en la calle, como cualquier menestral. ¿Queréis verlos?

—¡Naturalmente! Tienen fama de ser guerreros temibles.

Abandonaron el arsenal para tomar la puerta sur de la ciudad y Roger vio, a lo lejos, al borde del camino, una ciudad de madera, adobe y tiendas de campaña.

—Este es el campamento almogávar. No les gusta vivir encerrados dentro de murallas, hasta hace poco eran gente del monte y, al llegar aquí, algunos dormían en tiendas, pero la mayoría vivaqueaba. No parecía importarles.

Roger observó el bullicio de aquella ciudad. Niños corriendo, mujeres que gritaban, perros ladrando y gallinas que correteaban cloqueando. Y presenció incluso la persecución de un cerdo a la fuga.

—¿Cuánta gente habrá aquí?

—Calculo que cerca de cuatro mil hombres y no te sé decir cuántas mujeres y niños. Hay algunos miles luchando en Calabria y no paran de llegar de España.

Giacomo entró en el campamento con la misma familiaridad que si lo hiciera en su casa y Roger vio que, mientras su hermano era aceptado, a él le lanzaban miradas hostiles. La catadura de algunos hombres era digna de los peores en el barrio portuario de Brindisi. Roger no se intimidaba con facilidad, pero se alegró de ir acompañado.

Al poco penetraron en un círculo vallado al estilo plaza de toros. Allí los hombres practicaban con espadas y jabalinas, que eran su primer recurso en el combate. En especial, una corta y gruesa llamada «azcona», pero también usaban venablos más ligeros.

Giacomo le presentó a Galcerán, uno de los principales líderes almogávares, que lo evaluó mirándolo de la cabeza a los pies. Tenía marcas de viruela en la parte del rostro que emergía de una frondosa barba oscura. Después de una corta charla, pasaron a un recinto semejante, donde conoció a otro de los adalides, el llamado Rubio Abdón, que practicaba con la espada con sus hombres. Abdón hacía honor a su mote con un pelo y una barba de un rubio clarísimo. Se mostró más afable que su superior, aunque no demasiado. Y finalmente Giacomo lo llevó a otro recinto donde estaban lanzando jabalinas unos cincuenta hombres y tres mujeres. De inmediato se evidenció que una de ellas los lideraba. Acertó en el centro de la diana con su azcona y cuando los vio se dirigió a ellos con una sonrisa.

A Roger se le abrió el cielo. Al fin un gesto amable, que además provenía de una verdadera belleza. Vestía con pieles y era alta, bien formada y con un extraño estilo. El antiguo fraile no pudo menos que devolverle la sonrisa ampliada.

—¡Hombre! —exclamó aquella joven pelirroja—. ¡Uno de la familia que sabe sonreír! ¡Me cae bien vuestro hermano, Giacomo!

Era una muchacha de intensos ojos azules y labios sensuales que no alcanzaba aún los treinta años. Tenía una cicatriz en la parte inferior de la mejilla izquierda y varias en los brazos, pero, extrañamente, no le restaban encanto. Y Roger se enamoró de inmediato de ella. La mujer almogávar le dio un gran abrazo a Giacomo. Ese gesto le impresionó aún más. ¿Tenía algo con su hermano? Ella se quedó mirando a Roger y, apoyando la mano en su hombro, le dijo:

—A ver si le enseñáis a sonreír a vuestro hermano. Ya no tiene excusa para esa cara de funeral. Iba siempre quejándose por haber perdido trágicamente a toda su familia, para darnos pena, y ahora nos viene con que tiene un hermano y una madre vivitos y coleando.

Su contacto alteraba a Roger, que comprendió que la pelirroja lo sabía todo de antemano. Alguien le había contado todos los detalles sobre él. ¿Era realmente la amante de Giacomo?

La presentó como Suria, estuvieron hablando un tiempo en el mismo tono distendido y, cuando los hermanos abandonaban la ciudad almogávar, Giacomo le dijo:

—Veo que os ha impresionado la pelirroja. ¿No es verdad, hermanito?

—Sí, me sorprende que una mujer luche y que lidere a todos esos hombres.

—Pero no os ha impresionado solo eso.

—Es muy guapa y cariñosa —admitió.

—A eso me refería. Pues id con cuidado, que se ha cargado a más de dos y más de tres que querían cortejarla y se mostraron arrogantes y violentos frente a sus negativas. La habéis visto en su lado bueno, pero enfadada es una fiera asesina.

—Pero no parece que le disgustéis. ¿Tenéis algo con ella?

Giacomo se detuvo, lo taladró con la mirada y soltó una risa seca, sin sonrisa.

—No lo habéis pillado, hermanito. Suria es la mujer del almirante y nunca se le ha conocido otro hombre. Yo fui el intermediario en su amor clandestino y nos une una gran amistad. Tuvo un papel decisivo en la batalla de Mesina, donde mataron a nuestro tío. Y cuando me vio arrodillado frente a su cuerpo llorando y murmurando que ya no me quedaba familia, me dio un gran abrazo y me dijo que todos eran a partir de aquel momento mi familia. Y ella la primera. ¡Qué gran consuelo y qué gran mujer!

Roger estaba impresionado, le costaría procesar todo aquello y librarse del embrujo de la pelirroja.

88

Brindisi

La gran flota angevina zarpó rumbo a Sicilia el 15 de abril de 1287. Y todos fueron a despedirla. Se llevaba consigo a muchos de los hombres de Brindisi y de toda Apulia, dejando atrás un gran vacío.

Hasta entonces, Vasall no había podido armar su galera, dado que todos los recursos de la ciudad se destinaban a la gran flota. Pero no le preocupaba, porque Blanca era su único interés. No iba a permitir que Brindisi fuera una gran cárcel para ella y tampoco aceptaba los siniestros propósitos detrás de su prisión. Le importaba ya poco el Halcón, lo que quería era encontrar la forma en que ambos pudieran huir de la ciudad.

Por otra parte, no tenía instrucciones del maestre provincial del Temple para embarcar hacia Outremer. No había ni carga ni peregrinos esperando, ni una misión que cumplir. El sentimiento de que la tempestad estaba a punto de estallar se hacía angustioso.

Y se concretó unos días después. Vasall recibió un mensaje de fray Cirilo convocándolo a una reunión en la casa del Temple. En circunstancias normales, el capitán del Halcón le hubiera respondido al chupatintas que fuera él a verlo a la galera. Pero Cirilo añadía que se diera prisa porque fray Raimondo lo estaba esperando.

Fray Raimondo, otro francés, era el maestre provincial del Temple para Apulia y tenía su sede en Bari, población situada a tres días de camino siguiendo la costa hacia el norte. Ese cargo lo ejerció con anterioridad fray Guillaume de Beaujeu, el gran maestre actual.

Vasall vistió su capa negra, se ciñó daga y espada, y se encaminó hacia la casa del Temple. Una vez que llegó, no vio a Cirilo en la gran sala de entrada, en la que en distintas mesas se despachaban asuntos de peregrinos y mercaderías. Y preguntó por él.

—Os ruega que me acompañéis —le dijo un muchacho.

Como Vasall anticipaba, lo condujo a la pequeña sala capitular que raramente se usaba como tal. Allí, al frente, sentados en un banco, se encontraban fray Raimondo, el maestre provincial, y dos de sus caballeros vistiendo sus impolutas capas blancas. Y en un lateral, fray Cirilo con la suya negra, que solo lucía en las grandes ocasiones.

No era usual que el maestre de Apulia se desplazara a Brindisi, y menos que lo convocara allí en lugar de acudir a verlo a su galera, como en otras ocasiones. El capitán del Halcón intuyó que pronto dejaría de serlo.

—Que el Señor esté con vosotros, hermanos —saludó.

—Y que os acompañe a vos también —respondieron los caballeros.

El maestre se puso de pie como muestra de respeto y los demás lo imitaron, aunque Cirilo se mostró remolón. No estaba de acuerdo con aquella deferencia con el acusado.

—Tomad asiento —lo invitó el maestre.

Fray Raimondo era un hombre corpulento de unos cincuenta años cuya barba estaba ya poblada de numerosas canas. Vasall y él habían mantenido una buena relación. Uno de sus acompañantes lucía una barba blanca, y el marino lo reconoció como el más viejo de los caballeros templarios de Apulia. El otro era un fraile joven de apenas treinta años. Un criadito le acercó a Vasall un escabel, donde se sentó. El capitán notó que quedaba más bajo que sus interlocutores.

—He venido desde Bari para tratar con vos un asunto muy serio, fray Vasall. Se os acusa de graves infracciones a las reglas de la Orden.

El marino guardó silencio a la espera de que continuara.

—Se dice que convivís con una mujer y que habéis agredido por su causa al comerciante más importante de la ciudad, con quien tenemos negocios, y que habéis osado incluso atacar al gobernador.

—¿Y quién os ha hecho llegar esas noticias, fray Raimondo? —preguntó el acusado.

—Todos. Vuestra relación con esa mujer es escandalosa. Casi pública.

—¿Y quién me ha acusado?

—El gobernador.

—Y yo primero —intervino Cirilo con rabia—. Lleváis años desobedeciendo, actuando por vuestra cuenta y dando mal ejemplo.

Fray Raimondo hizo una mueca de desagrado. No le gustaba la intervención del sargento.

—¿Y Antonio di Murano? —preguntó sorprendido el capitán—. ¿No me acusó él?

—¡No! —saltó Cirilo—. Pero estuvo ausente varios días después de vuestra visita. Se dice que le disteis una paliza.

El inicio de una sonrisa apareció en la faz del marino. Quiso darle un escarmiento e intimidar al mercader. Y lo había conseguido, hasta el extremo de que no se atrevía a denunciar a pesar de la insistencia con la que estaba seguro lo habría acosado Cirilo.

—¿Qué tenéis que alegar a esas acusaciones, fray Vasall? —siguió el maestre ignorando la interrupción.

—Acepto las acusaciones, fray Raimondo —contestó con serenidad el marino—. Y admito mi culpa. He contravenido las reglas de la Orden y he pecado.

Se hizo un largo silencio.

—¿Os arrepentís, juráis enmendaros y cumplir la penitencia que se os imponga? —prosiguió el maestre después de interrogar con la mirada al más anciano.

—No, maestre, no lo hago —repuso categórico Vasall—. Amo a una mujer y no podría vivir sin ella.

—¡Qué vergüenza! —murmuró Cirilo.

—¿Sabéis lo que vuestra confesión y rebeldía comporta, Vasall? —siguió fray Raimondo.

—Lo sé.

—No me dais más opción. Como castigo a vuestros actos, en este momento os despojo de vuestro hábito, os expulso del Temple y dejáis de ser el capitán del Halcón. ¡Que Dios se apiade de vuestra alma pecadora!

—¿Cómo? —se alteró Cirilo—. ¿No hay azotes ni cárcel? Sus pecados, su conducta escandalosa y su agresión a personas tan altas lo merecen.

—¿Lo sabe fray Guillaume de Beaujeu? —preguntó el marino haciendo caso omiso de la intervención del sargento.

—Ha sido informado.

—¡Ja! Esta vez ni el gran maestre os puede salvar —se alegró Cirilo.

—¿Queréis callar? —le espetó el maestre. Y después prosiguió dirigiéndose a Vasall—: Habéis dejado de ser fraile. Y todo lo que tenéis encima, hábito y armas, le pertenece al Temple. Y os requiero a que lo devolváis.

—Dejaré el hábito en el Halcón. Podréis recogerlo allí, una vez que consiga otras ropas. En cuanto a las armas, creo que me corresponden después de portarlas por más de veinticinco años al servicio de la Orden.

—¡Tenéis que dejarlo todo aquí y ahora! —intervino Cirilo—. ¡Lo que lleváis encima es propiedad del Temple, al que habéis traicionado! Y si no lo hacéis de grado, lo haréis forzado. Os daremos ropa usada que destinamos a los pobres.

Vasall pareció descubrir por primera vez la presencia de Cirilo y lo miró desdeñoso.

—¿Por la fuerza, decís? —Sonreía mostrándole los dientes—. Venid vos a buscarlas, Cirilo, y saldaremos cuentas.

El sargento palideció. Él no era un hombre de acción y su oponente le intimidaba.

—¡Callad de una vez, Cirilo! —lo increpó el maestre.

El aludido se mordió los labios. Estaba decepcionado.

—Dejad, pues, el hábito en la nave, Vasall. Pero también las armas. No puedo consentir que os las quedéis.

—Las armas son mías, maestre —sentenció Vasall y se levantó del asiento—. Quedad con Dios, caballeros.

—Un fraile no posee propiedades, todo es de la Orden... —empezó a explicar el decano de los caballeros.

Y sin esperar a que terminara, el antiguo capitán del Halcón dio media vuelta y se fue con paso tranquilo.

A pesar de su aparente calma, Vasall salió muy afectado. Cuando alguien tomaba los votos, lo hacía de por vida, y hasta pocas semanas antes contaba con envejecer y morir en el Temple. Después de tantos años de servicio no solo sentía cariño por la hermandad y muchos de sus miembros, sino que apreciaba la situación de poder de la que gozaba y la protección que le ofrecía. Y ahora se sentía desnudo. No tenía nada.

Pero su amor por Blanca era mucho más valioso. Muchísimo más, y desde que se sintió correspondido por ella, sabía que tarde o temprano dejaría la Orden.

Le pesaba, sin embargo, la forma deshonrosa de abandonarla, aunque daba gracias de que siempre contó con las simpatías de los maestres, a pesar de sus infracciones. El Temple no ejecutaba a sus miembros, pero un encierro en una mazmorra a pan y agua a perpetuidad, tal como quería Cirilo, era posible. Para Vasall, semejante condena sería peor que la muerte.

Anduvo a paso rápido hasta donde tenía anclado el Halcón. Nada parecía haber cambiado ni nadie le cortó el paso.

Respiró tranquilo. Por muy poco tiempo, pero seguía siendo el capitán. De quien más deseaba despedirse era de fray Adriano. Y en la galera lo encontró.

—Adriano —le dijo después de pedirle que bajara a tierra firme para que nadie los oyera—. Hemos corrido muchas aventuras juntos durante muchos años. Y lamento deciros que ya no habrá más.

—¿Y eso, capitán?

—La reunión que hoy tenía en la casa del Temple era para retirarme el hábito. Y eso han hecho. Aún me veis con él, pero cuando terminemos de hablar lo cambiaré por ropa de seglar y os lo daré para que lo devolváis a Cirilo.

—Pero ¿por qué? ¿Por qué os expulsan? ¡Sois el mejor capitán que tiene el Temple!

—Querréis decir que tenía. He dejado de ser el capitán del Halcón.

—Lo lamento. —El bueno de Adriano tenía lágrimas en los ojos—. ¿Cómo han podido hacer eso?

—Mi comportamiento no ha sido el adecuado, Adriano. Lo reconozco.

—Vuestro comportamiento nunca ha sido el adecuado —repuso el contable de la galera tratando de sobreponerse con media sonrisa—. Si hubieran querido echaros, lo habrían podido hacer muchos años antes.

Vasall rio.

—Ya veis, amigo. A todo cerdo le llega su San Martín.

—¡No digáis eso, capitán! —repuso emocionado—. Todos tenemos nuestros pecados. ¿Cuál de los vuestros ha sido el mayor?

—Estoy enamorado de una mujer, Adriano —le confesó—. Tanto que no sé ni cómo explicarlo. Es toda mi vida.

El fraile regordete lo miró con los ojos húmedos, nunca su antiguo capitán le había confesado sus sentimientos. Y sonrió.

—Pues ya tenéis vuestra Ítaca, capitán —murmuró.

—¿Ítaca? —se extrañó Vasall—. ¿La isla? No veo que tenga nada que ver con esto.

—Es otra cosa, capitán. Esta Ítaca es aquello por lo que uno lo da todo en la vida. ¡Todo!

El marino se lo quedó mirando desde su mayor altura y le dijo:

—Pues eso será, se llame como se llame.

—Me alegro. —Adriano lo abrazó, nunca lo había hecho antes. Lloraba.

Y el capitán lo estrechó fuerte contra su pecho. También estaba emocionado.

Terminada la conversación, Vasall regresó a la galera para encerrarse en el camarote de debajo del castillo de popa. Allí se quitó el hábito y vistió unas ropas de seglar de repuesto para la tripulación. Se sentía extraño. El hábito había llegado a ser como su segunda piel. Sin embargo, conservó las armas y el cinto de cuero con las vainas de su espada y su daga. Y se lo ciñó. Después levantó unos tablones y sacó una bolsa con monedas. Allí guardaba lo sisado a fray Cirilo, al que nunca le habían cuadrado las cuentas. Era dinero para sus gastos personales, entre los que se encontraba María. No representaba una gran fortuna, pero lo ayudaría a ir tirando. A continuación hizo convocar a todos quienes se encontraban en la galera y, vestido de seglar, desde el castillo de popa, les dijo que ya no era su capitán y que dejaba el Temple.

En los murmullos y en los rostros de los hombres pudo comprobar que se le apreciaba, que lamentaban que se fuera, y todos quisieron darle la mano. Y él estrechó la de cada uno con fuerza, deseándoles lo mejor. Se arrodilló para besar el maderamen de la nave y abandonó el Halcón con lágrimas en los ojos. Para siempre.

PARTE NOVENA

—

AÑO 1287

89

Mesina

Conforme pasaban los días, la tensión, a la espera de la invasión, crecía. Sin embargo, para Roger, descubriendo un mundo nuevo y haciendo amistades de la mano de su hermano, fueron intensos. Un día Giacomo le dijo:

—La reina quiere veros.

—¿Y eso? —preguntó el joven sorprendido.

—Sois más popular de lo que creéis. —Y no le dio más opciones.

De camino al castillo de Mategrifon le iba contando:

—Doña Constanza de Sicilia y Aragón es la viuda del rey Pedro III de Aragón y I de Sicilia. Nació en Catania y, aunque va cediendo algunos poderes a su hijo, mantiene el control de la isla de Sicilia. Jaime está al mando de la guerra junto con el almirante y, mientras, ella maneja el resto de asuntos con el apoyo de su senescal Juan de Prócida.

—¿Y por qué me quiere ver?

—Ya os lo conté. Me tiene cariño.

Roger iba comprendiendo el porqué del interés que los enemigos de Sicilia y de Aragón tenían en él.

La reina Constanza no los recibió en ninguno de los salones oficiales del castillo-palacio de Mategrifon, sino en sus estancias privadas.

Era una sala con unos ventanales que, desde su altura, mostraban los tejados rojizos de Mesina, después la gran bahía en forma de G con su puerto, más allá las aguas de un azul intenso del estrecho y, aún más lejos, la línea de la costa de Calabria y sus verdes montes. El mobiliario era austero; un gran tapiz con escenas de animales y plantas dividía la habitación, y Roger supuso que al otro lado estaría el dormitorio. La encontraron bordando junto a una de sus damas mientras otra tocaba un laúd. Un paje los introdujo y la reina Constanza les sonrió.

—Bienvenido, Giacomo —dijo.

Él se descubrió, se acercó a ella, puso una rodilla en tierra y le besó la mano.

—Señora —dijo.

—Sentaos, Giacomo. Y ese caballero será vuestro hermano, ¿no es así?

—Cierto, señora. Es mi hermano Roger de Flor.

La reina le tendió la mano para que se la besara y el joven se apresuró a hacerlo con una genuflexión.

—Bienvenido, Roger. Sentaos también.

Constanza no habría cumplido aún los cuarenta años. Era una mujer de ojos verdes, largas pestañas, un cabello castaño claro trenzado que cubría con una ligera toca. Era hermosa, y al sonreír lo era mucho más.

—No sabéis cuánto nos alegramos cuando supimos de vuestra existencia y la de vuestra señora madre —le dijo a Roger—. Vuestro hermano se ha ganado el afecto de muchos.

Y siguió preguntándole por su progenitora, y el joven tuvo que explicarle que, debido al expolio sufrido por los angevinos, se veía obligada a vivir humildemente. Y en esa conversación estaban cuando sonaron unos golpes en la puerta y un paje anunció:

—Don Juan de Prócida precisa veros urgentemente, señora.

Roger sabía que era la persona que rescató a su hermano y

su tío de África. La sonrisa desapareció de la faz de la soberana y dijo que pasara.

Entró un hombre inusualmente anciano, de barbas y cabellos blancos, que a pesar de estar cercano a los ochenta años tenía un porte gallardo.

—Señora —anunció sin más preámbulos—, unos pescadores han divisado a una gran flota a la altura de Catania.

—¡La invasión! —exclamó la reina.

El senescal afirmó con la cabeza.

—Así es, señora.

—¿Sabéis adónde se dirigen?

—No, señora. Pero si fueran a Catania, ya lo sabríamos. Pienso que atacarán Augusta o Siracusa.

—¡Reunid al consejo con urgencia! —exclamó ella. Y dirigiéndose a sus invitados, les dijo—: Excusadme, señores.

—¡Naturalmente, señora! —repuso Giacomo levantándose.

Y lo mismo hizo Roger. Le besaron la mano y se apresuraron a salir.

—Empieza la acción —murmuró el antiguo fraile al salir del castillo.

—Y me temo que será muy sangrienta, hermanito —repuso Giacomo—. Nos jugamos un reino y la vida.

90

Brindisi

—Ya no soy fraile, Blanca —dijo Vasall al llegar a casa de su amada.

—¿No? ¿Y qué ha ocurrido?

Y él se lo contó sin omitir detalle.

—¿Y qué pasará ahora? —se inquietó ella—. Decíais que el hábito os protegía.

Él sonrió para tranquilizarla.

—Pues ahora nos protegerá esto. —Y apoyó su mano en la empuñadura de la espada. Puso rodilla en tierra al tiempo que le tomaba las manos—. *Donna* Blanca, os amo como nunca creí que se podía amar. Os amo con locura. Y ahora que ambos somos libres, os pido, os suplico, que seáis mi esposa.

Ella notó lágrimas en los ojos y un nudo en la garganta. Tragó saliva y se tomó un tiempo para serenarse y responder:

—También os amo. Con vuestra misma locura o más, Vasall. Y nada me haría tan feliz como ser vuestra esposa.

Él se incorporó y la besó al tiempo que la abrazaba.

—¿Y querrán casarnos al haber sido vos fraile? —preguntó ella—. ¿Habiendo jurado el voto de castidad?

—Ya no soy fraile. Y el voto de castidad nunca lo acepté.

Fray Anselmo, el prior de la iglesia de San Juan del Santo Sepulcro, se negó al principio. Los apreciaba como feligreses asiduos, pero conocía la condición de fraile de Vasall. Su nueva situación le tenía confuso. Pero las súplicas de la hermosa viuda y los argumentos del marino terminaron por convencerlo. Vasall decía que, si no los casaba, los condenaba a vivir en pecado porque no iban a renunciar a su amor. Y el cura, que había sufrido en sus carnes la tortura del amor y del deseo, se enterneció y aceptó.

—Pero debéis mantener en secreto que yo os caso —les puso de condición—. Mis feligreses conocen al novio como fraile y no quiero escandalizarlos.

Aun así, el marino consiguió que les extendiera un documento certificando el enlace. Betta y María fueron testigos, y la pareja salió de la iglesia feliz, pero sin darse la mano. Sabían que eran vigilados.

Una precaución inútil. Vasall no tenía otro lugar donde ir que a la casa de su esposa, su nuevo hogar. La mudanza fue sencilla. El marino poseía solo lo que llevaba puesto.

—En el puerto me conocen y saben que soy un buen marino —le explicó a Blanca—. Aceptaré un empleo, aunque sea para capitanear una nave menor. Y una vez que lo tenga, buscaremos la ocasión para huir de aquí.

Sin embargo, las cosas no resultaron tan fáciles. En sus largos años de capitán de distintas naves, estableció muchas relaciones en la zona portuaria. A algunos les creía amigos. Pero pronto descubrió que esas amistades no respondían a lo esperado.

—Lo siento, fray Vasall —le confesó un naviero con varias embarcaciones al que solicitó trabajo—. No puedo daros nada.

—¡Pero si acabo de saber que tenéis vacante un puesto de capitán! ¿Es que no me consideráis cualificado?

—Sois el mejor. Pero si os contrato me arruinarán.

—¿Quiénes? —El antiguo fraile sospechaba la respuesta.

—Un hombre debe conocer a sus enemigos, Vasall. Y yo no puedo decirlo.

—¡Os lo ruego!

—¡No! No debo, no puedo.

—Bien, os lo diré yo y afirmad con la cabeza. Así no me lo habréis dicho. Antonio di Murano y el gobernador —aventuró el marino sin esperar respuesta.

El naviero afirmó con la cabeza para murmurar a continuación:

—No solo ellos.

—¿Y quién más?

—Fray Cirilo —respondió en un susurro casi inaudible.

No por esperada dejó de afectarle la revelación del naviero. ¡Tenía a la Orden en contra! Ya actuara Cirilo por su cuenta o siguiendo instrucciones, el poder del Temple en Brindisi lo quería mal. Abatido, abandonó la casa del naviero para observar melancólico las azules aguas de la bahía. «¿Y ahora qué?», se dijo.

—Ahora, a intentarlo de nuevo —se respondió.

Necesitaba el dinero. Había prometido cuidar de su esposa y eso haría.

Pero siguió cosechando negativas en todas las puertas a las que llamó, a pesar de que notaba simpatía, incluso hasta compasión. Ver a un hombre que había sido tan poderoso prescindiendo de su orgullo y suplicando un trabajo, incluso por debajo de sus cualificaciones, enternecía a muchos. Pero aquello no alteraba sus respuestas. Los poderes que se cernían sobre el antiguo fraile, como nubes negras listas para descargar con saña la más terrible de las tormentas, asustaban a todos.

—Lo que debéis hacer es huir, abandonar Brindisi —le dijo uno—. Y hacedlo antes de que sea demasiado tarde.

Llevaba días ocultándole a Blanca la gravedad de la situación. Y aquella inquietud le privaba de disfrutar de su amor, de su recién estrenado matrimonio y de que era ya suya, ante Dios y ante los hombres. Al final decidió confesárselo. Era admitir que lo que le había dicho que iba a ocurrir no pasaría. Que era incapaz de proveer para su nuevo hogar.

—Debéis huir —le dijo ella con lágrimas en los ojos—. Lo que viene no es bueno.

—¿Y dejaros sola frente a esos miserables? —Le cogió las manos y se las besó—. No, Blanca, no haré eso.

—De tener trabajo como capitán de una nave, también me habríais dejado sola, como quedan las mujeres de los marinos cuando ellos embarcan, ¿verdad?

El antiguo fraile afirmó con la cabeza.

—Pues es lo mismo —concluyó ella.

—No, no es lo mismo. Vos no podéis salir de Brindisi y, si me marcho, quizá no pueda volver.

Cada vez que regresaba a su hogar observaba la disimulada vigilancia que se ejercía sobre Blanca. Y también sobre él en el puerto.

—Debéis huir —insistía ella—. No dejéis que mi desgracia os arrastre.

—Encontraré un trabajo, uno en que no tenga que embarcar. —Quería sonar optimista—. De estibador. Tengo una espalda ancha y la fuerza de un buey. Puedo cargar cualquier cosa. O en los astilleros. Los hay muy pequeños, donde estoy seguro de que no ha llegado esa mano negra. Limpiaré los cascos de las naves de moluscos y algas, aprenderé a calafatear las barcas. Pero no os abandonaré, no os dejaré sola.

Blanca lo miraba conmovida. Aquel era el mismo hombre que, bello, poderoso y hasta altivo, lucía su bien cortado hábito y su capa negra del Temple en la misa de doce de San Juan del Santo Sepulcro. Y le decía que estaba dispuesto a jugarse la vida y a aceptar los trabajos más miserables por ella. Por su amor. Y la ternura, como las olas en un mar de tormenta, la desbordó haciendo zozobrar su pequeña nave, su intento de fingir serenidad y contención. Parecía que el corazón le estallaba de agradecimiento y cariño. Se abrazó a él sintiendo un placer tan grande que por unos momentos olvidó las sombras y los temores. ¿Qué iba a decirle? ¿Qué podía decirle? Lloraba de amor.

91

Mesina

La tensión y la incertidumbre a la espera de saber dónde iba a golpear la flota angevina eran extremas. Resultaba evidente que se dirigía al flanco oriental de la isla y que, por lo tanto, no cruzaría el estrecho frente a la ciudad. El rey Jaime envió mensajeros por tierra para alertar a las poblaciones, y el almirante, fustas para localizar al enemigo.

Y fue durante ese tiempo de zozobra en que arribó la San Teodoro de vuelta de Brindisi. Aunque debía reportar de inmediato al maestre templario, el primero en ser avisado fue Roger, que se reunió con sus amigos en una taberna del puerto donde no pudieran ser escuchados.

—Tenemos malas noticias sobre Vasall —le dijo Garfio.

—¿Qué le ocurre?

Y le explicaron que había sido expulsado del Temple provocando una conmoción en la ciudad a causa del prestigio que había tenido siempre el capitán del Halcón. Roger trató de calibrar el alcance de esa mala noticia. Creía que sus amigos desconocían la relación del capitán con su madre. Y pensaba mantenerla en secreto.

—El capitán sabrá buscarse la vida —les dijo.

—Ya lo ha hecho —sentenció Garfio.

—¿Qué quieres decir?

—Que vive con tu madre —le aclaró Pietro—. Se han casado.

Roger se quedó sin palabras. El inicio de una sonrisa guasona se abrió entre las barbas de Garfio, mientras que Pietro lo miraba preocupado.

—¿Cómo os habéis enterado?

—Nos dijiste que cuidáramos de ella, ¿verdad? —contestó el pelirrojo—. Pues la fui a ver por si necesitaba algo.

—Gracias, Pietro. —Roger se alegraba mucho por su madre, aunque temía las consecuencias.

—Se la ve feliz pero preocupada —siguió el pelirrojo—. Se han casado en secreto y así debe mantenerse.

—Temen el escándalo —murmuró Roger.

—La noticia de la expulsión de Vasall de la Orden ya ha sido escandalosa por sí misma —dijo Garfio—. Solo faltaba añadirle la boda.

—Vasall sabrá manejar la situación —se consoló Roger.

—Quizá no le sea tan fácil —dudó Pietro—. Se comenta en el puerto que fray Cirilo no quiere que Vasall encuentre un trabajo en Brindisi.

—¿Y qué significa eso?

—Que ese buitre toma venganza por sus desplantes —concluyó Garfio—. Y es muy poderoso.

La expresión de Roger se endureció.

—He perdido a mi gran protector en el Temple —gruñó—. Y ahora se ve en serios problemas.

—Más de los que piensas —le dijo Garfio.

—¿Y eso?

—Tal como quedamos, me encontré con tu amigo Paolo.

—¡Espero que no te vieran! —exclamó Roger.

—No, usé a un familiar para que lo citara en vuestro refugio secreto. Vienen malos tiempos —le advirtió Garfio—. Vigilan tanto a tu madre como a Vasall. Saben todo lo que hacen, y Paolo dice que el gobernador les guarda rencor.

—Tu madre sabe que los espían —siguió Pietro—. Me dijo que trató de salir de la ciudad y no la dejaron. La tienen prisionera.

—¿Y eso por qué? —se alarmó el joven.

—También hablé con Vasall —siguió Garfio—. Saben que tu hermano querrá ver a tu madre. Y entonces, por muy en secreto que lo haga, será capturado o muerto.

De repente a Roger se le hizo la luz. No sabía si el gran maestre estaba en eso, pero alguien lo había planeado. Alguien que no solo quería que espiara, sino también que informara a su hermano de que su madre estaba viva. Para que fuera a verla. Se puso lívido y apretó los puños con rabia.

—Miserables —murmuró. Los pensamientos se agolpaban en su mente. Tenía que hacer algo—. Regresaré con vosotros a Brindisi. Necesitan ayuda.

—¿En calidad de qué vas a regresar? —quiso saber Pietro—. Recuerda que es una nave del Temple y ya no eres templario.

—En calidad de lo que sea. De polizón si hace falta.

92

—Regreso con la San Teodoro a Brindisi —le dijo Roger a su hermano después de contarle lo ocurrido—. Debo ayudarlos como pueda.

Giacomo lo escuchó en silencio sin mostrar emociones.

—No, no regresaréis —repuso tranquilo—. Os quedaréis aquí conmigo.

Roger lo miró sorprendido. Por el tono autoritario de Giacomo, le pareció que quería ejercer de hermano mayor. Pero él no estaba acostumbrado a hermanos mayores.

—¿Y eso por qué? —preguntó desafiante.

—Porque no podréis hacer nada —respondió pausado pero firme, con una mirada profunda en sus ojos oscuros—. Recordad que se supone que ya no estáis en el Temple. Y, al igual que Vasall, no tenéis nada. Si aparecéis por la ciudad en su ayuda, los enemigos que se ciernen sobre él pasarán a ser los vuestros. Y si abandonáis la misión que os encomendó el gran maestre, seréis un proscrito para el Temple. Y tampoco estará bien visto aquí en Mesina que, después de que yo os introdujera en el círculo del almirante y que incluso os presentara a la reina, nos abandonéis para regresar a territorio enemigo en estos momentos de angustia y peligro. Sería una traición.

Roger no encontró respuesta. Su hermano mayor tenía razón en todo.

—Lo lamento muchísimo, estoy deseando encontrarme

con nuestra madre —siguió Giacomo tratando de consolarlo ante su evidente decepción—. Pero mi deber está con el almirante. Si salimos con vida de lo que nos aguarda, iré a Brindisi y la socorreré en lo que pueda.

—No podéis ir a Brindisi —repuso el joven desalentado—. Os esperan para capturaros o daros muerte.

—Puedo hacerlo sin que se me reconozca.

—No os servirá de nada disfrazaros. El señuelo es nuestra pobre madre, y la trampa está lista para cerrarse sobre vos.

Giacomo se encogió de hombros.

—Pues Dios proveerá —dijo—. Nada podemos hacer ahora.

—Sí que podemos. —La tristeza y desánimo de Roger se habían convertido en un fiero coraje, tanto contra los angevinos como contra el gran maestre—. Podemos derrotar a esos malditos en batalla. Lucharé a vuestro lado, hermano. Y venceremos.

Comprendía que él, al igual que Vasall y su madre, estaba atrapado, aunque de otra forma. Habría que esperar acontecimientos y confiar en Garfio y en Pietro para que la socorrieran en lo posible.

A pesar de su angustia y preocupación, Roger notó un nuevo sentimiento, que le aliviaba, aflorando en su pecho. Al fin, tenía un hermano mayor.

—Bien —repuso Giacomo—. Muy bien, hermano. Esas son las palabras que esperaba de vos.

Roger no pudo evitar abrazarlo. Y fue correspondido con todo el afecto.

93

El enemigo tomó la ciudad de Augusta, al sur, el 1 de mayo de 1287. Era la cabeza de puente para la invasión. La actividad en Mesina, y en el arsenal, se hizo frenética.

—¿No debiéramos zarpar ya? —le preguntó Roger a su hermano.

—El almirante no se hará a la mar sin la seguridad de estar bien preparado. Y debemos coordinarnos con las fuerzas de tierra.

El primero en salir fue el rey Jaime con una compañía de caballeros. Iba a Catania a reclutar tropas para el contrataque. El resto del ejército lo seguiría en cuanto estuviera listo.

Roger percibía la preocupación en las calles, en el rostro de la gente, en los murmullos de los corrillos, en las colas de las mujeres en las fuentes, en todos los sitios. Cinco años antes la ciudad sufrió un brutal asedio por parte de las tropas de Carlos de Anjou. Y aquellos recuerdos, en forma de pesadillas, aún despertaban a muchos por la noche.

La armada siciliano-aragonesa partió de Mesina una semana después y fondeó en Catania la mañana del día 11 de mayo. Allí el almirante se unió al joven rey para discutir la estrategia mientras las naves reponían víveres y agua. Se encontraban a un día de Augusta y las tropas de tierra habían tenido ya algunos choques con el enemigo.

—Hay que echar hasta al último angevino de la isla —dijo el rey Jaime.

—Primero hay que destruir su flota —le respondió el almirante—. Los barcos pueden traer más tropas y atacar en cualquier otro lugar. Nos encontraríamos en las mismas.

—La armada de Brindisi es del mismo tamaño que la vuestra, y si lograrais derrotarla, lo que es mucho suponer, la flota que os espera en Nápoles es tan poderosa o más que esta primera —replicó el joven monarca.

—Aun así, debemos ir a por ellos. ¿Para qué queremos las naves? ¿Para combatir en tierra? Y tenemos que interceptarlos antes de que se unan a los napolitanos.

No se ponían de acuerdo.

Augusta se encontraba en una isla unida por un puente de madera a la costa. Y a su entrada se alzaba una colina coronada por una fortaleza que controlaba el puente y protegía la ciudad. La flota llegó la noche del 12 y la mañana siguiente amaneció gris con un mar oscuro y algo picado.

Roger contemplaba las paredes blancas y los techos ocres de la ciudad junto a su hermano, desde el puesto de mando del almirante, en el castillo de popa de la galera. Su gran preocupación no era el inminente combate, sino la suerte de su madre. No podía apartar su pensamiento de ella.

El asalto se inició justo con la aparición del astro rey. Las galeras se aproximaron a la isla y, a una orden de Roger de Lauria, los ballesteros descargaron nube tras nube de virotes obligando al enemigo a abandonar playas y calles en busca de refugio. El estruendo procedente de las naves era ensordecedor. Los almogávares golpeaban los metales de sus armas mientras contemplaban la ciudad como lo harían lobos con su presa. Y Roger oyó, de pronto, cómo aquella dulce pelirroja que había conocido en el campamento almogávar aullaba con potente voz:

—¡Desperta ferro! —Era su grito de guerra.

Cientos de gargantas lo corearon enardecidas. La nave entera.

—¡Au! ¡Au! ¡Aragón! —prosiguió.

Y se produjo idéntico griterío.

—¡Au! ¡Au! ¡Sicilia! —Y lo mismo.

Las proas de las galeras se hundieron en las playas de la isla, y la primera en saltar fue la pelirroja, seguida del Rubio Abdón y más de cien almogávares. Blandiendo sus azconas, penetraron en la ciudad, donde la mayoría de las casas les abrían las puertas. Mientras, el resto de naves soltaban también su cargamento de fieros guerreros que no cesaban de gritar:

—¡Aragón! ¡Sicilia!

Roger y su hermano, junto al almirante y un contingente de ballesteros, desembarcaron a continuación.

—El rey está ahora mismo atacando desde el puente —le explicó Giacomo.

Los almogávares demostraron su destreza y pronto el enemigo se refugió en la fortaleza que dominaba la pequeña isla.

Giacomo observó la expresión de disgusto de Roger de Lauria y le dijo:

—¿Qué ocurre, almirante? Nos hemos hecho dueños de la isla, con excepción del castillo, sin apenas bajas y en un momento. ¿Qué os inquieta?

—Esperaba encontrarme con las cuarenta galeras llegadas de Brindisi y entablar batalla. Pero han desaparecido.

—¿Qué teméis?

—Aquí no están los cinco mil infantes ni los trescientos caballeros que embarcaron en Brindisi. Hemos recuperado la ciudad con demasiada rapidez.

—¿Pensáis que los desembarcarán en otro lugar?

—Sí. Esto ha sido una maniobra de distracción. Los angevinos tienen otras intenciones. Tenemos que buscar su flota.

Roger y su hermano presenciaban a distancia la discusión entre el almirante y el joven rey frente a la fortaleza sitiada.

—Debéis quedaros, tío, y ayudarme a tomar el castillo.

—No es necesario, Jaime —repuso el de Lauria—. Tenéis suficientes fuerzas.

—Quiero arrebatarles el castillo y librarme de ellos lo antes posible —murmuró disgustado el rey—. Y requiero vuestra ayuda.

—Señor —repuso el de Lauria—, los almogávares son muy buenos luchando en el monte y excelentes en abordajes y lucha callejera, como aquí en Augusta. Pero no lo son en el asedio de fortalezas. Lo suyo es la agilidad, la rapidez, no la lucha estática. Apenas llevan protección. Con vuestra gente os sobra.

El rey Jaime apretó los labios y movió la cabeza en un gesto de tozudez y enfado.

—Señor, la flota enemiga ha desaparecido y me inquieta —insistió el almirante—. No ha dejado aquí a toda la gente embarcada en Brindisi. Van a atacar en otro punto.

Y así siguieron debatiendo hasta que el rey Jaime dio su brazo a torcer, pero a disgusto.

—Id en buena hora, Roger, y que Dios os ayude —concluyó contrariado.

94

Augusta

—Pasaremos la noche aquí y levaremos anclas al amanecer —anunció el almirante.

Roger comprendió que era un privilegio ver en acción a aquel personaje de leyenda. Empezaba también a admirarlo, no le perdía de vista y constató lo dicho por su hermano. Aunque con disimulo, el almirante no le quitaba el ojo de encima a la pelirroja, que regresó a la nave con solo un par de heridos entre los suyos.

El de Lauria ordenó el entierro cristiano de los muertos y el cuidado de los heridos, pero no provisionó las naves.

—¿No reponemos agua y víveres? —preguntó Roger sorprendido sabiendo de la intención del almirante de hacerse de nuevo a la mar.

—Lo haremos más al sur, en Siracusa —le respondió su hermano—. Aquí los angevinos lo han requisado todo para almacenarlo en la fortaleza. Se preparan para resistir un largo asedio.

—¿Y por qué suponemos que la armada angevina ha ido al sur?

—Porque es obvio que no van a regresar a Brindisi, y no cruzarán el estrecho de Mesina, pues está bajo nuestro control. Piensan atacar alguna población de la isla o rodearla para ir al norte y juntarse con la flota de allí. Si lo logran, nos doblarán en número de naves. El almirante desea pillarlos antes de que lo hagan.

Los días siguientes fueron de continua navegación en busca del enemigo. La flota contaba con varias fustas, que iban por delante para avisar con fuego por la noche o humo durante el día. Aprovechaban su mayor rapidez para detenerse junto a las barquichuelas de los pescadores o tocar tierra y recabar información.

Un día después de abandonar Siracusa, doblaron el cabo Passero, en el extremo sur de la isla, para seguir navegando en paralelo a la costa hasta el siguiente vértice del triángulo que forma Sicilia. Después les llevó cinco días de viaje llegar a la población de Marsala, que se encontraba situada en el segundo vértice del triángulo. Allí supieron que la flota angevina trató de sorprender a la ciudad y asaltarla. Los mensajeros que cruzaron la isla a galope desde Mesina la habían alertado y el ataque fracasó.

—Saben que vamos tras ellos —murmuró el almirante—. Se internarán en el mar para que no los veamos y quizá vuelvan atrás para tratar de tomar otra ciudad.

—O quizá vayan directos a Nápoles —comentó Giacomo.

—Eso es muy probable —admitió el de Lauria—. Una vez que se unan las dos flotas, serán ellos quienes nos busquen para entablar batalla.

—¿Y qué vamos a hacer? —preguntó Giacomo.

—Regresar. No quiero que ataquen por sorpresa al rey mientras sitia el castillo de Augusta.

A Roger le admiraba la seguridad del almirante. Después de vivir doce años en una galera y de observar con atención el comportamiento de Vasall, sabía que un capitán debía mostrar confianza, aunque no la tuviera. Su aspecto y humor influía en todos. Y se dijo que para el de Lauria la procesión debía de ir por dentro. Lo tenía muy difícil, casi imposible.

Seis días después se encontraban ante Augusta sin hallar rastro de la armada enemiga.

—Están camino de Nápoles —murmuró el almirante disgustado. Miraba hacia el norte y sus mandíbulas apretadas destacaban el hoyuelo de su barbilla. Los ojos entornados trataban de ver a lo lejos. Quizá pretendía vislumbrar el futuro.

La situación era apurada y Roger se preguntaba qué haría para afrontar aquel contratiempo. Pero el de Lauria mantenía sus planes en secreto. Si realmente tenía alguno.

95

Brindisi

Pasaron los días y Vasall no encontraba empleo alguno, por humilde que fuera, ni siquiera una ocupación por horas que le permitiera ganar algún dinero. Se sentía muy mal. Sus enemigos habían logrado intimidar a la ciudad entera y ahora era un apestado. Le costaba asumir que había pasado de ser fray Vasall a no ser nadie. Peor que nadie, alguien a quien evitar. El dinero que guardaba de sus días de gloria se agotaba a pesar de lo mucho que lo cuidaba. Esa evidencia, para él, que nunca le había dado importancia a lo pecuniario, lo desmoralizaba. No podría mantener a su mujer y, lo que era aún peor, en breve tendría que depender de lo poco que ella ganaba. A no ser que fuera a pedir limosna a los mismos que le habían negado trabajo. Prefería morir antes que sufrir semejante humillación.

Le había estado dando vueltas a cómo podían escapar ambos de la ciudad. La vigilancia, en especial sobre ella, era estricta.

Sin embargo, aquella mano negra que lo asfixiaba no parecía actuar contra Blanca. Ella obtenía aún algunas monedas con su trabajo de amanuense escribiendo cartas para los peregrinos, gracias a que estos eran forasteros y desconocían las reglas de juego que imponían los grandes de Brindisi. El marino se alegraba de que el cepo que le tenía atrapado a él no se hubiera cerrado aún sobre ella. Pero el caso era que no podía proveer para el hogar. ¿Qué tenía que hacer? ¿Robar a punta de daga en algún callejón?

Y en esas tristes reflexiones estaba Vasall aquella tarde, mientras recontaba las pocas monedas que le quedaban, después de regatear por la mañana en el mercado. Mientras Blanca, gracias a la luz que entraba desde el pequeño patio interior, escribía con su cuidada caligrafía una carta que le habían encargado.

Unos tenues golpes sonaron en la puerta.

—Será María, o quizá Betta —aventuró Blanca.

Vasall fue a abrir no sin antes asegurarse de que llevaba la daga en el cinto.

—¿Quién es?

Y oyó un quejido. Alguien estaba en apuros. Pero en cuanto descorrió el cerrojo, la puerta se abrió con un gran estruendo, derribándolo. Y los dos hombres que la acababan de patear se abalanzaron sobre él. Blanca chilló de terror. A estos dos los siguieron otros dos y en un momento tenían a Vasall inmovilizado.

Blanca reconoció a Luigi cuando apareció en el umbral de la puerta. Mostraba una sonrisa malévola. Ella se encogió de miedo y supo que algo muy malo iba a ocurrir.

El último en entrar era el mismísimo Pierre de Dijon, que saludó en tono jovial.

—Buenas tardes, *donna* Blanca. ¿A que me echabais de menos?

Ella sintió pavor. Aquel hombre había aguardado para consumar su venganza y ahora el peso de su orgullo humillado y de su rencor iba a caer sobre ellos. Ella ni se movió ni respondió. Solo lanzó una mirada a su esposo, que se debatía inútilmente contra sus captores.

El gobernador interpretó su mirada y pareció, de pronto, reparar en el marido.

—¡Pero ved a quién tenemos aquí! —exclamó—. Pero si es ese frailuco engreído al que ni siquiera quieren en su convento. Ese que no trabaja y que vive aquí, de lo que esta mujer gana. —Y rio—. ¡Menuda garrapata asquerosa!

Vasall cesó su forcejeo cuando el gobernador se dirigió a él, y trató de erguirse en un vano intento de mostrarse digno. Las palabras del gobernador francés reafirmaban su convicción de que él, con la complicidad del mercader y de Cirilo, había orquestado su miseria.

—Vaya dos, que viven en pecado —siguió Pierre de Dijon—. Lujuria, sí, señor.

—¡Eso no es cierto! —clamó Blanca—. Él ya no es fraile y estamos casados por la Iglesia. Somos marido y mujer ante Dios y ante los hombres.

—¿No me digáis que os casó ese tonto de la iglesia de San Juan del Santo Sepulcro? Pues si estáis casados, mucho mejor. Gozaré más con lo que voy a hacer. Pero antes me voy a dar otro gusto.

Se acercó a Vasall, que, sujeto por dos hombres, lo miraba desafiante.

—Este mierda osó levantar su mano contra el gobernador de Brindisi —dijo.

Y se puso un grueso guante en la derecha para introducirla en un guantelete de cota de malla de acero. El bofetón que le propinó a Vasall casi lo derriba, a pesar de estar bien sujeto. Le partió el labio y le dejó la mejilla izquierda ensangrentada. El marino trató de propinarle una patada, pero el gobernador la esquivó con facilidad y le dio un terrible revés en la mejilla derecha, para continuar con otro bofetón, otro revés, y así hasta cansarse. Vasall quedó desmadejado. La sangre goteaba del rostro al suelo.

—¡Miserable, cobarde! —gritó Blanca aterrada.

El gobernador no le hizo caso y siguió a lo suyo.

—¡No! No, no, no —dijo—. No quiero que se me duerma. ¡Desnudadlo!

Le quitaron la ropa, lo dejaron en el suelo sobre un charco de su propia sangre y le echaron el agua de un cubo que aquella mañana Blanca había ido a buscar a la fuente. Luigi le golpeó con la puntera de su bota con suavidad, y Vasall abrió los ojos.

—Sujetadlo —ordenó el gobernador—. Y a ella también, quiero que lo vea.

Desenfundó su daga y la acercó al sexo de su víctima.

—¿Qué hago? —le preguntó a Blanca—. ¿Le corto los huevos, por ejemplo?

Luigi rio y sus hombres lo imitaron. Alguno, de mala gana. Entre ellos se encontraba Paolo, el amigo de la infancia de Roger al que todo aquel abuso y humillación le repugnaban. Como todo el mundo en Brindisi, conocía a Vasall, al que respetaba, y aquello le parecía un acto de prepotencia y cobardía.

Pierre de Dijon le levantó el pene con la punta del arma para dejarlo caer después.

—¿O le rebano esto? —siguió—. ¿Para qué lo necesita un fraile? ¡Para pecar! ¡Solo para pecar! —Y se dirigió sonriente a ella—: ¿No es así, *donna* Blanca?

Luigi volvió a reír y su coro le imitó.

—¡Os repito que estamos casados!

Y de repente el gobernador le clavó su afilada daga a Vasall un poco más abajo del esternón y siguió cortando en línea recta hasta el pubis. La víctima se estremeció conteniendo un grito de dolor y Blanca chilló angustiada. Creía que lo mataba. Pero solo era un corte superficial que empezó a sangrar.

—¿Habéis visto destripar a un cerdo, *donna* Blanca? —siguió el gobernador, calmado, como si aquella fuera una conversación de relajada tertulia.

Ella calló. Había empezado a llorar en silencio.

—Pues sorprende que unas tripas tan largas quepan en un lugar tan pequeño. Lo mismo que con este hombre. Y para que lo veáis, voy a hundir mi daga un poco más en su panza, haré que le saquen las tripas sin romperlas y veréis que dan para que lleguen hasta la pared opuesta y vuelvan. No hay agonía más dolorosa que esa.

Y sonrió sádico.

—¡No! ¡Por Dios y la Virgen! —suplicó ella por primera vez—. ¡Dejadle vivir!

—¡Oh! Me había olvidado de que os amáis, e incluso decís que os casasteis —siguió él con su tono jocoso—. ¡Qué bonito! Bueno, en este caso os puedo conceder una gracia.

—Sí, por favor —imploró ella desgarrada.

—Entonces solo me lo llevaré preso. Y lo tendré en una mazmorra, pero vivo.

—¡No lo matéis, os lo ruego!

—Bueno, pero para que os lo conceda, vos también tendréis que hacer algo.

—¿Qué? —quiso saber ella alarmada.

—¡Desnudaos y abrid las piernas!

Ella miró asustada a aquellos hombres que la contemplaban.

—¡No! —gritó Vasall—. ¡Que me mate si quiere!

—¡Ah! Pues eso haré si no obedecéis. Le sacaré las tripas, lo dejaré morir lentamente y haré que vos lo veáis.

Blanca se estremeció de nuevo y observó a aquel sádico. Era muy capaz de cumplir su horrible amenaza.

—Señor —le dijo pesarosa—, ¿tanto me odiáis para deshonrarme y humillarme de esta forma en público?

—Pues no —repuso como si de pronto lo descubriera—. No os odio tanto. Me habéis hecho pasar muy buenos ratos. A quien estoy castigando es a ese frailuco.

—¡Es mi esposo!

Como si no la hubiera oído, el gobernador continuó su discurso con un gesto hacia Luigi y sus hombres:

—Además, estos aún no se han ganado el privilegio de gozar del espectáculo de veros desnuda. A pesar de los años que hace que os conozco, seguís siendo una hermosura. Venid conmigo al lecho. —Y señaló la cama al fondo de la habitación.

—¡No!

—Pues haré destripar a vuestro amante y tendréis que contemplar cómo va agonizando mientras sufre los más terribles dolores. Hasta que muera.

—¡No! —repitió Blanca. Y lanzó una mirada llena de horror a su esposo.

Él la observaba con los ojos entornados, la cara destrozada y con la herida abierta hasta el pubis. La sangre seguía manando y formaba un charco a sus pies.

—Que me mate —murmuró él.

—¡Qué bobada, Vasall! —repuso el gobernador—. ¡Vaya tontería! Porque voy a hacer con vuestra mujer lo que desee, os mate o no. Solo quiero que lo veáis. —Y dirigiéndose a Blanca le tendió la mano—. Venid conmigo, señora. Salvadle la vida a ese estúpido.

—No puedo dejar que os torture y mate así —le dijo ella a su marido entre sollozos—. ¡No puedo! ¡Perdonadme!

Pierre de Dijon le agarró la mano, tiró de ella hasta el lecho y allí la empujó haciéndola caer boca arriba. Le subió las faldas, se despojó del cinto, se levantó la túnica y empezó a frotarse contra ella. Blanca se mantenía inmóvil, con los ojos cerrados. Rezaba.

—¡Acercad al fraile aquí! —gritó el gobernador.

Los hombres que sujetaban a Vasall lo colocaron justo al borde de la cama. Él también cerró los ojos. Al cabo de un rato el gobernador terminó, lo manifestó de forma escandalosa y se tumbó en la cama junto a ella para premiarse con un descanso.

—No vais a morir, Vasall —murmuró después—. Vais a vivir encerrado en una mazmorra para asegurarme de que vuestra mujer siga siendo amable conmigo. Porque ella me va a hacer y yo le voy a hacer a ella cosas que ni siquiera habéis imaginado. Hay demasiada gente aquí ahora para que os las muestre. Pero cada vez que la visite os iré a ver a vuestro encierro y os las contaré. —Y dirigiéndose a Luigi, le dijo—: ¡Vestidlo, que nos vamos!

Se limpió el pene con la ropa de cama, se bajó la túnica y se ciñó el cinturón con sus armas.

—Hasta la próxima, Blanca.

Ella se levantó de un salto y corrió a abrazar a su esposo.

—¡Os amo, señor! —le dijo entre lágrimas—. ¡Perdonadme!

No sabía si estaba inconsciente. Dos hombres lo llevaban porque no podía andar. Uno de ellos era Paolo, el amigo de Roger, que tenía el estómago revuelto de rabia y asco.

Blanca los vio alejarse calle abajo con destino al castillo. Lloraba en silencio. Y al entrar en su humilde casa vio el charco de sangre en el suelo. Sin Vasall, se sentía terriblemente sola, desamparada, destrozada. No quería vivir. Le sería imposible reponerse de aquella humillación pública, ni superar el temor que sentía por la vida de su esposo; intuía que no lo vería más.

Fue a por un cuchillo al fogón con intención de cortarse las venas. No podía vivir con aquello. Iba a propinarse el tajo fatal cuando se detuvo. ¡Sus hijos! Quería volverlos a ver antes de morir. ¿Cómo sería Giacomo ahora?

Tiró el cuchillo al suelo y se derrumbó sobre el lecho.

96

Mesina

La flota regresó a Mesina el día 1 de junio para reaprovisionarse y efectuar reparaciones. El almirante no parecía tener ya prisa, estaba a la espera de los informes de sus espías en el golfo de Nápoles.

Quien parecía tenerla era el maestre del Temple, que hacía que sus agentes fingieran tropezar de forma casual con Roger para exigirle información. Y lo único que podía responder era que el almirante parecía no haber tomado una decisión. Y que si la había tomado, no la compartía con nadie.

En tierra firme la ansiedad de Roger sobre la suerte de su madre y de Vasall se había acentuado. Se alegraba mucho de aquel amor. Era la ilusión que se hacía de pequeño. Que aquel hombre fuerte, al que él admiraba, la protegiera. Solo que las circunstancias actuales no invitaban a ser optimistas. Sentía que algo siniestro se cernía sobre la pareja. Sabía que el almirante no se quedaría quieto y rezaba para que aquella espera en Mesina se prolongara lo suficiente para dar tiempo al regreso de la San Teodoro, con sus amigos. Aguardaba temeroso sus noticias.

—Se ha confirmado —le anunció una mañana Giacomo—. Las flotas angevinas se han juntado en Nápoles: solo las galeras, sin contar otros navíos, suman ya ochenta. Los angevinos, Francia y el papa preparan una gran invasión.

—¿Y qué va a hacer el almirante? Si se enfrenta a semejante flota, nos destruirán.

—Lo hará, hermano, tiene intención de ir a por ellos.

—¿Es que está loco? Entiendo que quisiera batallar con la flota de Brindisi. Tenía nuestro mismo tamaño. Pero ¿enfrentarse a una que nos dobla? Es un suicidio.

—Suicidio o no, iremos.

—No lo entiendo.

—Yo confío en él, hermanito —repuso Giacomo—. Y nuestros hombres también. No te queda otra que hacer lo mismo.

—¿Les hará saber a sus tripulaciones en cuánto nos supera el enemigo?

Giacomo lo miró divertido, pero sin sonrisa.

—¿Tú qué crees? ¿Qué harías tú en su lugar?

Roger no entendía el exceso de confianza del almirante. La poca experiencia que tenía en combate le decía que el de Lauria conduciría a su flota a la destrucción.

—¿Y cuándo partimos? —preguntó.

—En un par de días. El almirante quiere interceptar esa gran flota antes de que salga, no sea que después no podamos localizarla, tal como ocurrió con la de Brindisi. Transportará un gran ejército y no debe tocar tierra en la isla de Sicilia.

La inquietud del joven aumentó. Tenía la esperanza de recibir noticias tranquilizantes de Brindisi, pero se temía que iban a partir sin ellas y que su angustia se prolongaría.

Fue entonces cuando Roger visitó, en aparente secreto, al maestre y, con el permiso del almirante, le contó las intenciones de este de enfrentarse a la flota angevina.

—Ese Roger de Lauria debe de estar loco —murmuró fray Guglielmo—. Es cierto que ha tenido fortuna en sus anteriores batallas, pero cuando el enemigo te dobla en número, la fortuna se acaba. Su arrogancia lo ha de perder.

—Ya tenéis algo que informar —repuso el joven fraile—. Y es muy importante.

—Sí. Pero de aquí a que la noticia llegue a su destino, el de Lauria ya estará allí —se lamentó—. No podrán prepararse.

El joven afirmó con la cabeza. Se había demorado a propósito.

El día anterior a embarcar, Roger se decía que debía resignarse a no poder despedirse de sus amigos y darles la nota que le había escrito a su madre. Era una carta de amor filial, con un adiós, y solo debía ser entregada si él fallecía en la desigual batalla que se avecinaba. Muchos morirían, y probablemente él y su hermano estuvieran entre ellos.

No dejaba de observar la entrada de la bahía desde los astilleros a los que acudía cada día con Giacomo. Y fue justo al atardecer cuando arribó la San Teodoro. La identificó de inmediato. Tomó su caballo y salió al trote con la esperanza de calmar su angustiosa inquietud. Llegó al atraque antes incluso que la galera y fue él quien recogió el cabo que le lanzó Garfio para sujetarla al muelle. El joven se estremeció al ver que en su rostro barbudo no aparecía, como de costumbre, una sonrisa. Sospechó lo peor.

Ni siquiera esperó a que desembarcaran y saltó a bordo para interrogar a sus amigos, que se le quedaron mirando sin hablar.

—¿Qué ocurre?

—Malas noticias —murmuró Pietro.

—¿Peores aún?

—Mejor hablamos en la taberna —propuso Garfio—. En una galera todo son oídos.

Ya en torno a una jarra de vino, Pietro le dijo:

—Ya sabes que Vasall vivía con tu madre.

—Me lo contaste en el último viaje. Pero ¿qué quieres decir con «vivía»?

—Fui a verla y está destrozada.

—¿Qué ocurrió? —inquirió alarmado Roger.

—El gobernador y sus hombres entraron en la casa, hirieron a Vasall y se lo llevaron para encerrarlo en la prisión del castillo —repuso Pietro.

—¿Y por qué hicieron eso?

—Porque Vasall se enfrentó a Pierre de Dijon en defensa de tu madre.

—¿Quééé? ¿Qué pinta en eso el gobernador?

La sorpresa de Roger no era tanta. Sabía que su madre no lo quería en casa por las tardes y que le ocultaba algo. Algo que parecía disgustarla y que nunca le reveló a pesar de preguntárselo. Él obedecía, pero en alguna ocasión llegó a sospechar que tenía relación con hombres muy poderosos. Intuía que ella sentía temor por su vida y deseaba que llegara el momento en que su hijo alcanzara una edad y poder que le permitieran abordar el asunto. Pero cuando Giacomo le habló de la traición de Antonio di Murano, su falso protector, sus temores tomaron cuerpo. Quizá lo del gobernador fuera lo mismo.

—Tu madre no me lo contó todo —prosiguió Pietro—. No quiso.

—Pero quien lo contó fue tu amigo Paolo, él estaba allí cuando ocurrió —intervino Garfio.

Roger se dijo que ahora lo sabría. El cómitre no era de los que mitigaban las noticias por duras que fueran.

—¿Qué te dijo?

—Que el gobernador abusaba de ella, y cuando Vasall lo supo, lo puso en su sitio. Y que después de que el capitán fuera expulsado del Temple el de Dijon se vengó. Paolo está asqueado por lo sucedido, pero no pudo hacer nada.

Y Garfio pasó a contar el asalto a la casa de su madre, su violación, la tortura de Vasall y cómo el gobernador se lo llevó para asegurarse la sumisión de ella.

—¡Maldito hijo de puta! —exclamó Roger poniéndose de pie de un salto.

Garfio se levantó también y lo sujetó:

—Escucha y sopórtalo como un hombre —le dijo—. De

nada te sirve lamentar y maldecir. —Y lo empujó a su asiento sin que él se resistiera.

Roger notaba las lágrimas en los ojos y que una rabia intensa le corroía las entrañas.

—Lo hecho, hecho está, afronta la realidad por dura que sea —siguió Garfio—. Lo único que te queda es urdir la venganza.

«¡Venganza!», pensó Roger, ese era su único consuelo.

—Yo me la encontré abatida, desesperada —le explicó Pietro—. Y me ocultó los abusos del gobernador. No quiere que lo sepas.

Roger afirmó con la cabeza.

—No tiene esperanzas de volver a ver a Vasall —continuó Pietro—. Y lo único que parece mantenerla viva es el deseo de abrazarte de nuevo y de conocer a tu hermano.

El joven apoyó los codos en la mesa de la taberna y se cubrió el rostro con las manos. A la rabia la había sustituido una gran tristeza y desconsuelo al imaginar a su madre en semejante desgracia. Pero también lo lamentaba profundamente por Vasall. Le costaba imaginar al capitán, al que él recordaba poderoso y decidido, torturado y humillado hasta el extremo de obligarlo a presenciar la violación de su mujer. ¿Cómo podía ser el gobernador tan miserable? Aunque no le extrañaba la actitud de Luigi, que, según le contaron, parecía disfrutar con todo aquello. Era un completo desgraciado.

Levantó la cabeza y miró a sus amigos, primero a uno y después al otro, sin importarle que vieran sus ojos húmedos y enrojecidos.

—Regresaré con vosotros a Brindisi —anunció—. Tengo que ayudarla.

—Ya dijiste eso la vez anterior —le recordó Garfio—. Y no lo hiciste.

—Ahora va en serio, regresaré, no puedo dejarlos solos.

—Es inútil. —Pietro negó con la cabeza—. No hay nada que tú puedas hacer en Brindisi.

97

—Lo siento, hermano —murmuró Roger—. Pero no voy a seguiros mañana a esa batalla, regreso a Brindisi.

El caballero sin sonrisa lo miró con la cuchara de cocido detenida camino de su boca. Sus pupilas se agrandaron de sorpresa. Se encontraban cenando como de costumbre, sentados en los extremos de la mesa del comedor de su casa en Mesina. Un par de candelabros la iluminaban y un sirviente aguardaba en un rincón para lo que precisaran. Giacomo lo despidió con un gesto áspero:

—¿Otra vez con eso? ¿Qué ocurre? ¿Tenéis miedo, hermano? ¿Os habéis convencido de que no tenemos posibilidades?

Roger se enfurruñó. No le gustaba su tono despectivo.

—No, no es eso —repuso tratando de no reaccionar a su desdén—. Una gran desgracia ha caído sobre nuestra madre y debo estar con ella. Vos también debierais. Es tan madre mía como vuestra. Es vuestro deber.

—¿Mi deber? —La faz del mayor reflejaba su disgusto—. Contadme qué ha ocurrido.

Y el joven le relató lo que sus amigos de la San Teodoro le habían contado. No omitió detalle.

—Me siento muy culpable, Giacomo —terminó—. Algo sucedía que la hacía infeliz. Acabo de comprender de qué se trataba. ¡Y yo no hice nada!

—¿Y creéis que ahora la podéis ayudar? —preguntó impasible Giacomo.

—Ya veré cómo la ayudo, pero debo estar a su lado, consolarla. Debo hacer lo que pueda..., debo regresar a Brindisi...

—No iréis a ningún lado, Roger —le cortó enérgico—. No iréis a otro sitio que no sea a Nápoles conmigo.

El joven lo miró asombrado. Ya había percibido ese tono autoritario en su hermano con anterioridad. Vio que lo miraba sin ninguna expresión en su rostro, como alguien acostumbrado a mandar y al que le era habitual dar órdenes.

—¿Es que creéis que me lo vais a impedir?

—Sí.

Los hermanos se miraban fijamente, como si probaran sus fuerzas en un pulso visual.

—No os atreveréis a detenerme —afirmó desafiante arrastrando las palabras.

—Pues claro que lo haré. Aunque os tenga que meter en prisión.

—¿Qué os ocurre, Giacomo? —preguntó Roger levantándose de la mesa con un chirrido de su silla y abriendo los brazos—. ¿Tan descastado sois que no os importa lo que le ocurra a nuestra madre?

El caballero sin sonrisa se levantó del otro extremo y se puso en jarras.

—Cuidad vuestras palabras, hermano —dijo amenazante.

—¿Que cuide mis palabras? —repuso Roger acercándose dos pasos—. ¿Quién os habéis creído que sois para hablarme de esa forma?

—Soy vuestro hermano mayor. —Giacomo avanzó también unos pasos hasta situarse a escasa distancia—. Y la mano derecha del almirante de Sicilia y Aragón. Tengo el poder moral y el poder físico para deteneros. Y lo haré.

—Pero ¿qué clase de hijo sois, Giacomo? ¿Es que no os importa el sufrimiento de nuestra madre? Vos debierais acompañarme. Como un buen hijo...

—Dejad de soltar sandeces, Roger —le cortó.

—¿Sandeces? —La mirada del joven se cargaba de ira.

—Sí, sandeces. ¿Qué creéis que vais a hacer en Brindisi?

—Apoyarla, consolarla, darle mi cariño...

—Pues yo creo que solo iréis a aumentar su angustia al mostrarle la vuestra. ¿Le vais a decir que habéis descubierto lo que ella ha mantenido oculto durante toda vuestra vida? ¿Y queréis que yo vaya? ¡Ja, ja! —Imitó una risa sin mostrar alegría alguna—. ¿A que me capturen? ¿Es que esa es vuestra misión aquí? ¿Hacer que vaya a Brindisi? ¿Buscar mi perdición?

—No, eso no —murmuró Roger.

—Lo único que haríais en Brindisi sería estropearlo todo —prosiguió el mayor—. Ya os lo dije la vez anterior. Se supone que ya no sois fraile del Temple. Y que estaríais abandonando la misión que os encomendó el maestre. ¿Os ibais a enfrentar al gobernador? ¡Otro estúpido como ese Vasall!

—No os consiento...

—El Temple ya no os protegería. Y terminaríais como él. Y, además, ¿cómo me dejaría vuestra huida a mí?

—No sería una huida...

—¡Claro que lo sería! La huida de un cobarde que teme la batalla que se avecina.

—¿Cómo os atrevéis? —Roger apretaba los puños conteniendo sus deseos de golpearlo.

—¡Lo sería! —Y de pronto Giacomo moderó su tono—. ¡Por el amor de Dios, Roger! Les he dicho que estáis con nosotros. Nadie entendería vuestra actitud.

—Pero es que nuestra madre... —murmuró el joven ya sin convicción.

—Que la consuelen en lo que puedan vuestros amigos —prosiguió Giacomo—. Pero vos no podéis ir, hermano. Además, yo tengo también otra madre que me necesita y a la que puedo y debo ayudar.

—¿Otra madre?

—¡Sí! ¡Claro que sí! La que me acogió en su corte cuando yo era un niño hambriento y sin futuro. La que me crio junto a su hijo Alfonso, el rey de Aragón. ¡La reina Constanza! Y me debo a ella.

A Roger no le gustaba que su hermano dijera que tenía otra madre, pero guardó silencio para escucharlo con atención.

—Si los angevinos conquistan la isla, la encarcelarán junto a su hija para que mueran de miseria en la peor celda que encuentren. Y ejecutarán a sus hijos varones —hablaba con gran pasión—. Es cuestión de vida o muerte. ¡Debemos ganar esa batalla! ¡Si ganas, vives; si pierdes, mueres! ¡Y yo entregaré, si hace falta, mi vida! Y no os voy a ocultar que la situación es desesperada. Tiempo habrá después de esa batalla, si la ganamos, de ocuparnos de nuestra madre. Pero haciendo las cosas bien. Porque ahora no podéis ayudarla.

Se hizo de nuevo el silencio y esta vez Roger abandonó su mirada desafiante y la dejó perder al fondo de la estancia. Empezaba a entender a su hermano. Después buscó la botella de vino de la mesa y, a falta de criado, llenó su copa. Se derrumbó abatido en su silla y bebió un trago.

—¿Me lo prometéis?

—Lo haré, siempre que sea posible.

Y después de una pausa el joven murmuró:

—Iré con vos a la batalla, hermano.

Giacomo no dijo nada. Llenó también su copa, la alzó hacia él y le dio un trago.

98

Roger se despidió de Garfio y de Pietro en la madrugada del día siguiente sintiendo que sería muy afortunado si sobrevivía a la batalla.

—Veo que has cambiado de opinión —le dijo Garfio—. ¿No estabas tan preocupado por tu madre?

—Poco puedo hacer por ella ahora, aparte de consolarla —respondió pesaroso—. Y si regreso, me ganaré enemigos a los que me han aconsejado no provocar.

—¿El Temple? —preguntó Pietro.

—Sí, también el Temple. —Y les tendió una carta sellada—. Cuidad de mi madre en lo que podáis —suplicó—. Y dadle esto si muero.

Apenas quedaba tiempo para el embarque y abrazó a sus amigos deseándoles lo mejor. Se sentía abatido, impotente ante un destino que no podía cambiar.

La despedida de la flota estuvo presidida por la reina Constanza y su hijo Jaime, de regreso ya del sitio del castillo de Augusta. Los angevinos que lo tomaron ya no suponían un peligro y su única esperanza era recibir el auxilio de su flota antes de que se les terminaran los víveres. Sin embargo, aquella flota se encontraba ya en Nápoles y el de Lauria se había propuesto evitar que regresara.

Roger contemplaba la ceremonia desde el castillo de popa de la nave capitana junto a su hermano. Percibía una mezcla de temor y esperanza en las gentes, pero más de la última. No pudo evitar murmurarle a Giacomo:

—Tienen suerte de no saber a lo que nos enfrentamos.

Este lo miró de reojo y siguió contemplando el estrado que se elevaba en el puerto donde se encontraban el joven rey, su madre y el almirante.

—Rezad, confiad en Dios y tened más fe, hermanito —murmuró Giacomo al rato.

—Eso trato de hacer. No dejo de rezar —repuso el joven.

A pesar de la excomunión que el papa había lanzado sobre el rey, la reina y la isla entera, una misa fue la parte central de la ceremonia. A Roger le sorprendió que la oficiara un obispo y que después bendijera las naves hisopándolas con agua bendita.

—Me maravilla que un obispo bendiga las galeras que van a combatir a las naves del papa —dijo Roger.

—Si no lo hiciera, no habría obispo en Sicilia. —A pesar de la proverbial seriedad de Giacomo, el joven percibió la sorna—. Le tienen más miedo al rey que al papa.

—¿Será porque está más cerca? —apostilló divertido el hermano menor.

El acto terminó con unas palabras de la reina Constanza, de su hijo el rey y del almirante. Todas ellas se rubricaron con vivas a Sicilia, a Aragón, a la reina y al rey. Y eran coreadas de forma entusiasta por la multitud, que, siguiendo las instrucciones dadas por los pregoneros que recorrieron las calles los días anteriores, había decorado puertas y ventanas con enramadas y pañuelos de colores como si se tratara de una gran fiesta.

Músicos militares y callejeros empezaron a animar con sus charangas y la gente bailaba como si se celebrara una victoria.

Roger lo observaba asombrado. Celebraban una fiesta de despedida a una empresa, él creía, abocada al fracaso. No sabía cuánto duraría, pero la moral de las tropas y de la población era alta. El almirante, después de despedirse ceremoniosamente de los reyes frente al público, embarcó y los cornetines y tambores de las naves se unieron al estrépito de los músicos del puerto. Y cuando los remos de la galera capitana se hundieron en el mar y esta se desplazó majestuosa hacia la bocana de la bahía, la aclamación de las gentes en tierra agitando pañuelos y la respuesta de los hombres en el mar fueron un estruendo.

La flota partió hacia su destino. El destino de Sicilia. Y el de Aragón.

99

Brindisi

Vasall abrió bien los ojos. Pero por mucho que los abriera no lograba ver nada en la negra oscuridad de su celda. Movió la pierna solo para experimentar el roce de la argolla de hierro en su tobillo y oír el ruido de las cadenas arrastradas por el suelo. Eso le confirmaba que aún vivía. Pero duraría poco. Su muerte sería lo mejor, tanto para él como para su amada. Habría preferido mil veces que el gobernador le hubiera matado en casa de Blanca. Le habría gustado morir cerca de ella y evitar ver lo que aquel miserable le hizo presenciar. Y ahora lo condenaba a morir de miseria en aquella covacha húmeda y sin luz. La única luz la veía cuando le traían la comida, y los únicos rostros eran los de sus carceleros. El que más le disgustaba era el de Luigi, que disfrutaba increpándolo y recordándole lo ocurrido en casa de Blanca.

Se preguntaba por qué le daban aquella bazofia una vez al día. Y la única respuesta era que el gobernador deseaba alargar su sufrimiento. Estaba dispuesto a dejar de comer y morir de hambre, pero el suicidio suponía un pecado mortal. Y él se tenía por un hombre religioso, no quería sufrir las penas del infierno. Pensaba que, dado su pasado, no se libraría de los sufrimientos del purgatorio, pero quería que, cuando muriera, su paso por aquel lugar, semejante al infierno, aunque con esperanza, fuera lo más breve posible.

Anhelaba que las heridas recibidas se infectaran y que la muerte le llegara pronto por causas ajenas a sí mismo. Incluso había rezado por ello.

—¿Por qué, Señor? —se lamentaba—. ¿Por qué me mantenéis vivo? ¡Si hay tantos que perecen a causa de heridas mucho menores! ¡Gente joven, con toda una vida por delante! Tomad la mía a cambio de la de uno de ellos. Yo ya no tengo nada. Estoy muerto en vida.

Añoraba el mar, pero mucho más a Blanca. Aquellos maravillosos días de amor duraron poco y, sin embargo, valió la pena darlo todo por vivirlos. Volvería a hacer lo que hizo una y mil veces.

Cerraba los ojos para refugiarse en sus recuerdos despreciando el dolor que le causaba la argolla de hierro que lo unía a la pared con una cadena. Trataba de ignorar el tufo de sus propios excrementos y los ruidos de las patas de las ratas moviéndose en la oscuridad cuando acudían al olor del pan y del pobre cocido que le servían en una escudilla. Sabía que cuando muriera los roedores lo devorarían, y rezaba para que fueran pacientes y no empezaran a hacerlo estando aún vivo. Se preguntaba si realmente aún lo estaba.

—Estoy muerto y esta es mi tumba —les decía a las ratas en su desesperación—. ¡Comedme de una vez!

100

Golfo de Nápoles

El 22 de junio de 1287 la escuadra de Roger de Flor penetró en el golfo de Nápoles e hizo noche frente a Sorrento.

—El enemigo está avisado y preparado —le comentó Giacomo a su hermano.

—Sería absurdo que, dada su superioridad, no aceptaran el combate.

—Esta vez no hará falta provocarlos —prosiguió el hermano mayor—. Nos esperan y desean vengarse.

Poco después del amanecer del día 23 la armada siciliano-aragonesa se ordenó en forma de media luna con la nave capitana en el centro, mirando hacia Nápoles y con la punta de los cuernos en dirección a Sorrento. Y en esa formación empezó a navegar, majestuosa, hacia la ciudad.

—Ya vienen —dijo Roberto, conde de Artois.

Era un hombre de treinta y siete años, enjuto de cuerpo y con nariz aguileña. Vestía armadura de cota de malla y contemplaba la flota enemiga desde la altura de una de las torres del Castel Nuovo de Nápoles. Después observó su propia armada. Se extendía por un largo trecho de la costa. Era tan grande que solo una pequeña parte cabía en el puerto, situado a los pies del castillo, lo que obligaba a la mayoría de las naves a esperar varadas en las amplias playas de la ciudad. Se había asegurado de que todas y cada una de aquellas ochenta galeras estuvieran listas para entrar en combate.

Roberto había sido el hombre de confianza de Carlos de Anjou, el fallecido rey de Nápoles. Y era ahora, por decisión del papa, el regente del reino de Nápoles, junto al cardenal Gerardo Bianchi, dado que el heredero Carlos II de Anjou se encontraba prisionero en Cataluña tras la batalla que se libró tres años antes en aquel mismo escenario. En ella el almirante De Lauria capturó no solo al heredero, sino también a muchos de sus nobles.

—Esta vez les daremos su merecido —gruñó el cardenal Bianchi.

Era un hombre corpulento de mirada acuosa que superaba los sesenta años. Fue testigo de la anterior batalla, en la que le pidió al príncipe Carlos, sin ser escuchado, que evitara el combate.

—Todo está dispuesto —dijo el almirante Narjot de Toucy—. No va a ocurrir como la vez anterior. Iremos a por ellos de forma ordenada y haremos valer nuestra superioridad.

Con la misma edad que el conde de Artois, el de Toucy iba también vestido de armadura y estaba a punto de ser conde de Trípoli, puesto que su cuñado, enfermo, estaba a las puertas de la muerte.

—¿Insistís en vuestra estrategia? —quiso saber el legado papal.

—Cierto, eminencia. Es la única posible. Tenemos naves y tripulaciones de distintos orígenes con mandos de la alta nobleza, orgullosos y poco sumisos. Formaremos cinco escuadrones y cada conde mandará el suyo. Romperemos la línea enemiga y fragmentaremos su escuadra. Cuando lo logremos, estarán a merced de nuestra superioridad numérica.

En aquel momento llamaron a la puerta y apareció el chambelán.

—Señor —dijo—, acaba de llegar una chalupa con la carta de desafío del almirante De Lauria.

El conde de Artois se puso a leerla y el cardenal soltó una risa forzada.

—¡No me puedo creer el desparpajo de ese hombre! —dijo el eclesiástico—. ¿Es que no sabe que lo doblamos en número? —Se fue a la ventana y vio que la armada enemiga se había detenido y esperaba. Se puso a contar naves—. ¿Seguro que no esconde galeras como la vez anterior?

—No —repuso el almirante—. Nuestros espías en Mesina las contaron a conciencia. Los avistamientos desde tierra y las fustas de reconocimiento confirman el número. Esta vez el de Lauria no guarda un as en la manga, todo lo que tiene es lo que veis desde esta ventana.

—Es ya hora de que le demos una lección —dijo el de Artois.

Y echó la nota al fuego de la chimenea.

La flota angevina salió del puerto y de las playas cercanas y se colocó en la formación acordada. Al frente se situaron dos de las galeras más potentes, con el objetivo de romper la línea de naves del de Lauria. A esas las seguían dos escuadrones, y a esos, tres escuadrones más, todos con trece galeras cada uno y al mando de un conde.

El primero estaba a las órdenes de Reinaldo, conde de Avella, el almirante de la flota de Brindisi que atacó Augusta y que escapó de la persecución de Roger de Lauria. A su galera la escoltaban dos a proa, dos a popa, cuatro a babor y cuatro a estribor. A su izquierda navegaba el escuadrón del conde de Aquila con sus trece galeras en la misma disposición. En la segunda línea se encontraba el escuadrón del conde de Brienne, el del almirante de Toucy, en el centro, y el de Guy de Montfort, conde de Nola, que mandaba las galeras del papa. Entre los dos primeros se situó una galera de mayor tamaño, de las llamadas «taridas», al mando de Roberto, conde de Artois y regente de Nápoles; lucía una gran enseña con las flores de lis y la cruz de Jerusalén angevinas, y llevaba dos galeras de escolta a sus costados. Y entre los otros dos escuadrones de segunda línea iba otra tarida con el estandarte del papa, las llaves de san Pedro, a la que acompañaban otras dos galeras. Esa era la del legado papal, pero el cardenal prefirió quedarse en el castillo. Y por fin, a todas esas naves las seguían siete más que formaban la retaguardia y cuya misión era acudir a donde fueran necesarias durante el combate. Y con estas, la armada sumaba ochenta.

Roger tragó saliva al ver aquella infinidad de galeras dirigiéndose hacia ellos. Confiaba en el almirante, pero jamás había visto tantas naves juntas. Y se dijo que sus experiencias en combate marítimo con el Temple fueron simples escaramuzas. La que se avecinaba era una gran batalla. Sentía la tensión en las sienes a la vez que temor, ansiedad y deseos de entrar en acción. La muerte revoloteaba cual ave negra sobre el mar y su mano se aferró al puño de su espada.

El de Lauria dio una orden que se transmitió con un toque de corneta y banderolas al resto de naves. Y a continuación el cómitre jefe de la capitana sopló su silbato y solo los galeotes de uno de los costados remaron, con lo que la galera dio media vuelta. Y emprendió la huida. El joven observó que el resto de la flota hacía lo mismo, sin deshacer la formación en media luna. Como la galera capitana era la más cercana a Nápoles, el grueso de la flota enemiga se lanzó hacia ella.

—¿Huimos? —se asombró Roger.

—No. El almirante quiere hacerles navegar un poco —repuso su hermano—. Esperamos que rompan su formación y nos sean más asequibles.

En efecto, al poco se evidenció que la armada enemiga no estaba acostumbrada a moverse como una sola unidad. Unas naves se distanciaban de otras y lo mismo ocurría entre los escuadrones, mientras que el amplio despliegue de media luna de las siciliano-aragonesas conservaba su alineación. Las galeras angevinas eran más rápidas y se veía que pronto darían alcance a la capitana, situada en el centro de la media luna y, por lo tanto, la más retrasada. Al rato sonaron de nuevo las cornetas y unos marinos repitieron las mismas órdenes con banderolas para asegurar que llegaran a las naves de los extremos. A Roger le pareció que nada cambiaba y que las dos primeras galeras angevinas, con un gran griterío, se aproximaban peligrosamente a la suya. Muy pronto estarían a tiro de las catapultas y poco después al de ballestas.

—¿Qué está pasando? —le preguntó Roger alarmado a su hermano—. ¡Debiéramos hacerles frente!

—¿No lo veis? —preguntó Giacomo.

—¡No!

—Pues ellos tampoco.

—Pero ¿qué es lo que no veo?

—Fijaos en las galeras de los cuernos de la media luna.

Roger vio que sus naves situadas en los extremos se habían detenido. Sin embargo, el centro proseguía su huida, con lo que la media luna se estaba dando la vuelta y los cuernos apuntaban ahora a Nápoles. Sin darse cuenta, las galeras enemigas se encontraban ya dentro de un semicírculo, con las naves siciliano-aragonesas apuntándolas con sus proas. La última en darse la vuelta fue la del almirante De Lauria, cuando era ya alcanzada por las angevinas. Entonces empezó la lluvia de piedras, fuego y cal viva que se lanzaban de uno y otro bando. Varios proyectiles alcanzaron la nave con gran estruendo, los hombres gritaban y los marinos corrían a apagar los fuegos. Olía a brea, madera quemada y humo. El choque era inminente y una nube de virotes de ballesta angevinas oscureció el sol.

—¡Contened! —ordenó el almirante a sus ballesteros.

Cada uno tenía tres ballestas cargadas y se refugiaban detrás del castillo de proa y de grandes escudos de madera reforzados con hierro. Lo mismo hacían los demás, incluidos los almogávares, que aguardaban a cubierto, preparados para el abordaje.

Las saetas cayeron sobre cubierta y escudos repiqueteando en la madera como un siniestro granizo. Se oyeron lamentos y Roger vio cómo algunos, poco protegidos, caían. La sangre empezaba a correr sobre los maderos. A aquella nube la siguió otra y otra más, con más heridos. El joven se preguntaba a qué esperaba el almirante para dar la orden de disparar. ¡Los tenían encima! Fue entonces cuando oyó su potente voz:

—¡Saetas!

Los ballesteros se incorporaron y los virotes de ballesta llovieron, esta vez sobre las naves enemigas, ahora más cercanas, una, dos y tres veces. Los almogávares, chocando el hierro de sus armas, producían un ruido atronador y empezaron a gritar a coro:

—¡Au! ¡Au! ¡Au! ¡Au!

Parecían perros de presa amarrados deseando que los soltaran.

Entonces Roger vio con sus propios ojos la diferencia que había entre naves más rápidas como las angevinas, que los habían dado alcance, y las suyas, más pesadas a causa de su mayor protección para los hombres. Los disparos de los ballesteros aragoneses se hacían a menor distancia sobre naves más desprotegidas y su precisión causaba importantes bajas en el enemigo.

Aún caían los virotes de ballesta sobre los angevinos cuando el fuerte impacto de nave contra nave derribó a Roger. Se incorporó de inmediato para ver cómo los almogávares se levantaban y corrían, capitaneados por el Rubio Abdón y Suria, a través del espolón de proa para saltar sobre la nave que trataba de abordarlos.

—¡Desperta ferro! ¡Au! ¡Au! ¡Aragón! —aullaban—. ¡Au! ¡Au! ¡Sicilia!

Los marinos se apresuraron a lanzar garfios para sujetar la nave contraria, pero los almogávares no esperaron siquiera a que estuviera bien amarrada. No les importaba el vaivén de las naves, saltaban como gatos.

—¡Me voy tras ellos, hermano! —gritó Roger.

Notaba el corazón acelerado, el griterío del combate lo excitaba y, a pesar del temor, sintió la necesidad de vengar con sangre angevina a su madre y a Vasall.

—¡Te sigo! —oyó responder a Giacomo.

Los almogávares se apelotonaban y, mientras esperaba su turno para poder saltar, Roger se dijo que aquello era una locura. El almirante había perdido la cabeza contagiando a los suyos. ¡Cuarenta galeras contra ochenta! Y empezó a rezar.

101

Brindisi

Antonio di Murano no apareció nunca más por casa de Blanca a pesar de saber que Vasall había sido encarcelado. Seguía sufriendo pesadillas con el marino.

No así el gobernador, que se demoró menos de lo acostumbrado. Blanca contempló su rostro huesudo, que le recordaba a un equino, con una mezcla de asco y de temor.

—Sé lo que estáis pensando, señora —le dijo el francés—. Sabed que, si algo me ocurriera a mí, vuestro amante sufriría el peor de los suplicios antes de morir.

—No es mi amante. Es mi esposo ante Dios y ante los hombres.

—Y vuestros hijos, dondequiera que estén, serían asesinados.

Blanca se estremeció. Amaba a Vasall con todo su ser, pero las amenazas contra sus hijos le infundían un temor insuperable. No iba desencaminado el de Dijon. Ella guardaba bajo su jergón un cuchillo y se veía asestándole puñalada tras puñalada a aquel indeseable. Pero era solo una fantasía. Sabía que nunca encontraría el valor, no porque temiera por su vida, sino por la de aquellos a quienes amaba.

No pudo evitar el llanto, de rabia, de impotencia, de pena. Y él inició, sin importarle, su rutina sexual acostumbrada. Ella se limitaba a obedecer sin parar de llorar.

—Conserváis un buen cuerpo, señora —le dijo antes de marcharse—. Y un lindo rostro. Si pusierais más interés, os iría mucho mejor. A vos y a vuestro amante.

—¡Decidme cómo está! ¡Os ruego que le deis el mejor trato posible!

—Está... —parecía sopesar sus siguientes palabras— pagando por su descaro y atrevimiento. —Una sonrisa asomó a su rostro—. Pero podría estar mucho mejor. Depende de vos.

—¿Qué puedo hacer?

—Ya os lo he dicho. —Se vistió y se fue.

Aquella tarde apareció un criado con dos hogazas de pan y una docena de huevos.

—De parte del gobernador —dijo.

María la encontró sentada en la mesa contemplando aquel inesperado regalo.

—¿Qué ocurre?

Y le contó lo sucedido.

—Tengo hambre, pero no pienso tocarlo —concluyó Blanca.

—¿Y eso por qué? —se extrañó la rubia.

—¿Es que se ha creído que soy su prostituta? ¿Y que con eso me paga?

—¡Dejaos de tonterías y comed! —estalló la joven—. Lleváis demasiado tiempo trabajando gratis.

—¡No estoy para guasas, María! —repuso indignada—. Sabes bien cómo me siento, conoces mi sufrimiento.

La sonrisa desapareció del rostro de la chica. Blanca le había contado muchas veces sus deseos de matar al gobernador y de terminar con su vida. Y ella se esforzaba en que lo olvidara hablándole de sus hijos. «No podéis morir antes de ver a Giacomo», le decía. Entonces Blanca afirmaba con la cabeza y una luz de esperanza iluminaba su rostro.

—Comeos eso, Blanca. Y si no lo queréis porque es del gobernador, me lo llevo y os traigo algo a cambio. Pero esas hogazas y esos huevos son muy buena noticia.

—¿Por qué?

—Vos sabréis de letras, de latín y todo eso, pero yo sé de hombres.

—¿Qué quieres decir con eso?

—Que el gobernador parece dispuesto a negociar.

—¿Negociar qué? No te entiendo.

—Está claro —prosiguió la rubia—. Es un tipo cruel, no cabe duda. Le gusta usar y abusar de vuestro cuerpo, pero no puede soportar llantos continuos. Y os dijo que podía hacer cosas dependiendo de vuestra actitud. Sed amable.

—¿Amable? ¡Si odio a ese monstruo! ¡Si me da asco!

—¿Sabéis? Los años pesan en mi oficio. Y aunque aún puedo elegir, también me toca besar algún sapo. Os enseñaré cómo se hace.

—¿Que me enseñarás tu oficio?

—Eso es. Lo lleváis practicando muchos años gratis y mal. Ha llegado el momento de obtener algo.

—¡No lo haré, María! Te respeto a ti y te quiero como eres. Pero yo no soy así.

—¡Ya me estáis hartando con vuestros remilgos! —se exaltó la joven—. ¡Claro que sois así! Lleváis muchos años haciéndolo. Si tan santa fuerais, no estaríais viva. Ni tampoco vuestro hijo Roger. Ha llegado el momento de que le saquéis algún rendimiento a todo eso.

—¿Rendimiento?

—Sí, rendimiento. ¿Sabéis que de la prisión del gobernador se puede escapar?

—¿Escapar? —se asombró Blanca.

—El de Dijon jamás dejará a Vasall libre, por mucho que lo cameléis. Digo escapar porque hay quien lo hizo.

Un rayo de esperanza iluminó la oscuridad en la que estaba sumida Blanca.

—El sexo es, a veces, una desgracia para las mujeres, pero si se sabe usar bien da poder... y placer —añadió María. Blanca hizo un mohín de disgusto al oír lo último, pero no respondió—. Tenéis que aprender a hacer feliz a un hombre en la cama.

—¡Vasall era feliz en la cama conmigo!

—No, no es eso, Blanca. Tenéis que aprender a hacer feliz a un tipo al que no amáis y que tampoco os ama. Porque en el momento en que un hombre siente esa felicidad no puede evitar quereros, al menos algo. Y no solo por vuestro cuerpo, sino también por vos misma, como persona. Entonces tendréis poder sobre él.

—¿Poder sobre él? —Jamás se le habría ocurrido tal cosa.

—Tenéis que aprender a hacer feliz a Pierre de Dijon en la cama.

—Eso me haría su puta —repuso irritada—. ¡Nunca he consentido! Siempre he mantenido mi dignidad.

—¿Y de qué puñetas os ha servido eso? ¿No dice ese Luigi que sois la puta del gobernador? Y lo mismo creería quien supiera de vuestros encuentros. Sabed que vuestra estúpida actitud no os reporta honra alguna.

—¡Me hace sentir digna!

María meneó la cabeza disgustada. Era como si le hablara a una pared.

—¿Queréis salvar a Vasall? —planteó tajante.

—¿Es posible salvarlo?

—¿Queréis salvarlo? —insistió perentoria la rubia.

—¡Sí! ¡Claro que sí!

—Pues haced lo que yo os diga.

102

Golfo de Nápoles

Los angevinos aún se protegían de los virotes de ballesta con sus escudos cuando los almogávares cayeron sobre ellos. Sus aullidos superaban en mucho el griterío de los heridos y helaban la sangre.

—¡Au! ¡Au! ¡Desperta ferro!

Algunos ballesteros quisieron recargar sus armas a toda prisa, desesperados, pero no tuvieron tiempo. Solo sobrevivieron los que se tumbaron en cubierta sin hacer nada. Quien se resistía moría. Los almogávares superaron sin demasiada dificultad el pequeño castillete de proa de la galera angevina gracias a unas ligeras escalas que portaban.

Roger tuvo que esperar a los que tenía delante, que se empujaban ansiosos por abordar la galera enemiga. A punto estuvo de caer al mar. Al contrario que sus compañeros de asalto, que iban escasamente protegidos, él portaba cota de malla y casco, y lo hubiera pasado muy mal en el agua a pesar de ser un buen nadador.

Se asombró de la eficacia de Suria y los suyos. Al que tenían a mano lo ensartaban con la azcona y a los más lejanos los traspasaban lanzándoles uno de los dardos que llevaban a la espalda. Y solo usaban su espada cuando habían perdido la azcona y agotado los proyectiles. La fuerza de asalto angevina, lista para abordar a la nave del almirante, no esperaba ser la abordada y se defendió como pudo. Eran todos franceses, al igual que los ballesteros, y buenos. Por eso iban en las naves que se suponía debían romper la línea de las del de Lauria. El combate fue duro, pero, mermados como estaban por los ballesteros y el brutal empuje almogávar, pronto retrocedieron hacia el castillo de popa.

La lucha cuerpo a cuerpo se hizo confusa. Roger avanzaba por la crujía, el pasillo central de la galera, sin oportunidad de pelear. Solo veía las espaldas de los almogávares y, por debajo del pasillo, a su derecha e izquierda, a los galeotes en sus bancos de remo, tendidos en el suelo y cubiertos por sus escudos. Los muertos y heridos les caían encima desde la crujía, pero ellos no se movían. Eran todos napolitanos y sabían que los aragoneses perdonaban a los italianos que no luchaban y que serían devueltos a sus hogares sin daño.

El asalto al castillo de popa fue sorprendentemente rápido. Roger supo después que, mientras se luchaba en la proa, un escogido grupo liderado por el Rubio Abdón se había abierto paso por el pasillo central para encaramarse al castillete.

—¡Sicilia! ¡Aragón! —gritaban los asaltantes ebrios de sangre y eufóricos—. ¡Au! ¡Au!

El capitán francés y sus oficiales, al ver a sus hombres caer uno tras otro y que los almogávares iban ya a por ellos, se rindieron.

Roger miró a su hermano.

—Es asombroso —le dijo—. Ni siquiera he podido usar mi espada.

—A mí no me asombra.

Conocedor de los asuntos del mar, el joven se maravilló también de la eficiencia con la que se tomó el control operativo de la nave capturada. Su hermano empezó a impartir órdenes. A los soldados que se rindieron los maniataron y los hicieron bajar a la bodega con la advertencia de que cualquier movimiento sospechoso les costaría la vida. Después arriaron las enseñas angevinas para izar las de los palos de sangre y oro de Aragón y el águila negra de la reina Constanza. Perder una galera era un golpe moral para el enemigo. Uno de los cómitres sicilianos tuvo una breve conversación con los galeotes, a los que les prometió la vida y una compensación a cambio de su fidelidad. No le fue difícil obtenerla. La sangre francesa los había salpicado y no les apetecía que se derramara también la suya. Lo mismo ocurrió con la mayoría de los marinos que no habían tomado las armas.

El Rubio Abdón y Suria regresaron a la nave capitana dejando en la capturada a un grupo de los suyos, a los que se unieron ballesteros y marinos para mantener el control de la presa. Roger y Giacomo acompañaron a los adalides de vuelta, y el joven observó al almirante, que disimulaba el alivio que sentía al ver a su mujer regresar sana y salva.

El de Lauria no atendía ya a la nave capturada, los suyos sabían qué hacer, y oteaba para comprender el desarrollo de la batalla. Los hermanos De Flor lo imitaron.

—Parece que todo va como queríamos —murmuró Giacomo.

Las galeras angevinas no lograban romper la línea de las aragonesas y habían quedado encerradas en un círculo abierto solo en un pequeño tramo. Así, la mayoría de sus naves, atrapadas en el centro, no tenían acceso a las del de Lauria y, por lo tanto, ni podían luchar ni hacer valer su superioridad numérica. Y las que sí combatían sufrían la eficacia de ballesteros y almogávares. Las enseñas de la Sicilia aragonesa se izaban en una nave tras otra mientras tronaban los gritos de victoria.

—Su retaguardia huye —exclamó Roger.

—Son las naves del genovés Enrico di Mare —dijo Giacomo—. Esperábamos eso.

—Es un mercenario —comentó el almirante—. Su patrimonio son sus barcos y se apresura a salvarlos, sabíamos que lo haría si veía que las cosas les iban mal. También huyó en la batalla de las islas Formigues, hace dos años, cuando la cruzada contra Aragón.

—¿No dicen que soldado que huye vale para otra batalla? —dijo Roger riendo.

—No queremos oír eso por aquí —le cortó el de Lauria.

—Me refería a los franceses —se disculpó el joven.

Una galera enemiga llegaba a gran velocidad tratando de abrirse camino entre la que acababan de capturar y la suya para salir a mar abierto, y el de Lauria ordenó abordarla. Era una de las que lucía las llaves de san Pedro en sus estandartes. En este caso apenas usaron las catapultas, y la capitana la embistió rompiendo los remos de un costado de la nave papal, que quedó de inmediato inmovilizada. Al mismo tiempo descargó sobre ella una lluvia de virotes de ballesta parecida a la anterior. Los galeotes de la galera papal, temerosos, abandonaron los remos para cubrirse con escudos. La del de Lauria había impactado en su centro y cuando la abordaron los almogávares se dividieron en dos grupos, según lo tantas veces practicado, y corrieron por la crujía en sentidos opuestos. Unos hacia el castillo de popa, donde se encontraba el capitán y sus oficiales. Y otros hacia la proa, donde estaba la mayor parte de los ballesteros y las fuerzas de asalto. Una vez capturados los jefes, se derramó poca sangre más. Los soldados papales daban la batalla por perdida y se rindieron.

La toma de control de la nave del papa siguió una rutina idéntica a la anterior. Y con ello, el de Lauria se dio por contento limitándose a bloquear el paso a quienes quisieran romper el cerco para escapar. Había tenido que repartir a su gente en las galeras capturadas y no estaba en condiciones de atacar a una tercera nave.

La batalla seguía unas pautas parecidas a lo ocurrido con la galera capitana. Las enseñas de sangre y oro y el águila de los

Hohenstaufen se fueron izando en más y más naves, para desánimo de los angevinos, y muchos no pensaron en otra cosa que en escapar. Aún quedaban galeras atrapadas en el cerco luciendo los estandartes de las flores de lis y la cruz de Jerusalén o las llaves de san Pedro. Las que estaban en la parte abierta del círculo emprendieron la huida hacia Nápoles. Entre ellas se encontraba la del conde Roberto de Artois, el regente. Las demás trataban de romper el cerco pasando entre las naves aragonesas y las capturadas. Casi ninguna lo lograba, pues cuando intentaban cruzar por los escasos huecos que quedaban perdían muchos de sus remos al chocar con las galeras del de Lauria y sufrían lluvias de virotes de ballesta. Las pocas que escapaban lo hacían con su velocidad y tripulación mermadas y hubiera sido fácil alcanzarlas. Pero lograban huir porque el almirante había ordenado mantener el cerco hasta apresar todas las naves en su interior.

—¡Parecía imposible! —le susurró Roger a su hermano—. Pero hemos ganado.

—¿Es que lo dudabas? —repuso Giacomo.

Y le mostró una de aquellas casi sonrisas que de cuando en cuando se asomaba a su rostro desde que supo que su madre y hermano seguían vivos.

103

Un buen puñado de naves angevinas siguieron luchando con bravura y la batalla duró casi todo el día. Después, gestionar la victoria llevó su tiempo. El almirante quería recuperar la operativa lo antes posible y ver quiénes de los rendidos estaban dispuestos a unirse a los suyos de buena fe. Esa posibilidad solo se les ofrecía a los italianos del sur. La gente humilde de esa procedencia que no quisiera alistarse sería liberada poco antes de llegar a Mesina. A los demás ordenó clasificarlos en tres grupos. Quienes tenían aspecto de poder pagar rescate, los que serían esclavizados en Sicilia, a pesar de que el papa prohibía la esclavitud de cristianos, y los heridos de consideración. A esos los tiraron al mar sin más preámbulos.

Era una ardua tarea, los prisioneros supervivientes de la criba superaban los cinco mil y las galeras capturadas en condiciones para navegar, cuarenta. Había que proveerlas de tripulaciones que las controlaran y soldados que las defendieran. El almirante ordenó llevar a los prisioneros principales, cargados de cadenas, a la capitana para ser interrogados y establecer cuánto oro pagarían por su libertad. Y eran muchos. Entre los grandes nobles, se encontraba Narjot de Toucy, el almirante de la flota. Y también Hugo, el doble conde de Brienne y de Lecce, al que el almirante recibió como a un viejo amigo.

—¡Hugo! —exclamó abriendo los brazos como si fuera a abrazarlo—. ¡Qué alegría! ¿Vos otra vez por aquí? ¿A qué debo el honor? ¿Habéis llenado la bolsa después de nuestro último encuentro?

Tres años antes el conde fue capturado junto al heredero de la corona napolitana en la batalla ocurrida en el mismo lugar y tuvo que pagar un elevado rescate. El conde endureció su expresión, pero respondió controlándose, como un caballero.

—No comparto vuestra alegría, señor. Esperaba que el encuentro se diera en otras circunstancias. Y que vos fuerais el preso.

—No paséis cuidado, querido conde. —El de Lauria seguía con su guasa—. Que os haré un descuento por cliente habitual.

Hugo de Brienne no perdió la compostura.

—Así lo espero, señor —dijo—. Acostumbráis a ser demasiado caro.

El almirante se tocó la barbilla fingiendo pensar.

—Razón no os falta, señor —repuso—. Habrá que bajar precios, porque tengo mucho producto que colocar.

Oyendo al almirante, Roger, Giacomo, Suria y los demás que se encontraban en el castillo de popa no pudieron evitar echarse a reír. El conde levantó la barbilla con dignidad y no dijo nada más. No quería dar más motivos de chirigota.

Un trato distinto recibió Guy de Montfort, conde de Nola, el comandante de las galeras papales. El almirante hizo que lo cargaran con más cadenas, no habría rescate para él y su destino sería la prisión en espera de la decisión del rey de Inglaterra, con cuya hija estaba comprometido Alfonso, el rey de Aragón. El padre y el hermano de Guy murieron en batalla contra el rey inglés y la soldadesca se ensañó con sus cuerpos. Como venganza, Guy asesinó a uno de sus primos, sobrino del rey inglés, cuando asistía desarmado a misa en Viterbo. La escena fue particularmente trágica, con el joven agarrado al altar, suplicando por su vida y recordando la inviolabilidad de la iglesia y de la santa misa, mientras lo acuchillaban. Guy fue excomulgado, pero después perdonado, y en aquellos momentos estaba al servicio del papa.

El de Lauria envió las cuarenta galeras capturadas a Sicilia con buena parte de los prisioneros y él se quedó con los más valiosos para negociar directamente el rescate.

Y llamó de nuevo a los mandos en conferencia.

—Señor, hemos obtenido una victoria aplastante —le dijo uno de los capitanes sicilianos—. Nadie esperaba algo tan contundente. La ciudad de Nápoles se ha amotinado y muchos del bando francés huyen por temor a nuestro asalto. Es el momento de tomarla y terminar de una vez con los invasores.

Roger de Lauria repuso:

—Una ciudad como Nápoles, con tres grandes castillos, una poderosa guarnición y ejército de tierra, no se puede ganar con las fuerzas de las que disponemos. Por mucho que la victoria nos anime a ello. Y por mucho que el populacho se subleve. Recordad que buena parte de nuestros efectivos van de camino a Mesina con las naves apresadas. Es el momento de cobrar los rescates, pagar a nuestra gente y empezar a pensar en la paz.

—¿La paz? —preguntó otro de los sicilianos—. No queremos paz, sino venganza por los crímenes que cometieron los franceses en nuestra tierra.

—Hace tres años nos encontramos en la misma situación y dejasteis perder la oportunidad —añadió otro de los sicilianos. Estaba muy excitado—. ¡No hagamos lo mismo ahora, señor! ¡Os lo suplicamos! ¡Acabemos con ellos!

—No acabaríamos con ellos, amigo —repuso el de Lauria tranquilo—, sino que convertiríamos una gran victoria en una derrota. Es una pena que no hayamos capturado al conde de Artois. Pero pienso obtener de él una gran fortuna con los rescates de los nobles y por concederle una tregua para empezar a negociar la paz.

—¿Paz? ¿Tregua? —repuso el primero que había hablado, rojo de ira—. ¡Paz suena a traición!

Con una rapidez que asombró hasta a su propio hermano, Giacomo se lanzó sobre el capitán y le puso su daga en el cuello.

—¡Retirad eso! —le exigió.

La tensión se palpaba y aquel hombre con la barbilla levantada, como para alejarse del filo que le hería la garganta, observó a la concurrencia. Y se topó con las miradas asesinas de Suria, Galcerán, del Rubio Abdón y del resto de adalides almogávares. Era obvio que apoyaban al almirante y que sin ellos nada se podía hacer.

—Comprendo vuestros sentimientos, amigos —terció el almirante—. Los angevinos mataron a mi padre y robaron nuestras posesiones en Lauria y Scalea. No creáis que yo no deseo venganza. Pero no es momento de sentir, sino de pensar. Pensar en el futuro. —Y se dirigió a Giacomo—: Soltad al capitán. No me quería ofender, solo expresar el dolor que todos sentimos por el pasado. Pero la victoria de hoy marca un nuevo tiempo. ¡Gocémosla! ¡Celebrémoslo!

Y con eso y después de que el almirante repartiera instrucciones, terminó la junta, pero los sentimientos de los sicilianos se mantenían. Sus rostros mostraban un resentimiento soterrado.

—No termina la cosa aquí —le dijo Giacomo a su hermano.

—No lo parece —lo apoyó Roger.

—El almirante tiene motivos que no desea manifestar y que debéis guardar en secreto.

—¿Cuáles son, hermano?

—Él es siciliano de nacimiento —explicó—. Pero desde los once años se crio en la corte de los reyes de Aragón. Su fidelidad a la reina, y a la Corona, es total. Y ella quiere la paz. Y también la quiere el rey Alfonso. Desde nuestra victoria sobre los cruzados del papa en Cataluña, el nuevo rey francés, que posee un poder muchísimo mayor que el nuestro, no ha dejado de acosar a la Corona de Aragón. Y lo hace con la entusiasta ayuda del conde de Foix y la del rey de Mallorca, al que Alfonso arrebató las islas. Nos atacan desde Francia y desde Navarra. Y los nobles aragoneses siguen rebeldes. Alfonso está excomulgado y no se puede casar con la hija del rey de Inglaterra, su prometida, y así consolidar una firme alianza con los británicos. Necesita la paz y ya ha empezado a negociarla con Carlos el Cojo, el heredero de Nápoles, al que tiene preso.

—¿Así que el almirante está antes con Aragón que con Sicilia? —murmuró el hermano menor.

—Está con ambos, pero por encima de todo con la reina —concluyó Giacomo—. Y con la Corona de Aragón.

—Pero ¿tiene autoridad el almirante para negociar una tregua en nombre de Jaime, el rey de Sicilia? ¿Quiere el joven rey la paz?

—Desconozco si el almirante tiene la autoridad —sentenció Giacomo—. Pero goza del poder para hacer lo que quiera. Y lo hará.

PARTE DÉCIMA

AÑO 1287

104

Brindisi

—En nuestro último encuentro, señor, dijisteis que si ponía más interés me iría mucho mejor.

Pierre de Dijon arqueó las cejas extrañado. De hecho, llevaba sorprendido desde que Blanca le había abierto la puerta aquella tarde. Al contrario de lo que acostumbraba, lo había recibido arreglada y con una sonrisa. Se dijo que estaba bellísima. Como cuando hacía ya casi veinte años era la muchacha más hermosa de Brindisi. Y la más noble. Inalcanzable en aquellos momentos para él a pesar de todo su poder.

—Eso dije, señora. Que si os interesarais más por mí os iría mucho mejor.

—Os agradecería que concretarais.

—No hay nada que concretar. Decidme qué me dais y qué pedís a cambio.

El gobernador se había cansado de tener que tomarla siempre por la fuerza o con su indiferencia, aunque quería seguir poseyéndola. Continuaba sintiendo por Blanca la misma obsesión que experimentaba de joven, cuando solo pensaba en ella; sabía que suyo era el poder y que podía regresar a la violencia cuando quisiera. Podía golpearla, incluso matarla impunemente, pero de nada le servía mantenerla intimidada si lo que deseaba era obtener algún cariño.

—Quiero que liberéis a Vasall —repuso ella audaz levantando la barbilla.

Él la contempló estupefacto para responder de inmediato:

—¡Ni lo soñéis!

Blanca lo miraba a los ojos y no se arredró ni con la tajante negativa ni con la expresión irritada que acompañó la respuesta.

—Pues quiero que me dejéis visitarlo y llevarle comida.

—¿A cambio de qué?

Ella experimentó una mezcla de sorpresa y alegría. Tenía razón María. El gobernador estaba dispuesto a negociar. Quería algo que ella tenía. Y sabía el qué.

No perdió la compostura. Se le acercó dos pasos y lentamente elevó su mano derecha para acariciarle la mejilla con simulada ternura. Notó que él se estremecía. Le mantuvo la mirada, dibujó el inicio de una sonrisa y, despacio, aproximó sus labios a los suyos. El beso fue suave, en apariencia tierno y dulce, aunque a ella le supiera amargo. Y entonces fue ella quien, por primera vez en todos aquellos años, empezó a desnudarlo a él.

Blanca se empleó a fondo. Y practicó algunas de las cosas que su amiga le había enseñado en los últimos días. Le costaba, se sentía incómoda y torpe, y debía superar la repulsión. Pero estaba dispuesta a cualquier cosa, a todo, con tal de salvar a su esposo.

Pierre de Dijon no parecía percibir el desagrado de Blanca. Estaba extasiado. Y cuando ella dio por terminado su trabajo y se tumbó a su lado, él la abrazó y la besó con delicadeza. Aquello la sorprendió. Era una completa novedad.

—Me habéis hecho feliz, señora —le musitó al oído—. Y tendréis lo que pedisteis.

—No me visitaréis más aquí, señor —repuso ella—. Seré yo quien vaya al castillo cuando acordemos.

La observó ceñudo.

—¿Y eso por qué?

—Porque quiero tener acceso libre a mi esposo. Siempre. Incluso cuando no os vea a vos.

—No es el castillo el lugar más conveniente para nuestras citas...

—Quiero que sea allí.

La contempló mientras ponderaba su respuesta. Blanca le mantuvo la mirada firme a pesar de temer una negativa.

—Bien, pero espero que se repita lo de hoy —concedió al fin.

Ella le respondió con una sonrisa que aumentó la dicha en él. Aunque no era una sonrisa de simpatía, sino de satisfacción, al constatar los frutos de su esfuerzo. De repente Blanca tenía poder sobre el gobernador.

—Y no me mandéis comida aquí. Enviádsela a Betta, que vive en esta misma calle.

—¡Ha funcionado, María! El gobernador ha aceptado mucho de lo que le pedí. —Blanca seguía incrédula al abrirle la puerta—. ¡Podré visitar a mi marido! ¡Y ha mandado una cesta con comida!

La muchacha rubia, que llegaba expectante por el resultado del encuentro, respondió con una sonrisa de oreja a oreja.

—Si ya sabía yo que teníais madera de...

—¡María!

La joven rio.

—No me he tenido que esforzar demasiado en enseñaros, habéis aprendido rápido.

—Hace muchos años que dejé de ser virgen —respondió Blanca seria—. Y ahora tengo muy buenos motivos para olvidar pudores.

La sonrisa desapareció del rostro de María, que arrugó la frente.

—Tenemos que decidir los próximos pasos —dijo—. No os conformaréis con solo ver al capitán, ¿verdad? Yo no me conformo. Aparte de cliente, también era amigo. Y lo quiero ver libre.

—No lo va a soltar. Lo dejó claro.

—No lo va a soltar por las buenas... —especificó la joven.

—¡Estás hablando de una fuga! Y estoy dispuesta a lo que sea para conseguirlo. Sin él y sin mis hijos, mi vida no tiene ningún sentido. ¿No me dijiste que hubo quien escapó de ese castillo?

—Sí, eso cuentan. Pero fue hace mucho tiempo. Además, vos conocéis el lugar porque vuestro marido fue el alcaide.

—No era un sitio que yo frecuentara. Vivíamos en el palacio que nos arrebató el gobernador. Y habrán hecho cambios. Pero no pases cuidado, porque en mis visitas lo observaré todo. Y dibujaremos un plano de las estancias indicando dónde se encuentran los soldados.

—Yo tengo algún cliente en la guardia. Le sonsacaré lo que pueda.

—Necesitamos que alguien nos ayude desde dentro —dijo Blanca con desánimo—. Y eso costará un dinero que no tenemos.

—Encontraremos la solución. No os preocupéis. ¡Tenemos que encontrarla!

105

Golfo de Nápoles

Roger había vivido preocupado por la que era una muy probable derrota frente a un contrincante tan formidable. Temía morir y abandonar a su madre cuando más lo necesitaba. Pero una vez disipada esa inquietud, le sobrevino la angustia por el infortunio de su progenitora y el destino de Vasall. Deseaba regresar cuanto antes, pero la nave capitana, junto a buena parte de la flota, permanecía anclada frente a Nápoles mientras se negociaba. El almirante no tenía ninguna prisa.

—¿Cuándo volveremos? —le preguntaba a su hermano—. No puedo vivir pensando en nuestra madre y en Vasall.

—Cuando hayamos terminado con lo que nos trajo aquí —respondía él cortante.

Giacomo no se entretenía en consolarlo, y el joven se decía que al mayor no le importaba demasiado la suerte de aquellos a quienes él amaba. Como mano derecha del almirante, su hermano gestionaba gran parte de la victoria. Había que reorganizar naves, reparar desperfectos, reasignar tripulaciones y asegurar el suministro de víveres y agua, nada fácil en territorio enemigo. Y también participaba en la negociación de los rescates y en las conversaciones para una posible tregua.

El regente Roberto de Artois y el cardenal Bianchi negociaban por la otra parte. Ellos debían gestionar la derrota, lo cual era mucho más desagradable y complicado. En especial, porque una buena parte de los napolitanos se habían sublevado en favor de los reyes de Aragón y Sicilia. Por ese motivo, y por el desánimo enemigo, la flota del de Lauria podía ir y venir a su antojo por el mar de Nápoles a pesar de las muchas naves que aún les quedaban a los angevinos. Las galeras enemigas no estaban para un nuevo combate y las mercenarias reclamaron su pago para regresar a sus bases.

Giacomo envió a reparar naves a Capri y a Isquia. La flota siciliano-aragonesa controlaba aquellas islas, aun sin rendir sus castillos. A su llegada no hubo tiempo para tomarlos, y ahora, con los defensores atemorizados, no representaban una amenaza.

Roger no tenía un quehacer concreto, así que las horas se le hacían largas y frecuentaba tanto a ballesteros como a marinos y galeotes. No perdía ocasión de aprender más sobre la eficiente máquina de guerra en la que el almirante había convertido a su flota, ni de desentrañar, hablando con uno y otro, las causas de una victoria que no se terminaba de explicar. Así que incluso se permitió conversar sobre el asunto con algunos prisioneros. Los almogávares seguían intrigándolo. No comprendía cómo con su aspecto desarrapado eran tan eficaces y cruciales en los abordajes. Así que buscaba conversación con los adalides que viajaban en su misma nave: la pelirroja Suria y el Rubio Abdón. No era difícil, ya que estaban tan aburridos como él.

—Cuéntame cómo es la vida de un sargento templario —le pidió un día la pelirroja.

—¿Cómo es Tierra Santa? —quería saber Abdón—. Los franceses la llaman Outremer, ¿verdad?

Y se pasaban horas charlando, para jugar a continuación a los dados o a la taba.

—¿Cómo se repartirá el botín? —les preguntó Roger en otra ocasión.

Aprendía de los adalides y le gustaba practicar la lengua de aquellas gentes.

—Todo lo que les quitamos durante el combate a muertos y heridos es nuestro. —Una sonrisa asomaba entre las rubias barbas de Abdón—. El almirante ya se puede despedir de ello.

—Pero hay mucho más —insistió Roger.

—Tenemos negociado un porcentaje de lo capturado —aclaró Suria—. Se calcula por cuánto se venderán las naves con su contenido, lo que lleven encima los prisioneros y sus rescates. Una parte va para la reina, otra para el almirante y su gente, otra más para marinos y galeotes...

—Y otra, que no es menor, para nosotros —terminó Abdón.

Roger se dijo que bien se merecían una buena parte del botín.

—¿Y qué opináis del rumor que dice que el almirante negocia una tregua?

—No nos gusta —dijo tajante el Rubio Abdón—. Nosotros vivimos de lo que le quitamos al enemigo. Y no queremos estar mano sobre mano.

La expresión de la pelirroja se oscureció. No parecía gustarle la pregunta.

—Estoy segura de que acordaremos una compensación —dijo—. Además, lo que nos corresponde por esta batalla ha de durarnos años.

—No tanto —repuso Abdón—. Si no hay acción en Sicilia, deberemos buscarnos otros parajes y otros señores.

A pesar de la amistad que unía a ambos adalides, Roger tomó nota de las discrepancias. Y del espíritu independiente y mercenario de aquellas gentes.

La negociación no duró demasiado y al fin las naves tomaron rumbo a Mesina. Iban cargadas con gran cantidad de oro proveniente de los rescates y del pago por la tregua de dos años que el de Lauria concedió. Roberto de Artois y el cardenal se vieron obligados a ceder también Isquia y su imponente castillo, que se alzaba en un escarpado islote unido a la isla principal por un elevado puente. Estaba situada en una posición estratégica frente a Nápoles y permitía el control del tráfico marítimo de la ciudad.

Roger contemplaba ansioso el azul horizonte del mar Tirreno. Deseaba encontrarse con sus amigos de la San Teodoro y saber de sus seres queridos en Brindisi.

106

Vasall rezaba continuamente por Blanca. Y rememoraba su pelo azabache, sus bellos ojos y su dulce sonrisa. Sabía que nunca más la volvería a ver. También repasaba su vida rezando por su alma. El orgullo fue su mayor pecado. Lo sabía, pero no pudo evitarlo. Quizá con más humildad las cosas habrían sido distintas. Pero no con el gobernador. Jamás habría consentido que abusara de Blanca. No tenía otra cosa que hacer que prepararse para la muerte, que ansiaba le visitara muy pronto.

—Señor, apiadaos de mí —rezaba—. Aunque pecador, quise cumplir lo mejor que pude con los votos a los que me obligaba el Temple. Pero vos, que todo lo sabéis, conocéis que solo juré los de pobreza, obediencia y lucha contra el infiel. Porque nunca hubiera podido cumplir el de castidad.

Guardó silencio en la oscuridad. Hablaba en alto para escucharse, recordar su propia voz y ser consciente de su existencia.

—Antes de que me acusaran de piratería, amaba a aquella muchacha de Marsella con la que quería casarme y tener hijos. Deseaba ser padre. Pero tuve que renunciar cuando me condenaron a muerte y me dieron a elegir entre la horca o unirme al Temple. La castidad no formaba parte del trato, al menos no para mí. Debieran haberme capado si querían que cumpliera.

»No creo haberos ofendido, Señor, por ello, siempre fui sincero con vos. Pero os suplico perdón si lo hice. Aunque un amor como el que siento por Blanca, algo tan bello, no puede ser pecado. Es imposible. Quizá vos, en vuestra parte humana, también lo sintierais con la Magdalena.

»Yo no quería tomar los hábitos, pero negarme habría sido un suicidio, y vos, Señor, lo condenáis. De los votos que realmente prometí, la riqueza nunca me importó, fuera de la mínima para satisfacer mis necesidades, y me hubiera gustado combatir con mayor frecuencia contra el infiel.

Y se callaba como escuchando un imaginario eco de sus palabras en la oscuridad, para a continuación rezar cientos, miles de padrenuestros, credos, avemarías y otras plegarias con distintos tonos y volúmenes de voz. Hasta quedarse afónico. Aquella era una existencia miserable cuya una única esperanza podía ser la muerte para pasar una vida mejor, después de expiar los pecados en el purgatorio.

Se refugiaba en sus recuerdos: el mar azul y llano, el mar oscuro y tormentoso, y se censuraba cuando su memoria le traía los ojos azules y las curvas sensuales de María o de otra de sus amantes. Porque solo quería evocar la imagen de Blanca. Ella era su pensamiento recurrente. Se concentraba y dibujaba sus facciones en su mente hasta ver su rostro y su sonrisa. Incluso lograba imaginar que oía su voz.

Calculaba cuándo aparecería su carcelero a traerle el pan, el cocido y el agua. No sabía si era mañana, tarde o noche; había perdido la cuenta de los días y su única referencia temporal era la aparición de su única comida diaria. Por eso le sorprendió el ruido de cerrojos cuando no era la hora. La luz de una antorcha penetró por el ventanuco enrejado de su puerta y le hizo entornar, deslumbrado, los ojos.

—Vasall, mi amor —oyó.

Era Blanca, pero no podía ser, se dijo que era una alucinación, un sueño que terminaría en pesadilla. Apretó los párpados y negó con la cabeza. No se podía hacer eso a sí mismo. Estaba enloqueciendo. Peor aún. Estaba ya loco.

—Responded, os lo suplico —insistió la voz.

—No puedo, no debo, no sois real, mi señora.

—Sí lo soy, dadme la mano.

Y vio unos dedos blancos que se apoyaban en la base del ventanuco, entre dos barras de hierro. Se acercó ansioso arrastrando la cadena, puso su mano sobre aquellos dedos y notó su calor y suavidad. Algo entre una intensa felicidad y una gran tristeza estalló en su interior.

—Blanca, ¿sois de verdad vos? No puede ser, es un milagro.

—Soy yo, amor mío.

Aún incrédulo, Vasall le preguntó cómo estaba y ella le respondió para preguntarle lo mismo y después siguieron lamentando la situación y repitiéndose, una y otra vez, cuánto se amaban. Ella empezó a llorar y él notó las lágrimas en sus ojos.

—Abrid la puerta —le suplicó Blanca al carcelero—. Dejad que lo abrace.

—No. No estoy autorizado.

—¡Le he traído una cesta con comida!

—Se la daremos nosotros.

—Pero ¿cómo lo tenéis aquí, en ese cuchitril húmedo, sin luz y oliendo a mierda?

El soldado se encogió de hombros.

—Órdenes del gobernador.

—¿Cómo habéis logrado que os deje verme? —preguntó Vasall de repente—. ¿Qué tuvisteis que hacer?

El marino notaba el corazón en un puño y que se le reducía el estómago. Intuía la respuesta. Pero esta se demoró un tiempo. A Blanca le costaba dar una explicación. Trataba de contener el llanto.

—No hice mucho más de lo que vos visteis con vuestros propios ojos.

—Lo vi, que Dios me perdone y que no se me lleve el diablo —murmuró con voz ronca—. Pero ahora será algo más para que os conceda semejante privilegio.

Blanca tragó saliva.

—Cierto, es algo más. Pero no demasiado.

—¿Es que me habéis dejado de amar?

—¡No! ¡Absolutamente no! Lo hago por vos, mi señor, mi amor.

Vasall guardó silencio.

—No volváis más por aquí, señora —dijo al rato—. Aumentáis mi dolor. Yo ya no puedo hacer nada, y vos sabéis lo que tenéis que hacer con el gobernador. Lo hicisteis muchos años. Olvidaos de mí, estoy ya casi muerto. Y quiero terminar de morir sin tener que sufrir sabiendo que sois de otro.

Fue ahora Blanca la que guardó silencio. Había temido una reacción semejante de su esposo y trató de consolarlo.

—Pero ¿por qué decís eso? Me duele que no queráis verme. Yo sí que necesito veros. Haría cualquier cosa por vos.

—Pues matadme, señora. No puedo soportar esto. No podré soportar que os tengáis que ir. No puedo soportar que os acostéis con ese hombre. Hacéis mi pena más dolorosa.

Blanca estaba más allá de sentirse culpable por mucho que su marido le reprochara. Ella tenía un plan. A pesar de sus palabras, Vasall mantenía el contacto de sus manos y ella añadió su otra mano a la unión al tiempo que le decía:

—Os amo con locura, esposo. Y volveré a veros, lo queráis o no.

Vasall notó un papel en su mano y, sorprendido, se apresuró a guardarlo. No dijo nada, pero se preguntó qué contendría y si él sería capaz de leerlo.

—Acercad la antorcha —le pidió Blanca al carcelero—. Quiero verle la cara.

—¿Y por qué debería hacerlo? —repuso el hombre.

—Por esto. —Y le mostró una moneda.

—Tened la antorcha, hacedlo vos misma —le dijo tomando el dinero.

Aproximó la antorcha al ventanuco y vio a un Vasall de barba y pelo desaliñados y tez blancuzca. Ella, que estaba de espaldas al carcelero, le hizo un gesto con la mirada cuyo significado él captó de inmediato. Vasall vio que en el papel ponía: «Vais a escapar de aquí». Era demasiado rápido para su comprensión lectora, pero en el breve momento que la luz le permitió leer memorizó tres sílabas: «Es-ca-par».

—Vuestra moneda se ha consumido ya —dijo entonces el soldado arrebatándole la antorcha—. Despedíos, que nos vamos.

Blanca se aproximó a la reja para besar los dedos de Vasall y él hizo lo mismo con toda su pasión.

—Ahora sabéis el porqué, mi señor —murmuró ella—. Os amo. Solo a vos.

—Yo también os amo, mi señora —repuso.

Vasall vio alejarse la luz de la antorcha, oyó los pasos, después el cerrojo de una puerta lejana y la oscuridad absoluta volvió a rodearlo. Mientras rompía el papel en fragmentos lo más diminutos posibles se repetía: «Es-ca-par, es-ca-par, es-ca-par... ¡Escapar!».

La luz de la esperanza iluminaba sus tinieblas.

107

De regreso a Mesina

El trayecto de regreso de Nápoles fue a vela en su mayor parte, sobre un apacible y azulísimo mar de finales de junio. Y las escarpadas y salvajes costas amalfitanas, con sus impresionantes rompientes y vegetación que llegaba hasta el mar Tirreno, dieron paso a las amplias y arenosas playas de la costa calabresa.

Sin embargo, aquella paz exterior contrastaba con la inquietud de Roger. Había abrigado la esperanza de que un ataque de la flota a Brindisi pudiera llegar a liberar a su madre y a Vasall. Le costaba ver otra opción. Por ese motivo se había relacionado con el capitán Vilaragut, que asoló aquellas costas, y también con los almogávares. Buscaba posibles aliados. Y decidió confiar sus pensamientos a su hermano, aunque no esperaba entusiasmo de su parte. Aguardó a uno de aquellos raros momentos y lugares en que no los rodearan oídos indiscretos, y lo encontró cuando Giacomo se hallaba contemplando cómo la proa de la galera abría las aguas. El mar era tan transparente que permitía ver los peces y un fondo de rocas, blanco de arena y verde de posidonia.

—Hermano, ahora que la guerra ha cesado, debemos rescatar a nuestra madre y a Vasall —le dijo—. Espero que tengáis mi mismo interés.

—Estoy deseando encontrarme con ella, hermano. Pero

¿cómo hacerlo? Tanto ella como vuestro antiguo capitán son prisioneros del gobernador angevino. Ella en su casa y él en el castillo. ¿Los soltará si se lo pedimos?

—¡No, claro que no!

—Y vos mismo dijisteis que me esperan en Brindisi para capturarme, ¿cierto?

—Eso es verdad. Pero ahora tenemos una tregua.

Giacomo le dedicó una mueca irónica.

—¿Y creéis que porque el almirante haya firmado una tregua de dos años el gobernador me dejaría pasear tranquilamente por Brindisi?

—No.

—No, porque seguimos en guerra, hermanito. Y si el almirante firmó la tregua fue para que el rey de Aragón pudiera empezar a negociar la paz.

—¡Demos un golpe de mano! ¡Asaltemos Brindisi!

—¿Estáis loco? Tenemos una tregua. Y la firmó el de Lauria, a quien tanto debo.

—¿Y os resignaréis a que nuestra madre siga prisionera? ¿A no verla de nuevo?

—Sí, hermano. Y mucho que lo siento.

—¡La tregua! ¡Maldita tregua! Somos muchos los que no la queremos. Los capitanes sicilianos, los almogávares...

—¡No os consiento críticas! —cortó tajante Giacomo—. Eso es lo que decidió el almirante. Y está por encima de contentos o descontentos.

—¿Por encima de nuestra madre?

El caballero sin sonrisa cerró los ojos, respiró hondo. Y al rato murmuró:

—Sí, Roger. ¡Cuánto lo lamento! Y os suplico que no lo volváis a mencionar. Solo pensar en romper la tregua es una traición. Quizá dentro de dos años...

—Dentro de dos años Vasall estará muerto..., y también nuestra madre.

Giacomo se encogió de hombros y en su boca apareció un rictus amargo.

—No sabéis cuánto lo siento, hermano. Pero ni se os ocurra volverlo a mencionar.

108

Mesina

La llegada de la flota a Mesina fue triste. Nada que ver con la alegre y esperanzada despedida tributada al almirante y a los suyos. Al rey Jaime le disgustó que se firmara la tregua sin consultárselo, y la nobleza siciliana y los envidiosos de la corte estaban furiosos. Había que contentarlos. Así que no hubo ni coloridos pañuelos en las ventanas, ni enramadas, ni flores, ni música, ni vítores. La victoria más sonada del almirante Roger de Lauria, un resultado difícil de creer por su magnitud y por el enorme botín aprehendido, era recibida peor que una derrota.

Entrando en la bahía de Mesina, la mirada de Roger buscó ansiosa a la San Teodoro. Decepcionado, comprobó que no se encontraba allí. Ansiaba saber de su madre. Y en cuanto desembarcó, un correo le hizo saber con disimulo que el maestre del Temple quería verlo con urgencia.

Fray Guglielmo lo recibió en su sala privada acompañado de un fraile sentado frente a una mesilla con plumas y papel. Roger supo que lo iba a someter a un interrogatorio.

—No lo entiendo —clamó el maestre—. No entiendo cómo ese diablo ha logrado vencer a una flota que lo doblaba en número. ¡Capturando, además, a la mitad!

—Difícil de explicar, pero así fue —repuso Roger.

—¡Alguna explicación habrá! Algo que lo justifique. Algo tenéis que haber visto. El gran maestre os envió para eso, para que nos informarais.

Su tono era perentorio, imperioso e irritado. El joven se quedó mirándolo sin responder, no le agradaba la forma en que le exigía una explicación.

—Vos sois marino, debéis saberlo. Lo habéis presenciado todo —siguió fray Guglielmo, que se moderó al percibir su molestia—. Decidme algo que les pueda contar al gran maestre y al gobernador de Brindisi.

Los músculos de Roger se tensaron al oír de Pierre de Dijon. Se dijo que debía disimular y se mostró pensativo.

—Le he dado muchas vueltas a algo tan sorprendente —dijo—. Y lo que más me choca es la seguridad con la que el almirante decidió enfrentarse a fuerzas tan superiores.

—Debía de estar muy convencido de su victoria.

—Pues ya tenéis una de las razones, fray Guglielmo. La fe.

—¿La fe?

—La fe mueve montañas. Como frailes, debemos saberlo.

—Sí, cierto, la fe —murmuró pensativo el maestre—. Pero ese no es un elemento que se le pueda insuflar sin más a la flota angevina. Decidme algo que hagan los aragoneses que pueda ser incorporado a nuestra armada de inmediato.

Al joven le vino a la mente una diferencia fundamental entre la flota del de Lauria y la angevina. La primera había mejorado y aumentado las protecciones de sus naves, en especial el castillo de proa, con maderas duras para dar más cobertura a sus hombres y resistir mejor el intercambio de proyectiles antes del asalto. En cambio, las angevinas priorizaban la velocidad. Las aragonesas eran más pesadas y más lentas que sus enemigas, pero estaban mejor preparadas para el choque y el combate. Sin embargo, no quiso mencionarlo. Los franceses deberían verlo por sí mismos, y no iba a facilitar ningún dato que realmente mejorara al enemigo.

—La otra razón es el liderazgo y el saber del de Lauria —siguió Roger—. Sus hombres lo siguen ciegamente. En cambio, no parece que los condes angevinos posean esas cualidades. No eran buenos marinos y los pusieron allí más por sus títulos que por su saber.

—Sí, eso será cierto. Pero ¿dónde encontrar un líder parecido? Además, para reunir esa gran flota, Roberto de Artois tuvo que hacer concesiones políticas y repartir mandos entre los más altos nobles.

Roger se encogió de hombros, no le importaban las dificultades de los angevinos. Y prosiguió:

—Y están los almogávares.

—Esos diablos...

—Los he visto en acción. Son la mejor infantería de marina que existe.

—Tampoco es algo que se pueda lograr de la noche a la mañana.

—Y los ballesteros son también mejores.

—Los ballesteros catalanes gozan de gran reputación... —El maestre, que había iniciado la conversación con gran energía, se iba desinflando.

—Y también la unidad con la que todos los actores en la nave, mandos, marinos, galeotes, ballesteros y almogávares operan. Eso tampoco se puede improvisar y es fruto de años de trabajo conjunto, experiencia en batallas y victorias.

—Cierto...

—La mayoría de las naves capturadas eran nuevas, construidas en el último año, dos a lo sumo. Y eso también ocurría con las tripulaciones.

—Cierto. Se ha gastado una fortuna para construir esa flota —murmuró el maestre—. Y la mayor parte del dinero era del papa.

—Las cuatro grandes derrotas navales que acumulan franceses y angevinos les privan de sus hombres más valiosos. Sus mejores marinos y soldados han muerto o han sido esclavizados tras esas batallas. En cambio, los de De Lauria acumulan experiencia y moral de victoria.

El maestre gruñó sin decir nada mientras el fraile amanuense lo anotaba todo.

—Los sicilianos y aragoneses luchaban por su tierra y por su supervivencia, en cambio, del otro lado había muchos mercenarios, y algunos huyeron cuando vieron que las cosas se ponían mal —prosiguió el joven.

—Sí, como ese genovés.

—Bueno, pues ahí lo tenéis. Esas son las razones —concluyó Roger.

Sentía que había cumplido con lo que le pedía el maestre sin traicionar a su hermano y los suyos. Todos los argumentos dados eran ciertos. Solo que difícilmente podían imitarlos los angevinos. Al menos, no a medio plazo. El maestre se quedó mirándolo en silencio cariacontecido.

—Espero que consideréis que estoy cumpliendo sobradamente mi misión.

—¡Ah! Sí —dijo el maestre como retornando de sus pensamientos—. Pero no sé hasta qué punto agradará esa información a sus receptores finales.

—No importa eso, fray Guglielmo. —Ahora Roger le hablaba imperativo—. Me juego la vida cada día para traerla. Debéis transmitirla destacando mi buen trabajo.

—Por descontado que lo haré, fray Roger —se apresuró a decir—. El gran maestre lo sabrá. Proseguid con vuestra excelente tarea y que Dios os bendiga.

Roger salió satisfecho de la entrevista. Pero solo ver el puerto le produjo un retortijón de tripas. La San Teodoro no estaba allí. Esperaba con ansia y temor sus noticias.

—Señor, Dios mío —murmuró—, ¿qué puedo hacer? ¿Cómo los puedo ayudar? Estoy condenado a seguir aquí, en Mesina, con las manos atadas.

109

Brindisi

—¿Os gusta vuestra nueva celda, frailuco?

Vasall se quedó observando impasible al gobernador, que le sonreía cáustico. No respondió.

—Estaréis agradecido, ¿verdad? Ahora ya distinguís la noche del día. —Y señaló al orificio que se abría a modo de respiradero en una de las paredes, construida con grandes bloques de piedra. Debía de cruzar una de las murallas exteriores de la fortaleza, puesto que su longitud era de unos cinco metros.

El marino había descartado la posibilidad de ampliarlo para escapar. Se necesitaría una docena de canteros trabajando durante semanas. El sol apenas iluminaba la parte exterior durante un par de horas, pero a él le gustaba verlo, al igual que el pequeño retazo de cielo. En ocasiones pegaba su rostro al orificio y trataba de respirar un poco de aire puro.

—También os han dado una bacina donde cagar —prosiguió el angevino—. Y os la vacían cada dos días. ¡Menudo lujo! —Y rio.

Sin mover los labios ni emitir sonido, Vasall se repitió: «Es-ca-par». Esa había sido su oración más frecuente desde el encuentro con Blanca. A aquella visita la siguió otra en la que ella le anunció que le había conseguido un cambio de celda.

Sus sentimientos eran contrapuestos. Agradecía infinitamente el amor que ella le mostraba y sus esfuerzos por mejorar su situación. Pero le reconcomía el precio que ella pagaba. Solo una palabra mitigaba su dolor: «Es-ca-par».

—¿Sabéis el porqué del cambio de celda?

El marino mantuvo su silencio hosco sin apartar la mirada. A pesar del deterioro físico provocado por el encierro, lo seguía viendo como un miserable al que podría matar con sus propias manos. Y lo haría si no estuviera encadenado y el otro escoltado por dos de sus esbirros.

—Pues porque ahora ya no es vuestra mujer, sino la mía. Cuando os visita, os tenéis que conformar con verla tras los barrotes de la celda. —Volvió a reír—. ¿Y sabéis de dónde viene? Pues de mi lecho. No solo ha complacido antes todos mis deseos, sino que me hace y me ofrece cosas nuevas y deliciosas. Sabed que siempre que os viene a ver trae el coño lleno de mi semen.

La estrepitosa carcajada de Luigi, que ya era alcaide de la fortaleza, sonó a las espaldas del gobernador.

—Por eso se merece un premio. Y se lo doy gustoso, nunca he gozado tanto con una mujer. —Hizo una pausa para observar la reacción de Vasall, que, aparentemente, no se produjo.

Sin embargo, la rabia y el dolor destrozaban al marino. «Es-ca-par», se decía como antídoto a tanto veneno, y a eso añadía: «Ma-tar».

—Y vos merecéis el castigo de saber que solo la podéis ver, pero no tocar, porque toda ella es mía, desde las uñas al último cabello —prosiguió el gobernador—. Y que hago con ella lo que quiero. Y le gusta. Os juro por Dios que goza conmigo lo que nunca ha gozado con vos.

A Pierre de Dijon le decepcionó la impasibilidad de su víctima y decidió dar por terminada la visita.

—¿Le damos una lección, señor? —propuso Luigi.

—¡No! Ni pensarlo —dijo el gobernador—. No se le toca ni un pelo. —Y rio—. Este individuo es muy valioso para mí.

Y se fue, seguido por su comitiva.

Vasall esperó a oír el ruido de cerrojos para levantarse y acudir al orificio de la pared. Trató de respirar a través de él. Tenía los ojos llenos de lágrimas y no pudo contener un sollozo.

—Es-ca-par —murmuró—. Ma-tar.

110

—¿Por qué torturáis a mi esposo, señor? ¿No os basta con lo que os doy? ¿Por qué le hacéis más infeliz? Lo tenéis encerrado de la forma más miserable. Ya ha pagado con creces cualquier ofensa que os hiciera. ¿Qué más queréis?

—¿Qué os ha contado?

En realidad, Vasall no le había dicho nada. Blanca se enteró de la visita a través de María, ya que se había comentado en la guardia, donde la joven rubia tenía un par de amigos a los que hacía hablar sin ser conscientes de ello.

—No importa lo que me haya contado, sino lo que pasó —repuso ella—. Eso no entra dentro de nuestro trato, señor.

Pierre de Dijon se sintió incómodo. Había sido muy feliz aquellos últimos días con Blanca. No tenía comparación con el tiempo en que la tomaba por la fuerza y con amenazas. No quería volver a la situación anterior. Estuvo pensando qué responder y al fin decidió sincerarse.

—No lo hice por sus ofensas —dijo—, sino porque lo odio.

—¿Y por qué lo odiáis?

—Porque os amo. Y sé que solo tengo vuestro cuerpo y últimamente quizá también vuestra simpatía. Pero no me engaño. Él tiene vuestro amor.

Ella lo observó sorprendida. Que aquel hombre la quisiera era lo último que esperaba.

—De poco le sirve —repuso—, ¿no creéis? Si por eso lo tenéis en ese calabozo, mi amor es su desgracia.

—Lo envidio. Siento celos, esa es la razón. Os amo con pasión, creo que siempre os he amado.

—¿Bromeáis? —No se lo podía creer—. ¿Me decís eso después de amenazar la vida de mi hijo, abusar de mí y maltratarme? ¿Ahora venís con que me amáis? ¿Es que no tuvisteis antes suficiente tiempo para saberlo?

—Sí, es cierto. —El gobernador parecía apurado—. Ahora que me concedéis vuestra sonrisa y algo de cariño, sé lo que me he perdido estos años. Pero nunca creí que os dignarais a darme algo de amor o simpatía. Vuestro marido era bien parecido, y también lo es Vasall, y en cambio sé lo que se dice de mí: que tengo cara de caballo y que soy delgado y larguirucho.

—Pues si creéis que eso me hubiera importado en las circunstancias que vivía, estáis muy equivocado.

—Y también estaba mi orgullo, lo confieso. Os conocí al llegar a Brindisi. Pero erais de vuestro marido. Después, cuando él murió, desaparecisteis. Y cuando os encontré, ese veneciano dijo que erais su amante y de su propiedad. Me llevé una gran decepción. Pensaba que lo amabais y eso me ofendía. ¿Cómo podía tener él vuestro amor y no yo? Así que os tomé tal como él os ofreció, como una mercancía para mi solaz.

—Jamás quise a ese individuo. Lo aceptaba porque me escondía para protegernos a mí y a mi hijo de vuestras represalias. ¡Qué engaño! Al final me ofreció como un regalo, o peor aún, me compartió como a una prostituta. Lo odié aún más.

—Igual que a mí, ¿verdad?

—Poco hacíais para que os amara.

—Sí, es cierto. Y ahora me arrepiento.

Pierre de Dijon estaba cabizbajo y parecía realmente apenado. Y Blanca le acarició la barbilla y empezó a besarlo, primero en las mejillas y después en los labios.

—Prometedme que nunca más volveréis a torturar a mi

esposo como hicisteis y que le daréis tres comidas decentes al día, aparte de lo que yo le traiga.

—Os lo prometo, señora.

La historia que le había contado el de Dijon y su aparente arrepentimiento no conmovieron a Blanca. El gobernador seguía siendo un monstruo para ella; la diferencia es que ahora, gracias a los consejos de María, ejercía poder sobre él.

—Tengo que contárselo —murmuró al salir del castillo.

Y empezó a calcular qué más ventajas podía obtener para su esposo en aquella nueva situación.

111

—¡No me lo puedo creer! —A María se le encendieron las mejillas, le brillaban los ojos de la excitación y palmoteó de contento—. ¡Os ha dicho que os ama!

—Así es —afirmó Blanca sonriente.

—¿Veis? ¡Ya os lo decía yo! Sois buena alumna —prosiguió la rubia—. Habéis aprendido bien mis lecciones. Y ahora toca el siguiente paso.

—¿Siguiente paso? —Blanca perdió la sonrisa—. ¿De qué siguiente paso me hablas?

—Ahora no solo le debéis dar placer a él, también debéis sentirlo vos.

—Pero ¿qué dices? ¡Es imposible!

—¿Queréis tenerlo completamente bajo vuestro poder? ¿Y que haga todo lo que le pidáis? ¿No queréis que nuestro hombre escape de ese infierno?

—¡Pues claro que quiero!

—Pues haced lo que os diga...

—Mira, María, no puedo gozar con ese hombre. Además, no me parece decente...

—¿Decente? ¡Ja! ¿Y lo que hacéis de normal os parece decente?

—Sería indecente moralmente —especificó. Blanca se sentía apurada ante el acoso de su amiga—. Yo amo a Vasall, y gozar con otro hombre sería la mayor de las traiciones.

—¡No! Sería el mayor acto de amor. Podéis llegar a controlar al gobernador. ¡Os ama!

—Precisamente por eso no soltará a mi marido. ¡Teme perderme!

—No, no lo soltará. Pero podemos lograr una situación favorable para la fuga. Tenéis que pasarlo bien con el de Dijon. O al menos aparentarlo. —Una amplia sonrisa apareció en el rostro de la rubia—. Y cuesta lo mismo aparentarlo que hacerlo. Es una cuestión de voluntad. Tenéis que pensar que podéis y lo haréis.

—¡Es que no quiero!

—¡Tenéis que querer!

—¡No podré! ¡Aunque quiera!

—Vamos a ver. —María se puso en jarras—. Hasta el momento he podido escoger a casi todos mis clientes. Yo me lo paso bien con algunos. Y resulta que a la mayoría les vuelve locos verme gozar. Vos también debéis hacerlo.

—No me convences.

—Pues os enseñaré a fingir. Con eso no tendréis problemas morales, ¿verdad? Hasta ahora os ha ido bien. ¡Hacedme caso! Que sé de estas cosas.

—¡No! Aunque muramos todos.

—¡Oh, Blanca, Blanca, Blanca! —exclamó Pierre de Dijon. Su rostro alargado lo estaba más que de costumbre.

—¿Qué os ocurre, señor?

El gobernador se sentó en el lecho en el que iban a hacer el amor. Negaba con la cabeza. Ella lo observó preocupada. Guardaba silencio sin mirarla.

—Me habéis traicionado. —De repente la miró, tenía los ojos húmedos—. Creía que empezabais a apreciarme, pero todo era una farsa.

—¿Y por qué decís eso?

—Sospechaba, he ordenado un registro y el frailuco tenía un cuchillo. Ha venido con la comida que le traéis.

—La comida la registran vuestros hombres antes de dársela.

—Vino dentro de la barra de pan horneado. Es un truco muy viejo.

Blanca bajó la cabeza. Era cierto.

—Era para que pudiera cortar la comida.

—¡Mentís!

Se sintió perdida. Tenía que ser capaz de aminorar el daño que se avecinaba. Y no quedaba otra que mentir. Mentir a la desesperada. Sentía miedo, pánico. Todo estaba a punto de derrumbarse. En el rostro del gobernador se marcaba la contracción de las mandíbulas.

—Es cierto que escondí el cuchillo en el pan. Pero no era para nada malo, solo para que comiera como un ser humano.

—¡Mentís! El frailuco había empezado a hurgar ya en la parte de la cadena que se une a la argolla para escapar.

—No esperaba que lo usara así.

—¡Mentís!

El gobernador se fue a la pared y la golpeó un par de veces con la cabeza, desesperado, para después hacerlo con la base del puño. Blanca se fue detrás de él y trató de confortarlo con una caricia en la espalda.

—No miento —murmuró antes de abrazarlo por atrás.

Él se giró con violencia y la derribó de un bofetón.

—¡Claro que mentís! ¿Cómo iba la bellísima dama de la más alta nobleza de Brindisi a fijarse en mí? En el larguirucho francés con cara de caballo y sin dotes sociales. Y pensar que llegué a creer que empezabais a apreciarme... Pero todo lo habéis hecho por él. Todo ha sido una farsa.

—No, no es verdad. Desde que tratáis mejor al capitán me sois más agradable —dijo ella incorporándose apoyando una mano en el suelo.

—Pero ¿es que os creéis que, además de feo, soy tonto?

—No, que no... —Blanca empezó a llorar.

—No me enternecerán vuestros llantos —dijo él firme y altivo—. Sé bien a lo que jugamos. Y volvemos a la casilla uno. Encerraré otra vez al frailuco en esa celda sin luz y vos seguiréis siendo mi puta.

—Todo está perdido, María —le dijo a su amiga tan pronto se reunieron. El ojo se le empezaba a hinchar—. Mi amor nunca saldrá de esa mazmorra. Morirá allí.

Estaba sentada frente a la mesa. Apoyó en ella los brazos y ocultó su rostro, los sollozos sacudían su pecho. María le acarició el pelo para consolarla y se unió a su llanto de forma silenciosa, tratando de que Blanca no lo notara.

112

La luna menguante de septiembre apareció con un reflejo alargado sobre un sosegado mar Adriático. Aún faltaban unas horas para que despuntara el alba, y la noche oscura cobró una tenue luz. Y cuando llevaba ya más de una hora elevándose en el horizonte, unas antorchas alumbraron uno de los bordes del canal que unía la bahía de Brindisi con el mar abierto. Y seis silenciosas galeras, surgidas de las sobras de la noche, entraron en él sin demora. Las torres angevinas construidas para proteger el acceso al puerto habían soltado la cadena tendida entre ambas, y las naves, hábilmente pilotadas, penetraron en la bahía sin contratiempos.

Un par de horas antes, la mayor de las torres, la que controlaba el mecanismo, había sido tomada por sorpresa y en silencio por un comando almogávar. Fue un trabajo fácil para aquellos expertos en ataques nocturnos, ya que contaron con ayuda del interior.

Los guardas de la segunda torre comprendieron lo que ocurría al ver la luz de las antorchas y se apresuraron a dar la alarma prendiendo una hoguera en lo más alto y tocando la corneta desesperadamente. Pero ya era tarde.

Al tiempo que las galeras entraban en la rada, una escala de cuerda se desprendía desde las almenas de la fortaleza de Brindisi hasta el pie del muro. Abajo la esperaba otro grupo almogávar, liderado por el Rubio Abdón, que, al divisar las distantes luces de las antorchas del canal, trepó a toda velocidad seguido de su gente. Habían atravesado al atardecer la franja de tierra que separa el mar del interior de la bahía, que cruzaron hasta el castillo durante la noche en una barquichuela que aguardaba oculta en un cañaveral.

—¿Sois Abdón? —preguntó el soldado que los esperaba arriba.

—Así es —repuso el almogávar—. Y vos seréis Paolo, el amigo de Roger.

—Cierto. Hay que actuar antes de que se dé la alarma. Aquí hay cien soldados, aunque solo una docena de guardia. Los demás duermen en los cuartos de la fortaleza. Debemos bloquearlos para que no puedan salir.

—Indícanos dónde están.

Abdón comprobó que tenía a todos los suyos y se precipitó escaleras abajo siguiendo a Paolo. Al poco, las campanas de la catedral tocaban a rebato alertando del asalto.

A la tenue luz lunar, Roger, en el castillo de popa de su galera, pudo distinguir las enormes columnas romanas de mármol blanco y el perfil de la catedral en la cumbre de la colina de Brindisi. Regresaba. Como tantas veces hizo antes a las órdenes de Vasall. Pero ahora era distinto. Apenas unos días antes no creía posible emprender esa audaz misión, la tregua firmada por el almirante De Lauria lo prohibía. Sin embargo, ahí estaban. Su corazón batía acelerado al tiempo que rezaba. Todo su deseo consistía en librar a su madre y a Vasall de las garras del gobernador. No necesitaba más. Al resto, excepto a su hermano, lo movía el espléndido botín, que él se había encargado de exagerar, y el placer de propinarle otra estocada al poder angevino. Esperaba de todo corazón que su madre siguiera bien y encontrar a Vasall vivo. Deseaba abrazarlos a ambos y decirles que en Sicilia podrían vivir su amor felices. Solo tenían que sobrevivir al combate que se avecinaba.

—Aquí nacisteis —le dijo a su hermano.

Giacomo, que llevaba observando con curiosidad lo poco que la tenue luz le permitía ver, repuso:

—No recuerdo nada, hermanito —dijo—. Pero no es momento de contemplar paisajes, sino de ejecutar lo acordado.

—Ojalá todo salga bien —murmuró Roger. Y se puso a rezar.

Horas antes la junta de mandos se había reunido al atardecer, en alta mar, para repasar los últimos detalles del asalto, en la galera de Berenguer de Vilaragut, el capitán que saqueó el año anterior ambas orillas del mar Adriático. Después del ocaso, guiados solo por las estrellas, la escuadra navegaría hasta poco antes de las islas a la entrada del canal para esperar la aparición de la luna.

—El gobernador tiene doscientos soldados en total —dijo Giacomo—. Unos cien están en la fortaleza. Los otros se encuentran repartidos entre las murallas, las torres de la entrada y durmiendo en sus casas —repetía en voz alta los informes de Paolo que Roger obtuvo gracias a Garfio y a Pietro.

—Además, están los hombres de armas de los nobles, de los comerciantes y las tropas ciudadanas de los gremios —añadió Roger—. Esos sumarán más de mil.

—No hay que dar tiempo a que se junten las milicias ciudadanas —dijo Suria—. Tenemos que ocupar las calles de inmediato. Asustarlos para que no salgan de sus casas.

Los demás asintieron. La mujer almogávar infundía un gran respeto no solo por su bravura en combate, sino por su saber estratégico. Había participado en cientos de asaltos y liderado un buen número de ellos.

—En cuanto a los que protegen palacios y riquezas, seremos nosotros quienes vayamos a por ellos —dijo el capitán Vilaragut con una sonrisa.

—Lo primero es controlar las torres de la entrada y la fortaleza —recordó Giacomo.

—Luigi, el alcaide, es un tirano odiado por sus hombres —recordó Roger—. Mi amigo Paolo tiene comprados a quienes nos facilitarán la toma de la torre del canal que controla la cadena. Y será Paolo en persona quien nos lance la escala de cuerda para trepar a las almenas de la fortaleza.

—Por nuestra parte, no hay la menor duda —advirtió Suria—. Abdón está ya de camino con un grupo de los suyos y le basta con mantener la puerta del castillo abierta. Desembarcaré con mis hombres en esa zona y tomaremos la fortaleza.

—Brindisi tiene una buena muralla de tierra, pero, confiados en las torres del canal, el muro del mar es muy fácil —apuntó Roger—. Poco más que una tapia. Pillados por sorpresa, serán incapaces de detener nuestro asalto.

—Traemos más de dos mil hombres en esas galeras —repasó Giacomo—. Los superamos en número. Ellos gozan de la protección de muros y casas. Pero si controlamos la fortaleza y las calles, no más de trescientos podrán hacernos frente.

—Ni siquiera trescientos —rebajó Suria—. Si dejamos a la gente del pueblo en paz, por muchas armas que tengan y por muchos juramentos que hayan hecho, se esconderán en sus casas. No saldrán a defender ni al gobernador, ni a los ricos, ni a los nobles. Lo he visto muchas veces.

—Varios grupos de hombres, de potente voz, recorrerán las calles, tocando un cornetín y gritando que si no salen no les pasará nada —dijo Roger—. Que no hay intención de asaltar las casas.

—Cierto, no nos dará tiempo —rio Suria—. Con los palacios de los magnates nos bastará.

Las seis galeras tocaron tierra en el seno de levante de la bahía, a menos de doscientos metros unas de otras, y las tropas desembarcaban al grito de «¡Desperta ferro! ¡Au! ¡Au! ¡Aragón! ¡Sicilia!». La escasa altura de la muralla del mar y la falta de defensores hicieron que fueran sobrepasadas casi de inmediato y sus puertas abiertas de par en par.

Las dos naves de la derecha vararon en la zona del castillo, y sus tropas, capitaneadas por Suria e iluminadas por antorchas, se precipitaron a la fortaleza, cuyas puertas encontraron abiertas. Del otro extremo, la gente de tres de las galeras, comandadas por el capitán Vilaragut, desembarcaron al pie de la colina de la catedral en su lado oeste y se lanzaron monte arriba. Aquella era la zona de los palacios e iban a asaltarlos. En el centro amarró una única galera, de donde salieron Roger y Giacomo, vestidos con armaduras y seguidos por una compañía de almogávares y otra de ballesteros. Era la zona de la iglesia de San Juan del Santo Sepulcro. En el horizonte aparecían las primeras luces del alba cuando un par más de iglesias se unieron al campaneo insistente y angustioso de la catedral, que competía con los gritos de los almogávares y las tropas que los acompañaban. La ciudad estaba ya despierta. Y atemorizada.

Los hermanos abrían la marcha de su grupo con antorchas y se movían sin oposición por el laberinto de callejuelas. Y conforme se acercaban a la casa de Blanca, la tensión aumentaba. Giacomo iba a encontrarse con una madre a la que durante toda su vida creyó muerta y Roger rezaba para que estuviera bien.

—Esta es la casa —le dijo a su hermano. Llamó a la puerta y aguardaron unos momentos—. ¡No contesta! —Roger volvió a llamar aporreando la puerta—. ¡Madre, somos Roger y Giacomo!

Tampoco hubo respuesta. Le dio una patada y se abrió sin más. Los hermanos intercambiaron una mirada de alarma y se precipitaron al interior.

—¡No hay nadie! —constató Giacomo sobresaltado—. ¿Qué le ha ocurrido? ¿Dónde puede estar?

—No lo sé —murmuró Roger.

113

En el castillo la acción se desarrolló con suma rapidez. Los hombres de Abdón se situaron a las puertas de los cuartos de la soldadesca advirtiendo a los del interior que, si pretendían salir, morirían.

Luigi dormía en sus estancias cuando oyó el tumulto, los gritos y los golpes, justo cuando las campanas de la catedral empezaron a tocar a rebato.

—¡Señor! —Su asistente entró alarmado con un candil—. ¡Están asaltando el castillo!

—¿Estás loco o qué, mentecato? —gruñó a medio despertar—. Eso es imposible.

—¡Lo es, señor! ¡Son almogávares! ¡He oído su grito de guerra!

—¡Ayúdame con la armadura! —ordenó saltando de la cama.

Y al poco salían de la cámara espada en mano, con el escudero por delante alumbrando con el candil. Luigi se asomó a un ventanuco que daba al patio central y vio gente corriendo con antorchas.

—¡Dios! —exclamó—. ¡Están abriendo las puertas! ¿Dónde están los nuestros?

Y se apresuraron hacia los cuartos de los soldados. Un grupo de almogávares esperaba a la puerta gritando que no salieran y de pronto varios lo hicieron en tumulto. Luigi contempló horrorizado cómo eran ensartados con sorprendente facilidad por los asaltantes con sus dardos. No dejaban de gritar «¡Au! ¡Au! ¡Desperta ferro!». Parecía que aquella consigna los animaba a una orgía de sangre.

Se dijo que debía aprovechar la distracción para lanzarse junto con su asistente sobre aquellos salvajes, pero sus pies le pesaban como el plomo. Y una vez que los almogávares remataron a los héroes, se hizo un lúgubre silencio. Parecía que el resto no tenía intención de repetir la hazaña de sus colegas.

—¡Mirad! —Un almogávar acababa de reparar en ellos, le señalaba con el dedo y un par fueron a por él.

Los pies de Luigi seguían de plomo, y supo que dar la espalda le sería fatal. Así que se quedó quieto blandiendo su espada y tratando de protegerse con un pequeño escudo. Iba a morir y se puso a rezar. Nunca había entrado en combate y los dientes le castañeaban.

—¡Lleva una buena armadura! —dijo uno—. ¡No lo mates! ¡Habrá rescate!

Luigi esperaba todo lo firme que podía el choque cuando vio que uno de los que se le echaba encima giraba en el aire su azcona y se la lanzó, con tanto acierto que la parte roma de la empuñadura le dio en el rostro rompiéndole la nariz y derribándolo inconsciente. Aquello le salvó la vida.

Fray Cirilo despertó con las campanas de la catedral. No tuvo que vestirse porque, a pesar del calor, extremista de la ortodoxia, dormía con el hábito y las sandalias puestos. Sobresaltado, avivó la lucecilla del candil que mantenía bajo una hornacina con una imagen de la Virgen y salió al pasillo. Allí se encontró con uno de los frailes jóvenes que atendían los mostradores y le preguntó qué ocurría.

—No lo sé, padre —respondió—. He oído gritos de «Desperta ferro».

—¡Almogávares! —exclamó—. ¡Es imposible! ¡Hay una tregua!

El monje joven se encogió de hombros.

—¡Piratas! —prosiguió Cirilo—. Esos aragoneses son unos piratas. ¡Que venga a verme el capitán de la guardia!

Al poco se presentó un hombre de unos cuarenta y cinco años con casco, cota de malla y algo de barriga.

—¡Llamad a vuestros hombres! ¡Hay que defender los almacenes!

—Padre, si esa gente son esos almogávares de los que todo el mundo habla, poco podremos hacer. Nosotros solo estamos para los ladrones comunes.

—¡Debéis evitar que nos roben! ¡Para eso os paga el Temple! ¡Reunid a la gente!

Cuando el hombre se retiró cabizbajo, Cirilo retomó la conversación con el frailecillo:

—Hay que esconder el oro, la plata y las joyas recibidas en pago de deudas.

Pierre de Dijon se despertó sobresaltado. Su palacio estaba cerca de la catedral, y el campaneo advertía de un serio peligro. Pensó que podría tratarse de alguna banda de forajidos intentando forzar las murallas de tierra, pero de inmediato descartó semejante absurdo. Fue entonces cuando distinguió bajo el estruendo de las campanas el cornetín de las torres exteriores a la bahía.

—¡Están tratando de forzar la entrada del canal! —exclamó incrédulo—. ¡Un ataque marítimo!

Abandonó el lecho, desde donde lo observaba su esposa alarmada, y a gritos convocó a la guardia. Después, seguido por su escudero, fue a la sala de armas del palacio a vestir su armadura y al poco se encontraba al frente de un grupo de diez jinetes y veinte infantes listo para entrar en combate.

—¡Vamos a la fortaleza!

Contaba con reunirse allí con el grueso de sus tropas para repeler el ataque. Y dio instrucciones a un par de mensajeros:

—Acudid a los maestres gremiales para que reúnan sus milicias. No sabemos aún quién pretende entrar al puerto. Podrían ser bizantinos, sarracenos o quizá piratas siciliano-aragoneses. Pero cualquiera que pretenda atacar Brindisi saldrá escaldado.

—¡Señor! —le suplicó su mujer—. ¡Tened piedad! ¡Nos dejáis a mí y a vuestros hijos sin guardia que nos proteja!

—Que os defiendan los criados —repuso—. Saben de armas. Mi deber es con los Anjou y con Brindisi.

Y sin prestarse a más charla, azuzó a su caballo y, seguido de su tropa y con dos jinetes portadores de antorchas al frente, tomó la dirección al castillo.

Por las callejas que bajaban la colina camino a la bahía las puertas y ventanas permanecían cerradas y solo alguna se entreabría al oír los cascos de los caballos. Las campanas, aún repicando, infundían un gran temor a una población ya despierta.

De pronto un pensamiento asaltó al de Dijon: ¡Blanca! A pesar de que ella prefería a Vasall, él creía seguir enamorado de ella. Y los días en que ella se mostró cariñosa habían sido los más felices de su vida. No sabía qué iba a ocurrir. Lo único que tenía por cierto era que no podía perderla. Decidió pasar por su casa, montarla en su caballo y dejarla a salvo en la fortaleza.

Solo debía desviarse unas calles. Y llegaba ya cuando le vino otro pensamiento: Blanca era la madre de aquel Giacomo, mano derecha del maldito almirante aragonés. Tenía instrucciones de mantenerla vigilada y apresarlo a él si iba a visitarla. Y se preguntó si el asalto no sería obra de aquel Giacomo. En ese caso sería peligroso llegar hasta donde vivía su amada. Pero se dijo que no le importaba. Correría cualquier riesgo.

Se encontraba a pocos pasos de la casa de Blanca cuando, al frente, en las penumbras que las antorchas no lograban disipar, intuyó un movimiento y recordó lo oído sobre los almogávares. Era gente reputada por sus emboscadas y la lucha cuerpo a cuerpo.

—¡Alto! —gritó.

Demasiado tarde. La puerta de la casa de Blanca se abrió y, desde su interior por el frente de la calle y por detrás les llovieron los venablos. El grito de «Desperta ferro» tronó. El de Dijon desenfundó la espada y trató de cargar contra los que tenía delante gritando a sus hombres:

—¡Anjou!

Pero de todos lados aparecieron como diablos furiosos los temidos almogávares, que empezaron a lancear y acuchillar a su gente. El de Dijon recibió un lanzazo en el hombro mientras notaba que alguien sujetaba su caballo por las riendas impidiéndole avanzar. Quiso escapar espoleando su montura, pero estaba bloqueado en la calle por la gente que se le echaba encima. Cayó al suelo sin haber podido ni siquiera defenderse. Sintió el dolor de un brazo roto y que uno de aquellos salvajes se abalanzaba sobre él poniéndole el cuchillo al cuello.

—¡No lo mates! —oyó que decían—. Es el gobernador.

Grande fue la decepción y la angustia de Roger al no encontrar a su madre en casa. Había anticipado el glorioso momento en el que iba a presentarle a su hijo perdido durante diecinueve años. Estaba ansioso por ver su rostro y el de su hermano. Pero el sueño se acababa de esfumar. Intercambió una mirada con Giacomo y vio en él la misma decepción y alarma. ¿Qué había ocurrido?

No tuvo tiempo de pensar más.

—Se acerca un grupo con caballos por la derecha —advirtió uno de los exploradores.

Los almogávares tenían como costumbre no desplazarse, tanto en el monte como en las callejas de un pueblo, sin enviar a varios por delante y por los flancos. Y al oír el aviso, rápidamente, casi de forma automática, se distribuyeron el interior de la casa, escondiendo sus antorchas, y también en las travesías cercanas, portales o cualquier otro lugar de aquella calle que permitiera ocultarse. El resto del grupo retrocedió a toda velocidad hasta donde la luz de las antorchas de los que llegaban no los alcanzara.

La sorpresa y confusión entre los angevinos fue total cuando los acometieron: las antorchas cayeron al suelo, y solo unos pocos en la retaguardia pudieron huir amparándose en la oscuridad. Siguió una lucha cuerpo a cuerpo en la que los atacados apenas veían de dónde les venían las puñaladas. Cuando Roger salió de la casa de su madre junto con Giacomo y los portadores de antorchas, vio cómo el de Dijon era derribado y daba con sus huesos en el suelo. Se precipitó hacia él.

—¡No lo mates! —gritó al que lo iba a degollar—. Es el gobernador.

Y el de Dijon lo reconoció.

—Sois Roger, el fraile. El hijo de *donna* Blanca.

—Y vos, quien abusa de ella. —Y sin miramientos lo agarró del ropaje que llevaba encima de la armadura y lo incorporó—. ¿Qué habéis hecho con ella, miserable? ¿Dónde está?

—No lo sé. Amo a vuestra madre y quería ponerla a salvo.

Roger lo miró incrédulo.

—¡Jurad por la salvación de vuestra alma que no sabéis dónde está!

—Lo juro.

Y Roger miró a su hermano.

—Hemos coincidido en el mismo lugar buscando a la misma persona —le dijo.

—¿Y dónde está? —preguntó desanimado Giacomo.

—No lo sé.

—Tiene dos amigas rubias en esta misma calle —murmuró el gobernador—. Quizá esté con una de ellas.

—¡Claro! —exclamó Roger—. ¡María y Betta! ¡Cómo no se me había ocurrido!

Y no pudo evitar mirar sorprendido al de Dijon. Parecía más preocupado por su madre que por él mismo.

Roger llamó, a la luz de las antorchas, a la puerta de la casa de María. El cielo, tímidamente, empezaba a cobrar alguna luz.

—¡Ábreme, María, que soy Roger! —gritaba—. Abre, que no hay ningún peligro.

—¿Con quién estás? —preguntó una voz femenina detrás de la puerta. Lo había reconocido.

—Son amigos, María. Abre.

Oyó cómo desatrancaba la puerta, descorría un cerrojo y la iba abriendo con un chirrido. Y allí apareció la rubia, que al verlo le dedicó una sonrisa y un abrazo.

—Mi madre, María. ¿Está aquí mi madre? —preguntó ansioso.

—¡Sí! ¡Aquí está! —Y se apartó para que la viera.

Blanca aún no se explicaba lo que estaba ocurriendo. Al oír el toque de rebato, decidió refugiarse donde su amiga y después oyó los gritos en la calle. Se luchaba y se moría. Y ahora veía a Roger, al que suponía tan lejos, con una sonrisa y los brazos abiertos. Acudió a él y lo estrechó con todas sus fuerzas.

—Roger, Roger —murmuró notando las lágrimas en los ojos.

—Madre, Giacomo está aquí —le susurró al oído.

—¡Giacomo! —exclamó ella deshaciendo el abrazo.

El caballero sin sonrisa avanzó tímidamente dos pasos hacia ella y ambos se miraron a distancia. Blanca se enjugó las lágrimas y a la luz de las antorchas quiso hallar en el rostro de aquel hombre los rasgos del niño de cuatro años que perdió hacía diecinueve. Lo reconoció, no tenía más opción que reconocerlo, y, al tiempo que una amplia sonrisa se dibujaba en su rostro y abría los brazos, exclamó en un sollozo:

—¡Giacomo! ¡Querido Giacomo!

Roger, que contemplaba la escena con los ojos húmedos, el corazón en un puño y desbordado por la emoción, no pudo evitar sorprenderse al ver aparecer en el rostro de su hermano, antes de fundirse en un abrazo con su madre, una sonrisa reflejo de la de ella.

114

El grupo se dirigió al castillo portando a Pierre de Dijon maltrecho sobre su caballo. Blanca estaba ansiosa por liberar a Vasall, y María se unió a la comitiva por el mismo motivo y porque no quería perderse nada. Tendría después toda una vida para contarlo.

Al llegar a la fortaleza se encontraron con una mano ensangrentada clavada en la puerta. Roger se dijo que se habría hecho algún tipo de justicia y creyó reconocer el miembro.

Suria y el Rubio Abdón los esperaban para que Roger y Giacomo tomaran el control del edificio y poder unirse al capitán Vilaragut en el trabajo de saquear a sus anchas. La ciudad estaba a su disposición y poca resistencia iban a encontrar.

Habían acordado previamente las zonas a expoliar y las prohibidas, por ser humildes, aparte de poco rentables. Dentro de las primeras se encontraban todos los almacenes del puerto, establecimientos comerciales y palacios. Brindisi era una ciudad rica que aún nunca había sido saqueada.

Roger y su amigo Paolo se unieron en un fuerte abrazo en cuanto se vieron.

—¡Qué buen trabajo, Paolo! —exclamó—. Todo ha salido a la perfección. Gracias.

—Gracias también a mis amigos —añadió él.

—Tendrán todo lo prometido.

—Nunca lo he dudado.

La situación de Paolo y de varios de sus colegas se había convertido en inaguantable a causa de las tiranías, caprichos y humillaciones que Luigi les infligía continuamente. Era un déspota con todos menos con tres o cuatro de su camarilla. El resto lo odiaba y temía, pero Paolo y sus amigos estaban al límite. Roger les prometió pasaje a Sicilia con sus familias, empleo en la milicia y una generosa porción del botín.

—La mano es de Luigi, ¿verdad? —le preguntó.

—Así es. Los amigos hemos acordado tomar su mano por la justicia.

Roger no pudo evitar sonreír. No sentía compasión por aquel individuo.

—Creía que se decía tomar la justicia por su mano.

—Como gustes. El caso es que ya no la tiene.

—¿Dónde está?

—Encerrado en el dormitorio, con los otros. ¿Lo quieres ver?

—No. ¿Va a sobrevivir?

—Seguramente. Le hemos cauterizado el muñón.

—Es el momento de que nos lleves donde Vasall.

Paolo tomó una antorcha para penetrar en las entrañas del castillo. Aparte de Roger, lo acompañaron Blanca y María. Al llegar a la mazmorra, Paolo se adelantó con la antorcha y los demás se quedaron en la oscuridad. Vieron el portón de madera, los barrotes en el ventanuco, unas manos pálidas que se aferraban a ellos y detrás un brillo febril de unos ojos deslumbrados.

—¿Qué ocurre? —dijo el prisionero.

En aquella cueva no había oído nada, pero sabía que aún no era la hora del cocido.

—Tenéis visita —respondió Paolo.

—¿Visita? —Vasall había perdido toda esperanza de volver a ver a su amada e intuía que era de noche—. ¿Quién? ¿Qué motivo puede traer a alguien, a esta hora, a esta cloaca? —Y se dijo que quizá vinieran a ejecutarlo. No sentía temor alguno, deseaba que aquella agonía terminara.

—Soy yo, mi capitán —dijo Roger adelantándose.

—¡Roger! ¿Qué haces aquí? —No salía de su asombro—. ¿Cómo puede ser que...?

—Ábrele, Paolo.

Y se fundieron en un abrazo.

—Han ocurrido muchas cosas, capitán —le dijo—. Sois un hombre libre.

Vasall enmudeció. Ciertamente tenían que haber ocurrido muchas cosas para que aquello fuera real. Y se preguntó si estaría soñando, si el de Dijon había logrado, al fin, hacerlo enloquecer.

—¿Es verdad? ¿Soy libre? ¿No es una ensoñación?

Se sentía débil y las piernas le flaqueaban. Desde que lo apresaron, apenas respiraba aire puro y no experimentaba el placer de caminar.

—¡Sois libre, mi amor! —Blanca surgió de las sombras—. ¡No es un sueño!

El abrazo que siguió fue mucho más prolongado y acompañado de lágrimas. Vasall no podía creer su fortuna, ni Blanca su felicidad. Roger respetó su efusividad durante un tiempo y al final los interrumpió con un toque en la espalda.

—¿Qué tal si continuamos esto en un lugar que huela mejor?

Cuando salieron al patio central de la fortaleza, el cielo mostraba unas nubecillas con tonos rosas iluminadas por el sol del amanecer. Después de abrazar también a María, Vasall preguntó:

—¿Dónde está el malnacido del gobernador?

Dos sueños imposibles se repetían en el mundo de tinieblas de su mazmorra. El primero era abrazar a Blanca y vivir con ella su amor, con toda plenitud, en un eterno y feliz día a día. Y el otro era asesinar al de Dijon causándole el mayor sufrimiento. Pero de pronto, de la forma más inesperada, ambos eran posibles. No renunciaría al primero. Ni tampoco al segundo. No tenía que preguntar. Si Roger y Blanca lo podían liberar, el gobernador tenía que estar acabado. Y si no había huido, él, Vasall, el antiguo capitán del Halcón, lo mataría con sus propias manos.

—Retenido en el cuerpo de guardia.

—¡Dame tu espada!

—No puede usar una espada —repuso Roger—. Tiene un brazo roto y un lanzazo en un hombro. Ni tampoco veo que vos estéis muy en forma.

—¡Quiero verlo!

El de Dijon estaba maltrecho sentado en el suelo. Observaba a su alrededor sin decir palabra y la expresión de su rostro no se alteró al ver a Vasall.

—¡Maldito! —murmuró el marino.

Y como si aún estuviera en el Halcón y los que lo rodeaban fueran su tripulación, ordenó:

—¡Desnudadlo y sujetadlo de pie!

Aquellos hombres eran colegas de Paolo y ninguno le tenía cariño al gobernador, que se había mostrado, al igual que Luigi, tiránico. Pero ninguno se movió y miraron a sus mandos.

Roger afirmó con la cabeza y Paolo lo secundó. Y dos de ellos procedieron a quitarle la armadura al gobernador y desnudarlo. No se resistió a pesar del evidente dolor que le producía. Y, tal como pidió Vasall, lo mantuvieron de pie, porque él no podía.

Su cuerpo larguirucho tenía un aspecto miserable. Se le marcaban las costillas y la herida del hombro seguía sangrando. El antiguo capitán del Halcón le quitó la daga a Roger y apuntó con ella al vientre de su víctima.

—Un día me amenazasteis con sacarme las tripas en vivo —le dijo.

El de Dijon se mantuvo en silencio, lo miraba a los ojos y apenas soltó un lamento sordo cuando Vasall le clavó la daga debajo del esternón y le hizo un corte hasta el ombligo.

—Eso es lo que me hicisteis a mí —prosiguió—. Pero os detuvisteis porque deseabais darme una muerte peor, enterrándome vivo en una tumba. Pero yo sí que voy a llegar hasta el final. Os voy a sacar las tripas y veréis cuán largas son. ¿No decíais que es la muerte más dolorosa?

Y empezó a introducir su mano en las entrañas de su víctima en busca de los intestinos. El de Dijon soltó un lamento apagado.

—¡No! —chilló Blanca—. ¡No lo hagáis!

Y le sujetó el brazo. Vasall pareció salir del trance en que se encontraba para mirarla a ella.

—Mostrad que sois mejor que él —prosiguió—. ¡Tened piedad!

Él observó un momento al gobernador y después volvió a mirarla.

—Ese cerdo os violó.

—Eso ya pasó —dijo Blanca—. No lo torturéis, vos sois mejor que él. —E insistió—: ¡Hacedlo por mí!

—Tendré piedad, mi señora. Solo porque vos me lo pedís.

Ella le sujetaba el brazo derecho y él le acarició la mano y se liberó con suavidad. Después, con un movimiento rápido y certero, de un solo tajo, le cortó la garganta al gobernador.

Era toda la piedad que se podía esperar. Los ojos desorbitados del de Dijon se clavaron en los de Blanca, y ella, horrorizada, no pudo evitar sostener aquella mirada viendo cómo la vida se le escapaba a borbotones sangrientos por la herida. Duró poco. En el último instante entreabrió la boca. Blanca temió que dijera algo. Pero no podía. Puso los ojos en blanco y allí acabó todo.

115

—¿Cómo te atreves, maldito aragonés, a robarle al Temple?

Fray Cirilo estaba indignado. A aquella panda de salvajes le había bastado matar a dos de sus soldados para poner al resto a la fuga, dejando almacenes y oficinas a su merced. Lo habían recluido a él y al frailecillo que lo ayudaba en la pequeña sala capitular de la encomienda mientras forzaban a estibadores y a otros empleados a cargar todas las mercancías en naves que también eran de la Orden y que decían habían «requisado» del puerto. Una calamidad. Estaba horrorizado, no concebía semejante atrevimiento.

—¡Esto es un sacrilegio! —prosiguió con indignación bíblica—. Lo mismo que si robarais los cálices y las patenas de la santa misa de una iglesia. ¡Condenarás tu alma a las llamas eternas del infierno! Las bestias inmundas del submundo te devorarán las entrañas y tu sufrimiento no tendrá fin...

Se detuvo para contemplar al tipo alto, de pelo y barbas de un rubio muy claro y ojos azules, que lo contemplaba impasible, de pie, apoyado en su azcona. No hablaba, y al fraile le asaltó una duda.

—¿Entiendes siciliano?

—Sí —dijo sin moverse y en actitud de seguir escuchando.

—Pues arrepiéntete y dile a tu gente que lo devuelva todo. Aún estás a tiempo de salvar tu alma. ¡Arrepiéntete! ¡Devolved lo robado a la santa Orden del Temple!

Otro de aquellos hombres se acercó al rubio y le dijo algo en una lengua que fray Cirilo no entendió. El fraile se levantó del banco de piedra y, tomando un aire aún más profético, le apuntó acusador con el dedo.

—¡Devuélvelo todo de una vez! —Y echó un vistazo al fraile joven para asegurarse de que no se perdiera detalle. Estaba seguro de que admiraba su valor—. ¡Devuélvelo todo, o serás maldito por los siglos de los siglos!

—No hemos encontrado el oro y las joyas —dijo entonces el rubio—. ¿Dónde los guardas?

—¿Cómo que dónde los guardo? —La indignación de Cirilo llegaba a su apogeo—. ¿Cómo te atreves?

—¿Dónde está el oro?

—Estás loco si crees que te lo diré. Ese oro pertenece al Temple, cuyo único superior en la tierra es el papa. Y en el cielo, Dios. Es dinero de Dios.

—¡Ah! —exclamó el rubio—. El papa.

—¡Sí! El papa. —Cirilo le hablaba ahora como si se dirigiera a un niño—. ¿Empiezas a entender? El papa. Dios. Pecado mortal. Infierno. Sufrimiento para toda la eternidad.

—Sí que lo entiendo. El papa es nuestro enemigo. ¿Dónde está su oro?

Cirilo entreabrió la boca. No comprendía cómo su interlocutor podía ser tan cerril y obtuso.

—Dímelo, fraile de mierda, o te lo tendré que sacar a la fuerza —prosiguió el Rubio Abdón agarrándolo de la pechera del hábito—. Y no quiero hacer sangre de tan buen servidor del papa como tú —añadió con una sonrisa.

—¿Cómo osas amenazarme? ¿A mí, un hombre de Dios? ¡No te lo diré! ¡Y si te atreves a tocarme, sufriré cualquier tortura, cualquier martirio, como los primitivos cristianos! ¡Mi alma irá a Dios y la tuya al diablo!

—Deja de decir bobadas —le cortó el Rubio—. Nosotros también iremos al cielo. ¿O es que crees que no tenemos un cura que nos perdone los pecados? Uno tan bueno como los vuestros. No me hagas perder más tiempo. Por última vez, ¿dónde está el oro del papa?

—Me niego a decirlo. ¡Mátame si quieres! Como a un mártir del circo romano.

—Juan —le dijo Abdón a uno de sus hombres—. Córtale un dedo. Y si sigue sin hablar, otro, y así. Voy a resolver otros asuntos y vuelvo en un rato.

Salía de la sala capitular cuando oyó el primer alarido.

—Así que vos sois Antonio di Murano —dijo Suria con una sonrisa—. Es un honor conocer al mercader más rico del Adriático.

El veneciano salía de una trampilla disimulada en el suelo de su bodega que comunicaba con el amplio zulo donde se había refugiado con su familia. A pesar de lo secreto del lugar, alguno de sus criados lo había traicionado. Observó mohíno y temeroso a aquella mujer alta, pelirroja y bien parecida que lo observaba divertida. Estuvo a punto de negarlo, pero era lo bastante listo para saber que su mentira no iba a servir de nada.

—Me han aconsejado encarecidamente que diera con vos —siguió la almogávar—. Dicen que valéis vuestro peso en oro.

—Liberadme, os lo suplico —dijo él—. A cambio os daré ese oro que queréis.

—Estáis acostumbrado a regatear, ¿verdad? Seguro que se os da bien. Vuestras mercancías y vuestras naves han sido ya requisadas. Pero nos vendría bien vuestro oro. ¿Dónde está?

—Os lo daré a cambio de que juréis por Dios y la santísima Virgen que os iréis sin hacerme daño, ni a mí ni a mi familia.

—No hay nada contra vuestra familia aparte de que es demasiado rica —repuso la pelirroja—. Y estamos aquí para resolver ese problema. Ahora quiero ese oro.

—No lo tendréis sin el juramento.

—Parecéis un hombre listo, Antonio. Os diré lo que va a ocurrir. Nos daréis el oro y las joyas que tenéis escondidos. De lo contrario, os cortaremos los dedos uno a uno. Uno de la mano y otro del pie, hasta que se terminen. Y después, aún tenéis más apéndices que se pueden cortar. El pene, los huevos, la nariz, las orejas... Y ya sin todos ellos, os cargaremos en nuestra galera y vuestra familia nos pagará un buen rescate con ese oro que escondéis aquí y con todo lo que tenéis en naves y comercios en otros lugares del Mediterráneo.

Una vez tomado el castillo, apenas hubo combates, ya que los asaltantes no tenían interés en conservar la ciudad. Y no atacaron las murallas de tierra, donde se encontraba el resto de la guarnición, en alerta ya y dispuesta a defender sus vidas.

Los únicos incidentes ocurrieron en los pocos lugares que quisieron oponerse al saqueo, que tuvo como único escenario los barrios ricos de Brindisi. Tampoco hubo, cosa rara, los incendios, las violaciones ni la destrucción habituales en aquel tipo de incursiones.

Después de perder solo un dedo meñique, fray Cirilo confesó dónde estaba el oro que con tanto esfuerzo amasaba para el Temple. Con lo que el fiero rubio dio su martirio por terminado. Y por su parte, Antonio di Murano embarcó en la galera capitana con todos sus dedos de manos y pies. Pero sin gran parte de su fortuna. En pocos días la familia enviaría un negociador a Mesina para acordar el rescate. Los hermanos De Flor estaban decididos a arruinarlo.

Dos días después, las seis galeras junto a las naves capturadas en el puerto abandonaban Brindisi. Oficiales, tropas, galeotes y marinería regresaban exultantes. El balance había sido de solo un par de muertos y varios heridos. A cambio de un enorme botín. Un negocio redondo.

116

De regreso a Augusta

La flota navegaba con viento a favor en un mar tranquilo. Y aunque enviaba fustas por delante, no temía un mal encuentro. Las naves enemigas no estaban en condiciones de enfrentarse a aquellas galeras cargadas de tesoros que habían saqueado impunemente Brindisi. No había prisa, y todos querían disfrutar de aquel glorioso regreso.

En el castillo de popa de la capitana tenía lugar una reunión familiar. Allí se encontraba *donna* Blanca junto a sus dos hijos y su esposo. Ella tenía muchas preguntas para Giacomo; deseaba saber sobre su vida durante aquellos largos años de separación y su familia en la lejana España, mientras que Vasall quería conocer los detalles de la audaz acción que le dio la libertad y la vida.

—Me sorprende que tan afamado almirante haya permitido que se rompa la tregua que pactó con los angevinos —comentó.

—El almirante no sabe nada de lo ocurrido en Brindisi —repuso Giacomo—. Es iniciativa de los sicilianos, apoyados por los almogávares. Pero sin autorización.

—No me puedo creer que el almirante no lo sepa —insistió Vasall.

—Esa es la versión oficial, capitán —aclaró Roger con una

sonrisa—. La que todos daremos. El capitán Vilaragut ha liderado esta acción a petición de los concejos ciudadanos de Augusta y de Siracusa, que querían venganza y reparación por los robos y daños causados durante el intento de invasión angevina. Un acto de justicia, una *vendetta*. ¿No salió la flota angevina de Brindisi? Pues ya tiene su merecido. Como escarmiento.

—Así que el almirante lo sabe —concluyó el antiguo capitán del Halcón.

—¡No! —repuso empático Giacomo—. El rey Pedro, que Dios tenga en su gloria, siempre decía: «Si mi mano derecha supiera lo que hace la izquierda, la cortaría». Y el almirante mantiene esa filosofía.

—En Brindisi nos limitamos a decir: «Que tu mano derecha no sepa lo que hace la izquierda» —comentó Blanca con una sonrisa.

—Para el caso es lo mismo —prosiguió Roger—. Giacomo es la mano derecha del almirante. Es normal que la izquierda no sepa lo que hace.

Vasall soltó una carcajada a la que se unieron los demás, incluido el que antes nunca sonreía. En apenas un par de días el aspecto del esposo de Blanca había mejorado ostensiblemente. Se había afeitado la barba templaria y parecía haber rejuvenecido.

—¿Y cómo lograsteis, hijos, convencer al que no sabe nada? —inquirió Blanca.

No se cansaba de mirarlos. Altos, apuestos, seguros de sí mismos. Verlos juntos la llenaba de felicidad, era un sueño imposible hecho real. Y para completar su gozo, allí estaba su amor, Vasall, libre, recuperándose de su estancia en la tumba. Tanta dicha le daba miedo. Temía que algo la truncara, sentía que no merecía tanto y no se cansaba de rezar dando gracias al Señor.

—Bueno, antes tuve que convencer a mi señor hermano, esa mano derecha de la que se supone no sabe nada la izquierda —dijo Roger siguiendo la chanza.

—Al principio pensé que no habría forma —reconoció Giacomo—. Pero después aprovechamos una serie de factores y propiciamos otros que lo permitieron.

—¿Y cuáles fueron? —quiso saber Vasall.

—La tregua que el almirante De Lauria pactó sentó muy mal en Sicilia —explicó Giacomo—. Tanto en la corte como en el pueblo. El disgusto fue tal que el rey Jaime prohibió dispensar a la flota el glorioso recibimiento que se merecía. Conocida la derrota del enemigo, en la isla se quería más sangre, machacarlo.

—Como acabamos de hacer ahora —dijo Roger.

—En efecto —ratificó Giacomo—. Y esos deseos no eran exclusivos de los sicilianos, sino también de gran parte de la flota, almogávares incluidos.

—El terreno estaba abonado —prosiguió Roger—. Así que me puse a intrigar alrededor de mi querido hermano. No solo ensalcé las grandes riquezas que nos esperaban en Brindisi, sino la facilidad del asalto gracias a la ayuda interior que yo proporcionaría. Y lo hablé con los capitanes de la flota, con los almogávares, y en particular con el Rubio Abdón y la pelirroja Suria.

—Y mi alrededor empezó a zumbar como un enjambre de moscas ante la miel —explicó Giacomo—. Yo también lo deseaba, pero mi fidelidad al almirante me impedía unirme. Hasta que me convencí de que debía persuadirlo, aunque fueron las mujeres quienes jugaron el papel decisivo.

—¿Las mujeres? —preguntó sorprendida Blanca.

—Así es —prosiguió Roger—. Sabed, madre, que aquí, mi hermano Giacomo, con su aspecto de trágico huerfanito, logró enternecer a las dos mujeres más poderosas de la isla. Y no sé cómo lo hizo, porque antes no sonreía ni que lo mataran.

—¿Quiénes son? —quiso saber la madre.

—La reina Constanza y esa mujer pelirroja, Suria. Han seguido su historia desde que llegó de niño y lo quieren como a un hijo. Las dos conocían la situación desesperada en que os encontrabais en Brindisi y deseaban que os rescatáramos. Querían que Giacomo se reuniera con su madre. Y cuando supieron del plan, lo apoyaron totalmente.

—La reina lo hizo, además, para rebajar la tensión entre su hijo Jaime y el almirante —explicó el mayor—. El golpe y la parte del botín que le corresponde a la Corona calmarán al rey.

—¿Y por qué es tan poderosa esa pelirroja? —preguntó Vasall.

—Porque es la amante del almirante —aclaró Roger.

—¡Acabáramos! —rio el marino—. El de Lauria no tenía más opción que ceder.

—¿Madre, sabéis a quién tenemos prisionero en la bodega de la nave? —preguntó Giacomo en el tercer día de la plácida navegación.

—No, pero seguro que será alguien por el que vais a pedir rescate —repuso ella.

—Lo conocéis bien —intervino Roger—. Es Antonio di Murano.

La sonrisa desapareció del rostro de Blanca y se quedó en silencio. Solo pensar en aquel individuo le revolvía las tripas.

—¿Y sabéis qué hemos averiguado? —prosiguió Giacomo.

Ella se quedó mirándolo sin pronunciar palabra.

—Que vuestro hermano le escribió desde Corfú preguntándole por nosotros y él mintió diciéndole que no sabía nada —dijo Roger.

—¡Miserable! —exclamó indignada—. ¡Claro que sabía!

A pesar de sospecharlo, la noticia la afectó. Aquella mentira la había condenado a un largo calvario.

—Está en vuestras manos, madre —dijo Giacomo—. Y merece la muerte.

—Lo ahorcaremos ahora mismo si lo deseáis —afirmó el hermano menor.

Blanca se quedó pensativa. Por primera vez se sentía poderosa y deseaba castigar a aquel individuo, pero a su manera.

—Subidlo a cubierta —dijo al fin—. Lo voy a juzgar.

Al poco, conducido a empujones, maniatado y tembloroso, apareció Antonio di Murano. Le habían despojado de sus caros ropajes, se cubría con una pobre bata que acentuaba su panza, iba descalzo y mostraba su reluciente calva. En cuanto la vio, hincó la rodilla.

—¡Piedad, *donna* Blanca! —suplicó—. Perdonadme si en algo os ofendí, pero todo lo que hice fue por amor.

—¡Ahorcad a ese cerdo! —dijo Vasall. Aquel tipo le asqueaba.

—¡Misericordia, señora! —clamó el mercader—. Recordad que os protegí a vos y a vuestro hijo de los franceses y os di techo y comida.

—¿Me protegisteis? —se escandalizó Blanca. Trataba de contener la rabia que le producía—. Le mentisteis a mi hermano, al que tanto debíais, diciéndole que no sabíais nada de mí cuando me teníais prisionera...

—¡Echadlo al mar! —clamó María.

—Hice mal, señora, pero fue por amor. —Tenía los ojos llorosos y sus manos se juntaban en súplica—. Mis crímenes son solo de amor... ¡Tened piedad!

Blanca sintió que la rabia contenida le podía, dio dos pasos y lo abofeteó con todas sus fuerzas.

—¿Amor? —rugió—. Me violasteis, me tuvisteis prisionera, matasteis a mi hija, me entregasteis a otro. ¿Amor? Vos solo amáis el dinero. Y nada más.

Él se quedó tendido en cubierta lloriqueando y suplicando piedad.

—Mal negocio hicisteis, miserable —siguió Blanca—. Aún

recuerdo cuando me dijisteis que los Von Blume y los Coppola estábamos acabados. ¡Miradlos!

Y señaló orgullosa a sus hijos, que contemplaban la escena erguidos, con las armas al cinto y mirándolo con expresión severa.

—Os condeno a muerte —continuó—. Merecéis una muerte cruel, tan cruel como vuestros actos.

Más súplicas y lamentos.

—Pero ahora os perdono.

Él la miró sorprendido.

—Gracias —murmuró—. Gracias, señora. Muchas gracias.

Y gateó con la intención de besarle los pies. Blanca le soltó una patada en el rostro. Le asqueaba.

—Pero mis hijos se encargarán de que a cambio nos entreguéis la fortuna que os queda. Hasta la última moneda. —Sus labios dibujaron una sonrisa—. Y eso, para vos, es peor que la muerte. ¡Volvedlo a encerrar!

Se lo llevaron entre dos y entonces les dijo a sus hijos:

—Desplumadlo, que no le quede nada. Que sepa lo que es la miseria.

—Se cree que saldrá bien de esta —sonrió Giacomo—. Pero se equivoca.

—Paolo y los suyos hicieron un buen trabajo identificando a su mejor contable —prosiguió Roger—. Lo cogimos junto a su familia y viaja en otra galera. Nos dirá, a cambio de una comisión, dónde tiene el mercader el dinero y las mercancías que no le pudimos requisar por encontrarse en otros puertos. Nos tendrá que dar todo lo que le queda a cambio de su vida.

Vasall y la rubia María rieron.

—Una vez que le saquéis todo, y antes de devolverlo a Brindisi, dadle veinte latigazos —pidió Blanca—. Que no muera, pero que le quede la espalda marcada para siempre. Como la de un ladrón. El ladrón que es.

No podía expresar con palabras la satisfacción que sentía.

117

Augusta - Mesina

El recibimiento de la flotilla fue apoteósico. Una fusta de reconocimiento se adelantó para avisar a la población, y todo lo que le faltó a la acogida de la flota de Roger de Lauria en Mesina le sobró a la celebración de Augusta. Todos consideraban de justicia el castigo recibido por Brindisi.

Tres de las galeras comandadas por Bernat de Vilaragut tenían su base en Augusta y en su vecina Siracusa. Muchos de los héroes eran locales y buena parte del botín quedaría en la ciudad. Se celebró por todo lo alto. Naves engalanadas con gallardetes salieron a recibir a los vencedores, y las calles principales se tapizaron de ramas de oloroso romero, y ventanas y portales lucían los pañuelos y los tapices más coloridos y lujosos. Toda la población se lanzó a la calle y la música no cesaba.

A pesar de que los artífices intelectuales de la acción eran los hermanos De Flor, ellos querían pasar desapercibidos y todo el mérito recayó en el capitán Bernat de Vilaragut, al que se colmó de elogios y parabienes. Giacomo iba a negar su participación y Roger diría que había ido engañado. Sin embargo, recibirían una buena parte del botín.

Al día siguiente la familia De Flor, Paolo, los colegas de este que facilitaron el asalto y sus familias fletaron una nave que en tres días los dejaría a las afueras de Mesina. Roger no quería desembarcar en el puerto porque el maestre del Temple estaba informado de entradas y salidas.

Junto con el grupo viajaba María.

—¡Me dejáis sola! —se lamentó cuando Blanca se despedía de ella y de Betta en Brindisi.

—No te quedas sola, tienes a Betta y a muchos amigos —la consoló.

—Vos sois mi mejor amiga —respondió—. Y Vasall era mi mejor cliente y ahora mi mejor amigo. Sentiré mucho no poder veros más.

—Quién sabe, María. Nosotros no podremos volver a Brindisi, pero tú podrás viajar a Mesina.

—¡Ja! Viajar a Mesina. ¡Si no he salido nunca de la comarca!

—Yo también te echaré de menos —murmuró Blanca enternecida. Y notó que le acudían las lágrimas.

—¡Llevadme con vosotros!

Blanca se quedó mirándola sorprendida. Nunca creyó que su rubia amiga deseara tal cosa.

—¿Estás segura?

—¡Sí! —Había un brillo decidido en sus ojos.

—Pero si te relacionas con nosotros en Mesina, no podrás ejercer tu oficio. Giacomo trabaja con el almirante y está muy cerca de la reina.

—Ya os dije que algún día cambiaría de vida. Estoy harta de Brindisi y de mi trabajo. Antes de morir, mis padres vivieron una buena vejez gracias al dinero que les enviaba y tengo guardada una suma considerable que permite una dote para un matrimonio ventajoso. En Mesina no me conoce nadie. Y con veintiocho años ya no soy la que era. No quiero terminar como esas que, abusadas por chulos, se venden en rincones oscuros por unas pocas monedas. Y con vuestra nueva situación podré elegir un buen hombre de posibles. Deseo enamorarme.

Blanca se quedó pensativa.

—¿Casarte? —murmuró al rato—. Si decías que no eras mujer de un solo hombre.

Una amplia sonrisa apareció en el rostro de la muchacha.

—No pierdo nada por intentarlo, ¿verdad? Si quiero a un hombre de corazón, el matrimonio funcionará. Aunque funcionará mejor si es un varón potente.

Blanca se echó a reír y abrió los brazos para acogerla en ellos.

Giacomo los hospedó a todos en su palacio mientras encontraban otro alojamiento. Aunque con su parte del botín les sobraba para llevar una vida holgada durante mucho tiempo, el hermano mayor le procuró a Roger una ocupación en el astillero y presentó a Vasall a varios armadores que le ofrecieron naves para capitanear. Podría escoger.

Blanca pasó a ser reconocida como una dama noble e invitó a María a convivir con ella y su esposo hasta que se asentara en Mesina por su cuenta. La rubia aceptó encantada, su amistad con Blanca la situaba en una destacada posición social.

—Tendré que visitar a fray Guglielmo —les dijo Roger a su hermano y a Vasall—. Y antes he de preparar mi relato.

—Tu visita al maestre del Temple tiene implicaciones políticas importantes —dijo Giacomo—. Por la ruptura de la tregua y porque lo que digas les llegará a los Anjou. Debes ajustarte a la versión que hemos preparado.

—Mantén las puertas del Temple abiertas —le advirtió Vasall—. Insiste en el guion que tú y yo preparamos.

—Habéis estado desaparecido durante muchos días —le dijo el maestre—. Y he oído de celebraciones en Augusta. ¿Qué nuevas traéis, fray Roger?

Se encontraban en la sala capitular y fray Guglielmo vestía, como de costumbre, su impoluto hábito y su bonete. Lo miraba crítico acariciando su bien recortada barba.

—Ya os advertí de que se preparaba algún tipo de acción —repuso tranquilo el joven—. Era algo subterráneo, extraoficial, pero yo lo notaba. Y giraba en torno al capitán Vilaragut, del que me hice amigo con el fin de saber más del asunto. Me invitó a viajar con él a Augusta y lo hice en cumplimiento de mi misión. Cuál fue mi sorpresa al decirme que embarcábamos hacia Brindisi.

—¿Brindisi? —se sorprendió el maestre.

Roger comprendió que aún no le había llegado la noticia.

—Sí. Las ciudades de Augusta y Siracusa querían vengarse del ataque angevino y contrataron al capitán para dirigir una expedición de seis galeras.

—Y vos ¿qué hicisteis?

—No pude hacer nada, sabe que soy de Brindisi, quería sonsacarme, y mi negativa hubiera sido sospechosa.

—¿Y qué ocurrió? —preguntó ansioso el templario.

—Que tomaron las torres de entrada a la bahía y el castillo. Y saquearon la ciudad impunemente.

—¡Santo Dios! —exclamó el fraile poniéndose de pie—. Pero ¿cómo pudo ese capitán lograr eso con solo seis galeras?

—Tuvo ayuda del interior. Al parecer, tanto el gobernador como su lugarteniente eran unos tiranos odiados por sus hombres. A uno lo degollaron ellos mismos y al otro le cortaron la mano. Nos abrieron todas las puertas.

—No me lo puedo creer —murmuró sentándose de nuevo—. ¿Y vos no hicisteis nada, fray Roger?

—¿Qué podía hacer yo, padre? Ser espectador. No podía delatarme.

—¡Esto rompe la tregua firmada por el almirante!

—No lo veo así. Por lo que me dice mi hermano, el de Lauria está muy disgustado. Esto se ha hecho a sus espaldas...

Y la conversación siguió en ese tono, Roger dándole detalles sobre la incursión y exculpando al almirante. Y logró su objetivo. Dejó la casa del Temple convencido de que el maestre de Sicilia transmitiría al gran maestre del Temple y a los angevinos que había sido un acto puntual de venganza protagonizado por descontrolados. Y de que fray Guglielmo seguía confiando en él.

Aquella misma tarde se reunió en una taberna con Pietro y Garfio. El saqueo de Brindisi los había pillado en el camino de vuelta. Y, por lo tanto, desconocían lo ocurrido hasta que Roger se lo contó con detalle.

—Así que a ese rácano de Cirilo le cortaron un dedo... —dijo riendo Garfio—. ¡Lo tiene bien empleado!

—Se quiso hacer el mártir. Y le hubieran cortado más, pero se dio prisa en confesarlo todo.

Más risas. No les gustaba aquel fraile. Y menos después del trato dado a Vasall.

—¿Y qué piensas hacer ahora, Roger? —quiso saber Pietro—. ¿Vas a colgar el hábito y quedarte en Mesina o piensas seguir en el Temple?

Roger contempló a sus amigos antes de responder:

—Quiero comandar una gran galera. Como el Halcón. He indagado sobre la posibilidad de hacerlo en la flota siciliano-aragonesa. Pero, como sabéis, solo algunas de las naves son del rey. El resto las aportan distintos nobles y ciudades. Hay muchos que esperan el puesto de capitán. Hombres con experiencia que han hecho méritos en combate con el almirante. Tendría que ponerme en la cola y, por mucho que me ayudara mi hermano, me costaría años capitanear una de esas galeras.

—En cambio, el gran maestre te prometió una, ¿verdad? —preguntó Garfio.

—Sí, al término de mi servicio aquí. Y Vasall me recomienda que siga en el Temple. Dice que se sentirá orgulloso el día que yo capitanee el Halcón. También es ese el deseo de mi madre.

—¡Y el nuestro! —saltó Pietro—. ¿Te imaginas todos juntos navegando de nuevo junto al bueno del viejo fray Adriano?

—Sí, lo imagino —repuso Roger con una sonrisa y expresión soñadora.

—Solo que lo de la castidad tendrías que planteártelo —le advirtió Garfio.

—¿Quieres que siga el ejemplo de Vasall? —repuso Roger divertido.

—¡Sí! —Garfio sonreía malicioso—. Ya ves que, a la postre, Dios Nuestro Señor no solo no castiga a nuestro viejo capitán, sino que lo premia con una mujer estupenda.

Roger lo contempló pensativo y Pietro rio.

Epílogo

Dos años después, 1289

El Halcón cruzaba perezoso frente a las escarpadas costas de Ítaca. Era un apacible y caluroso día de verano, el viento permitía navegar solo a vela y sus ocupantes se encontraban protegidos del sol bajo toldos. Muchos peregrinos contemplaban el paisaje, otros dormitaban. El mar, de un hermoso azul en la distancia y transparente en la cercanía, permitía ver peces y fondos verdes de posidonia y blancos de arena. Buena parte de la tripulación descansaba a la espera de la comida del mediodía, y algunos jugaban a los dados o a la taba, tratando de no gritar para no escandalizar a los peregrinos. Aquella seguía siendo una nave del Temple. Un grupo de pequeños delfines saltaba juguetón a la proa.

Desde el castillo de popa Roger observaba pensativo los roqueros y pequeñas playas de la mítica isla y el verde de sus carrascas, cipreses y lentiscos. El gran maestre Guillaume de Beaujeu cumplió su promesa, y un par de meses antes el joven recuperó su hábito de sargento del Temple y recibió la ansiada capitanía del Halcón.

Poco antes de su nombramiento, Roger informó al maestre Guglielmo di Canelli sobre la inminente conquista, por parte de los aragoneses, de poblaciones angevinas en Calabria. El joven rey Jaime atacaba, al fin de la tregua, por tierra, y el almirante Roger de Lauria lo hacía por mar. La guerra se reemprendía.

—Esa es una información muy valiosa, fray Roger —repuso el maestre de Sicilia—. Y os la agradezco. Aunque mucho me temo que, dadas las distancias, llegará tarde a sus destinatarios en Bari y Nápoles.

Roger se encogió de hombros, comprensivo y resignado.

—Como casi siempre —añadió el maestre.

—Lo lamento, padre. —El joven contenía la sonrisa.

Mucho había ocurrido en aquellos años. Gracias a Giacomo, la comprensión de Roger sobre lo sucedido en el gran tablero de ajedrez del Mediterráneo superaba en mucho a la del maestre de Sicilia.

El almirante De Lauria firmó la tan criticada tregua de dos años a causa de la apurada situación del rey Alfonso III en España. El acoso de Felipe IV de Francia, el más poderoso país de Europa, proseguía en su frontera norte. Era un ingrato. Se le permitió salir con vida después de la terrible derrota sufrida al tratar de invadir Cataluña, en la que murió su padre, pero ahora estaba rabioso. Además, había guerra con Castilla, reino poblado con cinco millones de personas. El rey Alfonso contaba con solo un millón, y parte de sus tropas se encontraban desplazadas en Sicilia apoyando a su hermano.

Aprovechando la tregua, Alfonso llegó a un acuerdo con su prisionero, Carlos II de Anjou, el Cojo, heredero de Nápoles. Le concedía la libertad a cambio de reconocer a su hermano Jaime como rey de la isla de Sicilia y de comprometerse a convencer al papa y a su primo el rey de Francia para que aceptaran la paz. El pacto se completaba con la cesión a Aragón de importantes rehenes y gran cantidad de plata.

Una vez que Carlos llegó a Italia, el papa Nicolás IV lo recibió como a un héroe, pero no quiso saber nada del acuerdo y lo liberó del juramento dado al de Aragón invocando sus poderes como representante de Dios. Después lo coronó rey de la antigua Sicilia, que comprendía tanto la parte sur de la península itálica como la isla. El papa, como se lamentaba después el rey Eduardo I de Inglaterra, era quien fomentaba la discordia y la guerra entre cristianos y, aún peor, entre católicos. El rey de Francia se opuso también al pacto y apresó a los embajadores aragoneses. La guerra se reanudaba con toda crudeza, y el rey Jaime y el almirante De Lauria decidieron tomar la iniciativa.

Y en esos pensamientos estaba el joven capitán cuando oyó murmurar, con devoto respeto, a su lado:

—Ítaca.

Era el viejo fray Adriano, que contemplaba ensimismado la isla. Roger le sonrió agradeciendo su presencia.

—¿Qué ocurrió con ese antiguo héroe griego cuando al fin alcanzó su ansiada Ítaca? —quiso saber.

Sentía que él también había llegado a su Ítaca. Su madre vivía feliz en Mesina, junto a lo que quedaba de su familia perdida y al hombre que amaba. Lejos de la miseria y los abusos soportados durante tantos años a causa del amor que sentía por él y el temor a que lo dañaran. Además, al fin capitaneaba, con solo veintidós años, el Halcón, la más poderosa de las naves del Temple.

Pero de pronto notaba un vacío. Al tiempo que alcanzaba su Ítaca, sentía que la perdía.

Fray Adriano siguió contemplando la isla, pensativo y sin responder.

—¿Qué pasó con Ulises una vez que llegó a su Ítaca, amigo Adriano? —insistió.

—Que tuvo que luchar.

—¿Luchar? —se sorprendió el joven—. ¿No era el regreso su lucha?

—Sí, pero tuvo que luchar de nuevo. Porque se encontró a su esposa Penélope, que aún lo esperaba, asediada por unos pretendientes que abusaban de su debilidad y de la juventud de su hijo Telémaco para dominar la isla y devorar su hacienda.

—Entonces, su verdadera Ítaca era su familia —murmuró el joven.

—Ítaca lo era todo. No solo un pedazo de tierra y rocas ancladas en el mar. Era su anhelo, era su pasión, su más querido deseo.

Roger contempló la isla sin verla. Miraba a su interior.

—¿Y ganó? —preguntó en un murmullo al rato.

—Sí, mató a los abusones y se quedó como dueño y señor de su isla.

—¿Y después qué?

—Después nada. La *Odisea,* el libro que relata su historia, acaba ahí.

El joven capitán movió la cabeza manifestando decepción.

—Y vivieron felices comiendo perdices el resto de su vida... —murmuró sombrío.

Sentía que él no era como Ulises. Adriano lo observaba con atención.

—¿Qué ocurre? —preguntó—. Parece que el tiempo que viviste sin hábito te ha afectado. ¿Algún amor en Mesina?

Roger sintió que un extraño rubor le subía a las mejillas. Se alegró de la reglamentaria barba del Temple. Pero no le iba a mentir al viejo Adriano.

—Sí, pero ya me confesé y recibí la absolución —gruñó.

—No sería de un cura del Temple, ¿verdad?

—No.

—¿Se te hace incómodo el hábito, Roger? ¿Tienes la mayor nave del Temple y se te hace ya pequeña?

El joven hizo un gesto de disgusto sin responder. Y ambos siguieron contemplando cómo Ítaca se iba deslizando al frente.

—¿Sabes? —preguntó Adriano al rato—. La *Odisea* no es el único libro que nos habla de Ulises.

Aquello atrajo la atención de Roger.

—Aparte de ser uno de los protagonistas de la *Ilíada*, Ulises aparece en otros textos posteriores. La *Eneida* nos cuenta la historia del famoso caballo de Troya, estratagema que él ideó. Eso fue antes de su regreso. Pero hay otros relatos sobre lo que ocurrió después de Ítaca.

—¡Hubo más! —exclamó aliviado el joven.

—No los he leído, pero parece que Ulises abandonó nuevamente su Ítaca para correr más aventuras.

Se hizo de nuevo el silencio. La nave rebasaba el extremo sur de la isla y esta empezaba a alejarse.

—¿Sabes, Roger...? —empezó a decir el viejo fraile—. Las islas están ancladas en el mar y no se mueven. Ítaca representa el deseo por el que se lucha. Por el que se da todo. Pero los deseos humanos no están anclados en el mar, sino que se mueven como las nubes. Hay gentes que, como yo, sobreviven sin una Ítaca, y otras como tú, que la precisan. Vosotros lucháis por un anhelo y, cuando lo alcanzáis, al llegar a la cumbre, siempre veis un monte más alto. No os quedáis a gozar de Ítaca. Necesitáis otra.

Roger contempló melancólico cómo la isla se alejaba.

—¿Qué va a ocurrir con el Temple, Adriano?

—Lo mismo que le ocurrirá a Outremer.

—Me dijiste que perderíamos Tierra Santa.

—Y así es, Roger. Mira lo que ha sucedido en estos dos años que estuviste fuera.

—No ha habido buenas noticias...

—Ninguna. Para empezar, el almirante genovés Aschieri, al que apoyan los hospitalarios, ha reiniciado la guerra en Outremer contra pisanos y venecianos, a los que nosotros apoyamos. Barcos hundidos o apresados y muchos muertos. Y el emir de Egipto se frota las manos. Y la embajada mongola, encabezada por un obispo cristiano nestoriano que visitó Roma y Francia, no logró la alianza que pretendía para detener al emir. El papa y Francia están demasiado ocupados tratando de echar a los aragoneses de Sicilia. Más guerra entre cristianos. El emir Qalawun sigue frotándose las manos. ¿Y qué ha ocurrido en Tiro?

—El desastre —murmuró Roger.

—¡En efecto! —exclamó Adriano indignado—. Bohemundo VII, nuestro joven enemigo, murió, y su hermana Lucía fue proclamada junto a su marido condesa de Trípoli. Entonces el emir mameluco alegó que la tregua con el anterior conde no valía y se lanzó a la conquista de Tiro. La mayoría huyó, pero nosotros acudimos en su ayuda.

—En mala hora —repuso entristecido Roger—. No logramos nada. El antiguo maestre del Temple de la Corona de Aragón, Pere de Montcada, murió comandando nuestras tropas y defendiendo heroicamente a la población, que finalmente fue masacrada.

—¿Y cuánto crees que durará San Juan de Acre, nuestro último reducto en Outremer? —preguntó el fraile de la barba rubia.

—El gran maestre tiene una tregua de diez años firmada...

—Que durará el tiempo que tarde el emir en estar preparado y encontrar cualquier excusa —machacó Adriano.

—¿Creéis que será poco tiempo?

—Será poco, Roger. —Lo miró a los ojos, lo sujetó de los hombros y con expresión preocupada murmuró—: Yo te recomendé que tomaras los votos. Que esta era una buena vida. Pues ahora te digo que ya no lo será. Eres muy joven y, si no te sientes cómodo con ese hábito, estás a tiempo de colgarlo. Esta vez de verdad. Outremer no tiene futuro y presiento que nosotros tampoco.

—Quizá no esté hecho para este hábito, como decís, Adriano. Pero no puedo colgarlo. Tengo una deuda de gratitud con el gran maestre. No cumplí con él como debía.

—Tampoco el maestre durará.

—Pues mientras él esté, yo seguiré a sus órdenes.

Adriano se encogió de hombros y entonces sonó la campana. El cura de la galera llamaba al rezo del mediodía. Los pasajeros y la tripulación desocupada se situaron en cubierta, y Paolo y Garfio subieron al castillo de popa para la oración. El joven capitán sabía que venían de jugar a los dados. Ellos no vestían hábito y se lo podían permitir.

Y, observándolos, Roger comprendió que su deuda con el maestre no era la única razón por la que no quería dejar el Temple. Adriano, Pietro, Garfio y muchos otros de aquella nave eran su segunda familia. El peligro se cernía sobre ellos, y él no los abandonaría.

NOTAS HISTÓRICAS

En la novela recreo la infancia y primera juventud de un personaje de leyenda: Roger de Flor. Y como en ese periodo los datos son pocos, la ficción es, a la fuerza, abundante. Sin embargo, he sido muy estricto en cuanto a la veracidad sobre la época y los hechos históricos contemporáneos al relato y que aparecen en él. Amplío a continuación algunos de ellos.

Outremer

La situación de los Estados cruzados de Oriente fue entre 1268 y 1289, el periodo en el que transcurre la novela, la que se describe en ella. Quedaban reducidos a poco más que al reino de Chipre y a unas franjas costeras en las zonas de Trípoli y San Juan de Acre, y a unos castillos en el interior, pertenecientes a las órdenes militares del Temple y del Hospital.

Había desunión entre los cristianos, que se enfrentaban entre ellos. Los Estados italianos de Génova, Pisa y Venecia estaban en guerra por el control comercial de Outremer, y los papas querían imponer el dominio francés y angevino sobre los nobles locales descendientes de los cruzados. Por su parte, las órdenes militares, aunque debían obediencia al papado, se enfrentaban también entre ellas al aliarse con uno u otro bando.

Trípoli

En 1277 Bohemundo VII regresó a los dieciséis años de Armenia, donde había estado protegido durante su minoría de edad. Lo hizo como conde de Trípoli y príncipe de Antioquía, Estado cruzado del que entonces solo quedaba Latakia, un enclave costero. Como se cuenta en la novela, se vio forzado a reconocer como rey de Jerusalén a Carlos de Anjou y a aceptar a Roger de San Severino como su regente. Y de inmediato firmó una tregua con Qalawun, el sultán mameluco de Egipto.

Poco después se enfrentó a los templarios, que apoyaban a sus enemigos, quemando sus posesiones y apoderándose de ellas. La confrontación duró varios años, con triunfos y derrotas en ambos bandos. Durante esa guerra tuvo lugar el episodio de la flota templaria que atacó Trípoli y fue desbaratada por una tormenta.

Bohemundo murió en 1287, poco después de que Qalawun le arrebatara Latakia alegando que su tratado solo incluía el condado de Trípoli.

Su hermana Lucía heredó el condado. Era la esposa de Narjot de Toucy, el almirante del reino de Nápoles que comandó la flota que se enfrentó a Roger de Lauria en la Batalla de los Condes. Lucía, al igual que su esposo, era partidaria de los Anjou, y con ella los templarios regresaron a Trípoli y lideraron la heroica defensa contra Qalawun, que se apoderó de la ciudad a sangre y fuego en abril de 1289 masacrando a la población.

Pere de Montcada, antiguo gran maestre templario de la Corona de Aragón, mariscal entonces de Trípoli, murió heroicamente defendiéndola. Hay crónicas que mencionan a otros templarios aragoneses que perecieron en la defensa, tales como «los hijos del conde de Ampurias», aunque no he conseguido documentarlos.

Guillaume de Beaujeu

Francés de nacimiento, estaba relacionado con la familia real de su país y las crónicas dicen que era primo de Carlos de Anjou. Juró sus votos templarios como caballero en 1253 y entre otros cargos sirvió como maestre de la región de Apulia (Brindisi dependía de él) antes de ser nombrado gran maestre de la Orden del Temple en 1271. Al igual que Pere de Montcada en Trípoli, Guillaume de Beaujeu tuvo una muerte heroica defendiendo San Juan de Acre en 1291.

El papado en la novela

Louis Mendola, gran historiador siciliano, dice en *The Kingdom of Sicily, 1130-1860*: «La mayor parte de los papas estaban obsesionados con el poder. Era parte del trabajo. Casi nunca las políticas papales estuvieron enraizadas en el verdadero cristianismo. El papado medieval hizo posible que malos cristianos fueran buenos católicos».

Y el historiador británico Steven Runciman, en su tercer volumen de *Historia de las cruzadas,* dice que la derrota final de Outremer y la expulsión de los cristianos de Tierra Santa fue causada por el imperialismo francés y por un papado rencoroso y vengativo hacia la Corona de Aragón.

También hubo críticos contra esta institución en la época. En 1289 el rey Eduardo I de Inglaterra reprendió con duras palabras al papa Nicolás IV acusándolos a él y a la Iglesia de ser los responsables de la guerra fratricida entre católicos en Sicilia.

Así pues, la imagen del papado proyectada en la novela no responde a una posición personal, sino a hechos históricos, igual que en lo referente a la Orden del Temple en aquellos años.

La Iglesia del poder coexistió con otra parte admirable de la Iglesia, representada, entre otros, por los franciscanos, que daban ejemplo de pobreza, de amor al prójimo y solidaridad con el necesitado. La reina Constanza y su hijo Alfonso III de Aragón eran fieles seguidores de la segunda.

La guerra de Sicilia
La Batalla de los Condes, 23 de junio de 1287

Me he encontrado con tres versiones distintas de cómo se desarrolló esta batalla. Algunos cronistas de la época la confunden con la batalla del golfo de Nápoles, ocurrida tres años antes, el 5 de junio de 1284, y que relato en *La reina sola.* Y el motivo es que Roger de Lauria empleó una estrategia muy semejante. No así los angevinos.

En lo que todas las versiones coinciden es en la aplastante victoria de la flota siciliano-aragonesa y en el número de galeras apresadas: cuarenta. Después de estudiar esas versiones, me he decidido por una combinación de dos de ellas que creo es la más lógica y finalmente la correcta. La acción se desarrolló según relato en el capítulo 100.

Sorprende la seguridad con la que Roger de Lauria se enfrentó a unas fuerzas tan superiores. Tenía la convicción de ganar. Mi análisis del porqué aparece en el capítulo 108, en el que Roger se lo describe a fray Guglielmo. Los angevinos solo eran superiores en número de naves y soldados.

Los nombres de los nobles participantes en la batalla son los que aparecen en las crónicas. Y solo añadiré el destino de Guy de Montfort, conde de Nola, al que se encarceló sin pedir un rescate. Murió encadenado un año después en su prisión de Sicilia.

Berenguer de Vilaragut

En 1286 el capitán Berenguer de Vilaragut bloqueó el puerto de Brindisi con su flota y saqueó las costas del Adriático. Y posteriormente lideró un audaz asalto y saqueo a Brindisi. Participó de forma activa en la guerra de Sicilia y fue un noble destacado, con posesiones en Cataluña y el reino de Valencia. Estaba casado con Gueraua de Sarrià, y por tanto era cuñado de Bernat de Sarrià. Cuando Roger de Lauria se ausentó para combatir a los cruzados franceses en Cataluña, ambos se encargaron de no dar tregua por mar al enemigo en Italia. Mientras Berenguer lo castigaba en el Adriático, Bernat saqueaba las costas del golfo de Nápoles y amalfitanas bloqueando el tráfico marítimo de la capital del Imperio angevino.

Aunque no se les menciona, Berenguer y Bernat debieron de participar en la Batalla de los Condes.

Roger de Lauria

Fue sin duda el mejor almirante de su época y seguramente de toda nuestra historia. Además de combatir en la guerra de Sicilia para el Reino de Aragón, venció en todas las confrontaciones marítimas en las que participó. El episodio del capítulo 86 en el que se enfrenta a la nobleza palaciega delante del rey Jaime responde a un hecho real.

Cuando se retiró a sus señoríos en Valencia, poseía una impresionante lista de títulos nobiliarios que, unos y otros, incluido el papa, le habían concedido. Su última batalla la libró en tierra, en su feudo alicantino de Concentaina, defendiéndolo de una incursión de tropas andalusíes. Unos meses después, en enero de 1305, murió a los sesenta años.

No me extiendo más sobre este fascinante personaje, puesto que es uno de los protagonistas de mis novelas *Canción de sangre y oro* y *La reina sola*, donde detallo su historia. Lo mismo sucede con la reina Constanza y Suria, personajes también de las novelas antes mencionadas.

Lo que ocurrió después

El rey Alfonso III de Aragón, tal como se cuenta en la novela, quería la paz, y en el año de 1287 llegó a un acuerdo con Carlos el Cojo, al que tenía prisionero, por el que le concedía la libertad a cambio de reconocer a su hermano Jaime como rey de Sicilia y Calabria. Pero cuando Carlos llegó a Roma, el papa se negó a aceptar el acuerdo y lo obligó a retractarse. Y con esa condición, lo coronó rey de Sicilia (aunque solo conservaba parte del reino en la península) y lo instó a continuar la guerra. Y transcurrieron quince años más de batallas y matanzas entre católicos, hasta 1302, cuando el papado cedió y se firmó la paz de Caltabellotta. La dinastía de Aragón se asentó en la isla de Sicilia y sus habitantes se libraron de las garras de los Anjou.

Por su parte, el último bastión de importancia de Outremer, San Juan de Acre, cayó en 1291, abandonado por la cristiandad. Fray Guillaume de Beaujeu, el gran maestre templario, murió allí heroicamente, mientras que el maestre de los hospitalarios fue evacuado con heridas de gravedad.

Los almogávares

Traduzco la descripción que hace de ellos el cronista Bernat Desclot, su contemporáneo:

«Los llamados almogávares son gentes que no viven de otra cosa que no sea de las armas. No se encuentran ni en pueblos ni en ciudades, sino en montes y bosques, guerrean todos los días contra los sarracenos y penetran en sus tierras un día o dos, robando, y traen a prisioneros y muchas cosas de valor. De esa ganancia viven. Resisten penalidades que ningún otro podría sufrir; si es preciso, estarán dos días sin comer o comerán hierbas del campo. Y los adalides son aquellos que los guían. No visten más que una túnica o una camisa muy cortas, sea invierno o verano, y en las piernas unas calzas bien ceñidas de cuero y en los pies unas buenas abarcas. Llevan en la cintura un buen cuchillo, buena correa y un *foguer* [piedra para hacer fuego], y también una buena lanza, dos dardos y un zurrón de cuero a la espalda donde guardan pan para dos o tres días. Son gente muy fuerte y ligera tanto para huir como para perseguir. Son catalanes, aragoneses o serranos».

No está claro a qué se refiere con «serranos». Una hipótesis es que fueran gentes de los montes de Valencia, tierra de frontera, y otra, que fueran sarracenos. Seguramente ambas.

Castilla tenía también su versión de los almogávares llamados «golfines». Sigue el cronista: «Aquellas otras gentes que se llaman golfines son castellanos, gallegos, portugueses y gentes de la España profunda».

Los golfines aparecen en su crónica porque se unieron a los almogávares en la aventura mediterránea de Pedro III de Aragón.

Los almogávares se criaron en nuestra Reconquista y eran unos guerreros que podríamos llamar «autónomos». A veces luchaban junto a los señores cristianos, o incluso musulmanes, y otras, por su cuenta. Había poca diferencia entre mercenario y bandido en esa época. Eran gentes que escogían la libertad a cambio de arriesgar la vida cada día, en una época donde la mayor parte de la población estaba sometida, e incluso esclavizada, por los señores. Sus mujeres, en los montes o bosques, se hacían cargo de la defensa de niños y ancianos mientras los hombres estaban de campaña. Y por lo tanto conocían y usaban las armas.

Poco cambió su temperamento cuando embarcaron con Pedro III hacia el norte de África y después a Sicilia. Este primer contingente sumaba, junto a los golfines, unos quince mil. Ya eran consumados guerrilleros en España, pero en las naves de Roger de Lauria se convirtieron en la mejor infantería de Marina por su agilidad y el poco peso con el que cargaban.

Terminada la guerra de Sicilia, resultaron ser una fuente de problemas y el rey Federico III los envió, al mando de Roger de Flor, a combatir al Imperio bizantino.

Roger von Blume, di Fiore o de Flor

Nacido en Brindisi en 1267, fue a principios del siglo XIV el gran líder de los almogávares. El relato más fidedigno proviene de la crónica de Ramón Muntaner, que estuvo a sus órdenes en sus campañas en favor del Imperio bizantino. Curiosamente, Ramón sigue llamándolo respetuosamente fray Roger cuando había dejado de ser fraile muchos años antes, se había casado con una princesa bizantina y sus títulos eran los de megaduque (almirante) y césar del Imperio bizantino.

Su padre, un noble alemán halconero del emperador, se llamaba Ricardo von Blume y murió en Tagliacozzo. Su madre era también noble, de Brindisi, y tenía un hijo tres años mayor que él llamado Giacomo. También fray Vasall y el Halcón provienen de la crónica de Muntaner. Solo me distancio del cronista en la edad en que Roger pasó a ser grumete de fray Vasall. Muntaner dice que a los ocho años y yo cuento que a esa edad lo fue solo nominalmente para embarcarse a los diez. Es difícil imaginar a un niño de ocho años expuesto a un lugar tan terrible, en especial para los débiles, como era una galera. «La vida de la galera dela Dios a quien la quiera», nos dice el fraile franciscano Antonio de Guevara, que fue obispo de Mondoñedo.

Roger de Flor, como templario, participó en la defensa de San Juan de Acre, último bastión cruzado en Tierra Santa. Viendo la ciudad perdida, decidió rescatar a gente prominente en su galera. A raíz de este hecho, fue acusado de apropiarse de riquezas de los evacuados en provecho propio y tuvo que abandonar el Temple para evitar ser apresado y juzgado.

Navegó al Mediterráneo occidental y allí dejó el Halcón y compró otro navío, La Oliveta, en Génova. Y con su gente se contrató como mercenario para Federico III de Sicilia y Aragón participando en la guerra de Sicilia. En ella consiguió un gran prestigio, así que, terminada la guerra, el rey Federico lo envió al frente de los almogávares al Imperio bizantino en apoyo de su emperador, para el que obtuvo victorias espectaculares. Se ha escrito mucho sobre esa expedición.

Desde entonces los almogávares permanecieron en tierras del Imperio bizantino y fundaron en el Peloponeso dos ducados autónomos, pero dependientes nominalmente de la Corona de Aragón, el de Neopatria y el de Atenas. Sorprende que la capital de Grecia fuera durante cerca de cien años española.

Corona de Aragón y Reino de Aragón

Conviene aclarar estos términos. Reino de Aragón corresponde al territorio que hoy ocupa la comunidad de su mismo nombre, mientras que Corona de Aragón corresponde a los territorios de las comunidades de Aragón, Cataluña, Valencia y Mallorca. Formaban una misma entidad porque su rey poseía los títulos de rey de Aragón, Valencia, Mallorca, conde de Barcelona y otros títulos nobiliarios catalanes. Todas ellas eran entidades políticas independientes con sus propias cortes y leyes. En los pactos antes del matrimonio (alianza política) de Ramón Berenguer IV, conde de Barcelona, y Petronila, la princesa heredera de Aragón, se estipuló que el título de rey de Aragón precedería al de conde de Barcelona para sus descendientes. Esa entidad política recibió varios nombres hasta que en el siglo XVI el historiador aragonés Jerónimo Zurita popularizó el de Corona de Aragón. Ese es el sentido que tiene en la novela. En ella uso Aragón, a veces, refiriéndome a la Corona, para simplificar y no hacer pesada la redacción. Así, cuando digo aragoneses, me refiero a las gentes procedentes de los tres reinos y del principado de Cataluña. Cuando digo galeras siciliano-aragonesas o aragonesas es evidente que ni las naves ni sus marinos pertenecían al Reino de Aragón, sino a los territorios mediterráneos. A veces eran financiadas por ciudades mediterráneas, nobles o armadores que prestaban dinero y recursos al rey. El uso de «rey de Aragón» como señor de los territorios de la Corona de Aragón, obviando el resto de títulos que le concedía ese derecho, aparece incluso en los cronistas catalanes de la época, como Ramón Muntaner. El mismo cronista refiere que los almogávares gritaban «Aragón» y «Sicilia». En la época no existían nacionalismos como ahora, sino vasallajes y fidelidades. Esos gritos de guerra se referían a sus reyes soberanos.

También utilizo el término de España, tal como se usaba en la época, en lugar de península ibérica.

Mapas de Mesina y Brindisi

Aunque los planos de Mesina y Brindisi que aparecen en las guardas de este libro son unos 500 años posteriores al relato, el lector podrá reconocer en ellos las ciudades medievales.

BIBLIOGRAFÍA

En obras anteriores dije que no consideraba necesario incluir una bibliografía, puesto que estaba publicando una novela y no un ensayo. Sin embargo, he constatado que algún lector la echa de menos. Y temo que se pueda dudar de la precisión, a veces obsesiva, que he querido mantener sobre el desarrollo de los hechos históricos y la veracidad de sus personajes.

Después de trabajar casi una década en esta novela y en las anteriores que acontecen en la misma época y recabar toda la información posible, creo que conozco bastante bien tanto los hechos como a sus protagonistas. Aunque la documentación es muy importante, también lo es viajar a los lugares, imaginarlos en el pasado y sentir su vibración.

No puedo hacer una relación exhaustiva de todas las fuentes históricas de las que he bebido estos años, puesto que he buscado en la comprensión de sucesos y personas el placer de saciar mi propia curiosidad, antes que alardear de mis conocimientos.

Como apasionado de la historia, he ido coleccionando gran cantidad de revistas sobre esta materia: *Clío, National Geographic, Sàpiens, Historia de Iberia, El Mundo Medieval,* entre otras. Poseo en mi biblioteca más de mil, que me han aportado una gran cantidad de artículos sobre la época y sus protagonistas. Para no hacer una mención demasiado tediosa citaré solo media docena de esos artículos.

Así que repito en esta bibliografía los pasos que di para mi novela anterior, *La reina sola*. Me he acercado a los estantes de mi biblioteca personal y he relacionado los libros que poseo y que he ido coleccionando relativos a aquel tiempo y a aquellos seres humanos.

Abulafia, David, *et al.*, *Mediterraneum. L'esplendor de la Mediterrània medieval, s.* XIII-XV, Barcelona, Lunwerg Editores, 2004.

Alemany, Joan, *El port de Barcelona*, Barcelona, Lunwerg Editores, 2002.

Beffeyte, Renaud, *Les machines de guerre au Moyen-Âge*, Rennes, Editions Ouest France, 2000.

Bolòs, Jordi, *La vida quotidiana a Catalunya en l'època medieval*, Barcelona, Edicions 62, 2000.

Cardeñosa, Bruno, «Pedro III, el hombre que quiso ser rey de todos», *Historia de Iberia Vieja*, n.º 158, 2018.

Cingolani, Stefano Maria, *Pere el Gran*, Barcelona, Editorial Base, 2010.

Coll, María, y Teresa Vinyoles, «El cistell d'anar a comprar a l'Edat Mitjana», *Sàpiens*, n.º 154, 2015.

Cònsul, Arnau, y Josep Maria Sans i Travé, «Arnau de Torroja: el gran mestre templer», *Sàpiens*, n.º 214, 2020.

D'Ascia, Giuseppe, *Storia dell'isola d'Ischia*, Nápoles, Arnaldo Forni Editore, 2010.

Déu Domènech, Joan de, *L'espectacle de la pena de mort*, Barcelona, Edicions La Campana, 2007.

Duch, Xavi, y Gerard Mari, «Morir-se a l'Edat Mitjana: rics i pobres davant la dalla de la mort», *Sàpiens*, n.º 179, 2017.

Epstein, Stephan R., *An island for itself. Economic development and social change in medieval Sicily*, Cambridge, Cambridge University Press, 1992.

Fuget Sans, Joan, *Templers i hospitalers*, Barcelona, Rafael Dalmau Editor, 1998.

Giménez Chueca, Iván, «Templarios en la Reconquista». *Clío. Revista de Historia,* año 5, n.º 53, 2006.

Gravett, Christopher, *Medieval siege warfare,* Oxford y Nueva York, Osprey Publishing, 1990.

Heath, Ian, *Byzantine armies 1118-1461,* Oxford y Nueva York, Osprey Publishing, 1995.

Hindley, Geoffrey, *Las cruzadas. Peregrinaje armado y Guerra Santa,* Barcelona, Ediciones B, 2005.

Isabel Martínez, Ricardo de, *Almogávares,* Madrid, Falcata Ibérica Ediciones, 2000.

Joaniquet, Àngel, *Nuestros piratas,* Barcelona, Noray, 2002.

Konstam, Angus, *Byzantine warship vs Arab warship,* Oxford y Nueva York, Osprey Publishing, 2015.

Lamy, Michael, *La otra historia de los Templarios,* Barcelona, Martínez Roca, 1999.

Magriñà, Anna-Priscila, y Anna Alberni, «Speculum al foder: l'art de cardar», *Sàpiens,* n.º 181, 2017.

Matthew, Donald, *Arte y sociedad de la Europa medieval,* Barcelona, Folio, 2002.

—— *La Edad Media en Europa,* Barcelona, Folio, 2002.

Mayolas, Mireia, *La galera reial,* Barcelona, Museu Maritim de Barcelona, 1996.

Mendola, Louis, *The kingdom of Sicily, 1130-1860,* Nueva York, Trinacria

Editions, 2015.

—— *Sicily's rebellion against king Charles,* Nueva York, Trinacria Editions, 2015.

Mensa i Valls, Jaume, *Arnau de Vilanova (c. 1240-1331),* Madrid, Ediciones del Orto, 1998.

Montesano, Marina, «Templarios, los banqueros de Europa». *National Geographic,* n.º 137, 2022.

Mott, Laurence V., *Sea power in the medieval Mediterranean in the war of the Sicilian vespers,* Gainesville, University Press of Florida, 2003.

Nelli, René, *Trovadores y troveros*, Palma de Mallorca, José J. de Olañeta Editor, 2000.

Newark, Tim, *Historia de la guerra*, Barcelona, Blume, 2010.

Nicholson, Helen, y Wayne Reynolds, *Knight templar*, Oxford y Nueva York, Osprey Publishing, 2003.

Nicolle, David, *The Venetian empire, 1200-1670*, Oxford y Nueva York, Osprey Publishing, 1989.

—— y Graham Turner, *Acre 1291*, Oxford y Nueva York, Osprey Publishing, 2005.

Novials, Alex, y Xavier Roinge, «Boig per tu: una història de l'amor a la cultura occidental», *Sàpiens*, n.º 164, 2016.

Perri, Gianfredo, *Brindisi nel contesto della storia*, Brindisi, Edizione Lulu, 2006.

Pladeval, Antoni, *et al.*, *L'art gòtic a Catalunya*, Barcelona, Fundació Enciclopèdia Catalana, 2002.

Planells Clavero, Antoni J., y Antoni J. Planells de la Maza, *Roger de Llúria. El gran almirall de la Mediterrània*, Barcelona, Editorial Base, 2011.

Puig, Pere, y Josep Maria Sans i Travé, «Els ultims templers catalans», *Sàpiens*, n.º 180, 2017.

Ramón Rodríguez, Agustín, *Galeras españolas del Egeo al mar de la China*, Madrid, Navantia, 2007.

Requena, Miguel, *Poesía goliárdica*, Barcelona, Acantilado, 2003.

Reznikov, Raimonde, *Cathares et templiers*, Portet-sur-Garone, Loubatièrs, 2004.

Ribezzi Petrosillo, Vittoria, y Mario Cazzato (eds.), *Guida di Brindisi. La storia, la città antica, il porto, il paesaggio costiero*, Brindisi, Congedo Editore, 1993.

Rodríguez-Picavea, Enrique, «La expansión mediterránea de la Corona de Aragón», *Desperta Ferro. Antigua y Medieval*, n.º 22, 2014.

Rumbau, Montserrat, *Grandeses i misèries de la Catalunya del segle XIV*, Barcelona, Tibidabo Ediciones, 1999.

Runciman, Steven, *Historia de las cruzadas*, Madrid, Alianza, 2008.

—— *Las vísperas sicilianas*, Barcelona, Reino de Redonda, 2009.

Sàez, Anna, y Stefano María Cingoliani, «Ramon Muntaner, el cronista dels almogàvers», *Sàpiens*, n.º 156, 2015.

Sarobe, Ramon, *Rera les passes dels templers*, Barcelona, Rosa Dels Vents, 2018.

Soldevila, Ferran, *Els almogàvers*, Barcelona, Barcino, 1952.

—— *Pere II el Gran*, Barcelona, Barcino, 1958.

—— *L'almirall Ramon Marquet*, Barcelona, Barcino, 1958.

—— *Les quatre grans cròniques, I. Llibre dels feits del rei En Jaume*, Barcelona, Institut d'Estudis Catalans, 2007.

—— *Les quatre grans cròniques, II. Crònica de Bernat Desclot*, Barcelona, Institut d'Estudis Catalans, 2008.

—— *Les quatre grans cròniques, III. Crònica de Ramon Muntaner*, Barcelona, Institut d'Estudis Catalans, 2011.

Turnbull, Stephen, *The walls of Constantinople, AD 324-1453*, Oxford y Nueva York, Osprey Publishing, 2004.

Vaca de Osma, José Antonio, *Grandes reyes españoles de la Edad Media*, Madrid, Espasa, 2004.

Valdés, Giuliano, *Arte e historia de Sicilia*, Florencia, Casa Editrice Bonechi, 2001.

Vicente Maroto, María Isabel, y Mariano Esteban Piñeiro (coords.), *La ciencia y el mar. XII Reunión Internacional de Historia de la Náutica y de la Hidrografía*, Valladolid, Instituto Universitario de Historia Simancas de la Universidad de Valladolid, 2006.

Villacañas, José Luis, *Jaume I el Conquistador*, Madrid, Espasa, 2003.

VV. AA., *Trajes y costumbres de la Edad Media. Basada en monumentos y manuscritos de la época*, Madrid, Aldaba Ediciones, 1991.

VV. AA., *Museu Marítim, la gran aventura del mar*, Barcelona,

Consorci de les Drassanes Reials i Museu Marítim de Barcelona, 1998.

Walker, Martin, *La historia de los templarios*, Barcelona, Edicomunicación, 1993.

Wasserman, James, *Templarios y asesinos*, Barcelona, Martínez Roca, 2002.

Whather, Ingo F., y Norbert Wolf, *Obras maestras de la iluminación. Los manuscritos más bellos del mundo desde el año 400 hasta 1600*, Colonia, Taschen, 2005.

Yarza Luaces, Joaquín, *et al.*, *Vestiduras ricas. El monasterio de Las Huelgas y su época, 1170-1340*, Madrid, Patrimonio Nacional, 2005.

Como antes he dicho, aquí están los libros sobre la época que guardo en mis estantes. Pero quiero hacer una especial mención a Jerónimo Zurita y a sus *Anales de la Corona de Aragón*, que no poseo físicamente, pero a cuya obra he podido acceder, al igual que a la de otros, gracias a la Biblioteca Virtual Miguel de Cervantes.

AGRADECIMIENTOS

Mis agradecimientos a todos los autores arriba mencionados y otros muchos más, anónimos, que, poco o mucho, han sido mis compañeros y guías en este fascinante viaje al Medioevo. En especial a *sir* Steven Runciman, que con su relato admirado de las hazañas de nuestros antepasados me hizo, primero, querer saber más y, después, escribir sobre aquellos hechos tan notables.

Asimismo, estoy agradecido a mis editores, Leo Felipe Campos, Raquel Gisbert y Belén López. Y al resto de gentes de Planeta: diseñadores, equipo de *marketing*, comercial y otros, que hacen llegar esta obra al punto de venta y la dan a conocer al público. Y también a las librerías, el escalón final e imprescindible que, gracias a su trabajo, consiguen que el esfuerzo de tantos llegue finalmente al lector en forma de libro.

Y cierro este capítulo con mi muy especial agradecimiento a Paloma. No solo me aporta una acertada crítica de mis escritos, sino que me permite desarrollarlos gracias a su apoyo y cariño. Y he de agradecerle también que acuda a buscarme cuando ando perdido en el siglo XIII para guiarme a la realidad presente.

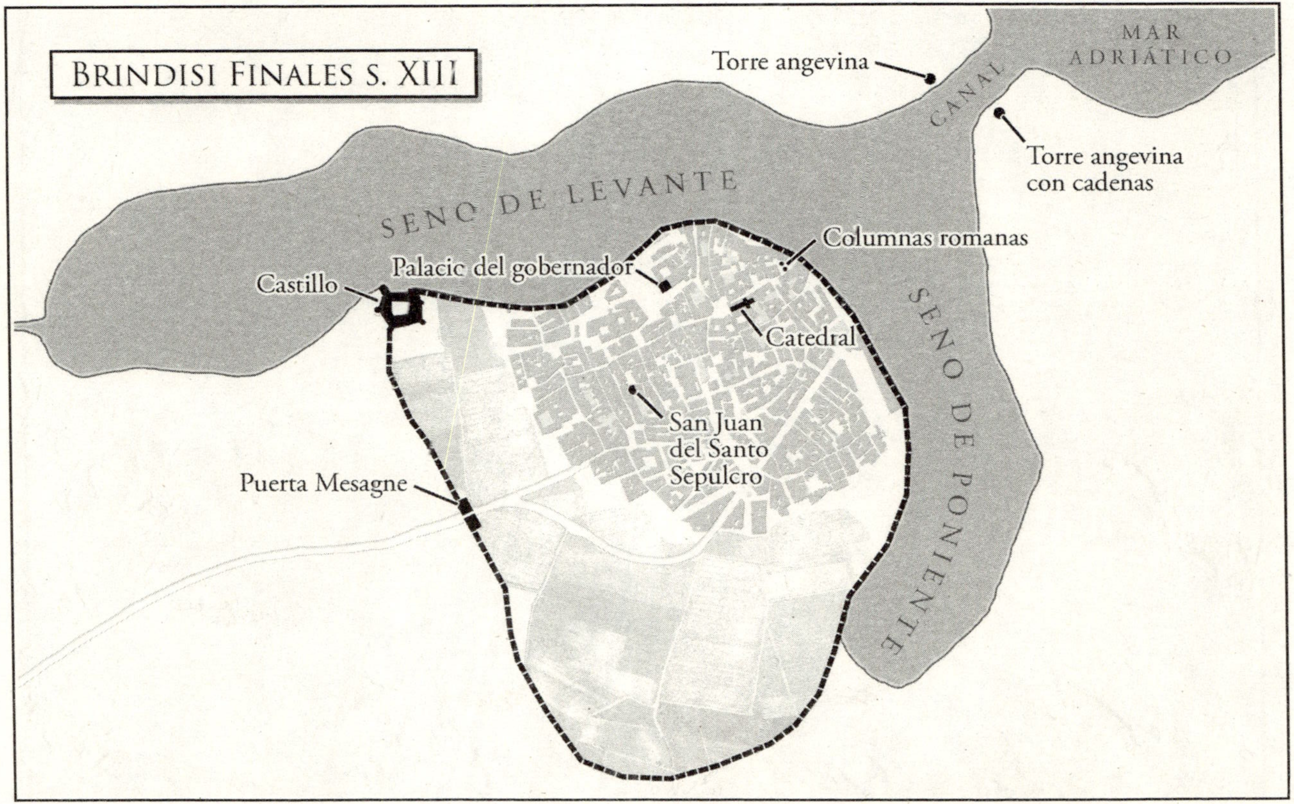
Brindisi Finales s. XIII
Mar Adriático
Torre angevina
Canal
Torre angevina con cadenas
Seno de Levante
Columnas romanas
Palacic del gobernador
Castillo
Catedral
Seno de Poniente
San Juan del Santo Sepulcro
Puerta Mesagne

Brindisi
Otranto
Corfú
Ítaca
Poros
Methoni
Citera
Candí
M A R   M E D I T E

RUTA A OUTREMER
Rodas
Famagusta
Trípoli
RÁNEO
San Juan de Acre

GALERA S.XIII

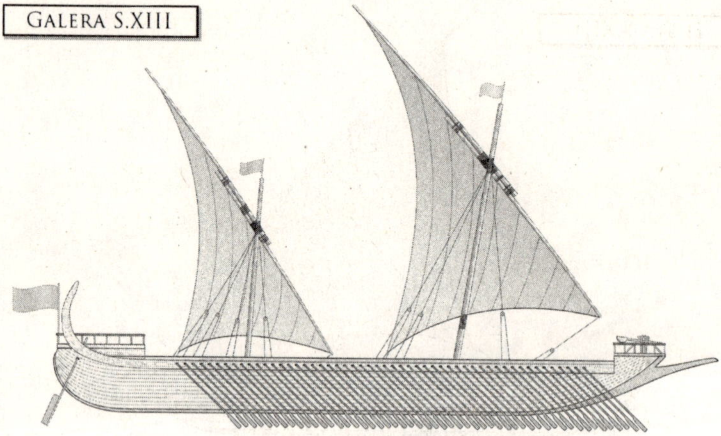

40m
104 galeotes

FUSTA S.XIII

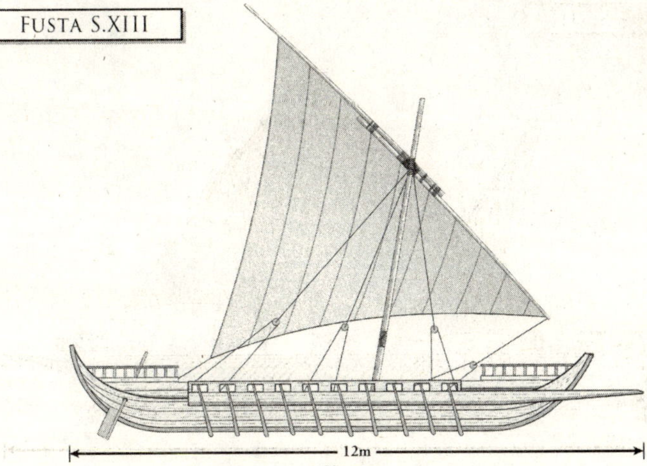

20 remeros

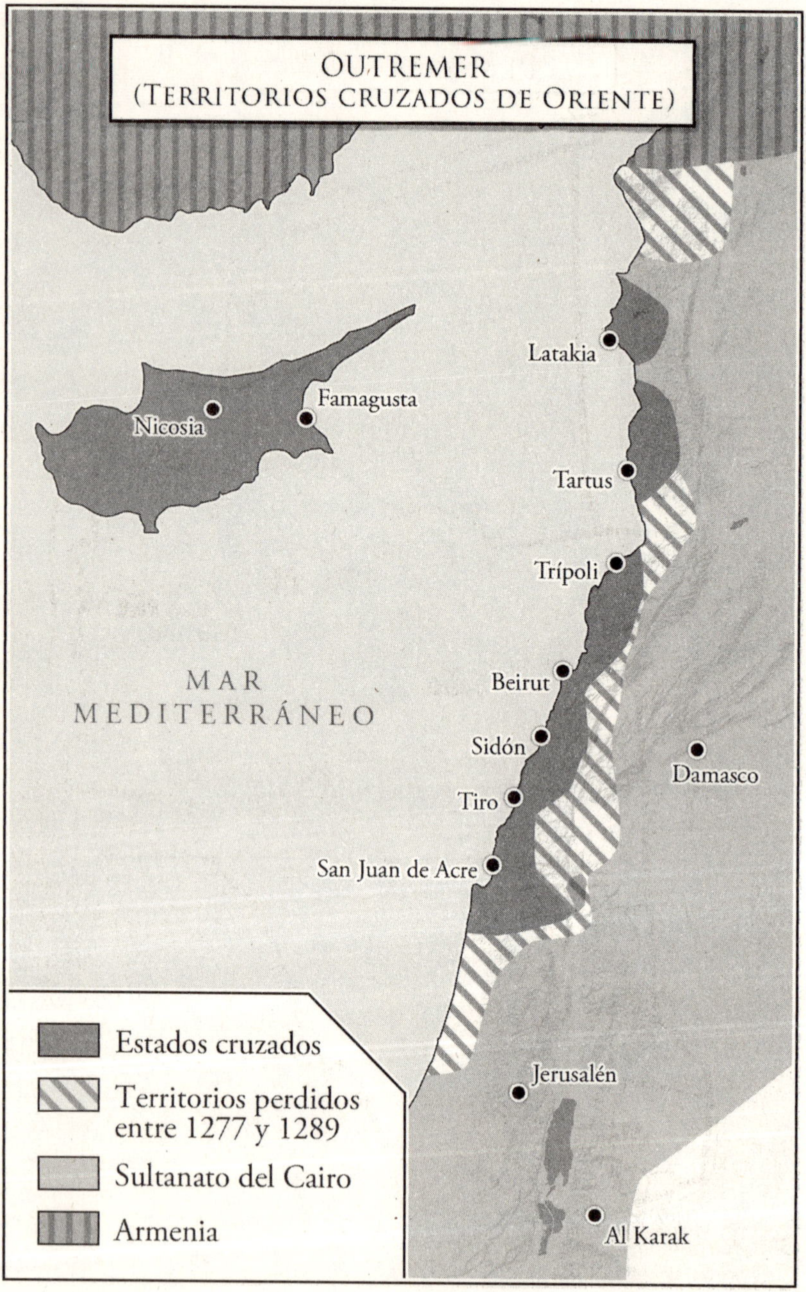
OUTREMER
(TERRITORIOS CRUZADOS DE ORIENTE)
Latakia
Famagusta
Nicosia
Tartus
Trípoli
Beirut
MAR
MEDITERRÁNEO
Sidón
Damasco
Tiro
San Juan de Acre
Jerusalén
Al Karak
Estados cruzados
Territorios perdidos entre 1277 y 1289
Sultanato del Cairo
Armenia

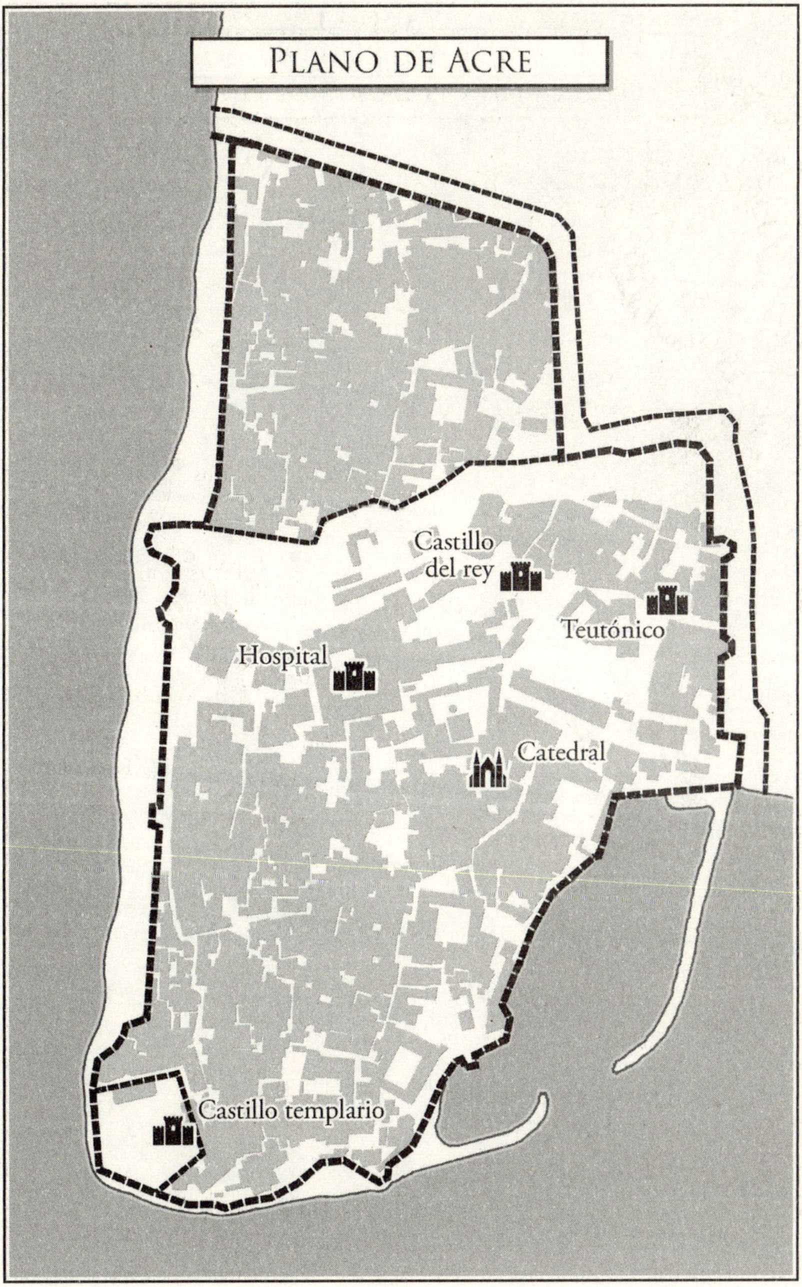
PLANO DE ACRE
Castillo
del rey
Teutónico
Hospital
Catedral
Castillo templario

SUR DE ITALIA
MAR ADRIÁTICO
Roma
Castelvetere
Nápoles
Brindisi
Tarento
Otranto
Gallipoli
Santa María de Leuca
Corfú
MAR TIRINEO
MAR JÓNICO
Crotona
Mesina
Palermo
Marsala
Augusta
Siracusa
Cabo Passero
MALTA

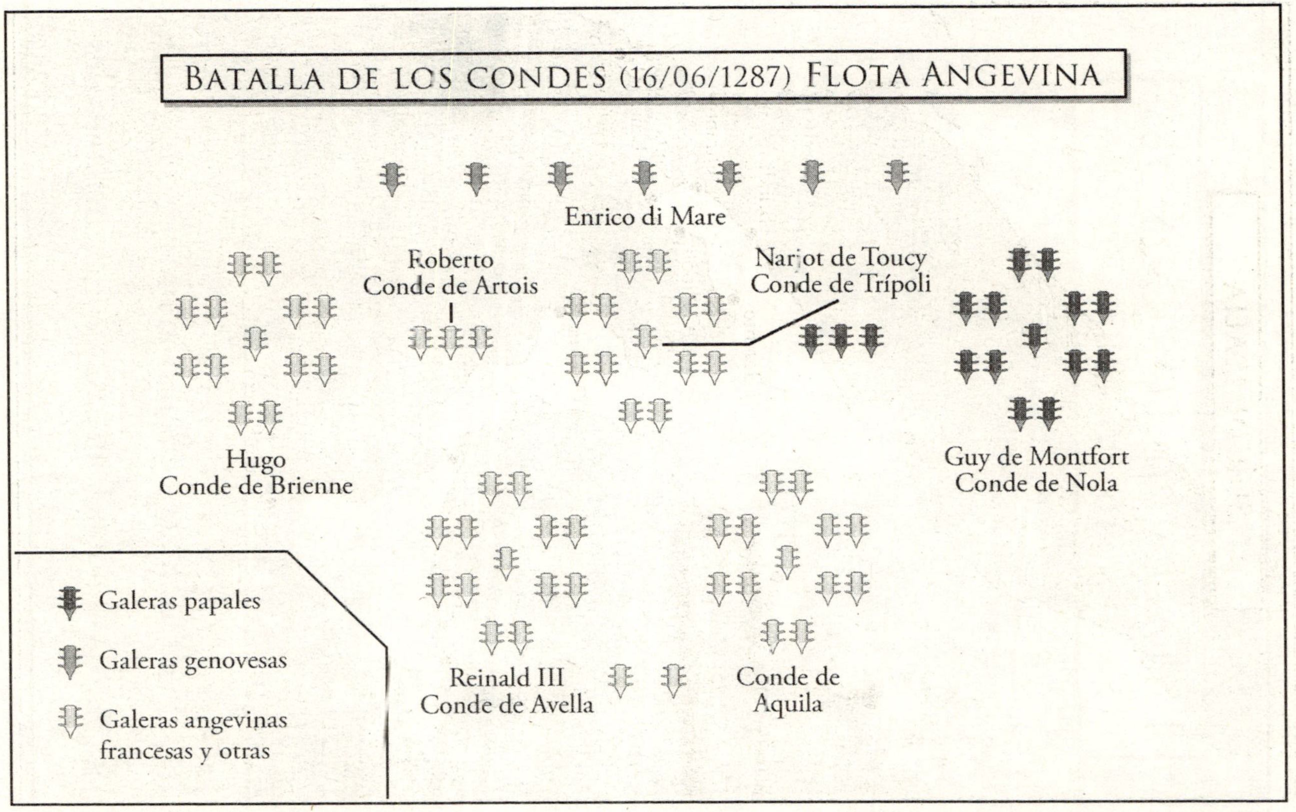

BATALLA DE LOS CONDES (16/06/1287) FLOTA ANGEVINA
Enrico di Mare
Roberto
Conde de Artois
Narjot de Toucy
Conde de Trípoli
Hugo
Conde de Brienne
Guy de Montfort
Conde de Nola
Reinald III
Conde de Avella
Conde de
Aquila
Galeras papales
Galeras genovesas
Galeras angevinas
francesas y otras

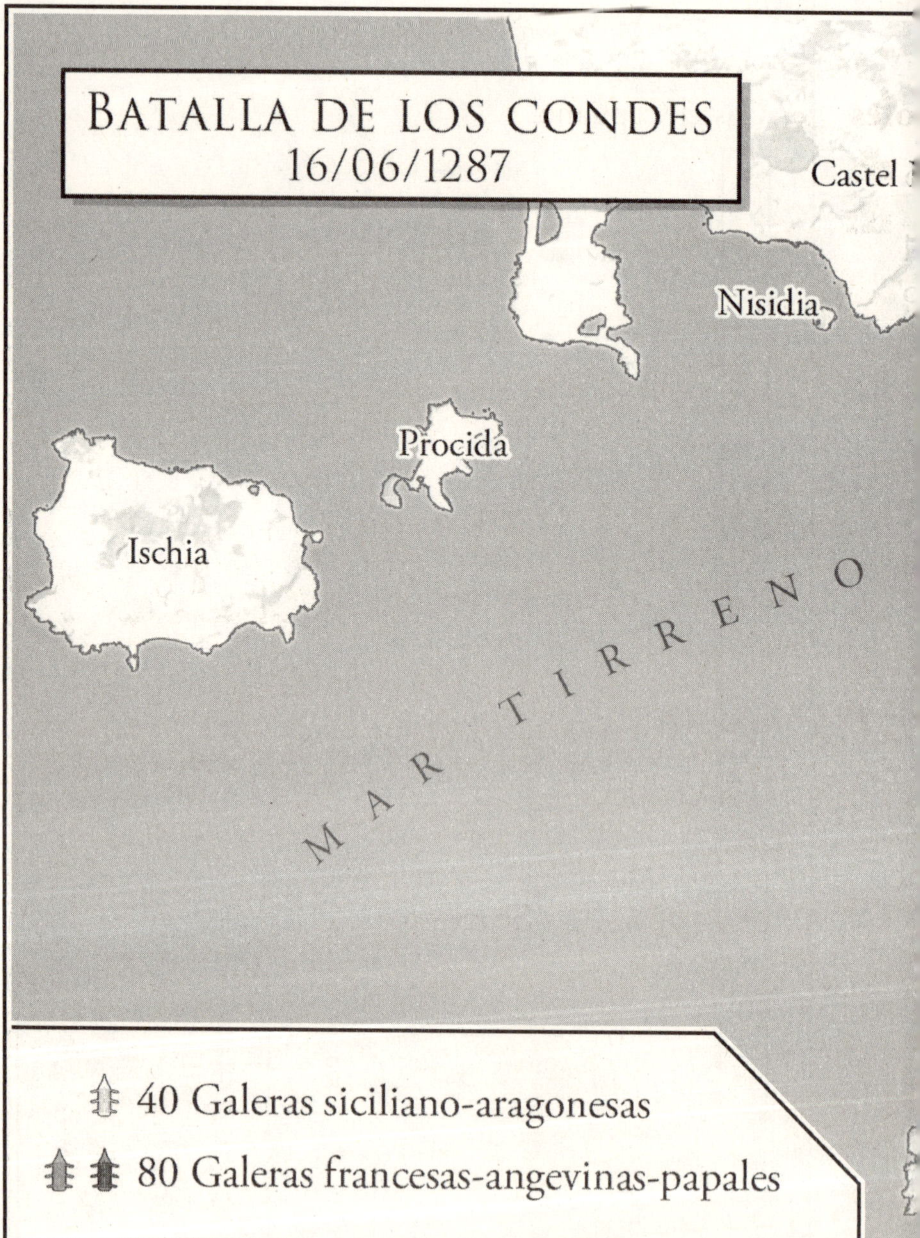
BATALLA DE LOS CONDES
16/06/1287
Castel
Nisidia
Procida
Ischia
MAR TIRRENO
40 Galeras siciliano-aragonesas
80 Galeras francesas-angevinas-papales

Castel Capuano
Vesubio
Sorrento

ÍNDICE

—

BR
12
13
9